民国武侠小说典藏文库

文公直卷

民国武侠小说典藏文库

文公直卷

女杰秦良玉演义

文公直

著

中国文史出版社

文公直的历史武侠小说（代序）

张赣生

历史武侠小说是民国武侠小说中的一个特殊品种，它以某个真实的历史事件为题，借题发挥，去渲染或虚构处于这一事件中的侠客们的活动。换句话说，它不以描写真实的历史事件本身为目的，由此形成了它与历史小说不同的特色。民国的历史武侠小说作家为数颇多，文公直便是其中较突出的一位。

文公直（1898—?），号萍水若翁，江西萍乡人。文氏生于世家，其母博通经史，曾注《道德经》，并著《明史正误》，对他有深刻的影响。文氏五岁读经，随又读史，在幼年便打下了中国传统文化知识的坚实基础，认识到作为世界文明古国的中国"必有其特异之点"。文公直十三岁时离开家乡，北上燕冀，因身长体壮，得以虚报年龄考入军校，在学习军事知识的同时，纵览欧洲及日本名著，尤其注重于世界史的知识。军校毕业后，文氏在军中任职。1916 至 1917 年间，他参加讨袁、护法诸役，追随孙中山，投身革命，转战沙场，领军杀敌，虽然南北奔驰，席不暇暖，仍利用旅途的一点空闲时间读书。1921 年，直系军阀吴佩孚属下的湖北督军王占元与湖南军阀赵恒惕开战，湘军由岳阳进攻湖北，王占元派孙传芳迎击，史称"湘鄂之役"。文氏当时在湘军中任职，奉令兴师，至长沙省亲，自觉"五六年来，若有所得，而细思之，则又杳无所得"，遂向其母请示，其母正著《明史正误》，便将案头参考书给他，并说："儿习史，当于廿四史以外求之。"文氏听了，"乃如闻暮鼓晨钟，憬然知前此之但知读而不知考核参证之为大误也"。那个时候，政治风云多变，各地军阀们朝秦暮楚，一时表示拥护孙中山，支持革命，转瞬又投靠北洋军阀政府，反对孙中山，并且军阀之间分合不定，方始握手言欢，倏忽又刀兵相见。文氏作为职业军人，被上级所左右，本意为投身革命，但在军中身不由己，自难免感到困惑和苦恼，其母所谓"当于廿四史以外求之"，就是要他放宽眼界，不偏信官家一面之辞，多看看民间的各种意见，以明辨是非。他的母亲确是见识超群，这种高屋建瓴的历史观自然会使文公直拨开迷雾，憬然有所悟了。

1922年，文公直被诬入军狱，因为他受母亲教导，已然憬悟是非，故对此能泰然处之，以"铁窗风味，固革命军人所宜尝试。因借此狴犴生活，为劳生之休息，且畅读我书"的态度对待。一年后，孙中山令谭延闿为湖南省长兼湘军总司令，自广东发兵入湘讨赵，文氏旧部得以击退军阀，迎文氏出狱。即督师追击，转战长江。不久，广东军阀陈炯明进攻广州，孙中山令谭延闿回师解救，当时文公直部远在湘鄂交界最前线，被军阀截断退路，孤立无援。文氏知敌意在捕获自己，不愿因己而使部下全军覆没，遂将部卒托军中同事统率，孤身一人赴上海。在沪闲居经年，为势所迫，弃武为文，后受聘为《太平洋午报》编辑。1928年，文氏再度赋闲，遂执笔作《碧血丹心大侠传》，于1930年出版，此后至1933年，又陆续出版了第二部《碧血丹心于公传》和第三部《碧血丹心平藩传》，计划中尚有《碧血丹心卫国传》，未能完成。

《碧血丹心》系列作以明朝名臣于谦的事迹为主线贯穿全书，前三部写在明成祖朱棣、仁宗朱高炽和汉王朱高煦父子、兄弟间争夺政权的事件中侠客们的活动，由朱棣夺取政权写起，至朱高煦谋反，终于在侠客们的参与下，于谦擒获朱高煦。第四部拟以"土木之变"至于谦冤死为主线，这一部《碧血丹心卫国传》虽未完成，但作者在第一、二部末尾均曾预告，第三部末尾又为过渡到征番做了铺垫，可见作者早已成竹在胸。

《碧血丹心》系列作，动于1928年，而文氏立志作此，却是在1922至1923年身系军狱时。《碧血丹心大侠传》文氏自《序》云："榴花照眼时，枯寂之狱中，沉闷欲死。母慈兄友，为之向戚旧假得敝书一箧，以金饴狱吏，乃得入。直深感母兄之挚爱，一一检而读之。夜无灯火，则就如萤之看守灯光下，扪挱而翻叶。无意中，检得一残本，署曰《千古奇冤》。时以桁杨余生，睹斯四字，手颤心摇。急就窗棂曙色，急目速读，则所记为明代钱唐于忠肃公（廷益）之惨史也。书中人名、事迹，颇多为正史所无，而又民间传说所不及。如其确也，则此一卷之存，其为碧血丹心之灵，使之得传于世，而为五千年来唯一忠侠吐一口冤气乎？爰浏览三四，深蕴诸脑海中；复从狱卒假得楮墨，誊录一过。默念此身而不膏斧钺者，会当白此奇冤。"这是1923年5月间的事。文氏所见《千古奇冤》原本为文言列传体，一卷总三万言，在他出狱时，仓促未及携带抄本，原本又留在军阀割据的湖南，所以他写《碧血丹心》系列作时，只能根据记忆加以敷演，实际是一部借题发挥的创作。

了解上述这一段过程，有助于把握《碧血丹心》系列作的特点。首先，文氏此作既不是为了赚取稿酬，也不是为了消闲娱乐，而是意在言志，抒写自己对历史、对政治的看法。他在自《序》中说："直读史所得以为民族竞生存、争人格之英雄，当以岳忠武、文忠烈、于忠肃、史阁部为最。而岳忠武之声名，独能深入平民，国人无不知者，推其所以，则因说部与戏剧宣传之力也。然而国人以崇钦岳忠武之故，于民族之忠侠性激发不少。倘使文忠烈、于忠肃、史阁部之光明磊落、碧血丹心，尽入于人心，则我民族之光大为何如者？……唯独关于于忠肃，则除《千古奇冤》外，更无为之一言者。且有荒唐传奇，竟指于公为权奸者，则贼臣之裔颠倒混淆，欲以一手掩尽天下后世之耳目，尤使人愤懑无既。以于公之忠侠天成，保全华夏，卫我民族，于众议和让、行且为奴之际，以大无畏之精神，于无兵、无财之时，湔民族之奇耻大辱，破瓦剌而迎归英宗，求之五千年历史中，能雪耻复仇如是之痛快者，厥唯于公一人耳。乃五百年来，竟无人为之宣传，一般人亦淡焉若忘，……耻亦甚矣！直不敏，虽文不足以副志，辞不足以达意，而窃有愿焉，以为我所认为当为者则为之，毋以诿人，毋以望于人，是责任心也，亦人所当具也。为之而当，固无论矣；为之而不当，亦当有人纠之正之，则我首创之责，允当由我内心之驱使而定之行之也，……虽未能充分考据证实，而稗官家言，自不妨衍之成篇，但求无背志旨可耳。"文氏自少年时代投身革命，饱经坎坷，受政治权势斗争牵连，数度蒙冤，他的这一番话自不同于一般书生的泛泛高调。

文氏作《碧血丹心》，还有其现实针对性，自1925至1929的几年间，数度发生日本、英、美等帝国主义列强武装干涉中国内政、屠杀中国人民的事变或惨案。1925年5月，上海日本商纱厂日籍职员枪杀中国工人，引起群众示威，英国巡捕开枪镇压，屠杀中国民众十余人，伤数十人，史称

"五卅惨案"；同年6月，汉口码头工人游行示威，抗议英商太古公司英籍船员殴打中国工人，英国军警开枪镇压，屠杀中国工人八名，伤数十人，史称"汉口惨案"；十天后，广州工人、学生游行示威，抗议日、英的暴行，又遭英、法军队开枪镇压，屠杀中国民众五十余人，伤一百七十余人，史称"沙基惨案"；1926年3月，日本军舰炮击天津大沽口，史称"大沽口事件"；同年9月，英国军舰炮击万县，死伤中国军民数千人，焚毁民房商店数百家，史称"万县惨案"；1927年3月，英、美军舰炮击南京，死伤中国军民二千余人，史称"南京事件"；1928年5月，日本侵略军攻占济南，奸淫掳掠，屠杀中国军民万余人，史称"济南惨案"；同年6月，日军预埋炸药，在皇姑屯炸死张作霖，史称"皇姑屯事件"。这一系列事件和惨案，使曾为革命军人的文公直深感蒙受了奇耻大辱，由此又引起他对当时流行小说的不满，故作《碧血丹心》以鼓舞中国人的斗志。

文氏著《碧血丹心》虽声言发扬武侠精神，但其胸中原激荡着一股冤抑不平之气。军人出身之文氏，不能征战沙场报效国家，被迫以笔代刀，纸上谈兵，其心情不言自明。这就使他笔下的武侠与一般武侠小说中之武侠有所不同，一般武侠小说着重的是惩恶扬善，除暴安良，路见不平，拔刀相助，着重的是正义感，而文氏笔下的武侠却着重在一个"忠"字。表面上看来，他写的是忠君，是一种落后于时代的封建意识，其实文氏所提倡的是忠于国家、民族，并非忠于君主个人。他笔下的君恰恰是不顾国家、民族利益，只顾个人权力的历史罪人。文氏在自《序》中把这一点说得很清楚，他说："朱元璋以匹夫而得天下于马上，驱异族出塞，其所本者民族之忠侠性耳，其功业之成固无文事也。乃既得称帝南都，苟安畏难，不为彻底之谋，而唯求永世之术，以八股愚民，以戮功之事；遂令国内无可用之兵，盈廷皆坐谈之士，于是而有瓦剌之祸，终成土木之辱，蹈宋之覆辙，而重演元首为俘囚之耻剧。幸以于忠肃公之忠侠奋发，力排迁都及乞和之议，得保全民族之安全，而不致为南宋之续。乃英宗朱祁镇图一己之私，忘救己之恩，毒害于公，而复宠宦竖，斥武侠，积弱所致，遂有清之祸。此就历来中夏之君论之，其证已显然昭示吾人矣。"这一主题预计在第四部《碧血丹心卫国传》中通过于谦冤死来完成，可惜计划未能实现，留下了一部不完整之作。文公直报国壮志未酬，冤抑不平，他写于谦就是写他自己，他写逆藩就是写当时的军阀，他写朱棣、朱祁镇就是写现实的当权误国者。司马迁《史记·太史公自序》云："夫《诗》《书》隐约者，欲遂其志之思也。昔西伯拘羑里，演《周易》；孔子厄陈、蔡，作《春秋》；屈原放逐，著《离骚》；左丘失明，厥有《国语》；孙子膑脚，而论兵法；不韦迁蜀，世传《吕览》；韩非囚秦，《说难》《孤愤》；《诗》三百篇，大抵贤圣发愤之所为作也。此人皆意有所郁结，不得通其道也，故述往事，思来者。"文氏《碧血丹心》也正是一部述往思来之作。作为历史武侠小说，不仅要以某个历史事件为背景去描述武侠故事，更要作者有一种针对现实的历史使命感。这正是文公直不同一般之处，我之看重《碧血丹心》，原因也在于此。

当然，作为小说，艺术表现技巧的优劣直接关系着它能否吸引读者。在这方面，文公直的文笔虽不能说十分高超，但也不失其生动流畅。一般说来，文氏的小说艺术重事实不重铺张，以行文明快、有条不紊见长，特别是他写战争场面时，这种优点显示得更为突出，行军布阵，混战厮杀，都能面面顾到，条理分明。这自然是由于文氏曾受过系统的军校教育，又曾亲自领兵连年征战沙场，以军功获少将军衔，故而写起战争场面来游刃有余，但同时也表明他的文笔颇有功力，仅仅熟知战场实况而无相应的表达能力，心有余而力不足，也不能取得他这样的成绩。

文公直定居上海多年，也曾广泛浏览上海新出的各种小说，或即因此而使他的文笔具有了南派小说的风格，尤其是他笔下的女侠，颇有些类似包天笑笔下女性的味道。

在民国的历史武侠小说作家中，文公直可算最引人注目的一位，和当时上海的其他武侠小说名家相比，他的常识和文字功力并不弱于平江不肖生，较顾明道、姚民哀则尚胜一筹，可是他的作品却不如平江不肖生和顾明道的作品那样风行，这主要是由于文氏著文言志，重教育轻娱乐，重事实轻铺张，因而趣味性不足。文氏企图以《碧血丹心》挽颓唐之文艺，救民族之危亡，正当世对武侠之谬解，结果矫枉过正，反而削弱了作品吸引读者的力量，这不能不说是文氏的失策。

目　　录

叙源流荒蛮勤辟土
述旧绩青史炳鸿文

如火的赤日,照彻大地,使得一切生存在大地上的人们无不汗流浃背。尤其是南部的农民,这时正当是努力田畴以求收获的紧要时候,只好坚强着天地父母所给予他们的身体,整日价和炎威高压的赤日相抵抗,狠命地为生命而挣扎。

他们唯一的安慰,就是夕阳西下后,几碗糙米饭,七尺芦草席,一枕黑甜,寻觅那人生的幻梦。晨鸡一唱,笨重的铁锄又压上了他们的肩头,驯而且笨的老牛做了他们的前卫。柴扉启处,蜡黄的面皮,黧黑的肌肤,又和初升的赤日做了坚强的撑持者。

但是他有的是坚决的精神、刚强的体魄、沉着的意志、毅勇的心思。不但成了为人类服务的第一等大英雄,伟然峙立在人生的途中,而且成为人类国家的主体、中坚分子。谁也不能不承认他是人类生存的维持者,谁也不能反对他握有人类生活的整个主权,这就是人类中无上上品的农人。

四川省的忠州,在三百年前,还是一片荒野。丛丛莽莽的衰草布满了这膏腴的大地,活动的动物,只有毒蛇猛兽。亘古无人烟,遍地皆秋草,本是塞外的风光。然而西南部川蜀,竟也有这种境界。自蜀汉三国时代,历南北朝时的前蜀、后蜀,无数的"西蜀天子",却始终没把这一片荒原辟成人类栖息之地。虽然在志书上有"忠州"这么两个字存在着,却都视作蛮荒,没人过问。任令一班未开化的苗族,拥戴着那征服他们的族中之强者——土酋,在这一片"化外"的地域中,作威作福。

当距今日三百八十年以前时,成都有一家耕读人家,姓秦名叫无再,一家五口,都是兄弟子侄。秦无再是家主,兄弟秦无逸、儿子秦榛、秦

1

槐，侄儿秦树（秦无逸的儿子）；可是都是单身汉子，谁也没有室家之累。自他家祖上就佃种得两项田地。成年整日的，日出而作，日入而息，过着极平常而且极劳碌的生活。

他们这一家子，有一点是和左近一般农民不相同处，或者也可说是各地农民社会中所不多见的，就是他们自幼都是祖父相传，读书识字。虽不做八股文章，不图骗取乌纱玉带，却都能见理能文。还有一点，就是祖传拳棒，终身练着。都不是为欺负旁人，自逞英雄。只为着辛勤自卫，防护盗贼的侵害、强暴的威胁。这两项是他们两代五个人一致的本领，也就是农事而外的日常功课。

他们终年的辛勤，很不容易得来的收获，却是自家享受不到一半。到那一半，甚至是三分之二，却要恭恭敬敬、服服帖帖献给那永不下田、永不做工的坐食者——田主。每年耕种时，请帮忙工要垫本钱，买肥料要垫本钱；甚至养牛、车水以及收获时赶天气请打稻工，无一不要垫本钱。收着了，除去本钱的再算自己一家五口在耕种期间食用，就只剩下缴纳田租了。缴过田租之后，仍然是十指空手，相对无策。下半年的食用，仍要设法做工，另找饭吃。甚至东家厉害一点儿，要除糠去碎，大斗加斛，弄上一弄，便连自己的吃粮也得全都贴上，还要告哀告苦，受申受斥，才得勉强完事。再要命运不济，遇着了水旱虫伤，偏灾天祸，既不是人力防护得来的，自然是束手无策。却是地主的租粮，仍是不能减少。不怕连裤子也卖掉，东家只是知道按数收享，一概不问。秦家这五口子，就这样忙得少的老了，壮的弱了，也不曾成得一份人家，过得一天日子，反而累死了两个苦命的媳妇。

似这般度日如年，也就是度年如日。秦无再有一天送租给东家，被东家挑剔十足，说尽了好话，终至下跪，才由补十石减到补八石。再要减是不行的。如果违抗，马上就有送县押追的险难。没奈何，只得忍痛且自答应着。想回家时再和兄弟商量哀求本村村董，去借高利债，来填这亏累。东家是不问的，只要如他的意，反正佃户是贱骨，不折磨他，就要放刁的。

秦无再挑着空箩，垂头丧气，离了繁嚣的城市，来到绿野的乡村。一路走着，暗自思量："我为什么这般不如人？不是为着没有地吗？地，是天然的，为啥人家有，我没有咧？他拿钱买地，就算这地的主人，那么，

2

这块地最初时是谁的？难道是有一个人造成这地，拿来出卖的吗？我想一定没有这样的事。也不过去官府强占着说'这地卖多少'，有人给钱，就买去了。不对，这地怎么会值钱呢？一定是有人把它开辟垦种，使它能够出产生利，地就值钱了，能卖了。一定是这个道理！那么，最先开辟这地，使它能产生值钱的，一定也是个人呀！怎么我就不行呢？我为什么一定要受人家的苛刻呢？不，只是受他那几个钱的苛刻，他没钱买地，不就和我一般吗！又怎成苛刻我呢？我就是没钱，才受这劳罪。要爽快，先得弄钱！嗜！似这般终年累月，代人家忙，甚至拉亏空，借高利，哪能有钱呢？哦！'有土方有财'，读过的。还是弄片地，弄地先要钱，怎么办咧？哦，有了！我没钱，还有气力。不但我，兄弟子侄都有气力。气力就是钱。与其拿气力整日价白忙，为什么不找二片荒地自己开辟出来，不就是钱吗？不就不受气了吗？哈哈！不就有地了吗？唉！有气力不给自己用，给人家押租、年租，再把气力送给人家，这不是天字第一号的大傻瓜吗？"

主意既得，一肚子愁惨尽化云烟。脚劲立刻陡增，两腿如辘轳，分外提拔得快。没多时，便到了家里。秦无逸赶忙接着问："租缴清了吗？能不出岔子吗？"秦无再把空篓交给伸手来接的秦榛，笑着高声答道："得啦！再受得厉害，也只有这一趟啦！他妈的，随他怎样挑剔，瞧他明年还能对付老子！"秦无逸听着，当是哥哥又憋满了气回来了。不想再勾起他的烦恼，便说："哥，您累了一整天了，今儿树儿没事，去涧里摸得五六条琵琶鱼儿，我给你整治了。还有一瓶请工剩下的黄酒。哥，您歇歇，喝一盅，舒舒气吧！"秦无再点头道："成，兄弟！领你的吧。做哥哥的今儿正想着要喝一盅，还带着想和你细细地谈谈。兄弟呀，哥哥我想着一条大路了。管保你吃苦不吃气，你道好不好？"秦无逸道："只要不吃气，再苦些，有甚紧要！哥，只要您有主意，做兄弟的凭这点儿蛮力拼着干吧！"秦树、秦槐帮秦榛鼓掌了一阵，堂中的白木桌儿调开了，一大黄瓦钵的鱼供在桌当中。两方摆着两双黄竹筷、两只粗瓦碗，还有一只泥封黑瓦瓶，孤竖在桌角上。那一边，一只三条腿，夹着砖衬住一方的歪凳子上，摆着一只小簸箩，上面有一条半白半乌的布覆罩着，布的四周皱隙里，不断地冒着白云也似的热气。那就是秦氏五口子辛苦经年，受尽剥削所剩下的屑屑，其名曰"饭"。

秦无逸拉着秦无再进了堂屋。秦无再取肩头的粗布揩了揩额上汗、颊上尘，仍搭在肩头，便和秦无逸对面坐下。秦树连忙拿起那只孤竖的黑瓦瓶，向旁边歪凳角上碰去封泥，急转身到白木桌横头，给伯伯、爸爸各个满满斟上一碗。

秦无再瞧着秦树说道："来！你们去掇两条板凳来，这儿坐下。"秦无逸道："哥，喝吧，孩子们有得吃的日子呢！"秦无再摇头道："我不是为吃，是要说几句话。叫他们坐在这里，也好听了。"秦无逸听得有话说，便不再说什么，只向秦榛、秦槐说："你们就坐下吧。不小了，也该听听教训了。"秦榛等答应着，去掇了两条板凳，分摆在两横头。秦无再又叫他们取了筷子酒杯来，说道："我今天要大家乐一乐，因为我们从此以后，想要脱离苦海，给秦家子孙脱去张奴皮呢！"

秦无逸陪着他哥喝了一碗，一面夹着鱼，一面说道："哥，我瞧您今儿很高兴，许是遇着什么机会吧？要不，就是遇着东家高兴，今年没叫再补粮，是不是？"秦无再眉头朝中间一挤，额头上顿时显出几条皱纹来，直摆着颗黑脑袋，说道："再不要提那东家呢，哪是东家，简直就算冤家罢咧！不挑剔，不爱少挑剔罢咧！照他的斗斛量，还多了一斗七升，却又说：'砂子多，稗子也不少，补十石吧。要不肯，就过风箱。'你想，新谷子，太阳底下才收来的，能过他那大夹板风箱吗？给那大夹板一扇不要说十石，许还缺到十五石、二十石，也说不定呢！你说他们管地掌产的心狠不狠？"

秦无逸道："那么，怎么赔得起咧？家里总共只剩得十四石谷子。五口人，光吃得三石谷一个月，原本就差多了，还想冬里去帮锯木，混过几个月。如今再补去十石，只剩四石，这八、九两个月怎么得了呢？"说着，便愁眉紧皱，饱含着两眶眼泪。却恐怕哥哥着急，不忍流下，极力噙在眼眶里眼角里，筷子只在瓦钵里翻腾，始终不曾夹一块鱼进嘴。

秦无再已觉得兄弟在伤心下。再瞧两个儿子、一个侄儿，也都惨然呆着，默默相对，好像有无限苦楚，说不出来。不觉长叹一声，道："咳！我比你们早就着急了。不过呆着急，有什么用处？我已经想得了一条死里逃生的大路。不过得大伙儿齐心协力，猛着待着，朝前傻干才行。"秦无逸先是一喜，道："咱们这一家人还有谁生心躲懒吗？"忽然一想，陡然满面惊惶道："哥！您不要想左了！东家的势力不小呀！咱们傻干，拼了五条命，只算是白丢！那可不是玩儿的！宁肯咬着牙齿忍着痛，拼着多饿几顿吧！穷人反正是该死的。"秦无再笑道："我没想左，兄弟你倒是想左了！你当我平常时气性不好，有点儿爱伸拳去，就当我今日说的这条死里逃生的大路也是向东家伸拳去，是不是呀？兄弟！你错了！哥哥纵然傻，也没个拿着父母给的身子向老虎嘴里白送的道理！哥哥我是想另外一条不受气的生路啊！你且不要着急，待我来告诉你。这条路是用不着和旁人斗口斗手的。"

秦无逸喜道："哥呀！哪有这么好的生路呀？您快告诉我，哪怕拼了命也去干去。"秦无再道："我想着，有了地就能不受人气。要有地咧，除去花钱买，就是到那没人烟的地方去开辟去。前回石柱司官召人去忠州垦荒每人给二十亩，还给耕器并给六个月盐米，咱们有五个人，可以去领一百亩地。把这儿的佃退了，就算赔补八石谷，还可以收回四十五两银子押租，多买两头牛马，再置一挂车，剩下做盘缠和贴补冬季春季不够时的开销。这不比在此地怄气的强多了吗？"

秦无逸大喜道："哥！咱们马上就去。只是谁做引荐呢？"秦无再道："有！有！有！村西开杂货店的王九公就荐过文七、白二两对夫妇去。咱们如今只去找王九公，送他些礼物，保管就成功了。"秦无逸欣然说道："那么，事不宜迟，不要招满了，咱们去赶个马后炮！"秦无再道："我昨日在杂货店里买取灯儿才听得说的。没那么快就满吧？不过干事总得一说就干，才是正经，白饿着是不对的，我今夜乘空就去一趟。"

有了这一条生路，虽然还不曾踏上去。已经是喜气盈庭，合家欣乐，满室皆春，生气盎然。就是这一桌涧鱼土酒，也就顿时赛过山珍琼液。兄弟子侄五个人酒毕再饭，既醉且饱，其乐陶陶。秦无再又和兄弟商量了许多退佃登程，以及路上长行的事。盘算个周到，才洗了澡，换一身布衣专程去会王九公。

秦无逸率领子侄在家中收拾零碎，静待好音。约莫二更多天，才听得门外狗声汪汪。秦无逸连忙叫秦树去开门，果然是秦无再回来了。满面欢容，还带着酒气行街进屋，剥了布衫，便叫"榛儿泡茶"。秦榛连忙准备好的冷茶送上，秦无再灌了个饱才道："好痛快啊！我和王九公一说，他就十分怂恿。我说明事成重谢。哪知他一文不要，反留我吃喝。谈入了港，他告诉我：'召一个人去，马司官给五钱银子，带家眷，再给五钱，没成丁的男女孩子都给二钱银子。还有每口二斗路粮，半贯钱路费。'他只要我把这份儿给他，他就满够了。我一口答应，他高兴得了不得，请我吃喝了十足。可是后天就有一班动身。要赶不上，就不知候到哪一天才有第二班，他们是十家一班呢。"

秦无逸听了大喜，连三个孩子也十分快活。当夜谈了一整夜，也不觉疲倦。天明时就尽力拾掇。秦无再也到城里去找东家，退佃取押租，并送了八石谷去。他家种的地，本来是上田，东家不愁没人佃。虽然欢喜秦家人善易欺，却是他去志已决，留之不得，只得将押租全退。因为赔谷八石已经送到，便不曾克扣，还给四十五两。不过银子是次色的罢了。

秦家五口忙了两整日，等三日清晨，牵着新买的牝牛和原有的牡牛，一辆大车，套着牝牡两头牛，载着行李等件，到王九公店里取齐。一路同行的人都会着了，也有些送行的乡邻都依依不舍，直到石柱差来的士兵催促登程，大家才互道珍重，迤逦登程，径向石柱进发。

秦无再、秦无逸兄弟二人率领刚成年的三个儿侄，到了石柱，会齐同行诸人进见土司马宣慰使。宣慰使问得秦家五口都读书习武，实在是垦民中少有的，便分外优给廪饷，令着当村首，管辖这召来的垦民。秦氏弟兄真是喜出望外，每月有六石廪粮、四两银子，由宣慰使衙门给领。就是不耕种也可衣食无忧，这是何等欣喜的事情呢！但是秦家仍是力田自活。只设立义塾，开导愚民，官慰、使衙门中人都欢喜他们谨慎老成，无不另眼看待。

秦家五口，披荆斩棘，逐虎除蛇，开辟一大片荒土，不下二三千亩。几年中都由秦无再兄弟召来乡人耕作。宣慰司使授给头人职衔，俨然为一地之主。同时又教书，又练乡勇，把个蔓草僻寒的地方，居然开成天府之国。五年以后，扩地数百里，聚民数万人。秦氏小弟兄也各联姻娅分别成家。从此石柱秦家转成了有名的大户。先前的东家已是望尘莫及，结计无缘。然而秦家仍是一本谨守，文武兼夺，长守家风，绝不奢侈。训教子弟，最为严肃。所有地方人民都感化得如秦家一般，奉秦家为主县。秦家行道积善之余，便教养出一位自古无般、中外罕二的盖世女英雄来。这人是谁？且待我抄两篇文字为证，要知这英雄，请详阅下面两文便知。

大明追赠少保、太子太傅、前军都督府、都督同知、镇东将军、四川总兵官、领定抚使、兼招讨使、征辽将军、石柱宣慰使司宣慰使忠贞侯秦良玉传：

秦良玉，忠州人，嫁石柱宣抚使马千乘。万历二十七年，千乘以三千人从征播州，良玉别统精卒五百，裹粮自随。与副将周国柱扼贼邓坎。明年正月二日，贼乘官军宴，夜袭。良玉夫妇首击败之，追入贼境，连破金筑等七寨。已，偕酉阳诸军直取桑木关，大败贼众，为南川路战功第一。贼平，良玉不言功。其后，千乘为部民所讼，瘐死云阳狱，良玉代领其职。

良玉为人饶胆智，善骑射，兼通词翰，仪度娴雅，而驭下严峻，每行军发会，戒伍肃然。所部号白杆兵，为远近所惮。

泰昌时，征其兵援辽。良玉遣兄邦屏、弟民屏先以数千人往。朝命赐良玉三品服，授邦屏都司佥书，民屏守备。

天启元年，邦屏渡浑河战死，民屏突围出。良玉自统精卒三千赴之，所过秋毫无犯。诏加二品服，即予封诰。子祥麟授指挥使。良玉陈邦屏死状，请优恤。因言："臣自征播以来，所建之功，不满谗妒口，贝锦高张，忠诚孰表？"帝优诏报之。兵部尚书张鹤鸣言："浑河血战，首功数千，实石柱、酉阳二土司功。邦屏既殁，良玉即遣使入都，制冬衣一千五百，分给残卒，而身督精兵三千抵榆关。上急公家难，下复私门仇，气甚壮。宜录邦屏子，进民屏官。"乃赠邦屏都督佥事，锡世荫，与陈策等合祠，民屏进都司佥书。

部议再征兵二千。良玉与民屏驰还，抵家甫一日，而奢崇明党樊龙反重庆，赍金帛结援。良玉，斩其使，即发兵，率民屏及邦屏子翼明、拱明，溯流西上，渡渝城，奄至重庆南坪关，扼贼归路。伏兵袭两河，焚其舟，分兵守忠州，驰檄夔州，令急防邦塘上下，贼出战，即败归。良玉上其状，擢民屏参将，翼明、拱明守备。

已而奢崇明围成都急，巡抚朱燮元檄良玉讨，时诸土司皆贪贼略，逗留不进。独良玉鼓行而西，收新都，长驱抵成都，贼遂解围去。良玉乃还军攻二郎关，民屏先登，已，克佛图关，复重庆。良玉初举兵，既以疏闻。命封夫人，锡诰命，至是复授都督佥事，充总兵官。命祥麟为宣慰使，民屏进副总兵，翼明、拱明进参将。良玉益感奋，先后攻克红崖墩、观音寺、青山墩诸大巢，蜀贼底定。复以援贵州功，数赉金币。

三年六月，良玉上言："臣率翼明、拱明提兵裹粮。累奏红崖墩诸捷。乃行间诸将，未睹贼面，攘臂夸张，及乎对垒，闻风先遁。败于贼者，唯恐人之胜，怯于贼者，唯恐人之强。如总兵李维新，渡河一战，败衄归营，反闭门拒臣，不容一见。以六尺身躯，须眉男子忌一巾帼妇人，静夜思之，亦当愧死！"帝优诏报之，命文武大吏皆以礼待，不得疑忌。

是年，民屏从巡抚王三善抵陵广，兵败先遁。其冬，从战大方，屡捷。明年正月，退师。贼来袭，战死。二子佐明、祚明得脱，皆重伤。良玉请恤，赠都督同知，立祠赐祭，官二子。而是时翼明、拱明皆进官至副总兵。

崇祯三年，永平四城失守。良玉与翼明奉诏勤王，出家财济饷。庄烈帝优诏褒美，召见平台，赐良玉彩币羊酒，赋四诗旌其功。会四城复，乃命良玉归，而翼明驻近畿。明年筑大凌河城，翼明以万人护筑，城成，命撤兵还镇。七年，流贼陷河南，加翼明总兵官，督军赴讨。明年，邓圮死，以所部皆蜀人，命翼明将之，连破贼于青崖河、吴家堰、袁家坪，扼贼走郧西路。翼明性恇怯，部将连败，不以实闻，革都督衔，贬二秩办贼。巳，从卢象升逐贼谷城。贼走均州，翼明败之青石铺。贼入山自保，翼明攻破之。连破贼界山、三道河、花园沟，擒黑煞神、飞山虎。贼出没郧、襄间，赠治郧阳苗胙土遣使招降，翼明赞其事，为贼所绐，卒不降。翼明、胙土皆被劾。巳而贼犯襄阳，翼明连战得利，屯兵庙滩，以扼江汉之浅。而罗汝才、刘国能自深水以渡，遂大扰蕲、黄间。帝以郧、襄属邑尽残，罢胙土，切责翼明，寻亦被劾解官。而良玉自京师还，不复援剿，专办蜀贼。

七年二月，贼陷蕲州，围太平，良玉至乃走。十三年。扼罗汝才于巫山。汝才犯夔州，良玉师至乃去。巳，邀之马家寨。斩首六百，追败之留马垭，斩其魁东山虎。复合他将，大败之谭家坪北山，又破之仙寺岭。良玉夺汝才大纛，擒其渠副塌天，贼势渐衰。

当是时，督师杨嗣昌尽驱贼入川。川抚邵捷春提弱卒二万守重庆，所倚惟良玉及张令二军。绵州知州陆逊之罢官归，捷春使按营垒。见良玉军整，心异之。良玉为置酒，语逊之曰："郡公不知兵。吾一妇人，受国恩，谊应死，独恨与郡公同死耳！"逊之问故，良玉曰："郡公移我自近，去所驻重庆仅三四十里，而遣张令将守黄泥洼，殊失地利。贼据归、巫万山巅，俯瞰吾营。铁骑建瓴下，张令必破。令伐及我，我败尚能救重庆急乎！且督师以破为垫，无愚智知之。郡公不必以此时争关夺险，令贼无敢即我，而坐以设防，此败道也。"逊之深然之。已而捷春移营大昌，监军万元吉亦进屯巫山，与相应援。其年十月，张献忠连破官军于观音岩、三黄岭，遂从上马渡过军。良玉偕张令急扼之竹簜坪，挫其锋。会令为贼所殪，良玉趋救，不克，转斗复败，所部三万人略尽，乃单骑见捷春，请曰："事急矣！尽发吾溪峒卒，可得二万。我自廪其半，半饩之官，犹足办贼。"捷春见嗣昌与己左，而仓无粮，谢其计不用。良玉乃叹息归。时摇、黄十三家贼横蜀中。有秦缵勋者，良玉族人也，为贼耳目，被擒，杀狱卒遁去。良玉捕执以献，无脱者。

张献忠尽陷楚地，将复入蜀，良玉图全蜀形势，上之巡抚陈士奇，请益兵守十三隘，士奇不能用。复上之巡按刘之勃，之勃许之，而无兵可发。十七年春，献忠遂长驱犯夔州。良玉驰援，众寡不敌，溃。及全蜀尽陷，良玉慷慨语其众曰："吾兄弟二人皆死王事，吾以一孱妇，蒙国恩二十年，今不幸至此，其敢以余年事逆贼哉！"悉召所部，约曰："有从贼者，族无赦！"乃分兵守四境。贼遍招土司，独无敢至石柱者。后献忠死，良玉竟以寿终。

翼明既罢，崇祯十六年冬，起四川总兵官。道梗，命不达。而拱明值普名声之乱，与贼斗死，赠恤如制。

附《明史杂录》

忠顺昔受封，慕华款贡市；功惟不内犯，而无臂指使。石柱白杆兵，勤王万里行；征播剿楚、豫，解围成都城。奢、安以次

9

安，噬蜀贼锋横。西南半壁天，孤撑一掌劲。夫瘐云阳狱，阵亡者季（民屏）、孟（邦屏）。老寡百战余，安然考终命。平生娴翰墨，笳鼓叶兢病。木兰女儿身，戎装拖朝绅。伞盖拜汉赐，於铄冯夫人。

记秦贞素将军事

香山何日愈（子持）《存诚斋文集》书明都督总兵秦良玉佚事：

明都督总兵秦良玉者，奇女子也。其征播，征蜀，征辽，征奢崇明，复重庆，屡败张献忠、罗汝才，平红崖、观音寺、青山墩诸大寨，蜀贼底定。征播之役，一日连破金筑等七寨，为南川路功第一。累迁至都督总兵。及张献忠犯重庆，良玉献策，请保十三隘。抚臣邵捷春不听。又请尽起溪峒兵，恳给廪饩。捷春与陈士奇皆不许。献忠遂长驱大进，全蜀沦陷。《明史》已大书特书之矣。然事之始末，未得而详。余宦蜀年久，尝求其使事而不得。道光庚戌，余权新都篆。广文刘石溪言："尝见《石柱志》及《马氏家乘》于陈鹤亭处。"因述所闻，得梗概焉。

玉生于忠州之鸣玉溪，字贞素。年方毁齿，聪慧绝伦。父葵，岁贡生。兄弟三人尤钟爱之。幼课以章句，长通经史，晓大义。当万历时，盗贼蜂起。葵知天下必乱，以兵法部勒子弟，且谓玉曰："汝虽弱女子，盍亦习兵！毋徒为寇鱼肉。"玉欣然，与兄邦屏，弟邦翰（民屏），同习骑射击刺之术。葵又授以韬略。学成，而玉尤精其法。葵当语诸子曰："惜不冠耳。汝兄弟皆不及也。"玉曰："锦伞锦车，曷当冠哉？使儿得兵枋，夫入城，娘子军，不足道也。"葵益奇之，缘是问名者皆未肯轻许。石柱马千乘慕其名，求委禽焉，葵许之。于归后，千乘敬之如宾。一日语千乘曰："今四海多故，石柱界楚、黔之交，不可亡备。且男儿当求树勋万里，奚用坐守为？"千乘然其言，进与玉治兵。斩白木为杆，号令皆商之玉。其下亦敬畏玉，至不敢仰视。万历二十八年正月初二日，贼夜袭官军，诸营皆溃。玉与千乘先期令于军中曰："有解甲韬戈者斩!"夜半,寇大至。玉与千乘首尾夹击,大败之。督臣李化龙匿不以闻,玉口不言功,而白杆兵由是名闻天下。千乘以论开矿事,忤内监丘乘云,逮云阳狱,瘐死。子祥麟未壮,玉奉命袭职。遂卸裙钗冠带。家将文指挥妻白氏,祥麟妇张凤仪及左右侍婵,皆男装雄服,随玉征战。奢崇明之围成都也,畏白杆兵,遣使樊定邦赍金求助。玉大怒曰:"贼奴敢污我耶?"遂斩其使,焚书,以金帛犒三军,往援成都。适四川布政朱燮元破崇奢明、吕公车,会玉兵至,获斩亡算,崇明大败遁去,围遂解。玉旋复重庆,蜀平。玉之奉命援辽地,杏山之战,洪承畴败绩。刘挺全军覆灭,玉独完师还。

初,玉入都,上召见于平台,赐一品服,御制诗三章褒美之。有"世间多少奇男子,谁肯沙场万里行"之句,朝野荣之。都人闻白杆兵至,聚观者如堵,马不得前。玉驭军严,秋毫无犯。至今京师虎坊桥西迤北,都人呼为四川营,即以玉得名也。张献忠之未入蜀也,蹂躏大江南北,武昌鱼几不可食。杨嗣昌欲诱之使入蜀以困之。知其畏玉,遂解玉兵柄,献忠知玉不用,遂犯蜀。捷春、士奇复不用其策,而全蜀陷且屠矣。子妇张凤仪,张忠烈之女,与夫祥麟守襄阳,孤军与贼战于严家庄,援兵不至,皆没于阵。祥麟亦有勇略,屡立战功,仕至指挥使,晋宣抚使。祥麟之殉襄阳也,先与其母书,言:"儿誓与城存亡,愿大人勿以儿为念!"玉批其旁曰:"好! 好! 真吾儿!"其书今尚存。玉既罢职闲居。甲申之变,闻帝殉节煤山,衰绖,望阙大恸,气绝者再。时献贼屠蜀,独不敢犯石柱。避难于其境者,皆借以保全。每闻惨杀,辄痛愤不胜,叹当道失策。以明永历四年戊子,疾卒于家,年七十有五,时清顺治五年也,葬城东之回龙山。

将卒,戒祥麟子万年曰:"今蜀惟石柱完,以我在故也。我死,寇必至。城东南万寿山,险阻可守,吾以预备糇粮军备于此,有警,可率军民守之,勿以资寇。"逾二年,贼将谭宏等果大至,焚掠一空。万年遵遗命,先率军民保守万寿山。幸粮足,贼屡次不克。清顺治十六年,清军平蜀,遂率众纳款,赐敕印,如前明故事。万年卒,传洪裔;洪裔传宗大;宗大传光裕。光裕无子，妻陈氏青年守志，抚侄光裁为嗣。乾隆初，以不谨降通判。寻改土归流。马氏自宋建炎以来，抚有境土六百余年，珍藏颇充。每春秋陈说，昭耀庭中。厅丞某涎之。与幕宾劣生数人缘事籍其家。未尽者，为族子光绪干没，而马氏家藏罄矣。亡何，丞昼见女将，金甲，腰弓矢，怒目视，曰："汝何破吾家？"抽矢贯其胸而仆。幕宾、劣生而相继暴卒。光绪裂腹死。马氏家藏既尽，惟御赐蟒玉一品服，今尚灿烂如新云。后为盗窃之江右，官诘知为上赐玉物，贵还其家。玉用法严，有犯，虽亲族不少贷。料敌如神，缘见沮于当道，未竟其用，使终老牖下。盗贼喋血而游，嗣昌、捷春、士奇不得辞其咎矣！呜呼！玉生而忠勇，没有灵异，子若妇，皆慷忾捐躯，岂非有以教之哉！真古今独一之奇女子也！

陈鹤亭又言："《石柱志》及《马氏家乘》玉墓碑书：'明忠贞侯太子傅'字于'都督总兵'上。鹤亭尝亲谒其墓，泫然。末书'永历四年某月日葬'云。考《明史》未载封侯及加官衔事，臆永历追赠之。不然，万年岂不谬哉！姑存之以俟博览者考证焉。兄邦屏亦没于阵，赠都督金事，赐世爵。弟民屏，晋副总兵。葵尝戒诸子曰：'女曹能荷戈，不忠明者，非吾子孙也！'皆唯唯。晚年自号玉溪遗老。当万历之时，天下尚未大乱，而葵训教诸子女皆成干城。一家驰驱王路，以纾国难，女为奇女子，男为烈丈夫，忠烈出于一门，彪炳史册，葵实教之，何其贤也！固并书之，以补史传之缺。"

青圮曰："张南林《对雪亭文集》有：乾隆三十八年代石柱同知祭秦良玉文，称秦衔，亦云'明少保、前军都督同知总兵官、镇东将军、石柱宣慰使司、宣慰使、忠贞侯秦夫人之墓'，可证忠贞侯确为永历朝赠爵。今京师四川营，于光、宣中设女学，其额亦书'秦少保'，则良玉不第赠官衔，且赠少保矣。少保，当亦为永历时赠之衔。《芝龛记传奇》演秦氏事，力辩面首之诬，诚为卓见。观于此文，共庭训凛凛，知其父乃纯儒之有用者。宜其一门毅勇忠烈，岂复有立身不洁之事？为此语者，殆因土司乔野，不甚别男女，故疑秦氏染其习，乌知其乃出身儒门闺秀，风义凛冽，迥非寻常女子可比！轻薄文士，何足以测之！"

附《忠贞侯考》

按：秦贞素将军墓在忠州东城之环龙山。士人呼为"迴龙山"，或书作"回龙山"。墓碑首书"明少保忠贞侯"。虞山王宗伯以《明史》无秦良玉加官衔及封侯事，以为妄。窃疑马氏本世族，入清犹纵宣抚司职，为忠州大户之首，当不知如是僭妄以污其忠烈之先妣。频年搜考，幸得《南明史稿》载"永历四年，马万年奏祖母西川招讨使秦良玉薨，追赠少保、忠贞侯"云云。既又得《春晖堂笔记》写本，卷中《永历杂记》有一则云："当入滇之先，遣使往忠州加秦良玉太子太傅，任以四川招讨使，仍以镇东将军，督兵靖州中诸贼。盖乘舆拟入蜀，进则谋出大江，取武昌，为北伐之计；退亦求如蜀汉之偏安，以存朱明一线也。良玉时方疾，言泪扶杖，起而拜命，泣曰：'老妇朽骨余生，实先皇帝恩赐，岂敢不负弩前驱，以报万一！'使者返东及复命，而秦良玉呕血卒，驰报至矣！呜呼，事虽不可知，亦明室之大不幸也！"于以知秦贞素将军不仅封宫衔，赠列侯，且曾拜招讨之命。皆为清代修《明史》者斥为伪朝，而抹杀之。当将军营葬时，西蜀尚非清有。故其孙马万年为其祖妣立碑，仍得列衔奉明正朔。后世虽终屈于清，将军之丰碑固无改竖之理，而将军始终明室，忠贯日月，不为势移，不为威屈，终不肯沾受些许胡虏膻腥之赤忱丹心，于是益昭垂千古，朗若日星。谓马氏妄者，殆东逴深考，毋宁为墓中忠魂所笑耶！

第一回

白发红颜千峰养志
冰心竹节万里寻夫

　　一座插天的高岭，厜㕒大石，崛峛屹峙，巅削崖矗，无路可通。正中万峰朝拱，笋丛笔林般的窝围中，有一座拔地直上、穿入云际的独秀峰。峰正中，有一座低头崖，崖额之下，成就了一个深阔的洞口。由洞口朝里望，是曲折阔狭、奥幻无穷的大石室，也不知有多少深邃。洞口苍苔满布，碧藤缠绕，但见翠碧的空窿，瞧不见周围山石的轮廓。洞中本来不见天日，恰巧石壁右方有一个歪歪曲曲的石罅，好似天生的窗子；石壁左方有一条笔直露开的石隙，正透入外面石崖回照的天光；洞后侧还有个直通峰尖的风洞似的直孔，斜斜地沟通到洞里，雨淋不久，风行得过，恰成个气眼。这三处的光在洞内一聚，互射反映，照耀得石室里彩色纷披，如黄金洒地。向里走去，经过一座崖缝，里面便是一大间石屋。当中竖着一片石壁。转过石壁，那边一般的一间洞，却是稍低一些。迎面便是后洞口，迎天开着，如虎张颏，却是生在悬崖之上，并无出路。洞里也设梯级可达这后洞口。前后之洞中，不知哪年哪代，有人就那地下生出的嶙峋石块稍加琢削，成为石凳、石桌、石几、石床等物。前洞更就崖石凿成仙像、香案炉、供烛座，都很齐全。虽然不精雕细刻，却是模样宛然，型础坚定。

　　一天早上，东边一轮红日，栲栳般大，由对面山崖缺坳里，冉冉上升，火一般赤，照得满山如血染火炎，乍瞅去，好似那山坳是一张大嘴，吐出这一团朱明可畏的东西来。习习的晓风，趁着这清明的一刹那，拂花分枝，冉冉而过。天上的明空，曙光华耀着这万笏朝天似的古老山峰，齐焕异彩。

　　这时，洞口走出一个方巾直裰的白发老者，仰头望天长嘘一口气。徘徊了一会儿，猛然长啸一声。响亮处，山鸣谷应，恍如狮吼龙吟。那洞口碧草忽然分披，闪出一个白脸红腮的少年来，瞧着这老者道："先生，好太阳啊！"老者微微颔首，忽又微喟道："荃儿，你和我到这里多少时候了？"少年竖身出洞，走近老者身旁道："先生！你怎么问这个呀？我记得来的时候很冷的，却是这山上还是一般有草木。直到现在草木仍是一般，也分不出季候来。只觉得冷过八次，如今差不多又该冷了。先生您道是不是？"老者点头道："这山里草木是常年不凋的，所以也无严寒溽暑。屈指计算，你到这里，已经是九个年头了。"少年笑道："先生，这几多时日，您也不曾说到这个，为什么今儿忽然记着呢？"老者道："荃儿，我是人间废物，老死洞中，原不足惜。你咧，就不能和我相提并论了。我身无牵挂，你却恩怨未了。我能埋骨山中，你却不能永离人世。须知一事未了，终是纠缠，万缘皆空，乃为解脱。我已幸得解脱之机，你却方在纠缠之始。荃儿，你和我虽共处深山，相依为命，却是前路不同，相隔天壤。我怎能久久羁留你在山中，误你误我呢？"

少年大惊道："先生，您怎么忽然说起这话来？想我自幼随先生入山，虽然来自人世，却自问和人世一无纠缠。承蒙先生开导教训，粗知性理。方自窃喜未染凡尘，得终生清净，伴侍先生。如今先生忽然说我纠缠方始，可怜弟子我此心久槁，绝没念及尘浊，而且于人世间一切都是不识不知。请问先生，这纠缠从何而起？叫弟子我如何了结得来？先生说孽由心生，缘由自结，弟子自问自幼入山，未生寸心，更没见过一人，接过一物，有何因缘，纠缠不已呢？先生，我虽年幼，幸喜未涉尘寰。果然有开罪先生之处，求先生弗吝责罚，弟子甘心领受，千恳勿将弟子贬谪人寰，生死不敢忘恩！"

老者微叹道："荃儿，你须知事在今日，我也做主不来。你说你一尘未染，你可记得上山以前的事？因甚上山来的？"少年大吃一惊，木立半响。凝神回想，模糊难忆，痴然不能回答。老者两眼注视少年，目不转睛，睫不交眨。好一会儿，见少年额上汗淋，颊上红晕，却终答不出一字来，不觉摇头叹道："咳，孺子已迷本性了！九年来，往事如烟，已成陈迹。我今日重提，原非得已，死友重托，不敢轻负。这也就是我未了的孽债，岂仅是你当年的纠缠？荃儿，随我来！我有话告诉你。"

少年颓丧着皱眉低头，挪步随老者行入洞中。老者向洞左石凳上坐下，随唤少年在对面石凳上坐下。老者掀髯说道：“我们在山中是用不着姓名，姓名也久不提起了。如今你要晓得这事是如何一桩事，先得明白了自己的姓名。我的姓名久已荒废。就是人世间，有知道我的，也只叫我甑甄子，此外别无流传的姓字。你咧，本姓白，单名叫个超字，别字越起。这是你父母给你题的。盼你能如三国马超一般，潼关大破曹兵，永远从汉不降曹，并且要越过孟起得能手刃仇人。你从此要记住这姓字。我叫你荃儿，也是你父母呼你的乳名。因为你本领没练成以前，不告诉你真姓名，免得你因名字上凝想起身有冤仇，冒昧乱闯，胡为损身。如今我告诉你了，以后我也只叫你越起，那荃儿两字，你父母已亡，不必再提了。”

白超听到这里，虽然不知是什么冤仇，却是不知怎样万种伤心，泪如雨下。甑甄子忙劝道：“你且不必悲伤，叙起你的事来，该悲痛的太多了。你这般爱哭，这话就听不清楚了。须知你从今日以后，就没法再知道这事，因为这事的内情原委，只有我知道，你一离开我，就没法知道这些事情了。”白超只得擦干眼泪，强忍着，凝神静听。

甑甄子续说道：“你父亲名叫白云飞，本是西川人氏，娶妻黄氏，同乡人，单生你这一个儿子。且慢，我先告诉你你入山太久了，虽随我读书，得知世事。却是你还有不明白的处所。你虽然和我穿一般的衣服，须知我是男子，你却是个女孩儿。男女的差异，你在书上已经读过，我也给你讲过了。你以后入世，须记着自己是女子。虽服男装，仍当守女子的节操，自谨自身，毋得放浪。”

白超听了，猛然一惊，才知自己是个女子。回想到：“怪不得先生不和我同睡，总是两榻相对。那次到插云池，我要先生一同下池洗澡，先生也不肯，硬让我一人洗，原来里面有这般个道理！”却是不便说得什么，瞅瞧着甑甄子发怔，默然不语，心里却是不知怎样，老是怔忡不止。

甑甄子接叙道：“你父亲被征离川，远赴辽东。一去十年，绝没消息。你母亲养姑葬姑，庐墓三年，代行子职之后，便鬻去家中破烂器皿，只身登程，万里迢迢，由极西到极东去寻夫。这可真是千古稀有的女勇士、烈国娘了！离家行了没几百里，就遇着强盗掳入山中。你母亲慷慨陈说，把自己的遭际和寻夫的坚志都说完了，便咬指血书在一件白裤上，向强盗说：‘你们拿了我盘费，我就乞讨前去。你们要逼我，我就一死完结。不过你们江湖上人最重信义，这件白裤请你们设法交给忠州万利庄地甲，待我夫回来，转给他。我死也瞑目。'哪知那伙强盗见你母亲这般烈义，竟大为感动。不但不加害，反而赠送衣银，护送出界。还给一张帖子，凡湖广武胜关以西的绿林都可见帖放行。你母亲拜谢了盗伙，仍孤身前行，果然平安直到武胜关。"白超这时已是泣不可抑。甗甄子极力安慰一番，才勉强止住悲泣。

甗甄子也两眼含泪重说道："你母亲过关到了信阳，一场大病，路上风霜，一起发泄。昏迷之中，被黑心的店主骗去衣银，趁大雨黑夜，将一条破席裹住你母亲，负着抛在山脚荒野之中。一夜雨淋，直到早上才遇着过路的山东官眷。闻得席中有呻吟声，叫随从仆役查看。你母亲已被雨淋醒。细诉苦情，幸而血书白裤尚在贴身，便取出给那官眷看。那官眷动了恻隐之心，就此拯救载到市上，请医诊治。沿途扶养调理，才到得开封，病势稍刹。你母亲心想受人恩惠，不能恝然而去。便舍身在那宦家为奴。那家子也可怜她无依，半客半奴，带到山东，过了两年。可怜百方聚集，得银五两，心念丈夫，不忍安居，黑夜留书出走。一径乞讨走到山海关。忽然遇着一个四川人，以为是乡亲，便向他打听丈夫消息。哪知这人是个拐子。当时一派讹言，说是'原和白云飞认识，现在白云飞正在卫所充当千总，赶快去做孺人享福吧，我送你去，他一定很感激我的'。你母亲一时大意，径跟他启程出关。"白超听到这里不觉惊叫一声："啊呀！"

甗甄子忙慰藉道："你不要着急，这还不险呢！你母亲随着那同乡焦是郎行了一程，便落店住宿。焦是郎骗你母亲说：'这关外地方不比关内，男女是不分房好。大嫂且请从权，我和云飞兄异地同乡，情同手足，断不敢生异念，大嫂尽管放心。'你母亲以为关外风俗果是如此，且是自己心怀坦白，便坦然答应。哪料这焦是郎口是心非，到半夜里，竟拔刀强奸。你母亲抵死不从，狂呼救命，被那厮戳伤七刀。幸得卫卒查夜听得救命喊声，破门救出，连同凶犯解到卫里。那卫官问了三堂，不问皂白，判那焦是郎递解回籍。说你母亲和男子夜宿旅店，绝非好女，交官媒发卖。你母亲发在官媒家，被官媒勒逼为娼，不给饮食，昼夜责打。遍体鳞伤，再使滚水浇烫……"

白超早放声痛哭起来，泪如泉涌。甗甄子忙给她拭泪，抚慰道："你母亲如果死了，又哪能生你呢？你且不要悲伤。"白超含泪点头。

甗甄子续言道："你母亲已报决死之心咬牙忍受。折磨两日，昏厥如死。官媒以为是真死了，赶紧抛尸高粱地中，上报卫所，说是急病身亡。你母亲得高粱生气，夜间苏转。回顾情景，定神细想，知已被弃，便拼命挣扎。可怜！爬了一夜，才爬到田塍。挨到天明，才有人路过，见她满身泥污，遍体血迹，以为鬼魅，吓得狂叫狂奔。这时恰巧是重雾的清晨，正有一队马贼走过。一群关东好汉，见那人狂奔乱叫，便拦截拉住，逼问：'甚事？'那人见是好汉，不敢别扭，只得实说求饶。那伙好汉便勒令率领去瞧。一见你母亲那种形状，着实堪伤。你母亲那时已不能言语。幸得是走信客人，惯行善事，才救她到邻村托村董收留……"白超此时只剩两眉耸动，伏首身旁几上泣不可抑。

甄甄子知她悲伤已甚，劝也无益，便顺着说下去，道："你母亲那时合该有救，在村董家住了两夜，伤创稍好，正向村董诉苦。忽然霹雳声起，大批绿林朋友前来洗村。首先把村董家中劫了。你母亲便也成了那伙绿林掳劫获得的东西。一声呼哨，随着村董以及村中被掳的百姓金银等物都到了山寨。那寨中虽不宽大，却也分派得清楚。掳来男女都分别关押着。你母亲是自分必死，心中倒反安然，只待着时刻罢了。一霎时，盗魁来了，盘问过村董的家眷，便喝问你母亲：'是村董的什么人？'你母亲本来瞑目待死，虽听得盗首语带南音，却是心已横定，并不在意。这时经这一喝，睁开两眼，火把红光之下，瞅见那盗首的面目，不觉隆然一惊，一颗心跳得几乎蹦出腔子外来，不由得喊道：'你不是白云飞吗？'"

白超陡然昂起头来，怔怔地瞅着甄甄子发愕。甄甄子仍接着说道："你母亲那时多年辛苦，几次创伤，一个女子自然不能保着昔年容貌。你父亲却是面颜虽是苍老，究竟还不改形，乡音虽已移变，还存着语尾。何况你母亲是日日年年心中常是忆念着，自然一见就识，你父亲却是万想不到自己妻子这时会到这地方来，自然心中没些影子。当时听得这一声急问，仍是想不起，认不得，反而问：'你是什么人？你怎知白云飞的？'你母亲痛哭着说：'我是白云飞的妻室黄翠儿，受尽千辛万苦，奔波千万里，前来寻你，你难道还忍心不认吗？'这一来你父亲白云飞才抛刀俯首，相抱痛哭。这就是你父母离别重逢的一段惨情！"

白超到这时才长嘘了一口气，自己擦一擦眼泪，仰面问道："先生，我父亲怎么会做了绿林呢？"甄甄子道："这话说起来很长。不过有许多是不必细说的。你父亲白云飞应征出关之后，正值蒙番入寇。白云飞虽没武艺，却是天生骁勇，每战必胜，却是都被所属长官将功劳冒去。苦战五年，仍旧是个小卒。他却还安然没生异心，只想回家省亲瞻妻。哪知他本营指挥、千总，都仗着他给替立功劳，怎肯放他走咧？辽东事缓，指挥使便调白云飞当亲兵。这亲兵就是文官的长随当差，简直说就是为奴罢了。白云飞虽有满怀壮志，毋奈人在矮檐下，怎敢不低头？从这时起，就没得过一天好日子。还有两桩使他最伤心的事，一桩是他几年来辛苦积得的五十两银子，托指挥的亲戚王仁泽便带回蜀，一直不曾得着下落，一桩是凡属为难犯险的事都派着他，一到有奖赏分派时，他却没份。就是平常在营，稍许有点儿过错，如归营稍迟，买物不对，甚至失手打碎一只粗碗，或是说错一句话，重就捆绑四十棍，轻也得坐两天黑房。日常食用的是残茶剩饭，还不给足，衣服是破旧号衣，当塞外冰天雪地的严冬，冻得四体皆僵，依旧要照常操作。受了这许罪，终想不出是什么道理。后来还是一个同事暗地告诉他：'指挥因为功劳多是你得的，恐怕你说出去，给人知道，或是到上司前控告，所以收你做亲兵，你略动一动，他们可以按奴欺主例，先斩了你。如今这般折磨你，也是想受不了，一死拉倒。或是挨不住，暗地潜逃，拿着了，杀逃伍是甭说了，逃脱了，算是干净，谅你逃伍的，也不敢说出前事来。这就是指挥算计你的毒计，你还不快打主意死里求生吗？'"

白超惨然道："先生！我父母怎么一般的命苦，遇着许多的坎坷？似这样的穷人厄运，已经很够受的了，难道还有更厉害的凶险吗？"甑甄子道："这只是逼你父亲为盗的缘故，至于逼死你父母，还另有缘故呢？"白超凄然神伤，垂首不语，两眼却仍注视着甑甄子的嘴唇，似乎切盼那嘴唇快些开翕，好使她早些明白。

甑甄子道："白云飞既知道己身已陷危境，急求超脱。毋奈左思右想，终想不出一个脱身的良方。过了一个月光景，指挥接得人民禀报，说是山里忽然有大虫伤人食畜。李大户的儿子给吞了，王粮头的牲口被吃了，一阵传扬，人民胆小的逃走，胆大的吵闹，立时闹得不成话说。那指挥便派白云飞入山查察。众人都觉这事太险，白云飞却另有想头，仗着自己膂力，想打死大虫得了当地人民的钦仰，再托绅士来给指挥讨人情，办个退伍。因此毅然领命，挺叉入山，去找大虫。一直在荒山中寻了一整日，虽见得些残胔剩骨和虎蹄遗迹，却不曾见着大虫。天色黄昏时，便待下山。

哪知刚越过一座山峰，猛然一阵风过去，一只斑斓猛虎从身后猛扑过来。喜得白云飞在风过时，便已嗅得腥气，忙擎身一闪。大虫来势太猛，收撤不住，扑了个空，顿时冲向前去，前蹄滑直，后脚叉开。白云飞眼瞧见这般机会，怎肯放过？抖手一叉，正扎叉大虫软腰里。但听得一声怪吼，大虫已瞪眼呆峙，白云飞杀了大虫，自然满心欢喜，下岭来报讯。不料指挥带人堵着山口，一见白云飞便问：'寻着大虫没有？如果没寻着不要回去了，干粮在此，带着再去寻吧。'白云飞当即将杀死大虫的事说了。指挥还不信，先叫另一亲兵同去瞧过，便假作欣喜，嘱令跟他当差弁的表侄王仁规陪白云飞回营歇息。一到营，就有千总来传白云飞去说是：'奉指挥密令，说你通番，转且看管，候查明核办。'一句不容分辩，就关入里屋里。外面火炮连响，金鼓齐鸣；全镇人民恭贺指挥刺虎除害，热闹得了不得。"

白超愤然站起道："先生！人世间竟有这般人做官吗？"瓶甄子叹道："你未尝入世。哪知这些鬼魅情形？只要有人情或是有钱算礼巴结，岂仅指挥，就是布政、按察，也能任意办到。"白超叹道："人世间这般肮脏龌龊，还能存身吗？"瓶甄子答道："所以锄奸除佞的英侠豪雄为人所祝颂，就是因为他能扫荡这些龌龊肮脏，为天地留一丝正气，为人间铲许多不平。这是人间因缘，颇难一时说清的。"

第二回

遇豺狼无端双惨死
受狮犀有意独寻仇

　　白超心中如同刀割，眼中如同砂磔，万分难过，却又说不出怎样难过。甄甄子便说："越起！你到后洞去，把炖着的泉水取来。"白超乍听先生易名相呼，心耳都觉异样。起身往后洞把火烬上的瓦壶提着，取两只石碗来到前洞。斟了一碗热泉献给先生，然后自斟一碗，摺下壶，仍退坐原处。

　　甄甄子一面喝水，一面向白超说道："你父亲白云飞，冤押黑屋。照营规，黑屋是押犯卒的地方，每餐只给盐水一盅、棒子面的窝窝两个。似这般两月以后，这一起兵卒因为指挥私蚀缺旷，克扣粮饷，全数哗变，把指挥、千总、把总都杀了，呼吁登山为盗。白云飞平日最得众心，且骁勇为全营所钦服，众兵卒又怜其冤屈，便拥他为首，成了一大杆绿林。占据盘山深林为巢穴，专劫入番私商，并不惊扰百姓，因此很为百姓所称道。这一趟，是因为这个村子是番商的交易场所，所以劫取。不料却和翠儿相会。当时问得村董待黄氏很好，便释放了他一家子。只把做私商的携归盘山。关东不比内地，绿林好汉时常走出千里以外去干事，来去数千骑，奔腾长行荒漠中，官兵等闲不敢过问。白云飞这一趟离巢有一千几百里，带了黄氏回头，和一堂弟兄都到盘山来。夫妻相叙，白云飞既痛老母，复怜贤妻，心中颇有悔心。将近一年，适值这时督师袁崇焕守辽，暗中预备要平却毛文龙，所有历来变兵逃卒，全都收抚。白云飞也就此收心，重入营伍，却是已位至千总，夫荣妻贵，黄氏也是孺人了。"白超听到这里，心中略安，缓缓地嘘了一口气。

　　甄甄子皱眉说道："你呢，就是这时生着的。你父亲原本要告退还乡，为母修墓。你母亲也不惯塞外风寒，极想回去。毋奈军书旁午，求去不能。只得差人回川，修墓置田。不料一年以后，被变兵杀死的指挥的两个表侄，也就是他妻子的俩侄儿王仁规、王仁泽，这时一个冒作指挥的儿子，得恩袭卫把总；一个夤缘得充督辕差官。袁督师冤死以后，他俩乘乱时，拼命钻营。王仁规竟任指挥，白云飞正在他标下……"白超不由得倒抽了一口冷气。

甄甄子道："他一到任，白云飞参见过，他就单留问话。初时谈些客气，后来就说：'前指挥殉难后，虽然荷蒙恩恤，究竟不敷营葬、养孤的用度。现在遗女还幼，家境清贫。你是沐恩标下，理宜帮助些须，显得知恩图报。'白云飞一听，就不高兴，心想：'你现充他的儿子，骗到指挥了，就不顾他家孀妇孤女吗？何况你才是真受恩的，我只算得受害的，怎么拿这个题目来敲我咧？'却是又想着：'他究竟是上司，不能不耐着些儿。'便道：'卑职理宜报效的，承宪台训示，卑职总竭力设法。'王仁规便敷衍了好几句客气话。白云飞回来，尽其所有，凑了八百两送去。王仁规竟全数退了回来，说：'叫白总爷留着自家花吧，不要费心了。'白云飞明知是得罪了，却是已无法可想。这又不是买卖，不能再加上些，实在一个千总，一整年还赚不来这几两银子，哪来再有加添的？因此只好任他闹官劲儿，一面自己又预备不干了，回家去，了却凤愿。所以也不把这事搁在心上。黄氏虽知道这事，却也以为极厉害不过丢官，丢官是盼望着的事，所以也不去劝解丈夫，只暗中收拾，一撤职就走。"

白超插言道："那时要托人向那王仁规关说讲和，不也就免得结仇了？"甄甄子道："不托人关说，倒不闻大祸了。你父亲托了一个同胞去向王仁规转圜。王仁规竟破口大骂：'他是强盗要砍脑袋的，指挥是他杀的，他还自不知罪吗？哼！他不要以为袁崇焕赦过他的罪就行了。袁崇焕自己都砍了脑袋了，那谕札还能算数吗？他是袁崇焕的人，更好，更谈并入袁崇焕一案里去，一股脑儿办！瞧他识趣不识趣！'那同胞把此话向白云飞一说，白云飞实在无钱可搜寻，只好递病禀，想告废疾，便上司不能准开缺，好脱离苦海。"

白超眼里的泪又涔涔地滴下了。甄甄子搁下石碗接说道："病禀上去的第二天夜里，忽然有人来叩门，说：'指挥亲自来瞧总爷来了。'白云飞连忙开门迎接，王仁规一进门，猛喝'拿下！'铁链一响，就把白云飞锁拿走了，立刻解到督辕，内有王仁泽，弄弄手脚，挨到四更时分，白云飞的头已悬在辕门了。黄氏也就在得讯后自刎了。白云飞的罪名是勾番卖国。王仁规查抄白家，除却布衣、布被、木器厨具外，仍只有那八百两银子，大失所望……"

白超这时已哭得昏倒了。甄甄子连忙取药，提壶使水灌入白超腹中，叫了半晌，白超才呕的一声哭转来。甄甄子极力安慰，要她："不要悲伤，顾惜身子，好为父母报仇，哭是无益的。就是现在也还有很多的事要告诉你，你哭得昏昏沉沉，我怎么好说呢？"白超哽咽点头，强自镇抑悲怀，耐撑着静听甄甄子叙说。

甄甄子道："王仁规的心事，本来是想借故籍没白家。他以为白云飞做过绿林朋友，家里一定有许多金银财宝。所以借此为由，报他通番。哪知白云飞公心仗义，在盘山时，素来时和手下弟兄一般分派。招安后，有千来两银子已寄回原籍修墓置祭田去了。这八百两，还是黄氏刻苦省下变卖饰物得来的。所以王仁规兄弟两人白白地做了恶人。"

白超问道："那么，我怎么没被那厮一并害死呢？"甄甄子道："我正待说这根由给你听。我久在关外游逛，因为这地方是个未辟的天国，很想详查地势，设法请建行省，永绝后患。那时，已游了十几年了。你父亲有一次突阵受伤，正遇我路过。我见他那般刚勇精神，十分钦佩。便把我在云南千辛万苦求得来的白药给他调伤，从此结为心性至交。后来他在盘山，我也常去，代计划策，并且曾有一次，代他战退番兵，斩却鞑子中一员勇将，从此结拜为兄弟。他知我是武当门下，常和我讲究剑术。他虽未学成，也很有根底了。到他被难时，我正在营中。早几天，他就知道不好，向我说：'逃是不能，并且也不顾一生勇武著名，怎肯落个逃伍的懦怯臭名呢？只恐王家弟兄放不过我。我如有不测，请你把弟妹设法送回。这荃儿如果不夭亡，就拜你为师。给她取名白超，别字越起，使她记着名字，和三国马超一般，为父报仇，并且要越胜马孟起，手刃仇人，才是我的好女儿，才是你的真弟子。即使我能平安回家，我也决计把这一块肉累你为我教导成人。木兰锦伞，只要托你的福，并非难事。'那时我就劝他抱病自全。不料事起仓促，我知道时，他已被害了。你母亲得讯，便向我说：'前日言语业已成谶。伯伯大侠，必能不负先夫重托，弟妇可以放心了！这孩子成人能报仇，是伯伯的教训，愚夫妇九泉感戴；如果这孩子因种性不好，辜负伯伯的教训，或是竟不率教，就劝求伯伯结果了她，不要留着害人，给师父、父母丢脸！弟妇这言语没半句虚言，也没一丝客气！不得已的事，只好觍颜累及伯伯了！'我正待劝她，想离任送她回里庐墓抚孤。哪知她低头一拜，我因男女有别，不便拦搀，忙伏地回礼时，你母亲欻地袖出钢刀，喉血溅了我一脸。我当时费尽心力，勉强给她保得一点点东西，做你的纪念，现在在对面光峰山洞里，回头我去取来给你。"

白超泣道："我的仇怨已全明白了！先生恩德，我此生报答不及，来世再当身为犬马，以报鸿慈！只是我从没入世，仇人何在，不得而知，还求先生始终完全指教！"说毕，倒身伏地，拜了四拜。甄甄子搀她起来道："你且坐下，我话还未说完哪！"白超拜罢，遵言仍坐原处，眼泪一直不曾住滴。

甄甄了说道："你父母死后，赎殓棺椁，一切都是我料理。那时将你寄在一个民户人家。那王仁规素来知道我在辽东的威名，不敢惹我。我也不理会他，任他抄出八百两银子好死心。后来运了两具棺椁，万里回川，用费且不必说，我那领取运枢帖子，沿途照应，也就够麻烦了。幸而你已不吃乳，还少麻烦。路上雇了一个由北南回的孀妇领着你。直到在你祖父母墓侧葬了两棺，我便领你入山。所以不使你入人世间，原是想存你天真，免为外物所赜，致误你报仇大事，我才不愧对你父母。你常见来此的周师叔，受我之托，为我俩送粮盐杂物，并为你刺探仇人。直到前十数日他来时，还说：'王氏弟兄正在得意，如越起技击已成，正是时候了。'那时你不明白，如今你该知越起就是说你了。我传给你的剑术技击，是尽我所能没留后手。大凡师父授徒，总要留一二分，谓之留后手，以防弟子反叛时好用来收拾他。我因为助你报仇，并没留手着。你尽可以问世，等闲剑客，绝不是你的对手，不过你人情世故不通，我烦周师叔领你游逛一程，你性情极灵敏，自然一见就知的。"

白超这时心中忐忑不宁，不知要怎样才好。满怀如乱丝，没法理治。甚至嘴里也不知说什么是好，好似有无穷的言语要说，及至细想，却又一句也无。甄甄子已窥透她心事，便道："你此刻不必意乱心慌。我告诉你，我领你来此山时，你固然是乳臭无知一雏孩，就是我也还是尘世愚蒙一俗子。自从入山以来，遵我师父前传口诀，一意静修，心无二用。这八九年来，已经是明心见性，颇能前知了。你在山巅生成，得天地之清气。又每日食黄精，所以身躯长大，虽才十二岁，已经和我一般长大。你所读的书，尘世中二三十岁的人也不见得有你这般。你的身体、学问、本领、志气，都可以去得。我并为你仔细观察，知你此番入世，不仅得报不共戴天之仇，并且还要立不世之功，为千古稀有之奇人，留万世不朽之令名。前程弘远，未可限量。不过坎坷难免，险阻甚多，你须体念我平常教你的静心定性，坚毅功夫，一向直前，绝不迟回瞻顾，更毋所用其畏悔，自然能逢凶化吉遇难成祥的。你他日得意时更无忘今日之嘱，便可以全始全终为天地人间中流砥柱。我只要你能够不忘我的教训，我自然能知道。你稍有他心，休怪我照你父母遗言处办。你须谨记在心！"

白超这时心中满塞着许多惊惶愤恨，听了甑甄子的言语略觉宁静。甑甄子昂首向天空一望，回头说道："时候还早，待我和你到对峰去将东西取来。"白超不知是什么东西，只得答应着，跟随甑甄子一同出洞。甑甄子领着路，踏石穿崖，就在那嶙峋怪石上，如飞而去。白超原不知什么是艰险，崎岖异常的山路，是素常当作康庄大道走惯了的。师徒二人转眼间，已经下了此峰，径登彼峰之尖。

甑甄子指着一方七尺来见方的大石，笑道："这就是你的库房。你把它掀开来。"白超依言，蹲身伸臂，将那方大石托起，撂在一旁。底下却有一方大石板，有九尺来宽阔，面上凸凹不平，是没经过人的模样。甑甄子指着石板道："掀开来！"白超便弯腰垂臂，抠着石板的一角，奋臂一掀，霍地露出一个大石窟来。

甑甄子叫白超将窟中东西取出来。白超跳下石窟，一件件送出窟外，计有三尺长白玉柄银鱼皮鞘狮锷佩剑一口，丈八长烂银纯钢丛刺狮锷曲刀长槊一杆，白银狮头战盔一顶，烂银狮纹连环锁子甲一副，尺八长狮锷小钢槊八支，带插囊一件，镂银背犀角胎双狮扣头雕弓一张，狮头铁战靴一双，怒狮护心镜一面，白玉舞狮勒甲带一围，九狮箭袋一只，另外箱箧二件。其中剑穗已烂，甲穗全敝，雕弓无弦，战靴无里少扣；护心镜已被尘晦，箧箱也都敝损。

甑甄子命白超携着这些东西一同回到石洞里来。白超将这些东西撂在当地，瞧着发怔。甑甄子道："这是你父亲在盘山时得来的全身披挂和军器。他生平最得意的事有两件，一就是万里外得会着你母亲；二就是打败鞑靼，得着这副狮甲。这副狮盔甲，一想就知是从前北京巧手甲匠制造

25

的。锁环镂花，都极其精细，等闲不易觅得。大概是鞑靼犯边，在我国大将身上得去的。这精工，鞑靼断乎制不出，就是北京从前也只有尉迟家甲匠，能造这般精甲，近来已经没有了。连这弓剑箭槊，更是不易。当初也不知是哪个名将，费尽若干精神，花去若干钱财，才配成这全身披挂。这剑，剑刃是缅刀改铸，永远不锈，削铁断铜，这犀弓是犀角做胎，两头扣弦处的银，很似沐王府的雕镂，他处断没这样细腻。可惜窟中枯燥，断了弓弦。我自从前年来瞧这东西，就见弓弦坏了，异常着急。想着你很能射箭，正可使用这弓，偏偏弦坏，岂不可惜？所以我深责自己不小心。幸喜去年你在后山打死那只野牛，我切嘱你抽出筋来，晒干备用。当时没和你说这些详细，就是想配作弓弦，虽然比不上原来弓上的犀筋，却也人间稀有了。回头待我给你整治好，配上去。”白超感激涕零道：“先生你为我太费心思了！”说着陡觉伤心，却恐又烦先生慰藉，连忙借故擦了眼泪。

甑甄子知她伤心，只作不曾瞧见，仍接着说道：“你父亲亡故后，我受你母亲的重托，百忙中打抢似的抢得这点儿狮甲犀弓和箱内一点儿东西。当时想着，不知你能不能使用这些东西。后来你上山学艺，我一直为你制男装，也就是想你能够用这弓剑去杀你的世仇。前几年，我见上天垂象太阳分外光辉，文曲、武曲都与列宿女星相耀，主出惊天动地的女杰。近来我略知来事，女杰已生在西川，正和你是乡里。你将来功业远胜你父亲。深喜这狮甲犀弓你能用得着，如今我算交给你了。你下山后，除弓剑随身外，其余东西可带下山整治好了，暂时用不着，便寄存在你周师叔家里。你平常学练使用的直刃金槊和剑等物，可留在这里。我还有一个弟子，不久要来领去，我就云游四海了。后会有期，不必挂念。你在外面记取剑法、兵法相同，即是同门，千万不要冒昧。至于你一生出处，我有四句言语，你牢牢记着：大好文章，稳度秦关；金风送爽，龙马同藏。”

白超敬谨领受，虽不知怎样解说，却想着“大概没甚大不好”，便向先生拜谢。甑甄子搀她起来，说道：“那两箱东西你也一并带下山去。人世间是非此不行的。内中除却你父母遗留的东西以外，都是我托你周师叔代为制备的。你开来瞧过，好记个数目。”白超遵命开箱一瞧，一箱中是衣巾袜履等物，另有一条晒干的野牛脊筋；一箱是白银四大锭二十小锭，和些书籍、针黹、文房四宝、古玩等物品，有两件血衣。甑甄子一一点明说：“这箱是我给你制备的，那箱里银两是你父母遗下的东西经我乘乱取出，变卖得价。丧葬是我办的，所以这些交留为你入世之用。其余都是你父母所遗，你时常瞧瞧，勿忘世仇。"白超知道这两件血衣一定是父母临终之服，由尸身上换下来的，顿时如万箭攒心，再也忍耐不住，哇的一声，痛泪如雨。

第三回

凄凉惜别慷慨离山
风雨追亡奋勇渡水

隔了数日，薄雾漫空，山峰如睡。这千峰岭上，忽然有一声长啸，震破凄清。在洞相对无言的瓹甄子和白超师弟二人听得这声响，已是耳熟能知。瓹甄子起身振衣，向白超微笑道："越起！你周师叔来接你下山了。"便转身缓步出到洞口。

白超随后到洞口俯首向下一望，果见白漫漫水浸般的峰腰间，有个便巾直裰的虬髯猬须的胖壮大汉，正是几日来心中时刻揣思的周师叔，两足如飞，径上岭来。瓹甄子高声叫道："喂！怎么今日才来？"那人还离有十多丈，便听得他答道："那一面不安排好就行吗？"转眼间，已在洞门相遇，和瓹甄子携手大笑，相将入洞。白超过来见过礼，仍坐在一旁。

那周师叔一手掀髯，满面笑容向白超道："贤侄台，恭喜你要入世了！你前程远大，百世流芳，不比我们老死山林，名随骨朽。却是老朽要为你做一头识途老马，引你入世。那么，老朽这个不求人知也不足传世的名字，不能不告诉你了，须知人世间是少不了这东西的。老朽本姓周，名虬，近年来把这两字儿弃了。人家都叫我清溪老。就是我的门人也是呼我清老，你也这般称我好了。还有一句话，得请你原谅，我领你入世，世人眼浅，见我忽然领着你这般一个后生，难免不瞎猜胡说，甚至惹起是非。不如我们竟认作师徒，杜绝旁人猜测。只是老朽太自僭了。哈哈，哈哈！"

白超听了绝不迟疑，站起身来，端肃拜倒，口称："弟子参谒师父！"周虬忙搀起笑道："这可够我乐的了！只是你还是叫我清老的好。弟子师父用不着挂在嘴上的。"又回头向瓹甄子道："你两个门人都被我收去了，你不是白辛苦吗？哈哈，哈哈！"瓹甄子笑答道："也没见你这般不问主人，生抢硬夺，而且一而再地攘掳旁人弟子！你要这般惫懒，我能奈何呢？"周虬大笑道："我惫懒吗？都是孩子们自己愿意的，怎能怪我呢？且慢，那一个，已经叫我赔精神，赔用度，差不多连我自己都赔了。这一个怎么样？如果再叫我赔，我这老骨头可受不了！"甑甑子也笑道："堂皇做师父，能那么便宜吗？自然得赔上些，才像个师父呀！要不，难道还向弟子身上去捞得些吗？亏你说得出口！"周虬狂笑道："好，好！给你一句话堵死，总算我自讨！成不成？你们话都说好了吗？今儿能不能走呀？"

甑甑子道："你忙些什么？刚来就嚷着走！我的话，都吩咐过她了。只是她初入世，万事不知，你得处处提拔她。老实说，比来猎还要麻烦得多！好在老弟你是热肠人，自然是诲人不倦，言无不尽。既是你的弟子，我也不要嘱托了。"周虬接言道："哟！哟！你瞧，又来了。就算我的弟子，也不能说就不算你的弟子，干吗这般说？可不叫孩子难过吗？好，你们拾掇拾掇，也长叙叙。我到回云峰去一趟，交一件东西，回头就来领她下山。"说罢便起身向白超道："你快点儿拾掇吧。我一会儿就来的。"白超躬身答应了。周虬向甑甑子一拱手，说声"再见"，飘然出洞去了。

甑甑子便叫白超取出一筒雁翎箭，给白超道："这是我手制的，且对付着吧，将来你再购置。"白超谢了，便去将后洞里读过的书都理好。有许多世无传本的，平时已叫白超摘要抄录，便命她将抄本带去。所有余粮用具都堆积起来。白超一面拾掇，心中一面凄凉万种，且带惶忧。甑甑子帮着她料理，口中滔滔不绝地劝慰她，勿惺惺作恶女子态。"你虽是女孩，不亚壮男。更加身担家仇国事，应该激昂慷慨，勇往直前。不应迟回瞻顾，尤不应时常哭泣，自挫锐气，自弱心志。"白超连忙应允。没多时，洞中已经料理清楚。箱中物件和盔甲等打作两个包裹，随带身旁。身上换了箭衣鸾带扎巾皂靴，佩剑悬弓手持长槊，俨然一个壮年武士。

峰下忽起一声长啸，甑甑子知道是周虬来了。忙和白超出洞时，周虬已踏进洞门，问道："好了吗？快走吧。我今夜还想赶到鸡鸣庄住宿哪！"甑甑子道："就走吧。越起！毋用留恋，更不必悲伤。功成仇报，会期相见。"白超果然依师言，不再悲伤，向甑甑子端肃四拜，立起身来慷慨说道："先生！弟子去了！先生保重！弟子此去，不得仇人，誓不安居！先生的言语，绝不敢忘！总求先生恩波远被，使弟子无忝师门，存没均感！"甑甑子也慨然说道："越起！去吧！好自为之！有急难时，我总来助你。

29

你放心，前程不远，勇往勿馁！"白超口称："谨遵训示！"飘然出洞。周虬强向甗甄子拱手道："师兄静养吧，一切有我！"甄甄子只答："偏劳了！"便回身入洞，并不走送。

周虬领着白超，一口气直下峻峰，向白超道："你出身此地，留住九年，可知此山此峰是何地何名？"白超诧异道："山峰也有名字吗？"周虬大笑道："你真是不通些世情的孩子！天下无数山峰，若无名字，若要寻访此山此峰时，如何问讯呢？"白超陡然想起："果然！如果我要来寻先生时，知这是哪山哪峰呢？"速忙问道："清老！这山峰叫甚名字呢？"周虬道："此地是湖广武当山，这峰叫独秀峰。这就是你的出身地，须牢记着！"白超不觉摇头道："惭愧！我今日才知我是独秀峰上长大的！"

周虬和白超就此一路谈着说着，便教导她许多入世见人的规矩法则。白超本来灵敏，况且自幼受的天地清气，十二三岁，已经身长四尺九寸，俨若成人，心性更是比壮汉还要慧敏坚定。旁人瞧着她那剑眉星目，英风飒飒，只道她是二十龄少年武士，谁敢疑她是个雏鬟弱女？这一日，受周虬的熏陶，已识得许多人情世故。直到黄昏时，才离了武当山，渐入村市。白超乍瞧见田亩、村店，无一不觉得新奇可喜。

两人一路趱行。白超心中虽恋念先生，却是不忘仇恨，只得耐心向前。兼之事事须留神窥察周虬，暗自学效，也分却不少心事。行了一日，周虬领她到鸡鸣庄宿了。周虬自去瞧朋友。白超留在店中，虽然口渴得紧，却不知怎样讨水，只极力忍耐着，直待周虬回来，才说出口渴半日，喉内生烟。周虬忍不住笑道："你在山里，是自舀泉水，此地没泉，你就没法解渴了！哈哈！这是不要自己辛苦的了。"便叫店家沏茶来，周虬便乘此教她喝茶，并给她解说吃喝饭菜等等日常事体。

行了二日，白超已熟悉许多了，知道打尖宿店，也知道用钱买物，更知人有高低，有钱就可支使的。心中觉着："人世间，原来是这般不平的。既为义士侠客，必须铲却这些不平才得。"便把这意思和周虬声说。周虬便把人世一切家族亲戚的情形，以及奸巧狡诈、狠毒恶辣等等事情，全说给白超听。白超点头道："这些事，先生已教过我。不过我那时眼中没见过，不能十分明白，如今才知人世是个极不安的混沌场所。"周虬道："你是出世人，偶然入世，自然是如此说。须知我们行侠的也只能管些毒恶奸诈极端不平的事。至于高低不等，处境不同，机会有无，势力迥别，这些大不平，绝不是我们一两个人能铲绝的。必须有大圣人出，登高一呼，使大家都明这是罪恶，齐向不平的那面打去，才能另创出清平世界来。"白超似明白非明白地应着，却仍把这些事在心中揣摩不已。

路上走了几日，到了开封。周虬领白超到自己庄上，和周家亲丁见过。计有周虬的儿子周莱、女儿周兹、儿媳黎氏，以及婶娘、舅母、姑丈许多男女亲戚。白超自此才完全明白亲戚是什么缘故结成。周家一家子因白超男装，都将她当男子看待。周虬虽暗地说明："她是幼女。"那伙人都为习惯所囿，一时不惯。却是因为周虬爱武任侠，广交好道，来往的奇人很多，还不敢惊奇道怪，闹出门外去。只有周兹最为周虬所钟爱，也只有她和白超说得来。周虬教她武艺剑术有不明白时，都向白超请教。白超也实心和她解说，因此二人十分相投。周兹虽已十五岁，却是比白超矮弱，本领更差得多。白超自然叫她"姐姐"，周兹也以"姐姐"称呼白超，彼此混叫。

白超在周家一住半载，时常向周虬打听仇家王仁规、王仁泽的踪迹。周虬告诉她道："如今这两个人就在这儿不远，却是势力极大，绝不是你一人一时能灭却他的。这时去找他，不仅打草惊蛇，而且恐力有不逮，反致伤身。"白超先还不相信，苦苦地缠着周虬："只要把他俩住址说出，我自去找他，死也无怨。如果清老不肯说，我就独自去访去。想那厮势既大，声名必广，没有访不着的。"周虬没法，只好将甄甄子一封亲笔信嘱咐白超："须服周师叔调度，静以待时。不得冒昧孤行己意！"白超才强抑热衷，坚耐壮志，暂时住下。

这时，炎日当空，热得地皮龟裂，路断行人。黄昏后，赤日衔山，略有凉风。周虬便领着白超、周兹二人出庄散步纳凉。周莱正在门前麦场上坐着。周虬便叫："取几钱散碎银子来，我领她俩集市上去逛逛去。"周莱连忙取出二十多块碎银子，周虬只随手拈了几块。周莱便道："这些，俩妹子带去使吧。今天是集期，要有什么瞧着爱，也好买下。"周兹取了五块，白超却说："我不买什么，多谢大哥！"周兹嚷道："姐姐又客气了！您不要客气了，您还有银子撂在我家哪！怕什么？尽管花吧，就是花完了，也没紧要，我还有。"便向周莱手掌中抓起那十来块碎银塞在白超手里，拉着就走。周虬哈哈大笑，赶上她俩，同向市上走来。

那乡路上有许多乡人，纳凉的，买物的，纷纷向市上走去。见周兹和白超挽手而行，都觉诧异。乡下人传言最快，三人没到市上，市上人已传说殆遍，周虬走入市来，众人正在交头接耳。忽见周兹、白超是同周虬来的，便不敢声响。却有个泼皮破落户也认识周虬的忽然挨近周兹身边，嬉皮笑脸说道："小姑娘，几时找着这般一位好姑爷呀？咱们连喜酒也没赶得一盅喝呀！哪天请添丁酒，可不要忘了我棰儿李七啊！"周兹勃然大怒，顺手一巴掌，打得那李七一个跟跄，跌出一丈开外，市上人齐声喝彩。李七一骨碌爬起来，恼羞成怒，待要反扑过来，忽然抬头瞅见周虬怒目而视，大吃一惊，暗想："我早知道这拙老头儿同来时，也不闯这祸了！如今没法，说不得畏怯，只好和他拼上一拼了！"便掉头飞跑而去。市上更加叫笑得厉害。

周虬领着白超、周兹步入市内，闲瞅些小贩就地摆摊做买卖。还有设台诱赌，也有卖热食的，拥拥挤挤，十分热闹。周兹正买着一朵小红绒花给白超瞅，忽听得有许多人轰声喝彩的声音。周兹一扭头，见市那头拥着许多人，再细瞅，有个女子正在众人头上一条横软索上面，空着手，走来走去，一面唱着小曲，便叫道："姐姐！那边有卖解的，快瞅去。"说着，也不和周虬说，拉着白超便跑过去。两臂一分，众人早纷纷乍开。周兹便和白超直入人圈里面，站着闲瞅。

只见那场中，还有一个十三四岁的女子，红袖衣，绿绸裤，五寸红鞋，绿丝包巾，正站在无鞍马背上，围着场子飞跑，口里仍和软索上的女子一唱一答的，插科打诨。场正中，还有一大捆刀枪等长短军器。一霎时，一棒锣响，那软索上的女子猛然向下一立，欻地一旋，小脚钩住索儿，甩了个大圆轮，却一脚立在索上，身子壁立，一字指天，动也不动。同时马上的女子，也一侧身从马腹下穿过，仍旧欻地蹿上马背，一手撑着马脊，倒竖起来。两人口中歌声仍旧不停，并且合着旁边的笙笛，丝毫没乱。四周瞅热闹的人暴雷也似的唱一声大彩。

那个敲锣的麻汉，便撂下锣，四面唱喏，说了许多江湖话，然后求告给钱。众人也有掷几文的，也有丢一文的。周兹却抛一块银子，白超更将手中银子都扔了出去。两下齐锣中砸得锵锵两声巨响，那麻汉捧不住，铜锣坠地，两下一碰，碎了个窟窿。那麻汉见这银子不只够买那么三个铜锣，而且破锣还在，拿去兑换，贴不了多少钱，便仍嬉着脸谢赏。

这时，忽从人丛里闪出个彪形大汉来，大喝道："哪里来的野种？敢到这儿来撒野!"麻汉以为是地方好汉来骂他,连忙赔礼求告。哪知大汉径奔白超,又大喝:"小子!你不长眼睛,敢装傻不理吗?"白超记着先生吩咐不先动手。周兹忍不住了,就大喝道:"小子!你才不长眼睛哪!"啪地一掌打得那大汉嘴里鲜血直流,哇哇怪叫。顿时场子四围跳出许多人来,各抽铁尺木棒,蜂拥过来。周兹大叫:"来得好!小子们再来些,让你祖宗打个痛快!"白超恐周兹受窘,便连忙护着周兹,指东打西,望南挥北,打得落花流水,满地躺人。周兹更如痫虎疯龙一般,抓着泼皮乱掷乱扔。

这时忽然来了许多人,当先四张硬弓,向白、周二人弯弓便射,箭如飞蝗。白超忙拦在前面,挥两臂格拦羽箭。忽听得有女子声音大叫:"以多欺寡,放箭伤人,还有天理吗?"声住处,放箭的已被打倒两个。那两个向后面人丛中乱闪,早见两个着红绿衣的女子赶扑过去。白、周二人本因离得远,一时被箭逼住,这时都奔过来,一阵乱打,打得那些闲汉头破臂折,躺满市街。

周兹仍在四处搜打逃人,忽然被人一把抓住肩头,大喝道:"丫头!疯了吗?"周兹忙回头瞧时,正是父亲周虬,只得连忙敛手。周虬恨声道:"丫头!你这祸闯得不小!你打伤的大汉,是无常庄的小庄主夜叉龚兴杰,你怎么和他斗起来了?"周兹道:"我又没惹他,他要作死,关我甚事?"周虬叹道:"事已如此,随我来吧。"方转身,白超已将两女子约住。周虬招手道:"你们都来。"白超连忙领着红衣绿衣两女过来。周虬道:"祸已闯了,这俩孩子仗义,不能使她受祸,快随我回庄吧。"

这时瞧热闹的已散得干净。周虬领着四个女子回到庄上,吩咐庄丁:"紧闭庄门,任谁来不许开门!"才率四女回到内室,叫四人都坐下。先问两女姓名,那红衣的答道:"小女子姓方名瑛,妹子名玦,本是孪生。父亲原是镖师,母亲出身卖解。因父亲遇仇盗射瞎,不能走镖,家境贫寒。母亲托卖解班带领走江湖,赚钱养家。"周虬道:"瞧你俩竟是一对孝女,我当救你。你们班主叫甚名字?现在哪里?你可知道?"方玦答道:"他叫伍德,在李家店里。"周虬便叫庄客去唤伍德,立时来此。庄客领命去了。

周虬向周兹道:"你不是不知无常庄龚家的,为甚和他家打起来咧?"周兹便将当时情形说出。方玦、方瑛齐道:"实在是龚兴杰自来寻闹,不怪姑娘打他。"周虬恍然道:"据这般说,你在街口打的那厮也一定是龚家

33

的党羽。要不，那厮怎么无故来寻闹呢？"周兹点头道："一定是的。"周虬道："那么，就是那厮们自来寻闹，我就闯了这场大祸也说不得了。"

庄丁引了伍德到来。伍德见周家庄这般巍峨的屋宇，周虬气宇轩昂，周兹、白超的本领又是亲眼见过的，怎敢怠慢？走进厅来就趴倒磕头。周虬叫庄丁扶起，问道："你可曾学过武艺？可是常走江湖的？此地可曾来过？方家姐妹是你什么人？——说来。"伍德站在下首，俯首答道："小的并没学过武艺，只胡乱知道些花拳绣腿。从前花二百两银子包得山东史家俩女子瑶姑、环姑，大的十岁，小的八九岁，曾来贵地卖解。那时有个姓魏的，极善飞走，教得孩子本领高强，讨人欢喜，小的也托福于他。后来姓魏的死了，史家俩女孩不别而去，她妈已死，没处追究。小的没法，只得在淮南花一百六十两银子包下这俩小姑娘。她们武艺是父母教的，走绳登高是小的请人教的。贵处地方时常路过，每来一趟先就要到龚府请安孝敬，从没缺过礼。爷府上却是头次叩谒，求爷恕小的不曾知道，以后小的到贵地时，总先来叩见。"

周虬笑道："你弄错了，我不是土霸，不责你们孝敬的。只是你们既没得罪龚家，为什么他来捣你场子咧？"伍德听得这一问，立时愣住了，答话不出。周虬又道："你快说，不论有什么尴尬事，你只管说，不打紧的。"伍德只得说道："小的并没敢得罪。不过前日到龚府里去，府里大爷看中了俩孩子，说是赏小的三百银子，叫把人留下。小的苦苦哀求，又恳管家代求，说：'这俩孩子不是小的买来的，实在另有主家。如果大爷欢喜，小的马上回家，问过她妈再送到府上。小的不能不走这条路的，绝不敢欺诳大爷。'后来又孝敬管家十两银子才许小的开场。做了两天，也没出岔子。今儿龚府大爷和府上姑娘斗口时，这俩孩子不知轻重，硬出头，才得罪龚大爷了。小的这两天，对俩孩子连吓带劝，说了许多。哪知她俩终忍不住，发孩子性。这事真不得了！方才龚府已有人吩咐店家，不许小的离店。还是爷府上差人去，店家才放小的出来，却还派人跟着，如今还在庄外候着，出去就要捉住，防小的逃走哪！"

周虬勃然大怒道："谁敢在我庄前守着捉人！来人！去瞧庄外守着的是什么人，一概给我抓来！"庄丁暴雷也似的应声去了。伍德吓得胆战心惊，腹中好像十五只辘轳打水七上八下，悒念着："完了，完了！这俩小闯祸精，闯这滔天大祸！两面都是惹不起的，怎生得了呢？"

34

正想着，突见四个庄客携着两个人进来摔在地上。闪眼一瞧，一个是店家，一个就是无常庄的管家。顿时一颗心直冲到嗓子头，不是牙咬得紧，几乎蹦出口外。但听得周虬一声大喝："滚！恶贼！你竟敢到我庄前来守着捉人！哼！太目中无人了！"说毕离座，摘取壁上悬挂的腰刀，欻地拔出，掣身到那两人身旁。但见他胳膊连动几动，地下顿时多了四只耳朵、几摊鲜血。接着便见周虬接连轻轻两脚，将两人踢出厅外，喝道："滚！留你狗嘴，报你狗主！周爷待着呢！叫他快来送死！"二人爬起，抱头鼠窜，急急出庄去了。

周虬回头向伍德道："你和庄丁同去，把你的行囊物件和伙计，全带到我庄上来。"又吩咐庄丁："把西园闲房拾掇两间给他们，叫厨房照人数开饭。"庄丁肃应。伍德叩头道谢，起来自和庄丁同去取行李，叫伙计。

周虬向周兹、白超道："事是已经闯出来了。势成骑虎，不干不行。你们只知任性，却也不能十分怪你们，那厮也欺人太甚！须知那厮是河南一霸，很不容易对付的。他家就在这溪山下。越起，你是出来不久，自然不知道。兹儿，你应当知道无常庄的厉害呀！"周兹怫然道："厉害怎样啦？爸爸不要长他人志气，灭自己威风！那厮的走狗那般一次、两次地欺负您女儿，您女儿竟然要耐受着，还是您的女儿吗？"

周虬笑道："你瞧，我好好儿地给你说，倒惹你倒翻核桃车儿似的，闹了一大阵子。我告诉你，无常庄的内容，你一点儿不明白，怎么能对付他呢？"白超也向周兹道："好姐姐！您不要拦说，让清老把无常庄内容说出来，我们好去干他去。就算您明白了，我和她姐妹俩还不知道啦！"

周虬说道："无常庄本来是旁人唤出的丑名，说一到那庄子，就赛过见了无常，没活命了。本名是叫吴塘庄，里面有口大塘，名叫吴塘，就着音儿，正好讹作无常庄。庄主从前是吴子清，家道中落，就把庄子卖给龚家。那龚家的祖上，也是好汉，曾有一桩惊人的逸事，江湖上人人称道的。

"现在的庄主龚倬的父亲名叫龚正。本来是个镖师，一辈子行侠仗义，江湖上没人不敬服他。到老来，八十岁了，发帖做寿。各路朋友怜他没钱度日，大家送礼，连我和瓶甄子师兄也各送一份重礼的。他就买了这庄子，颐养天年。哪知才享得一年半清闲，忽然有个赵更龙来寻他。说是：'老子赵希龙，祖父赵德，都死在龚正手里，特来报仇的。'龚正虽然年迈。怎肯示弱？便约期拼斗。哪知赵更龙不是个光明好汉，他祖父、父亲都是恶盗，恶根未除，不待约期，便率领党众，夜入吴塘庄。龚正在床中被他一刀剁在腿上，仍然蹦起对敌。赵更龙一共邀了九个同党前来。龚正带伤抵敌，十个人都抵不住他。由屋里打到屋外，由屋外又打到溪边。龚正占着上风，顺风顺光奋勇斩了两人。赵更龙急了，就地放火。秋天枯草燃烧，想把龚正困住。那时龚正虽左腿受创，右腿能着力，踊身一跳，跳开三丈多地，离了火场，哪知正落在一个贼党身边。那贼党伏身草中，龚正一时眼睛被火耀昏，没能察见。那贼党就地一斧，竟把龚正一只左脚生生地斩下来。好龚正！仍不倒威，独脚洒血，还是拼斗，赵更龙一辈人都被吓呆了。龚正跃过去，还连斩三人。那时，大风大雨，一时都起，野火虽灭了，草地也滑了。龚正独脚究竟站不住，便跳跃向林子里去。赵更龙以为他受不住了，乘势赶围。把龚正逼到溪边，乱刀齐下。龚正便耸身下水。赵更龙也率众下水来追。龚正在水中得了势，不用脚力了，而且冰水一浸，伤口暂时不痛，便在水中狠斗，一连刺死五个，才渡过溪来。只剩赵更龙，身上也受了伤。这时村中才得讯，说有强盗来了，大伙齐上，围捉住赵更龙。龚正仍没丢命，他这两伤独脚歼十贼的声名，就此传遍天下。只可惜终没得善终！"白超、周兹一齐惊问道："这般英雄，还遭人凶杀吗？"

第四回

斩剧贼初试怒狮剑
擒恶霸双挥卧蟒钩

周虬叹道："龚正不是成了残疾人了吗？八十多岁，他偏不死。那时，龚倬已在外面胡行混来。老头儿没残疾时，他就不落家。歼十贼那回，他也没在屋里，老头儿才吃亏的。这时，老头儿缺了腿憋在床上，怎知道他的事呢？龚倬闯祸闯多了，得罪了临潼大侠王铁棒，他特地上门来评理。龚倬又不在家，老头儿请客进见，人到老年未免有些庇护儿子，几句话，说翻了。王铁棒便动粗。龚老头儿不想自己已经老废，以为英雄犹昔，操起拐杖就打。被王铁棒顺手丢了一跤，立时身死。家中人围捉凶手，又被王铁棒一班从人打死三个，龚倬的大儿子也在内，半个人也不曾逮着。所以，我教你们不要恃武凌人，须知好逞雄的没个不栽跟头的。"

白超问道："那龚老前辈故了几年咧？为什么这龚倬忽然成土霸呢？"

周虬道："龚倬比他老子更不同了。他一当家，就把家产变掉，去弄一个守备官儿，干了两年，气性不好。革职回来，就在本地充绅，实在是勾结绿林坐地分赃。只四五年，便闹得党羽众多，竟然似个龚家寨。仗着老头儿的声名，也召得许多好汉。有一个名叫邵业中的，善造陷洞消息，代龚倬把个庄子布置得似个阎罗殿鬼门关，因此才有无常庄的声名。家中养着许多打手，好似营头般，各有统率。存的火药，四面有库。屋里陷坑、弩箭、火铳埋伏，不计其数。他手下人操练起来，真像队伍。外来绿林时常成百成群打住在他家中，等闲人也不敢正眼瞅他。地方官府，平时假他的手，鱼肉乡民，又时常受他的财礼，遇有事体，尽力把他包庇，简直说就是狼狈为奸罢了。你想，这种人可是容易剿灭的？比平一个贼寨烦难得多哪！因为他面子是乡绅，反不如明明白白的强盗容易对付。"

白超道："那么清老和姐姐世居此地，怎容忍到如今呢？"周虬叹道："你有所不知。一来我孤掌难鸣；二来他有官府庇护；三来我如果干了他，我就要离开此地，去年我还有老母，还有你师徒靠我传讯；四来我有产业坟墓在此，和他拼不下时，难道任他挖我祖墓吗？所以非计出万全不能动。如今事已如此，闹已闹起来了，我也顾不得许多了。不过听说现任本所千总因那厮瞧不起，不理会，心中很恨那厮，只是不奈他何，这倒是一个帮手。没旁的，可以抵住官府硬派我不是而已。那厮今夜如果来闹一趟，就再好没有了。因为我可以借此报他强盗，那厮就该死了。我虽不要千总怎样，但是他仗我去掉一个恶霸怨家，自然很愿意的。不过你们今夜要小心，不要中他的暗算要紧。"

周虬说毕，又问方氏姐妹："能够上高吗？武艺有把握吗？"方瑛答道："婢子们上高时，特谓先生教的，绳索上不拿东西可以飞走，峻岭高屋更限不住。夜眼是从小练的，不过不大好，还在练着，刚能瞅清撒手家伙罢了。武艺是自胎里下来，就打熬筋骨，不敢说怎样好，总算还能对付。"周虬道："这就很好！只是你们以后婢子两个字要去掉，我不喜欢这个，径是你我就得。再不，就和我这学生一样，叫我清老。你们俩今晚帮着点儿，回头吃饱了，我再来调派。"方瑛、方玦起身答应了。周兹要她姐妹："不要出去，就和我俩一同吃吧。"周虬说："也好！"方瑛、方玦知道辞不得，便答应着和周兹、白超一同进内。

饭后，周虬吩咐周莱："预备消夜酒饭，并命庄丁各带刀绳，分班专候，预备捉强盗。"又取一张单子给周兹、白超、方瑛、方玦瞧，单上写着：

> 酉戌时，方瑛东南方；亥子时，方玦西北方；酉戌时，白超西北方；亥子时，周兹东南方。
>
> 子时以后，方瑛东方；方玦西方；白超南方；周兹北方。

周虬并吩咐："四人千万小心！宁到明日再睡。"一面又差人悄悄地通知守备千总说："今夜得报，周家庄有盗觊觎，如有炮响火起，请派兵接应。如捉获盗自当解泛，特先报闻。"诸事安排妥帖，周虬才去打坐。白超、周兹各自拾掇了，便领着方氏姐妹，各取剑弹等物，向屋前、屋后、

38

园内、林中各处察看，并到屋上走了一周，认清道路，以免有事时惶张失路，误了人事。

四少女回到房里，略为歇息，已是酉初。白超领方瑛按时上屋，暗中前后察看。这一夜正是上弦之末，月明如昼。白超心想："似这般明澈，我们立在屋上，人家在半里外就瞧见了。这不是给人家做弹靶箭垛吗？"便和方瑛说了，叫她伏身瓦上，悄悄地行走，免得被人暗算。方瑛深以为然。

二人分向两头抄去。方瑛刚踏到后檐口，忽然眼前一晃，似有一道黄金般的光，闪电似的抹顶而过。方瑛大吃一惊，连忙竖直身躯，转头四顾。但见微风拂树，寂静沉默，绝没一点儿响动。心中不觉生疑，便拔剑在手静待些时，仍不见有什么，便仍旧俯身向西转来。才蛇行几步，眼前欻地一亮，仍是那一般的金光，闪了回去。方瑛急扭颈追瞅，但见离墙三丈多的一株柽树，南向一枝，微向下软了一软。接着柽树边的两株梧桐的南枝先后略摆一摆，便寂然不动。方瑛异常惊诧，暗道："竟有这般迅捷的人吗？竟比雀儿还要轻快，不是人吧？"忽听后面有人转唤："喂！为什么发愕？"一回头是白超。

白超迈向方瑛面前问道："喂！你怎么停在这里呀？我到了北头，没见你来会，当是出岔子了，急忙打屋脊上迈翻过来。你却在这儿发呆！"方瑛忙摇左手道："不要高声！我方才在那角上见一道金光打我头上晃过去了，到了这里，又见那道金光闪回来。我急追着瞅，也没瞧见什么，只方才那几棵树的南枝略微动了几动。我想，是人绝没那么快，大概不是人吧！"白超笑道："不要傻！不是人，难道还是鬼吗？我去瞧瞧去。"

但见白超翻手向肩头拔出怒狮剑，身躯微微摆了一摆，双膝略弯，接着脚起体晃，便不见了。眨眼间，那柽树枝头一拂，两株梧桐簌簌细响，却没见白超了。方瑛吃了惊诧，想："原来她有这等本领，我真是少见多怪了！"略一迟疑，白超已落在面前，摇头道："两棵梧桐树都抄到了，什么也没有。"方瑛见白超面色不红，呼吸不喘，鬓发如故，衣褶依然，肃然生敬，道："你真是人间少有的英雄，我走遍天下也不曾见过。方才不是我亲自瞧着，旁人说时，我还不相信哪！"白超笑道："这般行为本不易遇见，所以您没见过。譬如咱俩，今夜不遇这事，你也见不着呀！须知天下有本领的很多，都不肯自己显露的。本庄周师叔就比我高了不知若干，你如果长住下去，就知道了。能够得他指教，更不难练成这般功夫。"

方瑛道："为甚你们一晃就能身影都没呢？"白超道："这更不奇，不过是轻身术中最高深的功夫罢了。你是懂得轻身术的，一个人身子一轻，在树叶丛里，不停不住，你是夜眼还没练成的，自然瞅不出了。"方瑛心中异常欣喜，想着："我平常走索飞檐，一般人就惊奇道怪，这比起来，真是井和江比了！我若得常在此处，跟他们学上一点儿，也不枉了生在人世练武一场！"

白超见她默然不语，两眼转动，知她心有所思，便更进一层说道："我瞅周师叔和兹姐都很爱你俩，只怕你班首作梗。"方瑛道："班首没紧要，我又不是卖给他的，代他也赚了二三千贯，不为少了。只是我那母亲要靠我俩供养。"白超道："你母亲一年能得多少呢？"方瑛叹道："说也气杀人！赚一百贯，才有一贯给她，确是我们在外头谁知班首赚得的准数哪！任班主意思，高兴时，给十贯八贯，不高兴时，三四贯也是一年，你能和他争吗？"白超道："那就容易了。一年三十贯养你妈也没要紧，我还有几百两银子哪，很够帮你的。你有几年时日，功夫练成了，不就能养活你妈了吗？"方瑛道："若得你这样挈拔我，真是我的重生……"

猛听得有人接着说："重生父母，再养爹娘，是不是呀？我也帮你几百两，你再来一个重生父母！哈哈！"白超、方瑛一同回头瞧时，却是周兹。方瑛摸着胸膛道："啊哟！周大姑娘！你真不怕吓坏人，险些儿胆都给你吓炸了。"周兹笑道："你怎么那小的胆！还充好汉哪！喂！还有一句话，不要大姑娘小姑娘的，我和你的妹子拜了把了，你也是我的妹子了。咱们姐姐妹妹混叫，亲热不亲热？"

方瑛向着方玦皱眉说道："你怎么这般冒昧？人家名门闺秀，你是什么？怎肯拜起把来了？你惭也不惭？"方玦忸怩说道："不是我，是周大……周姐姐和我说：'我要留你俩，明日要我爸爸赏班首四百银子。不要赔本，让他没话说。再把你妈接来，一块儿过，热闹些！'我听了，感激极了，趴下给她磕头道谢。她也就跪下说：'好了！咱俩对拜，拜成姐妹了！以后你不叫我姐姐，我就揍你！'我怎敢违拗呢？一时叫错，就瞪眼睛。方才不是我才说出'周大'两字，周姐姐就瞪眼不许我说下头两个字吗？"

周兹正和白超说："我俩憋在屋里，老不见你俩下来，闷得发慌，只好上来瞧瞧。原来你俩也正说着这个。"耳中忽听得方玦答语，便忙回头向方瑛道："你不要逞强欺负她，我连你也定要做我妹子。你答应不答应？不，就拼上一拼，我输了，就做你的妹子。"方瑛忙答道："我不是说不肯，是说不敢，千万不要闹岔了！"周兹道："什么叫不敢？我不懂，你只说行不行？"白超向方瑛道："周姐姐是爽快人，她家老爷子也是一般的，只认本领，不分世俗高低的。你要存世俗之见，反倒不是对他们老少英雄应该有的礼貌。"方瑛只得说："那么妹子斗胆遵命！"周兹大喜，一把把方瑛搂过来，"亲妹子，好妹子"地乱叫。

白超拉开周兹的手道："不要傻了！我问你，你两个方才在下面说些什么？"周兹道："和你俩说的一般的，你俩说的话，我已经伏在你身后檐口，听得一字不漏，咱们算好汉心事一般同。只要我爸爸明日照办，再派庄丁同那姓伍的去淮南接她们的妈就得哪。"白超笑道："照办吗？准不碰钉子吗？"周兹道："没有不照办的。你瞧着好了，要碰上钉子，我拼着来一场哭，什么事都行了。你甭花钱，你那钱不能动，爸爸说过另有大用处的。"

四人正说得高兴，猛然同见一丝金光欻地横空而过，齐都一怔。方瑛忙说道："我方才瞅见一去一回的，正是这道金光。"方玦惊道："不好！这一定是无常庄里来探我们虚实的。这人有这大本领，我们都不是对手，这却怎好？"周兹道："不打紧，咱四个拼他还拼不过吗？还有咱老爷子哪！"方瑛道："若是无常庄的人，为什么来来去去，既不停，也不伤我们呢？"白超道："不！这光是黄的。我曾经听得先生说过：'剑客夜行，素无邪行的，色显白、紫、黄、红；行止有亏的，色呈黑、黯、灰、绿；中等的，色现兰、碧、赭、青。'这光金黄，如果是无常庄恶党，必不能显金光。"

正说着，东角上突然有一道黑光、一道绿光，双箭并的一般，迎面驶来。方瑛、方玦一起惊道："啊哟，白姐姐刚说的话儿来了！"周兹拔剑当先。白超恐她有失，忙上前伴立着。忽然见那两道光倏地坠下，便不见了。四人正在迟凝，陡然听得一大阵马号声，呵喳哈哒，如怒潮也似的奔来。

周兹连忙将左手一伸，扬掌连摆三摆。底下守更的庄丁瞧见这个警号，知道有强盗来了，连忙放起三支冲天火箭，并立时分报各处严谨提防。忽然蹄声陡静，四面沉寂，只微微闻得牲口呼气吹风的唇鼻响声。屋上四人早已伏身瓦楞，昂首屋脊，镇静肃穆，绝无声息。这时好似非常严重的凶气，已经乘风驾云，立刻降临一般。

陡然哧的一声，从这万籁无声、静寂欲死的沉定空中兀突震起。接连着有三道黑光，迅速穿过两株梧桐中间，又有一道黑光、一道绿光，飞起加进。随后又冲起三团黑影，一同穿上围墙，扑哧咔啦，一齐蹿跃到屋檐口来。

周兹再也憋不住了，喝一声："滚下去！"呼地飞起一支袖箭，一团黑影随即滚下地去。方瑛、方珙就瓦上顺着瓦沟滚，两剑一齐着瓦飞卷。那两团向前蹿进的黑影，顿时间倒在瓦上，哎哟一声，激得先后倒冲下地去。周兹瞅着兴起，甩身回过来，向那最后一团黑影伸手一剑，哧！咕咚！鲜血冒溅，也向檐下去找三个同伴去了。这四团黑影都去了，那绿光、黑光恰才从墙头飞到檐口，现出一个青衣大汉、一个乌衣大汉、两个黑衣大汉来。

青衣汉大叫："好小子，敢伤人！"纵身跃进，耍开一柄鬼头刀，照定方瑛劈下。方瑛方待横剑招架，忽听得铿锵一声，有人大喝道："快报明哪里来的，如果可饶，决不杀你！"那鬼头刀早被架击得反翻向后去了。青衣汉一瞧，是个浑身白衣的小伙子，手挥利剑，迎头伫立。便答道："爷是吴塘庄鹞子李金魁，尔待怎样？"白超大笑道："你是无常庄的吗？送你见无常吧！"声未了刀到剑迎，白超一扭身，侧闪过去。李金魁以为白超送死，心中大喜，抢刀向左便剁。白超借力使力，斜着剑迎刀一剑，锵嗒的响处，李金魁手中只剩下刀柄，顿时吓得魂飞魄散。白超本来是削他的手，见刀刃削处，才知怒狮剑的神妙，满心大喜。就这一刹那间，拧腕一剑，把李金魁扎了个透心窟窿，底下玉腿轻抬，尸身倒下屋去。白超微微一笑，便转身来助方氏姐妹。

那黑衣汉中高大的一个名叫李占魁，正和周兹战作一团。周兹一口剑使得如骤雨急雹，招招不离李占魁身首腰胁。那墙头上又来一个龚庄剑客盗党，名叫戴施遗。见周兹一心一意注在李占魁身上，以为有机可乘，连忙蹿过来，挺短戟向周兹左胸刺来。周兹方掣剑回来，正待砍出，见有人暗算，来不及回剑，连忙抬右腿一钩，戴施遗不曾提防有下面这一招，被钩住右腿弯一拉，立脚不住，一个跟跄正冲撞到李占魁怀里。这屋瓦上可是能来这一下的吗？顿时两人都站不住。周兹就这一眨眼间，大喝："都去吧！"再起左腿，乘两人撞拢时，来一个连环拐踢，照定戴施迳后心猛踢，将戴施迳踢得碰着李占魁身上，两人一同倒冲下去。戴施迳跌得脑浆迸裂，李占魁跌伤倒地被擒。

这时，方瑛敌住黑衣汉方健，方珙敌住乌衣汉蔡正音，两对儿杀得难分难解。恰值白超、周兹一同得胜回身，周兹先向方健身后，大喝一声，便待进攻。哪知方健经这一喝，心中一动，手中略迟，被方瑛一剑劈去半个天灵盖。同时那边白超跳过去，人到剑到，把蔡正音的首级从后面平削下来，方珙同时一剑刺入蔡正音腹中。尸身只直，还不知究竟是死在谁手，只落得做个糊涂鬼。

屋上扫荡干净，来了八个揍翻四双，四个少女相对微笑，各以腰巾揩拭剑上血渍，耳中又听得北面声响不止。周兹喜道："买卖又来了，听，就在那边。"白超道："咱们过去！"方珙道："快去，不要让他逃走了！"方瑛也说道："咱们也绕过去，抄那厮们后路。"周兹道："走就走，尽说话干吗？"四人各抢手中剑绕向北角来。

瞪眼一望，见庄外大队人马正在攻打庄门，有几个蛮汉使粗绳络着盆儿大的树身向庄门猛撞。周兹大喝道："我们开门杀出去！"便向屋下跳，白超随后跳下，庄门已被攻开。方瑛、方珙同跃落地下，时庄门已经粉碎。大打麦坪挤满了人马。周兹、白超如啸虎般，早向人丛密处突进。方瑛、方珙便也随后跟着扑过去。

周兹首先攻入敌队，一眼瞥见那个高举大火把的汉子，正是在市口调笑的那人，喝一声"看剑"，一手抢剑横砍。那人举刀拦架，剑势太猛，被架得一滑，剑尖划开那人衣服，胸膛鲜血直流。急忍痛回身时，被周兹伸手抓住向后拖掷，甩了个狗吃屎。庄丁忙拥上前。待要砍杀，白超正跑过，一眼瞧见，大叫"留这厮活口"。庄丁便捡住捆个结实，扛入后面。

周兹突入阵中，劈面迎着龚倬，心头火发，大骂道："恶贼！你猪心狗肺，也不想这儿是你扰得的，我不喝你血，就算白活着！"龚倬绝不开口，抢起九十斤的金背大砍刀拦头便剁。周兹急挥剑横架，拦住刀锋，觉得异常沉重，手腕几乎被压翻，连忙提神对付。龚倬双臂一拧，翻转刀锋，横扫过来。那边龚倬妻兄赛诸葛何霸，同时挺铁枪向周兹咽喉刺来。刀枪齐到，闪躲不得。要跳过刀锋，枪尖难躲，要闪却枪光，刀锋难避。

周兹在这上下横直夹攻光中，只有束手待死。一刹那间，猛然听得雷震般巨声起处，斜刺里一对卧蟒钩着地卷起，一钩搭住大刀杆，一钩直奔龚倬肩头。双钩同着，接着一拉。龚倬倒撞下马，白超跃来一脚踏在龚倬背上。周兹乘此逃脱枪尖，起一个箭步，抵住何霸。方瑛、方玦忙舍死舞剑冲入，一人拖住龚倬一手，白超才松脚押着。方瑛、方玦拖着急走出围。龚倬还待挣扎，被方瑛剜断他一条臂筋，方玦也效着削去他两指，才掳到阶前捆绑了，押入庄内，另行严谨看管着。

第五回

卫正义女将军初见
笃亲情老武师远行

　　那使双钩擒获龚倬的正是周家庄主周虮。他生平惯使双钩，名闻海内。他那钩形如金蟒，镂着龙麟。钩儿尖上正是一只回顾的蟒头，那蟒蛇尾一曲，成个圈儿，便作为握手的方天架，和方天戟头一般形状。古兵家称为方天架，只有钩、刘两种兵器无柄，其握手处成此形，以为护手之用，恰凑成护手钩模式，谓之卧蟒钩。"卧蟒"二字，原是象形。周虮却由此得名，人都称为蟒钩周虮。这钩法，是他师父传下的武当绝技。他师父云峰和尚，由武当传出护手刘法、护手钩法两种绝技。刘法已传给甑甑子，谓之武师刘，这钩法就是卧蟒钩。周虮仗着一对钩，三十年不曾受过败辱。龚倬是一勇之夫，远不及他父亲龚正，不过仗着蛮力力大，心胆粗，怎经得周虮这熟极如流的双钩？所以只一合，就以巧胜力，把龚倬掳了过来。

　　却是龚倬不是不知道周虮的厉害，只因家里人把祸闯下了，自己是个好胜的，决不能吃眼前亏，哪怕明知自己无理，也非挣得面子不可。恰遇着龚倬的师父癞和尚孟宗提正在龚家，孟宗提又是个最好逞强斗胜的老强横。他壮年时学成剑术，就因好胜，使暗器打倒师兄，被师父逐出门外，流浪江湖，没人敢和他相近。后来因为争一条铁鞭，打伤了山东武师秦叔乾。秦叔乾切齿痛恨，挽请同道，假和孟宗提要好，使药酒迷翻他，捆绑着，阉割外肾，以报争鞭受伤之仇。孟宗提由此出家为僧，不料江山易改，本性难移，依然好勇斗狠，所以和龚倬最相投。师徒竟如弟兄，无事不商量，也就无恶不作。孟宗提时常来龚家一住半年几月。凡是徒儿的事，他总肯挺身出头的。这次龚兴杰惹了周家，吃苦回来，孟宗提第一个出主意，要血洗周家庄。龚倬仗着师父是有名的剑客，所以才不怕蟒钩周虬，不料正栽在蟒钩之手。

龚倬被擒之时，孟宗提首先赶来抢救。周虬一摆双钩，拦头截住。所以白超踏住龚倬时，并没大本领的人敢上前劫救。周虬和孟宗提搭上手，一来一往大斗起来，四面站着呐喊的，被龚兴杰逼勒上前，仍旧呐喊。龚兴杰大怒，麻着胆，督率八个教头押令一千喽啰似的部下拥上前，恰遇着周兹奋勇冲上来帮助父亲杀贼。一场恶斗，周兹振起威风，埋头猛杀。龚兴杰抵敌不住，被周兹连斩两个教头。龚兴杰连忙喝令放毒箭，顿时矢如飞蝗。周兹因为要挡拨流矢，才停着没进。

孟宗提见不能斗胜周虬，心上一计，虚晃一刀，掣身斜退。周虬见他忽然一提，心知这贼必是想使暗器伤人，我偏不中他的奸计。扭头瞧见龚兴杰，便抡钩扑去捉拿。龚兴杰才习几手毛拳，不敢迎敌，抽身急跑。周虬随后紧追。孟宗提先见周虬不追过来不肯中计，心中恼恨，及见周虬反去捉龚兴杰，心中大急。便待赶来相救，陡然心中一动，得了个计较，速忙拔出飞刀，瞅准周虬背后尽力放出。周虬一心追着，一时失照；兼之人声鼎沸，飞刀又没声息，更不觉着。看着刀已离周虬背心只六七尺远近了，周兹方冲向东头远隔着，白超率方瑛、方玦才出厅门，万赶不及救应。

正在这一发千钧呼吸性命之际，场中陡然金光直泻，霍然敛住，陡显出一个神光射人如日月、气概惊众若雷霆的长身女子，喝一声："恶贼大胆！"一抬手，捞住飞刀，就手一捻，已成一把粉碎的铁屑，顺手向孟宗提撒掷。孟宗提顿时如热水洒身，万针攒体，立刻头、脸、身、腿一齐冒血，痛激心脾。那女子就地一个回旋，但见祥光纷披，人马四倒。再一回身时，吓得无常庄的人没命地飞逃。只恨投生时没投得狗马胎，好多两只脚逃命。周兹、白超领着方瑛、方玦追杀赶捉，大逞威风。

那女子立在场中央，哈哈大笑道："狗才！庄主！剑客！原都是些脓包！周庄主，再图后会，我去了！"周虬大叫："女侠留名！"那女子已飞身上空，人已不见。只听得有声音应道："我忠州贞素秦良玉是也！"白超、周兹、方瑛、方玦连忙跳上墙屋，追着寻瞧时，只见凉月当空，星辰闪耀，四边静寂，万籁无声。四人无限怅惘，痴立企望，唏嘘不已。周虬招手叫道："你们快下来！这女侠本领比我高强。绝不是你们追寻得着的。

快下来，不要发傻！"四人只得错落跳下。

周虬召四女上厅。先吩咐庄丁："收拾死尸，看守擒伤，满地委弃的不论什么都列单候解。"又命周莱："快去报泛官。"周兹强耐着，待吩咐毕，便急问："爸爸您认得那武侠吗？"周虬点头道："瞧她剑法身手，都是我道最上乘的功夫。和我少年时的招数是一样的。"周兹又问道："爸爸她究竟是怎么样个人呢？"周虬道："我怎知道咧？我不过是为着她的身手确是我们近宗近派。我又不曾和她会见过，怎知她是怎生样人呢？留她临走时，答我问姓名的那句话，也没听明白，只觉如鹤唳长空，那么震耳一声，我连她的姓名还不曾知道哪！"周兹听了，大失所望，咕嘟着嘴，坐在一旁。凝神一想，也因一时惶急，不曾听清她说姓甚名谁。

白超道："我倒听得她说，很像是'中州珍宿秦杨誉'几个字。"方瑛、方玦思忖说："是的，是的，不错！正是这样说的。"白超道："珍宿不知是什么地方？"周兹一听得，父亲说什么"和我少年时的招数是一样的"，以为必定熟识满心想就去寻访，及至听说"姓名还不曾知道"，心中已烦得如乱丝。这时听得白超说出姓名，她想果然对的，顿时心里又高兴起来，抢着羼言道："是的。中州是河南省的别名，珍宿一定是河南的县镇。爸爸您说是吗？"周虬摇头道："中州是河南，是对的。珍宿却没这个地名，除却是村名，也许是别号叫珍珠等类，听岔了，也许是姓真听岔了！"白超道："姓秦是不错的。那秦字说得很响亮干脆的。"周虬道："那么，只打听那河南姓秦的女子，总可知道。她能深夜来往，总住在不远，这周围百多里内，我没处不熟，总好打听的。"周兹催促连夜就去打听。周虬说："待明日再叫人去探访吧。"周兹不依，死纠活缠，非叫马上打听不可。周虬只得依她，派八个庄丁，分八方去仔细查问。周兹并说："谁先查着，赏工银一年！"众庄丁果然不畏辛苦，连夜奔走。

周虬带领周兹等将捉得的龚倬等，全关入空菜窖中，取大石堵住出口，只留窄缝通气，以待明日报解。当时查点，计获得擒获诸人是——

已伤：龚倬（庄主）、李占魁（龚庄剑客），随从小贼十二名。未伤：龚倜（倬之堂弟）、何廉（倬之内侄）、何西园（教头），随从小贼三十一名。已死：李金魁、方健、蔡正音、戴施逵（以上龚庄剑客）；王珍、麻元吉、赵蒙正、田德（以上龚庄头领）；万成章、王克成、李德标（以上龚庄教头）；随从小贼七十三名。总计擒获四十八名，斗死八十四名。

47

查点明白，周虬方回屋里。白超、周兹、方瑛、方玦都不觉疲倦，余勇可贾，督率庄丁，将大门补好，并预搬石条、石块，堆积门旁，备再有事时，将门堵塞。又将屋上的死尸搬下堆积一处，血渍汲水涤净。各处门户都巡查检视过，并围庄布哨。四人才到内室，向长事请安，道惊致慰，那些老太太都心疼肉疼地极力夸奖。这一夜忙过，转眼天色大明。

次日巳牌时分，忽然有一个老者来拜访周虬。周虬心中无法，到客厅请来相见。哪知觌面之下，认得那位老者是昔年游侠时，在黔中结识的苗民武士、沐府教师黑成德。当下彼此相见，欢然道故，周虬设筵款待，杯酒谈心。黑成德先询周虬近年状况。周虬将在滇中倦游归来，便闭门养气的情形，都告诉黑成德。并问昔年同寓的黔国公沐府近况如何，可曾再去过，黑成德叹道："沐府情形也大非昔比了。尤其是新三房沐朝典家中闹得不成话。长子沐裕弃家远出，朝典遗妾娄纫蕙毒害幼主，几乎酿成大案。近年我也没到昆明去，不知闹成怎样了。"

周虬动问黑成德近况。黑成德愀然不乐，道："连年不幸，想要偷闲安居都不可得。风烛残年，还要万里奔走，境况如何，也就可想而知了。"周虬接问道："正是。老兄万里远来，定有贵干。所为何事，可能告诉我吗？有用得着我的处所吗？我和你刎颈至交，如有所需，千万勿再客气！"黑成德听了，触起心事，老泪横流，勉强忍住说道："总是我命不逢辰，才遭遇这些不幸的事。我万里来投，原本是想求您助我一臂的。"

周虬慨然说道："老兄不必悲苦，有甚为难的事，尽请直说。我就倾家荡产，在所不惜！"黑成德起身拱手道："感激之至！老汉有生路了。"周虬道："究竟是一件怎样的事，还请仔细告诉我。凡是力量所及，无不尽我的能，始终帮助的。"黑成德叹道："我和你虽然相别十多年，我想着这事非你不可。到底还是老朋友有义气！"周虬点头应着，默坐静听。

黑成德接着说道："自和您分手，托天福，您弟妹养活了一对双胎，一男一女。我想着学学您和郝老四吧，也盖了几间茅屋，在贵阳城外住着。我壮年不争气，不能赶您，没赚得什么。只好弄几亩地，锄锄种种，倒也混得过去。闲时教教孩子，弄弄刀枪，我也心满意足，不想什么了。

"哪知老天不饶人！前五年头里，男孩子染了瘟疫，一阵肚痛，就僵掉了，连请医生都没来得及。您那弟妹总不免俗见，以为女孩子终是人家的人，虽然也可爱，总不能和男孩子一般承接宗祧，由此愁忧成病。花甲以外的人了，哪撑得起躺在床上昼夜啼哭呢？我百计解劝不来。小女儿倒也懂得哄她妈，说些傻话，骗她妈欢喜。镇日伏在床前，说：'我长大了，也娶个媳妇，给妈添个孙孙。'又说：'我将来和爸爸一般凭刀马闯世，赚钱给妈享福。'惹得她又哭又笑。

"没多时，您弟妹撒手去了。扔下我这孤老头儿，领着个懵懂女孩儿，我已经够伤心的了。且喜这孩子生得伶俐，讨人怜爱，我就把她当个男孩子教。十来岁就能开二百斤硬弓，舞十八路长剑。我为着她还能挽住我这颗伤透了的心，没闪入泥里去。就在那几间茅屋里，拾掇了一间屋子，白天教孩子习武，夜晚教孩子念书。就这般白发黄牙，青灯相对，过了四年。虽然凄凉，究竟还有个孩子借以自解。

"我以为这般总算苦命苦到极处了，哪知还没到底。还有更苦的境界没来到。大前年夏天里，您那侄女儿外出乘凉，我就坐在门口，以为这是极平常的事。只要照顾孩子不要闯祸就得哪。我如今想起还恨！恨我这老没用的！偏偏在这时候，会忽然疲倦，倚在板门上，略打了个盹。真只一刹那，连忙睁开眼来一瞧，小孩儿不在跟前。就'烈儿''烈儿'地乱叫。哪有烈儿的影儿呢？老哥！可怜！我从此就成了鳏寡孤独老而不死的苦鬼了！

"我四处寻找，典衣押物，托人各地访问。只要找得回来，哪怕我把所有的一股脑儿充作谢礼。我领着孩子去乞讨过活，也甘心情愿！四邻乡党都可怜我，给粘招贴，散赏单，一直闹了整一个月，也没见半点儿踪影。可把我魂都急掉了。我左思右想，实在不耐烦再活下去了。老哥！我不怕您笑话，我心肠一横，拿一条大汗巾，上林子里上吊去。

"这时是黄昏人静，不要说树林里，就是官塘大路也早绝行人了。我独自奔到林子里，倒转觉爽快，以为一了百了，任吗都不管了。找着一棵又粗又大的榆树，套上汗巾，我就挂上了，哪知刚挂上，噗地猛摔一跤，摔得满身生疼。挣扎起来一瞧，汗巾儿的结散了。我想是心里昏沉，没结牢。便又打了个牢结，再挂上。不料噗地又是一跤。这可愕住了。仔细一瞧，任什么都没有。我想：'时衰鬼弄人！'这话许不假！一定是山妖木魅在捉弄我，便换了一棵再挂上。哼！又是一跤。这可把我摔昏了！忍不住气，张嘴就骂。忽然听得有人高声叫说：'黑教头！此地不是你的死所，此时不是你的死时。你的烈儿犹在人间，四年之后，父女相见。你今时已死，反害她前程，你须自省。'我听了这话，半信半疑。想着：'这声音是湖广长沙口音，我素没长沙亲朋，谁来救我咧？'他怎知我是为着失却烈儿寻死呢？'仍不免有些疑神疑鬼，就大声叫问：'你到底是人是鬼？为甚要戏弄我这绝路苦人？'又听得答道：'你放心，我决不诳你。你身为武师，难道还不知我是人是鬼吗？这里有件东西，你取去就能明白了。'接着就有一件东西向我手背砸了一下，掉落脚前。拾起一瞧，却是一个纸包。拆开来一瞧，包内是我亲手雕琢的一只翡翠戒指，却上面还刻着'杰然'两个篆文，是烈儿的别字，这是我亲给烈儿戴上，一对翡翠戒指中的一只，还有一只，和这一般无二，只上面的镌是'黑烈'两字。既然这人能扔给我，烈儿一定是在他那里了。我当时也顾不得细想，趴倒跪下，向空中苦苦哀求，务求慈悲可怜，将我的烈儿还我！哪知求了半天，半点儿声息也没有。我万分失望中，忽然见那扔在地下的包戒指的白纸，映着斜月微光，似乎上面有字，忙再拾起来辨认。幸而字儿不小，月下还瞧得出，是：

　　　黑烈生有自来，汝艺不足以成之。特携往中原成其功业。四载后今日，汝可至均州与汝女相见。

　　"下面画着个瓶儿不似瓶儿、坛儿不似坛儿的花押，究竟不知是个怎样的人。我看完字纸，再满林搜寻时，只见一线白光穿林度树，压得树枝儿波浪似的一排重倒过去，便再不瞧见什么了。可怜我痴心不死，在那林子里苦寻到天明。往后一径向那林子里去，痴望或者见着什么。直到我动身离家时，还到那林子里大哭一场，才启程长行。

　　"可怜我这四年中，没一天不悬念着。恨不得挥鲁阳戈射后羿矢，把日子弄得爽速些。去年冬里，我计算到均州，得有几个月路程。我又没银钱，家里是烈儿失后，无心耕种，坐吃完了，只好连屋子连破家伙一齐卖了，沿途找朋友求食。出湘口，过义宁，绕道庐山，入皖，走广德，到这均州。寻访两个月了，也没见我那烈儿的影子。昨日才想起老哥您是均州人，喜得整夜没睡。今早打听得贵庄地名，就连忙赶来了。我方才在路上又痛恨我自己连您这个好朋友是均州人都忘记了。到了均州，两个月才想起。我真糊涂该死，到了极地！我方才打听，知道您是当地民望所归，没人不闻名起敬。我一面钦佩您为人处世的大本领，一面又暗自欣喜，您一定能够帮助我访着我的烈儿。有老哥您这般个全境恭维的前辈英雄好汉，肯为我出头，真是我一点儿痴心感尽上苍了！老哥！我只此奉恳，您要能答应，我这就跪下给您先磕头道谢！"说着便颤巍巍地就要跪下。

第六回

奋勇除奸六骑并辔
学成入世独立救亲

周虬连忙挽住黑成德，仍捺他坐下，道："我早已答应尽心竭力帮您始终其事，自然心口如一，您何必如此？难道还信我不过吗？"黑成德道："可怜我是心里急伤了，没把握，怎敢不放心呢？不过求您给我心安罢了。"周虬道："这事您放心吧。听您这一说，我完全明白了。老实告诉您，好叫您欢喜！连您那心坎里一时也委撇不下的女儿黑烈，我早就见过了，模样儿还不错，就是名副其实，面黑点儿。本领也练得很好了，比您不会弱多少。不过我先前不知道是您的女儿，一直也不曾想到她是黔中人。您不要着急，只安心住在这里，她一定会来见你的。"

黑成德狂喜，霍地立起身来，道："真的吗？您不要哄我开心呀，那孩子在哪儿？我马上去找她去。怨不得说是四年后今日到均州相会哪！咳！孩子隔别久了，我急得容颜改变了，准不认识我了！"周虬正色道："我几曾哄过您来？告诉您，您女儿已经得事名师，成为剑侠了。我曾经照顾过她来。大概是她师父知道我和您有交情，恐早说破时，我搁不住您求恩，走漏消息，妨了孩子学业，所以连我也瞒在鼓里，却把您引到我这里来。这都是她师父安排的计策。我们都在他手心里任他随意摆布。"

黑成德追问："那师父姓甚名谁？为什么要使孩子离开家里，把人急得要死？如今这师徒两个在甚地方？好老哥！求您一一告诉我，我死也不忘您的恩情！"周虬答道："那师无姓无名，却是他确能前知。知道现在坤道当兴，为天宣化。您那女儿生有自性情身心，都不是常人所能及的。天生这般奇才，自然是有关世运。若不得个名手把方璞来剖璧成器，终究是一方顽石，甚至反而贻祸于人。这师父便是一位琢玉能手。当今武当门

52

下，一般老去的武师剑客，无不四处访求真才，将自己本领尽量教授，以其丕振宗风，恢宏武术。本朝于少保征番迎銮颇得力于女侠客，如今女子中将有于少保那样的人出世，仍和于少保一般，恢我武道。所以各前辈也和永乐、宣德时一般，勤教幼徒，留为辅弼。这些事情都是那师父告诉我的。功夫没练成时任您怎样急念，决不能使您和孩子见面，搅乱孩子的心思学业。一到功夫练成了，自然会送到您跟前，不要您急找的。他并不要劫占您的女儿，您何必焦急呢？至于他们现在的地方，我虽知道，却万不能违他的叮嘱，领您前去的。您如果信得过我，您就待着。管保您得见女儿，错不了事便了。"

黑成德忙道："我相信得万分。您的人品性格，我不是不知道的。如今又涵养这许多年了，自然更加炉火纯青，言如金石；我岂有不相信之理？不过这位师父既是大侠客，怎么连个姓名也没有呢？我记得他留给我的字帖儿，下尾是画着个不知什么东西。难道天下果真有没姓名的人吗？"周虬道："这些小事，您不要固执不通，以为人非有姓名不可。我决不骗您，何致拿这些小事搪塞瞒哄您呢？您想，那师父居在深山里，不和人来往，自然用不着姓名了。您要知道，姓名是人和人之间打交道，要往来，要区别，才用得着的，您四年中那么长的日子都挨过去了，现在就一刻也不能耐吗？既相信我不会哄您，您只管待着得啦，旁的一切甭麻烦！"

黑成德道："我不是急这一时，只为我四年来，死死地记着榆林上吊那天的日月，日日时时地盼着算着。盼到今日恰算是四年整，只差一半天了。今儿这时还没见半点儿影儿，心里不由得就慌起来了。"周虬笑道："您年纪是比从前大了，傻劲儿却是一般，半点儿没减。他说'四年'，就刚扣准四足年，不作兴少几天，或是多几天吗？"黑成德回味一想，自己也觉好笑。

白超在门外叫了一声："清老！"周虬命她进来。白超掀帘进屋里，见黑成德和周虬对坐，便行个见长辈礼。黑成德连忙还礼，并问周虬："这位是府上甚人？"周虬道："是我门下弟子。"黑成德脱口赞道："好个英挺少年！我那烈儿若在，正似这般模样！"周虬心中忽自触想着一桩事，便先问道："您先生可曾把家伙送过岭去？"白超想一想道："清老来的前两天，先生过岭去一趟，不知家伙可曾送去。"周虬微笑着向黑成德点头说道："恭喜！您的心愿快了啦！"黑成德莫名其妙，不好答言，只好也微笑点头。白超更是遇着丈二和尚摸不着头脑，痴立在一旁，瞧着周黑二人发闷。

周虬更不再提，只问白超："外面可有甚事？"白超道："方才庄丁头目成城来报说：'无常庄龚兴杰想已经邀请东陈庄的皮匠章山、黑毛张炳和马林寨的绿林八虎，要来劫救他父亲。'兹姐听报，亲要乘那厮们没来时，先去攻无常庄。特先来向清老请示。"周虬略一沉吟，接着脑袋连点几点，道："那厮们既夜来闹过了，我又擒得龚倬，有凭有据是他们来滋扰。我去只算是搜捉余盗，抄贼窠儿，没有什么不可以。好！你叫他们预备吧。我亲自来带你们走。"

白超道："兹姐说：'八虎空有威名，来也不过送死。今儿去拾掇了他们，显得咱们是锄奸除凶、不怕狠辣的好汉！'成城却说：'八虎是最讨厌、最不好对付的。'不知八虎究竟是怎生样个人？兹姐一味高兴嚷叫，我问她，终没问得仔细情形，清老想必是知道的。应该怎样对付，还请预先说明，我们好遵照着对付那厮。"周虬道："你问八虎吗？那是马林寨的绿林，表兄弟们八个。平日做事奸狡阴狠，没人不怕他们。马家的四个，名字叫坐山虎马维驷、二虎马维骅、三虎马维骐、出林虎马维骦；林家的四个叫下岭虎林起云、六虎林起需、拦路虎林起霈、八虎林起霞。还有一个老妇名叫马林太婆，是四马的母亲，四林的姑母。其中以马林太婆为最厉害，有万夫不当之勇，使一双铁枪，风雨不透。马家四虎之中，二虎、三虎都力大无穷；坐山虎最善爬山越岭，登高跳远；出林虎更不似人，喜生吃人肉。林家四虎，六虎、八虎，都是剑客；拦路虎是小路打闷棍的出身；下岭虎是河东镖师。因为串通强盗，劫掠所保的巨商，杀巨商全家，得银八万，上山为盗，这马林寨就是他们创的。平日所作所为，无不是逞尽阴险，使尽狠毒，说也说他不完。如果八虎今日来助无常庄，咱们就乘此替邻邑除一大害，扫清大路上的祸根，也是一桩好事。不过你们动手时，千万留心提防暗算，尤其要防出林虎咬人，不要大意才好。"白超答应着，便转身出去传话。

黑成德默坐一旁，听了半晌，见白超出去传话列队，便问："老哥！您庄上今儿有什么事吗？您别瞒我呀！别瞧我老，还能赶几个后生哪！这趟过九江时，筏户欺负我老，来上三四十口子，我就这柄铁伞扫退了他们。我这老骨头，还熬得几下子！快告诉我，有什么事？"周虬道："您别辛苦了。我领着孩子去，差不离就够了。"黑成德发急道："不成！不让我去，我也得去。哪有眼见您有事，却袖手旁观之理？我不去，自己的良心也须不答应我！好！甭问什么事，您干的事总是有道理的，何必再要知道？我只跟着干去就得啦！"周虬只好将和无常庄结怨的事告诉黑成德。黑成德气得哇哇大叫道："走！走！欺负到咱老弟兄头上来了，还有天日吗？老哥！欺负您就是欺负我。我受不住了，快走，快走！"

庄外脚声杂沓。听得白超声音，向众传话。一时周兹、白超一同进来。周虬道："我们今日是捉贼，光明正大去的，甭闪闪躲躲，简直扬旌擂鼓，放炮攻打。你们须防暗器，快去披挂！连弓、石弹、镖，统统带足。"白超、周兹一同答应便走。方瑛、方玦答应着却立住不动。周虬恍然大悟，叫道："你俩快去里面取盔甲，多得很！只向我女儿取便了。她箱里就有四五副全的。"方瑛、方玦答应道谢，自去取用。这里成城已送上周虬的镏金盔甲，另外一副同样一般的，周虬便要黑成德披了那一副，恰好合身称体。一会儿白超、周兹、方瑛、方玦都披挂整齐，各自牵着一匹马行来。周虬见人已齐备，便吩咐周莱："谨慎守庄，万勿轻动。有人来攻时，只死困守，不可出战。为防万一计，你可差人去通知泛上，派兵救应。"周莱领命。庄丁牵马抬械伺候着。周虬便和黑成德各取兵械，一同上马，领着四女和许多庄丁，径扑无常庄来。

绕过山溪，奔到无常庄口。恰遇着夜叉龚兴杰也统率着一班徒众和马林寨拨求相助的坐山虎、出林虎、六虎、八虎等四人和数百喽啰，正离庄门，想乘热闹里，把周家庄踏为平地，救出他父亲来。两支人马劈马触着，一阵呐喊，箭如飞蝗。周虬忙约住庄丁，退到宽阔处，将队伍列开。

出林虎马维骥见周虬一触即退，以为是胆怯吓退了，便满心瞧不起周庄人马，一摆手中大刀，首先骤马冲阵。这边周兹见了，一紧手中丈八游龙矛，两腿猛揉，座下马泼啦啦奔出阵前，好似一朵黄云，滚到当地。瞅定马维骥大喝道："小贼！你山狗不做，要来做土狗！待你家祖宗来做个屠狗英雄，斩你这个小贼！"唰唰唰！一连三矛，扎得马维骥还手不迭。

黑成德久未出马，见了这般情形，早已技痒。及见周兹矛法出众，心中更加按捺不住，一抖丝缰，大叫："我来蹍阵来了！"摇动手中槊，马维骥见一老者银须飘舞，颜如渥丹，知是个不易对付的劲敌，连忙挥斧横驰，截住厮杀。

孟宗提、何霸一瞅，"不对！不能全让仗义的客人给打头阵。"便一同飞马出阵，分头增援。这边方瑛、方玦二马同驰，斜刺里扑过去，各拦一个，大杀起来，不容他俩得入战场援应，就在当地，乱蹄盘旋，拼命大战。

龚兴杰见对面只有周虮一人，立马队首，心中大喜，以为机会到了。连忙率着五个教师和章山、张炳，一向扑将过来，想要围擒周虮。周虮仰天大笑道："一齐来吧，省得我费事。"抡起一对卧蟒钩，盘旋飞舞，罩住全身，一人拼斗八人，大杀起来。

马维骊和黑成德杀得难分难解，两骑马走马灯一般驰逐盘旋。战够多时，马维骊见黑成德越杀越勇，料难力敌，连忙将马一夹，回首斜走。黑成德生性憨直，绝不思索，骤马就追。马维骊心中暗喜，忙将马一夹，再一回头，抡起大斧，向黑成德拦腰猛劈。黑成德急忙镫里藏身，矬躯急让。马维骊手腕一拧，翻转斧来，又回头反扫过来。黑成德这时身悬鞍畔，再不能闪躲。那大斧相差只三四尺远近了，黑成德大叫"完了！"想待死里求生，倒地落地，或可免死。然而大斧已到，万来不及，至少受着一斧，带上性命重伤。

正在千钧一发之际，猛见一线光亮扫过，恍见一人跳起飞掠而去。便听得咔嚓一声，马维骊的脑袋忽然坠地。但是那大斧仍扫砍到黑成德腰里，斧刃正沾着盔甲时，忽又咔的一声，斧柄两折，斧头落向七八尺外的草里去了。黑成德转身大吃一惊，怔在马上，扭头四顾，并不见有人影。急勒马回头时，见周虮马前已躺着两具死尸，正和龚兴杰恶拼，便忙过去助战，想帮着擒得渠魁，好了结恶斗。

周兹这时和马维骥狠斗。马维骥虽猛，仍敌不过周兹勇猛。龚庄队中，林起霞出队助战，双斗周兹。周兹心中更加高兴，越杀越勇。马维骥杀得性起，骤马猛地向前，挨近周兹身边，突然甩头向周兹肩膀上张嘴狂咬。周兹一时忘了这家伙是会咬人的，猝不及防，被他一口咬住左肩。幸得臂甲坚韧，骤咬难破，却是已痛不可当。想要挣扎，却耐不住痛。顿时激起凶心，持矛乱擎。马维骥仍不松口，忽见南角上一马飞来，白光起处，大喝一声，马维骥陡然一声吼，仰身便倒。周兹急抬头瞅时，正是白超。她独自冲入敌阵扰乱之后，飞马出阵，正见周兹受困，便挺戈刺了马维骥，救得周兹。

周兹、白超并马冲阵。那边方瑛已挺刺扎死何霸，方玦挥镰钩伤孟宗提，一起突阵。周虬见不便，也招呼黑成德一同抛了敌人，并力突阵。顿时一起杀入龚家庄队里。龚庄教头头目拼命横拦，被黑成德连斩两人。周虬抢挑张炳落马。六骑马突破龚庄队伍，混战起来。

这一场大斗，各拼死命，杀得草地鲜红，马蹄蘸胯。周庄六人越杀越勇。龚兴杰拼命督堵。战了约有半个时辰，林起霈陡然挥旗走马，把部下小贼调成圆圈，团团围住。周虬大叫："我们冲呀！别中贼子诡计呀！"众人便并力朝东角突来。龚庄人众顿时随马林小贼，都转到东头围里。周虬牵众人换头向南冲突。林起霈将旗一挥，改向西头围来。龚庄人马连突数处，都不曾突出围外。

一连战了两个时辰，周虬满心愤怒，想起自投罗网，出阵被围，更加心中激恨。狂吼一声，挥动双钩大叫："随我来！"骤向左翼攻去。那伙兵围又跟着向左杀动起来。周虬奋勇当先冲杀；黑成德更如疯虎狂狮，满处乱滚；白超、周兹左右辅助；方瑛、方玦断后随行。杀入人丛中，四面寻路。

不料连转几转迷了方向，好容易突出兵围，却在龚庄队后，反而深入了。连忙回头再杀入人堆里时，猛然又被包裹住了。周虬骤马猛突，无奈人众马厚，总突不透。白超忽然抬头见左侧一株枣树尖上，有个汉子手持红旗，正在指挥。龚庄人马投东便指东，投西转又指西。地下的头目就照着旗指方向，层层增裹过去。白超心中明白，连忙不动声色，将戈横在鞍鞒，急忙抽犀弓，拔羽箭，迅速开弓搭箭，瞅准枣树尖射去，嗖的一声，弦响处，那枣树尖上，抱枝挂立的六虎林起霈立刻从树枝间倒撞下来，脑浆迸裂，陈尸当地。

龚庄人众失了指挥，顿时大乱起来。周虬率众冲杀，却是乱极了，都拥挤成堆，一时马匹冲不过去。周虬大急，正待抢钩乱剁，猛见人丛里，突然蹿起一团黑影，雾一般，向人多处扑去，立时便扑开一条人巷来。周虬急忙就这人丛中冲出去。龚庄人马纷纷逃退，自相践踏，死伤无数。

周虬忙约住众人查点人数，庄丁中伤了二十余人，死了七人，六个出战的幸都没损伤。周虬心中大慰。正待策马回庄，忽见一个黑衣人当路拦马打恭道："给清老请安！乞恕弟子来迟之罪！"白超认得这人就是方才开路的黑影，黑成德也认出这人就是斩马维骊救自己性命的那个人影，而且不知怎样，见着这人心中似乎异样难过。只见周虬哈哈笑道："亏得你来，才解了这围，还有什么罪呢？我叫你别客气，你又客气了！你怎么这时才来？人家盼你几乎性命都盼掉。越起过来，见见你的然师弟！"

周虬刚说毕，黑成德猛然触起心事，陡然老泪纵横，不由得哽咽说道："儿呀，你也叫杰然吗？你可是……"再也挣不出一个字了。周虬回头道："老哥！您别瞧她是男装，她和越起是一般的，她就是您的女儿黑烈。这不是见着了吗？谈欢喜才是呀，干吗还要悲伤呢？杰然！这就是你的老子。你还认得吗？"

黑成德不待周虬话毕，早翻身滚下雕鞍扑过去，一把抱住黑烈"儿呀""肉呀"痛哭起来，黑烈这时才瞅明白这白发苍苍的，果是自己的父亲。虽然容颜已改，究竟形范犹存。回念前情，也不觉泪如雨下，一声"爸爸"之后，哽咽不能作语。父女二人在伤心之际，猛然听得有人声唤，惊得一齐回头。

第七回

四载伤怀一朝快慰
双抓在手五女倾心

当下，周虬见黑成德和黑烈父女二人哭得伤心伤意，无休无歇，戒恐贼人乘此反攻，防御不及，连忙叫："越起，你别白瞅着呀！快过去把你师弟拉开。"接着自己下马到黑成德耳边叫道："这是什么所在？怎么尽在这里抱头痛哭？到我屋子里去，有多少哭不了？"黑氏父女正在伤心至极，猛听得这大声，齐吃一惊。一齐回顾时，黑烈早被白超挽起，黑成德也被周虬一把掖起。当下叫庄丁让一匹牲口给黑烈乘坐，黑烈忙说："不须让得，我有牲口。"说着扭身跑入林中，一会儿拉着一匹鞍辔俱全的乌骓骏马，翻身跨上。周虬便领着一班回到庄上。

各人解甲盥漱毕，一切杂务和庄丁死伤等物，自有周莱分别料理调恤，不用周虬烦心。周虬便陪着众人饮食。黑成德在席间细问黑烈学艺情形，黑烈一一说出。才知她也是瓢甄子带到武当，就在独秀峰后面的回雁峰峦，昔人留下的三间丹房里住下。还有一个寡妇魏氏，是瓢甄子救得的孤人，就在那里照顾黑烈。瓢甄子时常前去教她练武读书，因为学业不能分心，故不使她和白超同处。黑烈离家时已有九岁，家中情事记得很清楚。幸得瓢甄子相待异常之好，从来不责一语，即有过错，也只细细分说，务使明白才罢，因此黑烈能够安心学艺。直到前日，瓢甄子忽然对黑烈说："坤舆当兴，奇人已出。你师兄已下山了，你也去省亲吧。从此你自奔前程，有事时我自来指示你。"便取一张字帖儿、一副鞍辔给黑烈。又领她到独秀峰，给纹银百两、长槊一条、利剑一口，便命黑烈送魏氏回里。下山后，瓢甄子招得一匹野马，给黑烈做坐骑。先给魏氏乘到镇上，雇得长行车，直送魏氏回到陇右甘州，给她将田房置办妥帖，都是瓢甄子给的银钱办的。魏氏依依不舍，硬留住一月。黑烈因先生期限已到，力辞回来。昨夜才到峰上，甄甄子已在等候，立刻命黑烈前来助战。黑烈因常见周虬送米送物，原认识的，所以助了一阵，不意是救了自己的亲生之父。这时白超和黑烈还是从前极小时同住过一夜，此后只彼此知道，不曾见过，如今相见分外亲热。黑成德更是又疼又爱，说说哭哭，万分感触。

周虬当夜设席为黑氏父女道贺，同时又叫伍德上来，说道："方氏姐妹不愿鬻技，我决意收她俩为徒，这里四百两银子，给你盘缠。方家姐妹的母亲也要接来此处。你回去时，我派庄丁同去，向她说明白，接她回来。"伍德早已吓得心惊胆战，诚恐不给一文，蚀尽老本。今见有四百两银子，既不是自己女儿，又没花钱买得。有对本生意，还做不得吗？真是喜出望外，感激不尽。周虬便派庄丁两名，随伍德克日起程。伍德将方氏姐妹的衣履等项清出，一一交代。二人平日习技的兵器也都留下，还有卖解跑马的两头马，周虬也照价买下，给方瑛、方玦做坐骑。

次日周庄大摆宴席，方瑛、方玦拜周虬为师，陪同周兹习技。黑烈本来原也拜在周虬门下的，从此彼此叙齿，还是周兹为长。当日黑成德把带来的翡翠戒指仍给黑烈，黑烈敬谨收藏。当日大家痛饮，直到日色沉西才各自散坐，彼此倾怀谈说，畅叙胸怀。

自从和龚家构怨以来，周家庄中，每日分班巡查，彻夜不息。所有庄丁人等，都分成日夜四班，川流不息地探访巡查。可是，一连四日不见动静。直到第五日，方氏接到，拜见周虬深致感谢之意。周虬又为她母女设宴，方瑛、方玦从此视周虬如救命恩人一般看待。方氏本是武人之女，素精技出，嫁的丈夫又是武官，所以年纪虽长，仍没荒疏。不过解数明白，能上战场，却不是什么了不得的本领。自到周家，便告奋勇，要和庄丁一般派班。周虬不允，只请方氏照拂内室，兼管小姐妹五人的兵器衣甲、日用饮食等事。方氏尽心尽力，无不周到，因此博得周家上下欢喜。虽然异姓相处，却亲爱和睦如一家人，并没人拿她当外人看待。

周虬将家中诸事安排停当，便待要把龚家庄扫荡了，除去这地方大害。这一日，早上起身，方和黑成德同到后园，瞧白超、黑烈舞剑，那怒狮、游龙两剑都是甄甄子亲授，二人各自保重，虽然对舞，却都不肯使两剑相拼。周虬便说："你们这般对舞是不会有进境的。那边架子上有肖形兵刃，你们取来对打，不比这般分舞的好吗？"旁边站着的周兹，听得这话，便接说道："我去取去。"转身飞奔去了。没多时，便抱了一大抱兵器前来，向当地一抛。

众人瞅时，是长戈、长槊、钩镰、双刺、蛇矛各一柄，长剑五口。周兹笑道："这都是咱们各人专学的家伙，瞧瞧可趁手?"白超便过去拾起一杆方戈，原来是铁条贯心，外裹松木，戈头是皮制，尖头有紧孔窟窿。捏一捏戈头，便见迸出许多白粉来，知道是特制作练武较技用的样家伙，分量、形状都和真的一般，十分趁手，却是不能伤人。心中暗佩服周虬设想周到。

周兹早搦着一杆样矛，叫道："谁和我斗三百合?"白超、黑烈齐声回答："我来!"周兹笑道："你俩就一齐来吧，瞧我可怕?"原来白超、黑烈因为同声答出，彼此相让都不肯先上前。听得周兹这般说，黑烈便先叫道："好! 瞧你一敌俩!"手中样槊一紧，便跳入场中。周兹摇着手中样矛向白超叫道："来呀，一齐来呀! 想缩头吗?"白超笑道："你一定要讨苦吃，就请你吃苦吧!"腾身冲入场中，挺样戈直刺。

周兹枪矛一绞，黑烈从右边一样槊径直刺进。周兹忙掣身让过，那槊和戈撞了个对面，两组朱缨绕作一团。周兹在旁大笑道："我说你们不行，我只略施小技，你们就自杀自了!"黑烈笑喝道："别夸口，看着家伙!"抽回样槊来，猛向周兹下裆绞去，周兹回身一旋，不料白超的样戈尖正伸到周兹右腿弯里，同时一绞，周兹两腿失势，仰天一跤，跌得四肢朝天。白超、黑烈一齐大笑道："瞧呀! 夸口的报应呀!"周兹翻身跃起，抓起样矛来径向二人猛扑，一面叫道："我不揍你俩，我就不……"

突然觉得有人拉住，话没说完，回头瞧时，却是父亲伸手搿住，周兹使劲一挣道："别拉着，瞧我揍两丫头去。"周虬喝道："不许闹! 待我来告诉你。"说着便招手叫白超、黑烈过来，连立在阶前的方瑛、方珙都召至跟前，说道："你们平日练武，输赢有甚要紧? 不问输赢，只要从这输赢的招数上考究个道理出来，将来和人交战，遇着这一般的招数，就知道抵敌，不致着慌，这才是比武求进境的道理! 一味孩子气争强斗胜，就让一个人把旁人全打倒了，又有甚威风? 外面好手还多着呢! 即如方才你们三人这两招，都有毛病；兹儿上阵，先不站稳桩子，人家夹攻时，只得掣身让开，这就是自失根基，授人以隙，哪得不败呢? 越起、杰然两人都是开手就直刺，你想，敌人对着你去攻时，有个不先护胸腰的吗? 这一招，

61

明明是白使了。白使一招，就耽搁一招的时候。战时差一点儿时候就可以转胜为败的，能把时候这般白费吗？再说兹儿，回身过来，就应该双膝紧并，才能顾住下裆。怎么两脚岔开，学那江湖花拳的桩子呢？破绽露得这般大，人家怎不叫你掼跤？却埋怨谁来？越起、杰然也应加小心。步下使长家伙，不能握得那么近的。如果遇着能手，底下双脚一跳，让过家伙，上头同时给你一下，你拿什么去招架呢？本来逢着这般劲敌，只有扭腰闪躲之一法，你们握杆握得那么近，怎么闪躲得脱呢？你们习的马上功夫，步下这般不济，设或有一天，失了坐骑，或是不能骑马的处所，不是除了使剑以外的家伙，旁的家伙完全没用吗？一道不精，不足以称武师，你们别大意了，孩子气争一时胜负，是没有益处的。"三人听了心悦诚服。

黑成德笑道："三个孩子使了这般一两招，被您批驳得半文不值。你真厉害！似这般招儿里去拣毛病，我是敢告不敏，深愧未能。难怪烈儿的师父怕我教坏了有资质的孩子，硬把她劫到山里去代教。这般看起来，我是太不行了！"周虬笑道："我只有一张嘴会说说，哪及得您飞抓的独门卓技，是真凭实据名震滇黔的硬功夫呢！"黑成德摇头道："那算得什么？不过是蛮荒少见多怪，那么瞎吹瞎诳罢了，还能算功夫吗？"

周兹忙问："爸爸，什么叫飞抓呀？"周虬道："你要我说给你听，是说不了许多，大概你黑大伯这么远来，一定带着这家伙防身的。你只求他取出来给你瞧瞧，就明白了。"周兹果然向黑成德说："好伯伯，好黑人伯伯，把飞抓给瞧瞧！"黑成德只得向腰间解下一大把金黑软索头上系着一只钢拳的东西递给周兹。

白超、黑烈、方瑛、方玦都围过去争看。只见一条索子足有五丈来长，却只小指般粗细。细瞧索子，是细熟铜丝夹着人发扭成细辫，极紧极软。索子的两端，各连系着一只大钢手，有人手加一倍那般大小，五指一般长，弯曲如鹰爪，恰成五指钩形。手腕处有个贯闩，一抖索子，五只钢手指便大大地张开，一拉索子，五爪齐抓，越拉越扣得紧，休想挣得松脱。

周兹等瞅了，知道是上阵捉人的利器，不知是怎样用法，便都围着黑成德和周虬絮絮叨叨问个不休。周虬道："我只知你黑大伯仗着这家伙助黔国公镇定滇黔，征服黔苗三百万人。你们想想这家伙厉害不厉害？老实说，黑成德三个字的威名，从前在苗疆真是能够止儿啼，荡邪祟，也就是靠家伙的威名。要不，人家怎么提到他时，全叫'飞抓黑苗子'呢？"

黑成德仰面大笑道："好的是自家孩子跟前，没什么要紧，叫您把我在襁褓里拉稀屎根儿的事全给掏登出来，要在大庭广众生客跟前，可叫我够受的了。"周虬笑答道："这有什么紧要？上自昆明下抵岳阳，谁不知道黑苗子？难道是我造谣言，只我一个人叫唤吗？"

周兹拉住周虬，扭股儿糖地扭着，皱眉哼声央告道："爸爸呀！别打哈哈呢，叫黑大伯使给我们看看呀！我们都要瞧啦！"周虬向黑成德道："你瞧，小孩子吵得这样，您还要惹得她们都哭了才算完吗？"黑成德道："你们父女、师徒串通了要捉弄我这拙老儿来开心玩儿，我有什么法子呢？要不献丑也不行呀！"周兹听了，头一个跳起来嚷道："啊，黑大伯肯了！瞧黑大伯使抓啊！好耍子啊！"拍着手，跳着脚，蹦入练武场去了。

黑成德接过飞抓来，先将起衣服下幅，掖在腰带里，又将两袖口各掖了一掖，紧了紧头上巾帻，昂头睁眼，大踏步径入场中。先把飞抓缠在腰间，两铁爪拖在两肋，俯身随手就地下拾起一条样槊，先跃开来，迎三刺四，大舞一回。但见呼呼风响，荡得灰沙滚滚，槊影翻飞，不见黑成德的人体。众人概自佩服老辈英雄究竟不同。

正赞叹间，忽见一裹乌云般霍地敛住，已显出黑成德夹着样槊丁字桩站在场中，嗦的一声，飞抓已顺在两手间。但听他吼一声双脚一起，两臂同振，接着，呼呼、咻咻、嗦嗦、咯咯，恍如正月花灯会中耍流星一般，盘旋回舞，激荡交飞，变尽各种花样，化成万道圆光。只见上下、左右、前后、高低，无一处不是光圈笼罩，铁爪起落。别说人甭想近前，就是尘灰也拦不住一屑。众人尽都啧啧称羡。正瞧得出神之际，猛听得哗啦一声巨响，地下的样戈、样刺、样镰、样剑，一件件满空飞舞，原来是被飞抓抓起，掷向空中，刚一落下，又被抓住回掷，顿时如骤雨飞蝗，满天都是兵器。弄得众人都眼花神摇，目瞪口呆。忽然光影霍然飞散，仍只一个黑成德，腰缠飞抓，手持样槊，昂然仡立场中，气息停匀，神色泰然，脸微含笑，目视众人。

众人见黑成德忽然停住，以为他是舞完了，都渐渐向场中走去。只有周虬仍然立着不动，反高声叫道："你们别动，还没完呢！你们快指几件东西叫他抓下来。我先指那屋檐口生着的一株小瓦松。"声未了，黑成德应声跃起，但见铁光闪处，瓦松已握在黑成德手里。众人大喜，争着乱指。

　　周虬忙摇手道："别乱来，这是很吃力的事，不是闹着玩的。每人只许指一件，已经很不容易了。"接着一清算，周兹指的是墙头第三只瓦头悬的水筒；白超指的是一株枣树上初开花的小枝；方瑛指的是檐口挂着的油灯；方玦指的是墙头晒衣木插；黑烈指的是屋角鳌头。

　　黑成德笑道："我自己也指一件，那枣树巅上的鸟巢。"众人瞧那鸟巢离地足有五丈来高，而且在丛枝之中，都觉得太为难了。黑成德却毫不在意。两臂一振，索儿贯着两双铁爪平摊着盘旋了两三个回旋，但听他嘿一声，顿时索儿不见，两爪化成两团淡光。眨眼间，匝地一转，噗的一声，水筒已掷到周兹跟前，喜得周兹直跳起来。接着花枝碰到白超胸间；油灯落在方瑛脚边，木插碰着方玦左臂；鳌头掷至黑烈面前。却都不见黑成德怎样抓下来的，一转眼便掷过来了。

　　众人方在惊奇，突见黑成德在场中起了个鸳鸯拐，欻地腾身跃起，同时两双铁爪由平旋转到直伸。黑成德就势一蹿，如飞燕穿帘般，向那枣树一蹿，手中的索子一溜，那铁爪一只缠到胸前，另一只便朝天冲起，忽地一落，黑成德已双脚沿地，啪一声，铁爪拍地，便见整个鸟巢就地直滚，一根巢柴也不曾抓拉折散。众人不由得暴雷也似齐声喝彩。黑成德微笑着，托住索子，身腰一扭，那两只铁爪围着他身子平绕几绕，索子仍缠在腰间，铁爪仍悬在两腕，并不用动得手。

　　周虬掀须大笑道："今天不是我怂恿，你们哪有这般眼福？连我都是二十年前，托黔国公的福，黑大爷黔府献技时，瞧过一次的。那时连黔国公太夫人都说生平不曾见过呢！你们这一点点年纪就能够见到，真该折福啦！"黑成德也大笑道："你别给我吹了。我就这么一点儿不值瞧的玩意儿，任你再吹，也吹不出什么来了。"

　　周虬忽然正色道："我今天求您显这功夫是有道理的。要不然，我怎敢无缘无故叫老哥累到这般呢？如果只为骗孩子们欢喜来累老哥哥，那我还成个人吗？"黑成德诧异道："这又奇了！这般随便耍耍，难道还有什么了不得的大道理在里头吗？"周虬庄然答道："自然是有大道理，我才敢惊动您老哥哥呀！你想，这飞抓绝技天下无二，要平苗疆，非此不可。您这大年纪了，难道还夹在军营里去征伐靖荡吗？据甄甄子师兄说：'近年大患在苗。苗平则汉、苗两族万世之福，比那易姓改朝紧要得多。如今天降女杰，平苗在即。却是深入丛莽，开辟那洪荒天府，非有绝技不可。'我问他：'什么绝技？'他说：'到时你自知，不必问我。不过你不轻轻错过了，就是天下之福。'那天见您来到，我陡然想起甄甄子这话，一定是暗指您的飞抓绝技。我想，要没有这家伙，怎能入那万仞壁立的蚕丛鸟道？怎能制那捷如鸷鸟、狞如猛兽的生苗？这几个孩子，将来都是此中人，您把这绝技传给她们，使生苗同化，共享生民升平之福，使天下大同，汉族无内变之忧，您的功劳岂在禹之下？这就是我今日烦动您老哥哥献技的微意！还望您为天下万民着想，兼为贵族造福，把您的绝技尽心传授这几个孩子。"

黑成德道："传授倒是不难，只难在这飞抓。我这抓是祖传的。我上一辈子曾传授过一个外人，为着要造飞抓，特到山东聘请一位匠人，花了五百两银子的盘缠谢礼，才造得成功。如今要造得这一般的飞抓，还不知道能不能找着匠人。"周虬道："说起山东，我想起一个人来了。这人姓尉迟，名继敬，是唐朝尉迟恭的后裔，祖传打铁、铸剑、造刀、制甲，善造各种兵器。无论如何奇怪的兵器，他没有造不出的。我家的卧蟒钩、袅蟒矛、蟠蟒剑都是他造的。这人年纪比我大，只不知道还在不在。"黑成德道："我家聘的那个匠人也好像是姓尉迟，只不知是不是这人。"周虬道："我还记得他家址，就叫莱儿去聘请去。"

黑成德道："既是这般，从明天起，你们五个孩子，天色破晓就要起身，到这练武场来，依次练习这飞抓。"周兹等人均大喜。小姐妹一商量，便请周虬关说，径同拜黑成德为师。黑烈虽是黑成德的女儿，也夹在里头磕头礼拜。把个黑成德喜得眉开色舞，掀髯大笑。就那天，便在内厅上把飞抓口诀传给周兹等五人，要她们一同熟诵，务须一字不遗。五个人便咿咿唔唔同诵起来，好似小学堂中蒙童一般镇日咕唧不息。

第八回

会群英仗义急公义
斩两贼奋威振军威

周虬差周莱携带银两去聘请巧匠，自己便到书房中来，想着："这几个孩子，只有白超甲胄、兵刃齐全。只待整作，黑烈、周兹有瓻甄子和我传给，也只须改制。却还有方瑛、方玦得代为预备。如果请着巧匠，不妨代为弄好。瓻甄子常说：'有一班奇女子立盖世勋名，为巾帼吐气，其中多人与周氏有缘。'大概眼前几个都在数中，我不可不尽力培植。"又想道："何妨使她们衣甲一般呢？"一时高兴，便在书房中绘起衣甲兵器的图样来。

将近饭时，图样已成，周虬十分得意。想着："她们这时一定练武已毕，到大厅上来了。"便带着图样，步入厅房。果然见黑成德正和白超等五人围坐着讲究飞抓。周虬便把图样给他们瞧，却是绘成的各种衣甲花纹、兵器样式，照图上所注，是：

　　白超：衣甲用狮纹，曲刀狮锷长槊，怒狮剑，双狮犀角弓；

　　黑烈：衣甲用麟纹，三刀麟锷长戈，奔麟剑，双麟虎弦弓；

　　周兹：衣甲用蟒纹，七曲袅蟒长矛，蟠蟒剑，曲蟒玉环弓；

　　方瑛：衣甲用鹤纹，鹤锷双钩镰，舞鹤剑，镂金舞鹤弓；

　　方玦：衣甲用鹏纹，鹏锷双尖刺，飞鹏剑，镂金飞鹏弓。

黑成德道："亏您还有这般细心，绘得这般精致。"周虬道："我也不过大意画个样儿，还须巧手匠人才能出神入化似这般。将来她们有一日出头，也显得是同门共案的朋友。"方瑛道："清老，女孩儿也能出头吗？"

周虬道："照说，古来锦伞夫人、娘子军、夫人城、木兰、红玉，谁不是女子？并且甑甄子常说：'今世将开未有之局，天产女杰，振天下未有之奇。'可见你们也可以上佐奇人，出为名将。你们千万别自暴自弃，要自尊自重，努力学技艺，读兵书，备为他日之用，才不负我们一番苦心。"方瑛、方玦才知女子也一般地可以建功业，顿时勾起一片雄心，从此尽心学业，努力前途，和白、周、黑三人竞进。

厅上正在叙话，庄丁来报说："本泛千总陈爷、本州知州乐爷同来拜会，离庄只半里路了。"周虬便叫："取衣巾伺候。"黑成德问："可有甚事？"周虬一面更衣，一面答道："大概是为龚家的事吧。"黑成德便说："老哥不可示弱，官府的事最讨厌的。"周虬点头答应着，便出了厅门，直向外而来，庄丁执事人等已经分班伺候。

周虬到庄门，不一时，见差役喝道，兵卒蜂拥，地方文武两官，均州知州乐德功，均州千总陈因仁，已经来到庄门口。周虬抱拳迎接。口称："治民周虬迎接父台麾下！"乐德功连忙吩咐："住轿。"陈因仁也下了马。二人一同向周虬还礼。周虬让二人进庄，径到大厅落座。乐德功先开口道："兄弟初到贵县，竟不曾知道老参戎隐居于此，未曾进谒，还望海涵！"周虬答道："治民荒疏散懒，老父台荣任，未及叩贺，尚祈恕罪！"陈因仁插言道："我知老参戎素来洒脱，我们今天以私礼见，谈话便当些。要不然，老参戎是我前辈上司，有话也不便奉商了。"周虬答道："治民怎敢放肆！"乐德功便传谕更衣。大家起身卸去公服，周虬只得应了。

更衣后，周虬便陪二人到外书房落座。乐德功先说道："我俩今天约同造府，实在是有关涉地方的紧要事项奉商。还望老先生痛念百姓，出任艰巨，小弟先代本州十万苍生叩谢鼎惠！"周虬答道："有甚差委，尽请父台吩咐。除却要周虬再入宦海之外，任如何为难的事，没不仰承钧命，矢竭犬马之劳的。"乐德功忙说："言重，言重！实不敢当。"

陈因仁说道："前日，据敝部探报：'无常庄上贼夜叉龚兴杰、皮匠章山，率领党徒投奔马林寨去了。'想必贵庄也曾得讯。前日承擒解巨盗龚倬，虽然直供不讳，自认劫盗掳杀案件七十四件，却是没法起解与省，也不能就地正法。因为四处是马林寨的细作，一有动静，就有被劫之虞。如今公事已经上去，求省中发兵来帮助镇压。而且马林寨不灭，终是地方上大患。不瞒老先生说，要靠官兵打破马林寨，是不啻缘木求鱼，万办不到的。军营中缺额欠饷，老弱充数。这些弊端，自然瞒不了你老先生。这些事并不是兄弟到任才有的，更是你老先生洞鉴已久的事。如今不平马林寨，龚兴杰那厮借着报父仇，大劫四乡，乱杀百姓，焚掠十余村。不似从前马林寨不扰附近地方，如今是昼劫一镇，夜焚一市。上司遣兄弟们是该受的。不过就是换两个官来，也平不了那贼。除非老英雄可怜百姓无辜遭难，毅然仗义，为地方除害，才能救十万生灵于水火。所以兄弟们特地登门拜求，为生民请命。"

周虬听毕，毅然答道："既然这事由我而起，怎忍使无辜百姓受害？自然仍由我了之。不过老拙可以效劳，从征庄丁还望死恤功赏，以资激励。此外，老拙有一弟子，也是曾经大侠甄甄子教给剑矢的，姓来名猎，本贯西川，现随父宦游开封。虽是女子，却有万夫不当之勇。老拙久想邀她前来平贼。现在老拙有弟子五人在此，却还不敷调遣，所以想请父台发驿马接她来此。再请发民壮二千，随同敝庄庄丁进攻。泛兵还是留着守城护犯，不必调来。这两事若得照准，马林寨若不能平，老拙就刎颈来见。"乐德功、陈因仁大喜，连称："老英雄太言重了！小弟准定照办。"陈因仁并说："小弟当多统民壮，为老英雄助威。"乐德功又说："请老英雄修书，小弟立刻就发驿马，奉迎令徒。"周虬修书交给乐德功，文武二官起身告辞，周虬致送如仪。二人力辞，周虬才送到底门自回。

黑成德迎着周虬说道："您方才和两官儿说的话，侄女都听来告诉我了。您真替他们出力吗？"周虬道："我何尝是替他们出力？一来百姓太吃亏苦了；二来这事本来是由我家而起，自然应该由我而结。怎能不管，让旁人笑我虎头蛇尾呢？"黑成德点头道："好！倒是老英雄见理透彻！您放手干吧。我帮你到底就是了。"周虬拱手道："承蒙雅爱，我正要奉求呢。"黑成德道："自家哥们儿，哪里说得上求字呢？您准备怎样办，告诉我，我总照着办就是了。"周虬道："我向他们讨二千民壮，并要他们发驿马，接我的弟子来猎到这儿来。且候他把这两事办到了再说。"

黑成德问道："您究竟有多少门人呢？这来猎是什么人呢？"周虬道："我素不爱求收门人，除却跟前这四个以外，就有这个来猎。本是四川人氏，据说先代也是您贵族。她父亲由军功出身，仕至副总兵，和我同寅。后来他身染重病，托孤于我。一子名来狩，武艺已成，送枢回籍，在家庐墓，至今没出来。听说在石柱宣慰司充舍人，不知确否。这来猎是来狩的异母妹。来猎的母亲是继配汉族开封黄氏，自幼随母居外家。襁褓时，周岁试抓，就抓的刀剑。孩提时仇恨针黹，酷爱刀棒。她母亲毋奈她何，一禁她就生病，只得就商于我。我便领她投拜甄甄子门下，习得剑术、枪法。她因我是她引荐人，且系父执，便拜我为师。弓马却是我教的。早几年就回家侍母去了。听说她昼夜不辍地日求精进，如今本领大概比兹儿总强几倍了。"

黑成德道："马林寨这几个毛贼，有了咱俩领着五个孩子，还怕拾掇不了吗？您何必又这么远去邀人呢？"周虬笑道："这事有几番道理在里头。一来是攻马林寨时，我想和您分前后，每路三队，不是还缺一人吗？她来时恰正好；二来我多年没见她了，想乘此会会，查查她的进境；三来想召她来学这千载一时不易得着的飞抓。这却是我疼徒儿的一点儿私心，反是三项中最要紧的一项道理。"黑成德大笑道："原来您不存好心眼儿，想把我的家传本领，通通传给您的门人。从此您就可以大吹起来，说：'黑某算什么，他的看家本领，我的门徒都会。'是不是呀？这话可是正说中您心眼儿里？"周虬摇头道："冤哉，冤哉！我何尝敢存此心？只是想给您多增一个门人，把您的威名绝技多传一份。反而因此招疑招谤，真是太冤屈我了。"黑成德笑道："别嚷冤，我和您闹着玩儿的，谁还当真吗？您想，我五个也是教，六个也是教，多一个算甚？教会了她们，将来飞抓登绝壁，振臂擒贼酋，立功荒域，建绩标勋，那时只要不忘黑某就得了。"周虬笑道："您是闹着玩儿的，难道我是当真吗？也不过骗得您答应教六个这一句话罢了，难道真有冤可叫吗？"黑成德道："啐！我又被您哄了！"

转眼间已过四日，这日正午来猎乘驿来到。却是遍体素衣，髻掖白布。周虬相见之下，大惊问故。来猎泣诉道："先慈见背。已经一载。因临终遗嘱。不得惊动亲友，不得妨害大哥前程，所以不敢发讣告报丧。弟子庐墓周年，前日方才下山。来猎遵先慈吩咐，来依师父。恰逢谕召，未敢延搁，只嘱媪婢收拾行李，随后赶来。弟子只带随身枪马，乘驿前来，恭听驱策。"周虬听了惨然不乐，深致悼慰，并嘱方氏代为收拾居处。

旋即领来猎拜见黑成德，和白超等五人相见。彼此一见如故，欢若生平。次日一早，来猎便随同讲习飞抓。才得两日，周莱回来，报说："尉迟家老辈都已去世。现实只有兄弟两人，兄名尉迟绍祖，被四川聘去，制造枪矛去了；兄弟尉迟绍宗已经聘来，携带工匠，随后就到。据他自说，能制飞抓，想不致误。"周虬大喜，便命庄丁先行预备炉房等待。果然尉迟绍宗次日便到，黑成德把飞抓取出，给尉迟绍宗瞧过。尉迟绍宗一口答应说："能造，只是头发没处办。这索子里夹着头发，是为要它滞刀的。要能滞刀，就非生人头发不可，那外面买的假髻等类东西，难免里面无死人头发在内，似乎不放心用它。"这句话，可叫周虬作了难，一时哪里去找许多生人发呢？心中着实踌躇，一时没得主意。

周兹忽然羼言道："我们平常梳头，落下来的发，姑母都是说：'留着待将来少发时自作衬发吧。'不是留下了许多吗？再要不够，我们各人头上剪下一大绺来，许就差不多了。"周虬道："对，你先去问问姑母去。"周兹应声去了。一会儿提着一只柳条长篓来，满满的一篓乱发。尉迟绍宗取秤一称，又拿算盘一算，摇着头道："还要差这么一小半。"周兹便掣身回房去拆髻剪发。一时白超、黑烈、来猎和方氏姐妹都争先恐后，各自剪下一大绺青丝来，忽忽把发绾好，都送到大厅上来。正逢方氏听得讯也送来自己的落发和新剪下的新发一大包，全交给尉迟绍宗。尉迟绍宗见了这般情形，暗自佩服这家子男女老少的勇决。把发总起来再称，较先前加出一倍多，足够照样绕结八条索子的材料。周虬道："这家伙打造不易，一时或有攘损，没处制补，不比旁的兵器随处可以求得。不如就造八副吧。工料银一总照算便了。"尉迟绍宗答应了，便督同工匠一面开炉冶钢，一面结索。周虬又把衣甲样式连来猎的衣甲也添上。尉迟绍宗照着单子，昼夜开工铸造。

没多几日工夫，尉迟绍宗方将长短兵器打造好。泛上差一员武弁来说道："挑得民壮三千，都是筋力强健耐得劳苦的壮汉。现在有二千开到三岔路口，还有一千在后，如果要用，马上调来。如今就请周虬发驾前去督队，免得队伍开进庄来，反多费周折，多花用度。"周虬问："总爷在哪里？"来弁说："总爷现在民壮队里督率着，专候爷驾到交代。"周虬便命来弁："先请回复总爷，只说周虬就到了。"来弁领命去了。

周虬吩咐周莱谨慎守庄，并托方氏照护内室，命成城管束庄丁，不许滋事，另外派人伺候尉迟绍宗，不得疏忽。调派停当，便拾掇起程。黑成德没衣甲，暂用周虬的余剩衣甲。当即各整兵器，即日离庄。黑成德因为飞抓正要做样子，便没带去，仍留在冶炉监工那里。也是他艺高人胆大，没把马林寨撂在心上，料着自己不一定要它飞抓才能取胜。只拾起一柄大砍刀，随着周虬一同出庄。白超、周兹、黑烈、来猎、方瑛、方玦六人都全身披挂着固有的衣甲，各跨战马，随同向三岔路口走来。

那三岔路口离周家庄不到五里，民壮奉了千总谕令："不许入周庄境界！"都扎在路口两旁田中等待。周虬等来到，早有报马报给千总知道。千总陈因仁得报，连忙叫："放炮作乐，站队跪迎！"令下，霎时间二千人夹道列队，旌旗飘翻，戈戟森立。头目武弁，跪报职衔，士卒伏地俯首。周虬忙传"免！"怎奈千总有令，弁卒不敢稍违。周虬只得和黑成德统率六位女杰直抵营前。陈因仁已经立在营前迎接，周虬连忙下马，黑成德和六女也先后下骑，周虬极力逊谢，才与黑成德和陈因仁同行入帐。

彼此叙过客套，陈因仁便将民壮名册捧交。周虬命来猎掌管。陈因仁见周虬带来的人只有黑成德银须赤目，矍铄精强，似是一员老将，其余六人虽然都是戎装佩剑，却是瞧去都是二十岁以内的人，心中暗想："这老头儿未免太轻视马林寨了！这伙小孩子能干什么事呢？只怕一见强盗都要吓得号哭起来。"口虽不言，心中万分焦闷，没精打采地敷衍着。

一会儿摆上宴席，白超等众人想着就要厮杀，狼吞虎咽决不客气，各自饱餐。陈因仁暗笑："这伙饭囊，待会儿不要和争食一般争着逃走才好。"周虬觉着陈因仁颜色不对，料想他是轻视这六员女将。便想着："让他阵上瞧瞧去，不吓吓他，也不知道厉害。"便说道："方才得庄丁探报，贼人得知官兵进剿，已经移营下山。显见得那厮们准备明目张胆抗剿拒捕。今日这场争战，必然猛烈，敢求老爷亲自押阵。即仗总爷威风，以励士气而寒贼胆。想总爷威勇素著，必能俯准的。"

陈因仁听了大急，暗想："你带着一伙孩子来儿戏，我正悔不该错求了你，你还要拿我的性命来闹着玩吗？"便推却道："老先生出阵，就请黑义士压阵，不是更能和衷共济吗？"周虬道："不是那么说的！一来，总爷是本泛长官，若不压阵，今日之师，便为无名；二来，总爷是正印官，天相贵人全军托庇；三来，今日之事，某等只是奉召附从，总爷实为之主，主不出阵，客必因无所重承而进退失据；四来，某等此来，原是为总爷效力，借报知己，无论能否报命，自必要求总爷目擎，聊表寸心。"陈因仁一时没话搪塞，只得勉强答应。

忽见探马飞报：贼营起鼓。接着，便听得一连九炮，周虬把宴席一推道："毋使贼先，火速列阵！"陈因仁反为之一惊，连忙镇住心跳，摸摸两

71

颊，幸喜还没发赤，便挣扎着喝令："人马列开！"待得亲兵送上刀马时，周虬等八人已经各向随身庄丁手中接过兵器，一齐飞马出营去了。陈因仁慌慌忙忙，向亲兵手中接过毛巾，擦了擦脸，才被亲兵搀上马背，驮出营门。

只见周虬、黑成德并马立在门旗之下，左有白超、来猎、方瑛，右有黑烈、周兹、方玦。一个个昂然立马，瞪眼注敌，周身勇气，毫无怯容，好像只待令下，便要吞却敌阵一般。陈因仁心中不觉纳罕，暗道："这伙孩子而竟有胆，倒也难得。"顿时减却许多惶惑畏葸，心中稍觉安定。不料突然轰隆隆一声巨响，陈因仁猝不及防，身子一仰，几乎摔下马来。惹得六员女将忍不住扑哧咯吱乱笑起来，周虬忙横目示意，六员女将才强忍耐着笑，保住威严。陈因仁抓住鞍鞒，死命挣住，慌张急问："什么响？是什么东西那么响？"亲兵禀道："是后营运火药车的轮子拆了，没甚要紧。"陈因仁才把一颗突到喉头的心按捺下去，长嘘了一口气，暗叫一声："天呀！"

对阵猛然一阵鼓响，急如骤雨，周虬也顾不得陈因仁惊惧，吩咐："一齐起鼓！"顿时鼓声震天，三军呐喊。但见对阵门旗闪动，一阵冲出八九骑马来。周虬认得向左列开的是二虎马维骅、三虎马维骐、皮匠章山、癞和尚孟宗提；向右列开的是下岭虎林起云、拦路虎林起霑、夜叉龚兴杰和他的族叔没毛牛龚午。正中那个满脸皱纹、肥如大猪的老妇，便是马林寨主马林婆婆，背后排列着龚庄教头和寨中头目共十四人。

马林婆婆瞅见周虬满心毒发，咬牙大骂道："老贼，俺和你无仇无恨，你为甚伤俺子侄？今日不拿你祭灵，老娘就算枉充好汉！"周虬大笑道："虔婆，你也配说'好汉'两个字吗？你子侄自来讨死，我须没到你家里来宰他们。"声未毕，但听得耳边有人大叫："哪有精神和虔婆闹，待我来斩她！"接着泼啦啦蹄声响处，一团黑云直向对阵飞滚。众人瞧时，却是黑烈。

对阵拦路虎林起霑抡起狼牙棒横截过来，黑烈紧一紧手中麟锷三刃戈，唰！唰！唰！一连三戈向林起霑三路猛刺，杀得林起霑连躲带架，勉强保得没伤，不曾还得半招。黑烈吼一声，又掣回戈来，款扭狼腰，回身斜刺，直奔林起霑胃膛。林起霑见黑烈来得太快，未免心慌，急将手中棒一竖，斜绞过去，想要绞开长戈。不料黑烈力猛戈沉，就势手腕一拧，反

72

绞过来，林起霭死命尽力挨抵。黑烈大喝一声，但听得铮的一声，狼牙棒已绞成两截，直飞入空中，相对着乱打筋斗。林起霭虎口绽裂，鲜血直流，没命地勒马回阵。黑烈见了，跃马赶近，伸臂挺戈，一戈扎入马股，那马负痛直竖起来，把林起霭掀落当地。黑烈再拔刺赶时，那阵上马氏弟兄于棒飞时已出马来救，这时正赶到，一齐挥刀托架，才救得林起霭，由两刀架住的戈尖下逃得性命。

这边阵上见林起霭死里逃生，顿时恼了来猎、周兹，双马齐出，分斗马氏弟兄。周虬见黑烈愤怒太甚，连忙挥旗召回。那边阵上龚午、章山见黑烈回阵，便一齐突马来追。黑烈待要回敌，毋奈周虬挥旗相召，正在为难，白超、方块两马同驰，截住章山、龚午，黑烈才回阵歇息，检视戈马，幸无损伤。

来猎荡开蛟锷蓼叶枪，和马维骓盘旋狠斗，来往十余次。来猎只用枪架扫，想待敌疲时，下一绝招，斩将立功。不料马维骓斗得性起，将大刀向当顶一挥横劈过来，恨不得这一下就把来猎剁成两截。来猎见了，认得是他的破绽，心中暗喜，急忙一低头，让刀锋飘空向左，马维骓显露左肋之际，闪身到他身左，双手举抢猛刺，马维骓大叫一声，血染雕鞍，倒身落马。这边阵上，见阵前斩得敌将，兵卒呐喊助威，战鼓轰鸣如雷，把个陈因仁骇得目瞪口呆。

同时白超正斗章山，十数合后，章山斧法散乱，白超急于要突槊，想迅速结果了他，便夹马右移。章山以为白超年轻不善骑马，露了破绽，急挥斧向白超左肩砍下。白超并不招架，一俯首，由斧下闪身而过，迅捷绕到章山马后，槊起处，大喝一声："去吧!"顿时把个章山挑离马鞍，甩向前面五丈开外，洒了满地的血。这边阵上呐喊更盛，鼓声愈急。陈因仁更骇得遍体淌汗，猛然听得巨声突起，陈因仁又吃一大惊。

第九回

斗盗首六女并逞雄
馘渠魁八侠齐着力

这时，周兹正斗马维骐，见他人得胜，尽力一击，把马维骐的大砍刀打落。方玦也想自己不能独败，一刺突出，全神贯注，龚午一时大意，兼之力不能敌，被扎中左腿。那边阵上马林婆婆见四将出马，两死一伤，一失军器，顿时无名火高千丈。一声怪叫，马走如飞，直突过来。这时只有周兹、方玦在垓心追逐马、龚二人，忽见马林婆婆冲阵，连忙抛了两贼，回马双截。

马林婆婆状如痫发，抢起手中双铁枪，如狼似虎，并不和周兹、方玦交手，遥撞过来。方瑛、黑烈在阵前见了大怒，骤马出阵，迎面拦截。马林婆婆唰的一声双枪分刺，方瑛、黑烈忙各架一枪，觉得分量沉重，知道这老丑妇是个劲敌，不敢怠慢，连忙分头进攻。恰值周兹、方玦追到，便四马合围，竭力抵住，硬不让她进前一寸。马林婆婆大怒，黄牙紧咬，灰发蓬松，两条黑粗胳膊直上直下，架、隔、刺、扎一齐来。这老妇天生膂力，异常凶猛，铁枪耍开时，猛一刺进，竟使人架格不住。即使架格着，她的枪竟会仍旧滑杆直进，非得大力地一架，把她的枪挑斜过去，或是敏捷地闪躲得法，不使刺着，才能不受她的枪锋。

这时四员女将并力抵敌，仅仅能堵住马林婆婆不向前冲。鏖战了半个时辰，才渐渐探清这老妇的解数，留意防她恃蛮力突过。这边阵上周虬眼见马林婆婆耀武扬威，酣斗四将，勃然大怒，一摆双钩，骤马径至中场。马林婆婆初时还不甚惧怯，及至周虬的卧蟒钩展开时，双枪始终碰不着双钩，双钩反而不离马林婆婆左右，杀得马林婆婆左闪右躲。

黑成德立在门旗下瞅着，直恨得牙痒痒的，暗想："我再冲过去，六个胜一个老妇也不算威武，要不给这老妇一点儿厉害，实在是不甘心！"忽一转念，见马林婆婆一面进攻，一面闪躲，顿时心上生出一个计较来。忙闪身隐在门旗后面，抽弓拔箭，瞅定马林婆婆，嘣的一箭，尽力射去。马林婆婆正在对付五方，没暇顾到旁处，耳中听得弓弦响时，左胸剧痛，一支箭已插入乳峰之上。

周虬见了，连忙摆钩进攻。周兹、黑烈、方瑛、方玦见老妇已经中箭，顿时精神百倍，各自着力反攻。马林婆婆又痛又急，只得将双枪轮舞成两个大圈，扫住各种兵器，舍命向前钻出围圈，拍马狂奔回阵。白超、来猎急挥兵掩杀。一时人声鼎沸，马走如龙，杀得马林寨的队伍七零八落，人倒马翻，逃贼朝山峡里直挤。周虬传令放箭，顿时，矢如飞蝗，齐向山峡里去，马林寨的人马被射倒的不计其数。随后跑来的就在尸上踏过，逃入谷内。周虬挥兵杀到谷口，马林寨守口的小贼将檑木、滚石纷纷抛掷。并且天色已经黄昏，周虬才传令，就在战场前贼人扎营处安营扎寨，埋锅造饭。

陈因仁连忙到帐内向周虬道乏，并盛赞众女将艺高性猛，委实是当代英雄。周虬略逊谢几句。陈因仁早命亲兵抬下酒筵，给周虬等贺斩贼拔寨之功。周虬等鏖战半日，腹中正饥，便也不客气，依次坐下饱餐。

席间，周虬问："这马林寨不知可有后路？"陈因仁道："据查，这地方并没后路，只有鸟路出入。"周虬道："如有后路，一来得防贼人潜遁；二来贼人可以进粮，须堵截住，才能困他。并且我们能够探得后路，给他个前后夹攻，比这一面硬攻容易多了。"陈因仁道："曾经闻得这地方本名陈家洼，四面是山，只有这谷口可以进出，里面是一片平阳，十多里阡陌相连。原本是最好的耕地。后来，山中出铁，有人采铁，便把泉水引向西流，免得浸入矿坑。于是田亩绝水，成为荒土。矿主出资收田，种植果树，数十年来，梨枣等生果出产很多，在河东一带，陈家洼的果子是很有声名的。洼内除缺盐之外，几乎可以闭门不求外物。因此被盗贼看中了，占作盗巢贼巢。前不多时，有一起卖解的被掳入洼，不知怎样放了出来，在外面说起：'洼里另有一条鸟道，通到均州西门外，时常见洼里的人进城买细巧东西，一霎时就回来了，都是走这条小路的。只是岖崎窄狭，险峻异常，不能多带东西行走。'但是至今不知这条出路在什么地方。虽也曾派人探过，却终没得着确讯。"

周虬道："只要有这条鸟道，总能设法探着的。只是方才总爷说，这条鸟道通到均州西门外，若果如此，还要防贼人间道扰乱州府才好。"陈因仁道："大概这条道是不能走大批人马的。要不然，也不等到今天，均州城里早就遭劫了。"周虬听了，闷在心中，且不和他多说。酒阑时，才向陈因仁道："今夜相烦总爷代为巡营，我们得略为歇息，养足精神，明日早战。"陈因仁虽然有点儿惧怯贼人前来劫营，却又想着："有警时仍叫他们起来抵敌便了！"便坦然答应了。径去分派巡哨，各队轮流巡逻哨探，刁斗相传，彻夜不息。

周虬回帐，悄悄地和黑成德一商量，决定尽今夜去探路破寨，当下商定，各人轻装紧扎，只带短兵暗器，初更出动。周虬率白超、周兹、方玦为前路；黑成德率黑烈、来猎、方瑛为后路。各人悄悄地加紧抬掇，嘱咐帐中随身壮丁："不许走漏消息。有人来问，只说：'寻着个谨密所在商量事体去了。'"庄丁谨记着，自去熄灯坐守。

周虬和黑成德率领六员女将，先后闪身出帐。侧身一听，更鼓号起，四面提铃喝号，灯火冉冉，耀眼起落，觑得一队人马方亮着灯笼，扬戈跃马迈过帐外，周虬便轻身蹿入田间，众人随后离了营地。从田野中，蛇行狼钻，径奔山脚。大道上许多巡逻来往逡巡，竟没一人留意察见。

周虬先率白超、周兹、方玦跃入山崖，周虬亲自前行领路，白超、周兹继进，分任左右察视，方玦断后。一路俯身沾草，直蹿入山腰。便顺着斜坡，横飘着向南急走。约莫行了半更次，耳中已不闻刁斗之声，仰视天上朦胧黯淡，透着苍茫微光，隐隐衬托，显出巍巍黑影矗耸的西城城楼，两行雉堞依稀可数。周虬刹脚回望，微嘘一口气，回顾身旁，黑茫茫一片草坡，更不见丝毫痕迹。

四人沿着草坡缓步走着，留心察视。一径走了一里多路，离西城已远，仍不曾察得半点儿痕迹，不觉心中有点儿疑虑起来。白超趋前一步，凑近周虬耳根悄声说道："清老，常人是必须有路才可走，清老和我都是走惯武当山的，何不径翻过去呢？只不知兹姐怎样？"周虬道："她很行的。留玦儿守着这里吧。"话未完，耳边又有人说道："我也翻过去，这比绳索还容易走些。"周虬回顾时，正是方玦。记起她是能够轻身撒手走索的，翻山自然是更不要紧了，便道："好，咱们就此过去。"

众人便各紧一紧衣裳，瞅定山凸处，转身弯腿，径向上直蹿，一口气翻到巅上，举眼一望，不禁暗抽一口冷气。原来这山是纱帽崖，崖上还有一层崖，而且是低头向外，顶上格外突出三尺多，不似下一层容易蹿上。周虹略一沉吟，忽见右边闪起一道金光，接着两道紫光连续飘向东去。眼前一花，深为骇异。暗想："这是哪一路来的呀？这般快速，行走时，如风如电，竟使人连影形也瞧不着半点儿，这本领还了得吗？"再一想："如果这就是他们洼里的人出入经过，我们今日可别想着占上风。"又想着："他虽行走如闪电流星，可是使我瞧不见他形影，我却是立着没动，他断没个不瞧见我之理。如果是洼里人，见着我这生人窥探，一定要动手拼斗的。如今他竟不顾而去，显见得他见我探山是与他无干的，总不理不问呀！这般看来，一定是高手剑客，一时路过，绝不是洼中人！"

白超、周兹、方玦三人都在贴近崖脚，觅隙寻罅，不曾留心身后有这闪电般的人走过。周虹便也不和他们说，免得多所惊疑，仍照旧觅路设法。白超忽然望着那边崖上似有一缺，便指给周虹看，周虹运夜眼凝神细瞧，果然不错。便一同过去，只见那低头崖下，就着天生石笋尖顶，琢凿成许多足印，高高低低接通崖顶，石笋都是直立无靠，百丈挺峙，不知其底。崖上的足印却是一印刚巧可置一足，若稍偏訾儿，便有跌下深坑，摔成齑粉之虞。

周虹便奋勇当先，一脚套一脚，脚脚踏实，不敢稍差，轻身直向上耸，使尽气力，才由那曲折凸凹许多石笋尖上，一脚脚踏到最高石柱上，再跃上崖头。白超、周兹跟着上去时，都心凛吸微，提神留意。方玦更是麻着胆子，舍着性命跟上，虽然有走索如飞的功夫，到如此极险之处，也不由得不心寒腿软。四人一同登到上头，再向崖下面望时，见那石笋石柱，凌空孤竖，黑魆魆下临无地，笋柱尖头不过容得半足，若稍为大意便成万丈深坑永不翻身之朽骨。不觉神摇心颤，连自己都不知道怎样能越过山极险的。回味时，浑身毛骨悚然。

周虹细瞧眼前路上，微光之下苍苔上印着许多六七寸尖尖靴印，不觉迟凝道："难道那马林婆婆到这儿巡查过吗？"周兹答道："不对，那老丑妇倒是一双小脚，只不过三寸长短，哪有这大的足印？"周虹恍然想起，便不再说什么，只催三人急进，道："快点儿，别落在人家后头。"方玦诧问道："今夜除了我们，难道还有别人前来寻路破寨吗？"白超指着苔上靴痕道："你瞧，这不是有人走过了吗？"

周虬依旧当先，踏着绝崖，斜向下行。走了没多远，忽见前面一株大树下面，有几团黑影。忙缩住脚，凝神细瞧，微微提动，竟是人影。心中想了一想，猛扑过去，却见三个大汉，被缚作三团，撂在地下，正挣扎着想要转动。地下还有一副骨牌、一碗吹灭的灯笼，显见得是在赌牌时被人擒缚的。白超不觉说声："奇怪！"周虬俯身凑近细瞧时，三人口中都塞着东西，心中已经明白，便将身旁一个肥汉口中的布扯出。肥汉呕了一声，周虬将钩一扬，吓得肥汉连忙强噎着。

周虬问道："你们是干什么的？"答道："本山守夜的。"又问："谁缚住你们的？"肥汉指着白超等道："就是这三位大姐。"白超轻喝道："胡说！你认清人呀！"肥汉瞬眼细瞧一会儿，才说道："果然不是。那三位全是大姐。还有一位着黄衣的最厉害，一抬腿我们就不知怎样躺下了。"白超、周兹、方玦都觉诧异，想着："黑烈姐等虽没见来，却是她们三个中没有着黄衣的呀……"周虬问："你们守夜的可分班？寨中有人来巡查吗？"肥汉答道："分上下两班。我们是下班，刚接过来就倒霉了。寨里照例有四趟巡查，可是弟兄们耍钱去了，就马虎不来查了。"周虬仍把那块布塞入肥汉口中，道："你们在这儿有些不妥，我送你们到个安静所在去吧。"便叫白超等各提一个，自己一手提着肥汉，一手拿着骨牌盘子和灯笼，直到崖畔，将四人和牌、灯一齐顺着草坡平放着，使脚一踢，滴溜溜都滚了下去了。

周虬回身向白超等说道："今夜这山上洼里，另有能人来此探察，我们须得格外小心，别错得罪众人，误种仇恨。若遇着人，不能确认他是贼伙时，必须问明再动手，别冒失闯祸。"白超等点头应着，遥见前面低洼处，林木葱茏，黑阴匝地，有许多房屋虎一般踞蹲在林旁。周虬指着说道："到了！那大概就是贼巢了。"声未毕，耳中听得远处传更，正是三更两点。

忽听得有人低叫："老哥！那边有灯光来了。"周虬回望时，却是黑成德和来猎、黑烈、方瑛，正随后下坡，便答道："没要紧。是向东转过去的。你瞧，那灯不是冉冉过去吗？"仍向那屋子走去。黑成德等随后，隔离约莫三四十步，缓缓踪跟着。刚走近林边，突见地下躺着两具没头尸体，有一具脖子里还在沁沁地冒血，显见得才杀死一刹那。尸体手中各抱一条朴刀，脑袋滚在十步以外。心想："这挥刀的腕力不小。竟将这脑袋迸出那么远！"白超道："这事蹊跷，这是哪里来的呢？"周兹道："这不是搅吗？干吗早不来迟不来，单单要和我们同做一场吗？"方玦也笑道："真像是有意捣蛋！"周虬忙摇手道："贼巢近了，怎么反高谈阔论起来？别管他是甚人，反正总是和我们同心的，不是敌对，就得啦。谁也不望帮助，各走各路，还不是各干各事！他管不着咱，咱又何必多管旁人呢？"众人都不言语。

一霎时，穿出林子，听得钢叉环锷锵啷响声。周虬知道有人来了，闪身树后，白超等见了，也都伏身草丛。只见两筹大汉各握一柄大钢叉，大踏步昂然走入林中。周虬待他跃过身旁时，突然即出，双钩左右分拉，杀鸡似的抹了两个大汉脖子，血溅尸倒，喜得是草地，绝没声息。周虬细瞧两汉子确是不活了，才闪身出林。

到了屋子围墙外，周虬打个手势，噗地飞上墙垛，白超等同时蹿上。周虬先到檐口，见屋里有灯光，便使个寒鸭滧水，翻身倒垂。朝里一瞧，不觉大愕。原来屋里桌上正正当当供着个人头，床上躺着具没头尸，床前有一个紫衣白脸、高髻大眼的少女，正使扎腰紫巾揩拭剑上血迹。她腮颜微露，两眉斜扬，似笑非笑，似是十分得意模样。

周虬连忙回身上檐，见白超正在身旁，方将把下面情形告诉白超，忽见紫光一闪，那屋里女子从窗口使个燕子扑巢，向檐口一蹿。因为深檐遮窗，不瞧见檐口有人，来势太猛，蹿上檐口正扑入白超怀中。白超一惊，喜得双足桩稳，不曾被冲动，便一把抱住。那紫衣女子被白超搂住，尽力一扭，喝问："你是何人？"白超答道："来杀贼破寨的。"紫衣女子急说："那么，快放我！"白超恐有诈，仍不肯松，周虬忙说："她是同道朋友，你放吧。"一面又说："姑娘且别走，有话商量。"白超便放了手，并使手托扶着紫衣女子站住。

紫衣女子立定脚，说道："我早见你们了，你们是哪里来的？请问姓名。"周虬答道："我们是周家庄来破寨的，兵在谷口。"便把自己和白超等姓名说了，才问："姑娘贵姓大名？可是三人同来？因甚到此？"紫衣女子道："说来话长，此时没暇详叙。回头再细谈。我姓史名环字佩玫，也是来破寨救人的。您怎样知我三人同来？"周虬道："我曾在上见你三人同行过去，又问得树下被缚的守夜人才知。请问还有两位呢？"史环道："我姐姐史瑯，字佩琼，义姐沈云英，字真洁。家姐被陷，尚无下处，义姐大约在前面杀贼，我要去救应了。我知道你们有兵扎营，事后再来晤叙吧。"周虬道："我们同行，好合力灭贼。"史环略一点头，飞身已上屋脊。

周虬忙招呼白超、黑成德等一齐跟着史环翻过屋脊而来。只见地下柱上缚着一个绛衣女子，正中大厅里有一个黄衣女子，正和林起霭、林起云、马维骐三人狠斗。周兹首先到檐口，纵身跃下，一把将绛衣女子抱起，飞身上屋。史环刚到，一眼瞧见，不由得向周兹低首道谢。周兹知道救的是史瑯，不曾救错，心下畅然，道："佩琼姑娘的兵器呢？"史环过来，给史瑯解缚。史瑯双颊绯红，含羞答道："兵器失了。"忽有人答道："已取来了。"史瑯惊得回头急望时，却是个白包头素箭衣的壮年汉子，将自己的啰鸾剑连鞘平递过来。周虬忙给引见，才知是白超。并且连史环也才知白超是女子，把方才被搂抱后的一腔幽闷化作云烟，随同姐姐史瑯，向白超盈盈道谢。

原来白超见周兹救了史瑯，心中已经明白。正瞧见桌上有一柄宝剑，正连扣带摺着，料想是史瑯的兵器，被捉时解下来的。便飞身下去，拿了就回身上屋。底下的人骤不及防，被她做了个十足人情。史瑯接过剑来，将带扣好，拔出剑来道："我去寻那老丑妇拼命去，此仇不报，誓不为人！此身幸存，再报诸位、二姐大恩。"周兹道："别忙！协力同心就协到底。大伙儿同去。"周虬便道："我和你黑大伯给你们望风，你们全去吧。"六女听了，一齐高兴，也忘了在屋上，齐叫一声："去呀！"噗！噗！噗！纷纷跳下。

正遇马林婆婆舞着两口泼风刀，如两只齿轮般，呼呼风响，刀光霍霍，直滚出来。史瑯大叫一声，挥剑先上，史环恐姐姐有失，接着跟上。周兹、来猎、白超、黑烈、方瑛、方珙六剑齐挥。团团杀上。马林婆婆毫不畏怯，破喉大叫："小妮子一齐来，多几个给你妈妈垫刀。垫得厚厚的，让你妈妈杀得爽快！"白超大骂："老泼妇！老虔婆！不知死活。看剑！"马林婆婆一面抵挡，一面哈哈大笑道："你这小哥儿混在姑娘堆里，不存好心眼儿，妈妈来收拾你！"

白超大笑道："泼妇！瞎了你的狗眼！你家祖姑奶奶也不认得吗？"手中剑一连几剑，直砍横剁。马林婆婆虽力大无穷，凶悍异常，却是八方八剑同时进攻，也难抵敌。那边马维骐瞧见，恐他妈有失，连忙掣身转过来助战。这时马林婆婆因四子死三，四侄亡二，一见马维骐过来助战，触念惨情，心中焦痛已极，老眼中泪痕纵横。手中刀更加乱舞乱戳，两脚也支离蹦跳，如疯如狂。忽听得一声呐喊，刀剑乱响，惨声顿起。

第十回

扫穴犁庭英雄聚会
飞绳走索豪杰相知

马维骐抛却那黄衣女子沈云英，任林起霭、林起云二人去对敌，自己回身来援助母亲马林婆婆。黑成德、周虬两人在檐口见八个少女斗不过老妇，心中已是十分气愤，及见马维骐转身来援助，更加冒火。黑成德更想到，如果因八人都全神贯注着马林婆婆时，被马维骐暗算，翻一两个，岂不是更不值得？便掏出三颗铁弹，瞅定马维骐连环放出。恰值周虬也耐不住气，摸出两支钢镖，抖手飞掷。马维骐正战得头脑昏涨之时，方转过头来一心想暗算别人，哪还有心顾及另外有人暗算？"噗""噗"连响处，马维骐绝没闪躲，身上连中五件暗器，自然禁受不住，歪身猛倒。这时他正倒史环身后，史环觉得身后有风，还当是敌人暗器，急忙跳让，却是马维骐跟踉倒来。史环一让空，马维骐便直撞到圈内，径碰在马林婆婆身上。马林婆婆正战八人之时，一来骤不及防；二来见自己仅剩的一个儿子满身流血，冲倒过来，心里哪得不极痛？不由得一声怪叫，抬手想拦扶马维骐。母子二人这般一搅，手中刀自然迟了。这时八面八个少女，怎肯放松这一发千钧的时机？立刻八剑齐下。但见无数剑光一阵起落，马林婆婆和马维骐母子二人顿时成了肉泥，糜作一堆，也分不出谁是谁来。

这时，林起霭、林起云听得剑声乱嘎，料知不好，急闪眼一瞧，心中顿时惨痛酸楚，纷絮交集。且知从此已失巨柱，无可倚恃，说不出的万分颓丧。再加上八女一齐回身夹攻，这二人哪是八员女将的对手？只一霎时，林氏兄弟已为马氏母子之续，地面两堆肉糜，左右相对。

周虬、黑成德一同跃下当地，叫住小头领，责令约束小贼从盗，宣谕：决不妄杀一人，不许乱动，听候分别去留。并命人去山后坡下及崖畔

81

解放被缚的小贼。并选择较为诚悫的头目搜索各处，清理财物，并扛运尸身，挖坑掩埋。其中有伶俐的小头领，早将茶、酒、菜肴搬出献上。众人辛苦了半夜，也正用得着，便在对面厅上，灯烛之下，各自倚剑就座。命小头领一同陪食，小头领知是不放心酒菜，便不辞让，径自分席相陪。先尝酒菜，以明出自诚心，并无诡谋。

当时男女杂坐，分作两席。沈云英先动问："众位既已统兵在谷口堵攻，为甚又黑夜探山呢？"周虬答道："我们并不是带兵官，姑娘别错会了……"便把龚庄结怨、官吏请来平马林寨等情形说了。沈云英等才明白了。周虬也问沈云英等三人家世出身，因何到此。并问这寨中还有龚兴杰、龚午逃躲在此，龚午已被史二姑娘手刃了，不知龚兴杰是否逃脱了？

沈云英便从头叙说道："家父讳'至'下'绪'，字湘浦，原籍浙江绍兴萧山人氏，曾中武副榜，辛未成武进士。家母姚江王氏，生我姐妹二人。长姐云真，自幼读书习武。因为四川川东观察山阴朱懋和与家父是连襟，敦请家父前往佐理营务。家姐和我随同前往，家父在忠州鸣玉溪得识玉溪老人秦葵。这位秦老原是开辟忠州襜褛启荒、文武施教的前辈大杰秦无再的曾孙，秦榛的长孙，祖传武道、文学，并称双绝。我姐妹一同就学，和秦老的长子邦屏（字民素）、次女良玉（字贞素）、三子邦翰（字民屏）一同受业，亲若手足。后来秦老又请得川中大侠羼棰生授我等剑术。

"良玉姐已受石柱宣抚使司宣抚使马绁史（讳千乘）之聘，明春出阁。良玉姐威声远震，技艺超群，才智过人，文章名世。马使者以书、剑著名西川，雄才大略，端的是迈古绝今、文武全才的一对英雄豪杰。他夫妇二人在订婚以前已经因游侠仗义而名满西蜀，为二千万川民歌颂的生佛。

"良玉姐得配英雄，想要夫妇合力建一番惊天动地、救世拯民的大功业。因此独自出川，遍游长江、黄河，访天下豪侠贤才。她还有一个了不得的志气，常说：'天生男女，同是一般的人，为甚男子能建许多功业，独掌世界，女子就非做男子豢养的珍禽奇兽不可呢？默察女子除却事亲养子以外，就一无事做。天下的女子至少要占一半，这么一来，世界被男子霸占了，世人中一半的女子就成了一半的废人。譬如世上有一万万人，就有五千万是没用之物。难道这没用之物，是女子甘心做的吗？女子天生是没用的吗？仔细考究起来，只怪得女子自家不争气。只顾些屑小事，不肯身肩重任。久而久之，大权就落到男子手里，一切事只有男子做的，女子不许过问。女子自家更不振，养活了孩子，就断送了半生。再生了女儿，便认为这是可以不做事，跟着男子吃饭的，便不和儿子一同教养，硬使她无知无识，受一辈子折磨。积习相传，还要造些该死的言语，说是：女子无才便是德，女子以孝亲教儿为功业，好女不出闺门，外言不入于阃，等等无理之词。简直就把女子和小人相提并论。女子何辜，遭此荼毒？一半是男子的硬行抑制，一半是女子自身不振。最可恶的是幼童、幼女教养不同，不使女子读书，不给女子就业。只拿些消磨壮气、消磨岁月的针黹织绣派女子做分内事，硬把活泼泼的人制成顽石，再去磨磋到死。女子中有一两个不甘心，或是因为自幼少学，无才自谋翻身；或是势孤力小，被男子派作为不安本分，不给养活。女子既没法自活，卒致被制死、被流死。即使古来有一二奇女子，也不是自创宏业。锦伞、冼氏、红玉、木兰，虽然名传千古，究竟一查考，或是因人余绪，或是为父为家，都不是独立创成功在国家、泽被人民的伟业壮绩。因此我立定志愿：虽然我也是个女子，一定要凭我心力，打破这万古冤关！将来决不仗父母、夫婿的力量出头，非得由自己本身的力量创出这不世之业不可。凡是男子所能做的大事，我都要做到。叫千古后世知道女子也可以做岳忠武、文忠烈，绝不是只有男子才能做事。由此激发天下后世女子的壮志雄心，从此继武绍迹，自尊自重，和男子一般共担天下事，分作世界主。我这志愿，并不是以男子为仇，要铲却男子的权柄，由女子取而代之。因为以女代男，独掌人权，仍是以暴易暴，依旧是个大不平。非得要男女一般，使天下无一废人，才是铲尽不平成太平。凡事创始者艰难，倡首者任重，这事虽是极难极重，我却不敢以才拙而退缩，决计请自愧由我任之。'所以良玉姐为要实践所言，独身出川多时，立意要寻访能够同心合力的女子……"

白超、周兹、黑烈、来猎、方瑛、方玦听到这里都眉飞色舞，气壮心雄，齐声高赞是"旷世大英雄""绝代大豪杰""女中圣人""万家生佛"，连史瑯、史环都觉心中开朗，如饮醍醐。周虬、黑成德也都啧啧称赞，认这秦良玉是空前未有的人杰。众女将都向沈云英问秦良玉的住处，发愿追从，虽执鞭随镫，矢志甘心。

沈云英道："她家世居四川忠州鸣玉溪畔，只是她出川多时了。我今日到此，就是为寻她而来。因为秦老恐她耽误婚期，并且马绀史极佩服这

83

位夫人的壮志，径自矢诚向他外舅说：'部下苗妇极其强壮，愿从挑选训练成军。'秦老深通兵法，确信苗妇成军可以无敌于天下。拟以本朝于忠肃公的治军圭臬和周营法，即于公以极少疲弱战胜极多极强番人的兵法，授给良玉姐，所以要迎她回去。又因旁人劝她，很难得她俯允，只愚姐妹还和她说得来。家姐方侍母疾，不克远离，而事情又异常紧急，所以只好命我专程纵觅，迎她回去。"

白超问道："姐姐已经寻访着没有？"沈云英道："只知在河南、湖广之交，却不曾得着实讯，还没得见面呢！"白超道："我倒曾经见过，只不知如今还在此处吗？"黑成德问："你在哪里见过？"白超便将龚倬被擒时有一女子参入杀贼，留名当时没听清，被误认为河南中州人的事细说一遍，周虬等一回想，果然那女侠留名时是说的"忠州贞素秦良玉"几字。周虬、方瑛等都说："是的，不错。一定就是这位旷绝人寰的女杰，要不绝没那么高妙的本领。"沈云英大喜，急忙仔细根问，预备即在近边用心寻访。周虬仍问沈云英："姑娘独自出川，何以又和史家二位姑娘同行？何以三人同到这寨里杀贼？"

沈云英笑道："我正要来说这事的，不料一提秦家姐姐的雄心壮志，又岔开了。我这趟出川没几时，才三四个月，都是从前曾随家父走过两趟。前年出川时，路过渝城，正值端阳节，前一日便停船城下，沽酒赏节。街头江上，已经赏闹端午，百戏杂陈，龙舟竞渡，江中也有许多玩意儿。其中有一种水面技艺，最使我惊心的是一班水面索戏。那大江中有两只瓜皮小艇，每只的头舱中各竖一杆长桅，约有二三丈高，艇子虽各有两人摇着，却很难支撑得住。桅头上有一条小酒盅粗细的绳索横袭在两桅的尖顶上。两艇一并，索子即下垂，两艇旁分，索子便绷直。就这般由上流头筏来。将近码头时，一棒锣响，突见小艇中各钻出一个十多岁的孩子，一个浑身绛绫，一个遍体紫缎。接着，鼓声急处俩孩子同向船桅上一纵，已到桅腰。一直猱升，顷刻到顶。就各向怀中取出一对和衣裳同色的小旗，在桅顶上做出各种身段：扯旗、倒挂、蛇盘、猴踞、独立、拿顶、平伸、斜翻，捷如雀鸟，轻如蝴蝶。而且手中旗子要出各色花样，两边起落样式如一。一眨眼间，俩孩子又都到了索子上，一般做出各种姿态。岸上、河下便有许多人高声喝彩。不料人丛中有个花花公子模样的人，大喝道：'喝什么彩！手里拿着一对旗儿，便可以仗着旗儿压风，左轻使左旗，右轻使右旗，自然能平住势子，调匀轻重，就站住了。这有什么稀奇？也值得喝彩？'人丛里便有人出头争辩，要那公子照样去做。正纷呶间，河里锣声响处，两艇渐渐并拢。索子中重，俩孩子身子同倒，岸上人惊得一齐怪叫。俩孩子并不惊慌，直着身子，甩得车轮儿一般，单脚钩绳，倒垂着，随索子软堕，直近水面，将手中旗掷入艇舱。锣声再起，两艇一分，人也就竖在索上，并没见他俩怎样翻上去的。接着鼓声咚咚，俩孩子就在索上弹腿挥拳，跳跃旋转。打完一套拳，又竖蜻蜓、翻蝴蝶、穿燕子、蹦雀儿，要了无数的花头。岸上的人都看呆了。后来两艇猛然一靠，索子陡软，俩孩子一齐离索，飞堕入水里。岸上看的人都大叫'不好了'，胆小的都拔腿跑了。一霎时小艇分开，水面浪涌，俩小孩从水中闪出，各抓艇头，翻筋斗入舱仁立，各自右手举着一尾泼刺刺的活鱼……"

众人听了，都赞说"难得"。方瑛、方玦自思："索上、水中虽自问功夫去得，却是要立刻捉得活鱼，却不敢必能。"史瑯史环敛首蹙蛾，娇羞不语。沈云英笑着说道："这有甚紧要？好汉不怕出身低，芝草无根，醴泉无源，羞些什么？"众人听不解她说的是谁，及见史家姐妹情形，才略猜得些，却都瞧着沈云英，盼她叙说出来。

沈云英笑说道："那俩孩子我先还当是男孩子呢，后来要完了。乘小艇到我船边索钱，我才瞅出是一对少女。啊！就是这两位史家妹妹。"众人听了，齐向史瑯、史环称赞。周虹并说："怪不得我在崖畔时见着三位行走如飞，但见光儿·晃，便不知去向。我钦佩得了不得！原来是自幼就擅绝技的，自然不同凡俗了。我这俩徒儿也当过卖解，这并不足为羞，史姑娘千万别自薄。"史瑯、史环便向方瑛、方玦溜眼凝视，方瑛、方玦也回眸清觑。八目对射，各自吃了一惊，都觉似曾相识，只记不真，便各自低头思索。

沈云英接述说："我见了她俩，心中触念秦贞素姐姐的言语，大为不平。当时致赠了十两银子，留她俩到我船舱说话，不料班首跟定，闲人围觑，没能说话，只一茶而别。次日，舣舟度节，江中唱船、戏船很多，却不见索系艇。正在纳闷，岸上马戏开场，家父见我面容不快，便叫韩媪领我上岸散步。韩媪本是苗妇，武艺很好，气力很大，领着我挤入人丛，去瞧马戏。哪知正是她两位，今天改在码头做马戏。马上功夫也不弱似水索，除了通常马戏套头以外，最难的是由马股跳到马头，还站得住。这是非轻身练得好极了办不到。还在马狂跑时，在马腹穿过，抱着一只后蹄跑上几圈，再跃身上马等等，都是极不易得的本领。我从此知道她是真功夫，即忙回船要家父拔她俩出班。家父素来慷慨，立时差人问班首，班首讨二千两银子。说是：'教成不易。她俩离班以后，得再有三年才能有人接替重做，还不知及得上呢？所以不能少一分。'来往说了好几趟，抵死要一千五百两。家父箧中尽数只八百两。渝城不属朱公管辖，没处借措，只得付之一叹。

"我为这事忧想得了不得。家父最爱我。便说：'如果一千两能办到，我纵然拼着这趟不回家，把箱中银子办了这事就是了。'再叫韩媪去说，仍是不行。人急生智，这一来激出个计较来了。我立刻和父亲商量，作为内眷爱这两个孩子，要传来问话，把她俩叫来，不许班首进舱。班首便待在船首。

"我见了她俩，先问家世，知她俩是山东曹州人氏，父母俱亡，被叔父串通母舅，卖给班内。幼时曾经父母照鲁人遗法，打熬筋骨。所以十岁学艺，就能轻身，十二岁就赛过艺师本领。只是纵、跳、爬、翻、登高走险和马上、水里的功夫虽好，却不懂弓矢拳剑，长兵器更不曾习，只会那花拳花刀、哄人作乐的玩意儿。我便把秦姐的大道理仔细讲给她俩听，并劝她俩千万别自暴自弃，要自强自拔，靠旁人是不行的，得仗自己。她俩一听就悟，对我痛哭诉说：'分文不得落手，想逃也没处容身活命。'我便把我两对金镯分给她俩，家父也把随身的金条取两条给她俩，嘱她俩谨藏密逃。家父并写一封密丸密信给开封武道世家百炼钢文奎习艺读书，并约定我回头时到开封去接她俩。

"她俩总算是有志气的，被我一篇言语唤醒，痛恨江湖卖艺，以为是奇耻大辱。离了渝城，便相将潜逸，到开封文家。两年中习得全身武艺，长短兵器都很精到。这也是她俩原底气力、身体都好的缘故。我回川时，开封不顺路。正想着要着人去探问，恰值我要到开封去寻秦姐，秦姐启行时说：'要专程到开封文家去问三尖两刃刀的秘诀，兼访文将军子孙。'我自然得到开封去寻她。便决定亲自前往，并探访她俩的讯息。哪知她俩正来寻找，又在渝城相见。据说，秦姐至今不曾到开封，不知何故。我便邀她俩同寻秦姐，直到这里来了。至于我到这里，却也有个缘故，就是她俩为那班首伍德……"话未毕，史瑯、史环、方瑛、方玦四人突然相抱痛哭起来。

第十一回

湛意深情间关纵迹
热肠烈胆恬忾拯援

沈云英见方氏、史氏四人相抱痛哭，异常诧骇。忙问："因甚伤心？"四人细说原委，才知她们两对姐妹都是伍德班中出身。伍德本是江湖著名的艺班。伍家原住淮南，与史氏是同乡比邻。自收得史氏姐妹，回淮南教习技艺。方氏姐妹和她俩最要好。后来史氏姐妹逃走，伍德才设法乘方氏姐妹父死家贫，花二两白银，包赁方氏姐妹再走江湖。四人虽先后不同时，却在淮南有一段总角之交的因缘。而且四人同受过班中折磨，不论风雪疾病，不做就打，有差错失手，更得受饿兼挨打。如今四人都已艺成身立，脱却苦海，蓦然说破旧事，触起前情，便不由得不低头相抱，痛哭不止，涕泪滂沱，伤心已极。众人问得缘由，分头解劝，才各抑悲怀，凄然相对。

沈云英因要打听秦良玉的消息，仍和周虬等叙谈，接说来到马林寨的缘由。原来，沈云英等三人落店，住在均州城里。听得人传说："淮南伍德的艺班，有两个姐儿被马林寨的头领瞧中了，要留下。伍德求了一位女侠去劫取，听说两面都伤了人，事情闹大了，已经动了营兵，下乡剿办呢。"史瑶、史环想起自己从前的苦楚，不知是谁家孩子由艺班遭落在强盗手里，命运真算是苦透呢！未免勾起个同类同病之感。再加上夹着个女侠，沈云英料想或是秦良玉仗义出头，也想来瞅瞅。三人虽各有心事，却都是想着马林寨。

夜间，正在商量，还没定到不到马林寨去。忽然听得店房里人声鼎沸，似乎是失盗。沈云英才起身，史瑶、史环已经抢先钻去，忙问："甚事？甚事？"有那俏皮客人，便搭讪道："你们小姑娘们全得小心点儿呀！

稍许大意，露了相，就得当压寨夫人去呢！"史环大怒，照脸啐去，道："呸！放你妈的骚屁，你妈才当压寨夫人呢！"那客人待要发作，忽抬头见沈云英仗剑立在后面，神光射人，料不是好惹的，才鼻孔里哼一声，自言自语道："人家好意关照你，你还逞狠！哼，瞧着吧，总有一天的。"史环气得要奔去撕那客人，沈云英连忙唤住。店主人见了，知道这客人是不好得罪的，连忙过来赔话说："他不会说话，姑娘甭动气和他一般见识！"

沈云英乘此问店主人："甚事嘈杂？"店主人道："因为那面上房里有一位太太带着二位丫鬟姐姐，不知怎样给外面泼皮知道了。今儿黄昏时，有四个武官模样的人到店投宿。这几天，总爷召民壮平贼，因城内很有些闲人来投军的。小的一时大意接在那面厢房住下了。不料刚才两位丫鬟姐姐忽然哭喊起来。大伙儿忙起来瞧，据两位丫鬟姐姐说：'太太被那四位客人劫跑了，银子也抢走了！'客人中有人认得说：'那四位客官是无常庄的教头。无常庄现在都归了马林寨，马林寨有一条羊肠小路，打山洞里穿过来，就是这西门外。'小的们出门去瞧，是有把火光向山岭冉冉去了。话虽如此说，是不是确是这般，却不敢断定。这也是那位太太自己失风招眼，只好明早报官，凭官办了。这时，绿林朋友已去远了，没事了，你老放心请安置吧！"说罢哈着腰儿，连连点头，倒退出去了。

沈云英便叫史瑶去找那两个丫鬟来。可怜，两人面上都是垩白如死灰，浑身瑟瑟地抖个不住。沈云英极力安慰一番，斟茶给喝了，给稍压惊慌。沈云英见她俩脸色略转，便问她："哪里人氏？怎无人护送？刚才怎样出事的？"大的麻面丫鬟说道："我家老爷是湖广人，在京任御史，今年春间，染病身亡。我家太太是续弦的，才二十二岁，嫁给我家老爷四年了。现在扶柩回籍，有一位过继的少爷和灵柩，都在后面。我家太太因为和这里县太太是手帕交，特地赶早两天路程来此相会。不料旧官交卸，家眷走了，没会着。新官家眷没到不便接待，便招呼我们住在这店里，等灵柩来同行。店饭都是县老爷接待的。哪知昨天因为老爷的生忌，太太打开银包，叫人办三牲、祭礼。在店堂里说了几句话，就叫强盗踩了水去。今夜黄昏后，太太刚在洗脚，忽然房门敞开，四个客人提刀仗剑冲进来。先把我俩捆了，堵上嘴，扔在墙角里。就把太太抱起，鞋袜都没穿，连箱子掠去了。我俩挣了半晌，才吐出口中碎布，乱嚷救命。店家才来瞧。如今我家太太不知怎样了。"说着，两人都哭得哽咽抽噎，泪下如雨。

沈云英见了丫鬟如此伤心，知这太太待人还好。略一沉吟，想起来原本要去马林寨瞧瞧，乐得做个顺水人情，便说："你俩那边已没要紧东西了，就在这里给我瞧着，不要让店家来啰唣。我们代你寻太太去。"两个丫鬟忙趴下磕头。沈云英便关照史瑯、史环卸去外衣，摘剑佩弹，转身推窗，纵身跳出。两个丫鬟转眼不见了三人，还当是神仙，连忙趴下磕头，死心塌地闩着门守在屋里。

沈云英等三人沿山脚，乘夜色，找着个山洞穿过去。已上了一层崖。瞧见周虬等，当是巡查。闪身窥伺，才知也是探山的，没暇搭话，便飞身而过。沿路捆住守夜的，问得路程。树林中杀了巡更的，便飞入大寨。史瑯先跳下去，不料被绊索挠钩搭去擒了。史环同时跳入楼窗，遇着龚兴杰睡在床上一剑斩了，急回身救姐，就逢着白超。

沈云英复下来，见守绊索埋伏的是龚午，挥剑斩了。这时林氏兄弟已经出来，便两边对杀起来。幸得周虬等赶来，才得扫清贼党。清查全寨，却是始终不见那掳的太太。四处搜寻，迄没踪影。

周虬便叫小头领来寻问："可知你们寨里掳来一位官眷藏在哪里？"头目都回说："不知道。"旁边一个小头目忽然说："这寨里没有，恐怕是眼店里私做的事。"沈云英便问："眼店是什么？"小头领道："眼店是寨里派人在城边开着客店，给寨里做眼的。他们时常私做买卖，不给寨里知道。因为那眼店里的管事，是马林老太太的堂兄弟，寨中头领没有一个敢管他的。"

沈云英暗想："我住的那店大概是眼店了。只是那丫鬟也瞧着将人劫出店外呀！难道还在店内吗？"便问道："你们这洼里究竟有几条小路通到外面的？"小头领道："这洼里除却前面谷口，后面只有一个山洞可以单身进出。如果掳人劫物，带着大件东西，是不能走这条路的。"沈云英道："那么，这位被难的太太一定是在眼店里了。我们进来那山洞，确是只能单身爬过，捆着的人是没法过来的。照这样看来，一定是那眼店管事派人扮作外客，劫了去，摆在密地，推说是马林寨的人去劫的，使客人不敢问，官府不敢追，仗着官府瞒客，盗人胆怯，干下这无法无天的事。这样的处所，不给铲干净，那还了得！我马上就回去抄店去！"

白超、周兹都要同去，黑成德便道："如今这里只须打谷口，接进官兵就算完事，用不着许多人。你们爱干事的只管同去。这抄黑店的事也是

89

不太容易遇着的。你们去干一趟，也可以多许多见识。"黑烈、来猎、方氏姐妹等一班小姑娘听了，都兴高采烈地要同去，并催着要马上动身。沈云英也想着："时候不早了，救人要紧。"便向周虬、黑成德告辞，和众少女一同起身。周虬、黑成德叮咛众弟子小心在意，不可慌忽。送了她们起身之后，便率领投降的小头领、头目及贼卒等同出洼口，去迎队伍和千总陈因仁入洼。

沈云英率领史瑯、史环，和白超、黑烈、周兹、方瑛、方玦一同溯原路到后山，由大树后面一个山洞里，屈躬闪出，便到了野林之中。林外田亩阡陌纵横耀眼，已是均州西门外近城农庄。白超等才知昨夜入洼时走的并不是后路，而是另一条人迹不到的兽蹊鸟径。所以沈云英等由洞中进去的，能够抢先做了许多事。

转眼间，来到大路。沈云英道："天色已透明了，我们打店后翻屋进去吧。"周兹道："咱们这一去，就得破脸干起来的，和他客气什么？径打大门闯进去就行了！"沈云英笑道："也甭那么急，太躁急了，打草惊蛇，须防有变。"史瑯道："难道还怕惊动那厮不成？"白超道："不是说怕，是不想打前门进，使他骇怪，把那失陷的人急急另行迁藏到旁的处所，不是多些麻烦吗？"周兹等才不再言语。

沈云英先到屋后，默察情形，相度地方差不多是上房边墙之外，便蹲身屈膝，朝上一蹿，呼地上了墙头，周兹、史瑯争先随上。黑烈、来猎也不肯落后。只白超和方瑛、方玦向略右一点儿的宽垛头蹿上。侧耳一听，下面屋里已有生火、开门、拉车牵马的声响。沈云英知道店内有赶早动身长行的客人。店中人都起身了。这事是决不能密做了，并且就是明干也不能再迟。待得店一开市，人多口杂就挂碍手脚了。

沈云英拍手为记，关照众人小心，自己领路，跃入下面敞坪，向窗下站定，伸指向窗格弹几弹。只见那麻脸丫鬟伸长脖子向窗外一望，见沈云英回来了，大喜过望，惊叫道："姑娘！我家太太呢？"沈云英连忙插手道："不要嚷！快开窗！"麻脸丫鬟连忙将窗子上扇拉开。

沈云英跳窗入屋，白超等八人都随着进去，顿时站满一屋子。两丫鬟见忽然多了这许多人，又不见自己的太太，顿时骇得目定口呆。沈云英也没工夫和她俩多说，先开了房门，便一迭连声高叫："店家，店家！快来！"店小二连忙答应，便来推门。沈云英忙将门堵住道："快叫你店里管事的来，有要紧的事！你们不必进来。"店小二因为住的是女客，不敢胡来，却是心里未免怀着鬼胎，只得接声高唤："掌柜的！"

店主人见唤得紧急，只得连忙丢了算盘奔过来，问道："什么事，这么大惊小怪，叫得这么厉害？"沈云英便开了一边房门，现身答道："是我，有要紧事找你。先请问，你贵姓可是林呀？"店主人一愕，停一停才答道："不错，我姓林，叫林泽。客人，这时急于要问贱姓干吗？"沈云英道："我因为恐怕找错了人，所以先得打听明白。"林泽道："你打听谁？要找谁呀？"沈云英大喝道："打听你，要找你！给我拿下这恶强盗！"

说话时闪身松手，房门大开。史氏姐妹、方氏姐妹应声蹿出向林泽猛扑过去。林泽猝不及防，束手就缚。白超、周兹、黑烈、来猎扑奔各店伙，一人扭一个，掏出套索套上，只一拉，就缚好一个。顷刻间，每人缚三四个，把十五个店伙，连左手厨房里的厨司、水夫都一起缚住，扔在当地。

这时，店中客人不知其事，顿时大乱起来，吓得乱窜乱闪。胆大的忙缩回屋里紧堵上门，朝桌下空隙乱钻；胆小的吓得魂飞魄遁，手脚失灵，顿时呆塑在原处，目定口呆，像泥人儿一般，不会动弹。林泽陡见这般情形，忽然心生一计，大声高叫："救命呀！强盗打劫呀！女强盗杀人呀！乡邻快来救命呀！"周兹大怒，回身过去，照定林泽肉厚处连踹几脚，踹得林泽杀猪也似的狂叫。

恰值门前有一队晨巡的营兵走过，听得里面惨呼，连忙转入店来。林泽伏在地上，瞥见了，满心大喜，想着："凡营里弁目兄弟，平时都受过我交结的。他们来了，真是救星到了！"便哭喊道："护爷呀！总爷呀！这伙女强盗青天白日打劫小店。求爷快捉人，不要让逃脱呀！"队伍中一个头目，听得便抖着铁链破口大骂，奔来要锁沈云英。沈云英大怒，一手抓住铁链，一手反扇过去，啪的一个耳刮，打得那头目跟跄歪倒到天井里去了。众兵卒大叫："反了！反了！"便蜂拥上前。周兹、史瑯急拔长剑便要砍杀。

来猎急忙一拉，白超拦在前面，急掏腰牌，高高举起，大喝道："奉县相公和总爷钧命，来办盗贼！谁敢阻挠，提头来见！"那兵丛中另一头目瞧见了，吓得神魂飞越，连忙喝住兵卒，抢上前打参道："标下们有眼无珠，还求体念弟兄们鲁莽无知，爷高抬贵手！"白超知他们当自己是领首武弁，也懒得分辩，便就势吩咐道："你们快守住前后门，不要放一人出进。我们要追问口供，救被掳官眷呢！"弁卒都诺诺连声，连忙拔刀护卫，前后把守。

那个挨耳光的头目爬起来，知道自己闹错了，一想："忤逆长官是要掉脑袋的呀……"性命要紧，顾不得羞愧，只得捧着紫肿的脸，趔趄到阶下叩头道："标下该死！特来领罪！"沈云英暗想："我须不是有腰牌的！"暗自好笑，却也无暇和他细说，就势喝道："恕你无罪！快去帮着把守！"那头目连忙磕头谢恩，诺诺连声地爬起。魂魄才回到他身上，依然使出威武来，拔出腰刀，昂然站着和伙伴们一同守护。

林泽见了这般情形，倒抽一口冷气，知道论势论力，全都抵闪不过，今日是撞着铁对头了，只好瞑目赖在地下待死。店中伙计更知没法闪躲，只预备照实供出，推在管事身上，再哀求饶命。众客人却知道是官府办盗，不是盗贼抢劫，反而都放了心。呆着的也活动了，闪躲的也渐渐出来了。却是大家都不明白官府怎么派许多女子出来办案，又怎么都是这般异样打扮？这许多人没见进来，是打哪里来的？满腹狐疑，又不敢问，只好纳闷着，立得远远地瞧着。

沈云英急于要救人，也没暇向闲人说话。先向屋里叫两丫鬟出来，命她俩将姓名、籍贯和昨夜所遇的事当众叙述出来。两丫鬟先说，一名安吉，一名安泰。去世的主人姓王，名子守，太太李氏，随即把昨晚太太的事及蒙沈云英慨允出寻，今早才回的事从头到尾细说一遍，只是不知白超等是哪里来的。沈云英便把破马林寨逢本侠，附义同来的话约略向众人说明，并告诉兵弁，是知县、千总登门拜请出来平贼的。众兵弁、客人才明白这九位就是平日耳闻口颂的义侠，由当地官府拜恳出来剿寇救民的。

沈云英这才喝问林泽："你把王李氏藏在哪里？快些交出来，也给你个痛快死法。要再逞狡放刁，可有得零碎苦吃！"林泽冷笑道："我昨夜就告诉你，是寨里弄去的，还问什么？"沈云英大怒道："你这贼还敢放刁吗？我在寨里翻了个透彻，据诚心投降的小头领说，你这厮是马林婆婆之老丑妇的堂兄弟，无恶不作，常做私己买卖，寨中头领也不敢奈何你。足见你这厮是个极其刁恶的东西！哼，今天犯在我手里，可叫你刁不过去！"林泽冷笑道："你嘛，你也不过是没屪子的小娘儿罢了！"

沈云英大怒，方要转身去拾掇他，史瑯、史环已抢先过去，各踮一只

92

大脚，向林泽腋下一顶，紧紧一踏。林泽经不住疼，怪声惨叫，汗下如雨。众客人在旁瞅着，便有胆大的矗言道："识趣些，你犯在各位大侠手里了，连那么厉害的马林寨一夜也扫成一片荒山，凭你就强得过了吗？"周兹道："你们不要可怜他。他平常待别人多毒，今天也叫他自己尝尝，才有天理！"便过去将剑轻轻挥划，已将林泽左股上肉削下一条来。黑烈见了，连忙过去向林泽右股上照样削下一条来。白超、来猎、方瑛、方玦都连着去削，周兹仗剑又挤来了。

林泽可真受不住了！见这情形心中也知马林寨确是没了，自己横竖一死，不如得个痛快，急叫道："不要削呀！我说呀！哎哟！不要踏呀！让我说呀！"沈云英喝道："怕你不说！任你尽刁好了。"说着便向八位少女一摆手，史琊、史环才松脚退下，周兹等也不再去削。只剩着林泽卧在地下窝囔不停。沈云英喝道："快说！再要迟延，我可不管！"林泽忙挣扎着急叫道："别来，别来！我说，我就说！"众少女齐喝："快说！"

林泽强耐着痛，供说道："合该我倒霉！今天为娘儿们坏事，还坏在一大伙小娘儿手里，总算是我的活报应！我前天不该想着王李氏脸子不错，银子又多，很想把她留下做个老伴儿。我就不干这倒霉营生了，两口子上老远去快活过下半辈子。所以这件事没叫寨里知道。是我邀了龚家无常庄当教头的几个朋友，代我办一办。他们原是我荐到龚家去的，饮水思源，自然不能不帮着我。就扮作客人，落在王李氏隔壁屋里。乘店里热闹时，推开假锁的内门过去，连人带财劫了就走。那朝田里向山路上走着的火把，是假的，是每夜照例送平安信进寨的伙计。劫着的人财都到了后面……"

说到此，忽然噎住，不想再说下去，沈云英大喝道。"快说！"白超等齐喝问："后面什么所在，快说！"林泽狠声说道："嗐！说了吧！后面顺田塍过一片树林，林子里边一椽瓦屋，那就是无常庄教头单峰驼恽璞琳家里。王李氏那口子是他背去藏在他家的。我还不曾去过呢！"八少女听了转身就要走，沈云英忙叫道："别忙！这事不是随便办得了的。我想请周姐、白姐、来姐、黑姐四位辛苦一趟。"四人齐声答应，转身蹿上屋檐，便没踪影了。众客人、弁兵一齐大惊，纷纷议论："原来剑侠果真有这般本领！"

沈云英追问林泽旁的案件！林泽说："一时哪里记得清许多？只知道

两年来，没十天不干事就是了。"沈云英使命史、方姐妹四人店中各处搜查，将所有的密信秘册、金银钱钞，以及衣服和赃物等全抄了来，堆在当地，查点件数，列好于一单。

正忙着，噗！噗！噗！噗！一连四声，便见白超等四人如四株玉树植在天井中，地下撂着四个捆成一团的人，另有一个小脚俊俏女娘，余外就是包裹。四面立着看的客人、弁兵见她们这般来无踪去无影，已经惊得呆，更没暇去究这些人物是哪里来的。只有安吉、安泰二人一声痛哭，直向那女子扑奔过去。众人才知那女子便是王太太李氏。

沈云英问："怎么这般快速？"白超笑答道："已经有人给我们弄好了。我们去倒不是拿来的，只算是拾来的。"众人听了大为诧异，连沈云英也一时不得明白。

第十二回

创巨业荡秽建新基
赋同仇驰尘援旧友

沈云英询问捕获人犯救出王李氏情形，来猎说道："我们寻到那屋里时，这几个人已经捆缚了，撂在屋里地下。王李氏却捏着一封信，待在窗前发抖。我们很觉得奇怪。把来意大略说明，就问王李氏是什么人，那几个人是谁捆的。可怜她定了好一会儿神，才答出话来，说她就是王李氏。方才有两个少年人闯进屋里，把四个贼打翻了，由夹壁里救出李氏，交给一封信说：'有姓沈的姑娘来到，便交给她。她一定可以保你平安的。'说完就撒腿走了。我们便搜齐物件，连人带物分扛到这里来了。那信仍在李氏手里，我们不曾拆瞧。"

沈云英心中一惊，暗想："难道我做这事时，后面还有人跟着密察吗？这真是螳螂捕蝉，黄雀在后了。"便向王李氏手中取信，王李氏迟疑道："姑娘可是姓沈吗？"沈云英点头道："我正是姓沈。"王李氏才把信交给沈云英，沈云英接过来，瞅笔迹不是熟人，很觉诧异。却是封签上又明明写着"沈二姑娘玉展"六个正楷。便拆了缄口，抽出里面的朱栏素笺，却是一笔草书，写得龙飞凤舞。全笺只有寥寥几句，简练异常：

真洁女史惠眺：

　　垂等承贞素女史之命，代为缚得四贼。贞素女史因开封挚友被难，疾驰往救，故未暇待晤。垂等亦急于踪往，不克即承教诲！至怅！倘有所询，开封柴火街文宅，为贞素女史必至之地。匆陈，敬颂康健！

于垂乘　敬上

阅毕，忙递给众人传观，并说道："秦贞素有了下落了。只是她为什么忙到连见一面的工夫也没有呢？"白超道："这于垂、于乘沈姐认识吗？"沈云英道："你不瞧信上说'不克即承教诲'吗？可见我和他也是不曾见过面的。"白超道："我是问姐姐曾知道这两人吗？不是说见没见过。"沈云英摇头道："不但是不曾知道，并且还不明白秦贞素怎么会认识这么两个人的。"来猎道："最好是请王太太把得救的情形仔细说一说，咱们或许能就这情形猜测得这二位究竟是怎样的人。"沈云英点头说："这话很对，就烦王太太说一说吧。"

王李氏道："我昨夜被掳后就被那四个强盗将我塞到那屋子的夹壁里。昏黑得不见天日，只觉得过了些时，便听得开箱箧扔银锭的声音。有一个强盗说：'有这么些东西，又有那么亮的条子，咱不如就带着上山东去。出了条子，少也得个秃扣。连上这个，少也够咱过半辈子了。为什么给林家里白干呢？不是傻吗？'另有一个答道：'不成，不成！林家里不打紧，他那姐姐却不是好开销的。况且他也不叫咱白干。他要搂条子，咱们就多搂壳儿，他总不好意思两项儿全占强的。咱搂着这壳儿也就和你那算盘差不了多少。'忽有一个说：'那么，咱就多情到底，不要沾条子，让林家里搂得条子全昧去。全了交情，咱才好说全搂壳儿的话。'这一来，那厮们就进夹墙，把我拖住。立刻四肢攒一，捆成个球儿似的，再扔到夹墙角里。我正被扔得浑身酸楚异常，忽然听得外面另有外路人声音，大喝道：'贼子，别逃！'接着一阵乱响，大概是掼人砸家伙吧，就没声息了。停了一霎时，才听得仍是那大喝的人说话道：'你俩手法大不相同了，我说留心就是成功，考究就是进境，是不是呀？你俩在这里待一会儿吧，我先走了。免得真洁见面时再拉住我，耽误了文郁的性命，对不起哉弟。'随后又听得有人说：'这不是扔下咱俩在后面吗？待到会着姓沈的再同去时，事都干完结了。快别呆，撵上去。'有人答说：'不成！这儿事没了，咱怎能走呢？快把那娘儿们找着，留下一张纸儿，再撵上去，就没错处给人家说了。'我就在这时被两少年武士从夹墙里搜得。扛到外面，给我解了索子，我这才见灯光。瞧见那四个强盗立时受报，都捆成球儿了。我知道死中得活，心中又喜又悲。急瞅那救我的人，却是一个浑身蓝缎，一个遍体翠绸，一般都是武生打扮。说话声音极脆极嫩，面庞也娇俏得很。乍看去，还当是两个小姑娘呢。瞧着两双大脚，才知是我眼昏看错了。那高些儿的写了一封信，就嘱咐了那么几句话，要我把这信带着。那矮些儿的拾起地下一把快刀，搡在我跟前，向我笑着说：'咱走后，你甭害怕。有甚响动，就使这刀剁这四贼。要有人问你，怎生得脱身的，你就说是西王母领着杜十姨、何仙姑来救你的。'正说着，那高些儿的指着外面，拍手笑说：'来了，来了！咱好交卸了。'我便向外面望了一望，屋里两少年就不见了，只窗儿微微地闪动着。我那时想：'这真是仙姑，要不怎这般快呢！'一耽时，这四位姑娘来了，我更呆住了。我瞧外面时，黑沉沉的一点儿什么也没瞧见。怎么他俩就见得有人来了呢？更想着一定是神仙。所以四位姑娘到时，我想着神仙的话，倒不觉得害怕。不过有点儿怯那地下四个强盗挣脱绳索，我可不得了！为着这，浑身不得劲儿，手脚直抖。"

来猎先说道："是了。这两位一定是秦贞素收得的女友，或竟是女弟子。"沈云英点头不语，周兹便问："你怎知是女友、女弟子？刚才王太太不是说两少年吗？"来猎笑道："你瞧白姐不也是一位少年吗？"周兹摇头道："你又不曾亲自查问明白，不忧白姐是咱天天见面的，自然知道。那两个又不曾见过，怎敢断定呢？"来猎笑道："你没听见吗？她自比是西王母、何仙姑、杜十姨，你还道她是男子吗？"周兹恍然大悟，笑道："你真有这些小心眼儿，想得那么刻毒！"

沈云英笑道："这事，我全明白了。我如今就要到开封去。此地的事赶快一了吧。"白超道："队伍想已入山洼了。我们在这儿，是不能了结这事的。不如把这些人全解到洼里去，任清老办结。沈姐动身到开封，也不忙在一时，还求稍住大驾。因为秦贞素这位女杰，清老很想见见。姐姐前去踪迹，清老一定有所托的。请姐姐同到洼里走一趟，一来了结寨里物项，彼此全始全终；二来清老有所托时，当面说总比传言清楚。姐姐尊意如何？能不能屈驾一行？"沈云英无可推辞，只得答应。白超欣然道谢，便起身遣回弁兵，命他们通知泛上，火速派兵押驮运牲口，前来运解人犯物件。一面大家动手拾掇着。沈云英向王李氏说："你也应到营里去走一趟，一来可以质证林泽等人犯；二来可以托官府发驿马送你还乡。"

一时，泛里派来一名把总，率领一百名兵卒、二十多驮运牲口，一齐来到。沈云英便将人犯物件发出，命兵卒驻扎看守。王李氏不善骑马，另找了一辆快车，一同起身登程，绕着山脚，转向前面山洼里走来。

一行人走了半日，已到谷口，早见有兵弁严紧保守着。及见白超、周兹等同来，知道又是和那周老先生无故会从洼里跑出来是一般的，便连忙闪身让出谷口。沈云英等九人和王李氏主婢三人，连人犯等鱼贯过了谷口。

见那谷内，一片平阳，碧草铺地，清溪绕流，树荫满布，端的是世外桃源，人间无二。洼内还有褴褛百姓辛勤田亩，一似不曾经得大战一般，仍旧一心一意整田、植树，过他的照晖乐日。众人瞧着，都不胜羡慕。

将近林边，早见周虹、黑成德和千总陈因仁带着一大群庄丁和兵卒含笑迎来。迎首便先向沈云英道乏致谢，并候问史家姐妹。彼此欢然一同进了屋，沈云英便把分手后回店擒盗的事向周虹说了，并代王李氏恳求转县护送。

周虹命大摆宴席，邀众人入座畅饮记功。席间向王李氏说："您有这许多财物，尽够半辈子过活了。只是这一路之上，要得保平安才好。回头我向州里给你讨几个护卫，发几头驿马护送回去，以免失误。不过近来旨裁驿额，马匹不多。您带许多行李，绝不是驿马能够用的，怎么办呢？"王李氏默然不语。

黑成德道："这倒有办法。照例，驿马是不能和雇的牲口同行一挡的。要雇牲口，就不能用驿，如今为护卫要，自然只好用驿。行李多了，可把银子兑换成金子，粗笨的都卖了，虽然价钱上吃些亏，究竟是为着就护卫，平安到家，终比涉险的好。"王李氏道："还有一法。我这两个丫鬟虽然容颜丑陋，却是都有点儿能耐。那麻脸的安吉善于计算，任什么繁账，她片刻可以理清楚；那骨突眼的安泰字画都好，本是先夫教出的书房侍女。如今跟我回去，也没用处，随我沏茶烧饭，做灶下婢也埋没了人才。所以我想把她俩留在周府，服侍各位姐姐。一来我可少累；二来我借此聊表寸心，命她二人代我永远侍奉，聊申救命洪恩万一之敬；三来她俩都能侍主得所，我也放心。"周虹竟欲不允，沈云英从旁力赞，只得允收。王李氏便命两个丫鬟叩见新主。安吉、安泰都涔涔泪下，颔首下拜。

周虹问两婢出身姓氏，安吉答说："婢子本姓任，名聪儿，她是婢子的表妹，姓伍，名瞧儿，同是涿鹿人氏。婢子幼失父母，依母舅伍氏。怎奈时艰年荒，家遭缠讼。官项无出，卖身措缴。幸蒙王府收录，如今已十余年了。"周虹便命复本姓原名，命人带回庄上交方氏管率。

这一日，知州乐德功、千总陈因仁都到了洼里，和周虹商量善后、犒劳诸事。周虬便说："只厚犒民壮，使无怨望，我们是决不受犒的。洼内本有良田，可以乐农。如今既不开矿，可以把淫渠引得西流，便可得良田万亩。如用召来的民壮，改作垦户，半年之中，洼中可成桃源天府。"乐、陈二人便拜恳周虬主持垦务。

周虬仔细一想，心中起了个计策。便和黑成德密商。黑成德父女在外，家无余物，无可留恋，颇愿佐周虬干一番事业，便一口答应。周虬大喜，便仍到外面来，对乐、陈二人说明白，必须将垦事全由周、黑二人主持，由县详请上宪立案，由汛派兵护垦，垦户由周虬召集派兵。乐、陈二人只求周虬永镇此地，不再有盗贼、绿林据作巢穴，就是万幸，凡有所说，无不立允。

周虬便先将洼内已垦农户点明列册，再将民壮分派田亩，又将洼内小贼愿降的，都一律编为垦户。并将洼名改作乐天庄，绘成图样，建造碉楼，筑起墙垣。并留山后铁矿，仍旧召工开采，炼钢冶铁。周虬和黑成德事必亲躬，工必亲家，从此专心把乐天庄整立起来。

沈云英入洼的那天就要启程往开封，周虬极力留住。并说，开封文家，是于少保帐前先行官玉狮子文义的后人，周氏祖先燕儿飞周模在于少保军中为将，因此和文氏世交，时有信札往来。现在文氏家主文奎是周虬的父执；其子文郁和周虬为倾益良友。

沈云英曾闻秦良玉说过："开封文家，家中情形极其尴尬，一旦闹穿了，就非死人不可。"后来秦良玉入关，也说必到文家去瞧他家平安吗，并想邀同文郁之女文平回川，免得遭人暗害。如今于垂、于乘留书说"开封挚友被难"，沈云英料想秦良玉在开封挚友，除了文家，别无他人。书尾又说"文宅为贞素女史必至之地"，更可见被难的就是文家。周虬也是文氏挚友，自然也觉惊心动魄，但是乐天庄初接，万不能即刻抽身。便命周兹、白超带着方瑛、方玦随沈云英去应援。如果人还不够对付，就飞马来调，好得四人的马都是周虬持备的良骥，日行数百里，来往极便。

当下，来猎恐须应援开封，且要佐助乐天庄垦务，便留在庄中。黑烈随父暂居。自父母相见，也到今天才得稍许清静，畅叙别后诸事。黑成德一面助友，一面训女，也自得其乐。周虬将启程各人的长短兵器、衣甲、马匹，一一整备齐全。择定日期，邀集沈云英、史瑯、史环开宴饯别。畅叙熟商，一切停当，方才拾掇，定次日清晨登程，直奔开封。

沈云英率领着白超、周兹、方瑛、方玦、史瑯、史环一同启行，各自带着用物，一色打扮，跨马扬鞭，直奔开封。一路无话，径至开封城内柴火大街文宅。但见大门紧闭，阒然无人。沈云英想着："他家这回事大概闹得不小。这大的门户，竟然紧阖双扉，足见是闭门远祸。"正想着，白超已下马问道："就是这一家子吗？"沈云英点了点头。白超已近门前，瞧得门外墙头高悬着"忠烈堂文"的长牌，料是不错。便揭着马鞭，向门环上连扣几下。侧耳一听，里面寂然无声。周兹忍不住高声大叫："喂！开门呀！咱是远路来的，有紧要事呢！"住声听时，仍没动静。

沈云英暗自焦急，连忙下马到门前，仔细察视，确是里面关闭，不是外面落锁的。便扬鞭向门上猛甩几鞭，顿喉大叫："门上有人吗？有远客来访呢！"一连叫了好几遍，才听得里面有人答应了一声，沈云英便停鞭待着。这时一行人都已下马，拥在门前，好半晌不见动静。周兹正待再叫，忽然呀的一声，门儿开了半扇，露开一条缝，打缝里伸出个白发银须的老人脑袋来。

沈云英问道："此地可是文指挥府上吗？"老人点头道："是的，您找谁呀？"沈云英道："我特进谒指挥爷，请你代为通报一声。"老人皱眉答道："有劳贵步了，指挥爷不在家里。"沈云英问道："公子呢？"老人似乎热泪盈眶，连嗓子都哽咽了，勉强答道："公子也不在家里啊！"沈云英急问道："那么，你家大孙姑娘呢？难道也不在家里吗？"老人凄然说道："您是问平姐儿吗？她和倪家姑娘出去，没回来。"

沈云英大急道："喂，你是文府什么人？你须知我是知道你们府中规矩的，为什么全不在家咧？"老人忙答道："我是文府家将，姑娘既是知道我们府里规矩，自然知道家爷的严谕，我们怎敢对客人说半句谎话呢？"沈云英沉思一会儿说道："我告诉你，我是闻得你们府里有事，特地从西川赶来的。你只说你们府里现在是谁会客，我就见谁。须知我们几千里路赶来，决不能就此回去的。"

老人迟疑了一会儿，才道："如今外事是章总管，内事是托付家外孙姑娘，请问姑娘会哪一位呢？"沈云英答道："就会你家外孙姑娘吧。"老人道："那么请赏给尊帖。"沈云英道："远道初来，没备名帖。请烦口传，就说：世妹沈云英等专程奉访！"老人答应着，便缩进脑袋，仍然阖上门，进去了。

第十三回

晤淑女絮絮问根源
钦武师殷殷陈宿怨

周兹见那老人进去了，不觉哂道："文府是有名的大家，怎么他家用人这般鬼鬼祟祟的？传话去，还阖上门，难道谁还猛闯进去吗？"沈云英摇头道："这事蹊跷，里头一定有道理。"白超笑道："这般大门大户的人家，只有这么一个颓唐老头子应门，真够蹊跷的了。"沈云英摇头道："不是说这个，我是瞧着这家人家也乱了常轨。一定是遇着什么人事，以致弄得颠倒错乱，不成个人家了。"

正说着，呀的一声门户大开，那老人同着一个垂髫丫鬟一同出来，丫鬟见了众人，便低头敛衽拜道："家主远出，不及恭迎，外孙姑娘不便代主，特遣婢子请罪，并奉迓鸾轩！"众人听了，都想着："大家仆婢，究竟不同。"同时又想不透这前倨后恭的缘故。沈云英早答说："不敢当！还请代表我等遵命修谒了。"那丫鬟低鬟一拜，口中道了个"请"字，便侧身旁行，导众人进门。

行到堂上，早见堂前下首阶畔，立着个高髻华服、环佩铿锵的少女，体态端庄，神情严凝，虽不美丽却显华贵。沈云英料得必是那仆婢口中所说的符姑娘，外孙姑娘。将近阶前，便停步施礼道："小妹等仓促修谒，行装未卸，深愧荒疏，尚望仁姐海涵！并祝曼福！"那女子从容回拜道："仁姐言重，愧不敢承！外氏多故，家无守者，小妹以弥代为承迎，礼貌荒疏，语言唐突。还望仁姐谅宥！谨代祝福祉！"

这时，堂上幔帷启处，四个雏鬟分立遥拜。沈云英略一逊谢，那女子恭迓登堂。便有仆妇领丫鬟，献巾盘，献茗果，都顶盘中跪，由那女子取捧，依次拜献。众人一一如仪答谢。竟是按宾见大礼，十分恭敬，许多仪节。方瑛等反为大悔，不应冒昧遥行到此。早知有这许多宾礼时，先落了店，更衣整妆，再来拜访，岂不是好？独有周兹托大，虽然一同进退，不曾失仪，却全没感觉什么。白超也落落大方，暗中窥效沈云英的举止，并没想到己身是行装。那女子见这一行人进退中礼节言语得体，也不敢轻视。

一时茶罢，那女子请沈云英等入内书房散坐。丫鬟启请更衣，那女子告便，卸了外褂，重出陪坐。云英等也都于此时卸了绣兜，随意就座。丫鬟掀帘呈茶，那女子仍要亲献。沈云英知道这女子如此大礼，一定已知自己来历，故而格外恭敬，便想着："即使文氏以为有求于我，也不应承受大礼，何况这女子是代东呢！"便极力辞谢，众人也起身力辞。那女子才称"遵命"，又告过罪才就主位陪坐。丫鬟依次献茶。

沈云英先开口请教，那女子答道："姓符，名中，小字希和，南阳人氏。自幼随母居外家。与文斗、文平为姑舅表姐妹。"沈云英便将自己来意说明，切实陈述接得于垂、于乘代秦良玉留信，知开封有事，特地前来的缘故。并将在均州周家庄时，周清老因为听说是文府有事，为顾世交扶持之谊，己身不克北来，特遣一女三徒偕来的话，通通叙出，然后再问："文府各位，因甚都不在家？究竟有甚事故？还望实告。"符中听了，先肃然致谢，并说："因外家的事，承蒙各位世交不辞跋涉，不避艰难，远道来援，实令感激不尽！尤其是小妹身为外孙，属于文氏血支，竟不能为长者分忧，反劳各位仁姐远降，更加愧怍无地！"沈云英连忙极力解慰，并请她将缘由见示，以便商量致力之道。

符中说道："这事的来源很远。自从文氏先将军——讳义遵慈训，卜家开封，不回南阳。南阳的文氏族人，由羡生嫉，素昔就对这一支不怀好意。先将军在日，曾有宗族一概断绝，如有愿往来者概论朋友之言，也足见先将军痛心至极了！

"那一方族中有一家最可恶的，就是文渊福一家子。文渊福是地方上一个无赖的秀才，仗着先将军的声名，竟自改名文仁，昌言是先将军的胞兄，乘先将军从戎远征，不在内地，无从查知，他便四方游逛，到处打抽丰，混了几年，手中很积存了一两万银子。

"文渊福虽招摇半生，先将军在日，也不曾理论过这事。不过总把这伙无耻的族人当作赘疣，从来不肯假以辞色。文渊福因此不为感激反而抱怨，说先将军虽然威名远震，宗人却不曾沾着半点儿光。一伙意图不良的族众，便都随声附和，跟着瞎说，积怨成仇。先将军嘱咐先外祖决不可回南阳，也就是因为族人性和不良，不愿子孙沾染恶习，才忍痛离绝家乡的。先君就是南阳人，通婚时，还是先将军主婚的。足见先将军于南阳仍有桑梓之情，只是痛恨族人之不肖，为祖宗抱愤，既不能尽治，更不忍目睹，才毅然离绝的。

"文渊福活到八十多岁才死，他六个儿子已经死了长、次、三等三子，四子知均，素常刁恶，五子穆缅，鄙猥不堪，六子瑙才，绰号绣花枕头。三人在家时是生死冤家，要是一日要诓人讹人时，就成了弟兄一班，合着手干，宁愿得着利益时，自家三人再来争斗拼夺，正干坏事时，却是各逞刁恶，共策奸凶。似这般在南阳横行不法，以致城乡各处，没有不知道'文氏三狼'的。

"先外祖弥留时，曾遗嘱：'文氏族人积怨成仇，殊非佳象。儿辈宜俟机消解，如果族人有所求，力能办到的，不妨略予助力，不过不要效他们那种恶习，尤其不可沾染村气。'那时家母舅和这里的近支二房三房诸尊长兄弟都在旁听得的。不知怎样这话传到了南阳。先外祖设奠、营葬之时，就有许多旧族人前来服丧。家外祖母本来贤德，从来不和他们计较，丧事中也一般派他们掌些事务。那时，家母舅年纪还小，不能理会事体。这伙人一得势，便上下其手，把外祖母母族的亲戚得罪了许多。

"后来一查究，都是文氏三狼和他们的堂弟兄凤鸣瞎子、舜次强盗等五个人从中捣鬼，并且在账上画出被侵蚀三千多银子。先外祖落葬以后，便把这伙人辞退。那时正是国帑空虚，中书洪某奏请查矿。反而引起许多人开矿获利，很多由此白手成家的。文氏原祖的南阳，山中遍地是矿，先外祖在世时，就说：'地不爱宝，应该开出矿来，利民益世。'家外祖母是个有作为的女中豪杰，很想干些有益于人的事。因此继承先外祖未竟之志，便将家中所有，连同家外祖母借得的钱并衣服首饰等项，并凑成一万两银子，想将先外祖在南阳购置的一座铜岭试开。

"那铜岭曾经产铜，遍山都是铜苗，俯拾即得，取之不尽，原是很易开的矿，用不着费神费力就可以获利益的。不料这才一起首，文氏三狼就得了讯，自知不能邀信，便不出面，却另外串通姓宦的出头向府里来承包。那姓宦的名叫宦菲，是文渊福的亲家，也是一个泼皮秀才。他女儿是嫁结文渊福的第三个儿子，现在娘家守寡。此地素来不大有人上南阳去，所以南阳宗族的亲戚，家母舅原弄不清楚，对人更不喜问及是否南阳族间的亲戚。所以宦菲拿着省绅的荐信来时，家母舅绝没察觉他是三狼的姻亲。

"那宦菲一来就说：'一万两银子不够花的，曾经有一位乡绅王总镇，弟兄都很有钱财的，各提出一万两银子，要开矿。如果大家合了伙，那就够了。'家外祖母一时失察，便托那厮说合。后来往来多次，也不曾见那王总镇。就凭着那厮一张嘴，今日王总镇这般说，明天王总镇那样说，七拉八搭，闹了好几次。有一日忽然说：'王总镇答应了。'次日就引了一个长瘦老人来到，说：'这就是王总镇。'家母舅和那王总镇一见面，那厮就十分拉相好，一连请酒请筵，应酬了七八天，打得火一般热。家外祖母因心在开矿，便切嘱宦菲火速决定。宦菲便说：'开铜矿不能获大利。现在不铸钱，铜的销路很少。王总镇原是要开金矿的，他弟兄俩已经买得一处金山，只须刨去一尺来土，就是金子，经烧炼就能兑钱。不如合伙去开那金矿，好强得多了。'家外祖母便说：'我意是为利人益世，免得货弃如地，并不想沾人家的光发大财。'宦菲不敢多说，只向家母舅跟前去鼓簧怂恿。

"家母舅虽不为利动，却是中了那王总镇的计，为他的花言巧语所动。他说：'金矿破土即有赤金，原不须多本钱。只是一开矿，就要请兵护卫，所以要预备多钱备用才行。要是不请兵，地方上的泼皮破落户、滥乡绅甚至绿林盗贼，谁不想夺金子？这就够不安宁的了。如今先把咱们大众的本钱都凑上，做请兵之用。只要一破土，得着金子，就可以兑银再开铜矿，岂不是两矿都开了？'家母舅一时没深想便答应了。

"过一日王总镇请家母舅去瞧矿。问地方，都说：'这所在确是金矿，大雨过后，时常有拾得整块黄金的。'再问几处都说：'这地方全是王总镇的产业。'而且异口同声说：'刨土就是金。'家母舅深信不疑，就和家外祖母商量，母子计议，认为可行。便将银子交出，这事就算成功了。可是表兄文干、表姐文斗、表妹文平，兄妹三人都不曾过问。

"家母舅应王总镇之请，到矿山督工。先开了两三处，都没见金子。矿匠说：'没拿住矿苗，再到东头开一个大坑，就可以采着矿苗了。'家母舅自然不肯半途而废，便和矿匠同到东头，督同开挖。

"哪知才挖得七八尺深，忽然来了许多做公的差役皂隶，不问情由，不容分辩，就把家母舅链锁绳捆，拉住就走。矿匠、矿工也拿了两人，一同解到山东省城。这凶讯是得胜镖局马掌柜念旧，特差伙计日夜驰五百里来报讯，家里才得知道。连忙去找王总镇，已不知去向了。

　　"急急忙忙打发家表兄文干上济南，花了许多银钱，费了许多功夫，才打听得是私挖禁地的大罪名。原来那地方是孔陵地，离孔林很近。素来严禁采伐，何况掘挖？家母舅没到过山东，一时失了检点，犯了这滔天大罪。各处的儒学生徒闻得惊动了圣地，比挖了他们的祖坟还甚千倍，都以为是大逆不道，凌迟碎剐，尚不足以蔽其辜。各处公禀纷递，甚至有结伙持香到辕喊冤，硬求尽法严办的。

　　"我们费了许多心力才知道事是文氏三狼的毒计，想陷害这里蒙一个夷三族的罪名，好绝开封文氏这一支人的根株。家母舅看矿时所询的工人，固然是买通的，就是王总镇，虽确有其人，也是无恶不作的劣绅，为一万两所引诱出来的。那矿匠、矿工，无一不是奸党串出的。家母舅到案时，供说：'地是王总镇的，矿本也是王总镇的。'那矿匠、矿工竟说：'没有王总镇，都是姓文的使钱邀我们来的。'

　　"如今幸喜得当地巡抚的父亲曾受先将军救命之恩，推说：'文郁是世袭指挥，勋职不革不能用刑。'勉强保护着。但是各地士子嚣闹特甚，颇难压制。巡抚也万分为难，暗中示意。'如果确有王某其人，可在二十日内设法探明，报请缉戒，便能推在他身上，至少可以松却一半，如果并无其人，就快设法送鸩酒入狱，让世兄自裁，免受极刑。'我们因为并不是要想硬推在王某身上，松脱自己，委实是真由王某构陷，不缉获那厮，这冤屈太甚了！所以暗求巡抚格外垂怜，确是沉冤，代为担满一个月，届期缉不着王某时，文氏全家到堂自刎，决不忍冤及祖宗，辱没先人！"

　　沈云英等听后一齐竖眉骤息，义愤填膺。周兹首先问道："请问仁姐，可知那王贼踪影？"符中道："现在虽不曾探得底细，却是家表兄在济南访查，表姐妹俩正在分头探觅，倪家姐妹、秦家姐姐和于家手足两人，都分几路在明察暗缉，想来不致无着。不过小妹向来钦企武道，幼年虽曾承家母舅授给刀剑拳马，却是不曾深练，不能轻身上高，深惭无力不能效劳。众位姐妹出去时，都以妹子为累赘不肯携带。如蒙各位仁姐惠于帮助时，千万求携带小妹。小妹将来还要执贽门下务，恳不吝教诲，小妹感恩不尽！"

沈云英笑答道："令母舅将门之子，家学渊源。仁姐曾登龙门，自必是绝伦迈众的了。如蒙不弃，原以世好，随镫共研，'执贽'两字，实在愧不敢承。至于这次我们既已来到，岂有不尽力相助之理？仁姐肯不嫌弃，允为导指，只有感激，怎说累赘呢？"

符中喜道："那么小妹有一句冒昧言语，要斗胆恃爱奉闻了。小妹酷好兵书，尤慕武艺，每见有本领的女子，就颔仰羡企得了不得。不问人家憎我吗，我总想和有本领的结为金兰手足。这倒不是为偷学武艺，实在是仰企附骥。如今承各位仁姐不以小妹为不足，教小妹敢冒渎求，恳结为姐妹。待将来秦姐、倪妹、两于姐姐和家表姐、表妹回来时，咱们来一个大团拜，好不好？"众人听得，都异常欢欣说："好极了！这是我们朝夕企盼，不曾盼到的本事。"彼此一说，便立时改口，只待结拜。并商量定，推秦良玉为盟主。

符中代东，留众人吃饭，饭后谒见符中的舅妗文母秦夫人。文夫人千恩万谢，恳切拜求。后堂文太夫人闻讯，扶杖出来，向众女侠致意道谢。众女侠依礼拜见，再三辞逊，奉请太夫人回后堂。太夫人扰泪说："有劳各位世妹，小儿有生之日皆戴德之年。先公公将军、先翁都督、先夫金事，祖孙三代亦当含感结草！设若天丧寒家，虽仗大力，亦不得昭雪，则寒家理宜全家敬领天罚！还祈各位世妹代收残骸，使毋暴露原野，贻先公羞！老妇九泉沐德，永天衔环！"言罢老泪纵横，颤颤巍巍的，便待扶杖下拜，文夫人也待随同拜倒。沈云英忙率众女侠先下拜，力辞不敢承当，并陈明誓必竭力报命！文太夫人又恳谢一番，才拭泪转身回内堂。只见她肩颤头摇，知她伤心已极。

沈云英送过太夫人，便问："以前众位是走的哪几路？须不要越复才好。"符中道："秦良玉姐姐和倪道姐姐走东路；于家两姐姐走西路；表姐、表妹走东北。约定每八日在鲁豫交界处聚会一次，各将所得报供大家参详。屈指计来，后天是第二次聚会之期了。"文夫人听了，心生感触，不觉微喟道："自得讯以来，又十六天了，院抚情允的日期，只差六天了！"

沈云英等听了这话，都心如刀绞，热血几乎要进出腔来。尤其是周兹、史瑯，气得愤叫道："去，去！不要客气耽搁时候了！"沈云英道：

"今天还可以做半天事，就走吧。只是也得分个方向才好，许多人一道同走是不中用的。"

当下便商定白超、周兹走东南，方瑛、方玦走北方，史瑯、史环走南方，符中陪着沈云英走西南。沈云英本不想符中同去，恐文府没人照应。后来文夫人说："外事久已谢绝，内事本是老身主持。今日因是生客，我心烦性疏恐有失仪之处，才烦她代见的。她在家原无事，久想外出帮访，因为单身没伴，不曾许她。这几日日夜不安，让她同去走走，也好。"沈云英才答允同行。

这时众女侠行装未卸，只将刀剑暗器、干粮用物拾掇好，符中急忙卸妆，脱了外服，紧束身腰，披上风衣，扎好包头，换上小靴，背剑悬囊，随同众人拜辞了文夫人，便一齐到了堂上，各个矢誓：必尽心力，缉获奸徒。便离了文门，径当大路，家将照旧阖门。文氏两代孤孀因见各方都来救应，都肯竭力，心下稍安，只昼夜睁眼，专待好音。

第十四回

分道扬镳共谋救友
坚心忍辱矢志雪仇

  白超、周兹二人出了文府，便和众人分手径奔东南。行了没多远，来到一条小河边上，见河中舟船如织，岸上人行如蚁。二人便向路旁一个小茶棚坐下，那骨瘦如柴的茶博士过来，向二人打量一眼，大概是觉得这两个少女无伴独行，情形尴尬，且不招应茶水，却站在一旁骨碌地瞪着两双豆豉眼，不转瞬地呆瞧着。周兹心中冒火，拍桌大喝道："狗头！你挂着茶招儿，干吗不沏茶来，难道我是不给钱的吗？"那柜台旁坐着的掌柜的一瞧，这大姑娘敢这般闹，一定不是好惹的，便向茶博士骂道："我叫你招扶客人的，谁叫你得罪客人呀？让你这样胡来，我的生意不给你全揽没了吗？"茶博士咕嘟着嘴，连忙拎壶沏茶。

  白超留神仔细察看，往来的人都是生意买卖人和下力做苦工的，并没碍眼可疑之人。正待要起身走动，忽见一个方巾青衫秀才打扮的驼背汉子，打外面摇摇摆摆踱过棚来，下死劲地向白超、周兹二人狠盯了一眼。慢腾腾地扭转身躯微微点着那干瘪脑袋，便向柜台边走去。掌柜的连忙起身招呼，耸肩缩头，满面堆笑地叫道："马六爷！许多时不见你老了，今日什么风儿，竟吹得你老贵脚踏到贱地来了，可合该我张二子要走运了！怨不得前两天屯上牛瞎子给我算命，说是'贵人星高照，马上就要发财的'。瞧！马六爷都肯赏光哪，这不是该我发财了吗？"

  只见那马六爷嘴唇一披，嘴角上两撇鼠毛跟着一抖索，先来一声假笑，才装腔作势地说道："二子！你不许绕弯子骇人，我有什么财给你发呀！"张二子也假作满脸喜笑，高声答道："六爷要就不光降，既已光降了，总是有事要差我去做。给六爷当差，只有沾光的。本来六爷您体恤穷人的，你老手指缝撒那么一星星，像我二子这样的苦人可就算是发了财了。"马六爷打鼻孔里笑了一笑，扬着脸说道："有一件事，只不知你有本领办得来吗？"张二子忙问道："什么事哪？只要你老吩咐一句，水里火里我张二子总不含糊的。不是在你老跟前瞎夸海口，张二子可曾有办坏的事没有？"

马六爷两只鼠眼眶里，黑豆似的小圆眼转了一转。那贱眼光使向白超、周兹这边茶坐上斜扫过去，复搬到柜台上，向着张二子一笑。张二子似乎恍然明白，连忙答道："六爷你放心，交给我就是了，准保误不了。"马六爷点头笑道："得啦！我给大爷说，要大爷重重地赏你。"张二子马上立起身来，说了一句"大爷的栽培"，马六爷便把茶博士刚沏上的茶略喝了一口，站起身来道："我给大爷先说去，等着你啦。"就此摆出棚外去了。张二子还赶着嚷："六爷多帮衬！我马上就来回讯。"

周兹觉得这两人说话不入耳，便待要诘问。白超连忙将腿从桌下连碰几碰，周兹只得耐着，便要给钞走，白超忙使眼色，叫她别动。周兹十分不高兴，却想着："白超总爱算计的，且自由她。"便气愤愤地转脸朝外坐下。白超又将嘴向柜上一努，却暗对周兹微微摇手，周兹点了点头，也不回望。

果然没多时，那张二子踱出了柜台，手里握着一把小茶壶，缓缓地走着，远兜远绕，渐近白、周二人桌前，便站住了脚，涎着脸，伏身桌角，问道："两位大姑娘，打哪儿来的呀？"周兹转头，一翻白眼，待要发话，白超速忙眨眼。周兹咬牙吸了一口气，闷声不语。白超故意笑着答道："我俩吗？远着哪！我们由湖广来的。"张二子大喜，忙又问道："你俩上哪儿去呀？"白超道："上北京。"张二子便接连着问："可是找亲戚吗？家里还有什么人呀？你俩出来，家里人可知道吗？"周兹连身子也转向外面，只扭着脖子，两眼瞪着白超。

白超一面留神关照着周兹，一面捏一段言语说道："我们是姐妹俩，在家里受不了气，上北京去找亲大爷去。"张二子听了，心中一想："有八成儿了，听这话。这俩雏儿一定是偷跑的。待我来诱她一诱。"便嬉着脸，悄声说道："你亲大爷在北京干吗呀？这去路远着哪！你俩怎吃得惯路上的辛苦呢？那可比受气还苦哪！"白超故意扭捏着，说道："这一路来，我们就受不了了！可是没法子呀，除了亲大爷又再没亲人可找，有什么法想呢?"

张二子大喜,忙凑近白超面前,低声说道:"怎么没有法子呢?我就有法子,只要你自己想得开。你想,你们打家里出来,家里人有个不追找的吗?你俩是小娘儿,走得缓,要给撵上了,可还了得!那才真是吃不了兜着走哪!再说上北京去吧,一来,你们大爷准在北京吗?出门人不比在家,时常走动的。一个走开哪,你们又找谁咧?谁招接你们咧?就是这一路上,豺、狼、虎、豹、毒蛇、恶蟒,外加强盗、山贼、痞根泼皮,哪一项是你们抵得了的?到头来,依然脱不了苦,还得把小性命送掉哪。你说对不对?"

白超故意皱着眉头道:"我们大爷上北京去了十来年了,听说是干什么长班,也没来过信。我们也知道这些难处,可是在家实在受不了,又没旁人肯收留我们,就是死也只好碰一头了。"张二子连忙接上,道:"那可甭着急!世上做好事的人多着哪!你俩年轻轻的,为什么走死路,不找生路呢?你不说没法子想吗?我代你们想个法子好不好?"

白超道:"嘻!你又不是我亲大爷,有什么法子代我们想呢?"张二子忙道:"有!有!有!就是这前头王二老爷家里。大老爷、二老爷和他家大爷全是极爱做好事的,有名的善人。一瞧见人家有危难的事,任怎么帮忙都行。还带有始有终,说到做到。你俩这么可怜,要是给王大爷知道了,甭你求,就肯花上千八百地救你们。还带瞧得人起,不待轻人。就是我这样的人,到府里说话,一说一个准。前回有一个陈寡妇丈夫死了没路走,我去给一求,大爷每月给十两银子,养老太太似的养着。还有一个赵七姐,也是我给求的。大爷马上就叫接到府里一住三年。去年,给说媒,说着一位士子,嫁过去就中举,中进士,如今是总太太了。你瞧,这不是一条极好的大路吗?只怪你们年轻人,主意拿不定,可就错过机缘了!"

白超故作沉吟。周兹已经横眉怒目,怒不可遏。好在她面对棚外,张二子不曾瞧见,只当也是害羞。白超心中一动,得了个主意,急忙向张二子低声道:"待我给妹子商量商量。"张二子点头道:"快点儿问。"白超便伏身凑近周兹耳旁,使均州土语唧唧哝哝了好一会儿。周兹先还皱眉摇头,旋即渐渐愕着,后来忽然喜逐颜开,连连点头。张二子瞧着,十二分地开心。

白超回头向张二子嫣然一笑,玉额微点道:"劳您驾哪!咱姐妹将来有一丝好处，一辈子也忘不了您。"张二子慨然说道："这算得什么？我也不过生来心软，瞧不得人为难。一见你俩这般伶俐孤苦，不由得要这么个方便，这也是你俩的天缘应该得救，将来只要别忘了王大爷，倒甭感激我！"着便回头叫茶博士："喂，上后头屋里去拾掇拾掇！我要请这俩姑娘吃饭。快把腊肉蒸上一大块，蒸透点儿，切得厚厚的。多做两升米饭。灯笼雨伞都给我预备好，我就要上王大爷府上去求人情哪！"张二子大说大嚷了一大半子，就只听一个黧黑干瘪的茶博士似蚊虫般声音，答应着，周兹忍不住扑哧一笑。白超连忙暗地拉她一把。

张二子引着白、周二人到了茶棚后面，见有三间小屋。进门瞧时，都是前后套间，共有六间。张二子让二人到里间坐下，便有个半老婆子前来张罗。问她贵姓时才知是张二子的妻室钱氏。一会儿，张二子说"要到王府去了"，叮嘱婆子钱氏："小心招呼客人，伺候茶饭，不许多说闲话。"便扬长出门去了。

钱氏送茶送水，伺候二人洗盥更衣，分外殷勤。却是出出进进时，一瞧见白超、周兹不是暗自摇头，便是皱眉蹙额。白超心知有异。待到钱氏将饭菜拾掇好，那干瘪的茶博士帮着鼓捣了一会儿便躲闪偷懒，逃去睡觉去了。钱氏也不再叫他，独自一人，将整桌的饭菜摆设好，便请白超、周兹喝酒用饭。

周兹先说："素不喝酒。"白超也推说："不大舒服，不爱喝酒。"钱氏迟疑了一会儿，忽然叹了一口气道："两位姐姐倒是少年老成。不过我是凭天理良心，决不使药酒害人的。姐姐尽管放心，喝一盅儿解解闷吧。"白超诧异暗想："这厮事稀奇，这婆子一定不是那厮的结发原配！待我来探她一探！"

钱氏正在敬酒，白超笑着问道："我有一句不知进退的话，要问嫂嫂，不知可不可以问？"钱氏愕然，迟疑了一会儿才道："姑娘有话请尽管说。"白超道："那么，我放肆了！请问嫂嫂出阁多少年了？可是一直住在这里吗？"钱氏听了这话，顿时泪浸两眶，强自抑掩，忍不住泪珠儿竟夺眶而出，洒满腮颊，周兹诧问道："嫂嫂为什么伤心？"钱氏泣道："嗐！我也顾不得了！我是先受害的，几多年地狱不得翻身。如今眼见着活泼泼的人，跟着我一群群、一个个向鬼门关上闯，哪得不伤心呢？"

周兹霍地站起道："你这话怎讲？"钱氏见周兹突然横眉高声，昂然挺立，反吓呆了。白超连忙劝道："苗云姐，嫂嫂大概是骇伤心了的，您甭再骇她了。"钱氏手拍着胸膛道："啊哟！可没把我惊坏！"白超和颜问道："嫂嫂，你为什么忽然说出这话来呢？你方才说：'跟我一群群、一个个向鬼门关上闯。'足见已经有几群、几个闯上鬼门关上去了。那么嫂嫂可曾对她们那般人提过这言语呢？还是你没对她们说，单对我们才说呀？还是你曾向她们说，她们不相信呢？"

钱氏道："我老实说，我久已存心要救人，不料总不能如我的意。因为我瞧那些人都不是这般人的对手，我说了也无益，弄得不好时连我带人家的性命全不保。今儿你两位来到，我正在叹息：'又来了两个喂老虎的料了。'后来，你俩更衣时，我偷眼瞧见你襟底掖着一口宝剑，才知你俩是来杀人的，不是送死的。我心里狂喜得比什么都厉害，所以不知不觉就把我十年来心中牢记着、时时想说没得说的话透露出来了。"

周兹道："那么，张二子究竟是你什么人？他是干什么的？他诳来女子做什么？请你赶快告诉我们，好动手。再迟延到那厮回来了，就不好办了。"钱氏道："不妨事的，他每到王家去，总是要闹得酒醉糊涂才回来的。"白超道："也许因为我俩在此，那厮今天早些回来，也说不定。你有话请快说吧。"

钱氏道："你二位虽有武艺，断乎灭不了他们。最好是明哲保身，并就此为救我，大家一走了事。他们虽万恶千凶，但是你俩决不能动他毫毛，千万别仗义，反送掉了自己。"周兹道："你别小看我俩，等闲千军万马困我们不得，别说一群毛贼了。"白超拦道："且别争口。嫂嫂你先说出是怎样行动，我们好揣度力量去干。我俩不行，我们还有十多个同伴，都伏在这左近，本领都比我俩高好几十倍，没个办不了的事，你放心快把实情告诉我。"钱氏喜道："那么待我简截告诉你俩，你俩快找同伴去，单是两个人时，便有天大能耐也不行的……"白超、周兹便都正襟危坐，暗握襟底剑柄，待钱氏叙说。

钱氏接说道："我先把我的事告诉你俩，你俩就能明白一大半了。我是卫辉府人氏，本姓方。嫁给同里钱中柱。是我不好，不合不守闺训，却也因为先夫是个教书先生，日夕在村塾里教书，家中没人，所以买些零碎东西，都是我自己走动。那一年我在乡下出外买油盐，便遇着个外路绒花客人，一定要送给我两只绒花，我因为一面不识，决不肯收。他从此就来

112

我家歪缠。我设法告诉丈夫，丈夫便放了一天学在家里待着，果然那客人来了，我丈夫当时一顿臭骂，两人就交起手来。幸得本地保甲走过，素来敬重我丈夫是读书君子，也知我是知书守礼的人，便把那客人办了个游民滋事呈送到衙门，判了递解回籍。从此那客人押走了，乡下永不见这个人，也就没人去记这桩事，就此淡淡的算是云消烟散。

"第二年，忽然有个县城里差来的人，拿着我丈夫的业师写的亲笔信，说是给我丈夫荐了个馆地，是本县二堂衙门里教公子，并说可以就此图个出身。我丈夫高兴极了，立刻就收拾东西，次日就随来人去了。不料去了两个月，音信全无。我正着急，前回来接我丈夫的那人又来了，对我说：'先生病重了！东家想送回来，又恐怕路上出事。而且路上一颠簸，再加病势，更对不住。先生自己说，有话要当面和师娘说。所以着小的特来迎接师娘即日动身前去，迟了恐怕来不及见面。先生因为病重不能写字，深怕师娘不相信，转交一样东西给带来做证，说是师娘一见就相信的。'便取出一条素绣白绸汗巾儿。这是我嫁过来给丈夫绣的，他常年系在腰间，不曾离过，我怎么不相信呢？当时急得没命，昏昏沉沉，托亲戚照看屋子，带了些银钱首饰，预备设或出手时应用，便随着来人动身。

"哪知上船走了五天还没到。我心中着急，连催带问，把那人沾恼了，竟不理我，给了我一杯茶喝，就此昏迷。也不知是几时，到了此地。待我醒来知事时，才知是躺在一间屋里床上。也就是这屋子这床。说起来羞死人！我醒过来的时候，正是全身剥得精光，恰被一个男子伏在我身上，尽兴奸淫着。我浑身无力，恨得求死不能，叫也叫不出，动也动不得。直待饶了我时我才瞧出，就是绒花客人，也就是张二子那厮！

"我寻死，寻不了，连裤带都没有，而且尽夜有人看守着，别想得一丝机会。就那么极苦极痛过了五天，又把我二送送到什么王大爷府里。这更糟了！先就是王大爷，后是他老子王二老爷、伯父王大老爷，甚至什么大法师、大将军，一共有三十多人，就轮流奸淫了九十天。整日整夜，不给衣服，就那么许多赤精光的妇人关在一间屋里，使人看守着。你要起一丝死心，或是有半点儿想死的情形，给他们瞧见了，马上就要受罚。

"怎么罚呢？就是拿去给木驴肉一个昏，可不叫受伤，更不叫死。这般得过七日，一转过气来就上驴，昏了又抬下来。后来见他们弄得不要了的，便整船地装去卖给番人。据说到了番邦，受的苦还要厉害。那就不知厉害到怎样了。我是因为张二子这厮要留下我，终比旁人少受了些。却在这屋子里，叫人看管着。我想，我辱已受够了。如果就死，夫仇、己仇有谁来报？曾记得小时在一部小书上瞧得有一位蔡小姐舍着自己身子，被许多人奸淫，却忍辱言耻，终报父仇。我何不效那位小姐呢？自从立着这志气，到如今已经十年了。

"直说到那王大爷究竟是什么人，是什么个地方呢？待我告诉你俩就知道这地方绝不是两三个人办得了的。那王大爷名叫王恩，是王二老爷的爱子。王二老爷是弟兄俩，哥叫王平伯，兄弟叫王平仲，是辽东军官出身。王平伯做到都督同知；平仲更大，做到挂印总兵官。所以兄弟俩发了无数的财，到这地方来落籍的。地方官都和他家来往，京城里全是世交。所以巡抚、按院也不敢得罪他。得罪了他，就得犯敲。因为他家力可达九重。内监老公，受了他家贿礼的，稍有不对，就包荒了。别动他半茎毫毛，反而要被他家弄倒你。

"他家里原养着八个将军，外人都称为大将军；四个大明人，那四个却是番人。大明人是擎天柱黄元吉、大铁棒吉永昌、白额虎何筹、出水蛟吴祥。番人名叫额纳森布、巴和札昂、科尔沁夫吉、恩多斯克里布。八个人都有万夫不当之勇。四个番人都是由塞外学的剑术，大明人里面也有吉永昌、何筹两个是剑客。王平仲到这里以后，又广招天下江湖绿林好汉，时常有许多红眼虬须的来来往往。长住在王家保镖护院的，有赤虎郝全、白虹黄义、力劈山项强、百斤刀赵鸿、百足蜈蚣林定霸、镇河东万人杰、毛头狮子姬尚、双刀武昌、山上山柏叶青、云中雷呼延雄，称那有名的'十大将'，都是飞高跳远、越险闯凶的奢遮汉子。王平仲本人也在外练得全身软硬功夫。差不多的剑客，听得他家声名，都不敢打此路过。恐怕管又管不了，不管又碍着剑客仗义的声名，面上下不去。因此纵容得贼目中无人，无恶不作。并且其贪无比，无论多少，都是不肯放松的。甚至二三千银子的事，倾众齐出，战个两三日或是用尽心机，都非弄到手不可，决不会饶过半丝半毫的。"

第十五回

赤忱反正助缚巨贼
丹心急难同策锄奸

白超、周兹听了这一大篇话，气得两面齐赤，四眼同瞪，大喝道："恶贼！竟敢如此惨无天理！任他龙潭虎穴、剑穴刀山，我们非去一趟不可！"钱氏忙拦道："两位姐姐，千万别焦躁，我左有几句要紧言语没说。两位姐姐若因而陷危机，那我就罪该万死了！"周兹以为她是设词拦阻，便要不听就行。白超见钱氏那种惶急情形，知道绝非伪作。便连忙拉住周兹，向钱氏道："嫂嫂有话，就请快说。"

钱氏急忙道："王家居屋情形，我还没说哪。"周兹一定神，才想起这是紧要的一着，便连忙坐下道："嫂嫂！请您快说。"钱氏道："他家住在这儿过去渭河边上，自己挖成的一条小河，绕着一千四百亩平阳地和一座山。圈水中央，等闲别想飞渡。因此里面事情，外面人再也不会知道。四面墙头是和城垣一般，就只没有雉堞了。实在是比小府州的城垣还要加厚加坚，许多炮，是攻不进，而且低头向外，仿着悬崖样式筑的，爬也爬不上，云梯也没处立根。墙外护墙河里，都设有滚刀刺轮各项东西。墙内墙外根脚下全埋伏着陷坑、滚板，各门、各道都安着触机碰钥，随地可以陷入。王平伯那厮自称为'小天堂'，外边人却背地叫作'陷人坑'。张二子是小天堂的耳目，他们自称为哨子，专一探听消息，构陷女子。里面的路道他们都知道的，我却只听得他们吹得天花乱坠，虽然到过里面，不曾见过那些陷人的东西。刀枪把棍倒是不少，随处都堆着架着，数也数不清。"

白超听了，得了个主意，便向周兹耳畔，悄悄说了几句，周兹微笑，点头不语。钱氏道："我虽不成材却是蓄报仇已经多年了，难得两位姐姐，既有本领，又肯仗义，我才倾心吐胆，把两位姐姐当作我救命恩人一般看待，望两位姐姐别拿我当外人。无论什么难事，我无不尽力帮助的。"白超便将文氏冤案说出，并说："照嫂嫂方才所说，大概陷害文家的王总兵，就是王平仲。我如今想把张二子劫到豫鲁我们聚会的地方去拷问这事。嫂嫂既是透彻明白，认定张二子是对头冤家，不是夫妻，就请他来时不要泄露。至于擒捉解送，我们自有办法。"

钱氏喜道："好了！似这般我的仇先得报了。我准和您两位同走。只是您预备怎样捉解呢？"白超道："这也没一定，瞅他回来时怎样再见机行事。凭我俩的本领，谅他逃不掉的。"钱氏略一沉吟道："动手，不大好，恐怕惊动多人时，虽然您俩有能耐不畏怯，终究闹开了，就不机密。弄得陷人坑里一群头脑知道时定要追赶，并且加紧防备，以后的事就费神了。不如悄悄地把他弄走的好。"白超道："弄一个人走许多路要悄悄的，总不容易。"钱氏抿唇一笑，凑近二人跟前，低声细说了几句。二人听了大喜，都道："难得你肯如此帮忙，我们决不负你。"钱氏道："我也是为报仇哪！还仰仗二位的大力，怎反说承我帮忙呢？"周兹道："闲话少说。嫂嫂您有什么要带走的，趁那厮还没回来，赶快拾掇吧。回头动手时，慌慌张张且没时候，就不好拾掇了。"钱氏连忙答应着，并劝："二位快吃饱些，回头好赶路。这菜全是我做的，只管放心吃吧。"

二人放胆饱餐。钱氏便去将细软收拾了。她平日就处心积虑，不存心和张二子过日子，所有自己的东西全都藏好的。这时，只把张二子撂下的金珠等项轻巧东西捆扎一处，粗重家伙和平常衣物全都不要了。到得收拾停当，外面二人已经饱餐散坐，三人便又会在一处仔细严密地计议一番。

忽听得一陈剥啄声，钱氏连忙向二人摇手。二人便轻轻地倒身炕上，装作呼吸急促沉迷不醒的模样。钱氏移步到门前拍手两下，外面也拍手两下相答，便开了板门。张二子钻身进来，就问："怎样？"钱氏点头道："办好了！"张二子笑道："成功了！大爷说：'如果真好准给四百两。'"钱氏道："你就送去吧，别迟延，我担不起干涉。"张二子道："怕什么？两个乡下雏儿，还翻得去什么花样吗？我要不是看在四百两的面子上，就抽个头儿尝个头鲜。"说着，便进屋里来。

见桌上菜碗没收，便道："你把那堂上的白干儿，给我闹一壶来。"钱氏浅笑道："我早料着了，您的老脾气，每到堂上去见大爷一定得说半天话，回来一定嚷着：'说了许多话，嘴里难过，快拿酒来喝。'所以我早就给您烫好一大壶啦！"张二子傻笑道："真好娘儿们，真懂事！明儿先给你一百两兑副金镯儿。"钱氏一扭头道："别寡嘴骗人吧！"便向后房去提出一大壶滚烫的酒来。

张二子问道："是白干儿吗？"钱氏答道："您没鼻孔吗？不是堂上给的白干有这香味儿吗？"张二子道："我在堂上喝的，却没这般香得厉害。"钱氏道："哼！您知道什么？他们大家子，人客多，大灶上大锅烧热水，烫出来的酒，自然走了气了。我这是小炉子，还带湿布塞压着壶盖儿，不让走一点儿气，自然香多了。"张二子笑道："好啦！好啦！算我不识好，白费了你的好心！拿来给我喝吧，嗓子里痒出虫来了。"

钱氏便取一只干净碗，满满地斟上一碗。张二子掇起来咕嘟嘟，一口气喝了个干，咂着舌头，舔着唇道："好酒！真没走味，得这般辣，才够杀痒哪。"说着话，钱氏又斟上一满碗。张二子没命地掇来，仰脖子灌下。顺手夺过酒壶，人嘴对壶嘴，又"咕噜——瞅！"一气子狂吞。钱氏只站在一旁微笑。

猛然间，白超、周兹由炕上同时使了个鲤鱼打挺，旋身竖起，拍掌笑着叫道："倒呀！倒啊！"张二子大惊，将壶一掷，一手指着炕上，嘴里吭了一声，唇颊翕动，似乎要说一句什么，还没说出，便扑通侧身倒躺在地下，口角里白沫直喷。钱氏连忙摇手，要白、周二人别声张。便俯身下去，连拊张二子的额头、心口，默然体察，一霎时，立起身，抹了抹额汗，吐了口长气，含笑向白、周二人道："成了！成功了！"又转眼瞅定地下躺着的张二子，咬牙点头道："好小子！恶贼！你也有撞在老娘手里的一天！"

周兹道："事不宜迟，咱们走吧。"钱氏道："且慢走，走要走得没痕迹才好。"便掣身进到里间，抱出一只大瓦坛来，撂在地下，又照样进去再抱一只出来。便把坛打开，向地一倒，只见尽是白骨，还有一只骷髅。那一坛也是一般的。钱氏指着说道："这是张二子这贼害死的那个布匹客商夫妻俩。筋肉全刮去了，留下骨骼，预备制迷药用的，如今拿来做做替身吧。"说着便将骨骼就地下摆成人形。

周兹邀白超到后面，套上一挂骡车，驾好骡子，再进来，把张二子提起，撂到骡车里，白超提了一条被，给围盖在张二子身上。钱氏提了自己的包裹箱箧，一同出来，上了车子。白超、周兹备好马匹，都系在后门口，才回身到屋里，把干柴棉絮等引火之物，散在角上，且堵住前后门，各堆一大堆，点上灯油，加上稻草。然后用灯烛一堆堆地引燃，直到后门，把车马拉出后门外，才将灯烛全扔在后门内引火堆上，把后门拉上。那火堆立刻熊熊燃着，延到后门门上。前面却已红焰直升，火舌乱射。

白超、周兹跨在马上，押着骡车，尽力扬鞭趁大道飞驰。耳中听得锣声铿铿，人声嘈嘈，知是乡镇救火的，见火起都去扑救。她们不敢耽搁，尽速奔驰到二十里外，方才略缓马慢慢行走。幸得深夜，道无行人，由得她们狂奔。沿途经过一座大市镇，有人守夜，拦住盘查。钱氏出头答说："柳枝村衣户家有害急病的亲戚，连夜送到县城，赶天明进城求医。"那盘查人见车内男子昏沉不醒，确似重病，便不再言语，任令长驱而过。

过了这镇市，不到二十里便是文府预备的约会之所。将近天明时，正在驰骋，忽见有人闪身道旁问道："来的两位姑娘可是由开封来的？"白超勒马一瞧，是个老人，似乎是认识的，便道："你是哪里来的？问我做甚？"那老人这时已瞅清白、周二人了，便道："小的是文府家将杜泽，特来送讯的。"周兹接问："可有什么事？"杜泽道："家大姑娘特命前来迎报，前回约的所在，已经被官府知道了，现在改在嵩麓乡上村庵里。请两位姑娘就这岔道斜过去，八里多，见一丛红柳树林子就到了。"白超道："那么，各路都有人，全是奔原处的，怎么办呢？"杜泽道："已经分派了人，在各要隘守候着，误不了事的。"白超点头纵马，斜向岔路上走去。

一转小路，便是僻乡，道路凸凹，都是泥地，很不好走。路上竟静寂得不见生物。行了半晌，才远远地见一林红叶。这时人马都觉得异常辛苦，瞧见红林，便都着力赶去。转眼间，到了林前，驻马一瞧，林子后面隐隐露出鳌头瓦角，知是庙宇，便向林内走去，幸得林内树木很稀，骡车勉强得过。

近得庙前，白超见庵门敞开，便下马步入庵门，见两廊下，有几个老少妇女在那里打绳子，另有一群小孩在院里跳跃玩耍。见白超进来，便有一个老妇叫道："小荷儿！给我拿剪刀来！"一个垂髫小儿，嗷声答应，连跳带蹦向里面去了。转眼间便有个小尼由月门里转出来，白超方待将在文府约定的暗号左手抚胸使出，那小尼已经上前，低头合十道："女菩萨光降，可是拜佛随喜，家师云游未归，有失迎接，望乞海涵！"说着便两眼盯住白超，似等待回答，或是请出。白超便抬左手，抚在胸前，答道：

“我是特来访问一位至交好友的。”

廊下那伙打绳的妇人，在小尼出来时，本都停着摇手，凝神侧视。及见白超说出这句话来，便都照旧做了，不再理会。那小尼侧身让路，说道：“女菩萨请进。”周兹匆匆赶来，见白超还没进内，心中大急，道：“快请文家大姐派人把那厮扛进去呀！撂在林子里多讨厌！”那小尼顿时面上变色。白超见左右无他人，连忙一手拉住周兹，一手拉住小尼，一步踏进月门。那小尼被这一拉，骇得几乎要叫起来，白超忙向小尼道：“你快报信里面知道，我俩已经访得根脚，拿住贼党解到前面林子里来了，快请派人来扛进去。迟了，有人撞见，可不方便。”小尼这才放心，抹抹胸膛，定定心，才转身飞奔进去了。

白超暗地埋怨周兹：“千万别这般莽撞！人家现在赛过在虎口里过日子，怎受得了你这一吓呢？”周兹懵懵懂懂答道：“我见那路上人来人往怎不着急呢？”白超还待细说，只见那小尼已领着四个火工道婆飞奔出来。白超便连忙住口，领着那伙人直出庙门，来到车前。周兹早急急赶来，向车内叫道：“方姐姐快下来！”白超忙将她拦开，自己向车挡边站着。

车中方玉华（即钱氏）将被揭开，四个火工道婆将张二子抬起了就走，转身直奔庵里。方玉华随后下车，和白、周二人一同进庵。见道婆抬着人奔西厢。正待跟去，那小尼已赶来招呼白超等三人投东，一连穿过两间配殿，转入一座楼下，再穿过小花园，才到了一座小屏门里。门里一排纸窗，遍地绿草，静寂无声。

那小尼一连咳嗽了几声，突见正中窗门开了一扇。原来窗格都是直通到地，每扇好开的。白超心想：“这庵里真古怪！……”正想着，忽见开门处步出个浑身缟雪一般白衣的女儿，随后，便是个蓝衣青裙、一个碧衣翠裙的女子。见了白超等人，就地立着，低头便拜。白超、周兹连忙回拜，方玉华倒身下跪。

蓝衣女子连忙搀起方玉华，让三人到屋里。见那屋子十分槁素，只靠后窗有坐炕。蓝衣女子便道：“我们都是寄寓，十分荒疏，只好请各位姐姐炕上坐吧。”周兹道：“最好大家姐儿们亲热些。”说着便坐下一旋腿，盘上里炕去了。蓝衣女子又让白超、方玉华上炕和那两位女子一同盘坐在外沿。小尼送过茶自去。

白超先通了姓名，并代周兹和方玉华说了，才说道：“妹子少候！不曾承教。请问哪位是文大姐？哪位是文二姐？还有一位，大概也是姐姐吧？还请赐教，才敢称呼。"蓝衣女子答道："都是姐妹行，妹子我就是文斗，这是舍妹文平，这是堂妹文申。自幼是先君抚养长成的，都是心腹手足。姐姐有话，请不必顾忌。"

白超便将会着符中分途探访，收服钱氏，迷擒张贼，探得王庄种种情形都说了。文斗、文平、文申一齐俯身道谢。文平并道："愚姐妹自愧无能，只探得王贼是兄弟二人，勾结海盗，设巢立寨；但还不曾得地址。舍妹申今日转地赶来，是为妹丈许葵在山东省城听得王贼住在嵩麓乡，并探得那贼曾经是在辽东当军官，作恶多端，还乡改名，勾官护恶，因此和济南官府都有来往，所以禁地开矿一案，官府总不传他，任你如何控告，总是不理。"白超听了这话心中似乎一惊，连忙拦截道："王贼是改名吗？请问姐姐，那贼原名叫什么？可曾查得？"文申接言道："据外子说：'那王贼兄弟二人都是征辽营伍出身，后来因为作恶太甚，恐仇家寻觅，不敢在辽东居住，才花钱脱籍，入关改名，勾结官府，都是为做护身符。两贼原来名字，也是他受责抱怨的家丁传出，说是原名王仁泽、王仁规。"

白超顿时两眼热泪夺眶而出，欻地立起身来，就炕上下拜道："各位仁姐，我先还以为两贼只是文府仇家，今日才知是妹子不共戴天之仇。谨叩谢姐姐代为访得亲仇的洪恩！还求各位姐姐代妹子申冤，先父母也九泉含感！"文斗、文平连忙搀起，细问缘由。白超将世仇泣诉，文斗等听了都为之气愤填膺。

白超道："从前是我奉师命来助文氏报仇，如今是妹子我求众位姐姐代我报仇。还望……"声已哽咽不能再说。文申道："这回事，足见是天鉴姐姐孝心，所以承张二子之功得知详晰。今如姐姐反说谢妹子代为访得亲仇，这真是颠倒了。"白超还转拭泪再说，周兹拦说道："别谦了！依我说，两家都受那贼大害，虽然各有苦处，何妨并力报仇？多一层仇，大家正好加倍着力杀贼的。若是各人怀着我仇我报的心事，咱都不好办了。"

文斗等都说："周姐所言极是！"方玉华插言道："我虽手无缚鸡之力，不能帮助众位，但是我很了解内里情况，可以尽些绵力。"文平便询问陷人坑的内情，方玉华一一细说，但是不知各处二人暗器的破法，说："张二子那小子知道。"周兹忽然想起，说道："我忘了！快去审问那贼去。"文申道："且慢！待夜深人静再问吧。"文斗道："此处住持，已经说好了，什么都行。这庵原来也是一个密窟，被剑客破了的，所以什么东西都有。当家的广照，原是江西人出家，性情虽愚，为人却异常憨直，素来是我们宅里给她护法。这一趟事，广照也是很仗义的。我昨日听得官府要上我们约会处一网打尽，我才想起此处。广照一口答应，立刻就请了许多斋婆人等，愤然说动她们，叫她们仗义守门。我并答应她每天四十两银子，叫她回绝一切斋醮，专租给我。她却只要每日十两，说是'连庵里开销和待十几位都够了'。劝我留钱办事。并回绝庵里客尼、斋伴，说是任我施为。所以，迟早倒没要紧，保没外人闯来。"

文平道："今天还有人来，待到夜里问也好。"文斗问："还有谁呀？"文平道："您陪申姐说话时，得着一位道人送讯，说是秦姐今日会到。我问：'什么时候？'说是'傍晚前后'，不如待到黄昏后她们来了再问。若得秦姐帮问，总格外精明的。"白超、周兹心中暗喜，今晚可见秦良玉了。文斗却埋怨文平："怎不早说？"文平道："申姐来时，您急于问讯。接着就两位姐姐来了，哪有工夫说呢？"

文平言未了，忽听得有人大声答道："这时该有工夫说了。"文斗一听，恍然大悟，便高声笑道："说着灶，灶就到！好得没有骂您，要不全让您听去了，还了得吗？"白超忙问："是谁？"文平抢着答道："就是秦贞素良玉姐姐！她来总是这样奇特的。"话未了，门儿一闪，显出一个浑身青衣的颀长女子含笑当门而立，却没听得半点儿声息。

众人一齐起身，白超、周兹连忙定神细瞧，只见秦良玉身长腿直，方额长眉，两眼尖长，嘴唇阔薄，脸如圆月，鼻似琼柱，胸宽腰劲，腹细膀峻，耳长四寸，颧起三分，双脚平正，大约六寸有半，双手十指特长，掌长指圆，十分端正。头上青缎包头，两耳畔垂着巾尾，前额抹住　行短发，越显得明净。身上是紧身裹袖短袄，腰缠青绸带，迎面飘着带穗。背上露出一排小剑头，约有二十余支。腋下佩着一柄长剑，剑尾齐着脚跟。带间悬着镖囊，肩头斜挎弹弓。下面是去绫甩腿扎管裤，衬着圆正青靴，分外齐整。乍望去，极似二十来岁的健男子。细瞧时，睛亮如电，神光射人，令人自然望而生敬，那一股凛冽毅然的神采，格外摄人。

文斗、文平、文申一齐下炕让座，并给周兹、白超二人引见。秦良玉笑道："我都认识的，两位姐姐的府上我还去过哪。"又回头向周兹道："前次轻造惊动贵府，行色匆匆，不及致意，就此道歉了！"文斗诧道：

"您几位是旧识？"周兹已在答秦良玉："承蒙仗义，家父深感！妹子久想趋拜，只恨无缘！"白超也说："这次随云姐偕来，就为要恭敬修谒。"

秦良玉道："两位姐姐别客气，我们彼此都企慕已久。我因闻得家师常说起武当甑甄子，绕道均州，登山寻访不遇。路过周市得知无常庄恶名，无意中跟踪他们，得到贵府。后来在均州城路过，因为不能耽搁，所以托于家姐妹寄语。我知道各位好义一定来的。可是已经候了多日子。"

文斗道："原来您各位有这许多因缘！我竟白认识了秦姐多年了，却不曾同做过事，这还是头一次哪。您各位的福分比我高多了！"文平接言道："这么说起来，我的福分还不错。"文斗笑道："这又该你说嘴了。"秦良玉笑道："别说谁有福分，谁没福分了。我今夜本来是奉请各位同行的。来得及吗？要来不及就明天也可以。"文斗忙问："什么事？"各人也都跟着问："上哪儿去？"

第十六回

赋嘤鸣涉险求良友
奋雄心聚义会佳期

秦良玉道："我也探得小天堂了，就只还没弄清门路。听说里面暗器埋伏，全是著名猎户代为筑造的，用的都是坑陷猛兽的消息，装的都是毒矢毒石。我又探得王平伯没儿子，不知哪里弄来一个女孩儿，他们家中都说是养下的，实在是来历不明。如今这女孩子学得文武都能，只有纵跳轻身还没到家。手中一对夤龙钻，却是厉害！等闲千百人挡不住她。据说有一个人知道这女子的来历，并且一心为这女子在一处所茹苦含辛待着。如果弄得这个人来就可以知这女子的来历，并且由此可以勾通这女子做内应。那么，里面的密路、埋伏，全可知道了。"

文斗道："这女子受那王贼养育之恩，即使不是亲生，怎肯负恩反叛？这事恐怕难以办到！"秦良玉哈哈笑道："好妹妹！您说的是不错，不过我早已想到了。要如果是这般情形，我老早就扔下这条路径了。这里头还有一个道路，听说这女子的父母也是死在王氏弟兄手里的，那个待着的人，就是见她不知父母冤恨，觍颜事仇，十分伤心，所以才拼命待着，要借机唤醒她为亲复仇。曾经有一次这女子出来打猎，那人便俟在路旁，想待机会，不料被随从人等一顿鞭子打开，连面也没得见。因此，抱恨生了一场大病，到近月来才起床。那人住的所在十二分尴尬，非去多人弄不出来，我所以要邀你们同去。"

文申道："若只为探路，白姐姐倒弄来一人在此。我们正预备待您来，一同审问口供哪！"秦良玉笑道："好！什么人叫你们弄来了，竟要私设法堂，审问口供呀？"文斗笑道："他是贼呀！咱们不能审问吗？"随后她便将白超使迷药捉得张二子的事，全告诉了秦良玉。秦良玉道："就是这人能够供出路数，那人也非去弄来不可。一来您两家是报仇，难道人家的仇就不应报吗？我们不知道则已，既知道了，就一定要叫穿她，助她一个报仇，才是大豪侠一视同仁无人无我的胸襟。二来这张二子即使说出，这种劣贼坏人，难保他不故意藏奸，反说着使我们中计，他好快心如愿。这种借刀杀人、暗箭伤人的把戏，是这种劣贼的看家本领。咱们弄了那女子来，可以校正印对，得个确实把握。要不然，就问得口供，您敢实心眼儿相信他吗？"

众人齐声叫道："好！好！好！您这话真透极了。就照着您的言语去办就是了。"秦良玉道："那么，我们先审问了屋里的贼，再去劫外面的人，好不好？"众人齐声应："好！"秦良玉忽又摇头道："可惜于家两姐妹没来，要不然，倒是一对好掌刑的。"白超道："于家姐妹，可就是在均州西门外代姐姐留信的那两位吗？为什么女孩儿家会掌刑呢？"秦良玉笑道："她们俩是家传。自从她们的高祖于成充于少保帐前旗鼓副总兵，就兼掌刑。一直传下来，好几代都没绝这营生。袁督师出镇辽东还把她们的叔父找去，司旗鼓、掌刑，都是为她家是著名世家啊。您想，她俩从小就耳濡目染，还有个不会的吗？"

周兹道："听得沈二姐说，姐姐是单身出川的。这于家姐妹是姐姐路上会着的吗？"秦良玉笑道："不是会着的，是碰上的。"文平也笑着接说道："果真是碰上的，不是会着的。"白超诧问道："怎么叫个碰上呢？"秦良玉含笑答道："文二妹知道，您问她吧。我曾经述过三遍，再述也没味了。"周兹便跟着追问文平，文平笑道："她干的好事，她不说，却叫我说。"周兹道："好姐姐您既知道，您就说吧。我最怕闷葫芦，把我闷上了，真比死还难受。"秦良玉大笑道："二妹快说吧，再不说，闷死了人，遭了人命，可是您的事，和我无关。"众人大笑，秦良玉却没笑容。文平笑道："别闹了，我说了吧。人命不是玩的，我担当不起。"众人又笑。周兹两颊略赤，强支着向文平道："姐姐你也和她们一般打趣我吗？"文平忙说道："好妹妹！别见气，我和您斗闹儿的。待我来告诉您秦姐姐的笑话，让您也好笑她。"周兹喜道："好！好！请您快说！瞧她还拿人打趣！"

文平带着浅笑，说道："话说秦大姑娘单骑出川，遨游长江两岸，好不高兴。一日，一马来到武昌城外，南湖之畔，看那绿柳垂丝，黄莺在树，驻马沉思，忽然心生一念……"众人已经笑得花枝招展。文申指着文

124

平骂道："你瞧二妹这贫嘴！不知哪儿学来的评话调儿！"文平鼓着小腮儿道："不说又催人说，说了又要挨骂，叫奴家好不左右为难也。"众人更加大笑不止。周兹急了，央告道："姐姐别斗趣吧！究竟是怎样一件事哪?"文平忙笑着点头道："别急，别急！我说，我说！这是个帽儿哪！"

文平便又接着说道："武昌城外，住着一家人，姓凌，是于少保帐前勇将凌翔的后人。因为他家祖上凌翔的妹子凌波，曾在于少保围营里立过极大功劳，当时有一班女子很有威名的。所以凌家后承先绩，女子没有一个不习武的。虽然于少保帐下，一班女剑客并没得着好结果，却是女子一般能干惊天动地的事业，已经传名万古了。因此凌家的女子要绍述她家先祖姑的遗绪，世世学剑。虽然天下太平，不曾再有凌波那样女英雄出现，但是戚继光平倭寇时，凌家也有女侠凌冰助力。

"凌家自凌翔爱武昌的山水，且喜是鱼米之乡，卜家南湖。当时很有几个同胞将士愤恨于少保黑天冤案，又碍于遗言，不便起兵报仇，只得卸甲弃官，都到武昌来住。其中有个做都管正总兵于佐、旗鼓都管副总兵于成弟兄俩和凌翔最要好，所以两家筑屋接邻，世通婚姻，互为师弟。这般相处，已经好几代了。

"凌家嫡嗣长房做官的多。幼房这一辈子有一位凌孟雄，习得全身武艺，却是不喜读书，为本家所看不起。这位孟雄前辈，便走镖营生，南北大路上没人不知'多臂熊'的声名的。他并没儿子，只生两女，一名凌云，一名凌霄。并抚养他兄弟所遗的俩孤女，一名凌霜，一名凌霞。他将全身本领传授四女，无分厚薄。后来凌孟雄在保定道上，败在铁狮何敢手里，被何家兄弟劫去镖银，还羞辱了一顿。老头儿气极了，深恨自己不能再求进境。便带领女儿、侄儿，到五台山求艺。五台山本是凌家祖宗的出身地，这四姐妹根底本深，只三五年，就练得铜头铁臂、十八般兵器、三十六门武艺，无一不精。

"凌孟雄八十岁时，带着凌家小姐妹，上保定清风时月庄，去找何家兄弟约期拼斗。到了日期，何家弟兄来了八个，都是尖里尖选来的，铁狮何敢领头。两边一打，头一仗，凌云就斩了金毛猊何如。何家还不服输，再打复场。自早到晚，何家七弟兄连何敢八个人剩下一个脑袋、两条胳膊、一条腿回去。"

周兹惊问："这是怎么说法？怎么叫作只剩下一个脑袋、两条胳膊、一条腿呢？"

　　文平接着说道："八个人中只有那何敢是断了一条腿，给助威的抢扛回去，其余七个全死完。不是八个人只剩下一个脑袋、两条胳膊、一条腿吗？从此凌家姐妹威名远震，便接着走镖。南北镖局子里素没女人走镖的，从凌家破了例，才有于家、金家继起。走了几年，何敢邀人报仇，截在武胜关，拦住凌家镖，非要凌孟雄亲到，见个高低不可。那一趟是押盐课，不能含糊，只好把凌孟雄赶去。哪知何敢含恨，到塞外拜个独脚番僧为师，习得十八把飞叉，且能独脚不亚似双足，辛苦多年专为报仇而来的，连他师父和师兄（也是一个番人），都给求了来助他。

　　"凌家本只两女护镖，得了这个讯，凌云、凌霞就护送凌孟雄到武胜关。两边一交手，凌家老少五个，勉强支持了一天，却是自料难以取胜，凌云就下狠心，姐妹们商量要用她们五台的绝招。次日再斗，番僧更比昨日骁勇。凌云就故意近到番僧身边，一张嘴，放了三颗口弹。那番僧是外国人，不懂这个口弹。这家伙，是一种秘传绝技，初练时，是使琉璃珠儿吐出吸入，练熟了才换皮弹。到要用时，有一种五台秘传的口弹子，不知使什么药粉，外面包了一层薄膜，也不知是使什么东西制成的膜，含在口内。到万不得已时，向敌人吐去。无论打碰到什么所在，马上就烂到皮肉，痛到发昏。如果碰到脸上，那就更糟了，连眼珠也得爆，牙齿也掉。痛到心碎胆裂，魂飞魄散。却是五台传授，有规矩，非至急时不能用。当时，一弹中番僧脸上，痛得他朝后一仰，那时候有这破绽，能不掉脑袋吗？何敢正独脚蹦着，见师父一死，心一惊，凌霄又给他一口弹。何敢一乱，就被凌孟雄劈了，这时候凌家四女正奔那番人。不料凌孟雄得以手刃大仇，心中喜得太厉害了，兼之年纪也太大了。当时横刀掀髯仰天狂笑，笑得一口气不来，竟是那么噎死了。四姐妹回来一救，把那个番人给放跑了。

　　"后来，凌家四姐妹也不走镖了，守着墓，练着武艺，防那番人来报仇。也曾有两次有番僧找到凌家，都给她们姐妹赌赛使力碎石，或是暗器穿毫等骇走了。却是由此凌家姐妹的声名，就传遍南北，好像天下只有凌家女子才算英雄。任提到谁，人家就得回你：'那算什么，比凌家姐妹一毫儿也不够料！'凌三蔚、凌五云、凌七霞、凌九霄的字号叫得震天价响。

　　"咱们秦姐听得四凌的声名太久了，很想去会会她们。那天到了武昌南湖，想起了：'凌家不是住在南湖吗？'就想去找她家，却又转念好胜，不肯登门拜访。登门求比武，不是找冤家吗？不求比武，不是无从知她们真假，又虑为虚声所误吗？因此想得了个主意，夜里去试试她们的本领，当下便在湖边一打听，白粉墙里红漆门窗就是凌家。秦姐姐找了个地方，挨到夜里，就单身独个去找凌家。这也就算是胆大了！这屋里是天下闻名的英勇奇女子，还是四个之多，而竟敢去采虎须，惹她玩儿，你瞅胆多大！

"这一夜，秦姐姐太辛苦了。先就找了半晌，才找着白粉墙红漆门窗，翻了进去。才到屋上，忽然冷风一起，来了两个女子，秦姐待要开口，那俩女子抢剑就砍。秦姐只得抵敌，搭上手，觉得本领不分高低，自己很够对付的。便想着：'凌家也不过如此，怎声名这么远大呢？'忽然又一转念：'不好了！她们出名是有口弹！'正想着，忽见那方面女子一张嘴，惊得秦姐连忙掣身跳走了。

"回来后她一夜没睡着，想尽了方法，没得好主意。要白天去拜，便觉不好。夜里跑了，白天去拜，算什么话咧？好容易挨到夜里，再去一趟吧。便仍旧到了那屋里，前后一探，见两个女子在檐对剑。不知怎样瞧见上面有人了，噗！噗！跳上来，又是抢剑就剁。斗了几个回合，那长面女子又咳一声嗽，嘴唇一动，要吐什么了。秦姐心中一惊，抽身就走。那两女子哈哈大笑。笑得秦姐十二分难为情，回到寓所里，辛苦了两夜，倒头就睡。

"到了黄昏时，才起身。闷闷一想，想得了个主意，拾掇好了，一片雄心，三探凌庄。一进去，便找那俩女子。找到西廊下，找着了，便先抢剑砍剁。那长脸女子笑道：'这人真奇怪！天天来干吗？'那方脸女却说：'这不是成心来搅吗？今夜决不饶你脱身。'秦姐暗喜，知道她们说这话，必然中计，便虚晃一剑，缓缓地跑到后檐。两女子果然赶来了。秦姐就跳下后墙，朝林子里跑，那俩女子竟然随后紧追不舍。秦姐放缓了脚步，待她俩赶近身后，翻身撒出双红络，一头络一个，一拉绳子中心，两人齐倒。

"这就出大笑话了！秦姐按捺住这两个，忙缠住四手四脚，便使手向她俩口中乱掏。那两人咬牙恨骂，秦姐又拔小刀去撬她们的牙关，两女子咬牙愤骂：'我和你无仇，为甚要割我舌！'秦姐便说：'你们有口弹，放

127

出要伤人、死人的。'那长脸女子怒喝："谁有什么口弹？你到底听了谁的邪话，闯来混搅？'秦姐便说："你们凌家四女不是曾使口弹打死何敢吗？我可不上你们的当！'说罢又撬。

"这一来，那两女子急了，大声怒叫："你听谁说我们姓凌？你要找姓凌的，怎么上我家来胡闹！'秦姐这可愕了，忙问："那么你们是谁呢？'那两人才说出姓名，原来是于垂、于乘。秦姐连忙放了她俩，再三赔罪。于垂问秦姐："和凌家有么冤仇？'秦姐说明来意，不是寻仇，而是闻名相访。

"于垂便说："你这个访友的，未免太冒昧了！天下也没个黑夜持刀、越屋访友的。何况更闹错到旁人家里呢？你要认识姓凌的，我们倒可以代你引见。只是你为什么一见我们就跑咧？'秦姐说："我怕你们是凌家放出口弹。'于垂说："我们和凌家五代世交。深知他们口弹不到最危急时，不肯轻放的。我家和他家屋背相倚，昼夜都可来往。你既是诚心访友，我就给你引见吧。'秦姐这才知道找错了人家，便向二人致歉，顺请绍介。

"于垂笑问："我两次要问你为甚事来的，又见你本领不弱，想问你根底。哪知你一见我开口就走，这不是有心闹乱子吗？'秦姐便实说："我前夜见你嘴一动，当是著名的口弹来了，只得飞走。昨夜她又咳嗽要吐痰，我又当是口弹，自然走脱为是。如今才知是错会了。

"后来于家姐妹当夜就引秦姐会见了凌氏四妹。彼此说得十分投机，一连畅聚了好几天。秦姐便请她们两家姐妹一同入川，帮助练兵平苗。凌家四妹和于家姐妹一商量，于家兄弟众多，家务不须她姐妹烦神。凌家却只有两个过继的小兄弟，不能立时弃下不管。便推于氏姐妹，先随秦姐入川，先察形势。如果可为，凌氏四人再去。

"这便是秦姐碰上于家姐妹的缘故，却是我们从此得了一个秘诀。秦姐本领高，我们打不过她，时常被她挟住。如今知道了，有法子可以制她了，再也不怕她凶了！"

众人都问："什么秘诀？"文平道："容易得很，人人都能办到的。斗不过她时，只须学着于家姐妹，对着她把嘴一张，或是赶急咳嗽吐痰，她马上就得骇散魂魄，飞身逃走。"众人听了，一回想，哄的一声，哄堂大笑。咯咯吱吱，嘻嘻哈哈，满屋里一片笑声，震梁惊栋。

文平却仍板着面孔不笑。周兹问道："姐姐说要把秦姐的笑话说出来，好笑话,她为什么不说呢?"文平正襟危坐道:"尽于斯矣,即此之谓也!"众人笑声才待息住,瞧着文平那副面孔,听她摇摇摆摆,拉着老夫子哼书调,哼这么两句酸文,顿时引得重复大笑起来,直笑得钗横鬓乱,才渐渐止住。

秦良玉不答应文平,呵着两手,要去胳肢她腰肋。文平一见秦良玉两手作势。早已支不住那副正经面孔,哧哧!哧哧!直笑起来,央告道:"好姐姐!我再不敢了!没人问我,我再不提这事了!"秦良玉笑道:"好小妞儿,没人问你你不说,有人问你还是要说,是不是呀?好刁嘴儿,不给你点儿厉害,你也不知道生姜是辣的。"说着,一探身,两手向文平两腋间一抄就乱按起来,把个文平顿时弄得乱叫乱笑,乱滚乱躲,双手乱撑,两脚乱蹬,连央告,带俏嘴,闹得一片声喧。

众人正在拉扯,忽然听得有人问道:"干吗笑得这么厉害?得着什么药儿了?"众人忙回头一瞧,正是符中、沈云英两人立在门口。众人中有不认得沈云英的,秦良玉、白超、周兹忙给引见。这才把一场狂笑给收拾了。

沈云英和秦良玉相见后,把家信交给良玉。待她阅毕,便说:"我几千里追到均州,您怎么看见我,不和我见面,反而跑了呢?"秦良玉笑道:"这里头有好几个道理,一来是我接着此地出事的讯,事机迫切,期限短促,我万不能耽搁;二来是我想着此地人手少,您的智谋高,要和您见了面,您即使不拉我回来,也决不肯跟我上这儿来,所以请将不如激将,把您引来帮一帮忙;三来我知道家里没什么了不得的急事,不愿和您在生朋友家里相见。所以我才托于家姐妹代我助您了事,请您发驾来这儿的。"

沈云英笑道:"简直痛快点儿说,就是您要用我,把我给诱到这儿来就完啦!瞧我全被您拨弄着,只会蠢跟着中计,还配说什么智谋呢?得啦!别瞎恭维,给空头高帽儿白戴哪!径请把要怎样支使我,就此痛快说出来,让我埋头去干就得,别再李麻子挨磨,绕那么大弯子哪。"众人听了都觉好笑。文斗、文申、文平三人却连忙向沈云英殷勤致谢,连说"劳驾!不敢当!"等道谢言语。沈云英也连忙逊谢。

秦良玉羼言道:"别再客气哪!天也是时候了。那张二子快闷死了,要问就问吧。"周兹陡然记起道:"果然那小子闷了不少时候了。"方玉华笑道:"不会的,他们自制的迷药,迷翻了,三几天不弄醒,不吃饭,也死不了。就是死了，也算他合该少挨几刀！"白超道："那可不成，不能白便宜他，路程还没问哩！"

正说着，小尼来报："有两位姓于的姑娘来了。"文斗忙叫："请进！"小尼应声去了，一时，便引着两女子，一个蓝衣，一个翠衣，款步入室。众人起身相见。不认识的都由文家姐妹两方引见。秦良玉道："方才还说你俩不来，不好审案子。如今你俩赶来，再好也没有了。"于乘道："我俩在西路，一点儿什么也没探得，忽然听得官府抄着文家子女谋反的所在了，骇得我俩连忙赶到那地方，路上遇着文升，才指引到这儿来的。这里拿着什么人要审问吗？倪家姐姐呢？"秦良玉道："倪妹在追究一桩事，马上就要来的。"接着又将拿住张二子的事告诉了于垂、于乘。

于垂道："那厮能熬刑吗？"周兹道："没问过，还不知怎样。"于垂道："那么，不过防备他刁狡罢了，用不着十分厉害的家伙，只须一个扯架，预备些辣椒子研末儿，再加这庵里有的香，就尽够那小子受的了。"周兹道："这都容易，咱们就去审问吧。"文斗连忙出来找住持尼广照，去讨辣椒面儿和香。

不多时，预备已齐，秦良玉邀众人同审张二子。文斗已和广照商量定，备后面库房里去审，免得声音漏出外面。当即由道婆将张二子扛到仓库屋里，使冷水将张二子喷醒。于垂、于乘过去松绑绳。方玉华忙拦道："这厮很有武艺，别放松他，防他逃走。"于垂道："你放心！有我们在这里，任他三头八臂，也逃不了。"说着解了绑绳。张二子渐渐地醒将转来，却仍是气息不续，眼神不定。于垂正待给他提神，忽然间眼前一亮，一道银色白光，自天空破空直下，射入库前丹墀中。白光剑住，呼的一声显出一个浑身紧扎、手握三尺长剑的女子，银光霍霍挺然矗立。

130

第十七回

鞫贼供鞫得魔窟情
同抱仇同怜弱女遇

众人一齐起身向外瞧时，却是倪道，自檐前飞身跃下。文家姐妹忙上前道乏，并给众人引见。秦良玉问倪道："可曾查得那一位的落脚处？"倪道指着地下躺着的张二子道："这是谁呀？"秦良玉大略将情节说了。倪道见张二子还没醒转，才说道："我已经查得那人住在万丈潭边上，剑峰之下。她自己倒没什么紧要，只是那剑峰之下，有一座碉楼，要十分小心，才能把那人弄来。我想过的，明白去请她，她是决不肯来的。要劫她来，我一个人也对付得了。只是今日忽然听官府查着我们的地方了，我恐怕人不够，有失误，便先进城，到柴市街瞧她伯母。知道这儿地名，忙赶来瞧瞧的。如今你们已经弄着这一个了，那一个还弄不弄来呢？"

秦良玉道："这一个是不中用的，他是说的实话，是假话，我们无从证辨，非得仍把那一位请来不可。"倪道道："那么，事不宜迟，我马上就去。"秦良玉道："很好，反正这里问得的口供都要抄下的。您回来时再瞧，也是一般。"文斗忙接言道："道妹！您太辛苦了，歇一夜再去吧。"倪道道："不必了！这事白日不能干，耽搁一夜，就是一日。我受文老伯厚恩，恨不得早一刻救他出来。我心也得早安一刻。辛苦算得什么？每一想及文老伯在监里，身如芒刺，恨不得自刎。那心痛总比辛苦更难过了。众位姐妹请坐，小妹去了！"说罢一掣身，呼地跃起，便不见踪影了。众人都点头赞叹。文氏姐妹更加心感。

秦良玉邀众人进库屋里来，张二子已渐渐苏醒。于垂将他提起，掷在仓屋当地，沈云英招呼众人坐下。秦良玉便问沈云英道："这问供的事，只好拜烦您了。"沈云英待要谦逊，众人都道："甭客气，别耽搁时候了。"

文申道："寒门多难，惊动各位仁姐，仗义援救。还求勿存客气，是各位所长，就请自任。庶乎于事有益，寒门也拜德不浅。现在录供的事，妹子不揣冒昧，就自告奋勇了。"说罢便将准备的笔墨纸砚整排好了，抽笔待着。

沈云英先问秦良玉："张二子怎样被擒？"秦良玉便请白超将前后情形，仔仔细细告诉了沈云英。沈云英知道这人一定刁狡异常，便先行和秦良玉商定，派符中守好屋顶，文斗、文平左右守住门口；于垂、于乘守住人犯；白超、周兹预备对证，兼护住方玉华，并请秦良玉防有外变时，随时接济。文申专管录供。众人都一一答应。顿时照着沈云英所派职事，即刻分任。各自占好应站地方，四面监着，绝没罅隙。

诸事齐备，沈云英高坐上面。张二子已渐渐醒过来。沈云英叫道婆取了一碗粥水给张二子喝下。张二子坐在地下定了一定神，忽然发愕道："我怎么会到此地来的呀？"又望着方玉华道："喂！这是怎么一回事呀？"方玉华也不理他，张二子便垂头瞑目冥想了一会儿，忽然跳起来道："我明白了！狗贼人！你害得我啊！"猛可里，脚手齐伸，突向方玉华扑去。

于垂、于乘早已防备着。张二子刚一跳起时，呼的一声，接着啪的一响，两臂齐扬，早把张二子给打得依旧瘫在地下。方玉华吓得面如土色，向沈云英座后直躲。沈云英拍案大喝道："恶贼！你罪贯满盈！被擒在此，还敢逞凶放肆吗？"张二子一声冷笑，鼻孔里哼了一哼，摇着脑袋，大模大样地说道："瞧你们这班孩子，敢拿大爷怎么样？"沈云英怒喝道："刁贼！不给你厉害，你是不知道的。把他拉起来！"于垂、于乘一转身将绳索向张二子两只拇指上面一套，再将总绳一拉，架上辘轳，"咕噜噜"乱响，早把个张二子悬在空中。"寒鸭儿赴水"带"角弓反张"，面腹向地，两手反在背后，扯在空中，痛得张二子急泪洒满了当地。

沈云英喝道："你快把陷人坑中一切路数埋伏照实供出，就饶了你，并放你逃生！"张二子咬牙说道："哼！小姐儿，别想骗你家大爷！须知你家大爷什么全见到过，不受骗的！钱氏小娼妇在这里，你们都是小娼妇一党，能放我吗？大爷早已拼着一死！大爷福享够了，死也值得了！哼！你们想骗得半个字儿，老实说办不到！不行，不行！"

沈云英微笑道："好！你待着吧！瞧我办得到办不到！"转向于垂、于乘道："给这厮加上点儿！"于垂、于乘应了一声，取一块石头，加在张二子背上，又取一块系着绳索的石磴，悬在张二子头上。张二子直嚷："不知道！不说，不说！拿大爷怎样？"于垂道："劝你说了吧，再要受点儿再说就不值价了！"张二子道："好！你再伺候你家大爷吧！大爷正受得舒服啦！有什么，再来一点儿！"于乘怒道："好！我就再给你点儿，瞧你再能放刁！"说着，转身抓了一把香燃着，朝张二子鼻下一熏。

这一来，张二子可受不住了，直摇，直嚷，带哭，带扭。于垂再抓一把辣椒面儿朝燃着的香头上一撒。张二子顿时狂叫道："我说，我说！我说实话呀！要有不实，你们再熏好不好？"沈云英便叫："且松他一松！"于乘将香撤开，于垂将颈石、背石移去。

张二子闭口不语，沈云英喝问两次。于乘见张二子仍不答话，便又将香拿起，张二子才急忙乱嚷："别熏，别熏！我说！我吐口气儿就说。"沈云英便叫："把他松下来，谅他刁不到哪里去！"于垂便将拉绳放松，张二子委顿地下，两只赤红的眼睛瞪射着方玉华，咬牙暗恨。方玉华便向张二子说道："你自己想想，是你受着我从前那样的惨苦，你会怎样报答？哼！我这样还是轻恕你，没把你那样的狠辣手使出来呢！"张二子低头叹道："算你报仇了！嘻！只怪我自己为色所误，斩草不除根，才有今日。好！英雄死在刀巴关！大丈夫冤冤相报！今天我栽了，你乐了，算得什么？咱们二十年后再算账！"

沈云英喝道："快说陷人坑的内情，闲话少说！"张二子翻着眼答道："这我就要说了。我答应了说实话，决不含糊！不过我知道，话一说完，你们就妥送我回老家了，所以先关照她几句。"方玉华插言道："你不必关照！咱们今天结账。"张二子道："好！下世再来！"沈云英拍案喝道："快说！"张二子点头道："我事已了！任你们问吧。不过你们说的陷人坑，就是咱们小天堂的事，无穷无尽，你们要知道哪一项，拣着问吧。要我全说，可说不了那么多。"

沈云英便说："你先说你怎样入伙，那陷人坑怎样成功的。赶快实说！"张二子便说道："我本来是做屠户的，姓姜，叫姜洪顺。因为强奸寡嫂，以致嫂子悬梁自尽。族戚邻里全不答应，我便和他们斗，失手打死族叔，捕捉入狱，判了秋决，恰遇皇帝登基，大赦天下，我的罪名减为发配辽东军台，到了辽东就逃军到努尔干，被番僧努儿马札收留。后来努儿马札受本镇挂印总兵官王仁规聘请当教授。将法术、剑术教给王总兵的公子王恩和亲戚武昌、黄义、呼延雄、柏叶青，几年间，都练得十分英雄，连我也偷学得不少的本领。

"王总兵弟兄两个，在边塞上委实没甚功劳。不过和女真人说得来，凡是他俩的泛地，女真人都不来扰。后来王总兵的哥都指挥王仁泽侵吞军饷案发，花钱弥缝了。弟兄俩就此回乡。因为在关外得罪的人太多，关内的仇家也不少，便改了名字，王仁泽改作王平伯；王仁规改作王平仲；王恩改作王惠；我也改名张二。从来不敢提关外回来的话。我是不曾赚得钱，王家哥俩却有八十多万两银子，还有不少的珍宝。人家称他王百万，实数还不止哪。照近来算起来，恐怕将近五百万了。要说准数儿究竟有多少，恐怕连他哥儿俩自家儿也说不上来。

"回来时，原想收手过平安日子的。不料瞧情形，若是闲住着，不容易对付那些瞪眼儿找钱的流民泼皮。王总兵的部下呼延雄、武昌等一班人就怂恿着立了这个小天堂。历年来做的是拐骗妇人女人出关，或做些黑买卖。因此和努儿马札勾成一气，内外通连。只要瞧中了那一份，任怎样都跑不了。地方上官府都有年敬节敬、炭敬、冰敬、下马金、脱靴金，而且送的不少，所以大家都有个关照。一直多年，从没扎过手。"

沈云英问："文家冤案如何弄成的？你知道吗？"张二子道："那算什么？这样的事，只好算个屁！哪一年不干那么七八件、十来桩！文家那老不死也太小气了！扔了万把银子，再花上个三几万，托咱庄主和官府一说，也给几文给官府，不就结了吗？自不识趣，要去禀辩。官府的事，有得你辩的吗？"

沈云英道："我是问你这事怎么起的？"张二子道："起初是有个文瑙才，和他哥哥文穆缅，托他寡嫂的老子叫什么'菲'，我可不记得了。他来给庄主说和开封文郁有仇。并说文郁是山西巡按文奎的长子、大将军文义的嫡嗣，家资无数万。庄主便设了个法子，诱他去孔林开矿，勾通官府把他押起来。后来，只换得文郁二万银子。那个文瑙才嫂子的父亲跑来要分。庄主说是原没说有份头给他的，自然不肯给。那厮就说是要到省里去出首。庄主便骗那厮来拿银子，夜里叫我们五个人一顿乱刀服侍了那厮。文瑙才等三弟兄得着讯，再也不敢来啰唣了。如今庄主已经和省里商量好，如果文家不拿出五万银子来，马上就要他全家的命，没几天就有一桩斩立决的案子，准备把文郁去陪斩，吓他一吓，让他早些托人送银子。"

沈云英问："那陷人坑里，究竟有多少人？是个什么情形呢？"张二子道："说到里面的人吗？内外共有二千多人。可是管事的头儿是十大将和江东八勇，还有四番教头、少庄主、二姑姑。其中要算二姑姑最厉害。中国师父外国师父也不知从过多少，本领是说不尽的厉害。据说有名的剑客只够她半下子打的。我曾亲见她把古坟上的一根大石柱就那么拔起来，一腿给踢成三段。要是个人，受她一腿可不成酱儿了吗？少庄主本领也不错。所有努儿马札的本领全都学会了，只差不会符箓咒语。那十大将里面山上山柏叶青、双刀武昌、白虹黄义、云中雷呼延雄，四个是打关外跟来的卸职军官，全是努儿马札的弟子。还有毛头狮子姬尚、镇河东万人杰、赤虎郝全、百斤刀赵鸿、力劈山项强、百足蜈蚣林定霸，都是绿林好汉，凭本领来投的。江东八勇，是盟兄弟姐妹八个，庄主重金礼聘来的，名叫活鬼章九思、独角蛇田魁、一片云刁子金、雪人儿钮云珠、花豹子任三娘、油溜鬼包芳、赛罗成罗永、千里风孙书，都是枪、马、弓、刀，般般精熟的有名武师。在山东设场授徒时，连山西也去千多人，拜门学艺。钮云珠、任三娘两个女子，更加出色。一个飞刀，一个铁弹，百发百中。再就有护庄四大剑客，擎天柱黄元吉、大铁棒吉永昌、白额虎何筹、出水蛟吴祥。另外是和我同辈的八路小头目，兼探路望风，各管一百精壮快马，四处访查生意。

"说到庄里，可有闹儿了。那是师爷小刘基刘采，老师父云中龙欧阳齐两人的心血造的，再巧也没有了。欧阳老师原先本是铁匠，后来又做猎户头脑。所以善于做消息、设埋伏。曾经造过一个铁人，能拿刀追人砍杀，也曾设阱圈过最狡猾的白狐。两河几千里，都知他的厉害，是著名的巧手神匠。老庄主兄弟二人亲去求请得来，代盖这庄子，从外面水里直到里面，安着许多消息子，埋伏许多毒阱，还有迷林。任你如何走也转不出去。据说就是从前祝家庄的遗法，变通着造的。设下陷坑窖井，比祝家庄还厉害。全庄子算起来，委实比从前水泊梁山、金塘瓦岗还强盛几十倍。在庄内称庄主'大千岁'；二庄主是'次千岁'；小庄主是'世子'；二姑姑是'郡主'。不许乱叫的。"

沈云英问道："那么，你们自家人出进时，不怕触着消息，误踏陷坑吗？"张二子道："都有记号的。水里的记号最容易，凡是有浮萍处近不得。旱地有竹处不碰；有门帘的门不走；有碎瓦的地不踏。庄道是栽着枣树处转弯，方向是从枣树倒数第三层枝上瞧出，指左转左，指右转右。平日都扭治好了，不会错的。若照大路走，就跑入死坑了。"

沈云英问："还有什么消息吗？"张二子摇头说："没有了。"沈云英问："屋里呢？"张二子道："屋里怎样，我不知道。外面屋子是没有消息，里面屋子只有庄主、少庄主、二姑姑明白。旁人都不知道有没有安上消息。再就师爷或许知道的。老师父是甭说，屋子是他领人造的，他是没有不懂得的。"沈云英再追问，于乘使香威胁。张二子只是摇头求饶说："的确没有了！就弄死我也没得说了。我这全是实话。再要逼我，我只好造谣言、说谎话来搪塞。你们上当时，可别怪我。"

沈云英拿文申录供单一瞧，觉得不像假话，如果说谎，不会这么有条理，便叫："把这厮锁起来，待破了陷人坑再发放。"方玉华听得，转身扑通跪下说道："求各位恩姐，念我微劳，断送这贼，给先夫……"喉间哽咽，泪如雨下，再也说不下去了。沈云英连忙挽起方玉华，附耳说道："他口供恐有不实，待我们探过陷人坑，有不对处还要问他。如果再没不对，一定给你报仇，谅他插翅也飞逃不了。你放心吧。"

方玉华泣拜起来，说道："听这厮口供，倒是实话。和平时在家中漏出的言语，不差什么。这厮曾酒后乱说：'庄里什么他都知道，只有上房内室和库房仓屋一带不知道。'我因随处留心，要报仇，便顺着话套他：'您这般走红，常说是庄主齐关外带来的亲信。原来也见得一般，也有不知道的密事，还吹什么红人呢？'那厮急了，就嚷：'你们娘儿们知道什么？那地方只有他们自己亲人才能进去。我们也不能在里面屯驻。自然不必知道。哼！别说我，十大将也不大清楚哪！不是他王家骨肉的人，恐怕只有二姑姑能够详晰。'足见这厮是有不明白处。"

沈云英问道："那二姑姑不是王家骨肉吗？"方玉华方待答言，秦良玉早接口道："我方才不是告诉过您吗？"沈云英方才记起秦良玉来时所说的话。秦良玉又问方玉华："那二姑姑真能全知道吗？"方玉华道："听说是知道。"沈云英问道："那二姑姑究竟是怎样个人啦？"方玉华道："听说是大庄主的女儿，比小庄主小，所以叫作二姑姑。张二子又说是大千岁抚领的女儿，不知究竟是怎样的。"

秦良玉接着说道："我知道。这女子，现在姓王，名龙，绰号小玉女。其实她是姓龙，名启，字启章，湖广长沙人。她的父亲是个佐杂，解饷出关，死在剧盗王仁规之手。那时王仁规朝兵夕盗，横行不法，无人敢问。龙启的伯父是个知县，正做商城县实缺。龙启襁褓随母投奔伯父，伯父无子，便抚养龙启为女。那年，正值土寇煽动饥民，借着放赈不匀，攻破商城县城，知县殉难。王仁泽那时已做土寇首领，和妻子母狮子胡氏打入县衙。这龙启的母亲和她伯母妯娌俩一索双悬，尽节而死。乳妈潘氏抱着龙启躲在马厩里，被贼抓出来，见了胡氏。胡氏一见孩子生得如玉如晶，十分欢喜，便要抚为己女。乳妈潘氏受主母临终重托，要保住这孩子的性命，将来为父母及义父母报仇，只好屈从。所以龙启的仇人就是现在改名的王平伯、王平仲。不过王贼还不知劫饷杀却的佐杂是龙启的父亲。胡氏抚养着龙启到五岁时，恐她得知前情，便要把潘氏乳妈害死。幸而潘氏在王家做人好，时常排难解纷，救过一个跑上房的小厮王福。王福曾碰碎胡氏心爱的花瓶，本要打死，是潘氏给求下来的。这种事在王家是天天都有，打死也不知多少，谁也不会撂在心上的。王福却是十分感激潘氏，暗地里认潘氏做义母。王家规矩，奴仆结党的处死，他们义母子自然不敢声张，胡氏要害潘氏时，已忘前事。就差王福，要他把胡氏弄到庄外去弄死，别让庄上人知道，免得将来传得二姑姑知道。王福就心生一计，设法报恩。面子上骗潘氏出庄去烧香。暗地却把潘氏送到自己家里。回报说'在山坳里弄死了'。哪知胡氏要派人验尸，王福知道事情会穿，只得硬着头皮答应。好得胡氏不愿多人知道，只派一个心腹丫鬟同王福来瞧。王福暗藏利刃，诱那丫鬟到山坳里，从背后一刀刺死了那丫鬟，从此逃走。那胡氏虽知潘氏没死，四处搜寻，毋奈觅访不着，龙启却天性淳厚，日夜哭着潘妈，据说至今没忘却。潘氏也舍不得这孩子，死也不肯离这附近，要待机缘，叫醒龙启为父母报仇。王福也好，竟依从着她。异姓母子二人，先是匿居深山，樵薪度日。后来盗贼蜂起，山为贼据。潘氏、王福都被迫为盗贼执炊洗役。有一次龙启出外打猎，潘氏知道了，想着自己年老，难得待着，便扮作乞丐，拦路等待，想舍老命把仇情说清。不料被开道的揲打，不得近前。潘氏回来，整整地哭了一夜。正逢我和倪崇正（倪道）妹妹闻得。那山有盗窟，疑惑和王贼有关。便去探山，听得老妇痛哭以为奇怪。便下去，缓缓地唤住她，赶急说明来意，使她不惊，才问得这段冤情，并且也是那时从潘氏口中探得王贼窟穴。那山上盗贼也和王贼有往来。所以潘氏得从王庄人口中探得些二姑姑的讯息。可是潘氏母子，惧怕王贼不敢出山，那山贼又是不能劝得反正的。潘氏虽惊服我俩的本领，肯把实情说出，却年老多疑，不肯跟我走。所以我为这里事着急，特来问讯，就重托倪崇正妹妹办这事去了。"

沈云英等这才明白这里面的曲折。文平道："这么说起来，那龙家姑娘还不知亲仇，可怜还在叫不共戴天的仇人为父母哪。只是秦姐怎样不对潘氏说明白我们代她报仇，请她来此呢？"秦良玉道："我什么都说尽了。毋奈她着了迷，相信天下没人能敌得过王家。只痴想唤醒龙启，使她在里面舍身行刺才能报仇。她在王家多年，所以她深信王家是无敌的。我那时想着只有我们几个人，决不能使潘氏相信我们能胜王家。似如今有许多人或者能使她放心些，那时我并想请她来，我代她送信。她说：'龙启性情极坚强，除非亲自对面拿她幼年时的事情打动她才行。旁人说得天花乱坠，她也不会相信的。'我想尽了，想到十二分无法才想到这偷劫的法子。倪崇正妹妹去了，准能对付得了的。这时三更已过。山里睡觉早，动手也早。倪妹大概就要回来的。"言未了，猛然一阵风起，灯烛一齐落焰，令人生惊。

第十八回

入龙潭深宵拯老妇
渡庄河危索仗娉婷

众人听了秦良玉所说龙启的深冤，方切同仇之恨。忽然一口冷风吹入室内，吹得灯烛挫焰成黲。急闪眼瞧时，原来是倪道正托着一个老妇立身门前。因她飘然急下，带着随身激动的风，吹入仓库屋里，以致压低灯烛。

众人连忙起身相迎。倪道问："有床吗？快交代这一位才好说话。"文斗忙答："有！有！您随我来。"便起身领着倪道，托着老妇，一同转过小苑，来到一间小房里，是广照给拾掇的一排卧室左首一间。靠窗有一排炕。倪道便将老妇轻轻地撂在炕上。

众人随到屋里。文平悄问："这就是那潘氏吗？"倪道点头低声道："咱们且到旁的屋里去说话吧。她还有一会儿才得醒啦。"文斗便领着倪道和众人到隔壁屋里坐下。秦良玉道："真亏您竟把她弄来了。"倪道笑道："喜得有人帮忙，要不也不能这么顺遂。"沈云英问："有谁帮忙呀？我正想着先时不曾同你去帮忙哪。您倒随处可以得着帮忙的，我真佩服极了！"倪道微笑道："哪里是本领？不过是人家为自家的事，我刚巧碰着罢了。"周兹急道："究竟是谁帮忙呀？闹了半天客气，还没知道是谁哪。"倪道接说道："还有谁哪！就是这妈妈的义子王福！"周兹又问："他怎么反而帮您忙呢？又怎么没见他呢？"倪道道："你们坐下待我从头说吧。这般问，闹一夜也不得明白。"众人便都坐下。

倪道说道："我头一次去，见这老妈妈真劝不醒，便到这里来了一趟。再去时，那王福忽然在外面待着我，一见我就喜得不得了，说我的本领是比王家那些剑客强些，他眼里从来不曾见过这般迅速的。便说：'这事您去，是可以有把握。'便和我商量把他妈劝醒。我便就势告诉他，文家冤案如何起，如今有许多人帮助报仇。本领比我强十几倍的不知多少。如果你助我们破了陷人坑，我们将王家的银子多分些给你，还要请文家照应你母子。王福也知道开封文家的声名，更加欢喜。便说他母亲善请是不去的，她胆小异常，非设法不可。我便和他商量，他说他母亲喜欢喝酒，越闷越喝得多。我只要把几句话打动她心事，她自然会喝得烂醉如泥的。我便要他如法炮制，他还求我千万别吓着伤着他母亲。我都答应了。他如法炮制，果然老妈妈醉了。我进去抱她，到她身边没酒气，便问王福：'怕没醉吧。'王福说是王家秘法，喝酒后，口里含葛花和桂花枝，就没酒气，我才放心。王福说他妈素没鼻声，又无酒味；不致惊触旁人，要我放心快走，我就走出房外。到林子里把马牵出，连秦姐的坐骑也带来了。王福在家里拾掇，他的牲口脚力不好，赶不上我们的坐骑，随后才来哪。"

秦良玉问道："那山上那群贼全没觉着吗？"倪道道："那山上今夜是黑象马昆巡山，那厮素来躲懒，合该我们做事顺遂，恰好遇着这巧。"沈云英道："那么，我们把这潘氏弄醒吧。"倪道道："且慢，她性子极倔强，待她儿子来了，再使醒酒药弄醒她不迟。"沈云英道："那么，就去两个人守护她，一来谨慎些，二来设或她醒来时，有人在旁。"倪道道："这却是要的。她住那山上名叫荆棘岭。大头儿叫野猪洪逵，二头儿叫无名火陈七星，三头儿就是黑象马昆。那陈七星最狡猾。他们都和王平伯、王平仲勾通一气的。潘氏昼夜愁哭，他们也知些风声。陈七星四处打听，想查得底细向王贼弟兄献殷勤讨赏。不过他只知道这母子二人姓王，还不曾知道内里情由，如今潘氏被我们弄来了，陈七星那厮一定猜得是和陷人坑有关的，难免不勾通王贼派人追寻。咱们虽不怯他，却是要施计策，总以不泄露为好。沈姐说是分两位过那边去守护，确实不可少的。"

于垂、于乘同起身道："各位今日都辛苦了。尤其是白姐、周姐两夜没睡，只我两个没做多少事，这事我两个干了吧。"秦良玉、沈云英、倪道一齐道："偏劳偏劳！"于垂、于乘逊谢一番，便起身过那边房里去守护潘氏去了。众人便在这边屋里坐待。

众人各自歇息了一会儿，只见小尼慌慌张张进来急急报道："外面有许多人叫门，还有个少年男子押着一头驮骡，在对面林子里窥探，不知是做甚事的。"文平道："待我出去瞧瞧。"白超道："我也同去。恐怕我们同来的人有赶到这儿的。"说着便二人一同出去了。周兹便起身紧带拭剑。秦良玉笑道："周姐！这时绝没外人来的。咱们改到这儿才得一天，贼人就是千里眼、顺风耳，也不能知道这么快，谅那厮断不会来的。"

正说着，只见白超、文平领着四个女子进来，后面还有一个少年短衣的男子。倪道、秦良玉认得是潘氏的义子王福，便引他到那边屋里去陪伴他义母。回身到这屋里来，和那四女子相见，才知这四人便是史瑯、史环、方瑛、方玦。四姐妹见了秦良玉，深致景慕，分外欣悦，大家开怀畅叙。史氏姐妹探得城中派了两个武官暗地带了几百兵，不知到哪里去，只知是向西去的。方瑛、方玦也探得此地有人散帖请绿林好汉聚会。大家照方向日期一猜测，正是那王平伯弟兄的小天堂。他们原和武营联结很深，绿林更是齐奉王氏弟兄为一方盟主。就这两事推测，王贼已经预备得很周密了。众人想着贼人已有完满的预备，若不及早下手，待他势力完全弄坚固时，倒不容易对付了。

忽听得隔壁屋里有说话的声音，料是潘氏醒了。秦良玉、倪道听清是潘氏醒了，连忙起身过去。见潘氏正在发怒，王福对着她左作揖、右下拜，嘴里乱求告。秦良玉便上前去，剀切劝说，并将文、倪两家和王氏有不共戴天之仇的情况，以及现在两家已经约定十几位女侠来，准备大战，决不怕王家厉害的言语，都告诉了潘氏，倪道又向潘氏告罪，且说出为要灭王贼的大事要紧，不得已而得罪暗中奉请。又请潘氏到这边屋里去和众位女侠相见。潘氏回想事已至此，自己也不知家在哪里，没法回去，只好答应。于垂、于乘见潘氏意已活动，便竭力怂恿她过那边去坐。倪道又向潘氏说："文家已经预备给你老拾掇一所房子，在开封城里请您母子去居住，由文氏供养您母子一辈子，断不让您着急！"潘氏听了，心中才得安适，起身随众人过那边屋里，和沈云英一干人相见。

众人不约而同地将潘氏一恭维。潘氏生平不曾受过人家这般礼遇，满心都是欣快。及见众女子都精明倜傥、活泼伶俐，更加喜悦。把那素来忧愁一般女子敌不过王家的心肠也喜忘了。坐在炕上，和众人攀谈起来，说了许多龙启幼年时事，并说："我和她分手时，她一点儿也不曾知道。我却是万种伤心，偏又不敢泄露。怕她知道一闹，我也脱不了身，她更没好处。只得硬着心肠，把她扔下。实在是我哪里撆得下哟！临走的时候，给她换衣，便暗地藏下她随身带着的一件东西。想着虽离开了她，时常把这件东西瞧瞧，也就如同见了她一般，稍许安安自己的心。"沈云英忙截问："是件什么东西？她可还记得这件东西？这东西现在还在吗？"潘氏道："是一件浮雕嵌珠九龙穿云白璧佩。她生下来时，她爸爸就给她佩在胸前，一直没离过片刻。我并且时时拿这东西做引子，叫她别忘了父母。后来到了王家，虽是怕旁人听得没敢再和她细说。但是她似乎很懂得。时常暗地里问我：'哟！给我这东西，还给我吃乳的那个妈呢？'我那时只好骗她：'你是吃我的乳呀。'她总是不大肯信，可怜！在那地方，谁敢和她说真话啊！她悟性记心都很好的，如今拿这佩给她瞧，一定还认识的。"说着便向贴身里衣掏了半晌，才掏出一块镰形玉佩，递给秦良玉。

众人围着瞧时，是一块素白晶光、毫没瑕点的玉。厚若二分，上宽一寸，下阔二寸。上端正中有一个圆孔，穿一条金钱小绳，已经乌旧了。正面雕琢九条龙，穿在九团云中，圆孔下面嵌着一颗长大滚圆的赤红珠子。背面雕着"毋怠毋荒，毋逸毋忘"八个篆文，都是浮雕，异样古朴，只就那一颗火珠，价值已难估计。足见是龙氏传家之宝。

当下众人商议怎样着手。秦良玉先说："瞧那厮增官兵、聚绿林，一定不怀好意，我看将来恐怕要动兵才行。"周兹道："这倒容易，我爸爸那里有的是兵，调来就得了。"沈云英笑道："周姐别说得太容易了！我也知道老伯手下现有整千的团防民壮。不过隔着这许多路，怎么得来呀？"周兹接言道："那有什么为难的？有阻拦的，打过来就得啦！"白超道："不是那么硬干的，咱们不能和天下官兵作对。"周兹道："咱们又不造反，只剿贼呀！"秦良玉道："现在官兵不讲理，你和他闹不清的。分明他不剿贼，你要代他剿贼，反要说你多事，拿你当贼剿哪！"

文平道："甭争，我有个方法，如今还不一定要用兵。如果要用兵。周老伯仗义来帮助时，我倒可以保得这些兵平安过来。"沈云英问道："用什么方法呢？不妨先说出来，大家商量，瞧能办吗？得找个方法，也免得将来用得着时慌张无策。"文平道："有个绝妙的法子，咱们申姐丈许指挥正奉令征取卫所壮丁援辽，只须申姐去讨一角公文，说是援辽征丁。不就平安过来，谁也不敢阻挡吗？"众人都道："这法子绝妙！"文申道："这事要行就得快。我听得外子说只差八天限期了。"秦良玉道："这时天将破晓了。咱们今夜去探陷人坑，瞧情形如何。要是非用兵不可，明日便去乐天庄请援。周老伯已差周姐和三位高徒来援，断没不肯发兵之理。就算有一两天耽搁，也用不着八天。日子是来得及，没什么紧要。"

文申道："既是这般，天一明，我就回去取公文，大约今晚可以赶回来。使得着，便填上人数，立时派去请兵；使不着，就搁下再说。要待今晚探过陷人坑再去时，就白耽搁一天了。"沈云英道："您一夜没睡，未免太辛苦了，并且听说来回有三百里呀！您非用凌地飞腾法不可，不是更过于辛苦吗？歇一天再去吧。"文申道："不打紧，我那牲口一天能走四百里，急点儿五百也成，至于一两天不睡是常事，没什么要紧的。"文平笑道："申姐！您在姐夫一处时，时常一两夜不睡，是不是呀？"文申使食指刮着面庞，羞着文平道："亏你说得出，哼！还是姐儿哪！你怎么知道的呀？"羞得文平闯入文斗怀里嚷道："大姐！您瞧！申姐欺负我，您不揍她！"文斗笑道："别孩子气了，谁叫你惹她哪！她是有刺的，惹不得的！"说得众人一齐哄笑，连潘氏也忍不住大笑起来。

广照亲自送点心出来，和众人应酬了一会儿。众人都吃过了，便向一排卧室里，分床歇息。各处自有道婆、小尼守护。文申一到天色微明，便策马回家去了。众人直到睡过午觉，才陆续起来，各自梳洗盥漱，拂拭兵器，整洁衣服。

申牌过后，文申已经回来，取得一角援辽征丁，赴省归队，仰沿关津渡口文武官衙即予放行，毋得留难的公文。众人大喜。文申道："这里面，他一定要填个数目，我说：'不知道多少，不许填。'他不奈我何，只得由我拿来了。却说：'究竟有多少人得通知一声。设或有人来问时，好答应。'"文平笑说道："他是谁，谁是他呀？"文申回头道："你管呀？总不是你的他就结哪！"文平羞得抱头就跑。沈云英笑道："小妹妹真调皮！口齿敏捷，心思伶俐！真活泼惹人怜爱！"文斗也笑道："这小妮子，就是嘴快，时常自讨苦吃！"文平忽然闯进来，指着文申道："您别凶！回头告诉你老公！"惹得众人又大笑。

一时，夜饭摆上，众人饱餐一顿，便各自换衣。文斗叫小婢取出许多软金甲和弹、石、镖、矢、袖箭、铁丸、飞刀、钢针等等暗器，送到各人跟前，说："这是咱家几代监制的，比平常东西中用，请随意取些，带在身旁备用。"众人瞧那软金甲实在是制得十分精巧。能大能小，周身都是铜线缠绕成圈儿，连环套成，真是刀斧枪剑都不容易穿透。即使扎进，也比只穿扎紧丝袄要浅许多。确能保得颈项以下不受重伤。众人便各自取了一副，还剩下许多副。又各将暗器带足，方才到外面禅堂里会齐。

众人互视都是五颜六色的袄裤，一色扎胸束腰，包头裹腿。尤其是文、符两家姐妹都是新制，分外鲜艳。文斗托广照照应潘氏和方玉华，看守张二子，锁紧门户，勿让人出入。并嘱咐王福小心守护，待回来就叫人去收拾开封房子，给他母子居住。

叮嘱完毕，叫道婆掇过一只大盘，盛满酒盅，另有一把酒壶，文平接过托着，文斗一一斟满，向众人道："今日之事，全仗众位大力！愚姐妹铭心刻骨，不敢以口头泛辞相渎，愿进此爵，慷慨屠贼！"众人齐声道："敢不蹈力擒渠捣巢者，有如此酒！"各位取一杯，一仰而尽。白超接过壶来道："超不敏！借花献佛，为先亡父、先亡母叩谢鸿施！"说罢也斟了一巡，众人都说："仗在天之灵，歼厥渠魁！"各饮了一杯，潘氏在旁相送，见了也颤巍巍地上前接壶道："老妇也来敬一杯！祝各位姑娘旗开得胜，马到成功！龙启能托福脱苦海！先主人也感激无尽！老妇磕头了！"一面说着，一面斟满了酒便拜下去，秦良玉连忙挽住道："我们今日为三姓报不共戴天之仇，为万家除蔓草难图之害！皇天后土，实式凭之！"立起身来，和众人各取一杯，一饮而尽。

三爵已罄，只听得一阵声叫道："走！走！走！"接着"嗖！嗖！嗖！"风响处，堂中已无一人。但见微月悬空，阵阵清风拂得梵宇檐铃叮当作响。广照错愕多时，才叫王福挽着潘氏，陪着方玉华，一同踏着月影，回方丈去了。

众人动身离庵，便分作三路，文斗和文申、文平为先锋，于垂、于乘接应；秦良玉和白超、周兹为中坚，沈云英、符中接应；倪道和史瑯、史环为断后，方瑛、方玦接应。按秩序，穿出树林，径上大路。因为相离不远，都不用坐骑，直扑奔小天堂来。

一霎时，先锋到了庄前。见沿绕着一道窄河，流水潺潺。庄门上大灯映入水中，好似一条金蛇在水中乱滚，遥望庄门紧闭，静寂无人。冉冉地传来更锣，点梆当当嗒嗒，正打二更。霎时间，中坚、断后两路都到。文申悄说道："时候不早吗？"周兹道："过去再讲。"秦良玉道："上后找找可有窄处，飞渡过去！"史瑯道："渡过去不难，只是此处太当阳了，到侧面去吧。"

随后便都向南绕到庄侧，见庄墙巍峨，俨似城垣，只少雉堞，一般也

144

有敌楼、望台。秦良玉道："就打这儿过去吧。待望台上察觉时，我们先有人上去了。"史环道："不大要紧，待我们来。"便向方瑛、方玦道："可曾带着绳索？"方瑛点头。史环便道："您俩在这边吧，我俩先过去。"方玦道："随便怎么都好。"史环便叫方瑛取出绳子。方玦道："用双的吧，单的只有我们好走，各位走却要稳一点儿才行。"

史瑯、史环两人带住四条绳头，取出水衣罩上。顺着岸，向水中一溜，水面上一点儿响动都没有。但见四条绳子渐游渐长。远一点儿就瞧不见什么了。一会儿见对岸略略一动。这边方瑛、方玦忙将身一起，向后一仰，将绳拉直。原来她们四人把四条绳并作两合，上面两条分开，下面两条并在一处。方瑛、方玦便要众人踏绳过去。沈云英为首，两手分握着上面两条绳，双脚踏在下面两绳并合的绳桥上，借着势，如飞地过去了。秦、周、符、白、倪、文、于等众人随后都过去了。方瑛、方玦方才换水衣下水带绳头过去。四人将绳分开，各人收好，卸了水衣。沈云英悄笑道："今日没您四个，就别想过来。"方瑛笑道："这是伍德教我们偷大户的法子，不想也有用处。"方玦道："水底有滚刀、刺轮，我们几乎碰上，进去倒要小心。"秦良玉道："别耽搁了，进去吧。"

便依然照原来分三路，文斗首先踏上庄墙，正在望楼之侧，闪身向望楼内一瞧，有三个人正在打蟾吊，便招手叫文申、文平过来，附耳低说一个"捉"字，二人会意，一同扑入望台。一人揪住一个，"唰！"亮出利剑，吓得三人神痴心呆。正在打蟾吊时，不知怎样会有人捉住的。文斗也不和他多说，掏绳就捆，割衣堵口。抬掇好了，扛出外面来。那两路已都上来，于垂、于乘便将那三人运出墙外，悄悄撂在河边，再寻石头缚上，沉入河中。

文斗方要率众下去，秦良玉悄道："我们分开吧。"又都点头答应。秦良玉便向两旁一指，文斗即向左首去，倪道率领史、方等四人，径向右首去。三路同时并进，齐向屋多处走去。

秦良玉领着白超、周兹前行，沈云英、符中随后。五个人真是艺高人胆大，不问前面如何，只记着有竹不碰，有碎瓦不踏，转过两个墙头，遥见一碗红灯高高点在空中，秦良玉指给众人瞧，周兹便想掏镖打去，秦良玉连忙拉住，附耳说道："这是贼人燃的天灯，要不就是号灯，如果打灭了，那厮就知道有人来了，反为不美。而且镖打太远，一个失准，反惊动

145

人。"周兹道:"这东西照着讨厌。"白超便拉着周兹伏身翻过屋脊,径到一个树林里。

忽然听得一阵喧哗,秦良玉连忙伏身四望。周兹道:"他们干起来了。"秦良玉忙摇手要她不要出声。白超缓缓爬到树枝上一瞅,见火把光中,许多大汉亮着刀枪,簇拥着一个绳捆索绑的人,推着,掇着,骂着,嚷着,一直投东去了。便下树来,悄悄地告诉秦良玉。秦良玉道:"大概又不知是哪个倒霉的撞到那厮们手里了。"

正说着,听得人声已近,知道绕到近边上来了,便一齐闪入树林深处,记着枣树枝转弯的记号,稳身在大树干后。只见大群人吆吆喝喝,如飞而去。五个女侠留神一瞅,只见那个被绑的人满额是血,两口角还沁沁地流血不止,不由得满心发火,便从林中暗跟下去。才行得几步,猛然听得嚓啦啦一声巨响,震得人两耳欲聋。

第十九回

并力奋斗群英努力
惊心往事一女伤心

秦良玉听得响声，忙顺着那声响来处，急扭头瞧时，却是文平踏着陷坑，身子欻地朝下沉。秦良玉大惊！在这千钧一发之时，要过去救也来不及了，只骇得脱口叫声"哎呀！"声未了，猛见白光一闪，凭空将文平提离了陷坑，不觉得又倒抽一口冷气，咦了一声。连忙定睛瞧时，却见白超耸身平跃，打秦良玉头顶蹿过，到陷坑边，一脚点地，一把抓住文平，复又跃起，才把文平提出陷坑。一瞧那坑中白刃上指，如刀山一般，文平也觉心寒胆栗。

秦良玉等都过来，见文平毫未受伤，都佩服白超身轻手捷，功夫深湛。文斗摇头吐舌，道："今天幸而有白姐！"文平便接说道："今天要无白姐，你们又要多报一重仇了！"符中笑道："平姐！别只逞利嘴，求您小心些，别再大意瞎撞来吓人了。"文申也道："她只要一张嘴强过人，哪有工夫顾性命！"于垂道："快别声响，不比在家里哪！"

一言未了，林子里猛然一声大喝道："好贼子！竟敢到文庙里来卖《三字经》！别走，留下脑袋去！"众人急回头瞧时，是一个五十多岁、黄面扁鼻蓬头鬈发的肥大婆娘，手舞一条月牙铲，连身滚将过来。后面随着一个妙龄女子，长脸阔口，圆眼尖颏，浑身紫绸，手舞衮龙钻，背负飞剑，昂然挺立，并不向前。

周兹还没瞧清楚，早将剑一横，闯身低扑过去，一剑挑开月牙铲，伸手向前一突剑光直刺那婆娘咽喉，那婆娘叫一声："来得好！"将铲一竖，霍地磕开长剑，向周兹狞笑道："叫你认得母狮子。"白超在后面听得知道是有名的母狮子胡氏，记得这婆娘力猛艺高，恐怕周兹有失，便乘她正在全力对付周兹之时，托地飞身冲起，向胡氏头顶落下，横身空中挥剑劈顶。这一招武师们叫作五雷劈顶，是最厉害的解数，连身带剑一齐压下，叫人无从防架。

胡氏一心正对周兹，忽见眼前白光一起，头上似有微风，知道不好，急将竖着的铲向地下一拄，两手着力，撑着铲柄向旁一跳，让过剑锋。白超见胡氏如此迅捷，便一足落地，右臂一伸磨成一个大旋圈。向胡氏腰间横扫过去。胡氏从没见过脚才沾地，剑已出手的招数，不免吃了一惊。扭腰一闪时，白超剑快，已刺入胡氏腋间。哗哧一声，把胡氏衣襟给划开一长条。文斗、文申、文平见了，拥着周兹，一齐上前蹿隙攻。胡氏大叫："来得好！再多来几个！"也不顾衣破肉露，一心抢开月牙铲，团团狠斗。

秦良玉暗向沈云英、符中使个眼色，便绕过人圈，直向那少女进攻。那少女要开枭龙钻，左手便反向肩头，拔出飞龙剑来，占住地势，身后靠着大树，分敌两面。秦良玉首先扑近斜一剑，逼住她两般兵器，笑颜问道："喂！您可是王平伯的女儿王龙吗？"少女答道："你既知道，为什么来太岁头上动土！"沈云英接言道："我们是来救你的，你不要错会了！"王龙怒道："我有什么要你救的？"拿出钻来，猛向沈云英刺去。沈云英挥剑架住，道："我们是不想杀你，你别糊涂！"王龙喝道："你才糊涂！"抢钻又刺。符中上前架住道："喂！你想，我们要杀你，方才两次逼住你的兵器，旁边老早就暗算你了。为你也有冤！所以不攻你。"王龙瞪眼叫道："我有什么冤？别巧言惑人，看剑！"要抽剑时，秦良玉仍逼住不放，却掏出一方九龙白玉佩来，向王龙面上一扬道："你的冤仇只问它。"

王龙一眼瞧见这方玉佩，顿时心血潮涌，几乎昏晕，连忙镇定心神，强自支住。秦良玉便向沈、符二人使个眼色，三人一齐收剑抱入怀中。三方守住，瞅定王龙，却不进攻。王龙自己拼命镇住那颗震晃晃的心，见三个都瞅着她笑，觉得这事奇怪，再一转念，仔细一想，便冲口而出叫道："呀！我从前有个乳母，忽然不见了，大概是你们骗去谋杀的，却今天又来骗我了，是不是？好贼！我给你们拼了！"说着剑钻齐起，向三人扑来。

秦良玉连忙挡在前面将两般兵器绞住，叫道："你别乱想，我们如果杀了潘乳母，今天还肯告诉你吗？你不必性急，我明天晚上把个活泼泼的潘乳母送到你屋子里来，你自己去细问，就知道了。"王龙这时心中恍惚迷离，若隐若现地似乎想起许多事来。手中兵器虽然收回来，却没气力使出去。秦良玉趁势悄声向王龙道："你目前处境异常凶险！万不可露痕迹。我们为保你平安，什么都能办到的，我们如今诈败走了。待你的乳母送到时，问明白了。你要报仇，我们再来助你。只是你如今须十分镇静，仍去把母狮子救出，才能免疑险，明哲保身。"王龙问道："你们几位的姓字，可能告诉我？"秦良玉便低声说了三人姓名。立刻虚晃一剑，回身便走，王龙追了一程，果然丢却不追了，转向胡氏那边走去。

胡氏这时，力战文斗、文申、文平、白超、周兹、于垂、于乘七个，盘旋招架，喊声如雷。胡氏的月牙铲，器沉力猛，扫过去，剑挡不住。众人只四面环攻，腾挪闪躲。战了多时，胡氏身上束带已被乱剑划断，伤及肚皮，仍不稍退。及至王龙冲进来，众人分神抵御。秦良玉和沈云英、符中也加入，和王龙叮当相碰，斗了一会儿。

秦良玉正待回身关照众人退走，猛然听起一阵锣响，四边喊声乱起。但见火把耀眼生光，人如潮涌，再一细瞅，却是倪道率领史瑯、史环、方瑛、方玦如飞地前奔。后面却是四个番人和江东八勇，十二个人奋力追赶。两头一丛灯火光下，一个冲天高汉，正是王平仲领着十大将夹攻过来。

秦良玉心知这五个人绝抵不住这二十几个悍汉，便向王龙喝一声："我去了！丫头别追！"掣身便走。沈云英、符中跟着退走。王龙果然不追。胡氏见了，大叫："龙儿别放走这伙恶丫头！"王龙答说："我来助妈打翻两个！"便径向这边打来，却反而和文斗、文申混缠。文斗、文申虽不知她已变心，却知她就是龙启，不肯尽力伤她。

秦良玉过这边来，一摆手中剑，便向王平仲冲去。两边一闯，一场混战。那十大将挡在前面，秦良玉将剑向那打头的力劈山项强的颈间一刺，项强头一偏，秦良玉一挺身，向前突过项强身边抹过去，连向后边的万人杰、姬尚两人，每人一剑。待两人都架时，秦良玉又掣身回来向项强背上一剑。这时这群人究不知她对哪一个来，一时大家都慌了。项强尤其被秦良玉身边擦过，骇了一跳，心还没定，剑到时，没及防备，早背中一剑，扑身栽倒。

秦良玉大叫："众姐妹！走呀！甭缠了！"众人便一齐回身，扑杀过去。王平仲性命要紧，见这大群人扑过来，便闪身一让，众人已杀入那八勇十将丛中，直向外冲，锐不可当。方玦当先杀出，众人随后一拥而进，

149

突过重围，如飞地向庄门急奔。

方玦先出围来，一时大意，忘了墙根不能踏的话，一脚踏去。哗嚓一声响，地板忽地翻动，方玦一腿已被滚入坑中，身躯已经蹉斜。赤虎郝全赶上去抢起大锤，照顶就盖。方玦大惊，下已失势，上无可架。正在瞑目待死之时，乍听得一声大喝，顿时锤被磕飞，人被提起。方玦双脚落地，闪眼一望，却是秦良玉一手挥剑，架开锤，一手便把方玦抓起，才脱了这一场大险，却是方玦右脚肚的软甲已被滚轮完全滚去。

这时，王庄四剑客黄元吉、吉永昌、何筹、吴祥四人拦门守住，截庄门紧闭，秦良玉当路看见，便待单身冲去。沈云英拉住道："那厮四人守关，我们五人冲去，一人对付一人斩关，就伤也不能全伤。"秦良玉一想比一人独闯有把握，便道："哪四位随我来？"顿时七八个人应声要去，沈云英忙叫："别争！白姐、周姐、倪姐和我保秦姐斩关；各位预备出关抢桥，是一般紧要的。"

白超、周兹、倪道连忙向前，后面喊声已经迫近。母狮子当先如疯虎一般扑来。秦良玉吼一声，抢剑直抢过去。沈云英、白超向左，周兹、倪道向右突过去，一人对付一个。早将黄元吉、吉永昌、何筹、吴祥四个逼在庄墙上，乱刺纷砍，逼得四个人动也不敢动。秦良玉乘空吼一声，扑近庄门，手起一剑，同时一抬腿踢开庄门，猛然跃出。史氏、方氏姐妹四人，随后赶出，照定庄桥拉索，四剑齐下，磕呐呐，啦嗒！绳断桥落。沈云英等瞧见，便和文、符四姐妹一同冲出庄门，直上跳桥。

于垂、于乘落后，被守门四人围上。于乘急了，掏一把钢针，撒手砸出。于垂见了，顺手摸着铁弹，扬臂就打。霎时连伤黄元吉、吴祥两个。于垂、于乘见后面追的已到，不敢恋战，抽身便走。这庄外许多人见于氏姐妹已经出来，无用顾忌了，便各掏暗器，弹如飞蝗，镖如骤雨，袖箭、铁丸如雨中夹雹，蝗群裹雀，直向里射。母狮子扑近当门，正撞着一排暗器初到，母狮子衣破肉露，连中四弹一镖，鲜血溅洒，支持不住，朝后便倒。许多人追到门边，见母狮子流血仰跌，以为重伤，且一时不知生死，不免大惊，连忙四围扶持住，簇拥回向里面，不敢再追。秦良玉率众人到了树林子里，翻过山岗，到岗边丛莽里立住，向众人道："这事非调兵不可！瞧我们今天进去出来，要不是有她姐妹四个会水，怎得进去？要不是有四位姐姐拼命夺关，又怎能出来？这非得调兵来，攻开庄门就守住庄门；攻进林子，就守住林子，才能进退有路，不致全陷在里头。"

沈云英道："不是我长他人志气，他们人多，我们人少，再加庄丁来围，我们不能有余力照应那么多。至少也得比他们多几个才行。"周兹道："我家里还有黑姐姐、来姐姐，长辈有我爸爸和黑大伯都能来。兵也有，我马上就去叫他们带兵来吧。"文斗道："我们的干哥、哉弟都可以找来。"文申道："要是缺人，我去叫我外子来，不怕他不请假。"文斗道："他是命官，犯不着来暗干。要因此坏了官，更对不起他。"文申道："拿住姓王的，正好叫他现任官解去。而且他受我文家厚恩，既不能在官场帮忙，叫他出力也应该。就是扔了这芝麻官儿，原就不值什么，有甚要紧？"

秦良玉道："既是这样，就别空议论，快求实事。马上就分头干去。"文平道："哉哥、干哥，早甭在省里了。如今知道仇人在此地，他俩守在省里干吗呢？既不能进监牢去探望，守在那里没用处，不如到这儿来帮打几仗，痛快了事强多啦！"沈云英道："甭多说了，回去照着干吧。"文斗也说："甭站在这里了，回去吧。"便拔步导领着众人回上林庵来。

回到庵里，各人盥洗，换衣服，拭兵器，忙了半晌。广照领着道婆四处照拂。方玉华也帮着伺应。秦良玉便要分头做事。文申便道："我甭回去了，只须飞符召将，一张条子去就来了。"文斗道："干哥俩也只须去一个家将就得。"文申道："叫他骑我的牲口去好快一点儿。"白超挺身起立道："均州一面，我去吧。照说周姐去自然比我强，但是周姐步下没我快，还是我去一趟，明日就可以先同黑杰然、来宗宋（来猎）先回到此地了。"周兹道："白姐去，比我去更好，我爸爸最信她的话。"秦良玉问道："乐天庄里甭留守吗？"周兹道："那个千总陈因仁还带兵驻在洼里，暂时可以托他代守的。"沈云英道："既是这般，事久生变，快走为佳。"文斗便叫家将文升乘文申的牲口，去请二姑爷。又叫家将文禄去省城请文干、文哉立刻就来。白超辞别众人，也不骑牲口，展陆地飞腾法，如飞而去。众人直送到门外。

次日饭后，众人方在坐谈，文斗和文申正在清查盔甲军器，计算人数，有不足或全缺的都给预备。战马鞍辔都一一清查，务求有余，以防不测。文平帮着计算银钱，并准备兵马到时的犒赏粮草。且暗中将府中马匹、军器、帐篷等项凡有存的，都准备陆续起运前来济军用。文太夫人并差家人来传谕说："我文氏本武侠世家，祖宗素以仗义训子孙。今日为世仇，为民害，儿辈理当体先人遗意，奋身努力。既倾家荡产，断腔亡身，我无悔怨！既死亦含笑九泉！如有畏葸退缩，或悭吝害事，既非文氏子孙，勿再见我！"文斗均恭敬领训。家人并交出第一批解到白银一万两，随带家将二十人。文斗等一一点收，并事事从丰，大行采办。

这一来，四远八方做买卖的都奔上林庵，路上送货送粮的络绎不绝。讯息早传到小天堂王家庄来。王平伯便请集众人前来商议大计。番僧努儿马札首先告奋勇说："愿率八个弟子前往上林庵，杀他个一干二净。"王平伯道："这办法不妥！一则，这伙人不是那么容易对付的；二则，上林庵不是文氏一家的家庵。如果伤及尼僧，损及庙宇，开封绅士全要过问，那般文癖，却不易对付。要去攻打时，至少要报名都指挥司，说上林庵是纳匪藏奸的巢窟，请兵去剿，我们只从中暗助，才堵得绅士的嘴。"王平仲道："那么，我今天就写信给都指挥去。"王平伯道："这是一条道，可以既行，但是太缓，恐不待办好，文家又来闹了。"王龙道："他们是暂时驻扎，随时可以移动的。我们请兵去时，那厮倒迁走了，怎么办呢？"

山上山柏叶青道："这办法可以一面照行。那厮移动，只要兵已发出，可以赶剿的。不过缓一点儿是真的，须另筹一条快些的计策。"双刀武昌道："我倒有一条妙计。"王平伯、王平仲齐问："有甚妙计？"武昌道："我们放出谣言，只说庄上要派人去省里，帮助官府监斩文郁，那厮们一得这信息，一定都去劫法场，咱们就在路上埋伏着，揍他个干净。"小刘基刘采笑道："这是不行的，文家非等闲人家，音讯不弱似我们，骗他不动的。并且他们功臣之后，家族众多，决不肯劫法场造反的。再说他们即使受骗上路，去图急救，也必寸寸防备，绝不是那么容易揍干净的。"

欧阳齐道："还是军师爷设条妙策吧。"刘采捻着嘴角上羊角短须，两手指直搓着，点头说："只有两个法子，他们不来则已，来时把他们引到后面去坑他，这是一法；再就是那厮们任怎么凶狠，总不能有兵。我们四处探听，截断他们的银，烧毁他们的住处，使他们一无办法。连救文郁都无从救。他们无兵护送，自然成为死路。再说他们无兵来攻，本庄四面环水，他们即使进来，也无法占守庄门，我们只要紧守庄门，他们至多能够闹一场，还能破得了吗？光几个人仗剑来闯，守不住退路，是走死的，用不着怕的。"

王平仲道："那么，就请军师爷调度吧。"刘采便和欧阳齐商量。随即调度四剑客守庄河外门；江东八勇守内门树林；十大将分巡四方，兼中央通信；四番将专管四面暗器消息；两庄主和少庄主主持中央；大夫人、二姑姑、大法师和欧阳老师守内室，军师照应各方各路。当即调派停当，各按方位。

王龙本来神思不定，在厅上就坐立不安。出了厅堂，回到自己屋里，总觉着心意不宁，又好像有一件要紧的事不曾去做一般，忐忐忑忑地放撂不下，便歪身向床上躺下，心中沉沉地回溯幼年时情景。起初时心中憧憧憬憬，觉得印象模糊，不大记得。再定心一想，想起幼年时乳母处处保抱护卫，暗地里时常叮嘱的言语，还有一两句记得的。重复溯想到以前，记起乳母时常哭泣。每每半夜里抚抱着，热泪淌到自己身上，时常被泪滴醒。小孩儿家只知陪着她哭。如今想起来："哭什么呢？为什么要背着人半夜里哭呢？甭说一定有不能使身边人觉着的伤心事了……"这般苦苦地追忆，差不多凝想到神痴心醉时，猛然觉得眼前红光一闪，突然想起幼稚时，曾从遍地血海中藏躲过。由此心中豁然一开，忆起潘氏乳母曾抱着自己躲在马厩里，在马粪草后索索地直抖。那时想哭，小嘴儿被乳母掩住，出声不得。还记得马粪臭味难当，却为什么狼狈到那般情形，再也想不起来了。

想到这里，心中一阵悲惨，两眼里不由得辣辣地激得扑簌簌泪如雨下。满腔无限感伤，无穷幽怨，却是自己也不知所为何来。哭了一时，想着："如果有人来瞅见，成个什么样子呢？拿什么言语敷衍人家呢？说不定还要笑我小孩儿家怯敌哪！"便掏出一方紫绸手帕，擦了擦脸上泪痕，立起身向镜中映照。猛瞅见自己身体壮实，肌肤丰盈，不觉咬牙自恨道："龙儿！你如果有仇不报，就枉生了这般身躯了！嗐！哪里谈得到报仇？什么仇？仇人是谁？都还不曾知道，枉生了这般个雄壮身躯，简直是木人土偶，猪狗不如！"

猛然触念："我是姓王吗？不是吧！谁是我的亲父母呀？"想到此，立刻痛泪纵横，再也忍不住、撑不住了，仍然向床上倒身横躺着，恨不得马上就找着乳母问个仔细。便又联想到："方才那姓秦的女子说的话，不知道是真是假。她骗我吗？造谎不能造得那么圆熟呀。她怎么知道我有乳母？还知道是姓潘呢？她的话许是不假！但是怎么这时还不见来咧？唉！我真痴想！乳母如今更老迈得厉害了，她又素来不会上高跳阔，那庄河、庄墙怎得过来呢？姓秦的哪肯涉大险背她进来呢？照我那乳母的本性，胆小的那么样，就让姓秦的肯涉险背她进来，她也绝不敢来的！或者她为着我肯涉险随姓秦的进来就好了！……"想着，似乎乳母已伏在姓秦的背上进房里来了，连忙一骨碌翻身坐起，果然是潘氏立在房门口，满心大喜，笑逐颜开。忙上去，近前一瞧时，却又不见潘氏了。房门口仍然有个人对望着嘤咛微笑，顿时惊出一身冷汗。

第二十回

深思苦索蓦忆惨情
开诚布公明告仇怨

王龙定晴一瞅，才瞅出是母狮子胡氏，心下才得略安。暗想："我怎么这般糊涂？几乎把她当作乳母，要说出个什么来，反要误大事哪！"想着，脸上不觉绯红。胡氏见王龙忽然嬉笑来迎，忽又绯腮止步，显然心思不定，深为诧异，便进屋里坐下，问道："你为什么伤心呀？谁欺负了你呀？告诉妈妈，给你出气！"

王龙忙装着笑脸，道："妈呀！谁敢欺负您的女儿呀？谁说我哭呀？"胡氏道："我听得小桃说，你躺着哭得很伤心。我急得了不得，当又是那老不智的给你气受了。后来他们又说你没传饭，我更担心，不能不来瞧瞧你了。好孩子！你要是受了委屈，可别瞒我！尤其是那老不智的，他要再来对你瞎说八道，你别理他，只要告诉我，我自去找他算账。好孩子！别闷坏了身子，不是玩儿的！"

王龙想着："哭的事，是瞒不过了。"便笑着说道："妈放心吧，自从上一次，妈给爹大闹过一场之后，爹一直没到这里来过。今儿是方才在外面给那伙人打了仗回来，想着那边大哥明知道妈出战，竟不督队来援，赶到大家聚议时，他也不来理。想着咱们娘儿俩真苦，人家多享福，闲时跑来唠上几句，这不对，那不对，数说上一大阵子。打仗拼命时，却一股脑儿扔给我们，他们是不管，好像咱娘儿俩是该闲时挨骂、有事打架的，您瞧够多怄气！我就为这伤心了会子。没料到快嘴丫头又多嘴走报，让妈多担心事！"

胡氏听了，怫然道："孩子别急，有一天我要收拾他们的。哼！浑小子，狂什么？没有咱们娘儿俩，还有这巢子吗？"王龙道："妈，别和他们

155

斗，咱们到底管不到外头的事哦！"胡氏道："你瞧，我就要和他们捣蛋的，偏要叫大小子守上房，咱们去管外厅。打仗时，偏要他压队，咱们上前。什么少庄主？偏不许他摆豆腐架子，他敢怎样？"王龙道："妈！咱们从此不许那班混账行子半夜里来穿出穿进。咱们屋子咱们自家守，免得他们猴儿戴帽，俨然像个人似的呼来喝去。"胡氏道："好！孩子！只要你不难过，我辛苦点儿也算不了什么，我马上发话去。二苑门以内，归咱娘儿俩。女儿兵全调进来，以后不许他们进二苑门。"

王龙故作喜容道："能够这么着，可以少憋许多闲气！"胡氏扯着王龙的手嬉笑着说道："这点儿小事，老早告诉妈时，早就弄好了，也值得憋气吗？傻孩子！以后有话尽管说，别憋坏了身体。妈总给你做主的。你还没吃饭哪！小桃！小梅！快给姑姑传饭去。"

王龙心中一动，忙接着叫道："小桃！叫厨房多来几样炖得烂蒸的鸡鸭等东西，另外要一盘火腿、大瓶白玫瑰酒。女儿兵从今日起，值宿分作两班，可叫厨房从今夜起，每晚来二百份馇馇和小米儿粥。"小桃、小梅应声去了。

胡氏又安慰了王龙几句，正待起身回前房。忽见小梅跑进屋来，咕嘟着小嘴儿，向王龙道："厨房说：'今晚厅上少庄主设宴，请荆棘岭上三位头领，用的是全席。姑姑要炖烂蒸透的恐怕来不及。'要我来和姑姑说：'掺样儿小炒好不好？'"王龙方待答话，胡氏早开口混骂道："混账王八蛋！仗着谁撑腰眼儿？姑姑传的菜也敢驳回，好大的狗胆！设宴的菜来得及，姑姑传的菜就来不及了！好瞎眼的奴才！来！张妈！带四个女儿兵去，把厨子抓到前面来问话。"王龙因为是和王恩作对，不但不劝，反说道："这班东西胆太大了！我倒没要紧，将来大庄主、大夫人要菜，也拿少庄主宴客一挡就完事了？此风确不可长！"胡氏益发大怒，向王龙道："孩子！你心里正委屈着，别见那些混账行子，就在屋里吃口饭吧。我那边也甭再去了。我自然要办得那班混账行子认得主人才罢。哼！恩儿设宴！你瞧我把他酒席给要过来，让他请不成客，丢他狗脸！"一面骂着，一面回自己屋里去了。

王龙独自在屋里坐着，心中止不住又想着心事，暗念着："母狮子待我总算没甚坏处，要如果我的仇人就是她，那可叫我左右作难了。"又一转念："我既另有生身父母，如今身子又住在此地，照情理猜，只怕对头准是王平伯夫妻两个。王平伯那厮人面兽心。前回竟敢借着天暑，伸手解我里衫，扯我抹胸。若非胡氏大闹一场，我和那王平伯父子早已拼了个你死我活了。嗐！王平伯这种禽兽！瞧他那种举动，就没把我当作女儿。足见他养大我，也是另存不轨之心的。那么我的仇人，一定是他无疑！不过胡氏如果不是我的正对冤仇，我决不忍负她……"

正想着，听得一片哀声惨呼，细听时，是行杖声音，知是胡氏打厨子。便想道："胡氏想然是和二房积愤难平，借此稍泄，然而有几成是为着我的。"不觉对胡氏又产生了一种恋恋不舍的柔情。恰值小桃、小梅等送进饭菜来，王龙便随意吃了一点儿，叫丫鬟将菜留下，摆在纱橱里，又出去向女儿兵丛中巡视一遍，吩咐："明日恐须出战，今晚赏你们点心，吃过之后，早些睡觉养息，免得明日没精神打仗。"女儿兵巴不得有这一声，自然诺诺连声，齐颂姑姑体恤下人之恩。王龙又嘱咐："我今晚独护上房，不必给夫人知道，有什么响，不必惊慌，除非我叫唤你们出助，你们切勿乱动，免得有误伤。"女儿兵都谨记了。随后她又到胡氏房里转了一转，才回到自己屋里，打发丫鬟睡了。因为王家规矩，主人没睡，贴身伺候的丫鬟不能睡尽。王龙一时没法遣尽，只得自己先上炕躺下。

亲信小婢小梅，仍在房中拾掇零碎。王龙一瞧，天色不早了，便叫小梅近前，拍着炕边，叫她坐下。小梅见房中没他人，便斜签着坐下。王龙开言问："梅儿！你记得从前一位潘奶奶吗？"小梅道："怎不记得哪！我那时比姑姑还伤心，那时姑姑年纪还幼，只知道一味地啼哭。我们想着潘奶奶在这里，夫人一要责罚我们，或者是打碎了东西，弄错了事，潘奶奶一定要苦求苦保。再不，就把事情认过去，说'东西是我打碎的'，或者说'某事是我弄坏的'，姑姑！天下哪里去找潘奶奶那样的好人啊！那一天潘奶奶去烧香，姑姑要跟去，哭得不得开交。夫人坚决不许，要带姑姑上亲戚家去拜寿，潘奶奶就从那没回来。有人说是同去的王福贪着潘奶奶手上的金镯儿，谋死潘奶奶，逃走了，后来又听得不是的，王福回来了，说是潘奶奶潜逃回家去了。没多时，有人说潘奶奶确没死，只是不知哪里去了。可怜我们几个人暗里不知哭掉多少眼泪啦！"王龙听了，凄然不语。

静了一会儿，王龙忽然向小梅道："我问你，譬如潘奶奶今夜忽然回来了，你怎么样？"小梅喜道："那敢情是天外飞来的喜事呀！"王龙笑道："我告诉你，你别睡，潘奶奶真的马上就会从天外飞来的。你见着了，第一别嚷；第二别在人前漏只字片言。你如果守得住这个，你的本领也不错，我就把你当我的心腹，派你做女儿兵头脑。"小梅立刻俯身向炕上一伏，笑道："给姑姑磕头！小梅是姑姑的人，怎敢不遵姑姑的吩咐呢？"小梅口中虽如此说，心中却是不肯相信。只想着："今天是那年潘奶奶逃走的十一整周年日子，姑姑一定是因为到这日子想昏了，拿这话来自宽自解。姑姑先时哭了许久，大概就是为着这个。"一面想着，一面向王龙凝视不语。王龙也微笑着，两眼也合着，似乎心中含着无限欣喜一般。

主、婢二人正在相对无言之际，忽然听得檐前铁马儿叮当一阵细响，好似微风拂过一般。接着咔嚓一声，窗槅大开，王龙已经抱着飞龙剑，端坐在炕上。小梅不知怎样浑身上下零碎动起来，只低声叫道："姑姑！怎……怎……怎样呀？"王龙连忙摇手，叫她别出声。小梅上下牙齿尽是捉对儿厮打，再也制止不得，竟因此口腔失势，说不出话来。

突然间，窗间出现一个浑身黄绸衣裤、密纽紧扎、当胸斜十扣绦、横腰嵌琥珀阔带、长眉方面、硕颅身躯的女子，当窗而立，背上似乎背着个大包袱。小梅吓得待要逃躲，只见王龙已立起来，向着窗前，低鬟俯首道："姐姐真是信人！"声未了，那人已飘然越过窗前书案，双脚落在房中。立刻弯腰略蹲一蹲，顿时房中又多了个鹤发鸡皮的老奶妈，小梅见姑姑低声接待，知道不会被杀，胆中水略略宁静，口中气渐渐停匀。

这时王龙已认得果是秦良玉来了，并且见了那老奶妈，凝眸注睛，确辨出是乳母潘氏。潘氏便早已见着王龙，身虽长大，面貌半点儿没变。两人不自主两下向前一碰，互相依偎，各伏在对方的肩头低泣惨悲，嘤嘤声急，却不敢哭出声来。秦良玉忙附近潘氏身旁道："妈妈，别哭了，时候不早，还要回去哪！"

王龙一抬头向秦良玉道："此地有个密室很便叙话，想屈姐姐同去，不知能蒙相信吗？"秦良玉笑道："虎穴龙潭，我也坦然无惧。请姐姐从速。"秦良玉便轻步到窗前，伸头向外仰首一招呼，只见青光一闪，又下来一女子，如鸢子穿帘一般，自秦良玉头上飘过，欻地穿入窗中，两手向桌上一撑，脚已翻落地下。王龙瞧着，暗中佩服："这人的功夫如此矫捷，真是比猿猴还利落。天下有这等人，我真不可错过。"

秦良玉问道："姐姐密室在哪里？请快说！"王龙便上炕去，将炕板一揭，见里面露出雪亮的光来。秦良玉向王龙道："这一位姓白，名超，是大侠甑甄子的高足。我请她来做臂助的。"王龙听了又敬又佩又感谢，忙上前拜见。

白超还礼毕，向秦良玉道："姐姐是否要我守这屋子？"秦良玉道："这守屋，烦她们姐妹俩吧。"声未了，窗外又蹿进两人，却是史瑯、史环。秦良玉催王龙前行。

王龙引着秦良玉前行，白超挽着潘氏，小梅随后，一同上炕，沿着揭板处台级，踏下去，却是一间很大的地室，和上面房里收拾得一般无二样，只少窗户。乍一瞧，还不知是到了地下另一所在。王龙仍让秦良玉等在炕上坐下，拍着炕说道："这里面也是滚板，下面还有一间，却是地窖，预备禁人的。姐姐千万别碰着里面板子。"叮咛已毕，便回身到下来处所。见上面史瑯、史环已将灯吹灭，各带千里火，照着跟前，一个守着窗，一个守在洞口，门窗均已关好。王龙便把炕板顶还原处。

潘氏一把拉住王龙痛哭。王龙泣道："妈妈哭吧！我早想痛哭一场，吐吐怨气。"说罢二人抱了头脚大哭不止。秦良玉忙忙劝道："快别哭！时候已经近三更了！"白超忙道："龙姐！你是英雄，怎也做儿女姿态？快作速理正事吧。"便把王龙挽开，王龙诧道："白姐！妹子我姓王，名龙，姐姐请赐呼'王妹'，怎呼'龙姐'呢？"潘氏忙止住悲声，向王龙道："你！你！……孩子！你真忘了本啦！你本姓龙，人家都知道，你反忘得干干净净了！啊呀！我的主人呀！龙五太太呀！龙五太爷呀！你要保护你的孩子快快返本还原呀！"又哀哀地哭起来，倒把个王龙闹得呆在一旁。

秦良玉急道："你们是这般闹，就闹了一夜，也不得明白，不是白耽搁时候，误却正事吗？我先劝你们，头一要把个'哭'字去了才好，要不就没法子，反而有性命之危，恕我不敢奉陪丢命！"王龙连忙止悲拭泪道："谨遵台命！只求妈妈，把我的出身快快告诉我。"潘氏正待诉说，秦良玉道："且慢，妈妈一说到伤心处又要哭得说不出来。还是我来重达。反正我全知道的，要有不对处，再请妈妈提拔我。"王龙连忙向秦良玉敛衽道："劳姐姐驾，先此道谢！"

秦良玉便先向王龙道："姐姐第一要紧事，是正名。姐姐本姓龙，名启，字启章，湖广长沙东乡麻陵桥人氏。从此姐姐先要记好自己的姓名。而且要切记'王'字是姐姐不共戴天杀父杀母杀承继父杀承继母的世仇。"龙启听了，跳起来道："呀！果然是这贼，贼呀！"牙关紧咬，泪如雨溅。

眼瞅着潘氏，似乎待她证言。潘氏此时已泣不可抑，只将头连点不止，死命地挣出一声道："你听着呀！半字不假的！"

龙启连忙含悲坐听。秦良玉便把龙启之父如何在辽东死于王仁规弟兄之手，如何依伯父，如何又被难，如何胡氏欢喜，才得勉强保全性命。后来胡氏如何要谋害潘氏，王福如何逃走，潘氏如何茹苦含辛，宁受尽艰难不离此土，如何盼望她报仇。又将文氏、白氏两重仇怨和王氏弟兄所作所为，全都撮要告诉了龙启，潘氏在一旁，只把头点个不停。

龙启前后听完，站起身，扑通跪倒道："亲父！亲母！伯父！伯母！在天之灵，冥鉴不远！你女儿今日才知血海深仇！女儿的身躯是父母给的，女儿从今日起，将父母给女儿的身躯，作为父母报仇之用，女儿负罪已深，不忍再活。伏求父母保佑，仇能得报，女儿身碎脑裂，也所甘心！大仇得报之日，女儿即来黄泉，侍奉父母稍赎不孝万死之罪！"拜罢起身，立即向潘氏拜下去，接着连拜秦良玉、白超。

她站起身来说道："龙启万死不足以蔽辜！认仇做父，十余年来甘心忘戴天之仇，此身罪孽山重海深！再觍颜偷生人世便是廉耻丧尽！蒙诸位姐姐提示唤醒的深恩，只好来生投报！还有这位乳母，龙启还有些不义之财，请两位姐姐带出，交潘氏乳母为养老之资。龙启决定死在这窟里，和妖贼拼了！设或不能报仇而身先丧，也是我孽重应当，请诸位姐姐不必为千古第一罪人惜！"说罢，便把一个小包裹提出交给秦良玉。翻身便拔出利剑，弃了剑鞘，顿时两眼发赤，面如火烧；鼻息急促，口角翕张；掣身抬腿，便向阶梯直奔！

秦良玉连忙探身一把抓住龙启，道："我只问你一句，请你念我涉险交情，稍待一刻容我一问。"龙启回头道："请快问。"秦良玉道："没他言，只是问姐姐，是不是要手刃仇人？"龙启道："自然是呀！"秦良玉道："那么此时就请坐下。"龙启道："为什么要坐下？"秦良玉道："姐姐仇人，不是一个。就扔开胡氏不算，还有王氏弟兄二人。姐姐此去，他们正在严防之时，姐姐有把握一定能办到吗？即使能办到一个，那一个就撒手不问？姐姐再想，令尊、令堂、令伯、令姆四位在天之灵，十数年中撑悬翘企，以待姐姐之长成为之报仇；潘氏妈千辛万苦，历尽艰难，无非受付托之重，必求姐姐能手刃仇人。存殁切盼是如此，我们旁人的帮扶仰望，更不必说。姐姐而竟轻身一掷，设或有差错，姐姐何以对四位在天者？更

160

何以慰潘氏妈妈？结果妈妈必因绝望而自刎，或忧死时，岂不姐姐更杀了潘氏妈妈？姐姐何以冒昧至于此极！妹子叨承末教，敢贡直谏，姐姐还请三思！"

龙启含泪答道："我血沸心碎，不能耐片刻了！"秦良玉道："姐姐自问为何如人？"龙启道："自命不敢自夸，愿比古侠。"秦良玉道："那么愚妹谨祝姐姐为漆身吞炭之士，而不愿姐姐为博浪一击之夫。大英雄事必求济，何必轻于一掷？姐姐明哲过我，还望细想，勿因一时之愤，而忘无限之害。姐姐火速回头，仇人首级便在姐姐手中了。"龙启长叹一声，抛剑坐下道："依姐姐您便当怎样？"秦良玉道："依我必使姐姐手劐刀于仇雠二人之胸。"

第二十一回

纳兰言忍辱效吞炭
讧诽语记恨险操戈

龙启瞅定秦良玉默然不语。秦良玉道："姐姐请仔细想，妹子不才，原为仗义行侠，才入这虎穴龙潭。岂有不想早诛凶之理？况且舍身涉险送潘妈妈来此，只为姐姐您的世仇当报，岂有反阻止您报仇之理？不过旁观者清，不能瞅着您朝火坑里跳，袖手不理。如今王氏弟兄羽翼已成，党徒众多，以我们十几个剑客出生入死，还不能手到擒来。姐姐单身前去就行了吗？大英雄，须处变如常，不露声色，才制人于不知不觉之间。任凭什么惨事，须忍得住；任凭怎样急事，须耐得住。兵法说'静如处子，出如脱兔'，愿姐姐深思之。如今我们已经调集千多人马，即日就要攻庄了。姐姐只待外面攻急时，一声内应，缚凶如缚鸡，不费吹灰之力，就能畅意报仇，岂不是好？"

潘氏这时也止住哭泣，帮着苦劝，说："你父母就只生你一个，你要有一点儿差池，这仇叫谁去报？就是我，自从生儿不育，丈夫死在军中，蒙主人主母相待如骨肉。临殉难时又郑重托我，务必保得你长大成人，为父母报仇雪恨。我好容易忍尽屈辱，受尽气恼、辛苦、焦急、惨痛、悲伤，没一桩不到百分十足。所为的不过想不负主人主母，死后下地能够相见无惭。如果你冒冒失失，轻身舍命，一旦失错，反遭毒手，不但是更加一重深恨，不能报复，就是我死了，也没面目见主人主母。这十几年艰难苦处白受，更不必说。一回想起来，不碰死也要活活气死！好姑娘，你待一待吧！我先前总想着王家这一伙人，没人能敌，这仇恨终没有报得的一天了，所以对谁也不愿提。这两天，到那里一瞅，见各位姑娘都是本领高强，远胜王家这伙蟊贼。才知道天上有天，人上有人，足可以对付这儿强盗还有余，深喜我十几年心事得遂。你正好待外面兵到，一齐动手，准有把握，不是最好的事吗？你千万别急在一时才好。"

龙启道："说了半天，时候也不早了。秦姐！你们现在到底预备怎样干？几时动手？能不能告诉我呢？"秦良玉道："我们自探过路径后，知道这儿地面太大，非有兵接着分守攻占下的道路不可。要不，攻是白攻，没法断路就不能制王贼的死命。所以我们到乐天庄去请兵。白姐去时，哪知乐天庄大侠周青溪老丈见他女儿和门徒来了多天，绝无音讯到家，料是事情棘手。便又遣他的门徒来猎、黑烈两位姐姐，统率四百名庄丁，抄小路赶来援应。好得白姐性急，连夜赶路，才半途遇着。问起时，这陷人坑的情形和文家冤案，周老丈都已专人访得。并会着甑甑子，得知这儿的王氏弟兄，就是残害白氏一家的王仁泽、王仁规。并且有白姐旧仇，曾欺负她母亲的焦是郎也改了姓名，投在王家做走狗，当哨子。所以周老丈连忙将人马分拨散开，作几拨，逐渐开来。为的人少，好走小路绕关卡来。宗宋、黑杰然带的是头一批；黑老丈成德带二批；周老丈自己带三批，共有整千的人。白姐已经同着第一批到这庄后面扎营了。准备明日，就要进攻，姐姐只要候着讯。姐姐能在内里帮忙，我们有个不竭力通知共做的吗？"

龙启道："偷着过来的人马，怎能有营棚扎营呢？"秦良玉道："这些东西，文家里有的是，三五千人也使不了。后面来的，已经有公事去了，更不打紧了。"龙启道："那么，我们也得约个记号才好，要不打起仗来，是说不定的。一时来不及通知，再没约定记号，怎的通气呢？"白超接言道："我们攻进去时，里面自然知道的。就是姐姐也不见得老在屋子里憋着，临时还是要和那厮们一同出战的。我们在阵上，随时可以互通声气。如果要一齐动手时，只须约定一句话好了。"

秦良玉道："我们的口号，本是'文胜'两字。将来姐姐在战阵上或是旁处遇着不认识的人，可将这口号叫出，可免误伤。到临动手时，就用'三氏报仇'四字为号。没见面时，就以放冲天流星为号，这就万无一失了。"龙启道："我们并没三世深仇，只是父母之仇罢了。用'三世报仇'似乎不大对。"秦良玉笑道："这原不过是随便一句口语。我说的是'姓氏'的'氏'，并不是'世代'的'世'。这回事不是你们三家一同报仇吗？"白超接言道："王贼万恶，仇恨的何止千家！我们只以自己的仇恨为

163

口号，似乎偏私而且不广。不如竟用'锄奸''除恶'四个字做对答口号。一呼一应，更显精神。"秦、龙二人一齐赞："好!"

正说着，隐隐听得谯楼上"当、当当、剥、剥"，已是四更点，转眼就要天明了。众人齐都一惊。秦良玉便立起身来道："时候不早了。潘奶奶此地不便容身，我仍负你回去吧。"潘氏口中虽答应，却是慢吞吞地立起身来，似乎依依不舍，又似还有许多密语要说没说一般，嘴唇翁翁地颤动不已。龙启已经窥得，便道："妈妈不走，也没紧要。我屋子里，没人敢乱闯进来的。不过白日委屈些，得憋在这地室里，反正外面就要攻庄，也憋不到一两天，妈妈就别走吧。"潘氏欢道："嘻! 我为你十几年苦都吃过了，憋几天有甚紧要?"秦良玉迟疑着，心想："潘氏还是回去的好。"白超却又是一种意思，一是以为马上就要来攻，潘氏留不留都没关紧要；二是以为潘氏在此，可以保得龙启心思更坚；三是以为即使潘氏在此被察破，龙启也对付得了，便向秦良玉说了。秦良玉便道："那么就请妈妈和姐姐自己留心吧! 我们走了，回头再见!"

恰值史瑯、史环来关照时候到了，便一齐出了地室。龙启连忙开窗，先出去四面瞧过，静寂无人，才亲送四人出外。秦良玉、白超和史氏姐妹向龙启互道珍重。潘氏没走出来，只在地室口企眼翘望示意。四女侠已飞身越过花墙，踪影不见。

次日，天才破晓。小天堂王家庄四面薄雾笼罩，雀鸟方丛集在枝头歌唱噪曙，微风拂树，清气远飘，全个庄子都深深沉浸在淡雅的鸭蛋壳般淡青色光海中。庄内的小伙护卒，蓬着头，歪着网巾，敞着胸膛，趿着破鞋，蒙眬着两眼，张着嘴"呵欠"不止，鼻涕眼秒糊涂流滞。一面缓缓地紧着那条松得要掉的腰带，一面力睁两只倦眼，半开半闭，勉强瞅着地下苔痕，七冲八倒的，闯到那正在瞌睡着护庄守门的小卒身旁，两个正混拉胡扯地瞎说乱聊。

突然霹雳一声，山摇地动，把两个方没告别的睡魔震得跟踉遁走。两个小伙顿时眉清目醒，比用胰子盥洗过还要明爽，急忙扯开眼皮，恨不得把眼睛珠儿吊出眼眶外面来瞧过明白。两个脑袋拨浪鼓儿似的两边直摇乱摆，嘴里连嚷："怎么哪?""怎么啦?"身子不由得索索地零碎动起来。腔子里胆泡水好似钱塘怒潮澎湃狂涌。两只瞌睡虫立刻变成了两只簸筛儿，自己失了主宰，没了把握乱摇晃。

啊的一阵呐喊，好似黄河决口一般的响声。两个小伙从自己的阅历，知道这是进攻以前的威喝。嘴里的调儿，跟着交换了。嘴唇一抖，便叫出："啊！啊！啊不！……不得了！了了不得！……我的妈！"猛然一阵碎急的銮铃响声，才把两个小伙的魂灵给震回头。急忙旋转那钢塑过的身躯一瞧，却是三骑马连镖而来，大叫："开桥！开桥！紧急呀！快！快！"

庄顶上链索吱吱咯咯一响，吊桥平撂下来，三骑马抢上桥板，跃进庄门。把两个小伙吓得闪身一让，忙把身子向门后塞。那头一骑马上的大汉高声叫道："快关门！"那顶上庄桥吱咯咯地拉起。俩小伙连忙推门，才瞧见那三骑马上汉子腰间全带着蓝色小旗，哺吧吧直入庄里，知道这是急极了。

俩小伙忙把门上的小窗打开来，偷向外瞧。这一来却不是两三骑马。但见外面密密层层，满堆着许多人马。一色都是黄衣青裤，当胸一块圆月，大书一个"乐"字。人丛中，当先两个人，一个是靛腾蛟申，泛青蛟首盔，蓝绸袍，蓝宝带，手挺丈八点铜纯钢蛟锷蓼叶枪，胯下青发马生得方脸星眼，挺胸紧腰；一个是镔铁踞麟盔，连环威麟甲，黑缎袍，乌甲带，手挺画杆青钢麟锷三刃戈，胯下卷毛黑马，生得长脸剑眉，圆腰壮臂。后面另有一个黄金蟠蟒盔，锁子裹蟒甲，黄罗袍，金甲带，手挺铁杆乌钢裹蟒七曲矛，胯下五明千里黄花马，生得大面直鼻，膀阔身长，威风凛凛压住阵脚。乍望去，好似三个凶神恶煞，领着几百个哑兵，虽然人影幢幢，却是静肃无声，但见旗幡招展，鸟雀乱飞。

俩小伙看得痴了，惊得呆了，暗想："今天偏是我该值班，可不是合该倒霉！"正在心中惦念着，突然脑后声音乱响，吓得两人齐惊，刚待回头时，猛然背上剧痛，耳中听得喝道："浑蛋！胆敢私窥，还要脑袋吗？"二人忽擎身反转时，见是一个亲随王新，一个哨子王克武，带着令来接管庄门。再向后瞧，只见兵马乱拥，知道出大队了，吓得连忙把钥匙交割给王新，二人如逢大赦把头向一旁躲去了。

庄门开处，呼啦啦一阵狂跑，沿岸列成一字阵，和来兵夹岸对峙。想要渡河，河岸已被来兵占作阵场，只得乱放乱箭。对阵上黑烈见眼前地窄不能开门，夹岸对望，终没结果，便和压阵的周兹商量，下令后退三箭地。来猎向对岸大喝道："剿贼天兵降临，叫王贼快来领死！"这边阵上督队的云中龙欧阳齐，见对岸已经让出阵场，便回头问："哪一位去擒拿强盗?"声未了，江东八勇中的活鬼章九思跃马应声突出。

吊桥迅放，章九思冲过对岸，这边欧阳齐督同七贼，押着小伙，一齐突过桥来背水列阵。庄内王恩督四剑客统小伙跑出，接着原地列阵接应。两岸齐声呐喊，鼓角交鸣，顿时闹成一片。

来猎见对阵约有六百多小伙，自己虽只统三百人马，却毫不惧怯。待章九思马将近垓心时，猛然双腿一磕，坐骑平地一跃出，手中平托长枪哧地刺出。章九思马跑正速，万不料来猎并不走马，而竟凭空跃到。一时失于防备，被来猎一枪刺入左前股，顿时跌落马下，恰值大队人马赶到，连忙奔来抢着扛回，侥幸没结果性命。

来猎挺枪立马，高叫道："贼子听着，快着几个稍许能动的家伙出来，似这般脓包，杀得太容易了，你家祖宗不痛快！"那边阵上独角蛇田魁、千里风孙书，又气又羞，同声怪叫，双马并出，两柄大砍刀分向来猎左、右两肩同时劈下。黑烈方待向前，来猎叫道："妹子待着，瞧我收拾这一对没骨贼耍子！"嘴里说着，手中枪一缴，霍锵一声，两柄刀一齐倒向左边。来猎接着将枪一横，左刺右扎，唰！唰！唰！一连几枪，把两个大汉杀得目转头昏，招架不迭。

对阵上见情形不对，花豹子任三娘、雪人儿钮云珠，俩娘儿们先后出马来援。这边阵上忽然滚出一团黑云，猛向两人一冲，顿时把两骑马冲作两处。任三娘见黑烈气力这般大，知道是个劲敌，不敢怠慢，提心防着；钮云珠因见章九思落马太快，心中想着："老章武艺并不差，怎么一合不到，便落马呢？"更加悬心惊意全神贯注。黑烈却没把两人摆在心上。

六骑马斗够多时，猛然一棒鼓响，左翼冲出一彪人马。周兹扭头瞧时，正是符中、倪道领兵，白超压阵，如飞而来。周兹大喜，叫道："快来压阵，我要增援了！"说罢，也不待符中等赶到，两腿一夹，泼啦啦，跃马直向对阵冲去。那边阵上刁子金、包芳、罗永三人见了，连忙一字儿摆着，迎面挡着。周兹也不问是谁，唰！唰！一个矛花，向罗永、包芳两个面上扎了两矛。早把两人扎得后闪倒退。刁子金见了，以为是破绽，抢起长戈，向周兹腋下刺来。周兹鼻孔里吼了一声，肩胛一抬，赶紧又一夹，早将刁子金的戈杆夹住。回头大喝一声，吓得刁子金一缩。周兹便回矛一筑，将刁子金筑得倒撞马下，长戈已夺了过来。一面右手抡矛向包、罗二人扎架，左手挺戈向地下一刺，总算刁子金是自己的兵器送了终。包芳、罗永大惊，手乱心慌，待要退后。欧阳齐也骇得心纷神乱，暗想："不好！这伙人怎么这么凶！能夺戈杀人，一面还敌两个，似这般勇悍，除非母狮子来对敌得了！"

这时白超又骤马向前，欧阳齐只得连发求救角声。后面四剑客见了这般情形，不敢向前，只连连差人向庄里求救。庄里听得外面只来了六个人领几百兵，为什么十四人抵敌不住，还要伤人死人呢？王平仲便只通知十大将预备出马，自己也披挂起来。

外面欧阳齐已拍马上前迎住白超，两下里一交手，白超手中一条曲刃长槊，使得翻江搅海，荡风生云，一条槊只不离欧阳齐左右。幸而欧阳齐曾经下过苦功，功夫还不差，尽力提防，招架了三十几个回合，白超心中十分焦急，想着："人家战三个还斩了一个，我就一个也拾掇不了，回头怎样见人呢？"心中一急，忽然想出一个计较来。便将槊法改变，渐渐松懈下来，越杀越缓，以后竟只有招架，全不回刺了。欧阳齐心中暗想："到底女子不济，起初时多凶，三五十几合就不行了！"手中戟便一招紧一招，向白超扎来。白超心中暗自好笑。觑个便，虚挺一槊，带转马头就走。欧阳齐见白超槊法已乱，拍马狼狈而逃，怎舍得不追？手中戟一挺，紧赶过来。阵中符中、倪道见了各自催马挺起戟、叉，待要挡截。白超连忙向符中、倪道二人使眼色止住。

欧阳齐仍不停退，仍随后急急追赶。白超故意伏鞍而走，使欧阳齐不能瞅见她前面动静。欧阳齐以为白超力尽，更加撵得起劲。白超迅速抽得背上小槊，欻地扭腰翻臂，向后一槊掷去，但见白光闪处，欧阳齐知道中计，大叫一声"不好！"急仰身闪时，一小槊正中左胸，痛得头昏血溅，急忙仗功夫死命挣住，没落下马去。不料白超猛然抖擞精神，回马一槊刺来，恰值欧阳齐回转过，一槊正中股上，欧阳齐可真受不住了，仰身撞下坐骑，白超再提槊重刺，欧阳齐从此没命了。白超赶到尸边，拔回小槊，取割首级，方骤马回阵。本阵上倪道、符中率众兵欢呼迎接。

那边阵上主亡将伤，顿时大乱。周兹将矛一挥，两阵人马潮水一般，猛然突阵。这边是三军无主。王恩忙叫："放桥救人！"这江东八勇中剩下的六个连忙夺路逃走，奔上吊桥，如飞地逃入庄内。众小伙见吊桥放下，纷纷夺桥奔跑。周兹、倪道已挥兵杀上。王恩深恐敌兵抢过桥来，高叫："快收桥！"庄桥头上守兵听得少庄主叫唤，忙将轴机绞动，硬将吊桥攀起来。有方逃上桥的反被攀落桥下。还有不得过来的，只好抛了兵器，跪倒投降。恰值周兹、来猎督队猛向前来，冲到桥边，一时收刹不住，践踏伤损了许多，白超、符中连忙约束众兵，向两旁散开，才把桥堍前面让出。急急地将降人收下，查点时，才计二百七十四人。便派倪道率兵将降人押往后面，好好看待，留为将来做领路向导之用。

来猎等抢桥不及，便隔水放箭，嗖嗖嗖直向庄门丛集射去。那抢着挤进庄门的小伙人马中箭的不知其数。王恩连忙叫那已经进庄的快向两边分散。这才将当面的大路让出，屯集后来挤进的人马，连忙将受伤的人马扛抬到后面调伤棚里去。这一阵，庄内折了二员大将：云中龙欧阳齐、一片云刁子金；伤了一员大将活鬼章九思。小伙死七十余，伤五十余，反去二百七十余，合计折了三百多人。伤棚里还躺着许多伤人，委实令王氏弟兄生愁。

王恩将情形报给父亲、伯父知道。王平仲连忙吩咐厚殓亡人，停柩花园，请番僧和庄里供养的僧道分头超度，待打退敌兵再营葬事。一面邀请众人前来商议。这时，外面正在攻庄，一班大将都在分方防守。只来了花豹子任三娘、镇河东万人杰、百斤刀赵鸿、大铁棒吉永昌、努儿马札、恩多斯克里布、科尔沁夫吉、小刘基刘采、大千岁王平伯、次千岁王平仲、小千岁王恩、摩云雕王龙和母狮子胡氏。

王恩先将方才打仗的情形详细述毕，并说道："这一支人马，不知文家从哪里弄来的。兵卒号衣上，前面是一个'乐'字，后面是一个'天'字。咱们在这儿许多年，也不曾听得说过官兵里有什么'乐天营'。绿林中更没个'乐天寨'。瞧这支兵，虽然阵势不熟，进退欠整，很像新兵。却是纪纲整肃，镇静勇敢，确是曾经严教的，绝不是山林乌合之众。我真不知他们从哪里弄来的。再还有一桩奇事，那文家一家子，从文义传下来，个个习武，确有许多武师，出在他家。如今开封最著名的千手将文哉便是文郁的儿子，飞天龙文干，文都的儿子，也就是文郁的亲胞侄，却都没见影儿。前日来庄上胡闹的一群人里面，还有文家三个女儿，今日更是连他家女儿也一个不见，都是些口音奇怪高身大头的小姑娘。这班人又是哪里来的？这都是令人难解的事。我们必须先探明她们的根源才好对付。"

刘采道："我倒听得些音信儿。据我差人探听，说是文家弄了一班四川的苗女来，一个个都是顶厉害的。你不瞧前天来这儿打搅的全是大脚女儿吗？足见都是苗女。"王平仲摇头道："这话也不一定。因为从于少保最恨缠脚，所有他部下将士的子女都不缠小足。就是略略裹尖的也很少。那天来的那些女子，说话都很平的，不见得是苗民吧？"

王平仲接言道："这些事都不必费心去考究。你瞧，就是咱们二姑娘双蹄就不算小。我们如今固然要知道这伙人的来路，但是知道来路不一定就能够制住他们。还有一桩最要紧的事，得紧急设法的，就是要打通出路。咱们庄的粮草虽然屯集得不少，却是人马也很多。而且有许多东西，非向外面去买不可的，即如伤药和平常药材从前都不曾想到。虽有刘军师可以医治，怎奈没药。这些东西，不是由地道运进的，非得先想法把庄前庄后的兵退去不可。"

王平伯道："怎么得撵退那厮们呢？"王平仲目视胡氏母女，嘴里却缓缓说道："只要各人肯出力，是自己能干的事，别装傻，别躲缩，径自挺身告奋勇，拿起就干，哪怕有千贼、万贼也早撵得飞跑了。"胡氏听了，满心大怒，却为碍着面子，不曾提名叫姓，不便翻脸，却又不甘白受，便发话道："自古道得好：'谁种的麦苗儿谁打麦。'是谁惹的事，谁就该自家儿挺身扛去。咱们屋子里做事，素来就欠公平，享福的是闯祸的；挡灾的是受欺的！再不，就只会家里使威风，狂了心，欺凌小孩儿！哪肯告勇去打外头人呀！"

胡氏这一篇言语说出时，厅上厅下，一齐变色。王平仲更气得压耳通红，颈筋暴露，鼻孔里呼吸急促，眼眶里凶光直射，霍地立起身来，扬起攥着拳头的右手，待要向桌上擂下去。忽然见胡氏和龙儿两人一齐离身，右手紧握剑把，怒目而视，顿时倒噎了一口冷气。

王平伯连忙起身，横中一拦，大叫道："别闹！别闹！大敌当前，危难万分，哪还经得自己先乱闹起来呢？你们如果要火拼，就请先把我拼了，让我先死，免得我睁眼瞅着你们闹得家破人亡！"刘采、赵鸿、努儿马札都赶近前来解劝，先劝胡氏坐下，胡氏嚷道："你们大家评评这个理，今天是议事，有什么话都好说的，为什么要舌子底下打人，说阴阳话来损人呢？老实说我虽是个三绺梳头、两截穿衣的娘儿们，但是心直口快，一辈子受不了阴损！"言才了，猛听得有人答一声："受不了，待怎样？"声起处，顿间纷乱起来。

169

第二十二回

献狐媚借箸贼女主
扬虎威挥铖斩番奴

原来是王平仲听得胡氏越说越厉害，胸中愤激之气，没处发泄，不由得使出横蛮劲儿，一面叫嚷，一面就扬手待打。王平伯在旁一眼瞅见，忙将手一挡格住王平仲的手腕，一把抓住王平仲的脉肘，大叫道："老二！别糊涂！大嫂是打得的吗？何况我做哥哥的还活着，在亲眼瞧着呢！如果我死在前头，她们母女还能在你手里过日子吗？你是朝廷正二品大员，怎么这般横蛮无理！"王平仲气得哇哇怪叫道："完了！完了！你们母女夫妻，商合着来欺负我一个，我不要命了！今天就和你们拼了吧！"说着便一俯身，低着脑袋，向前猛撞。

努儿马札连忙横身过去，将王平仲拦了一把，紧紧箍住，叫道："庄主千岁！千万不可鲁莽！外寇已经合围，怎能自己吵乱？快忍耐些时，有话好细说的。"王平仲原本不敢惹胡氏，自量不是胡氏的对手，不过不肯在人前失势，故意装腔作势，死挣面子。努儿马札给他一抱，便故意挣扎了几下，就势想转舵收风。无奈胡氏却不肯收风，大叫道："说我火拼，我就火拼，拼死了，比活着受欺的强！王平仲，你是好小子，你就过来，你有种就来和我拼，你不来就是猴儿崽子、兔二爷！"王平仲被骂得实在擂不下面皮了，只得振起威风，大骂道："泼妇！我王家里，不能容你这破辣货、扫帚星！"同时双手一挣，闯出努儿马札怀抱，抢拳向胡氏扑来。

龙儿在一旁瞧见，忙闪身振臂一拦喝道："家有长幼，休得无礼！"暗中待王平仲撞近时，手臂突然一用力，王平仲猛扑近前时，如同撞在一条横铁棍一般，顿时跟跄踉蹡，几乎倒地。胸前痛不可当，大怒大骂道："野种小蹄子！你敢暗下这般毒手！爷爷非要你的狗命不可！"王平伯见他骂出"野种"两字恐他再瞎说乱道，忙向家将使眼色，便过来七八个人，和着赵鸿、吉永昌等将王平仲连劝带拖，拉到那边屋里去了。

龙儿赶紧挽住胡氏，任三娘也来帮着劝胡氏进内室。王平伯连忙向刘采等赔罪。刘采赔笑道："大千岁不必挂在心里。家人亲支，常住一处，总不免有口角的。"便起身告辞出去。王平伯也正要抽空去安慰老婆，便不再留，送到角门，自转身入内去了。

刘采别过众人，独自到外书房来，见王平仲单自坐着。刘采便装着笑脸上前笑说道："次千岁大人大量，怎和娘儿们去斗气呢？"王平仲唉声跌脚道："我的军师爷！您哪里知道？我王家一家好好的人家，就给这浪蹄子给闹糟了！"刘采道："大娘娘武功盖世，却是个有用之才。庄中很有要仰仗她的所在。次千岁还要为大事着想，暂忍小愤，用其所长。待将来事成之日，再另设法图之。如今内讧既是授敌以隙，自残更是自折股肱，皆非王氏之福，还望次千岁三思！"王平仲叹道："嘻！要不是为着她有点儿本领，还能让她活到今天吗？而且不为着她有本领，也早就对她下手了。我只怕纵容日久，蒂固根深，滋蔓难图。那时才不得了哪！"刘采忙凑近王平仲耳边道："次千岁，您何不故意和她拉好，使她信而不疑，岂不是更加容易制却？"王平仲道："军师有所不知，如今我和她已经闹糟了，再没说话的余地了。"

刘采问："这是什么道理呢？"王平仲道："我告诉您一桩事，您可知道龙儿那孩子，不是我王家的骨肉吗？"刘采惊道："这话怎讲？难道不是令兄生的吗？"王平仲道："岂止不是家兄生的，而且也不是那老浪蹄子生的。"刘采更诧异道："那么那妮子是哪里来的呢？"王平仲道："说起来话长得很！那年咱们打破一座城池，弄掉一个官，捉着一个奶妈和一个奶胞孩子，那孩子就是这个浪妮子！恰巧落在那老浪货手里。老浪货本是个孤独菌儿，一见这没主孩子，就喜欢得比得着宝贝还厉害，一定要留作女儿。后来把奶妈也给谋死了。从此就不许人家提说这事，硬要说是自己养活的孩子。要是谁漏了风，老浪货就要拖刀拼命。从来没人敢透露半个字儿。"刘采拦问道："那么，竟还是冤家啦！要叫那妮子明白了这本经，却不是玩儿的！这也就可见令嫂大娘娘妇人家没见识了。"王平仲双手一拍道："可不是！我也就为这着急，恐怕将来弄成养虎伤身。老浪货还不自省，竟把自己全身本领教给她。还不算，还要她拜这个，拜那个，学的全身没一处不是活拿拿的本领。而且在关内一个马师那里，习得飞索，百发百中，没人敌得。您想不是心腹之患、肘腋之变吗？所以我想一个方法要制住她。毋奈那老浪蹄子抵死不肯，连家兄也误听谗言帮着阻挠。您说可要气杀人吗？如今说起来，还是使人气恨难消！"

刘采又截问道："次千岁是用什么妙法呢？"王平仲向桌子上猛拍一掌道："我这法子，真是再妙不过的妙法。"说着便凑近刘采耳边说道："我要他们把这妮子给我做妾，一来我可以昼夜看住她，使她不能调度；二来她有了这甜头，有了想头了，也免得变心。这是拿恩情笼络她的第一妙法。不料他们不以为德，反以为仇，从此倒和我生起隔阂来了。您道他们可是'狗咬吕洞宾，不识好心人'！您还不知道，还有个内情哪！那妮子对我很有意思，只是老浪蹄子夹在里头作祟。有一次，我到那妮子屋子里，见没外人，便乘她换衣时，闯进去，扯她抹胸，正要摸她乳肉包儿，她只是半嗔格躲，却不叫不喊。您想不是立刻就要到手了吗？可恨老浪货硬跑来，胡闹混闹，强把我弄出来，错过好机缘，没得成功。我至今还想着就痛恨，比我丢官还恨得厉害！"

刘采道："次千岁！只怕这姐儿没心肠向您。要是她有心肠向您时，只要我略施小计，就能使她甘心荐枕，情愿抱衾！"王平仲狂喜道："果真如此，那您就是救我王氏一门的重生父母，再养……"刘采不待他说完，便哈哈大笑，接言道："再养爹娘！是不是呀？"王平仲喜痴了，也不暇思索拍手应道："正是，正是！请问军师爷，不是的，孔明先生！有何妙计安天下？"刘采道："计倒现成，只要次千岁下得手！"

王平仲急急追问，刘采只是羽扇轻摇，微笑不语。忽见王平仲起身待要跪下，刘采才伸手拉住，道："附耳过来。"王平仲赶快恭恭敬敬将脑袋伸过去，送到刘采胸前，耸着一对驴儿般尖耳，凝神静听。刘采才凑近他左耳边叽叽咕咕，吱吱喳喳，嘧嘧悉悉，吃吃咭咭，唧咻了半晌。王平仲留心谨慎地听着，初时面露惶忧之容，继而现惊疑之貌，再而有狂喜之颜，终乃显凛冽之色，直到刘采说毕，王平仲才伸腰抬头。

刘采见王平仲满面显着欣悦得意，便问道："这法子如何？"王平仲笑道："好极哪！'无毒不丈夫'！"刘采连忙摇手止住，又低声摇着脑袋，说道："然则千岁何以教我呢？"王平仲想了一想道："事成之日，除尤物外，咸与卿共之。"刘采大笑道："吾无忧矣！千岁乐哉！"王平仲也笑道："乐与人同!"刘采狂笑道:"千岁那一'乐'可是不能'与人同'吧!"王平仲一回想也狂笑起来。

正笑得二十分起劲时,忽然见王克武急急忙忙地奔进来道:"启禀庄主,外面贼兵已经搭浮桥就要过来了!"王平仲问道:"那厮们用什么东西搭桥呢?"王克武答道:"不知哪里来的巨木。请庄主快去救援,要不然,庄门马上就要守不住了。"王平仲愤然立起道:"偏不求他们老少两只臭娘儿们!瞧爷爷可能退贼!"回头叫道:"抬刀带马!"刘采忙打恭说道:"恭喜千岁,搴旗斩将,马到成功。末将托福,给千岁掠阵!"王平仲昂然答道:"好!瞧我杀贼去!"便命小伙分头调将。

二人匆匆披挂,小伙、家将到队带马。刘采随着王平仲到前林中上马压队起行。到了庄前,已见小伙们使门板扛抬着一个全身甲胄、满面流血的将官急急走来。王平仲心中一怔,勇气顿时消了一半。近前瞧时,门板上躺着的,照衣甲瞧去认得是山上山柏叶青,一只左眼已经没了,满面全被血染作通红。忙问:"怎样伤得如此厉害?"小伙代答道:"阵前换了的都是文家的女孩子,只有一个男的文哉掠阵。这小子十二分厉害!柏爷在庄见来得猛,传命小的们竖木牌。牌才竖,柏爷不曾留神,被那文申一箭射个正着。"王平仲心里一惊,想:"柏叶青是有名的伶俐人,尚且如此,怎么是好?'文氏五凤',果然名不虚传!"顿时心中有些生怯,却又不得不硬着头皮向前。只得吩咐一句:"好好伺候调伤。"便仍领小伙向前行去。

一霎时,双刀武昌、毛头狮子姬尚、赤虎郝全、力劈山项强和番将额纳森布、巴和札昆六人齐到。王平仲又胆壮心雄起来,吆喝威武,直到庄门。刘采引导王平仲上墙一望,见庄外敌兵一半在河边叫喊,待要抢桥,一半在远处坐地下,辱骂不止,却精神萎顿,并不勇猛。四五个男女将官都在颠倒着手中兵器玩耍着,似乎都在懈怠着。刘采喜道:"次千岁,这是最好进攻的机会到了!快杀出去,马上可以泄恨复仇,转败为胜,使那厮们全军覆没。"王平仲被这几句话勾得雄心冲起,立刻传令:"尽数杀出庄去!"

立刻一棒鼓响,额纳森布、巴和札昆、武昌、郝全、项强、姬尚和那原来守庄的黄元吉、吉永昌、何筹、吴祥十将先后跃马出了庄门,王平仲随后督队,刘采压阵,一同到了河边。庄桥下垂,抢过河来,兵刃乱舞,马蹄纷翻，喊声连天，鼓角震地。

那边阵上，阵散兵懈，见许多人马突杀过来，一声呐喊，爬起来拧头就跑。几员军将正在松带散甲之时，也不暇迎敌拨转马头，呼啦啦狂跑。王家头脑、小伙见了，一齐大喜，勇气百倍，精神突振，格外跑得快，前面的兵将没命奔逃，后面的头脑、小伙如狂风逐云般，着地卷上。穿过树林，看看就要赶近，突然听得一声喊起，不啻有千万人吆喝。接着震天价一声炮响，两边树林里埋伏的兵将马蜂、蜜蜂一般从两翼里潮一般涌出。那些在前逃跑的，顿时如被吸铁石吸住一般，立刻刹住，掉转身来，好似换了个人一般，一个个凶神恶煞似的，腿走如风，刀下似电，杀得王家小伙，连转身也来不及。有那跑得过于高兴时，猛然遇险收刹不住，竟一直跑上去，送到刀口上挨一刀，才站住倒下。

王平仲急了，只得拿出庄主的威风，立在桥墩上大喊："退后者斩！"十员将究竟比兵不同，听得庄主传出斩令，勉强勒马回头。只有吓破了胆的小伙连耳中也不听得传令，一直奔跑回来，到了桥头，正想着侥幸脱了危境，不提防王平仲严行军令，手起一刀，给斩落河里。后面跟来的才抵死回头用强弓硬弩射立阵脚，勉强撑持。但是出来的人数四百人中三停已折了一停。

那边阵上首先带队冲来的是一男一女。男的是烂银九狮盔，狮面白绫风兜，烂银舞狮甲，狮面护心镜，白璧双狮勒甲带，披一件白绫少狮战袍；腰佩银丝镂花狮锷剑，双狮玉弦弓，狮齿白羽箭；足踏伏狮战靴；手挺烂银白钢丛刺狮锷直刃长槊，背插尺八白钢细杆小槊八支，腋悬银链爪瓣流星圆锤一对，胯下银鬃素白马，衬着粉面玉腕，浑体如雪；正是著名的千手将文哉。那女子是赤金鸾和盔，软红绸绣鸾凤兜；灿金鸾羽连环锁子甲，软红绫飞鸾征袍；圆鸾护心镜，双鸾镂金勒甲带；腰佩红缨嵌金鸾啄剑；鸾尾宝雕弓，鸾羽红珠箭；足蹬绮鸾铁光战靴；手持盘云鸾锷赤金铖；背插尺八镏金小云铖八支，腰悬金链流星锤一对，跨铁红卷毛驹。生得红腮赤颊，剑目蛾眉，遍体如火炭一般；正是有名的一捻红文申。

这边阵上番人当先，可怜生来也不曾见过这等打扮。加上他姐弟二人都是初上阵，无一不新，更是格外耀眼。两个番奴瞧得眼热，不顾生死，一个抡开铁铛，一个耍开大斧，骤马上前。那边文申一摆手中铖，当先抵住。

174

文哉在后叫道："姐姐且慢！让一个给兄弟散闷吧。"说着话时，钢槊起处，直向巴和札昆软腰里突刺过去。巴和札昆急忙竖铛搁拦。文申已荡开大铖，一朵红云似的不离额纳森布上、下、左、右直滚横裹。杀得额纳森布只顾招架，没空回手。文哉更是好整以暇，阴一槊，阳一槊，逗着巴和札昆作耍。王平仲一瞧情势不大对，转眼间对阵兵勇激增，忽然从阵后闯来四将，一黑、一白、一绯、一赤，正是黑烈、白超、方瑛、方玦，都在整甲勒杆，准备进攻。王平仲更加惊惶，两眼瞅着刘采直眨。刘采也心中怔忡，暗暗反手向后面指，意思是叫王平仲明哲保身，预先过桥，王平仲会意，渐渐向桥上移去。

正在这时，那巴和札昆的铛角，无意中触着文哉的马颈。那马惊得霍地一跳，文哉虽然腰直裆紧，不会被马跃掀，却是着了人家的兵器，心中勃然火发，以为是奇耻大辱，非急求涮雪不可！紧一紧手中槊，不再嬉戏，晃了两晃，一连三槊，刺得巴和札昆顿时手忙脚乱，满眼只见银槊飞舞，不知要向哪方招架才好。方要使用番僧传授的妖药害人脱身，不料文哉腾出左臂，向腋下一弯，早将流星锤取在手中，右手抢槊单臂搦战。巴和札昆大喜，以为文哉闪了左手，有了破绽，连忙夹马向文哉左面进攻，挺铛猛搠。文哉微微一笑，将右手槊向外一摆，让出空当，身躯一偏，任巴和札昆撞了进来。同时左臂绕了半个圈儿，咈的一声，接着吧噔巨响，锤中番人头，番人头立刻迸裂，脑浆乱溅，尸身歪滚下马。文哉振臂一笑，骤向前再冲，文申已在前面了。

原来文申和额纳森布一动手，就很激烈。额纳森布自从前天在花园中见了一大群女子，就觉得文申生得最标致。事后总是向人咂嘴嗒舌地赞叹，如同中了疯魔一般。今日阵上见了文申这全身戎装，更显得花团锦簇，分外鲜明艳美。额纳森布早忘了自己是在做什么了，抢斧出战时，满心抱着乱七八糟做梦般的想头，所以两面兵器一搭，额纳森布就不顾死活抢斧乱剁乱砍。文申见那贼挤眼耸眉，知道不存好意，心中大怒。暗想："不给你些家伙尝尝，你也不知道女子是应当畏敬的。"便将盘云铖的解数一变，一招紧似一招。这铖本是张三丰传下已绝的古法，等闲武师连听也不曾听过，其实就是古代"干戈戚扬"的戚，后人为别于戚友，加"金"作"铖"。这铖兼有斧铲刀镰之长，解数极多。额纳森布先在遐荒，哪曾知道这家伙的厉害，只当它是直装刃头的大斧罢了。心中一起邪念，万事都当容易。被文申趁他眉花眼笑手臂略缓之时，双手平托着锨柄，向前突然一送，锨刃正着在额纳森布的咽喉，连哎哟也没叫得一声，便生生地把颗黑枯瘦带的脑袋齐肩截脖给铲了下来。兵丁抢着首级，文申回手一锨将死尸打下马去。兵丁们早将那具尸上首级一并割下，掳获两匹战马。

这时王平仲正退到吊桥半腰间，突见两番人同时被杀，一个头颅向天冲上，复又掉下，一个脑内白髓赤血，四面乱溅，骇得抱着脖子，惨叫一声："我的妈呀！怎这么凶！这还是小妞儿哪！"没命地将马带转，向庄内狂奔，也来不及顾刘采的死活。刘采是素来考究先保自己的性命，自然是紧跟着王平仲飞跑到庄桥上，想一同进庄逃命，却不料才过桥顶，忽然一阵喊起，一大彪人马，都黄裳碧衣，雕鞍绣辔，如云卷风行一般，直冲过来，顿时把退回的小伙冲得纷零星散，连王平仲都冲得歪在桥边，几乎挤下水去。刘采见势头不对，连忙抱住桥边栏柱，死命地擀住身子，仍被那过桥的人马撞得乱晃。

第二十三回

奋勇突阵戈挥钺舞
急难赴援旗翻卒遁

原来是庄内的女儿兵，猛然间随着母狮子胡氏一拥而出。从那正在败退入庄的小伙丛中，直冲向庄外来。胡氏一眼瞧见是王平仲带队，心中不由得生出一股无名火焰，喝令众女儿兵："奉大庄主命，救庄要紧，不许让道！前面有退的，不论兵将，一律斩首！"三百多名女儿兵，顿时轰应一声，向败退小伙堆中破竹一般，直劈过去，并且高喊着："奉大庄主命，不论将卒后退者斩！"胡氏更毫不容情，举起手中月牙铲，便要斩败伙。

王平仲正在退跑，见着这情形，大吃一惊，暗想："不好！再退，可要被她借题把个脑袋取去了，可不是玩儿的！"连忙把马带转，就那么面对庄外敌方站住，算是没朝后跑，却也不敢再向前进半步，只呆塑在桥顶。胡氏直冲过去，见他面对前面，暂没退跑，不便斩他，便也不理会他，直抹向前去。刘采更机灵，因为马头向着庄门，一时回不过来，连忙马上打恭道："末将恭迓娘娘千岁！"胡氏见他这般遮掩，暗自好笑！因为他是军师，不便十分严厉对待；而且前面敌已到，没暇和他们歪缠，便挺着长铲，含笑略一点头，就催马飞驰，向桥下去了。王平仲、刘采知胡氏关于军律，是不大讲情面的，终不敢逃躲，勉强到桥头来押令后退小伙转身向前。连那纷纷策马飞逃的武昌、姬尚、郝全、项强以及守庄门的黄元吉等四人，都震于胡氏威严，连忙回身转来，齐在桥头地下展开。

胡氏原不仗他们救应，只要开手中月牙铲，扬鞭急进。那边阵上，正是黑烈、白超、文申、文哉四人一字儿当先。胡氏一眼瞧见，心想："人说文家女子出色，果然名不虚传。"黑烈见胡氏举铲不动，便喝一声"照戈"，骤马挺戈直刺，胡氏久经战场，深知戈、槊、镟、钺四种兵器最难使，不是有本领的不敢拿着当战的。黑烈的戈出手非常之快，更使胡氏吃惊，暗想："这妞儿本领不差！"便将铲一横，霍地把长戈磕向一旁。哪知黑烈腕力特大，虽然这一豁不下二百多斤，却仍紧握着戈，没被磕远。只闪开二尺多些，便带回来，耍得起一个团花儿，向胡氏面门正扎。胡氏喝声"来得好！"将铲近面一拦，偏头伸臂，就鞍上一转，一铲已直抵黑烈胸前。黑烈闪向左边，骤一冲，就手将戈斜反猛刺，胡氏的铲方转过来，猛然间不及变招，被黑烈的戈将铲夹绕住了。胡氏大急，忙尽力抽铲。黑烈同时将戈一拧，只听得咔嚓一声，胡氏身躯晃了一晃，黑烈上躯也摇了一摇。

两人同时一惊，正待各抽兵器，回视有没损伤。还在扭拧之际，猛然听得一声大叫，接着就有一件东西向那两种正绕住的兵器一击，立刻豁然分开。却从中添出一柄曲刃长槊，同向胡氏进攻。黑烈一面抵敌，一面展望，才知是白超横突过来，解危助战。顿时，黑烈向旁一闪，和白超各占一翼，双战胡氏。胡氏不慌不忙，将月牙铲抛开，耍得银光霍霍，四周都到，绝没破绽。

王平仲瞧了半晌，渐渐眼热，浑忘了方才的惊吓，只记得妒忌胡氏扬威耀武，便想乘机立功，连忙和刘采商量，决计乘机踹敌队，好冒占退敌大功。那十个头脑，有一大半是听得冒功，就像娃儿见乳一般，不待吩咐叮咛，早抢先出阵，突过女儿兵阵脚，便向对阵杀去。当先的是项强、郝全、武昌、黄元吉四人。

那边阵上瞧见，文申、文哉、方瑛、方玦四人齐出。方玦首先挺刺赶到，黄元吉大砍刀正向下砍时，被方玦一刺挑开，当胸便扎，两人便斗在一起。武昌跟上，舞刀助战，方瑛早抢镰待着。文申的大镦挥起，郝全大戟正迎着。项强横斧接上时，文哉的直刃槊早刺到项强腰间，险些被扎了个窟窿。

这时，这八个人分作四对，直斗得阵尘滚滚，飞沙走石。斗了约有一盏茶时，这边三女一男，是初出来的全副精神，而且心怀仇恨，越战越愤，越愤越勇。那边是酒色久掏，而且心中不过是望点儿好处。初时一股勇气，斗了几合，仅渐渐懈下来了。却是为与人对敌，性命交关，自己为要保性命，只得抵死尽力抗战，确是已经没法还击。

战了多时，文哉杀得性起，将马向前一骤，挺槊向项强胸前刺去，槊还没到，突见项强向前一扑，白光一闪，一颗脑袋骨碌碌落地乱滚。赤血向前一冲，倒把文哉惊了一下，急握槊定睛时，见一员黄面少年将，浑身金甲，正在向项强尸身上揩拭三尖两刃刀上的血迹，正是自己的堂兄飞天龙文干，大喜叫道："二哥！您从哪里来呀？"文干答道："我才赶到，和大姐、五妹一同来的，快杀贼，回头再细谈。"

文哉应声过去，和文干并马，向那边去接应方瑛、文申等，马才动蹄，猛见树后转出一骑马，一个浑身灰色跨灰毛马的少女，一手挽着青龙偃月刀，一手提着个人头，高叫道："二哥！四哥！上哪去呀？"二人认出是五妹文平，便道："去接应三姐去。你斩的这首级是谁呀？"文平道："不知道，没问姓名，是个使大砍刀的。"

三人正在一同行走，遥见前面是方瑛、方玦各挺镰、刺，猛追一员贼将，正是双刀武昌。看看将要赶上，方玦已取出绳索，只待攒上，一把捉来捆绑。突然一声响，横坡里冲出一员贼将，黑罗袍，黄铜甲，乱鬓鬈发，跨着黄马，手摇九环大棒，欻地挥刀一截，方瑛、方玦略一迟钝，那武昌早乘空伏鞍飞奔得无影无踪。

方瑛、方玦大怒，转身便向那贼将攻去。文哉、文干、文平望见了，一齐怒气冲天，怎奈这五只虎一般的劲敌，都痛恨他救走武昌，一齐着力，向吉永昌进攻。吉永昌哪里抵挡得住？只听得一阵兵器乱响声，吉永昌早坠下马来，做地下的一堆肉酱，一摊鲜血。

这时庄门战得正厉害。王平仲见胡氏力战二人，他也不去帮助，只向这边的兵丛中去闯杀，逞他的威风。刘采却见胡氏一时不至于败，自己乐得做个顺水人情，过去帮助，便将刀一横，也上前去，阴一招阳一招地冷干。所以贼场上便十分热闹，尤其是兵丁们，因没主将督阵，被王平仲扰得纷乱。

战了多时，白超、黑烈抖擞精神，不肯稍懈。正酣处，猛听得一阵銮铃声响，人声鼎沸。那边王平仲早回马飞跑。随后便是文申、文哉、文干、文平、方瑛、方玦一齐来到。刘采见了，心中暗想："大场面来了，别卷在里头吧。"觑了个空，拨马就回，但听得一声喊，文氏、方氏六人一齐向胡氏围攻上来。

胡氏见了，自知难敌，连忙将铲抡开，耍得如轮明月一般。这边的吴祥、何筹、武昌、姬尚通通上前抵敌，众人一阵混战。吴祥突然瞧见文申鞍旁悬着郝全的首级，心中一阵难过，手里的大钺略松了松，恰遇黑烈追逐胡氏，由吴祥身边走过，见他发呆，便手起一戈，顺带把吴祥挑下马来。

这边众将顿时威风突涨，奋力进攻，恨不得马上就攻入庄里，砸毁庄子。胡氏抵敌不住，一面苦战，一面倒退。文哉、文申大呼逼进半点儿不肯放松；白超、文干、文平和黑烈、方瑛、方玦一齐突攻。王庄众头脑拼命抵御，不料进势太猛，白超槊伤何筹；方玦刺伤郝全；黑烈戈扎姬尚；都受重伤下阵。胡氏才心起犹疑，巴不得庄内快些派兵来救应进庄才好。

白超这时精神百倍，大叫："快上前攻庄哪！别放走贼首呀！"众人都蜂拥上桥，眼见吊桥已经占得，就要扑攻庄门了。众人心中无不大喜，分外努力抢进。众兵卒也各自聚拢，跟着径上。正在万分急切之时，不料庄外林子里喊声大起，人马喧腾。文申等先还当是自家救应兵到，绝不惊心，一个劲儿猛向前攻。哪知一霎时，后队大乱，兵卒纷纷呐喊逃散。黑烈首先觉着不对，急忙回马瞧时，只见一片红巾耀眼，突的一惊，知道不是本队人马，便大叫："众位小心呀！小心中计受夹攻呀！"一面叫着，一面将近身方氏姐妹一拉，一同回马，杀回头去。

文哉听得黑烈的呼声，急退出圈子，转头一望，遥见林子前面，土坡之下，在自己原来屯阵处，红烘烘许多赤包巾、土布衣的大汉，当先六个，一色的青布紧身打衣，头裹红绸，手拖刀枪，跨着大马冲杀过来。文哉也不管他是哪里来的，只见他们和本队作对，便骋马杀去。黑烈、方瑛、方玦都已赶到，便摆成一字，翻杀过去，拼命冲突，想要开路。

这时，胡氏也不明白这支是哪里来的，先时还不敢贸然反攻，及远远地望见林边红巾，突然想来："必是荆棘岭的人马来了！"便叫刘采快进庄调兵来夹攻。刘采最喜欢这种凑热闹的差事，嗽声答应，驰马进庄。这里胡氏顿喉大叫："救兵到了！快反攻呀！"督着败兵，掉转头来，猛突过去。

那边白超、文申等一班人方在桥上，已经要攻庄了，猛然遭了这事，真是愤恨万状。因见林中兵多，又恐后路有失，不敢死命抵在桥上，只得把千辛万苦夺来的桥舍弃了，反身来攻林前红巾兵。胡氏便长驱直入，返退下桥。

那红巾兵是生力军，个个精神抖擞，再加上王平仲突然闯出来，大叫："洪头脑！马头脑！陈头脑！镇九湾！八飞镖！金钱豹！快杀呀！斩将一员，银百两！斩卒一名，银二两！回头缴首级领赏格呀！"那伙红巾听了，就如疯狗一般乱扑乱闯。

庄子里门前，刘采领着努儿马札和两番将及林定霸、呼延雄、钮云珠、任三娘、王龙等率兵齐出。一阵鼓响，突然合围，把文氏来人连兵卒一齐裹入重围中。男女众侠四面冲突，越杀越厚，越冲越不得出。

将近战到黄昏，树林中猛然火把齐明，人声大振。文申等都暗吃一惊，心想："不知贼有外援，不曾堵绝。再有兵加，总算完了，只可怜了血海沉冤，何日得雪！"不觉心惨意凄万分悲苦。白超、黑烈虽振作精神，舍命突杀，怎奈围得坚固，撞突不破，没多时，两面弓弦一响，文申、文平、方瑛首先中箭。但见矢如飞蝗，满圈乱飞。没多时，众侠个个带伤，文哉坐骑也受伤倒地，眼见是立刻就要刎颈自全了。

猛然间，忽听得一声巨响，横空一线金光飞过，接着咈的一声，庄墙上大旗立时坠入庄河。说也奇怪，那围住的小伙就像失了眼目一般，立刻纷乱起来，白超等人在圈内见了，一齐忍住伤疼，夺勇突杀，斩翻许多小伙，冲出重围。

这时林前红巾兵忽然纷纷逃散，六个红巾头脑也都急急抢上庄桥。后面一彪人马猛杀过来。但见前面一人，金盔金甲，手舞镶金、纯钢、云锷画杆三尖两刃四窍八环刀，天神般地直杀进来，后面督队的瞧不明白，但见飞抓乱舞。白超等才知是黑成德统救兵到了，顿时精神百倍，疼痛全忘，一声喊，反杀过来。王家庄的人马，这时已筋疲力尽，连胡氏也可败不可战了，只得夺路回庄，龙儿始终只压着队，不曾出战，到退兵时，挽住胡氏首先回庄。众人失了主持，更不敢恋战。没多时，许多人马，连红巾兵都退入庄里，吊桥仍旧高悬。

文申查点兵卒，收集伤疲。这才知道是秦良玉见众人出战半日，未见回转，且没音信，不知情况如何，便约同文斗、倪道、符中、史瑯、史环、于垂、于乘、周兹等前来救应。恰好黑成德赶到，便请黑成德将生力军调赴王庄，并请黑成德压队助阵。黑成德久没上过战场，听了也很高兴，加之听得自己女儿也在前军，更加想自己去一趟，当下便一同督军出行，直指王庄。刚刚赶到，杀散红巾六头脑，解了急迫之围。那庄墙头上的大旗，本是庄内指挥庄外的兵卒的，却被秦良玉飞刀斩落，才散了这个重围，杀退王家内外人马。时已是黄昏过后。

文申等一干人，先见过黑成德，道谢相救之情。黑成德谦逊几句，便问王庄情形。白超一一叙说，并将前后战况向黑成德说了，黑成德道："白药已经带来，你们先行调伤，明早好出兵攻门，我们万不能使那厮们有歇息的工夫，好在咱们人多，明日待周清溪到了，让我们俩老的跟你们今日白天没出战的人去干一趟瞧瞧。"众人答应了，便离林子三里扎营。

文斗向黑成德取到云南屈家白药，所有受伤的照数分派了，又派人到上林庵去取衣甲暗器，待明日更用。诸事预备了，众军埋锅造饭。餐后由史瑯、史环、于垂、于乘巡营，护住新营，兼巡伤棚彻夜，幸没动静。

原来这一夜间，王家庄内却出了一桩意外的大事。收兵之后，王平仲更换了衣服，便和刘采一同到自己房中，不知说了些什么。一霎时，王平仲传出话来，道："今天白天虽然损兵折将，却喜荆棘岭众位头脑和两间山的众位英雄前来相助，转败为胜，实堪庆贺。今夜全庄犒赏，并给荆棘岭、两间山来人接风。"便命人杀牛宰马，开坛起瓮，大摆筵宴，并且决定轰饮通宵，到天色大明才罢。一来尽欢；二来带着防守，免得上林庵的人来探庄。当时全庄人来人往，奔波到初更过后，已经上上下下都入了席，灯烛辉煌，全庄通明，真个即使有人前来，也别想得避影藏形。

第二十四回

雪耻荡秽两破贼巢
察毒擒凶独褫奸魄

当酒筵开时，王平伯本系碍着镇九湾伍飞、八飞镖黄启三、金钱豹孙吉人和荆棘岭三头领的面子，不便阻拦，当即勉强应酬。酒筵上实无心绪，陪了多时，便起身告便。

刘采和众将却有说有笑，分外亲热。酒至半酣，刘采忽然倡首说："今天是娘娘的功劳最大，我们大家要敬贺娘娘一盏。"任三娘、钮云珠二人首先笑道："理当理当！即是贺娘娘，应当由我们女将起首。"便斟满一大盏酒掇至胡氏跟前道："末将等敬献娘娘一杯，敬贺娘娘今日大胜，并祝娘娘明日尽灭贼兵！"胡氏素性好胜，一仰脖子，便喝了个干净。

龙儿在一旁道："妈！不要喝急酒，急酒伤人太厉害！"胡氏笑道："孩子别吵，你妈妈灌得过他们的，好孩子！你瞧着吧。"说着钮云珠的一杯又来了，胡氏也一仰脖子喝了。接着新来六头脑，莫名其妙，以为胡氏高兴，便也上来凑趣道："我们新到，无以为敬，借花献佛，愿敬娘娘一杯，愿娘娘千岁、千千岁！"胡氏答道："生受各位了！"一盏酒，又入了肚中。

胡氏一连喝了几十杯，差不离有三斤多酒了。王平仲见功夫还没使到，知道要胡氏大醉至少还得来个这么些酒才行。当下便执壶起身，到胡氏跟前装着笑颜，说道："老嫂子！兄弟不懂事，又不会说话，得罪嫂子的地方很多！承嫂子格外体谅老兄弟老糊涂，不和我一般见识，做兄弟的一想起来时，又痛恨自己，又感激嫂嫂！今日借这贺功的机会，敬嫂子三杯，一来给嫂子贺功，二来向嫂子请罪，三来以后还求嫂子的教训！"胡氏笑答道："咱们自家人干吗这么客气呀？"说着话，已将三大杯酒喝了。

龙儿在旁暗瞧："情形不对！他们这般敬酒，一定是有奸谋在内，不要今晚就闹出来才好！"复又想着："胡氏对我不错，我不能坐视不理！"便霍地站起身来说道："众位伯伯叔叔，今天都是长辈聚宴庆功，本没我小孩儿说话的份，不过做晚辈的有一句话，因为是关涉太重，不敢不说。家母今日鏖战整日，已经很辛苦了，现在强敌当前未退，如果有甚响动，家母还须出战。所以今夜虽是庆贺，还请众位长辈少敬几杯酒。小侄女窃抱履霜之戒，敢陈凛惧之忧，伏求众位长辈原恕！"伍飞等一班新来的人都道："好极了！足见姑姑忠孝双全，咱们理当敬从！"王平仲听了，暗中痛恨，却是一时抓不住驳她的话，只恨得暗地里咬牙切齿。刘采瞧这情形，要决撒了，急得不得了，只得硬着头皮说道："二姑姑，孝心可敬，忠忧可钦！令人既感且佩。只是今日此筵是为娘娘庆功而设，怎能不请娘娘尽兴？如果贼人再来送死，自有将卒对付。娘娘已经大战一日，怎敢再惊动玉驾？即使多进几爵，正好请娘娘多安息些时。"王平仲大喜，不由得大声附和道："刘军师的言语，大有道理！到底是军师爷，我们却是心里虽有意思，怎奈无才说不上来。"

胡氏听了龙儿的言语心中一动，暗地觉着情势有些尴尬，便打定主意，力排众议，便向众人说道："今日这筵席就算是承众位盛情，为我而设，我已经都领过情了。实在是大敌当前，不敢稍懈，还请众位格外原谅！若说筵间无以为欢，就请伍头脑、黄头脑、孙头脑把贵寨的情形说说，再请洪头脑、马头脑、陈头脑也把近来的事说些儿。前两天两寨都曾经来信叫去人援应，如今竟能来援，想必是有一番轰轰烈烈的克敌大绩。咱们听着这个英雄事业来下酒，岂不比呆敬痴喝强多了吗？"王平仲听了，更加暗急，却是哑子吃黄连，说不出的苦，只有白呆眼，下死劲地盯着刘采。刘采面上失色，心中焦灼，也惶然无计，只低着头，喝闷酒，装作没瞧见。一面暗地另想坏念头，想抓个机会，再灌胡氏几杯。

这时，两间山的头脑八飞镖黄启三已经立起身来说道："承娘娘夸奖，我们实在是惭愧万分！我老实说吧，咱们六个这一趟，不敢说是遵命来援，简直是上门投靠。还求两位千岁和娘娘不要笑话，恩赐收录。咱们两寨兄弟才有存身之地！"伍飞、孙吉人、洪逵、马昆、陈七星一齐接言道："务求俯允！"

王平伯诧异道："前几天，我得着荆棘岭的告急旗子，因为来人只说：

184

'劫镖生事被攻很急。'后来两间山来人带的信上，也只说：'因荆棘岭有事，赴援力量不足，请念同盟火速来救。'当时为着我们也在被攻，便对来人说：'我们击退庄前贼，立刻来救。'并且以为劫镖生事总没甚说不开的。所以说：'那边事如果先了，还请众位头脑齐来援助我们。因为我们的敌人很顽很强的。'今天承各位来解厄，还以为各位贵寨的事，已经得胜完结了。如今说起来，难道还出了意外的事不成？如果各位果真是升帐，那么，敝庄正为着几位头脑带彩，缺人应敌。众位肯屈就，真是求之不得，就是弟兄们也正用得着。老二正说要由暗路派人出去找人。各位下降，真是再凑巧没有了！只是两寨都有名的坚固，怎么会有这样的事呢？究竟是谁人的镖，那主儿怎么那样厉害呢？要是像这样，随便干点儿小事儿就给镖客砸哪，那么，全成了镖师的世界了，江湖朋友还想吃饭吗？"

洪逵先把两撇倒八字眉一皱，叹口气说道："嘻！大千岁有所不知！如今江湖上的规矩算是坏完了！自从镖家几个闺女出来走镖，金家、于家、丁家都跟着派娘儿们上路。这般大闺女粗媳妇，任吗规矩不懂，一味地蛮干，哪里还像从前那般有交代，有来头。她们只知'强者为王'，一味地硬来。所以才到处打搅，闹出许多事来。"

王平仲插言问道："我们正被一班臭妞儿闹得头疼，难道你们也遇着一班没鬤子的吗？嘻！如今是天翻地覆了，全是女子的世界。这阴盛阳衰，就是魔难劫数，天下永没太平之日了。"说着话一面拿眼瞪着胡氏和龙儿。她母女二人只顾瞧着桌上，一声不响，置之不理。王平仲却得意扬扬，好似这又出了一口气，满脸透着那皮动肉不动的奸笑。

洪逵道："这事我们本来要来报禀千岁，求千岁代我们报仇的。说起这事的根源来，其实是很平常的一件事。前一个月头里，有一趟镖车打荆棘岭下过去，一不投帖拜山，二不停车避道，驾着车驮直冲我们回山的队伍。那天刚巧带队的是无名火陈老弟，她们闯了这儿，就闯起陈老弟的无名火来了。当下张嘴一骂，说：'你们这班不长眼睛的瞎驴，是哪里来的？'哪知那一趟镖就是武昌南湖凌家的，押镖是霹雳手凌霨领着他堂妹子拿云手凌云、闪电手凌霄，都是大闺女，咱们哪里认识这伙没鬤子的呢？当下陈老弟一骂，那凌霨就出头，说：'你才是瞎驴呢！南湖凌家的镖旗你没瞧见吗？干吗不让道子？'

"你想，陈老弟他受得了这一下子吗？虽然知道凌家不好惹，也只好惹一趟再说。大骂虎丫头、浪蹄子，抄家伙就干。凌氏姐妹叫作凌氏六龙，听说凌霭、凌露本领最不济，她俩是文秀才凌冰的孩子，刚从师学艺回来的。虽然在她们兄弟姐妹中年纪算凌霭最大，凌露最小，却一般不能自立字号。今年才附在回天手凌霞一处，把我们山前过，还是第二趟走镖。陈老弟和他打了个平手，斗没几合，防他们接应，便诈败，诱凌霭到陷坑里，擒捉住了。

"谁知这就闯下大祸了。刚把挠钩搭上来，凌云、凌霰一齐赶到，向那挠钩伙，口里连吐几吐，就给揍翻了七八个。陈老弟不知道凌家家传口弹的厉害，当是妖术，就拉裤子撒尿，还叫小伙们全照着干。这一来，可算得罪她们了！当时她们虽然羞得一闪身，我们就势劫了镖车上山，却是就种下不解之仇了。以后的事情，就都由这儿勾起。

"后来芒砀山的锦狮王武大海派人来说：'南湖凌家素不得罪绿林，他家祖上凌翔、凌波姐妹都曾寄身绿林，所以他们家里自来不曾和绿林无故生过嫌隙。这趟听说你们寨里劫了凌家的镖，究竟为甚事成仇？可不可以调处？如果是只为些许银子，你们就犯不着得罪凌家。为免伤和气，我可以向凌家说话，给你们解结。'我们因为锦狮王的面子一口就答应：'原镖退还。'哪知锦狮王向凌家一提，凌家不谈镖银子，说是'荆棘岭上不是人，是畜类！请锦狮王别过问。'锦狮王听了，很不高兴，说：'凌家人狂。'很有帮我们的意思。不料金家四虎、丁氏双麟，跑到芒砀山向锦狮王一说，把陈老弟撒尿的事全揎了出来。锦狮王就此变了，大骂我们不是汉子，还说：'难怪凌家要灭他们！这种江湖败类，连我也不能容留！'

"我们连派两趟人到芒砀山解说，都没见着锦狮王。我们还以为总可商量，不料去解说的人还没回来，凌氏六龙已经到了，当日就打叶子。我们没法，只得一面请朋友，一面向这儿庄上求救。那两天之内，只有两间山孙头脑和芦花洼的戚忠、戚孝，还有钱家窑的七虎，带着一个徒弟叫余干，到来相助。我们见有十几个人了，便预备到期时和他们拼过死活，见个高低。

"第三天早上，我们十三个人，如约到山前等候。哪知他们那边来的是三个全班儿，由锦狮王的妹子石狮子武大江做干证。凌氏六龙：凌霭、凌霞、凌云、凌霰、凌霄、凌露；金家四虎：金仁、金代、金攸、金作；丁氏双麟：丁枚、丁枝，一齐到了，恰巧也是十三个人，一字儿排队过来，见了我们，就刹脚站住。

"这甬说，我们不是那班歪货的对手！先以为就是凌氏六龙，那么，我们两个对她们一个，还对付得过去。如今来了这许多，算起来得个打个。她们会纵跳，我们只会爬山；她们有绝技，我们是硬武艺，自然是占不了上风。戚家弟兄只瞧情形不对，就上前说道：'荆棘岭只取了凌家的镖银，不劳众位到场。今天就是荆棘岭拼南湖凌，甬旁人管事！'武大江就说：'我们本来不管你们镖银的事，只问你们荆棘岭的好汉，拿江湖上英雄的母姑儿媳，妻孥姐妹，当作什么？我们今天是替天下的女英雄来向荆棘岭的好汉请教的，所以我们全是事主，并无旁人。你们姓戚的，既不是荆棘岭的人，本当甬你们管事。不过我们先得说明白，谁要帮着荆棘岭，就是帮着糟蹋天下的女英雄，我们就不能留他。回头动手无情，还请原谅！最好是你们各位成为不糟蹋天下女英雄的汉子，明哲保身，奉请站在一旁，袖手观战，给我们做个见证！事完之后自当道谢。'

"戚家弟兄也受不住了。一拔刀，他们就好似潮水似的涌上来。我们拼命堵着，哪里堵得住呢？一会儿工夫，钱家窑的七虎只剩下一个白虎钱二嫂，戚氏兄弟都带了伤，只有余干身伶俐，还保得在。我们自然是一败涂地。

"退到岭上，照理就应该完结了。哪知那厮们仍不甘休，直追入山寨。我们只好从后山走了，那厮们不但是原镖劫去，还抄了我们的家。我们领着一班受伤朋友，叫小兄弟扛着，就近投奔两间山。承孙头脑领进，伍头脑念情把我们留下。

"那天夜里，承伍头脑的情，要我们同去报仇。我们也料着那厮们一定宿在荆棘岭，只黄头脑守此，便都去暗干。不料跑去却扑了空，赶急回来时，没到两间山，就撞着逃散的小伙，连忙查问时，才知那伙女人露夜攻山，黄头脑孤掌难鸣，全被那厮们斗个干净，连寨子都烧了。这真叫我们对不起朋友，连累朋友为我们吃亏还行吗？自然要有个交代才对。

"当下我们也来不及见伍头脑，就尽力攻山。一个反攻上去，我们是熟路，自然大意一点儿。倒中了那厮们的埋伏，由早至午，没出得围。钱二嫂也被丁枝砍却了，余干是死在凌氏六龙乱剑之下。连受伤的戚忠、戚孝也没活着，全给金氏四虎搂翻了。幸得我们六个路熟，各处闪躲，没受着伤。还幸得小伙们放火烧山，大家站不住身，我们才收集小伙。正想着没处走，陈老弟说：'听说小天堂也是一班女子在闹着，说不定就是咱们的仇人。我们何妨去投奔呢？大家原是同盟，正好借大力报仇。'我们才率着小伙上这儿来。一到庄门外，瞧见一般没臊子的正在猖獗，心中火起，虽不是我们的仇家，也要借她出一出胸中怨气，所以帮着杀退了那厮们。"

王平仲等听了，他们六人果真不是遵召来援，实是失巢来投的。王平伯正在敷衍，王平仲便坦然说道："不瞒众位说，我们前面这一大伙，也不弱似那什么四虎、六龙。敝庄上也很坏却几位上等头脑，正在派人向各处求将。众位不弃，我就要奉屈归队了。从前敝庄四位护守庄门的头脑是四位剑客。如今是三亡一伤，因为敌众，转调江东八勇中没受伤的六位迎守庄门。却是内巡空虚，就请六位头脑辛苦吧。"伍飞等齐身说："遵命效力！"

洪逵请发小伙衣装，王平仲方和刘采一同离席方便回来，答道："六位的衣甲，马上吩咐管库的送上，小伙们的还容赶制，暂时不妨且服原衣，待四五日就成了。"便吩咐管库取衣甲。洪逵等六人谢过。一会儿王平仲见取衣甲的人已来了，便请六人到里间更衣。王平伯方待要说："回头再换也可以。"刘采早已帮着把六个人请到里间去了。

王平仲待洪逵六个人来到，目视刘采，刘采便将门掩上扣好。王平仲微笑不语，刘采却低声向洪逵等道："众位到此，我们次千岁异常欣喜。因为敝庄近来不利，全是因为牝鸡司晨，阴盛阳衰，以致颠颠倒倒闹出许多事来。次千岁忧心已久，前日命小生虔占一课，卦象为'地天否'，显见得是阴人当权，以地压天，否运降临。次千岁又命小生再卜，卜得贵人是解救，主初七辰日，自有贵人来助。今日众位下降，正应卦象，所以次千岁异常样欢欣。如今更知众位山寨新毁，次千岁借给大力，削平内奸，愿将庄内平分一半给众位，为集将聚兵，积草囤粮之用，随时再倾全力，为众位恢宏大业，和本庄为掎角之势，再共图不世之业。现在庄内上下，全是次千岁的心腹，只要一声号令，万无他虞。还望众位共致和同，相助一臂。"

洪逵愕然道："那么大千岁呢？"刘采道："众将早有心要请大千岁退休。如今也并不与大千岁为难，只除去内奸，便请大千岁移居园内澄碧堂中，乐享天年还省得劳心劳力，庄中也从此权归一主，不至于和现在一样分歧紊乱，政出多门。"

陈七星贸然问道："内奸是哪几个呢？我们新到，还分辨不清啦！"刘采叹道："就是母狮子和摩云雕，一老一少俩没廉子的。除她们妇人心最毒，还有谁哪？"陈七星愤然道："杀女人，我最欢喜，我吃透了女人的苦了！你们干，我一定打先锋。"刘采忙低声道："这倒用不着打先锋……"说着，便凑近陈七星耳边叽喳了一会儿，只见陈七星眉开眼笑，连连点头，随后互相传达，六人都明白了。

洪逵、伍飞等连忙匆匆换了衣甲，随着王平仲、刘采到外面来，依旧谢过了王平伯和胡氏，并向王恩、龙儿一一招呼过，才和厅上厅下诸人平施了礼。这时酒已半阑，胡氏丝毫没醉。但是王平仲已心有把握，泰然高坐，只待时候到来。

没多时，菜已上毕，时将破晓。但见王克武领着几个家人托着几个大盘醒酒汤上来，王平仲便起身道："今夜因为畅谈未及敬酒，待我来送汤聊以将意吧。"便在家人手中掇过一碗汤来恭恭敬敬递给刘采。刘采连忙逊谢舜让，闹了一大客气才罢。王平仲便挨次一碗一碗献下去，直到王恩跟前叫他取一碗。底下就是龙儿了。

龙儿不待王平仲叫，便道："我是不敢劳二叔的。"便起身抢了一碗，望一望王平仲。王平仲在旁见龙儿掇着那碗是叫王恩取的，一时手脚略缓，被龙儿夺入手内，心中老大地吃了一惊，连忙叫道："龙儿，你掇错了！你是这一碗。"龙儿回头道："这一般的碗，一般的汤，难道还一定要派定哪一碗是哪一个吗？这么随便取一碗不是一样吗？"王平仲一时没了话答，两眼眨眨地对着王恩，似乎是叫他别喝汤。

龙儿瞧得明白，更见刘采向王平仲直使眼色，似乎是要他坐下别露痕迹。王平仲却是做贼心虚，一时想左了，以为王恩险极，仍然在愕想。龙儿早已瞧出，知道不好，急回身瞧胡氏时，万不料胡氏于龙儿全神观察王、刘等时，掇汤喝了一口，龙儿见第二口又要喝进口了，急得飞跳过来，大叫道："妈！有奸细下毒，快别喝！"声未了，一手将胡氏手中汤打落在地下，顿时啪的一声，地下砖裂火起！

胡氏大怒，喝骂道："好恶贼！我与你何仇？下这般毒手！"龙儿却一声不响，身如闪电，霍地转身，耸身腾空一跳，直飞到王平仲跟前，一把将王平仲搿住。大叫道："谁敢乱，我先斩这贼！"叫声起处，猛听劈空有人大叫一声："好孝女！"

189

第二十五回

逐逃寇众侠会同仁
振雄威单刀诛六盗

当时，龙启将王平仲擒住时，王平仲的党羽刘采、努儿马札、恩多斯克里布、科尔沁夫吉等都一齐拔剑，唧当铿锵乱响，都待并力上前抢救王平仲。不料正在这时，半空中有人一声大叫："好孝女！"接着又有人高叫："别气馁，我们来援了！"霎时间，噗噗噗飞下许多人来，首先是一个黑面胖身、又高又大的女子，一把将刘采擒住，随手将套索向他身上一套，扔在一旁。

随后六个蓝、绿、碧、青、蔚各色衣裤包头扎脚的少女将番人围上。王平仲连忙发哨聚兵向外守厅，胡氏也勉强撑持起来，先时见许多女子当是庄外敌人已经进来，及至细瞧，见都不是庄外那伙女子，便高叫道："龙儿小心，别误伤了人。"龙启此时还没瞧明，当是秦良玉等来援，便答道："妈放心！这都是我请来的。"

话未了，忽见王新飞奔来报："庄外敌人乘天晓进攻，已经夺得庄桥，马上就要进庄了。"王平伯听见龙儿说这些女子都是请来的，且瞧着都不是庄外的仇敌，没暇细问，便命众将随同出战，立刻率领出战。厅上只剩下被捆住的三个番人和刘采、王平仲。

龙启正去搀扶胡氏，忽觉后背风响，急回头时，猛的一个素衣女子将王克武捉住，忙问了一声："怎的？"那素衣女子答道："这厮暗中刺你，被我捉住了。"龙启这才留心细瞧，那素衣女子，却不认得，便又问道："请问姐姐，秦良玉姐姐可会来？"素衣女子一愣道："我不知道什么秦良玉？"龙启大诧，仔细瞧时，果然满厅中女子没一个认识的，更加惊异。

正待再诘时，忽见一个翠衣女子插言答道："秦良玉姐姐现正在攻庄，我们是请她派人带来的。你且不必细问，我们就是破荆棘岭、烧两间山的，跟踪到此。因为恐中埋伏，是我单身去见秦良玉姐姐，请得这两位于家姐姐来带路的。"说着手指两个戎装女子。龙启瞧那两女子时仍不认得。

那两女子近前说道："我俩名叫于垂、于乘，本住武昌南湖，和这位凌三姐是近邻，且是同门。此次同秦良玉姐姐出游，到此攻庄。凌三姐领人追荆棘岭贼人到此，因知庄内有埋伏，特地到营相见，我俩特来带路。姐姐的事，我俩全知，姐姐不必迟疑，火速自拔。秦良玉姐姐马上就要到了。"龙启这才略略明白。

这时胡氏已昏在地下，龙启只得请众人稍待，自己连忙托抱着胡氏直到里室，放她躺下。转身出来时不觉一惊，原来厅上先时有十多人，这时却只剩那于垂、于乘两人了。龙启忙问："她们哪里去了"于垂道："她们都去追捉荆棘岭贼盗去了。"龙启低头一想，很想到外面去观战，又放胡氏不下，心中正在委决不下，忽听得胡氏叫："龙儿!"

龙启连忙到内房，胡氏问道："这些人你怎么认得的?"龙儿一愕，想说一时也说不完。只得答道："是潘奶妈约来的。"胡氏惊道："潘奶妈?"又说道："那么你的身世，你自然明白了。我这是本当告诉你的，如今可以省我费神来说，不过我人是不中了，如果有个怎样，你如何待我呢?"龙启含泪道："妈待我的恩情，虽死难忘! 妈放心，女儿无论如何，总对妈妈尽孝尽礼!"胡氏微现笑容道："我无恨了! 你须知你虽不是我亲女儿，却是我嫡传弟子，我的本领，都传给你了。你如今不必在此，还有王恩别放他逃脱。'斩草不除根，逢春仍滋生'! 快去，快去!"

龙启猛然想起，连忙出来，才待向于垂、于乘细说，要去捉拿王恩，忽见屋上一闪，前后两条人影耀眼窜过，前面那个，好像是王恩，便连忙纵身向屋上一跳，两足刚沾檐口，猛然有个人也正从屋脊向檐口跳来。两下里碰个正着，龙启手快，忙将身一闪翻手一掌，耳中听得啊哟一声，接着就咚咚滚在丹墀里，龙启忙回身跳下，踏住那人瞧时，正是王恩。接着屋上又飞下一个人来，却正是沈云英，大喜道："沈姐姐，快请进来!"沈云英点了点头，便到厅里。

沈云英向龙启道："秦良玉姐姐特嘱我早入庄内来通知您，因为连放两三支流星，没见您回复，恐怕里面有了变故，所以叫我先进来，并要我对您说:'恩怨要分明，切不可含糊。'如里面已经有活捉的人，可交给

191

我；或是于家姐妹已经到了，就交给于家姐妹。您快和我出去平贼报仇要紧。"龙启道："我妈是我养母，中了些毒，怎么办呢？"沈云英道："于家姐妹有药，不要紧的。"于垂也道："这里你交给我好了，管保误不了事。"龙启道："那么，就走吧！"胡氏在里房听得高声叫道："儿呀！王家是无望了，你快奔你的前程吧！"

龙启听了，猛然洒下两眶急泪，急忙强自忍住答道："妈您保重，我就来的。"说着回身向垂、于乘低鬟一拜，于氏姐妹连忙答礼。龙启便摘取袅龙钻，披上飞龙剑，并取流星火纸暗器等物，随着沈云英纵身上檐，穿甍越瓦，直出正屋，沿着水洞，向前面来。

那秦良玉等宿营林外，由于垂、于乘巡营，直到天色将破晓，静寂无事。于垂、于乘方待收哨回营，忽见林子里鸟一般飞来一个人，蹿出林外约莫三丈开外复落地站住。于垂连忙拔剑等待；于乘一抽剑，一耸身便迎上去，细瞅来人，翠衣翠裳，翠帕包头，背剑跨弓，两手空着。便再进一步，借着将曙的微光照映，两面一齐吃了一惊！"五姐！""二妹！"两称呼同时从两人口中分别发出。便走向一处，于垂在后瞧见，便急赶近前瞅时，面上顿时露出笑容道："我道是谁呀？凌五姐！您怎么上这儿来的？"原来这来人正是拿云手凌云。

当下凌云向于家姐妹说道："旁的且慢说，我问您，这营盘可是秦良玉扎的？"于垂笑道："您瞧我俩巡营，营里不是她还有谁？"凌云道："没旁人吗？"于乘接答道："就有也都是自家姐妹，只有文家弟兄俩在左首扎营。"凌云道："那么请您先领我见了她再说。事多着哪，而且紧急得很，没工夫说两遍。"于垂便说："您是熟友，甭客气，就随我进去吧。"便领着凌云进营，于乘自去收哨。

凌云随着于垂到营里，秦良玉正和文斗一同梳洗。见凌云进来，出乎意料地欢喜，匆匆相见，并和文斗通过姓名。秦良玉便问："五妹这时到此处来，一定是有极紧要的事，不必客气，就请快说吧。"凌云道："我们无端受了荆棘岭强盗的侮辱，去砸了他寨子。那厮们逃到两间山，咱们捉住小伙问得了去向。又追去，见那厮们正烧寨子。我们虽然斩了十来个贼，都不是主犯。听说六个主犯全到了这庄里，咱们马上要进去。听说里面埋伏很多。方才捉得个贼探，他当我是文家来的，才究问出您在这里。咱们大姐说：'秦良玉既带兵，一定知道埋伏暗机的。'因我快些，就叫我来问您，您能不能和我们合力？快说！天要亮了，我们还要进去哪！"

秦良玉便把文家的事略说了，并告诉凌云："陷人坑王家庄里，水中有滚刀刺轮，近不得；庄内有竹处近不得；有帘的门不能进；碎瓦不能踏；庄路照枣树倒数第三枝方面转弯；墙根墙脚有陷坑、滚板，各门各道有触机、碰钥；迷林中有陷坑、窨井。你们有多少人呢？如果一时记不清，我找人给您带走。"于垂道："我和我妹子带路去。"凌云道："那么，我们一进去，您就带兵进攻吧。"

秦良玉忽然想起一事，忙叫道："五妹，您千万嘱咐您同来的人，庄内王平伯有个女儿，这个人有很沉痛的身世，一时也说不清，总之，她已是我道中人，无论她如何，您千万不能伤她！"凌云答应了，并告诉秦良玉："我们是芒砀山的石狮子武大江领首，咱姐妹四个，还有堂姐妹凌霭、凌露和金家的金仁、金代、金攸、金作；丁家的丁枚、丁枝，一共十三个人，全在林外。"

秦良玉便一面叫史瑯火速通报，立刻全营出队；一面便传集于垂、于乘同着凌云到林外，会见武大江等，大家见过。凌云说了埋伏消息的暗号，秦良玉并将口号一并告诉武大江等，免得彼此不认识时生误会。交代明白，然后彼此招呼一声，便分别各行。

于垂、于乘当先领路；随后便是凌霭、凌霞、凌云、凌霭、凌霄、凌露作为头阵当先；金仁、金代、金攸、金作、丁枚、丁枝作为二阵接应；最后是武大江督后。一齐来到护庄河边。凌家是祖传泗滨，又生在长江江边，南湖湖畔，都练得一身水上功夫。这护庄河是人工挖成，并不十分宽阔。凌氏六龙便各取水衣罩上。于乘告诉她们："有浮萍处不可近，那萍是假的，系在机钮上的。你们千万小心，不可碰着。"六人记住了，便带着绳索，渡水过去，其余不会水的再援绳踏索过去。刚到墙边便遇着巡哨小伙，一阵大杀。于垂、于乘领路跳入墙内，小伙们早已飞报进去。

于垂先察得墙下有一茎草处，拂开一瞧，见泥土铺得很平，便使刀拨去泥土，没几分深已见木板。急掀开来，见下面洞中有一梗小铁柱正撑在板上。洞里装着十瓣圆筒，每一瓣中透出一支雪亮的钢镞。于垂使手略按那铁柱时，那箭镞就朝上一冲，十支钢箭同时冲射有两丈多高，众人都惊得吐舌。于垂笑道："碰一碰就这么凶，要猛踏一脚还了得吗？"凌云道："十支箭向周围射出，自下向上，这人也就没法躲脱哪！"

凌霄瞧见洞内还有一条铜丝，从这端地内横穿入那一端地内，觉得奇怪，道："这铜丝和这箭筒没连住，是干什么用的呢?"凌霄素来勇敢，便道："拉一拉，试试瞧。"嘴里说着，也不待旁人参详，就蹲身伸右手入洞内，抓住铜丝使劲一拉，猛听得"哗啦啦，嚓咿啪吼"一阵乱响，眼见那面的康庄大道上石子、铁块、小镖、小箭四散乱飞，如雨如蝗簌簌不止。

众人都瞧得呆了。凌霞暗想："这家伙真安置得精灵极了! 射发时，都朝那进来的一方。站在这边的自然是自己人，一点儿也不歪过来。这里面一定有巧妙在内。"便邀着金氏四虎去寻探究竟，很留心地踏着地下，谨记着秦良玉的嘱咐，拨草翻茎，寻了半晌，见地下有许多小窟窿，一个个都朝天露着。金作便用剑拨泥挑土，细瞧时，却是地泥里埋着一支铁管，并且不是朝天而是斜斜地向着庄外一方装的，这才恍然大悟那些家伙不朝里射的道理。金仁、金代、金攸见了便也照样地寻窟窿挖下去。挖透底是一只铁筒，装的是石、镖、箭、丸，每一筒内是一种，都依次排在铁管下口旁，后面有一条铜丝，扣住一块活络的小铁板。掩住筒口，只要轻轻地一拉铜丝，那铁板就被拉掀开。同时，挤得那些家伙往铁管里直钻，就由此冲射出去。

众人瞧着，都赞叹装得巧妙至极。想了一会儿，不知它的总钮在哪里，也只好留心别碰着。她们一起向里走，可巧这时庄内的小伙们正发过犒赏，都酒醉肉饱、夜宴才散，所有守卡望风的都偷偷地去沉睡去了。加上王平仲一心在杀嫂囚兄上着想，全神对着屋里，哪有心思防及外敌? 凌云打头冲破三层卡口，宰了几个小头目，正撞着王新和十来个充哨子的小头领及巡哨小伙，由涧桥上闯过来。刚一转弯，就劈面碰着，来不及躲避。凌云当先砍杀，众人随后赶上去，趁着破晓的天光，剑光霍霍，刀影飘飘，眨眼之间，砍倒了一大片。

王新在后面压队，瞧着形势不对，见这班来人都是不曾见过的，一定是文家的主力军，来势太猛，就上去也是送死，不如快去送信，讨个头报赏，又有功又没伤损，打定主意便不再迟疑，转身向林子里一躲，仍沿涧过桥，跑回去了。

凌云等杀散这一伙人，便冲过树林，一面留心着消息。过了涧桥，便是小伙兵营。刚近兵营边，忽见那边有十几个小伙站在一杆蓝旗之旁，众人将走近时，忽然蓝旗一倒，顿时，地下如天崩地陷般一声响，黑雾迷空，箭如下雨。原来那蓝旗下，是个硝烟窖，旗一倒，杆下的火镰石相碰生火，立刻烧出浓烟，如雾一般迷着来人。同时，旗杆曲折时，拉动铜丝总钮，这一片地下的暗藏箭、镖、石、丸一齐射放出来。

于垂、于乘忙大声叫唤："快向前冲！"众人突然想起："刚才所见的那藏家伙的铁管是斜向的，离了这地就可免射。"便舍命冲向前去。却是各人都已中了几下，幸而都有软甲衬在里面，而且冲得快，才免了性命重伤。却是一扑过去，就是小伙营里。彼此相遇，突到一处，自然免不了一场斗杀。喜得小伙都已醉，且没睡足，没心没力，不能久战，纷纷散退。

一行人过了营盘，来到正屋前面，一声呐喊，齐着力向檐上跳去。这一来却不好了！原来前檐不比后檐。后檐因为有椽，消息在椽，是防人倒挂椽间窥探底下屋里的。前檐是滴水，消息在瓦楞头上，都装的活闩。不去动它，永远不移，只要一踏或是一按瓦头，活闩立刻脱开，就得连人带瓦摔掉下来。下面尽是薄板陷坑，所有正中石阶是实路可以踏步。众人一时失察，见瓦头和平常房屋一般，便绝没经心的一声喊就跳上去，于垂、于乘虽曾听得说过檐间有险，却不详悉是怎样的埋机，而且要叫已来不及了。但见跳上去的人，嘭咚，轰通，七零八落，一齐掉下地来，便连忙去拖。同时落地的，马上摔得地下薄板，直向下沉，下面就是空洞，任谁也把握不住，径向那坑里滚落。

于垂、于乘正赶忙抢救，忽见檐口一个黄衣人燕子一样飘下来，也不救人，只朝那左首一根大柱飞去，抓住柱上钉着的香托，猛然一拧，接着向下一拉，豁啦啦一阵，地下薄板一齐抵平，只把众人摔得发昏，却喜没伤。瞧那人时，却是沈云英。一查人数，只少了凌云，知道她素来跳得远，准是没踏瓦头，已进内去了。便都留神盘上屋檐，向远处踏脚。

这时，王恩出来方便，正赶上王新狂跑着大喊大叫。王恩便拔剑冲来，沈云英单留对敌，一面大叫："众侠快进去，让我来收拾这小子。"凌霄、丁枚等便和于垂、于乘一齐入内，翻过几层屋檐，直抵内厅。正见凌云高叫一声："好孝女！"便倒身蹿下。众人恐她有失，连忙纷纷跳下丹墀，齐入内厅，正是龙启捉住王平仲之时。待略分清白时，龙启入内瞧母，众人想着沈云英独自在外面敌王恩，恐防有失，便都出来，却又听得外面喊杀连天，知攻庄正在激战。于垂便邀众人回头向外去接应。凌云异常高兴，立刻领首前行。这一行十五人便又延绵做一长行回头杀去。

外面攻庄的兵卒发动，和凌、金、丁、于等进庄，是差不多的时候。大兵刚列队时，探马飞驰报说："周庄主亲督援兵来到！"秦良玉连忙按兵不动。一霎时，援兵到来，周虬仍是箭衣包巾并没披挂。秦良玉知道他和甄甄子是一般，功夫已到家，不用盔甲的。文斗却是诧异，待到一一相见毕，便问："周老伯平时用什么盔甲？"周虬笑说："不用盔甲，也不必歇息了。瞧你们是要出战的模样，我也就跟去瞧瞧吧。"

秦良玉是初见周虬，分外恭敬。周虬笑说："秦将军不必客气，我们是见过的，舍下述承枉顾过哪！"秦良玉道："侄女荒唐，至今惶悚！老伯尽请赐呼贱名，将军之称，万不敢当，更非女子所更妄冀。"周虬大笑道："何必客气！我师兄甄甄子常说你是千古唯一的奇杰，振开天辟地未有之奇，为古今上下未有之杰。封侯挂印，是意中事。他日得志时，拯世救民，迈前空后，彪炳千秋，辉耀万载，老朽实望尘莫及。望将军不必为谦，竟自秉志以行，才能够荡开阻碍，弥平坎坷。若如世俗女子，以坐食自居，为积习所囿，岂不辜负天生奇杰，埋没旷世英雄？老朽窃为将军不取。甄甄子数托寄言，今日匆匆，且叙至此。他日再当长叙。"秦良玉听了如闻暮鼓晨钟，如聆棒喝狮吼，顿时脑体如空，胸心如涤，不由得躬身下拜道："幸蒙提示，愿列门下，容俟择日，专诚谒师。"

周虬掀髯大笑道："我不敢当，容日我当领您见见甄甄子，那才于您有益哪。而且他也说和您有缘，自然也有相见之日。如今您大概是要攻王庄了吧，倒可不必为我耽搁，火速进兵吧。办完结后，咱们再细谈。"秦良玉只得依言，便请周虬发令，周虬道："我初到，情形不熟，您不必客气。'今日之事，子为政。'如果倒乱了，大非全军之福！"秦良玉见周老情词真挚，知不可强，便又拜道："那么，弟子敬谨遵命了！"周虬一面还礼，一面告诉秦良玉："带来五百马卒，连前调出已经一千二百。乐天庄上，只存八百新卒了。"秦良玉恭肃答应着，便转身来叫众人归队。

秦良玉当即宣令："白超、黑烈为先锋，统兵三百，首先攻庄；周兹、来猎、倪道、符中为接应，统兵三百继进，列阵时即展作两翼；文申、文平、史琅、史环、方瑛、方玦为中队，领兵三百随进，入庄后布置防守。文斗、文哉、文干、许葵为接应，统兵三百押后。入庄后守把出路，并请周虬、黑成德和自己分头救应各路。

白超、黑烈两人领兵先行，扑近庄前，见庄河静荡，吊桥高悬。黑烈向白超道："师弟！我和您骨肉一般，甭客气，您的腕力比我弱。我射桥，您射人。"白超道："桥怎么射？"黑烈道："我瞧这桥索不粗，或许能射断吧！"白超道："好！我就射人。"两人各拔弓矢，扣弦插的，同时射出。白超的箭直射入墙上，那横头守桥小伙猝不及防，被射个通透。黑烈的箭，却向桥索射去，嗖的过去，接着咔的一声，那箭正穿在环里。环虽凿损，却没断。

墙上小伙死了一个，第二个不敢露面，知道有人射桥索，虽是铁索不怕射，却总担心，便遮身垛后，伸一只手向墙外，抓着索头乱晃，使索儿摇晃不定，射箭的射不中。白超大怒，弯弓瞅定那垛旁伸出的胳膊一箭射出，正中在臂弯，疼得那小子再也不敢伸出来了。黑烈乘那索儿摇晃稍定时，哼的一声，一连发出三支连环箭，向一个点射去。但见黑羽飞驶时，如一条黑绳，闪得横飞。那桥索间"铮！铮！铮！"三响，恰值白超掏出一支镖来，同那第三支箭同时射到，那索子马上咚铿一声，立时两断，那跳板便吧嗒自空中掉下，拍得地下灰尘乱起，却平直铺排着。黑烈就那灰尘中跃马冲上。先锋队刚跑过去，第二队连接就过。到了庄底，一声喊便照攻去，倪道、来猎、周兹、符中四人都挤到门前。

倪道叫道："别攻门中，向两旁着力攻！"黑烈便尽她的天生神力，约同白超分左右一齐着力推搡，"轧轧喇喇"木片炸响。没多时，门料折，门片碎。再加上周兹等一阵冲打，庄门霍地大开，人马如潮而进，齐照着枣树倒数第三枝的方向急进。

大兵经这么几事耽搁，进庄时天已透明了。先锋黑烈叫道："快走！快走！里面给姓凌的干完了！"白超也见攻进门越过庄道，还没见敌将，也觉诧异，连忙催兵急进，才到涧边，忽听呼哨乱鸣，黑烈知道有敌将来了，便命部下整备，将手中的戈向靴底一擦，便挥戈跃马而进。

果然将过一座堆花土山时，便见王平伯手提朴刀，领着十几个包巾箭衣的大汉，其中还有扎红巾的，却没一个是顶盔贯甲的，并且马步不一。也有没骑鞍马的乱嘈嘈地涌过来，后面却有许多小伙，一座极大屏风似的，压地而来。

黑烈、白超两人将戈一摆，命兵立住，峙马等待。一霎时，那伙已云卷风驰过来。王平伯挺朴刀照定白超马头一刀。白超因见王平伯是步下，便闪身一让，将马缩退一步，统腾出地步挺槊回刺。两边正交斗着，后队的周兹、倪道、来猎、符中都到。这边十数人同扑过去。周兹等力抵住，才开斗时，文申、文平、史瑯、史环、方玦、方瑛统中队接上，文斗、文哉、文干、许葵也来列队作援兵，众将一齐上前。

当时搅作一团，混战多时，才得分开。两边兵卒、小伙各保阵脚。战场中白超敌住王平伯；黑烈战住郝全；周兹斗住万人杰；倪道战住赵鸿，符中斗住呼延雄；来猎战住林定霸。其余仍在混战之中，直杀得人嘶马喊，地动尘飞。

战到酣时，猛见秦良玉一马跃入，反手拔一柄二尺长的小三尖刀向王平伯飘然掷去。只听得哎哟一声，刀正落在王平伯的肩头，嵌入骨里，顿时手不能抬，被白超当胸一槊，刺过对通。再回劲一拔那槊上的刺，将王平伯的五脏心肝一齐带出。白超挺槊仰天大叫："我的父母呀！孩儿今日手刃大仇了！"顿时热泪横流，头汗喉噎，跳下马来，将师父赐的怒狮剑拔出枭下首级，提着一瞧，恨得张嘴唅咬一口，才挂入腰间。

白超拭泪上马，再冲入战圈时，来猎已扎死林定霸；倪道叉死赵鸿；周兹正在割取万人杰的首级；秦良玉正在力战荆棘岭、两间山的六大盗。这时，一班人见王平伯已经死，都想夺路逃生，无奈被周虬、黑成德分守两端，即使跳出圈子，也是一般送死，连小伙也别想逃脱一个。

秦良玉在马上，展开三尖两刃刀，抢开来，如同金轮转空，又似明月照地。洪逡、伍飞等六面环攻，也捉不得半点儿破绽，秦良玉却仍好整以暇，分别还砍，绝不使六大盗手中的家伙有歇空的时候。战了一盏茶时，秦良玉把六大盗的本领已看透，知道他们都是一勇之夫，凭着刀马功夫，横行不法，并没有锻炼过身躯。便将刀向右一扫，故意向左一偏，马昆大喜，以为是个破绽，便将手中双剑一拼，向秦良玉头顶直盖下来。秦良玉哈哈一笑，双手一拧，三尖两刃刀早向马昆腋下横砍进去。刀嵌在马昆胸前。这时黄启三以为秦良玉来不及抽刀，便挺刺直刺秦良玉后背心。秦良玉知道有人暗算，便双手一使劲竟将死尸挑起，向后一甩，黄启三的刺便扎在死尸身上。秦良玉的刀反而得脱，乘黄启三刺上挂尸之时，一刀抹了黄启三的脖子。

伍飞等四人大惊，暗想："这女子怎这般矫捷？"孙吉人略抵挡了片息，被秦良玉翻身一刀劈作两半，伍飞心念："兄弟领着自己的儿子今日逃到此地，如今此地是完了，叫我去照应他们吧。"正虚挥斧，带马转逃。

秦良玉骤马赶上，大唱："贼！哪里走？"刀光耀处，人头腾空。

洪逵、陈七星二人哪敢再战？虚晃一枪，伏鞍而逃，秦良玉策马后撵，没几步，前面人马阻住洪陈二人去路。洪逵生得特长，自己着急，忙弃马，想凭脚挤出圈去。不料秦良玉马快刀长，一刀过来，连肩带背，斜劈开来。陈七星这时正挤入人圈。秦良玉一眼瞅见，向背囊中拔一柄小三尖两刃刀腾空挥掷，端端正正落劈在陈七星红巾头顶，连巾带顶劈开，脑浆流盖颈胸，只剩空马逃去，尸身被马踏如泥。

秦良玉回马上援时，武大江、凌霭、金仁、丁枚等都已杀到。连伤棚中的章九思、柏叶青、何筹等搜撵了出来。一阵大杀，两面夹攻。约半顿饭时，只剩下跪地投降的小伙。众人见没人可战，只得停兵住杀。仔细点时，除内里捉住的，外面斩却的，只有呼延雄不见。便四处搜寻，绝无踪影。查点降人时只有四十个红巾在内。秦良玉便命兵卒带去看管，一面待到里面来瞧龙启。

查点众人时，见凌氏六龙、金家四虎、丁氏双麟都带着伤。外面是方瑛、史瑯受了皮肉轻伤。武大江问秦良玉可带有伤药，白超、黑烈齐声应道："有！有！"便将随身带的云南风氏白药取出，分给伤人敷擦，果然擦上就不痛，服下就平安无事。众人都赞："真是妙药！"

武大江向秦良玉道："此地场面太大，收拾还须多时，我们不可以无主。我是奉家兄之命来给众位姐妹做个证见的。并无约束之权，恐酿意外之事。敬请姐姐做个总持，我们听命帐下，庶乎有个主宰，免得逾越。"秦良玉方待辞逊，而凌、金、丁诸人一致相推。周虬、黑成德力劝："宜为事业计，乘此罗致英雄，切不可效世俗之见，错过机缘！"秦良玉只得允诺。

第二十六回

戮群凶正言宣罪案
筹善后合志涤污坑

庄内已经肃清，秦良玉受众人公推为主，便邀集众人齐到内厅，来相会聚谈。当即先商定目前应办的急事，立即派人分头办理，将擒获的贼人王平仲、王恩、王克武、王新、科尔沁夫吉、恩多斯克里布、努儿马札等，都押到大厅，分缚在廊下柱间。请黑成德救治胡氏；派沈云英问过龙启，再去拆破埋伏消息；派许葵、文申去上林庵，提张二子，并迎方玉华前来对质；遣家将文升、文禄飞马往开封报讯；派白超会同龙启指示兵卒扎营防守，并传营房整备饮食；命家将杜泽点发人马粮草。

诸事指派定了，秦良玉便和周虬、武大江二人相商善后诸事。渐渐谈到这庄子和财物当何处置，秦良玉便向二人谈商："这庄里非给他抄一抄不可。"周虬首先说："理当查点，不过我们应该会同龙启办理才行。"武大江道："那么，我们先去瞧瞧胡氏的病怎样了，并且还要和龙启商量，如何为胡氏谋一个善处之方，才好去安慰她。"秦良玉便要于垂去找龙启。

恰值龙启和白超指示扎营完毕由厨房出来。因为夜宴才罢，厨中炉灶的火还没熄，人也没散，甫多调派，只吩咐火速备饭。于垂传述秦良玉相请，三人一同来到大厅，和秦良玉等相见。

秦良玉将周虬、武大江方才所说的话向龙启说了，并道："我们今日千辛万苦，来打这庄子，固然是几家的世仇要报，但是'罪人不孥'，古有明训。胡氏虽是王氏家眷，且不免有助恶行为，却是恶迹不彰，且无仇怨。至于战场争斗，她既嫁王氏，自应为王氏出力，更不能引为怨恨的。所以我们对胡氏并没什么主见，凭您调度。"

龙启惨然答道："辱承众位姐姐格外原谅！我龙启念一身之所自来，

不共戴天的父母深仇，不能不拼命报复；念此身之得成人，劬劳教养的义母之恩，不容不努力报答。事在两难，尚求明训！"周虬道："启章这话固然有理，然而是未尝深求至理之言。擒王平仲、斩王平伯，是文氏、白氏、龙氏应报之仇，除此以外，秦贞素'罪人不孥'的言语，确有至理。启章即报养胡氏，我敢说白越起和文子艾姐妹绝无异言。"

龙启深服此言，便道："那么，我当以事潘氏者事之。"武大江道："启妹大义人，能够不忘所自，自足令人佩服。不过据我所闻，胡氏对启妹亲传武艺，尽授所知。即此论师门深情，也不是寻常所可比拟，还望启妹格外善事，毋令天下作育人才者寒心，所关更大！"

龙启顿首道："谨受教！"口里说着，心里也着实佩服秦、周、武三人的言语，却是又触一念，想着："秦贞素堂皇冠冕，气宇轩昂；周清溪威武端严，老成持重，自毋怪有此过人度量，惊人见解。只是这武大江生得那般突睛凸额，翻唇掀鼻，扁面黑皮，帚眉黄发，脸上还带几个圈儿，身子比那水牯还壮，总可谓极天下之大丑了！怎么偏偏生得这么一个玲珑剔透的心呢？"从此龙启不敢以貌取人，轻视武大江了。

秦良玉见话已说好，便邀众人同去瞧胡氏的病，并向她说明原委。这时分派往各处做事的除去家将们文升、文禄、杜泽等，所事不是一时可了，其余众人都已事毕回来，便一齐向厅后内室里走来。龙启当前领路，直入胡氏卧房。

这时胡氏沉睡方醒。在先胡氏虽知外间事情不妙，却不知王平伯已死。只想着听龙儿口话，进来的这些人都和龙儿认识的，大概不致糟到怎样地步。后来听得传说庄破了，庄外的已进来了，知道大势已去，便一心只在龙儿身上。于垂、于乘守犯时，两人轮替进来劝慰，胡氏心中凄惨，腹内毒药发作，十分难过。后来黑成德来察治，给了些药面儿，用白开水给胡氏喝了。胡氏大吐一阵，便昏昏睡去。待醒来时，睁眼一瞅，见满屋子尽是少年女子，不觉吃了一惊。

龙启连忙走近炕边，扶住胡氏，道："妈！您别动！这全是我的好朋友。她们全能体谅您，不和您作对的。您的事，我已经和这班朋友商量好了，有我在，决不让您受苦！妈！您千万别着急！"胡氏见龙启噙着两眶热泪，盈盈欲坠，知她心中难过已极，虽然没听清她说些什么，也就含着痛泪，含糊点头答应着。

武大江见龙启这般嘈了一阵，知胡氏不得明白，便目视秦良玉。秦良玉会意，连忙上前，拉住龙启的手道："妹妹，您别惹您妈伤心，待我们把前后事情细说了，您妈自然就不会伤心了。"龙启便起身坐在床沿上，秦良玉便给众人引见。自周虹、黑成德、武大江、沈云英起，白超、黑烈、周兹、来猎、符中、倪道、凌霈、凌霞、凌云、凌霡、凌霄、凌露、金仁、金代、金攸、金作、文斗、文申、文平、丁枚、丁枝、于垂、于乘、方瑛、方玦、史瑯、史环、文哉、文干、许葵，一一通了姓名。胡氏一时也记不清许多，只倚枕逐一颔首含笑招呼。

龙启的丫鬟桃儿进来向龙启低低地说了两句，胡氏问道："什么事？到这时还鬼鬼祟祟干吗？有话径大声说罢了。"桃儿一愣，嗫嗫嚅嚅，龙启忙坦然答道："潘氏乳妈和一个姓方的请见。"胡氏道："径请进来就是了。今日正好大家说说明白。"龙启便命："桃儿！去请进来。"桃儿应声去了。

一霎时，房门开处潘氏先进来，一见胡氏银鬓鸡皮，面如白纸，不觉喉噎声哽，扑倒炕前嘤嘤啜泣。胡氏命："龙儿代我搀起来！我很对不起你，害你吃很多苦！只怪我耳根太软，易被奸言哄动。如今我深觉不安，你须知那时候，老二那贼就不存好心，去掉你，将来才好对她下手。"说着抬手一指龙儿，接说道："我哪里知道那贼的狗肺狼心！一时懵懂，听那贼说的有道理，以为留着你，就不能使她忘了前事，一时之错，嗐！害你几乎丢命。今日想来，都是我的罪过！我中这毒汤，未尝不是报应！"说着又洒下几点老泪来。

潘氏连忙伏身凑近胡氏身前泣道："大奶奶！您千万别提这话，我知道您是好人，没有您，哪还留得咱姑娘给她死去的爸爸妈妈报仇啊！甭说姑娘应该感激您一辈子，就是我那去世的主人主母在九泉之下也要感激您保佑您啊！"武大江插言道："好！我万想不到这一趟能够见这么一件大孝、大义、大慈、大侠的痛快事情！这真是人生所不易遇得的！"

秦良玉乘隙问黑成德："胡氏中毒，能够保得复原吗？"黑成德道："这毒很厉害！她虽进嘴不多，却是一下肚，就能先把人的筋骨给毁了。再就烂蚀五脏，这人就没命了。据我细察情形，这毒似是用的毒蛇红珠。这珠是一种用毒蛇血浸制的宝石，只要用来向汤水酒汁中一浸，再取出来，这汤水酒汁就杀人无救。而且毫没气味，死后绝无痕迹，再也验不出来，好在她喝得少，我来得还不迟，才来得及用我们黔中最厉害的解蛊药，赶急给治。治蛇珠毒只这一物，幸而还有药，脏腑是保住没毁，也不会再烂了，但是这毒一进嘴，就得毁坏筋骨，所以筋骨是没法复原了，胡氏的一身本领总算是可惜了！性命却是可保无虞。"秦良玉道："那就是了，不然龙启太伤心了，那条孽龙，太伤心时，就不易御使了。"黑成德微微一笑道："您本是'御龙氏'，何必多担心？"

秦良玉一笑，转身到胡氏榻前，道："龙启妹妹的冤仇，想必老太太是很明白的。不过我们为什么集成许多人来这儿的事，恐怕老太太您还不大明白。"胡氏答道："我也知道些，大概是为文府的事吧！这事也是老二干的。"秦良玉摇头道："不仅是这一事哪。冤有头，债有主。事虽和您没大关涉，我们今日总算是毁了您的家，我们不能不把这里面的详细情形和您说一说。"便将文氏冤案、白氏冤案、王氏弟兄的罪恶以及包庇纵容各路强盗、张二子荼毒钱家、荆棘岭侮辱女镖师种种情形，一齐细讲给胡氏，连这次破庄的计策和几度攻打，结内应得外援也都大略地说了。

胡氏听毕，道："我真让你们装在鼓里，昨夜夜宴将完时，我住在里面，忽然瞧见几支流星火炮冲天直起，还当是外面小伙乐极了闹着玩儿，原来你们那时已经动手放信号了。可惜龙儿那时背对外面，不曾瞅见，要不然，一动手，我还不知甚事哪！"龙启道："我动手也还是先对老二那贼！不过迟点儿早点儿罢了。昨夜老二涎脸灌酒时，我倒急盼流星冲起，几次回望，都没瞅见，心里暗自又恨又盼，恨不得先动手收拾老二那贼。不过终是错过了，仍得我先自动手，这也是有一定的。"

胡氏叹道："他们多行不义，我早知道有这一天！就是我也是被媒人所害。因为我家是辽东卫籍，那时王家是上司。我家祖传习武，嫁武官本来应当，何况是上司呢？所以虽是明说续弦，我父母也就答允了。后来我虽不知他们弟兄有许多罪恶，但是见他们进关改名，也就明白了许多。直到他们立庄做总窝坐地分赃，我也曾切劝过，怎奈执迷不悟，终致今日家破人亡！这我也没话可说，只怪我力不涤恶，以致为人所移，卷入混浊之中，自应同受其祸！如今平伯出庄不回，大概是没命的了！平仲那贼，任你们各位处置，只望勿使他死得太快，须给些零罪给他受了，他实在作恶不少！连他哥哥，也是他教坏拖累的。简直说起来，他还是王氏祖宗的大罪人哪。"秦良玉、武大江都点头道："老太太此论极确！"

胡氏又向龙启道："你自今日起可复你本姓，王氏不应该再玷辱你。这里所有财产，除了应该赏还文氏、白氏和你家的产业以外，所许的很多，也不能一一寻求原主了。诸位都是当代大侠，想必一定可以商量个善处之道的。我原本首饰还有嫁时物，诸位如果不见我罪，老妇愿乞骸骨，自携自物，投个庵堂，静了余年，忏悔宿孽，就感恩不浅了！龙儿你自有前程，大仇得报，正宜努力，不必以我为念。而且我这心愿不是今天才起，龙儿你是知道的。你如果念十多年相聚之情就助我了这夙愿，比怎样对我施惠都强。"

龙儿听了泣不可抑，众人正待答言，忽见方玉华移步向前道："老太太，你一人修行，姑娘也决不放心。我本是府上奴仆，情愿伺候老太太青灯古佛……"话未完，潘氏也接言道："方奶奶您别夺我的差使啊，我是曾经久伺候老太太的。"龙启抢答道："不必争嚷，哪一位也不必，都有我在！全跟我走得哪，管保比庵堂里强！"

武大江、沈云英等都想着："龙启前程方远，怎能使两个老妇缠住她的身脚？方玉华更当为之另谋生计。"秦良玉也想到这种情形。周虬更以目向白超、周兹、黑烈、来猎等示意，使大家都劝龙启："孝以顺为先，恭敬不如从命，只要预备得起，有人伺候，倒比在世俗间混杂的强。"文氏姐妹并说："上林庵就是我们的家庵，有这庄子地基，略加拆造，把大厅改作佛殿，就将这里建作上林庵，那边原庵改作下院，岂不是好！连家母将来还要到庵养静，能有这般个清雅所在，不比哪里都强吗？至于拆造铺陈，都由我家一力承担就是了。"

胡氏、潘氏、方玉华听了都大喜，潘、方二人以为有这般个所在修行，真是"此即天上"。胡氏却要拆造一下，免得触景伤情，有碍梵修。三个人都一般决意立志，非走这条路不可。众人也一齐帮劝总成。加上三人听得文氏姐妹这般一说，肯将敕建上林庵移到此处，更可以受皇家恩护，三人都向文氏姐妹道谢。胡氏更是倚枕叩首不止。龙启一人没法驳止，只得惨然应允。

秦良玉等将里面的事体弄妥帖，劝慰胡氏好好调养，并留潘氏和方玉华陪伴她，便和一众男女都到前面来，先将张二子提来，于垂、于乘首先报述："照张二子所说埋伏进庄，凌氏姐妹两次几乎丧生，足见张二子不存好心，想骗我们直进到里面时，全跌入前檐下陷坑中，好让厅上人就近

204

捉拿。这小子居心实不堪问!"秦良玉便命人去请方玉华出来。

张二子呵呵大笑道:"小天堂王家庄这般天罗地网,铜浇铁铸的所在尚且破了,我张二子死也值得了!你们这班,到底叫爷爷一句话,捽得个发昏章第十三,也算你们活该,才算是不恭敬你家爷爷的现眼报!"史环大怒,拔剑挺起,大喝道:"贼子!你死在眼前,还敢放肆吗?"史瑝忙拦道:"别和那厮一般见识,马上就要来好的给他受的。"张二子鼻孔里哼了一声,也斜着两只怪眼昂头不理。

恰值方玉华出来,众人齐都招呼她坐下,张二子见了五内生烟,鼻孔里冒大气,呼呼不已。众人也不理他。秦良玉道:"这张二子,曾经荼毒玉华姐姐全家,如今上省为文老伯申冤报仇,却用不住他。所以我们现在须收拾了他,一来给玉华姐雪恨,二来免得留为世害,三来这厮供述埋伏时,竟敢隐匿要紧处所不说,想陷我们中计,更属罪不容诛!我们如今旁的都不必计议,只瞧大家的公意,给这厮怎样个死法,叫他死当其罪,死而无悔?"

武大江道:"照这小子的行为应该先处宫刑,正其荼毒妇女之罪,再处刖刑,正其为贼走狗之罪;而后处以斩刑才是为世除害,代天行罚!"秦良玉道:"好!就照此办理。"便喝令兵卒带下去,连施三刑。方玉华敛衽致谢。

次提王新、王克武。秦良玉问:"是王家什么人?"王新答道:"小的是王氏远房出服的侄儿。"秦良玉又问:"你知罪吗?"王新道:"小的知罪,不过小的实在没本营生,投托到这庄上。庄主从来不把小的当族人看待,小的也和旁人一般,领份口粮当当零碎小差使。所有庄上的事,小的并没权与闻!这是求二姑姑恩典,可以给小的证说一句话。"龙启道:"这人平日确是安分的。"

秦良玉点了点头,再问王克武。王克武答道:"小的不姓王,不是姓王的本家,二姑姑也知道的。"龙启道:"这厮确不姓王,却是平日最会说小话,陷好人,虽然六十岁还要拐卖妇女,他本名叫焦是郎,投来多年了,从没做过好事。"秦良玉正待发放,忽见白超竖眉瞪目,昂然说道:"秦姐!这厮是我的仇人!天可怜无意中得之,求姐姐将这厮交给我吧。"王克武听了吓得连忙磕头道:"小的姓王,就叫王克武,一般也是远房出服侄儿,并不叫焦是郎呀!"白超瞪眼大喝道:"二十年旧仇,天使得报,贼子你敢逃死吗？"回身将甄甄子所告诉的身世，母亲黄氏万里寻夫，受焦是郎陷害的事原原本本说了出来，众人听了，一齐说："这贼应交白姐姐处置，为先人报仇雪恨！"焦是郎这时已魂飞天外，只剩得索索地抖，唏唏地泣，早不会说话了。秦良玉道："白姐既有如此深仇，就请任意处置吧！"

白超谢过秦良玉，并谢过众人，嗖地拔出怒狮剑来，大踏步走到焦是郎跟前，咬牙喝一声："贼！你也有今日！"抬腿一点，将焦是郎踢翻，仗宝剑向他面上横七竖八，划了许多纹路，一面骂道："叫你这恶贼，死无面目。"焦是郎疼得怪叫，白超一把抓住他前胸襟一撕，剑尖下处血随溅起，手腕一拧，一颗人心已迸出腔外。白超横剑仰天大叫："母亲呀！在天之灵不远！孩儿为您消旧恨了！"手起剑落，将焦是郎脑袋切下，回头向秦良玉献馘毕，然后拭剑入鞘盥洗归座。

王新吓得软瘫在地下，不能动弹。秦良玉便唤他抬头，说道："你既是平日安分，又无本营生，你就留在此处伺候你婶娘吧，不过你婶娘要修行，你可肯度为火工道人？"王新连连叩头道："情愿情愿！决无翻悔！若有差错，情甘砍脑袋！"

随后又把番僧努儿马札和两个番奴科尔沁夫吉、恩多斯克里布捉上来略问几句，都装作不懂话，秦良玉使命"推出斩首"。努儿马札忽然说着陕西口音道："没屌子的，别狂！咱家师弟师兄都来了！就要飞剑取你们的狗头！"众人听他先时不懂，忽然会说，哄然大笑。武大江大声说道："你们番奴鬼话，只好哄吓小孩子，什么飞剑？剑是铁的，怎能自飞？你飞来我瞧瞧！妖言惑众，应多斩一刀！先把这厮舌头割掉，好让他多飞两剑，免得咱们大意了瞧不见。"众人又大笑起来。

一时番舌番头献上，又查察俘获的哨子人等，作恶情节较重的，斩了十多个，余外的遣归。便问龙启："女儿兵如何办法？"龙启道："这班女孩原分两种来路，一是那年收得的黄河水灾难民遗弃孤女一百五十余人，我义母收养的，连庄内丫鬟都是在这里挑选的；一种是平日他们弄来的小女孩儿，我见可怜，硬留下的，也有一百几十人。另外就是小伙们的妹女等抬来的。王平仲曾几次索讨挑选，我义母不允，也是积怨的一个缘故。如今要把她们分散，她们也没处投奔，仍恐要落在匪人手里。我曾想送给秦姐。因为秦姐那夜曾对我说在川练女兵，这伙孩子都没缠脚，武艺也还

206

可以，其中还有很好的，颇能合用。只是不知道这儿到四川，路途这么远，能不能过去？"

秦良玉便请龙启调来瞧瞧，并说："路还是不要紧的，就是关津渡口也没要紧。"龙启便将内外三百名女儿兵及丫鬟等一齐调来。秦良玉见一色的黄衣青裳，负刀仗戟，很是威武。仔细考究时，分班守门、巡哨、校射，以及马上步下、长短家伙都还会些。至于走队排阵，变换阵法，却是一点儿不知道，军容军律也还须切实教训才行，不过比一般全没教过的强多了。

当下秦良玉便请周虬带着文斗、文申、文平、龙启在厅上待着等收物件。武大江领白超、黑烈、周兹、来猎、方瑛、方玦、史瑯、史环、于垂、于乘、符中、倪道十二人方由左后转到前面搜抄。沈云英领凌霈、凌霞、凌云、凌霄、凌露、丁枚、丁枝、金仁、金代、金攸、金作十二人，由右后转到前面搜抄。文干、文哉、许葵随黑成德分向两边查巡监察。秦良玉亲守前门，方玉华掌管登册，即时动手抄集全庄财物。所有女儿兵都派作搬运人，每批由一将解押。周虬、黑成德、武大江、沈云英等见秦良玉对每一件事都调度得井井有条，无懈可击，佩服不已。文斗、白超、凌霄、文哉等，更自愧不如，不由得不生一番尊敬佩服之心，从此不敢藐视这位遐名初出的女侠。

第二十七回

抄赃得金行仁以赈
鞫供吐实仗义拯冤

众人分作两路，四处抄查，见屋必入，见锁必开。这时庄内各处埋伏都已破除，所有消息全归拆毁。平安行走，着意清理。凡是房屋内有密藏痕迹的，全都问明龙启。有龙启也不能决定的，便去问胡氏。胡氏知无不言，言无不尽。所以全庄并没遗落半点儿大小财物，都搬入正厅。

所有小伙物件除衣物外，其有巨资珍宝，不能指出来历者一律提充。各女儿兵忙忙碌碌，一包、一箱、一札、一裹，纷纷运到。周虬督同文斗、文平点收，并加派文申帮同方玉华核记。所有运来的物件，都有一单随来。到厅上时，便照单核收入册，顿时厅上忙作一团。黑成德、文哉、文干、许葵巡视数遍，便上厅来帮助些时，一直从早上到未牌末，才稍许清理得些眉目。

跟着就盘仓量粮，查库秤银，以及整桶细缎、成仓杂物，无一不监同盘查清楚。所有物件数目均汇齐册集，带回厅。周虬命取来许多算盘，列成长案，凡能算的都来核算，并将一切等物共同估价。最后才将草秣点清，柴炭列数。又清点俘获人马总数，问明降者愿留愿去，分别归入两室，听候发落。

当时查得的物件，开物细数，各项归总，结算起来，实在不少，所有物件数目和估计的时值，册上所列是：

黄金三万四千零七十五两，（每两抬兑）折银三十四万零七百五十两；

白银七十五万二千零十两，（内有毛银）九扣六十七万六千八百零九两；

宝钞九万贯，（每贯一两）折银九万两；

珍宝大小五百零五件，（估计时值）银七万五千两；

绫绸布各项，共大小七千端，（估计时值）银二万两；

木器（柜床桌凳等）大小五千四百二十六件（留屋内用），（估计时值）银八千两；

存粮一百五十五廒，合银三万二千五百六十两。

其中：

米十九廒，每廒计二百五十石，四千七百五十石，值银六千九百一十两；

麦二十五廒，每廒计三百石，七千五百石，值银一万两；

豆（各色）五廒，每廒计一百石，五百石，值银二百五十两；

杂粮（各色）六廒，每廒计一百五十石，高粱四百石、玉粟四百石、杂项一百石，值银四百两；

马粮一百廒，每廒计二百石，二万石，值银一万五千两；

日用器具（伙具、铜器、瓷器、铁器、瓦器、杂器）总数十九万件，值银一万两；

书籍五十种，值银三百两；

文房用器及乐器：文房用器大小七百件，乐器九百件，值银三千两；

古玩字画：古董、陶、铜钱、鼎，四百四十件，字画古今共计六百件，古董值银一万四千两（字画不计）；

衣服共计七千零三十九件，值银二万二千三百四十两；

男女各种裘九百袭，值银六千两；

紫貂耳茸八件（男袍女褂），值银八千两；

各色绸缎单夹棉服：男女衣裙总计一千五百三十袭，值银五千零四十两；

布衣：男女衣并裤计一千零八十件，值银四百五十两；

头脑小伙戎衣三千件，值银一千三百五十两；

盔甲连风兜战袍、披风水衣五百一十一件，全副值一万一千五百两；

其他不能估值琐物一万四千余件。

又田地契据四百余纸，周鼎彝三尊（不能估值）；各种长短军器二万零六百三十七件；古剑三十九口；马一千零三十四，骡驴牲口三百头，牛五百头及大车四百辆，农具八百零六件，均未估值。

总计一百三十五万七千六百五十九两。

总计完毕，大家彼此商议，决定由文家出了案时，出面将这些物件中木器、日用杂物、文房用品以及乐器、古玩书画、陈饰以及大车农具全留下，衣、粮、马匹、绸布、牲口等都抽留一成，存为敕建上林庵备用。猪、羊、鸡、鹅等，全数犒军。其余九成粮食、马粮及戎衣三千件，都赠乐天庄，给作兵卒粮储，略表酬答之急。盔甲、军器马匹鞍具任各人选用之外，概交女儿兵存用。乐天庄兵军器有损或需用也在此数中取用。金银中除提出补偿文、白、龙各家损失之外，尚余五十余万两，以尾数三万九千零八十五两，提交上林庵，以九千余两为型佛制装之用。另提十万两，以一万两拆造屋宇为敕宇及购置经文之用，二万两为香火金。

又决定从五十万现金银中提一成，为乐天庄犒赏建造招补采购之用，以纪助战之绩。以三十万及各余物变价所得，除资散小伙人等外，全行账济黄河决口灾民。净余二十万两概以黄金折成，备为众友创立事业之用。即日由在场诸人共设一"义乐会"，银交会业，事凭公决推秦良玉为盟主，主持一切。所有各人只取古剑一口，其周代鼎彝三尊，分交文、白、龙三家为复仇之纪念，永远昭示子孙。

所有俘获投降各小伙，除乐天庄可收无家可归，或自愿留伍的一百九十余人每人给银五两、即日归伍外，其余凡本府人氏，每人给银二十两；隔府人氏每人给银三十两；家在外省者，加给十五两为川资。另每人给钞十贯，为小本营生之需。逗留者追银枭首。被擒小头目照小伙减半给资，并令具结悔过，再为刺一条花纹为记。若再为贼，被义乐会中人遇着即杀无赦。所有各人随身衣服，积存银钞概带走。被擒哨子、头脑均已斩讫。

遗下家口，大人照小伙例支川资，男为其三成之一，女一半，小孩每名给三两。当时，便派龙启会同文申、许葵、倪道、符中前往收留小伙处办理。周兹帮助父亲前往点收降人，造册归伍。

话传下去，欢声雷动，人人喜出望外。庄上苦工也有来求恳，秦良玉便命："众工，凡是有专管的，如水夫、厨夫、花匠、掌鞭的种种，都仍留服役。其余零工等人每人给银五两回家。佃种田地的，仍代庵内佃种，斟酌减少年租。"并晓谕："如有知道王家手下豪奴、恶仆藏处的，捉解每一名赏十两；报捉每名赏五两；杀死献首、献尸无赏!"众工人欢天喜地地去了。没多时，便有捆送豪奴恶仆来领赏的，都由沈云英、武大江问明白给过赏。按着犯者罪由，分别处死，较轻的便剚劓剕割后释放。

一切布置已毕，已过了午牌，才得进餐吃饭。餐毕，文平便来和众人聚商开封、济南两地的事，该怎样办理。众人参详了半晌，还是以取得王平仲的亲供为最要着。文平道："待到这大后天就是顶后的堂期，咱们得在这期前赶到，一到坐堂，便闯堂申冤，给他来一趟惊天动地的干法。众位说好不好?"只听得乱声高应："好!""对!""着呀!""非此不可!"秦良玉的声音分外高亢，她说："办法极好! 人要多，以防意外。而且要防瘟官偏庇，这一趟决不含糊，瘟官再要咱们，咱们就劫出文老伯来，大家自投京控，顶多杀一个劫犯闹堂的人，冤可是得在京里申了，也算值得。"

武大江道："还有一事要办的。问得王贼的实供，马上抄刻，向各处送发，使那些懵懂虫明白这曲折，把他们平日所说'文某私挖圣林禁地，惊动圣人，罪当族诛'的那种拘迂腐蠢的见解扫去，知道另有冤情，他们一定大松其朽劲。我们上堂时，才免得有那不知就里的人打岔，致长官势，使瘟官硬压我们。我们这冤单一散，管保是打散那'保圣诛逆'老朽的灵符，一定比'王灵官还灵'!"说得众人大喜。

文平带笑带说："'南无灵官佛'! 好得有比'王灵官'还要灵万倍的'武灵官'来，'神灵赫绩'，'灵鉴在兹'，大画灵符，使弟子得开灵窍! 灵灵灵灵急急如律令! 大灵而特灵! ……"一直灵个不止，把众人逗得笑成一个个红虾般、角弓似，弯腰流泪，喘不过气来。多人说不出话，只伸指指点文平。文平却鼓绷两小绯腮儿，半点儿不笑，反而按着嘴慢吞吞的有声没气，说道："值得这么大群疯子似的，又要'请武灵'来……"还没说完，众人瞧着她那尴尬面孔，已忍不住"哇哈哈哈"，把文平的声音压倒了。

文斗跑进来见了这情景，知又是文平闹笑，恨得直伸中指向文平额头上一挫，轻声埋怨道："你瞧你自家这么大的个儿了，尽只顽皮！也不想想爸爸在哪里，你真能快活！"文平道："我又没要她们笑，她们自要笑，与我何干！好吧！我往后准照你想主意，得先松一松心结才有好主意想出。不想得个好主意，爸爸就回家了吗？着蠢急有什么用，急得想不出主意那才是自陷自成了不孝哪！"文斗急得跌脚道："我没那工夫和你讲理学，只求你别逗笑。日子近了，要赶快审问王贼，不能再耽搁片刻了！"文平道："我又没笑，你有这许多工夫来和我歪缠，早挪这工夫去请大家动身审贼，不是早就走了吗！这是你自耽搁，怨不了我！"

文斗拔脚就走，一面说道："只盼望你下世变个哑子，我没你小嘴儿翻核桃车似的。"待转身时，哪知文平已引众人走向那边大庄厅里去，才知文平已和众人商量停当了，这就要过去审王贼了。回头一想又恨又气又好笑，暗想："这蹄子，一辈子长不大，总是娃娃般，不问事之大小轻重，尽兴儿闹着玩！这才是个冤家哪！"想着只好跟在后面，穿过回花门，向那边屋走进。一瞧地下什么都准备好了，连各种刑具都有，才暗惊文平手脚利落、办事敏捷。

当众人把当前的场面瞧清楚，很够坐下这二三十人的，便各据一座坐定了。一霎时，胡氏、潘氏、方玉华也都听得要问王平仲的口供，都赶来瞧，胡氏自服了黑成德的药，身舒意泰，和平常一样，只是浑身无力，筋骨好似全松散了一般。龙启过去，招接着引她三人坐下。众人都招呼让座，纷纷向胡氏问好。

秦良玉便和众人商量："我们道中，没有不认字的，这屋子里文五妹又给预备下这许多的笔、墨、纸、砚，我们不妨同时各录一纸供词，以便参对。最好是命那贼亲笔自写一纸供词，那么到济南公堂上就是铁案。"武大江道："还需不用刑，能使他亲笔写供，才更切用。"秦良玉道："这却是不容易！"胡氏也羼言道："那厮实在奸狡极了！要得实供已不容易；再要亲笔写供更加为难了。我瞧还是先录下一份口供来，就不是亲笔，谅那厮也刁不到哪里去！"沈云英道："我们原是先录下来再叫他写。"武大江道："且提来开审吧，能不能得亲笔写供，瞧着办就是了。"

秦良玉便命："把王平仲给抓来！"女儿兵头目刁戎、巴伐、土成、田成四人嗾声答应，领命带着八个女儿兵昂然直到厅间来提押王平仲。王平仲这时心意已昏，忽见女儿兵头目手中就捧着自己制作还没有用过一次的金批令前来，吆喝拉拖，回想前情，顿时痛泪纷下。事到如此，也没奈何，只得由她们拉着铁链，牵猢狲一般地直曳横拖，弄到这边大花厅里来。

王平仲到了花厅里，抬头一望厅上坐着许多女子，只有两面一排，高坐着俩老头儿和三个少年，余外两行长案，挨肩列坐，尽是年轻少女。当中大案坐着三个，最为惹眼，正中轩昂朗爽如明月秋星；左首一个生得极肥奇丑；右首一个生得匀整秀美。王平仲认得那丑大个子是锦狮王武大海的妹子；长身貌美的是文家的人，不知姓名，正中一个却猜得必是文家请来的秦良玉。再细瞅那些女子，有认识有不认识的；还有见过面而不知姓名的；没见过的却少。及至瞧见龙启居然昂然列在左首一排中；胡氏、潘氏和另一个中年女子，似乎是相识的，列坐在上首各座，王平仲心中百分难过，不由得咬牙低骂了一声："好内贼！害得我好苦！"便不忍再望，只低头局促在檐下。

秦良玉一拍惊堂木，大喝道："贼子！到此还敢倔强吗？跪下！"王平仲待要再言，不料腿弯里猛着一棍，不由自主地向前一冲，扑通跪倒，忙回头一望，却是刁戎，手执齐眉棍，腰佩鬼头刀，背负一对宝塔鞭，怒目而视。王平仲微笑道："好呀，今天连你也得志了！总算我倒霉倒得太厉害了！"刁戎哇了一声，道："快说！别啰唆，讨打！"

接着有人高声说道："王平仲——王仁规！——王总兵！你是个做大官、逞英雄的好汉子。好汉做事好汉当，我想你闯了一辈子了，总不肯临了时当一趟潦种吧！"王平仲一听，是武大江说的，便想道："我和他武家兄妹没过不去的所在，且和她搭讪瞧，瞧她讲不讲面子……"便抬起头来，两眼一翻，道："我死在自己家里人手中，有什么说的？"

武大江道："你所做的事何妨说一说呢？你也是个翻天搅地的奇人，难道就把你所干的、旁人干不来的奇事全埋没了不成？所以我劝你乘此表白一番也显得你是一个有为的好汉子呀！"王平仲冷笑道："你们要我口供吗？我本来早就不打算活着的，说也没什么紧要。我人已被擒，是我自己失策，我认倒霉。并且我深知道这一辈子干得也太毒辣点儿，总有一天要算总账的。好吧！就今天和你们来结一结这一篇糊涂账吧。须知我不是怕

213

死，只为我也是个汉子，请你们别给我受零碎罪，吃琐屑苦。我不说，你们是一定要家伙给我尝尝的，我这身子从不曾给玷辱过，到今日我情愿挨一刀，这是我应领的，却不愿糟蹋我的身躯。你们甭多麻烦哪，快拿纸笔来待我全写给你们就得啦。一来省得你们录供麻烦；二来我自己想着写着，不会遗漏。"说着便举肘高扬说道："可把这劳什子去了，要不就不写字，可别怪我没口供！"

秦良玉便命田戍、巴伐将王平仲手铐去掉，田、巴二人嗷声答应，持钥下去，将王平仲手铐去掉了。秦良玉便命给他一张矮凳、一方小矮桌，给他坐在檐下，任他独自去抽毫吮笔录写口供。

秦良玉择派丁枚、丁枝、于垂、于乘、方瑛、方玦、史瑯、史环八人，带八个女儿兵目，围等着王平仲，以防意外。自己和武大江等一干人，暂时退入两厢叙谈坐待。她们一面商量解押王平仲赴济南的方法，一面商量怎样拆造这庄子。默计须得今夜得一个通夜才能把死的人马尸身打扫干净，便决定交给家将们去督工监造。大众需连夜押解王平仲动身。好赶在堂期前到，求得申冤。大家要将手头应用的东西拾掇齐备，只待口供一得，便要起行登程。

这时忙了半晌，秦良玉便仍率领众人过来。王平仲供词已将近写好，他窝身檐下，手中走笔，目注纸上，簌簌地如蚕食叶，写个不住，连头也不回，一径地急书。秦良玉便和众人入座等待着。王平仲越写越快，转眼间已经完结。丁枚等押着王平仲将口供亲自递上来。

秦良玉等接过来一瞧，只见满纸草书如龙蛇飞舞，才知王平仲这厮并不只是一介武士，文字也很有根基，照他那口供的书法，差不多的幕友，还赶不上他哪。秦良玉展开那口供，大伙围上来一瞧，只见前面一段是出身，如何读书不成衣食无方，便冒他人卫籍，投入军伍，远戍辽东。后来退役，身无余资，才得回来，便在辽东鬼混，为盗数年。嗣后陷人得资，即夤缘当道，得做指挥。又如何聚敛得许多银钱孝敬上司，才得运转升至总兵。自知仇家众多，辽东难得立足，故此辞官回来。接着便叙王平伯的官全是银钱买来，深知银钱力大，还要继续做官。恰遇刘采自称刘基，说是望气得知此地有王气。如果作为阳宅，造屋居住，一定可以成帝业。王平伯深信不疑，决意创这庄子。当初造时，地基是仗官势占来的，银钱是另外设法弄。造成也不过花了八万多两银子。所有内中布置的一切都是小刘基邀他的至友欧阳齐独个调度。那些浅处埋伏，是一家老猎户，仿擒猛兽的方法造成的。如今欧阳齐已经阵亡，小刘基也丢了性命。只有那老猎户一家子听说已经入川，说是受苗王之聘，正造吕公车，修城墙，设埋伏，正在加紧动手。却不知他们是干什么，因为素无往来，虽然彼此知名，并没并力同作。

秦良玉瞧到这里，心中一动，暗想："苗王一定是说播家，除了那一对妄人，旁人不会这般笨干的。"心中便又突然平添上一件心事，恨不得把此地的事火速了结了，好动身去制那头。她想："倘若多延日子，使贼势养成，凶焰坐大，滋蔓难图，那还不止比王家厉害几千百倍，足可以亡国灭民的祸，怎能不管呢？"顿时觉得满心焦烦起来。

沈云英见秦良玉似乎心有所思，便将王平仲的口供高声朗诵，先时有许多人挤不上前不曾瞧，这一来倒人人全听清了。这一段正是说文渊福的三个儿子，四子知均，五子穆缅，六子瑙才，如何托人来勾结，如何答应帮同证见，可以把开封文氏七代世家的财宝文物全夺过来。文知均说如能到手他只要田产，其余全孝敬王家庄。随后又说挖孔林禁地就是刘采的计较。原想挖武当禁地，后来文知均以为武当虽是禁地但是只杀得文郁一人，不如惊陵寝，罪夷三族。凤阳皇陵不得近，文家也决不肯近。不知不觉之间，引文家去挖孔林孔子陵的近山。那么天下士子、儒生一定要哄闹大逆案，不愁文郁不诛三族，一趟就斩草除根了。而且孔林旁有个郭傻子是文瑙才奸妇之兄，就可以在他家山里开挖，便当极了。当时王家以为事体闹得太大，文郁虽是世家，并非巨富，所得不多，不值得费这大劲。文穆缅便说文将军征番时，得遇七颗夜光珠，一般都有鸡子大一颗，得一颗，就富可敌国，为什么不干呢？这才打动王平仲自下身段，干了这事。但是一打听文家并没那么个大珠，只有几颗番珠，也不见得怎样了不得。所以王家很悔上了文知均兄弟三人的当，无故结下个偌大仇人。只是事已做出不能反悔，只得硬挺，因为若一退缩，文家不是平常百姓，他拿势力一办坐反，岂不是更不得了吗？这就是前因后果，一字未瞒，如欲申雪，尚请先拘文氏三贼，毋许漏网，才能对质。

众人瞧罢，都痛恨文知均弟兄，要立即去拿来。文斗道："这事不敢劳动众位，已经有人去了。我姐妹马上就去接应，我们都见过的，半个也别想跑得了。"文哉接言道："且不必去，只待家将回来就知道讯息。"秦

215

良玉问："是谁上南阳去了？"文平道："从前是我们自己不便去，恐怕在南阳一露，给那厮们知道了，打草惊蛇，要是惊得躲起来了，反为不美。而且案子是王总兵起的，非先把这个王总兵弄着不可，那厮们只在暗中捣鬼，就是捉住也了不了事。所以我们以全力来对付这儿，那边只有家父带着教头潜进和他的女儿潜龙暗地去探听密察，防那厮逃去。前几天此地动手，就差家将禀知家父，一齐动手，咱们破庄时差到开封送信的文禄、文升二人乘四百里快马去了南阳，差不离就要回来了。南阳是怎么样了，开封总有讯息的。"秦良玉道："那么就且待一会儿再说。"

第二十八回

探踪迹且作狎邪游
欣邂逅蓦遇有心人

当日审问过王平仲，因为等候开封讯息，仍将王平仲押在王庄密室中，并分兵到周庄巡察。众人忙碌了半日，心神也实在有些疲乏了，便各自散坐歇息。也有洗涤更衣的，也有清理零物的。直到晚饭以后，众人灯下聚谈了一会儿，又将庄前庄后的防守布置了一番。命女儿兵巡察庄内，沟通各处讯息。

龙启因为白天抄搜时，胡氏和自己房中没人进来，未曾抄检，便向胡氏陈明将所有庄内物件全部交出，所有自己的私物私财，也都登册送请秦良玉查点。龙启并将一切物件，除衣服衫裙外，一概敬赠胡氏。胡氏初不肯收，说："我将来还是要给你的。"龙启道："我许要出外奔前程，就请妈给我代管看吧。"胡氏才答应收管。

秦良玉将值十五万两银子的黄金，当众交付文、白、龙三姓。文斗首不肯收。白超也说："我家从前损了多少，我不知道，不能随便妄取。"龙启更不肯收，说："当年有什么害损，还不明白，不能这样办。"众人都劝三人收下。武大江并说："如今世界非钱不行，诸位正是做事的时候，不论自己旁人，难免不遇着非钱不可的事。与其一时没处找而害事，不如撂些在手边，以备不时之需。并且诸位都有父母之事，应该办的，也非钱不可。这钱原是君家物，不问它多了多少，以数十年之利息，也不为多。即使诸位姐姐带着毫无用处，除欲为父母致孝用动以外，向善事赈灾的好事项下或救贫拯急的侠义事情，拿来花了，不比单是不要的强吗？须知借此可以益他，不收不过洁自己。我们行侠仗义的人，是要先人后我的。既于人有益，何必仅只为洁己而阻毁之？诸位姐姐还得细想一想。"

文氏三姐妹和白超、龙启竟被武大江一段言语，说得目瞪口呆，没言可答。秦良玉、沈云英都说："收了吧！武大姐说得再透彻没有。要再不收，反成了矫情悖理，不是我们侠义应有的事了。"白超想着武大江的言语实有道理，便道："好！收下吧！各人凭良心罢了！"文斗、龙启都说："撂下吧！我们也好借此便利些受厄受苦的人。"众人都道："这才是道理！"

大家正说着，忽见桃儿、梅儿一同进来。梅儿说道："去开封的文禄爷回来了，还有许多人同来。文大爷叫婢子先来报一声，说请众位姑娘有暇都到东花厅上相见。好像开封还有什么紧要事情，亟待商量似的。那凌家姑娘、金家姑娘和丁家姑娘都过去了。请各位姑娘就去吧。"

沈云英笑道："你们瞧梅儿这张小嘴儿，一点儿事，到她嘴里就有许多话说。就是开封来了个人吧，偏能拉上这么一大篇子，吱吱喳喳的，闹翻了半边天。"梅儿笑道："不是我瞎扯，姑娘您去瞧，热闹着呢，有许多大车，还有许多兵。"众人听着，不知怎样会有许多兵，便都匆匆到这边厅上来。

刚进厅内，便见一个四十多岁发髯霜鬓的老者，正和周虬、黑成德在揖让进退。沈云英认得是文申、文干的父亲文都，暗地告诉了众人，并说："瞧。这会儿正在应酬老前辈，咱们待一会儿再过去拜见吧。"再瞧那边一排大案跟前，立着许多家将、家丁，正向文斗交代收许多包扎箱篓等件。大方桌跟前站着个蟹面龙睛虬髯狮鼻的大汉，正解开襟纽，大洗大擦，那方桌横头立着个身材矮小轻巧、面目停匀整肃的女子，正拧巾擦手。众人多不认得，悄问沈云英，才知那大汉是文府的教师姓潜，字仲醒，文斗等姐妹弟兄的武艺，多是他指点的。那女子便是潜龙，是潜仲醒的小女儿。他父女都是江南宣城人，却住在开封多年。潜仲醒曾经随文郁转战立功，辞官相从。所以文府相待如上宾，子弟们都是以长辈礼谒见的。

众人立待一时，见文都已经坐下，便要文斗领见。文斗上前说过。文都不待众人过去，便连忙起身过来抱拳施礼道："寒家这回事，深蒙惠助，不但家兄感激，舍下一门都沐德感恩！众位世姐妹请升座，千万甭行礼！为着舍下的事已经劳动多日了，万万不敢再惊动。"沈云英等一定要守晚辈礼。恰值凌霄、金仁等也得讯过来，都说："我们都是数世世交，无论如何不敢越礼的。"大家一齐下拜，文都只得忙退到下首，仍以全礼答还。

这时，潜仲醒、潜龙父女亲自押着四人杠抬的大木桶，总共五件，一径过那边屋里去。文都便招呼道："仲哥！事完了，请过来和各位世姐相见。"潜仲醒嘻着大嘴，一面大踏步走着，一面洪声答道："我早想见见了！"周兹悄问文平："扛过去的木桶里是什么东西？"文平笑着，附耳低声答道："人！"周兹大诧，待要细问时，文申已领着潜龙进来，和众人相见，便站起身来，一同施礼通名。

一霎时，潜仲醒已经过来，文都亲给引见。众人一般用见长者礼拜见。潜仲醒连忙还礼，张着大嘴笑道："久仰各位的英名！哈哈！年少英雄，果真是不错！不错！这趟事，真使我压根儿从心坎里佩服呢！可惜来迟一步，不曾亲得见。这是我终身的恨事了！"众人都逊谢，并推秦良玉答谢。

文都道："仲哥！您今天总算赶到了，该不怨路长了吧？"潜仲醒笑道："好容易赶到了，让我瞧瞧，我一进来，瞧见那地下拆毁的滚板、暗轮，我就想着：这趟能够见着众位豪杰，总算奔得不亏！如今是更觉着满值得了。"

丫鬟送上点心，众人一面吃着，一面互相商谈，才知道南阳的事，已经办妥了。便决定明早上路，直奔济南。此地未了之事，由文府选派得力的人前来接办。文都并将在南阳捉得文知均等的情况告诉众人。

原来文都到南阳来时，因为恐怕南阳的文氏族人察破，一直没露面。却是文知均等一班人，又只有文都认识，连潜仲醒亲于家人，也因为随文都在军中的时候多，南阳文氏族人走动得很少，所以不曾见过。启程时，带着指挥许葵的一角采办公文，带领着四个得力的家将径奔南阳，就在城中住下，暗地窥察一班族人的行为。外面仍是日常采办些物件敷衍着。

文都住了多日，渐渐探得些消息，知道文知均到济南去了，不在家中。文家离济南很远，也没有人在济南执业。他忽然远去济南，自然是不做好事了。便一面暗中通知在济南的文哉、文干小心防备，一面仍暗地侦取讯息。

及至开封信到，说是王总兵的根底已经探得。现有各地世交来援，约定期限，攻打陷人坑王家庄，擒得王总兵便可雪冤案，并嘱咐速探文知均弟兄行踪，约定期中，必须捉得。文都便和潜氏父女商议。潜仲醒说：

219

"文知均等一班人，尚在城里一家窑姐儿家中走动，消息都是那里探来的。听说知均不日就要回来，连那老鸨都知道文四相公打济南回来就发财了。想必他们是知些风声的。如今要探还是这条线索。"

文都问："谁去探的？"潜仲醒道："是家将何奎上窑子里找粉头无意中碰上的。何奎不敢明说，您甭去追究，只叫他再去探去，多给他些银钞，让他好去买粉头的欢心，再许他重赏，那小子一定舍命去干的。"文都便如法照制，给何奎一百两银子，命他："务必探得知均的踪迹，回头还有重赏。这一百两头，也不要你的报销，听凭你怎么花去。"何奎大喜，以为色星照命，天神保佑，当即恭恭敬敬谢过赏辞出来，一溜烟，就到西墙根窑子里去乱闯。

刚到城根脚下，便撞见个歪戴头巾、紧束腰带、敞开胸膛、高撁两袖的黑衣汉子走过来，似哈腰非哈腰地弯了弯腿，半段身躯矬了一矬，装着笑脸叫道："何爷！你老长远不上这儿来啦！你老好呀！公事得意呀？这几天正想着伺候你老去，难得你老肯赏光！何爷！"何奎认识他是专给粉头拉纤的郝松，便微点了点头，仍朝前走。

郝松忙转身跟在后面，自言自语道："我就知道小金枝那娼妇不会巴结大老官，要不，何爷会几天不来吗？真是遇着不会烧火，连邻舍也遭殃，带累得小子我也瞧不见何爷的金面呢！要像王大脚家里的柳青娘，那才是活姐儿咧，连发大财的文爷都给拉过来，伺候得甜心蜜肺的，这才是亮脸子骠颈儿的活马呢！"何奎听得"发大财的文爷"，心中一动，便问道："柳青娘那么活、那样红，还用得着你给吹给拉吗？"

郝松连忙赶近一步，笑哈哈地耸着肩头，使一只左手，挡在右口角边，眼睛却睃着路上，低声说道："何爷你老！我怎敢对你老混吹瞎拉呢？有了好姐儿，不孝敬你老，又该你老一脚踢过来，喝骂着：'郝松小子，瞎了儿的狗眼，大爷不是大把花钱吗？'小子我可不敢讨你老尊脚的赐赏。所以不能不说上一说，你老要不信，就在这儿那棵小树门里头，进去瞧上瞧。要是不对劲儿，小子我马上趴下，请你老揍上一顿，踹上几脚，给你老出气！成不成？"

何奎点了点头，道："瞧过不对，再和你算账！"郝松笑道："不对，揍就得啦！可得赏也得多赏几个。"何奎眼睛一瞪，道："爷错待过你吗？哼！文爷，武爷的，爬上高枝了，在爷跟前来胡说瞎道！"郝松连忙自己扬手打了个面光，自己骂道："该揍的小子！真是何爷还少恩典你了吗？姓文的捞了几个昧心钱，昏小子，配在何爷面前提吗？再提再揍你，揍你这个不小心，得罪恩爷！"何奎咔地一笑道："甭装傻呢，带路！"郝松忙躬身应了个"嗻"，便闪身引着何奎走过两家门面，回身垂手站住，道："回爷的话，到啦！"又一转身，倒推开木门先进去了。

何奎缓步跨到院里，郝松早快步如飞地跑上台阶，嘴里高叫着："贵客来！打帘子呀！"里面便有人齐声哄应"嗻！"何奎踏上台阶，早有个甩大袖梳二把头、扎裤腿踏大鲇鱼花鞋的老胖妇人侧身让道："爷请西屋里坐。"郝松忙去西屋门前，一把捞起门帘，高高举着道："爷请这屋里坐。"何奎知那屋里有客，故意迟了一迟道："不坐了，改日再来吧。"郝松连忙向那妇人挤眼。那妇人忙拦在下首，摊着两条粗胳膊道："爷说哪里话？赏光呢，有个不坐会儿吗？姐儿刚占着手，马上就来伺候的！"接着又高叫一声："柳青儿呀！带速点儿啊！"郝松也帮着求告道："爷好歹赏脸坐一会儿，要不姐儿回头又得讨埋怨。委实没客，是占着手呢！"何奎故意沉下脸来，摇摇头，迈步进房，就在上首紫檀椅上仰身坐下。

那妇人和郝松忙着张罗瓜子、香茶、手巾、点心，流水般送来，又出来个垂鬓丫头，帮着递槟榔拧热手巾。何奎一概横头不接。那妇人暗自着急，知道这客人不好打发，心中很怨郝松不该胡拉进来，弄得钉头对碰，说不定要冒火星的，怎么是好呢？越想越急，越加害怕起来，眼珠儿直望着郝松瞟去。郝松也只好暗自着急。

何奎已瞧科了八九分，便故意问道："姐儿真是闲着吗？"那妇人和郝松一齐笑道："哪敢对爷撒谎！"何奎便有意地掏出银包来，随手打开拈了一锭，掷向桌上道："拿去，给我备一桌酒，多的留下做厢钱，嚼裹不够，再来取。"

那妇人暗地一惊，暗想："自从到南阳，文五爷算阔绰的了，也只有三两头连酒席请客带住宿一并开销，全算上了。这一位，一扔，就是二十两，还说'嚼裹不够再取'，我的妈呀！这样的王孙公子、财神爷能放走，不是癫子吗？好在不曾得罪他！"这一来，把怨郝松的心早抛到天涯海外，几乎要向郝松巴结起来，连忙满脸儿堆着笑，一团儿装着娇，扭到何奎跟前，道："爷呀！怎赏那么多呀！咱这不敢欺人，郝松儿知道的，使不了许多啊！"何奎瞅着她那脸上的粉，一瓣瓣地硬矫起来了，张嘴一笑，满口黄牙，牙龈还盖上一层黑霜，打牙缝里，直喷蒜韭气味，早就恶心了。忙掩鼻皱眉道："快照办去，甭麻烦呢！"郝松接言道："快照办去，甭麻烦！大爷是爱痛快的！"那妇人当作何奎嫌她小气，不语再说，诺诺连声地去了。

何奎问郝松："这娘儿们是谁？柳青儿屋子有谁在？你甭瞒我，惹我发火倒不好，快直说吧！老实告诉你，爷是采花蜂，这花花儿凭怎样鬼，甭想瞒爷半丝。"郝松忙答道："刚才这个是柳青儿的妈，是不是亲闺女可不知道。柳青儿确是胜芳的娘儿们。爷，你圣明，什么不知道，哪敢瞒爷！那屋子里是文家四小子、五小子，瞒心昧己找来几文臭钱，硬充大老官，不要脸，弟兄同嫖！还带是刮肯嫖，临完早上还要馋上一碗打卤面才走。不知是他家几辈子造了孽啦！惹得的这儿几家子恨得牙痒痒的，咒得血淋淋的。爷这么大出手，怕她家不硬撺俩小子夹层子飞滚吗？爷放心，一会儿就听得的。"

果然，郝松话还没说完，就听得外面有人骂道："狗娘养的，太爷日你的妈！爬高枝子，不把太爷放在眼里！哼！太爷不是花钱的吗？明听着打帘子，撒甚谎？谁敢来传差？告诉他，文都督府里，四太爷、五太爷在这儿，敢强一强，拉他开封都督府去锁起来！"何奎暗自好笑，瞟眼打窗帘角里一瞅，果然是文知均、文穆缅和几个帮闲篾片，气愤愤的，硬昂着脑袋，挺起胸脯走过来。脚下却仍是朝外急奔。那伙帮闲篾片，一面吹着大话劝着，一面四面簇拥着，一同去了。临到门外，还听得说："四爷、五爷！甭气恼，今儿暂且饶过这浪蹄子，过两天都督府里派人来锁拿去，给爷做丫头，瞧浪蹄子可再敢强一强！"

何奎故意问道："那厮满嘴里嚷的什么'都督府'？难道是本镇卜都督的亲戚吗？"郝松嘴唇一撇道："是卜都督的亲戚时，早就吃人了。这俩小子不要脸，也不知是他们隔了几十辈子的本家老祖宗里面有一个出名的文都督，尽忠报国，很有名气。却是那一家子住在开封，永不回来，听说就是给这班人闹怕了，才离了乡的。人家每年派人来这儿扫墓散赈，这儿当地姓文的就吹得半天里去了。平常没事，就拿着都督府三字儿欺穷人，骇老百姓。其实谁都知道，他们连都督府的门房也进不去，自家儿硬撑空，白好看罢了。听说头前不久，开封都督府那家子出了件事，有人说就是他们本家暗害的呢！背地里拿都督府当仇人，卖孽钱，当着人可还是要借人

222

家光儿咳唬人！这种人还能算上人字儿吗？"

何奎故意不露声色道："哼！甭说假吹，就是真的，都督府能怎样？还代你来争粉头、吃官醋吗？"郝松忙就话拍上，道："可不是！甭说都督府，就是巡抚巡按遇着咱何爷也得说交情呀！瘟小子真不长眼睛，文庙门前卖《三字经》，真忘了本呢！"何奎只闭着眼睛，仰靠着，微笑了笑。忽听得郝松连说："过去下拜，给何爷请安！这是何爷，得请安的！"

何奎一闪眼，见屋里多了个十六七岁的女子，梳着慵妆堕马髻，前发覆额，穿着鸭蛋青绣青花的长袖衫儿，拦腰紧束一带黄莺长绦带，显得双乳微耸；左腰佩着个锁带汉玉环，右腰垂纱覆地，下面黄罗百褶长裙，半拖地上，裙边露出三寸不满的一对赤凤缀珠翘尖绣鞋。生得眉儿高高的，眼儿汪汪的；小鼻小口，尖掌尖指，白米牙儿，鹅蛋脸，两靥薄施脂粉，衬着一对明晶长耳坠，打秋千似的直晃荡，映着颊上俩粉红酒窝儿，分外地惹人欢喜。正对着何奎欲前想却地伶仃小立。何奎已知道这就是那个柳青娘了。

郝松又在说："这位何爷是官府，照规矩给请安！"青娘低鬟浅笑，轻移细步，寨窣近前，拂袖下拜，呖呖地低说道："给爷请安，求爷抬爱！"郝松又说道："还要谢爷的赏！"柳青娘刚伸腰又拜了说了一句："谢爷的厚赐！"便站起来，立在何奎身旁。

郝松嬉着脸近前，哈着腰儿，低声说道："爷玩会儿，俺明儿早上再来伺候爷，给爷道喜！"何奎忽然想起，便道："郝松，甭走！我今天匆忙，也没邀请朋友，就屈你在这儿陪着喝几杯吧。"郝松这真是喜出望外，受宠若惊，连道谢都忘了，只连说："好！好！我来给爷凑个趣儿！"柳青娘嘤咛一笑，低声道："你这不该谢谢爷吗？"郝松忙道："该打，该打！好妹子，亏得您提醒我这笨蛋！"忙又向何奎道谢。

老鸨来问："可要请客？"柳青娘早抢着笑道："爷独酌啦，就开上来吧，让我唱个粗曲儿逗爷笑话，请爷多喝一杯。"郝松哈哈笑道："你的曲儿是人间少有，天上稀闻的，哪有笑话之理？要笑话还待我这小丑闹出来。"说罢又是哈哈一笑。老鸨连忙指挥丫头调排桌椅杯箸。

何奎心想着："我今天是有紧急军事在身上，要不然，倒正好乐一乐。"便道："我只一个人在这儿，又没外客，何必辛苦你唱曲儿呢？倒不如大家谈谈笑笑，倒易得消酒。"郝松竖起大拇指来赞道："到底是大爷们，又会作乐子，又能体贴人。曲子有什么听头，反正对谁都唱的，有什么稀奇！倒是陪着大爷多谈上几句甜甜蜜蜜的话儿，又免了辛苦，大爷又开心！"

柳青娘乜斜着双水眼，凝着郝松伴嗔道："什么甜甜蜜蜜，我不懂，请你教给我。"郝松先做了个鬼脸，再仰脖子大笑道："你不懂，回头陪着太爷朝帐里一钻，就什么都懂了。我教给你，可不敢。我哪有那大福分和你谈知心话儿呢？要不识趣，来上两句，即便大爷不揍我，天雷菩萨也不肯饶我，准得照脑袋顶儿劈上个大窟窿！天哪，我可没那么吞天吃雷胆！"说得何奎和柳青娘一齐大笑。

老鸨进来收拾过，又胡招呼一番，丫头掇上酒菜。柳青娘起身取弦索，何奎止住，便入席清谈。柳青娘问何奎："爷平常爱行什么酒令？"何奎答说："随便。"郝松慌张起来，道："别捉弄人！你知道我是只要灌酒，素来不懂什么叫酒令的。为什么一定要我在何爷跟前丢人呢？我不来这个，罚我多灌几壶好不好？"

何奎突然想起一个主意，便道："你既不会行令，只爱喝酒，如果罚你喝酒，你算正中下怀，定不对，不能太便宜你。如今另定一个罚法：就须由我指点，讲眼前故事一件。如果点着不讲，或者讲不尽不美，就罚你不许喝，还带不许吃、不许动、不许开口，就那么白待着。"柳青娘先拍手道："好！好！我就爱瞧这个白呆！老天有眼，也有给我看险的日子！这是令官的令，谁也不许违令！要牙龈里迸半个'不'字，先叫他马上白待着现眼！"

郝松愣然道："这、这、这真不得了，不许不答应，要不答应，就成了庙门前的泥皂隶！那可怎么办？"柳青娘蜜笑道："有什么为难？要怕，说上俩酒令，要不能，就问什么答应什么，不就完了吗？"郝松道："好！要陪爷和妹妹开心，我就做个大傻瓜吧？"便一本正经地昂然坐待。

何奎道："我说一令：先说一个曲牌，接说一句南词，底下再缀上两个曲牌连成的一句古诗。说得上免罚，说不上，照前宣办法。"郝松忙站起来问："怎么叫作'前宣办罚'？"柳青娘笑道："'前宣办法'就照先说的法子做。"郝松连连点头道："那还好，我只愁又是来一个什么罚，可要了我的命啦！"柳青娘笑着推郝松坐下道："甭怕，有我呢！"郝松一面坐下，防着要罚不许吃喝，便先拼命吃喝，一面心中暗急，硬着头皮等待何奎掇起酒盅来喝了。说道："这是令酒，我说令了：'殢人娇，青青柳色上裙腰，九重春色醉仙桃。'"

郝松只是瞎赞："好！"柳青娘却斜着眼，溜着何奎，含情不语。何奎笑道："说呀，不说，要罚的。"柳青娘想了一想，含笑说道：

"高阳台，迎得萧郎下玉阶，豹裘换酒醉蓬莱！"

何奎赞道："真亏你，竟不弱似两京名妓！河南路上，能似你这般的就不多了。"郝松忙凑趣道："好呀！我说姐儿不错是不是，果然何爷你老也称赞了。"柳青娘笑叫道："喂！甭尽着胡扯，该你说了。"郝松猛然吓得一呆，道："不得了！这个我是榨也榨不出来的，只好受，做泥皂隶了，待我来白待一会儿就得了。可是这罪不大好怎么得了呢？"

何奎得了主意，便道："你甭急，照酒令是得指点你说一件眼前故事。不肯说或者说的不尽不美，才罚白待着，不许吃不许动弹说话呀！"郝松摸一摸后脑袋，又向额前抹了一把大汗道："还好，还能吃喝说话。只是既是故事，又怎得是眼前的呢？"何奎道："你甭管它，凡是一件事。不干自己的事，却是说起来很起兴的，就叫作'故事'，并不一定是'古事'才算'故事'的，所以说眼前的故事。"郝松放了一半心道："我怕又是要考我的三皇五帝，那可是要我好看了。既是眼前事，有的是。我整天在外头溜达，由耳朵里听进装到肚里的不知有多少。喝他三天酒任尽说也说不完。"何奎道："不能由你乱说，得由我指点呀！"郝松点头道："成！只是近来本地的事，我没有不知道的，凭何爷问吧。"

何奎故意沉吟道："近来倒没甚稀奇事……"夹一块鸡送入口中嚼着，忽然装作陡然记起的神情，问道："你且说那南门外天符庙前的文四、文五，怎么忽然会多钱的？"

郝松略一沉吟，柳青娘早笑叫道："这是酒令呀？快说，快说！再推延可得小心白待着不许吃喝言动！"郝松吓得连忙答道："说，说，哪有不说之理。话长呢，干嗓子说不上来，让我喝了这盅再说。"说着，一仰脖子，连着猛灌了两盅。这会儿，郝松怕罚不许喝，抢着一连灌了许多急酒。此时又猛灌下两盅，早露醉意，心中一模糊，只顾怕罚，不由得心中话脱口而出，向桌上一拍道："嘻！甭提这小子呢，挺起来，真比咱们混吃朋友还要坏。咱们不害人，他却比老虎还毒！老虎不吃老虎，那厮却吃他自己家里人。哼！提起来，就叫人恨！这样的人偏偏发财，咱虽是混吃

225

混喝，良心却没坏过，他妈的穷一辈子，穷透底，这也不知是咱活该受穷呀，还是老天没眼！"何奎问道："你这话怎讲？我不懂！"

郝松叹道："爷是外来人，自然不知道这家子文四、文五、文六，枉费读书，简直是畜类！就是我先说的那开封城做过都督的那一家子有钱，文四弟兄三个眼红了，去勾通个什么王总兵，带了那家子的主人，到孔夫子坟上去挖矿。那是挖得的吗？天下念书的，谁不尊敬孔老夫子呢？就都恨了这挖坟的，一下子弄去，丢下监牢了。几万银子开矿本，也吞下去了。这文四前天去到那济南领了赏，又到那王总兵那里拿钱。回来又把开封那一家子在此地的坟地、山场，全当绝产，造假契卖掉了。这小子就发财哪！乱嫖乱赌，不把穷人瞧在眼里，使威势，横行霸道。文家八辈子没造过的孽也给这小子造到了。听说开封那一家子积祖就有的是高来高去的英雄。文四弟兄三个，防着那边知道时要来报仇，又怕盗卖的坟山闹穿。如今在城外五里屯，文四的丈母石家，造了地窖子做藏身之所。又不安分，白天出去瞎闯，见着好的，就大白天里要打联交。晚上还要弄些少男幼女上地窖子去，轮奸作乐，弄死了黑夜扛出来，缚块大石，河里一扔，连尸也没处去找，谁能寻得上他呢？硬知道是他们干的，也没处找凭据，只好认晦气，活该倒霉。你瞧，这三个小子还成人吗？再有一年几月，怕不就成地方上一家大土棍、大恶霸吗？"

何奎问道："你怎知地窖子在五里屯石家呢？"郝松道："老实说，文四是石家大女婿，小女儿就是我的浑家。我凭亲戚给借个五贯钱，推了一大阵子，'不学好，不上进，活该穷死'的教训，依旧半文不曾借着。想起来，真叫人恨得心酸胆愤！"

何奎想着："在此地不便和他细说，瞧这家伙只要有钱什么都肯干。明儿花几两银子，管保使他使得一说一个顺。"主意打定，便拿话岔开，一阵猜拳行酒，闹到天黑多时。郝松委实胀饱灌足，再挤不进了。才扶着凸肚，告罪罢休。何奎拉郝松到僻处，给他一两银子，算拉纤的钱。郝松不知吃过了仍一样给钱，还多到一两，千恩万谢拜个不迭。何奎又叮嘱明早务必早来，我还带你去做一趟，准保赚钱多则十两二十两，少也有五六两，决不脱空。郝松更喜得不得了，赌咒发誓，拜求必须等他来。并求先借几两银子，明日照扣，如果明早失约不来，就掉脑袋，拖五脏！什么恶誓都盟到了。

226

何奎才说："我今夜多给你银子，你一定上赌场赌到天亮，明儿早上就早起不来。所以今天不先给你，任你只一两银子赌不多时，就好睡了，明天免得误事。"郝松极力辩白是说要还急债买衣服，几乎要磕响头。何奎才又给他二两，说："你明天早来，这二两不扣。如果来晚了，我可不待你。要求我带去做这事的人多着呢！我是见你今日有功，才成全你的。你自细想吧！"郝松忙道："狗子就忘你老好处！你老千万等我来，我决不误你老的事。"说着，趴下叩了个头，回到前面房中，转了一转，敷衍几句，才堂堂皇皇告辞作别，独自走了。

第二十九回

以直扳怨擒彼豺狼
奋勇降魔歼斯狐狸

文府家将何奎回到柳青娘房中，吃个点心，便和柳青娘缱绻入帏双宿。枕边低语，由身世谈到生意，再说到来往客人，便牵转到文四、文五身上。柳青娘说："听得许多客人说，文四弟兄仗着是本地世家，无恶不作，人都叫他们'毒蚊子五''毒蚊子四'。这文四的娘子也暗地勾引浮浪子弟，博取缠头，直说一点儿，就是暗娼。文四穷时，颇赖这点儿妻财帮衬。却是如今虽然发了财，也免不掉这顶绿头巾。因为文四的娘子，结识的是西城屠行行首，且在县衙当差、吃红粮、充刽子手的野牛魔王邹九。文四的丈人，又是有名的蠢老虎，文四不敢过问。"何奎便就势进一步探听那野牛魔王和蠢老虎会武艺吗？文四娘是怎生样个人？柳青娘道："邹九是有名狠手，曾经在城隍会上，打通九班会没逢着敌手；蠢老虎却不知道怎样，只知他臂力大，曾经活生生地撕破一只猪，所以有这绰号；文四娘却只听说是个浪妇，不曾闻人提她有什么本领，我也不曾见过，只听得说文四娘身上有一处奇特不同他人的异象，是腰肢呆直如铁，又硬又平，后面瞧去好像是木雕的腰背，个儿生得很长，颈细背削，笔直一个。所以人都称她'竹篙四'，她妈李狐狸是个耍把戏的出身，也许她娘儿俩会些把戏吧。"何奎一一记在心里，又和柳青娘歪缠了一会儿，才叠股交颈沉沉睡去。

金鸡唱晓，曙光破窗照入。何奎虽然深入温柔蜜甜乡中，却是心中念着主人相待之恩，终不能坦然忘记自己身上的重任。市街的晓声喧起，何奎早已惊醒，连忙一骨碌爬起来，见柳青娘香梦正浓，想到她每日辛苦，不忍唤醒她，悄悄地下床趿鞋向后房走动。老鸨早已听得，起来伺候。何奎同到前房时，见柳青娘强睁倦眼，嚲肩慵倚，抬一只手向两额乱鬓缓缓搔掠，知是老鸨唤她起来的。待丫头送过水，老鸨去招呼点心，何奎便唤柳青娘到床边坐下，道："我有话和你说。"

柳青娘懒懒地说道："你怎起身这般早，为什么不唤醒我就下床呢？"何奎听了，陡然想起："真是太冒昧了！只为心中惦念着正事要紧，不曾顾想到在这所在，又是头一天，这么早起身，回头老鸨是一定要埋怨姐儿不会巴结客人，扭手扭脚，不诚心顺受，以致客人不高兴，才老早离床。照窑子里规矩，夜晚上床后得罪了客人，是要把铁蛋塞入阴户里用木棒捣三百下的。我是此中老手，今日怎做出这般外教事呢？柳青娘虽是红姐儿，不致受到苦罚，却总要受些气苦的。我来代她解一解吧。"

想到这里，何奎便向柳青娘说道："你甭错会意了，我是另有紧要事，不能耽搁，自然要代你交代明白，不能冤屈你的。"柳青娘陡然颊上显出红晕，媚笑道："多谢您！我自知不会伺候，承您这般厚待，今夜再来时我总另外想法报答您的恩情！"说着羞得把头塞入何奎怀里。何奎随手向银包里取了一张五十两的银帖儿，暗塞给柳青娘手中道："你快收起来，我如果再来，再给你些，你就可以赎身自立了。或者我有事不能来，这也够你昨夜的押身数目一半了。你为人好，再攒集些也不难。我总望你火速跳出火坑。"柳青娘抬头抱着何奎紧紧地亲个香嘴，道："为什么您来不来不能自己做主呢？您给我这个，我不能收您的，我对您没这大功……"言未毕，忽耳中听得老鸨人在门外咳嗽，连忙缩住，抬头坐起。

何奎便叫老鸨："进来呀！"老鸨率丫头送上两份早点——燕巢鸽蛋，丫头分送过来。老鸨却在床头，欲进不进，欲言不言，面孔十分尴尬。何奎只作不见。老鸨便向柳青娘挤眼儿。柳青娘心中明白，老鸨要她向何奎敲钱，心想："人家住一宿独喝一席酒，就是二十两头，平常人是要七八天！闹得烟雾弥漫，才有这些钱，还不一定爽快给，除零挂欠地争，你偏偏没事！这姓何的松一点儿，你就要贪心不足，拿人家当肥猪尽着割，太不知足、太没良心了！"想着不由得心中生气，鼓着腮儿，低头弄裙带，绝不理会。

何奎见这情形暗喜，心中转念："这妮子可以用她一用！"便转念要用她做事了，立刻叫老鸨过来，吩咐道："今日我有事，非得早走一步不可，不能怪你女儿不好，你明白吗？"老鸨连忙诺诺连声。何奎又取一锭银给

229

老鸨道："今天我还来，这个先给你。却有一桩事，我得吩咐你，有客人来时，得凭你女儿的意思，她爱陪就陪，不爱陪时，任是天王，你也得回断。如果你和女儿闹半点儿别扭，给我知道了，决不答应你！"老鸨连连答应："不敢！不敢！"一直到何奎说到"……决不答应你！"老鸨也说："不敢！不敢！"惹得柳青娘哧地一笑，道："您出去吧，这儿没你的事了。"老鸨心中痒痒的，以为柳青娘还要给恩客甜上一甜嫌自己碍眼，便连忙说道："儿好好伺候，儿逗爷玩玩，我去了。"说罢，蹒跚自去。

柳青娘见房中无人，便拉何奎并头横躺在床上，含笑说道："我有一句话要问您，您甭生气，说错了，您打我都得，可不许怪我。"何奎笑道："你说吧，就是错极了，我也不怪你，更不打你。"柳青娘笑道："那么我就说了！昨儿，郝松那破落户说您是阔公子，现任卫辉指挥衙门的上官，派来采办东西的，有的是金子和银子宝钞镖票。那些瞎话，我全不信。我想你一定是哪座大衙门出来办强盗的；要不，就是哪一路的英雄豪杰，特来办要紧事情的。我这猜得对不对呀？喂！您千万甭生气啊！"何奎笑着摇头道："猜错了。你为什么这般猜呢？就算猜着了，你问它做甚？"

柳青娘心中更加镇定，把脑袋向前凑近些，挨着何奎的脸，只隔寸来远，笑着说："我跟人从小儿走江湖，瞧的真不少哪！您甭看我年轻，不论甚等样人，我一瞧科，总得八九不离十。我瞧您气概举止，再把您的言语一估量，就猜着您一定是上此地来办案的。这一案似乎和那一家有关联，您道对不对？要对，老实说，我能帮您。"说着，把四个手指伸了一伸，又全掌张了一张。何奎只是笑着摇头。

柳青娘率性再逼进一层道："我告诉您，您不要以为我是窑子里的粉头，有钱就脱裤，是不值价不当人的。按说，有事和粉头说了，就算自家打巴掌，是外头走动的人决不肯在窑子里透半丝真言的，这是'处事经''保身咒'，谁不知道？可是话得两样说。那戏上的梁红玉不是粉头吗？为什么帮丈夫争到封王呢？我虽比不上梁红玉一根汗毛儿，可是我决不是黑心害人的粉头。我也是良家女子，时时想自己跳出火坑，可是找不到真正可怜我的。就是有，我对人家没半点儿情分，老鸨只知按例讨钱，人家怎肯救拔我？我也没法使人相信，不能相信就成不了好伴，到不了头。今天我见您待我体贴到十五分，怕您走后，我吃冤苦，竟白扔了十二银子，又替我终身打算，助我赎身。您总算是我求了半辈子才得幸遇的知己了。可

230

是我没一丝情分做到您身上，全凭着打连儿，闹玩儿算不了交情，顾不了长久的。所以，我不怕冒昧，硬给您掀开，您如果要办那一家子，您甭走，保证在我身上办到，我就拿这事算是对您表心见情。您要拿我当随便要要的玩意儿，那么我也不敢问，您这银子，我也不敢白领。如果您对我说了实话，我错了半点儿事，有一丝办讹了时，我自割脑袋交给您！"

何奎肃然答道："我知道你的心了。这事我本想托你，因为不知你的真意，很想以利动你，使为我助，如今我知错了！你我的终身，且不必谈，因为定夺太快，须防将来有懊悔时，没法解救。如今只要事办好，我可以求一个人，把你提出火坑。大家相处着往后再瞧，合就合，不合就不合，似乎交情可以深得长远些。"

柳青娘道："好！您且说您所办的是不是和我刚才猜度的相差不远？"何奎笑答："你真聪明！可惜太孱弱了！不然我还可以代你找条好出路呢！"便把文家冤案择要告诉了柳青娘，并且坦然相告：自己是文府家将，奉主人之命出来探访踪迹的。说毕，坚嘱柳青娘："万万不能泄露！如有差池，我固然是活不了，我死之后，依旧有人取你的性命！这事真不是疏忽得半点儿的！"

柳青娘坦然答道："您放心！我还能害您吗？我告诉您，我早想了主意，要是那一家子，我准有办法。如今果然是的，就很容易办了……"便翻身爬在何奎肩上，酥乳暖贴肘间，凝脂香贴耳畔，嘧嘧悉悉，叽叽咕咕，数落了半晌。何奎只是咬唇颔首，笑容渐渐加深。

说毕，何奎也向柳青娘附耳说了一会儿，忽而凝想片刻，便又皱眉向柳青娘道："这里头，有两件为难处。一是你说这几天，你一直没答留他们，如今忽然去约，他们不生疑吗？况且你姐姐既和文四有交情，照道理是不能再照应你的，还有一件是到那时，难免不动手，你这么孱弱，一时躲避不及，碰伤，打伤，都是难免的，得预先想个法子才好。"

柳青娘笑道："这全不要紧！头一件，更没关系。我告诉您：那天我家才到这儿开门三天，我还没接过客，文家兄弟来了，我妈说：'他出三两呢，你去吧。'我不高兴，就推说'挂帘子'。妈没法，才叫杨枝儿接了文四。后来文四来缠我，我推说：'杨枝儿姐姐的客，我不能挖墙的。'文五、文六来缠我，我总是说：'没接您哥，怎好当着您哥接您呢？如今分开来，叫杨枝儿诓文四，我分头去诓文五文六，只说：'瞒着你哥，怎样，

231

怎样，使他各不碰头，包管来得快速'……"

说着，连忙起身把前后房门一齐闭上，插上插管儿，回身坐在床沿，拍着何奎大腿招他起来道："你坐起来瞧：你说的第二件事，更不要紧，你瞧着这，就该明白了。"说着两手向右脚一挪，连解带拉没几下就脱下一只凤跻来，裤管里却露出一只玉一般白润、脂一般莹凝、七寸不足、六寸略余的平指赤脚。何奎大惊道："你真鬼！我竟半点儿也没瞧出呢！"柳青娘一面笑着，仍裹上凤跻，一面向何奎说："你甭大惊小怪，待我详细告诉您，您自然明白的。"何奎痴然坐在床沿听着。

柳青娘含着赧颜道："我是大脚，随您要不要我，我为做大事使您放心，只好献丑了。我这装脚，也有个道理在，我压根儿告诉您吧。我原是广东人，我们广东人家估量没钱雇人伺候女儿一辈子的，就不给女儿裹脚。我爸爸姓伏，是个猪户。我小名叫虎儿，是打着一只大黑那天生了我，所以取这名字。我七八岁时，就跟爸爸进山，同行中见我力大年幼，都顺着我姓名，叫我伏虎童子。我爸爸没儿子，时常教我放枪射箭，练得臂力很大，还有个施三豹子，是当兵的改行打猎。他很欢喜我，要我做他的干女儿，教我骑马飞叉、搬石耍刀，我都学得很好，解数全会了，那时我才十二岁。我爸爸同着几个人由钦、廉一带过界，到外国去捕象。有一天，一匹大雄象掉在陷坑里了，我爸爸头一趟得象，自然听着欢喜，一时高兴，就跟着驯象师去瞧。不料，那匹象太猛，身高鼻长，大得异乎常象，我爸爸近坑边，被那象一鼻筒打着，马上受伤。百药无效，伙计送他回来，只向我妈说了句'给我报仇'就死了。我妈姓政，是江南人，自幼流到广东，伶仃小脚，怎能报仇去杀象呢？没到两月就哭殁了。施三豹子仗义抬埋，说：'伏虎儿得给爷娘报仇。'就领我过界去，听说那匹象已经烧死了，也不知真假，仇没得报，就回来。哪知上司征援辽兵，查得施三豹子是逃伍，拿去杀了。家口交官媒发卖。其实只有我一个人，再说不是亲女也不行，死辩不清，就当堂发卖，一百两银子卖给人贩子了。我从此堕入了火坑！可怜我不知受了多少磨难，说也说不尽许多。去年遇着杀囚陈三，硬用酒灌醉我，强行破了我身子。我就恨极了他，打定主意，暂时拿这身子当作一件东西，任人糟蹋，替我积得钱，赎了身时，再找那陈三算账。这假脚是老鸨教我装的，临睡也不脱。我连陈三，只接四个客人。因为有个马公子包了十个月，后来，察觉假脚，不要我了。便又被老鸨逼

232

着接一个守备官儿，两个多月，那官儿克扣军饷下了监，听说要杀头，老鸨怕连累，暗地里逃到这儿来的，今儿五天了，就撞您这倒霉鬼！我这儿年，虽没练把式，底子还有，所以我说，您所虑的第二桩事更不要紧，只是我真把您当作亲人，我才把底告诉您，您千万不要对旁人说，使我死去的爹妈蒙羞！"

何奎点头道："那么更好！文府的姑娘们都是全身本领的。我原说可惜你生得太孱弱，就是为文大姑娘要找一个可以领着丫头们一同习艺，能够派作头儿的。我看你太嫩了，所以可惜。既是这样，我将来荐你去，保管比做奶奶还舒服。"柳青娘道："这是后话，将来再说。什么都要待这件功劳立下才有面子、好说话。要不，提到'窑姐儿''臭粉头'，大公馆是不许进门的，任您家将大爷再有面子，也是白说。"

何奎赞道："你真聪明！什么都透彻，谁也哄不了你。一句话，到你嘴里，就分外煞劲！"柳青娘笑道："不是吹，像你这样的人，一辈子也甭想在我面前捣鬼！"何奎微笑道："只要那个陈三使酒一灌，就没了办法，只好任凭捣鬼了！"柳青娘猛啐一口，怒说道："人家拿您当人，倒箩儿全告诉了您，这就该您来戳人痛处了！好！您对得起我！"说罢，气呼呼地，嗓子哽咽，眼眶里热泪盈盈欲堕。何奎连忙自己先戳了几个栗暴，又作揖下拜，好言赔罪，且把脸伸过去说："请赏耳光，以戒下次。"柳青娘才扑哧一笑，说道："谁和你涎脸！我要办正经事去了。"

何奎忙道："还求你不要见气，先办那事才好。"柳青娘回眸瞪眼说道："不是那事，还有什么是正经事啦！"何奎才放下心肠抹了一把额汗道："啊呀！可把我吓坏了！这算逢天赦了。"一面笑着，便缓步出房。柳青娘自去哄杨枝娘写帖儿召文四，自己写了两帖分给文五、文六，都是说"谢绝他客，敬待驾临，洁身以候"等言语，吩咐丫头，分交三个拉纤的分送，各不许知道。

何奎出来，见郝松候在外厅上，翻脸愁容，一眼瞥见何奎出来，却立刻换上一副喜笑面孔，连忙过来下拜道喜，嘴里咕咚了一大串子。何奎也没心听他的，只说："你来几时了？这就同我走吧。"郝松忙应两个"是！是！"又装着笑面，趋近何奎跟前低声道："有句话，求爷许小的说。"何奎问："什么话？"郝松装着万种为难的面容低说道："小的该打！今天饭铺里，不放小的走开，求爷赏……"何奎早知他昨夜的银子必输光了，又是借故借钱，不待他说完，便喝道："马上同我去，不是就有钱赚吗？还要借什么钱？一刻儿也待不到吗？"郝松见何奎满脸透着威怒，吓得不敢多说，连应："嗻！嗻！这就伺候爷发驾！"说着便向老鸨挤眼皮，打手势。老鸨可不敢十分得罪他，暗地塞了四十个大钱给郝松。他不敢当着何奎争多，只得收下了。

何奎上屋里转了转，和柳青娘互相附耳说了几句，旁人还当是情话呢。他俩早相视而笑，柳青娘送至门外。何奎叫她："进去，这儿人色不对，不必送了。"柳青娘心中会意，知是怕有人瞥见，便闪身退向屋里。何奎领着郝松走上大路，郝松已经说了几次"要雇牲口了"，何奎也想快速点儿，便雇了两头穿街牲口，直回客店里来。

到了门前，何奎给脚钱，郝松要两文底子钱，被何奎喝住了，一直带到外面屋里。郝松见有几个黑衣人，起身迎接，不知何奎讲了几句什么，那黑衣人便招呼郝松到后面去坐。郝松原知何奎是指挥衙的上官来采办的，见这排场，故不惊惶。何奎自己进去了。郝松随黑衣人到了后面一间极小的屋子里，黑衣人突然将他两手一抓，霍咯锵唧，郝松两手已被铐住了，顿时吓得魂飞魄散，待要叫"救命"，一想他们是官府，叫也没用，只吓得遍体冷汗直淋，周身皮肉发酸，自顶至踵都抖不住停，五脏小肠焦得如油煎，立刻目瞪口呆，泥塑一般，好似全没知觉，死了过去一样。

何奎到店里见过文都，将遇着伏虎童子的事，原原本本告诉了文都。文都很嘉奖他能干，便和他商量动手办事的方法。何奎说："郝松这泼皮，只是蒙他一时，这店里是不能久押人的。如果给地方泛兵查着了，虽然他们不敢对二爷怎样，只是一张扬，这事就毁了。"文都道："这倒不要紧，这店掌柜已经被潜大爷使银子买服了，什么都好办，你放手做去吧。我就和潜大爷商量去。银子不够使，传我的话，上田福那儿支出。"何奎谢过，出外支取了三百两银子，回房歇息着。

文都过那边屋里，把这事的始末，向潜仲醒父女说了。并请潜仲醒劳步走一趟，说："我也去走一趟，不敢偏劳大哥。"潜仲醒听了，怫然答道："二爷，您说这话错了，咱们要交情干甚？哪说上偏劳呀！再说，你怎么去得呢？您一露面，那小子就明白了，许还要坏事。我去弄他，他一时揣不定是绿林是响马，一时找不清。待他弄明白，已经入了套了。为什么你要自己去，不是等于告诉他朝哪儿追寻吗？"潜龙一旁推言道："我跟爸爸去。"文都迟疑道："我就遵命不去。虽然大哥一人去，太觉忙不过来了，却是世妹又不便上那地方去，怎么是好呢？"潜仲醒戟张着虬髯道："二爷，您念多了书，不得了，给书本儿迷住了。办事嘛，什么地方不能去？孩子去一趟，就辱没了她吗？潜老大养活的笨孩子没那么矜贵！说去一趟就学坏了样儿吗？哼！那算孩子不争气，是好的，绑在那里头，也会自己挣扎出来。有见识有脚跟的，绝带不坏。要带坏了，也算孩子没跟，我没教训，怨不到您。儿呀！咱们这就走！"文都只得抱拳连说："失言，失言！对不住二哥！辛苦二哥！"潜仲醒早和潜龙一同换装。

这时，天才晌午，潜仲醒带着潜龙，里面软甲紧扎，外面披上衫子、直裰，各带暗器、兵刃和文都、何奎先到小屋里。郝松仍旧伏在壁角里，嗦嗦地零碎动着。何奎叫道："郝松！告诉你两条路，任你走一条：一条路是快说出蠢老虎、野牛邹九、李狐狸、竹篙四一班人住在哪里？如果去到找不到，就要你的命；一条路是你甭说，就马上送你见阎王老子。"郝松特哆嗦特哆嗦地抖着说："活祖宗爷呀！他……他们不……不在五里屯。如……如今……今搬到……到……左……左家园白粉墙大枫树公馆屋……屋……屋里里。还……还有北……北吊桥马屠……屠家家，是是接接……"再也说不出来了，尽着"接"个不止。潜仲醒大喝："接什么？快吐！"郝松的魂魄忽然给骇回来，大声说道："接信处所。因为这儿个人全是有外路的。"

文都叫把郝松放了，向他说："你不要害怕！我和你没仇，不害你的。我这张银票一百两，交给店掌柜，你跟他们去，照吩咐把事办好了，银票给你，由掌柜的交付，免得你怕我仗势赖却不给。要有半点儿不听话，告诉你，我就是世袭文家，能按卫所章法把你斩了。"郝松忙趴下磕头道："爷爷呀！小的遵示不敢领赏！"何奎喝道："甭麻烦，起来，走！"郝松连忙爬起。众人夹着他出来。文都果然把银票交给了店掌柜，并说："他回来，你就给他。"掌柜恭敬答应："是，是！遵爷的示！"郝松见掌柜那般惶恐，更知道这位爷来头不小，死心塌地，不敢起半点儿乖歹念头。

潜仲醒别了文都，率领潜龙和何奎并带领着四个家将，押着四挂火车，解着郝松径奔南城根下处。命郝松领着敲后门进去。老鸨亲自来开门，骇了一跳。何奎忙向她摇手，便径进到屋里。老鸨要去张罗茶点，何奎忙叫住，低声向她说："我们是衙门来的，今天借你这里捕几个强盗，

235

你不许声张。如果使强盗闻风先逃，或是捉住后，你走漏风声，闹出反牢劫法场的事来，你先没命。你要小心了！"老鸨是见过场面的，瞧科情形，十分尴尬，哪敢讨苦吃！连忙诺诺连声，静静地伺候着。

何奎悄到厢房窗下，听得里面有男女嬉笑之声。却不是柳青娘的声音，料知是杨枝娘，却不知男的是不是文四。正想再静听，忽然有人在旁边轻轻拍了一下，同时有一股幽香扑人鼻孔中，心中一动，明白了。便缩步回头，果然瞧见是柳青娘。便凑近低声问："怎样了？"柳青娘忍笑附耳说道："四儿在这屋里，才入港打过连儿；五儿被我安在西屋里；六儿被我锁住在北厢里。你们动手吧！我去帮这屋子，免得骇坏了杨枝儿。"

何奎转身，向潜仲醒、潜龙说了，并将屋里指明，潜仲醒奔西屋，去掳文穆缅；潜龙扑北厢，去提文瑙才；何奎领着两个家将，进正屋去围文知均，柳青娘也跟入此路。另外两个家将，看守前后，把住闩牢固了的门，并监住老鸨、丫头、老妈子、乌龟、王八、捞毛的人等，不许乱动。众人立时卸去外衣，悄悄地分头到各人扑攻的要路口。屋里面的后路早给柳青娘塔绝锁断了的，这时一声呼哨，只听一齐大声呐喊，顿时"咕隆乒乓磅，乒乓哗啦"，四处乱响起来。

潜仲醒手脚最速，身子一耸，双脚轻轻点地，腰儿一哈，就燕子穿帘似的，直进西屋。这时屋里文穆缅正在痴待柳青娘，心想："红姐儿是真不易结交，她有心于我，暗约我来的，尚且有这许多打扰！"想要发作几句，又碍着柳青娘，不好径自发彪劲。正在自耐自思，陡见门帘一动，心中喜得荡漾起来，以为心中的美人来了。不料帘儿猛然高掀，突地蹿进一个大脸方身、腰圆肚凸、虬髯连鬓、虬须绕脸的吊睛阔口大汉，手中还仗着一口明晃晃的短剑，顿时连奇诧带猛骇，魂灵儿四散分飞，呀的一声，两臂高张，仰身倒躲，死也挣不出半句话来。

潜仲醒闷吼一声，两脚一促，探身伸臂，舒出那龙爪狮掌一般的五指，向文穆缅胸前一揪住，据着拧一把，抓牢了他胸前衣服，向后一摔，喝声："恶贱！滚！"外面守门的家将，见西屋里扔出个人来，狗吃屎扑爬在地下，便连忙赶过去，按住就捆。

这时，潜龙已经钻入北厢，见一个少年男子，遍体新绸，连头巾也是新换的，正对着一方大铜镜，顾影徘徊，扬扬自得，瞧那铜镜中现出一副硬皮木脸，一对金鱼死眼，呆瞪的，有些似文渊福那个死气模样。料知这就是文瑙才了，便起个纵步，跳过去，向文瑙才肩头一拍，道："喂！你的事发作了！"文瑙才一回头，见那个矮壮年轻人，紫帕包巾，紫绸直裰，双目炯炯射人，耳上却有对耳环，一手反在背后，情形尴尬，心中诧而且疑，皱眉问道："你是此地什么人？柳青娘为什么还不来？"潜龙笑道："柳青娘在法场上等候着你上生祭呢！你去不去？"文瑙才惊道："你说什么？"潜龙道："开封文将军府叫你去一趟。"说着，将背住的一只胳膊，向前一提，露出一柄明晃晃、冷森森的宝塔钢钻。接着，胳膊一平伸，那钻就摞在文瑙才颈畔肩头，顿时骇得颤巍巍地抖擞起来。潜龙瞪眼竖眉，喝一声："走！"文瑙才本来不想走的，却不知怎样，那两条腿偏不服自己的心意，反而听从旁人的吩咐，立刻应声移动，趄趄趔趔向前走。潜龙的钻向右重一点儿，那脚就朝右走；钻向左重一点儿，那脚又乖乖地往左走去。潜龙一直把他押出北厢，来到外面，见家将刚捆好文穆缅，便道："这一个也给一道捆上，再一齐把贱嘴给堵塞上，甭让他叫唤！"家将嗷声答应，过来将文瑙才扳到，文瑙才好似死人一般，已吓痴了。扳他时，如一段硬木，硬邦邦，霍地倒翻时，腕腿膝都不曾转弯。家将觉得好笑，强把他腕子拧过来，掏绳捆了。这时，文五、文六弟兄两个，同伏在地下，猛然间瞧见，相互地大吃一惊，各人怀着鬼胎，齐诧："他怎么也来到此处呢？"无奈，马上两个人的嘴都被堵上，要说也不得出声了。

潜氏父女相会，正待来援正屋。忽然听得一阵咕咚咕咚的响声，顿时，沿地滚出一个人来。原来何奎和柳青娘领着家将向正屋掀帘直进。文知均正搂着杨枝娘横躺在床上，听得脚步声碎而急，知道不止一个人进房，自然不是老鸨儿；也不高兴爬起，就那么紧搂着杨枝娘，顺口喝道："哪来的浑蛋，混撞屋子，瞎了狗眼，不见下门帘了吗？"杨枝娘却是已得鸨儿和柳青娘秘地通知，虽不敢稍漏形迹，却是心中害怕，一颗心儿总是不宁，就是刚才和文知均胡缠一阵，也因心中悬着，怕来太快见了不太雅观，急急地给使劲促得了事，全没顾得好处。这时，满心焚一般地腾烧，文知均一骂更揽一肚的忧惊，连忙推开文知均的长干胳膊，急翻身爬着竖起肥躯，忙闪眼瞧时，见是柳青娘和何奎二人，便笑着叫声："姐夫！姐姐！"不料何奎满面怒威，只点头哽应一声，柳青娘却仍笑哈哈地回叫："妹妹！"何奎早纵一箭步，直扑床前，喝道："文知均，今天是你恶贯满盈的日子，报应到了你头上了！我奉将军府世袭爵发的钧命，特来拿你到案，你自己做的事，自己心里自然明白，甭多说，事到头来自己值价吧！省得我动手，剥了你的面皮！"说着话，手中剑锋，森然横拦在文知均胸前，逼着他动也不能，仰面瞪眼地恭听着。杨枝娘心想："就是他动手吗？我当还有旁人呢！姐姐也夹在里头，这一来，露了脸，将来怎样得了呢？"柳青娘早瞧见杨枝娘的面容，料透她心里的事，便道："妹妹！你不要管闲账，做姐姐的总得叫你过得去。"杨枝娘缩在床内角落里，连连点头。文知均在剑锋劈面威逼之下，仍倔强争辩道："我和开封素无来往，怎么无故拿刀逼人？难道将军、都督、家里人就没王法，任意胡为吗？就是有什么事，也应守国法王章，上有司衙门去告我，我自然守法到案凭官处断。你们这般私斗横行，就是造反，问你们可知清平世界，决不容你们仗势欺人的！快滚开，白昼持刀，你可知道罪名？难道真不要脑袋了吗？"何奎正待伸手，柳青娘已先上前，骂道："忘恩负义！到这时，还敢逞刁嘴吗？什么国法？有国法就不应留你活着！揪住你狗脑袋，再说国法还不迟！"纤手一伸，打去文知均的头巾，揪住发髻，提起来朝床下一拖，文知均虽然如婴孩般径被拖下，背上皮都擦脱了，却硬充好汉，咬牙不嚷。何奎一脚踏住，柳青娘取来床头麻绳，待要亲自捆绑。何奎拦道："你谨防着吧，这事甭你来！"两家将连忙上前，按住文知均就绑，文知均在地下七扭八挣，不让顺绑，何奎、柳青娘一齐大怒，道："恶贼死到头上，还敢刁吗？"两人同时动手，虽没商量，却两边同下，赛过约好的，左右肩头各着了一下，文知均两条胳臂顿时如同刀斩，被两家将捆住，把他嘴堵上。

因为堵嘴，何奎的脚先松了。一个家将卡住文知均的脖子，那一个扯下他衣襟来塞，以为文知均总不能刁了。不料文知均却乘身上暂且得松，猛然拧身一滚，势猛且快，竟滚过四寸多高的门槛，直滚出外面来。恰值潜仲醒、潜龙父女二人都已到了，见这情形，怒气上冲，潜龙手中的钻，竟向文知均劈去，差不多劈到了，才忽然触念："这是要留活的。"忙要收回时，手势已溜，不及掣抽了。正自己惊慌间，幸得潜仲醒早觉着了，将剑横架，却是钻已触着文知均面上划了一道几分深、三寸多长的大口子，鲜血直流。潜龙大惊，忙俯身出看。众人都担心细瞅，见是无妨，才放了心。文知均这时只能顾痛，不能再瞪眼发恨了。

潜仲醒便吩咐："把这三个家伙装入大车里，你们一人押一辆，小心点看守，第一要紧别松了'口榔儿'，如果嚷出来，叫做公的察被了，可得小心你自己的脑袋。"便把河南卫辉指挥的腰牌交给家将们收下，以便过验。四个家将恭敬答应，便丢扛抬。何奎叫住道："伙计们，不是有一挂车空下吗？你四位也留下一位，押着空车同出城去吧。许还用得着呢！"潜仲醒道："那么，再拼上一挂等带一挂出城。"众家将便把文五、文六拼一车，却用一个看着，因为文知均太刁，便单撂一挂车，却两个人看守着。余下两挂车和家将文松。

潜仲醒叫老鸨过来，说道："我们是开封来办案的，你们已经知道了。如今我们走后，你就要受地方上痞棍、泼皮的报复。那时我们照应不及。如今文爷已经和我说过，文府上的老规矩，无论上下贵贱人等，总不叫他为府里的事吃亏受累。你们虽是下流，也不能扔下不管。文爷说：'这儿赏你四百两银子，叫你领着姐儿快走，如果到开封，投到柴火大街文府里，再另赏你，因为这回没带多银子，委屈你些。再者柳青娘是良家女，你不应迫良为娼，本来应该把你送到卫所杖责发配，姑念你没坏府里的事，赏还你一百两身价，把柳青娘留下，我们要马上带她进府，她的东西，你不许禁她携带，任她取去。'你听清没有？服不服？如果服，限你两刻时光把这些事办好。"

老鸨起先是焦急得不得了："本地文家比开封文家还要厉害，怎惹得起？这一来，赛过毁了巢子！怎么得了呢？"装一肚子的苦，却说不出。及至听得"四百两银子"，顿时心花怒放，愁雾全消，喜得口干鼻翕。后来又听得要留下柳青娘，却又心痛肉痛，痛的是失了摇钱树。却是众人手中都拿着刀，又是官府，无论怎样是强不过的，只痴望着柳青娘贪念烟花放浪，自己说一句不去。哪知柳青娘早说道："妈，料不到遭横事，硬拆散咱娘儿们。我想不去也不行，只好硬心肠抛您了！您自己保重吧。有了银子，可以再讨一个比我强上百十倍的，帮妈发财，我也放心了！"

老鸨听了，恨得暗骂一声："臭蹄子！天生反叛，一夜工夫，就搭去了！"却是恨只管恨，嘴里还是要谢众位爷的恩典，并抚慰柳青娘好好地伺候主家，不要念自己，假情假义闹了一阵。何奎早催促柳青娘拾掇了自己的东西，柳青娘暗地将何奎给自己的五十两银子交给杨枝娘，劝她自谋脱身，杨枝娘感激不尽。当下乘着众人监看，老鸨心中痛而口不敢说之时，潜仲醒给了五百两银子。何奎是喜出望外，想着："我有这趟功劳，主家一定是会来奖我的。"和柳青娘目逆而笑,尽在不言中。

一会儿理好了。潜仲醒率潜龙,领着何奎等一行人离了窑子。柳青娘辞别了老鸨和杨枝娘,从此复了"伏虎"的本姓名,随众人动身。杨枝娘送到门前,洒泪而别。老鸨自去指挥王八、捞毛、乌龟、打杂、老妈、丫头尽快收拾细软,扔下赁来的木器,悄然逃走了。

潜仲醒等乘车出城,决定先到城门口屠户肉坊,去找野牛魔王。潜龙忽然想起伏虎手无寸铁,便把自己背上负着的短剑解下,借给伏虎。伏虎拔出一瞧,见寒光森然,是一口好剑,便道:"我丢荒几年了,还不知使得动吗?姑娘自己不能没兵器,还请留下自用吧。"潜龙将手中钻一扬,道:"这不是兵器吗?"伏虎瞧时,却是一条雪白也似的扁钢,两旁刃口曲曲折折,酷似画的一座宝塔。便问道:"姑娘这家伙叫甚名目?"潜龙道:"这叫'钻',是从长兵器矛槊两种中蜕化出来的,使惯了很合手,我所以不大使剑。这口剑还不错,你要能合手,就送给你,留着使吧。还有一件,你千万别'姑娘''舅娘'的,咱们知道你是好出身,暗遭人害的,将来文府诸姐妹见面,一定都要和您交朋友的,你千万不可自轻自贱。须知不得已的事,和受入迷醉以致无法挣扎,被人欺侮,是圣人也要原谅,贤者之所难免的。你的身价,决不因这就低贱了的。千万不要把这些事横梗在心里,反而显得自己小气,于前程大有妨碍!我当您是个朋友,才这般直说。你不要怪我,且是必得信我!"伏虎听了感激到十二分,道:"您真是大度汪泽!我方才正想着我的名字不好,因为'伏虎'和'潜龙'似乎是有意巧对的,恐怕您不高兴,想就要改一个名儿。如今我知道我是无知无能的,被习气熏染太深,以为天下都是小气人,要讨人便宜,占尽了上风的。不料你意如此圣贤一般的存心,我真是以小人之心度君子之腹,自觉惭愧万分。以后还求您别客气,遇事纠教,或许可以托福蜕了这层臭皮,把那积习已深、不知不觉流露出来的丑态,一概涤净扫光,那就重生天日了!您能不客气,答应我,做我的再造师父吗?"潜龙喜道:"好!您既一再要我别客气,我就不客气,以后彼此察觉不对的,当面宜率纠改。您聪明人,只要稍许留心,要涤尽习气,并不是难事。"

说话间,已到城外。潜仲醒叫众人在车内待着。自己首先跳下车,向那肉坊走去。一进柜房,见里面坐着个干瘦伙计,料他不是野牛魔王。便问道:"喂!借问一声,掌柜的可在家?"那伙计听得是问掌柜的,不敢怠慢，忙答道："上朋友家去了。"问："什么时候回来？上哪儿去了可知道？"答道："没说上哪儿，回来也说不定甚时刻。"潜仲醒抱拳说声"惊动了！"转身上车。

潜仲醒叫车子："上五里屯去！"出城已半里，四里半路，转眼就到了。潜仲醒在屯口下车，一打听文家是搬了。便又照着郝松供说的所在找去。车行片时到了，果然有一栋公馆。

潜仲醒上前叩门，里面有人问了声，听得外面有人答应，便拉开大门，潜仲醒一瞅见这开门的，大喜望外，原来就是文渊福的亲信，代为处理家务的甘继棠。知道这儿准是的了，并且幸遇这位文家兄弟的谋士，怎肯怠慢？连忙启手猛抄，就把那位谋士拦腰抱住，向车上一摔，两家将按上就捆，潜龙、何奎、伏虎，见这情形，已经明白，忙抢先飞跳出车，和潜仲醒一同拔兵器，猛冲进去。

那屋里虽是大屋大院，却没甚摆设，冲入轿厅、客厅，都只有些散碎东西乱撂着，似乎还是没人调排的样子。再朝里走，似乎里面人已经得着音讯了。潜仲醒关照众人小心在意，不要遭人暗算。

话犹未了，扑哧啪啦……接连着一大阵乱响。满空中，小矢尖镖，纷飞乱射。潜仲醒挡在前头，一声怪吼，将手中一只长剑霍地分开，但见他双臂如两龙戏空，夭矫上下，同时舞得剑光霍霍，拨得那些袖箭钢镖横飞斜碰，一支也别想得过来。潜龙性急，从她父亲身旁歘地钻过，迈向前去，揭起塔钻，挥开镖箭，俯身钻入屏后。

只见屏后有一个乱柴须、螃蟹脸的苍老汉子，料得是野牛魔王邹九；一个扁面黄须、浑身绸衣、一双粗手的老汉，估计是蠢老虎；还有老少两妇人，甭说自然是竹篙四和她妈子。潜龙奋身向前一扑，挥钻扫地，横斜杀去，其迅如风，其猛如虎。对面人来不及防备，也没空隙能招架，咕咚一声，那老妇已肚穿血溅，伏尸当地了。

那蠢老虎见坏了人，怒叫一声，转身来扑潜龙，刚从屏后穿门而过，伏虎正赶到，顿时觉着这是一个好机会，举剑尽劲劈下去。蠢老虎没留心外面有人伏伺，嚓一声剑入右肩胳膊半脱，钢刀落地，人便偏倒。伏虎大喜，抽剑再补劈一下，正劈在斜倒近前的蠢老虎脑袋上。

这时潜仲醒已经入内，进了内门，便扑奔邹九。邹九连蹦带跳，仗蛮力使一条朴刀横搠直压。潜仲醒虽然武艺高强，却是架格朴刀时，觉得这厮臂力足有千斤上下！因此留心不让他碰着家伙，便迟缓了许多。邹九也不管什么解数刀法，只一味地逞劲蛮干，四方八面，乱磕乱砍。

那边潜龙在伏虎斩蠢老虎时，已扑奔竹篙四。伏虎站在门边，虽然斩了蠢老虎，却是溅了一身的鲜血和脑子，到底是第一次杀人，心惨意怯，连忙抹拭了。却又回头瞅见那两具死尸，白白红红分外恶心，便不能再进，扶着门框站住，自己拼命地定神镇心，抓住思虑不向惨处想，以便再行鼓勇进战。忽然觉得脚下不大十分稳，陡然想起假脚，心中一惊道："我怎没有解掉这劳什子呢？要是打仗，为着它伶伶仃仃，被人家乘机砍死，那才冤透呢！"便绝不迟疑，退到屏侧，靠住墙抬起腿来，匆忙解带。

刚解下来，一只脚的裤管带已扎停当了，一只脚还正在扎结。突然有个人打里面冲出来，猛然间撞个满怀，把伏虎撞得身子一偏，幸而她假小脚已经去掉，立脚立得格外稳当，没被撞倒。一时因为这人撞了自己，而且又识破了自己的私事，满心大怒，乘那人也撞得身子一闪，还没跑开时，便连身倒过去，一把抱住，这才定睛细瞧这人是谁。却原来正是竹篙四，自然更加用劲，把她死死地箍住，大叫："潜姐姐快来！"

第三十回

赋长征千里走征途
雪奇冤片言折冤狱

伏虎一把抱住竹篙四，顿喉大叫，潜龙恰巧赶到，便伸手将竹篙四扬起来正待向伏虎肩颈斜砍的柳叶刀劈手夺下。伏虎顿时胆大起来，使劲向竹篙四尽劲压去。究竟一个是心慌情急，一个是意定心欢。啪的一声，竹篙四被压躺地上。潜龙早在袋里掏出绳索来，按住竹篙四，匆匆地捆绑结实了。

伏虎放了手，一回头，见潜仲醒正在腾挪翻翻，和野牛魔王邹九斗得起劲。两旁还有四个短衣汉子在觑空乘机打冷手，便叫道："潜姐！您快帮老爷子吧。"潜龙应声回头，恰见何奎从侧首厢房内奔出，便向那边乘机的短衣汉子照屁股一脚，踢得他猛向前撞。那汉子不曾提防后面有人下这一手，一个失神，把持不住，猛然直撞到邹九身上，邹九正在厮杀，被他这一撞，顿时两人碰在一处，邹九万没想到有这一下，乍然被碰，脚下不由得起了个趔趄。潜仲醒何等精灵？怎肯放过这个机会？一进步，哧的一剑，早砍入邹九趔趄过来的左大腿上，邹九立刻怪叫一声，歪身跌倒。恰遇潜龙跳过来，脚才沾地，人到钻到，把邹九当胸劈开膛裂脏出。

那个被何奎踢得撞过来的短衣汉，当邹九趔趄时身子失势，便歪倒下去。何奎已经跃过来，一剑劈在那汉背上，哎哟一声，爬不起来了。那边还有一个打冷手的短衣汉，见同伴被人从后面暗算，想着自己身后不要有人来踢，忙闪身往后瞧。这时候伏虎赶着随潜龙出来，刚过屏风，见屏风外面正有一个汉子回头后望，便连忙趁他还没回转头来时，照定他颈项，哧地一剑刺去，闪脖刺进，那汉子连叫也没叫得一声，便扑地身死，伏虎杀了第二个人，却一点儿也不觉得怎样，见人已杀完捉尽，便拭了剑上血渍，来到潜仲醒立处，和众人相会。

潜仲醒一查斩了蠢老虎夫妻，劈了野牛魔王和一个短衣汉，擒住了竹篙四和甘继棠，地下还有一个背上被何奎劈了一剑、伏地没死的大汉。潜仲醒便要到里面屋里去搜抄人和物。何奎道："甭搜了，潜爷在这儿干这伙家伙时，我就要田福守看车子，看住车上那厮，叫文茂跟我同到里面去，绕过一个圈儿了，里面只有五个丫鬟、两个婆子，六个小厮全是新雇、新买才来三四天的。另有厨房里三个，出言不逊，都被我砍翻了。各屋子里家伙，全都是新置的，横摆竖陈，还没收拾好，只有两间屋子还齐整，大概是这老妇和竹篙四住的吧，有不少的娘儿们家伙，有几箱子东西，我叫文茂看守着，咱这就去瞧一瞧。要没什么，就好走了。"

潜龙道："不要忙，这厮得先给他了了账。"便过去向那受伤汉子喝道："你姓甚叫甚？是这屋里什么人？快说！"那汉子翻着死鱼般的眼睛说道："我叫俞宗成，和那个躺着的张重仁，都是九爷荐到这府里来护院的，才来几天。"潜龙又问："这屋里有些什么人？"俞宗成道："这儿我知道有爷、奶奶、五爷、六爷、老奶奶，还有五奶奶、六奶奶，不在这里住。余外就是新买的丫鬟、小厮，雇的老娼儿厨子，我们是九爷的徒弟。九爷的儿子邹树，女儿邹盈，又叫邹盈盈，都在卫辉从师学艺，十分了得。你们伤了老爷子，小兄妹一定要报仇的。"潜龙笑道："报仇吗？再说吧！我先给你了账，你阴魂有知，再请你的师弟妹顺带多报一仇吧。"钢钻落处，俞宗成两眼翻插，胸前多了一个冒血的大窟窿。

潜仲醒领着潜龙、伏虎、何奎，先将竹篙四送入车中。再一同进内，由东厢房穿进去，便见文茂守住几个捆绑着的老少女人和小厮，地下一大堆箱子，都有大锁锁着。潜龙机灵便跑出去，先向死尸身上细搜，果然搜得一串钥匙。拿进来，果然开箱锁也在内。便开锁翻看，上面两箱全是新制男、女衣服。第三箱是老妇衣裙和大脚绣鞋，异常精致，很像京中名手做的。各种平金点翠的女褂鞋袜，塞满一箱想是雇人整箱做的。里面有三身单、夹、皮的紧扎女子打衣和夜行衣服，胸背均绣花纹。两双抓地虎软底女靴，一双獭皮软底女冬靴。潜龙笑道："这厮还想做女强盗呢！凭她那点儿丢人的武艺，也配这般考究精致的衣鞋吗？恐怕她是没有用得着这漂亮家伙的时候了！"

伏虎猛然想起自己还是赤脚，正没法可设，何妨就这里拿着穿呢？便

244

取了一双抓地虎软底大脚女鞋和一套打衣，也不管两脚踏满脏泥，就那么随手拖一件男衣来擦了擦脚底，便先取双叠丝堆子镶珠白绫袜穿上，又踏上鞋子。卸去身上外衣，将打衣穿在里面，再罩上外衣。潜龙笑道："您没裹小脚吗？怎么我先见您两脚那么小呢？"伏虎笑着，一面束带，一面把被逼装小脚以及因解脚而抱捉竹篙四的话全说了出来，众人都觉好笑。潜龙并说："伏姐我瞧，要不是这老妖狐给您预备下，我正想着先陪您回去，拿我的鞋给您穿，如今您穿着这个，我瞧比我的鞋还大。那么，喜得有这个，要不，如今都是小脚，上哪儿去找您的鞋呀？那不要赤着脚待做好才穿得吗？那才大笑话呢！"伏虎笑道："要没有这我也想到了，再把那劳什子扎上踏几天再说。"潜龙道："要是在开封就便当，文家姐姐妹妹，全是没裹脚的，我的鞋也可以放，就是做，也人多手快，一半天就有。在这儿，可是靠天照应您了。"

说话时，伏虎已穿着停当。何奎等把箱子全打开了。潜仲醒问："旁处可再有？"何奎说："全扛到这儿来了。"再仔细一查点，只有二千贯宝钞；一千七百两银票；七百五十两现银，一百三十两散银子；六十贯钞；首饰三匣，都是新制；玉镯、翠钗、珠串等二十九件，衣服一百零三件，一概都是新的。潜仲醒笑道："文渊福在时，托咱府里的福，发了不少的财，光是喝酒、快活，全不见有点儿书籍字画，就有些古玩，也只剩下不值钱的假货侈物了。足见文知均弟兄也真会败家呢。瞧这不全是新置的吗？"

何奎便问过潜仲醒，把丫鬟、小厮放开，问明有没家口，问得只有两个丫鬟，四个小厮，是有父母，为家贫卖出的，余外都是被叔叔舅舅等卖出来的。就是回去，也还是要被卖掉的。便连两个老娼都放开。潜仲醒说："你们都是苦人，不难为你们。你们先去把内外死尸全抬到外面厅上。我再给钱你们买家。"这伙人虽然怕死人，却更怕刀，只得麻着胆，去搬好。潜仲醒便每人给十两银子，并叫他们拾掇自己的东西，箱内清出的新衣，也命他们尽力取些，先整备，在一旁待着。说："事完了，再开发你们走。"

当时将屋里屋外和花园里都查了一遍。伏虎在小箱夹缝里抄得一张曲阜地契。潜仲醒一瞧大喜，道："伏虎妹妹！你这真是奇功一件，文府全家，都要感激你。要早得着这张东西，也甭去打王家庄，也甭去闹南阳府

245

了。这才是天有眼，照应文府，使这个东西出现，那案子可以昭雪了。"伏虎莫名其妙。何奎告诉她："这就是陷害文爷的铁据，上面写着有文堂文和文知均、文穆缅、文瑙才三人名字，足见是他们买下，使王平仲冒作自己矿坑诱咱大爷去开矿坑上当的。有这就可证是陷害。这真是你的奇功，将来文大爷文大奶奶一定要格外看待你的。"伏虎听了，心中也狂喜不已，暗谢天帝保佑。

潜仲醒便将无家可归的丫鬟三个给伏虎带着，小厮两个给何奎带着，做随身侍役。将卖身字契交给两人。除给婢仆外，净存二千五百两六十贯，首饰三匣，衣服契纸及零星物件十五箱，一律运往车上。其余木器家具，概行弃置。潜仲醒便把婢仆八人，带到了门外，叫文茂押着。伏虎取足了暗器，并得了一口蟠龙剑，赠给潜龙作纪念。自己取了一副软甲和盔、袍、箭囊、玉带等项，全副戎装，带着一柄镏金画杆虎锷月牙铲，挑得一匹金鬃五明卷毛黄骠马和全副鞍辔。何奎等也搜得些衣甲，这都是蠢老虎夫妻的和文家上代遗留下的。潜氏父女也收拾些暗器衣袍等项。之后，便一起出门，何奎最后走，拦前后门放起一把火，这才催车回来。

众人回到栈里，文都已经得讯，他只挂着贼巢难寻。见众人回来，才放心欢喜。当时先叫伏虎进见。伏虎磕头叩谢拔出火坑，申言："愿列婢仆。"文都还了半礼道："你是我文氏恩人，我如薄待了你，就是昧了良心，即便你情愿，我也决不肯的。你须使我得尽良心。你能够身处繁华，性情不移，竟自立志跳出火坑，真是出污泥而不染的大英雄。古人所谓'富贵不能淫，贫贱不能移，威武不能屈'，大丈夫之所为。你一个弱女子居然能如此，我岂能屈没英雄为厮养？你如果以为我年纪大几岁，尊我一声'大叔'，我却不客气，乐于承受。你将来再在我家耽搁些时，把世道人情教导我几个侄女和小女，使她们得增阅历不为世惑，我再感激盛情了。并且听说府上已经凋零，以后请甭客气，咱们就如叔侄、兄妹、一家人似的。现在，聚处一时，回头我还要为你终身设法，图个长计。"说罢，便将文知均家三匣首饰珍玩，分赠潜龙、伏虎，道："这东西留着做这趟的纪念吧。文知均父子，都是得自我家的，并不算盗泉之水，只是物归原主，由我家收回，所以我敢于处置，并以奉赠。如果是不义之财，劫来之物，我断不肯辱污你俩的。"潜龙不肯受，说："既是文家骗取府上的财物，正当归赵，留给姐妹吧，我们不好受的。受了好似我们要得东西，下一趟干事，旁人要说：'又是想得奖赏了，所以卖力气呀！'够多难听！我们不要。"伏虎更是恳辞，说是无功不敢受惠，况且这原是文府之财。贼人诈攫巧骗，强购置的，应该变价归还文府库房。我决不敢幸得！并求原恕抗命之罪。文都笑道："你俩想错了，这是我送你俩的，不是说收回知均的东西。简直说，就是我已收回我物，由我诚心奉赠，难道我送的东西，你俩嫌弃吗？再妄说一句：'长者赐不敢辞。'我就允了这趟长者，你俩甭辞吧。"二人面面相觑，没言可答。潜仲醒笑道："伏妹妹，我是不知道，龙儿是今天弄这个，明天弄那个，尽着一个头上整年镇日闹不清楚，有这许多给你，是文二伯给的，又不是旁人，偏要客气起来，我真不懂。找自问很爽快，为什么养活这么一个酸孩子？你不想，长这么大，吃的全是文大伯文二伯的饭，你不要他的东西，就得和封神榜上哪吒一般，削骨刮肉，先还给他才成！能不能呢？"说得众人大笑。潜龙嗔道："爸爸总是那么硬压人。"潜仲醒道："我算硬压，只是我是压你得东西呀！难道还要抱怨我吗？伏妹妹，你先收了，不要和她一样，你有了，她决不肯没有，一定也抢着收了的。"说罢，连文都也哈哈大笑。潜、伏二人面上十分难为情，只得各取一份，急急跑了。潜仲醒大笑道："如何，我说的话，半点儿不差的。"伏、潜二人回身进来道谢，文都叫住，并向伏虎说："你把平常衣服尺寸量一量，开张单子，交给文茂。我派他回去，让带去给你制衣甲去。听说你原会武艺，今日更连斩两人，你就拜在潜仲老门下再习些纵跳本领、内外功夫，把长短兵器，弓马刀石，全习会了，将来也好保身立功。如今世界是难免不大乱的，咱们家孩子，全都会，你也在一起练练，不是更亲热吗？何况你原有底子，弃了不是很可惜吗？"

伏虎不待潜仲醒答话，便向潜仲醒翻身跪倒。潜仲醒哈哈笑道："你这是不容我不答应的办法。好！你有诚心，我自乐意，起来吧。"伏虎恭恭敬敬拜了八拜，口称"师父"，拜罢起立，文都笑道："好！先拜师吧，回到家里，改天我再给你备行酒礼，师父请客。"潜仲醒便命伏虎开衣甲尺寸，伏虎遵命，并将得来的盔甲、软甲，交给了文都。文都命文茂带了先走，到家报讯。

当夜，潜仲醒收拾好，预备押车启行。文都说："大家一同走吧，有我在，关津不敢留难。"便命何奎先行，沿路打尖，预备单间密室，以便车中人犯方便。车中各置食物，任他们取食。将捉来的文知均等各押一车，各派一名家将押着。除进食以外，一概给勒上口勒。即夜将行李物件捆扎停当。行李一齐上车驮，算清店钱，另赏百两。店掌柜千恩万谢。到二更人静，蓦地登程。车马连镖，月下启程，昼夜攒赶。路上伏虎、潜龙都改作公子哥儿打扮，极似一对粉装玉琢的柔美后生。

路上一直没事。到了半途，得讯王家庄将近要破，但须加援。如果南阳事完，速赴上林庵聚会。他们到了开封，屯住一日。文大夫人龙氏，文二夫人赵氏，都极欢喜伏虎。商量待文都回时，认作义女，以酬其功，且使家人不敢看轻。

王家庄差文禄、文升回时，文都便动身前往上林庵。带着潜氏父女，并携伏虎，备作证见。文氏兄弟和甘继棠、竹篙四都原车解去，迤逦赶到，正逢王家庄已破。彼此相见，会着许多女侠。文氏姐妹对伏虎都十分感激，分外厚待，如同亲手足一般，聚叙十分款洽。

当时大宴已毕，因为王家庄中各事都已清了，大家移住往上林庵中。就在密室中，先提王平仲、文知均、文穆缅、文瑶才、竹篙四、甘继棠等一干人，预为审鞫一切，录下口供。然后移押密室中。王家庄被擒余犯已一律斩却，只剩一个王平仲。大家因为连日辛苦鏖战，万分困惫，便歇息二日，算到路程日正好赶到济南，恰逢开审之期。因为顾虑贪官污吏不顾理法，便要劫取文郁，并围住各人犯，使不得贿纵或脱逃。然后自投刑部京控。如果瞧情形不对，就劫法场或劫监狱，由此大干一场，再走海角天涯，也说不定的。反正这时天下大乱，辽东告警，流寇披猖，国家朝廷，法纪荡然。只好尽力求直，至万不得已，便是官逼民反，顾不许多了。因为这样，沈云英、武大江等都义愤填膺，使性勃发，都请秦良玉向文都说，自愿始终其事，仗义到底，即有不测，患难相顾。文都自然是感激，且是有了这一班人同去，千军万马，何足道哉？当即议定，分作三路，前后互相照应。

一路上人马奔腾，如云卷风行。路上有人见着，见家将仆人成群结队，知是大官府，谁敢过问？因此一路平安，鸦雀不惊地到了济南。便直入城内，早有头站家将在城门边迎接着，导入城南一所大屋子里，这是文哉、文干从前租下作寓所的，因为这件事应酬浩繁，来往众多，所以把一座大院子全给租下来，共计有五十来间屋子，是济南城中有名的大院。到屋里时，前站已按人数铺排好房屋铺炕，预备酒菜饭食。众人一到，略一收拾。换了衣服，稍息征尘，已是正午。吃过饭，只商量了些明日的事情，便全都在屋里歇息。这十几日辛苦，养精蓄锐，以备明日，努力昭雪这桩昏天黑地的冤案。

一夜之间，商量停当，早早安歇。天色未明，武大江首先惊醒，唤起秦良玉，一时间彼此相唤，全都起来，静悄悄拾掇了。文都因为调派家人，预备茶点等项，彻夜未眠，这时许葵已来报说："卫所助威的人，已去了许多，内里也通通说好了，除却几个狗官外，其余的人，全不致惊慌。即使有看审的，间有什么惊乱，卫所里人足够对付，不必分心。只一心对正事，免得贻误。"文都便命文申随许葵同去，由他夫妇二人指挥卫所中人。

辰牌初，已经得讯，说是要案须得很长的时候审问，而且是会审，更不容耽搁，所以定在巳初升堂开审。这时各官府都已鸣锣喝道，上院去了，众人便一齐起身。武大江等帮同押着擒得的诸人大车，打例门出去，秦、沈诸女子轻装出后门，周虬、黑成德、潜仲醒、文哉、文干等从后门走，暗自抄到大街，彼此远远照看，防护车辆，径到院上辕外照墙之后歇着，只留周、黑、潜三位老英雄主持护手，只待着揭破这事的机缘来到。

堂上一声吆喝，接着鼓声起处，仪门中门一起大开，公案设在二堂正中，是平设着巡按巡抚位，左右是布政按察，两旁雁翅般排坐的是参政知府等官，下面才是两县的小案。炮声隆处，鼓声如雷，堂役皂隶掌刑人役，各班各房，护卫亲兵，排在两旁和阶下，吆喝："威武！"便见亲兵成行，奴仆排队，由屏后转出，阶下兵丁，早已弓上弦，刀出鞘，露刃挺立，如临大敌。

众人列在阶下丹墀中，夹在许多瞧热闹的百姓中间，不过大家都留神，挤得向前立在最先一层，余外就夹在人丛中，两步一对，一连暗暗排到仪门口，以便有事时，一齐着力，便可开出一条直通外面的大甬道来。众人都严谨地站着，留心堂上。只见各官入座，差役喝喊堂威已毕，便有曲阜衍圣公，差员当堂投文，接着有国子监先当堂递禀，渐渐地满站着许多方巾青衫的秀才，把丹墀中挤得实实的，水泄不通。

但见那个按察使史耀前，拍惊堂木喝："提犯员文郁！"堂下差役齐声答应，顿时有缇骑率差役下去。一霎时，将文郁带到，颈盘铁链，手闩肘铐，脚上铁镣，须发模糊，虽然憔悴不堪，却仍头昂身正，不失武将身份。堂下自潜龙至金、丁诸人见此情景，无人不咬牙切齿，那些秀才却都瞅着文郁咬牙切齿。

两旁大声呼喝，文郁上堂，打拱俯首侍立，史耀前大喝："跪下！"文郁坦然答道："职镇冤案被拘，蒙圣上未予革职，职是朝廷二品大员，却跪谁来？"史耀前怒道："你敢倔强吗？按院莅临，恭请尚方剑，马上就要斩你，以平民愤！你还想狡赖吗？"文郁且不理他，只向上禀道："职镇上禀按院、抚帅两位宪台！职镇的冤情显而易见，因为圣林禁地，田赋粮饷，例均有册豁免，如今这地系属何人？职镇尝不为人所蒙欺，何敢自取灭门之祸！伏求宪台恩察！"

史耀前喝道："文郁！今天奉宪派本司讯问，你有供纸对本司供来。现在只问你挖没挖，不用旁的，是你挖就要照律夷三族，你该仰谢圣恩，恭受王典！"底下那无家士子顿时暴雷也似的齐叫："青天！"史耀前更加扬扬得意，昂然说道："你听'国人皆曰可杀'，你何必强辩？难道定要当堂领杖吗？本司劝你快画口供吧！"底下士子又是哄的一声，似乎是在欢呼。

文都再也忍不住了，迈步下阶，一面打参，一面尽嗓子高声说道："启禀各位宪台：私挖孔林禁地，惊动圣陵，首事主谋要犯一名王平仲即王仁规，业经卑职锁拿到案，现有亲供为证！"史耀前喝问："哪来的混账东西！擅闯法堂目无王法，还了得！又出去！"众兵役方待动手，突听得丹墀中数百人齐声大叫："冤枉呀！"

接着，看审人顿时立不住脚，两面一倒，就见外面如飞也似的推入数辆大车，迅如风，差役们要动手也没来得及，车子已到阶下，便见走过几个女子扬刀劈车，拖出几个男男女女，当阶按得跪下。同时有个极丑的女子，声如洪钟，向众人说道："众位详察，文总镇受族人文知均陷害中毒计，误结识王平仲。王平仲以挖矿为名，诱骗文总镇在圣地开挖，文总镇未曾到过山东，不曾详察，堕入罗网。现有该禁地租契写明文知均，有县印契纸为凭，另有王平仲与按察使史耀前往来信函，纳贿陷害在此！"众人听了，哦的一声，顿时齐向那跪地的王平仲，高坐的史耀前咬牙切齿。史耀前顿时目瞪口呆，塑在座上。

堂上众官莫名其妙，恐激成巨变，面面相觑，心颤汗下。究竟还是巡按有点儿胆识，忙命缇骑传谕旨："着阶前有关人等，列入阶右，排作一处，不许乱动！有话推一二人，上来陈说。"再命："堂上官员、差役一律原位，不许乱动！"缇骑连忙传谕，文宅来人遵谕一齐至阶下，列为一队，这时看审的人全知道有大热闹瞧，而且知没凶险，都挤作一团，企颈翘待。

当时文都前行，后面是潜仲醒、黑成德、周虬、文干、秦良玉、武大江、白超、龙启、凌霭、伏虎——这都是昨夜就已经商量派定的，齐齐地列入阶前，巡按秦尚明和巡抚危模林，命召众人近前。文都重新参见毕，便将文知均构怨，设谋陷害，王平仲聚盗为非，毒计陷人的情形，先禀明白。而后只说是商请指挥许葵派人探得实情，适有镖师凌霭等镖银被劫，前往率讨相斗。更有王平仲宿仇白超前往，预备扭控，川中诸女助友报仇，又逢龙启血海沉冤，得乳母明告，白、龙两家冤事已夹叙完毕。接着又说王贼如何图谋不轨，如何设陷机构，不容扭控，才彼此商量，伺隙打入庄中，捉得王平仲，开出文知均为主谋适；有孝女伏虎，被奸人骗卖为娼，受文贼欺凌，文贼得王贼之贿赃，集盗设巢，前往进剿时，不得已格伤数人，擒得诸贼，才押来申冤。并述王平仲家中密库内，抄得臬司受贿五千两的复信，则不知是否亲笔，有名片和图章为凭，等等言语……只没说鏖战数大阵，及智擒文氏三人的详情，免得迂腐的朽官惊骇。说毕，便将贿信及文知均的地契呈上。说话时，声音高爽，兼之下面听审的人都留心静气，要听个究竟，谁也不肯大声儿打断半句。所以上上下下，齐都听了个透彻。众观审人之中，有胆大心直的都骂史耀前是贪官酷吏。

秦尚明听得说到贿案时，便回头去找史耀前，已不在座上，忙问："史廉访呢？"从人答："更衣去了。"秦尚明心中一惊，却不便说。便回头向文都说道："本院初到此地，这案子，本院本听说有尽不实之处，危大帅也说：'所以没定案，就是为有可疑惑之处。'如今你们既已获得正凶，且待问明再说。"便命首县鞫问王平仲、文知均、文穆缅、文瑙才、竹篙四等男女各犯。首县领命自去推问。

忽然外面一阵纷乱，人如浪翻。缇骑连忙喝问："什么事？"一霎时，一行人拥到阶前，众人瞧时，却是丁枚、丁枝、于垂、于乘四人，揪住一个蓝袍纱帽的人，正是按察使史耀前！丁枝慨然说道："这位老爷离座时，秦姐就叫我们留心，我们守在仪门，果然见他出来了，问他：'上哪里去？'他还骂人。硬抵住他，他才说：'退了堂了，我是朝廷命官，你们什

251

么东西，敢挡我的道子！'我们知道两位大宪还没退堂，他做下属的，怎么先走呢？特地把他拦回来，请二位宪台发落！"

秦尚明知道史耀前是畏罪图逃，便向知府道："史廉访略有些事情，本院派你伺候史廉访！"知府连忙躬身答应。这官场中的言语，所谓"伺候"是顾面子的，实在的意思，就是交你看守起来。不过对大员略顾面子，巡按虽有特权，却是对堂堂三司大员不能不按官话说。首府知府当省已久，这些过门，自然熟透。当时答应了几个"是"，便转向史耀前道："启宪台：卑府奉屈宪驾，请到卑衙屈居几时，求宪台赏脸！"史耀前面色灰白，气息急促，惶恐无主。知府便下座来，陪伴着史耀前坐着。

秦尚明先询问龙启、白超两家的冤案，随又传伏虎和方玉华勘问过。各人都照实说，只有方玉华瞒却张二子被杀一事，只是说："关闭多日生病死了。"秦尚明叫书办录下存案，众人都退到阶前。这时首县已经将王平仲、文知均兄弟的口供问得。这伙人因为铁证硬在，无可赖辩，全都一一照供。当追问余党时，王平仲说："全被文家来人杀完了。"当时有文斗、龙启，同向知县陈述："尚有余党云中雷呼延雄和两间山大盗镇九湾伍飞的兄弟九头鸟伍安，儿子黑孩儿伍伯厚，随同伍飞的妻室母老虎田雌凰，另外还有番僧的师兄一、师弟二，都在逃未获，请父台追究！"知县便向王平仲追问。王平仲横眉怒眼，向龙启道："小蹄子！你好！我早知养虎必伤身，恨不早除却你这蹄子！更恨母狮子那扫帚星，养痈贻祸，才有今日！你还有什么顶的吗？告诉你，他们几个人，别说你这浪蹄子，就是大明皇帝恐怕也不奈他何了！"知县拍案大喝道："休得狂言！快照实供！"两旁差役一起吆喝。王平仲冷笑道："说也不打紧，镇九湾伍飞，不是等闲人，当他是两间山大盗吗？你们错了！千个两间山，也不够他施展的。告诉你们吧，伍飞是四川播州国国主杨应龙的连襟，伍家嫂子田雌凰就是播州国贵妃田雌凤的妹子。伍家夫妇是播州大国的镇北大将军招讨副元帅，受命进关，收罗英雄，要取天下的。如今是完了。却是杨大王决不能就此甘休，一定要替伍元帅报仇的。呼延雄和巴布额多、叶赫拉那真固、额勒山伦札三个许也同去了。我虽不愿在杨大王手下过日子，却大家都相通。你们一定要逼得人家无路可走，自然只好都上那儿去了。往后你们小心着吧！大明天子坐不坐得稳，还不知道，你们这伙东西是免不了要做伍元帅坟前祭品的！"

知县听了，知道这话不像说谎，便把口供单连同人犯，一同解到巡按案下，并请白超等一齐过来。秦尚明请危模林照判。危巡抚仍请巡按定谳。秦尚明先向众人询问："众位义士，可有知道播州情形的？"秦良玉挺身答道："播州情形，子民全知。不过与此案无关，求宪台先将此案定谳。子民再将播逆反情上报。"秦尚明点头道："也好。播逆声名很大，反情久著，大概不是一刻可以说完的。这一案万民悬望，士子关心，今天非定谳不可，本院自当立即判定。不过事后还请详具说帖，叙明播逆情形，以便题奏圣上。因为此案既涉及通播，就不能不题奏了。如果所奏不详，圣主一定降罪。所以必待说帖，将播逆情形并叙疏中。那么斩王平仲，才能请尚方剑斩逆。要不然，擅掘禁地是要解京交部复审处决的。"秦良玉忙施礼敬答："谢宪台明察！"

秦尚明便判道："王平仲即王仁规，构陷勋绅，私掘禁地，于律应夷三族！余犯属已拒捕格杀，应予不论外，王平仲已应按律斩立决！又查该犯任辽东军职时，毒害军官白云飞夫妇，退职后，劫杀命官龙涛全家，两案各经该故员遗裔白超、龙启具控到案，再查该犯聚盗设陷，诱拐妇女，残杀良民，抢劫行李，私擅刑禁，种种不法行同盗寇，并据供与川中叛苗杨逆应龙连为一气，反迹昭著。该犯实属罪大恶极！应予叠案并论，按律加刑！所有谋叛为盗，私掘禁地，匪寇正凶逆犯王平仲即王仁规一名，着即凌迟处死，以昭炯戒！主谋犯文知均、文穆缅，文瑙才、甘继棠等，主谋陷绅，犯禁有据，且参与逆案，勾通盗寇，情真罪重，应即如律斩立决！犯妇匪号竹篙四一名，并案论应即绞死！并着通拿余党逃孽，及各该三族亲支，归案按律究惩，以绝根株！所有各该逆之房屋田产，着一律查抄充公、发卖，修复圣林重地，仰地方官援案遵行此谕！"

判毕，当堂将文郁释放，冠带相见。文郁当即更衣上堂声谢。堂上堂下，欢声雷动。各犯打入死囚牢，各官散班退堂。文家众人和男女诸好汉，一齐拥着文郁，同声谢毕一齐出衙，一路马匹轿车，纷纷飞驰。沿途放爆开铳，一直回到寓中，自有家人伺候。众人群相庆贺，畅叙此番得雪奇冤的前后因果，并分别向老少诸好汉致谢。一阵忙碌，真是说也说不清许多。正欢闹，忽见何奎进报道："巡按行辕有差官来到，说：'按台有紧要钧旨，请两位爷出见面述。'"

第三十一回

承命护法场擒四秃
惊心伤往事走全家

文郁忙命何奎："快请差官进来相见！"何奎应声去引差官到里面来。文郁、文都行礼迎见，献茶让座。那差官见满屋女子，都不回避，觉得很奇。再一细瞧，全是方才在丹墀中听审的那一大伙，不觉暗自惊道："今日幸而没偏颇，要不然，这许多带剑藏刀的辔小娘儿，说不定要闯下滔天大祸哪！"

文都请问姓字，才把那差官心思打断。差官忙答道："回都爷的话，卑职姓汪，叫汪唯仁。"文郁问："按台有甚吩咐？"汪唯仁道："按台吩咐两件事：一是明日午时三刻，处决各犯，恐怕有余党滋事，想请贵府公子姑娘暗中监护法场；二是为播逆一事，务请具个说帖，最好今夜，递到令辕，以便明午处决人犯后，就交八百里驿递，飞章入奏。"文郁忙起身答道："两事都遵命照办！只求按台吩咐监斩官甬驱逐闲人，使我这里暗去监送的人得近杀场，可保万无一失：即使来几千贼党，靠近人犯，也甬虑他行劫。"汪唯仁心中疑惑，暗想："不驱逐闲人，不是贼党正好近前吗？"口内却不敢说什么，只是唯唯答应。文都又声言："贼党来时，即使知道，也让他近前，才好捉拿。"汪唯仁不知文家弟兄卖的什么药，只唯唯应着。起身作辞，回衙复命。

文郁、文都送过汪唯仁，回身进内，邀请众人聚会，并设筵庆贺。当时众人都到大厅列坐，计有秦良玉、武大江、沈云英、白超、黑烈、周兹、来猎、倪道、符中、龙启、潜龙、伏虎、凌霭、凌霞、凌云、凌霤、凌霄、凌露、金仁、金代、金攸、金作、丁枚、丁枝、于垂、于乘、方瑛、方玦、史瑯、史环，由文斗、文申、文平加上方玉华作陪，共三十四人，列厅上正席。周虬、黑成德、潜仲醒、许葵，由文哉、文干作陪，共六人。文郁、文都两边做主人。

先是文郁向众人道："今日我幸而扦福，得和诸位对饮，不敢以清酒道谢。只愿借此聊表寸心！望诸位畅饮，庶愚忧略安！此外，有三事当决，由舍弟奉告。"说罢，满敬全席一杯。众人都立饮告干。文都接着起身说道："家兄所说三件事：一件是奉告众位的；一件是要请众位参详的；一件是要请众位决定的。第一件，家兄以为寒门自先将军垂训：'待人以德，恩怨分明，方是大丈夫立身自处之道。'这一趟事，蒙诸位恩情垂极，不愿受报，自是诸位，侠心古道，却是愚兄弟不敢不怀报答之心。现有一事，可聊尽寸心的，暂时不说，留待等会说到这事时，再顺详陈。如今第一件事，是敝宅家将何奎，本是先将军侍卫何德的单传玄孙，自何德殉难，世代服役敝宅。因为是忠良之后，素来另眼看待。这一趟的事，何奎很有些功劳。还有伏虎，身入迷途，毅然自拔，以弱女而手刃巨憝，并且闻她是纯孝孤女，在南阳搜得地契，更有造于我文氏。家兄为崇德报功计，拟收何奎为义子，并请潜仲醒兄格外垂青，以爱徒伏虎进而为义女，使他们配为夫妇，了却姻缘，并且仍存原姓，俾续何、伏两家忠臣、义士仅存的宗祀，所生子女分以何、伏为姓氏。这是家兄一保他两家宗嗣，二免文氏有异姓乱宗之嫌，委屈报功的一点儿微意。以后对他二人相待照斗儿哉儿之例，绝不偏差，聊示旌功之意。因为事关改易礼遇，不能不敬告众位，请众位鉴谅……"

众人不待语毕都拍掌道："好极哪！""原应这样办！"文都便唤何奎入厅，拜见尊长，并和同辈见礼。并唤伏虎先拜义父，然后和众人相见。何奎便先端正红毡，向文郁肃推八拜，再拜见文哉、文斗等一班兄、姐，更经文都吩咐：以师礼见潜仲醒，以父执礼见周、黑二老。伏虎也依次行礼毕，叙齿时，伏虎真年纪二十岁，比何奎大一岁，和文平同岁小月。何奎只比丁、于、方、史四家八姐妹大，其余都占长。龙启虽是十九岁，却为十二月生的，何奎大了一百多天。满堂就算何奎是个小兄弟，当即向文郁、文都、潜仲醒谢过亲，才掇张椅子，向文干肩下坐着，伏虎却仍回座中默然坐着。

这时何、伏二人两心相印，外面却不作一丝痕迹，只相对一拜，似乎是姐弟相见，便各回原座。可是往日一装正经，只须腮帮儿一鼓，眼儿朝

255

下一呱嗒，便能使出一副庄严面庞来。今日不对了，不知怎样不成功了。想要双眉儿朝中间皱拧时，那眉梁骨儿偏是朝两边拉开；小颊儿想要鼓起时，嘴角儿偏要上提，酒窝儿猛歙。就这么木不住一副面孔，只好笑嘻嘻地腼腆而坐。众人都瞧着他俩讪笑，他俩更加无故生绯，十分尴尬。

文都接着向众人说道："第二件事，就是按院刚才所说的播寇，我们是否要管这事，也须得大家商量。而且先要知道这事的因果才好。"秦良玉接言道："既是商量这事，我可以把播寇的内情详细奉告，而且有许多话要说。如今且把第三件事暂时搁起不提，先把这事商量妥了再说，众位以为如何？"大家都道："好！"黑烈道："得请姐姐先把这事的始末缘由说给我们听，才好商量呀！"众人便纷纷请秦良玉叙述播案。

秦良玉道："这事不是我一人知道，说起近来情势，恐怕沈妹比我熟得多。如今我先把这播寇的来历说一说。播州是属四川管的一州，却是没设流官，仍归土司节制。自从唐朝乾符年间，杨端以播州归附，便命以宣慰司治理。历经五代、两宋、胡元、国初都受皇封永镇边土。如果安分报国，也尽可以为朝廷分忧，为百姓造福，自己也足够安富尊荣，坐享洪福。在世俗之见，已经是天上人间的大世家了。

"这一代土司，姓杨名应龙，自幼生性残酷而好淫，蛮笨而无理，却习得一身软硬功夫，等闲三五百人别想近得他身边。他娶的妻子是白泥司苗人田朴苞的长女，她妹子就是伍飞的妻子田雌凰。这是龙启章妹妹说的，我先前并不知道。这杨应龙的祖父杨相是被宠姜安氏用兵逐出的。所以家传悍妇，妾滕当权。田雌凤重用她的侄子田四，改名驷，把女儿杨二嫁给他，僭称驸马。手下收得许多生苗，倡乱作恶。其中最厉害的是'五色苗'，生成的臂力能搏虎豹，自幼生长深山，爬山越岭如履平地。他们生下来的小孩，就把脚心拉破，加药擦练，厚如熊掌，任什么不怕，可以踏利刃，可以将穿处挂树，飞枝越林。自周岁起，就将山漆漆身，到长大时，便遍体漆布如牛革犀皮，刀斧不入。这种皮骨，他们叫'铁鞳'，任什么利刃劈砍不入，皮外随各种各族，漆成各种颜色，所以叫作五色苗。生来没姓氏，都用禽名兽号。而今杨应龙招得的是花苗阿熊、青苗阿狮、红苗阿虎、白苗阿猿、黑苗阿黑，五个头儿全是男的，骁勇非常，生啖人肉，活劈人肢，是他们的家常便饭，还有九股花苗头儿叫阿花狐，是女苗，奇淫无比。时常掳汉人入山，强奸不遂，就活活酿吃。另有仲家苗，头儿叫坝鬼，利妹子阿溜鬼，也是五色苗的别种。一对天生怪物，能够咬钢嚼铁，卡死牛马，骑乘虎豹。真是不亲见的说也不信，还当人说封神榜呢？

"此外，还有杨应龙的儿子杨朝栋、兄弟杨兆龙、叔父杨珠，收得贼将张彤、沈霖、吴尚华、穆昭、何朴良，都是一班善于登高越险，马、步、水、陆功夫十足的亡命之徒。他们的叛逆活动已不止一天。大概杨应龙千万家财，花了差不多一半，暗中整备了十几年，无时无日不在谋划之中。贼军师孙时泰是个落第秀才，在播州胡言乱语，说什么'王气兴于井野，主播州出天子'，又说'鼠是阿摩再降尘凡，不忘本性，乃降生杨家，主姓杨的代大明为天子'。杨贼奉其为军师，言听计从，年费巨买，密地里遣人入关，招纳绿林盗寇江湖奸宄，历年已成军十万，确非小痛小患。如果易于早灭的，我早和我兄弟去剿灭了，甭下长江，走黄河，来奉求诸位了。

"再说那播州地势，本是形胜之地，席裹千余里，土沃时温，不用深耕年可丰获，水旱无忧，疫疠不生，委实是天府之国。西北面堑山为关，东南附江为地，介于蜀、湖、贵、竹之间，出可以进取三省，入可以保千寨。杨贼住处，名叫海龙屯，四面削壁，连鸟道也没有通的；内造石城，虽兽洞也不得藏进。外有天险的娄山、桑述各关，金筑、青嘴众寨，楠述、山羊等峒，金刀、铁排诸盘。峻险要隘，一夫守寨，万夫莫开，共不下数百处之多。果真是虫飞难入，蚁窜难通。

"那厮们在内地还有不少的党羽，只瞧陷人坑、两间山都和那厮有关，就可想而知了。前回因为田雌凤暗设埋伏，请杨应龙的正室张氏赴宴，夹壁中苗妇抢出，乱刀将张氏斩为肉泥。田雌凤便自称正宫娘娘。张氏颇知大义，常劝杨应龙：'尽可安享富贵，何必涉险自取灭门之祸？'田雌凤却不然，日夜觉得假皇后做得太局促，不足摆布，时时怂恿杨应龙先据四川，次取三省，进窥中原，吞取河朔，做一朝天子。而且田雌凤并没好心对杨应龙，预备进取成功，就仿武则天；如果退败，就斩杨应龙纳降，自称峒主，博取皇封，将来传位于侄子田驷。所以这婆娘是前后算定，自处甚为得计。我在川中时，张氏的叔父张时照，和部下何恩、宋世臣毅然离了杨应龙，带领张氏养女虎定，逃出播州，上飞文告变。我会得虎定，才知仔细的。如今大概寇势更涨了。沈云英妹新自川中来，谅必是知道的。

近日匆匆应战未及深谈。如果沈妹另有所知，还望就此详说，让大家好参照前后，仔细思量个平寇妙策。"

沈云英接言道："现在他们自称播州国，四川土司本来是自己有权任人为都尉守备指挥校尉以下各职事，但是杨应龙却任吴尚华为征东将军，'将军'，已是不可，何况'征东'两字更加离奇！还有几桩事最古怪的：一是派人到各司收捐，每寨五两，一寨不交焚寨，三寨不交就开兵来打该管司官。二是勒令各司上表贺年，称'奴臣上贺主公'。为这事几乎和石柱开仗，后因石柱兵强，才没敢来，却是由此成仇。恰有那田驷的母亲、田雌凤的嫂嫂覃氏，原是寡妇，夫死有孕。那时正值石柱宣抚司宣抚使马徽老将军巡讨不庭。播州抗贡，奉讨伐，覃氏被掳。后来事平，马老将军查得她是有孕的寡妇，便特赦放还。在石柱只坐了两个月的监牢，回去生下的儿子便是田四，自前两年改名田驷就不存好心了。如今竟觊觎石柱，改名马千驷，硬说是覃氏曾侍老将军所生，通知现任承袭宣抚使马千乘，说：'我是你的哥哥，应该由我承袭，你快率眷退出，我来接住了。'马老将军久已归天，马太夫人也弃养多年，一时怎得明白？幸而马氏族人年老些的都知这事，据案痛驳。不料田雌凤死不要脸，硬说田驷是老将军的长子，硬赖说'马千驷'的名字，是老将军亲笔题留的。料又拿不出凭证来，是这般赖奸，不是大笑话吗？我这趟就是承家师秦老伯之命，并受石柱马氏举族殷勤恳托，要我来迎贞素姐姐回家成婚，好合力破贼。要破播州，非石柱兵不可。外面军马，到那儿地面就不中用了。所以秦姐姐婚礼一日不行，播寇凶焰一日不挫，而且反涨。我来时听说播寇捉住妇女，都赏给硬手苗兵，任情取乐后，寻许多长虫，烧着尾巴，使那长虫疼极乱钻，打那妇女下身钻进去，其惨无比！那厮们反而纵饮拍手，以为笑乐。您瞧，这种毒禽恶兽，不早灭却，汉苗川民，还有噍类吗？"

秦良玉道："我并不是和马家为难。老实说马家的婚姻，家父曾问过我，一来为马细史本是个英雄汉子，深知女子应当自立的大道理；二来为合力灭叛建功，我才应允这婚事的。世上女孩儿总以议婚为耻，我觉得不是荡检逾闲，有甚羞耻？所以我曾经述明志向，决定主意，并且待我顺流，来中原邀得志同道合堪以协力的人回去，到一定可以建功立业时，才选婚议。细史曾应诺无辞，如今如果姐妹许助我，我就回去，为平贼而嫔马氏，为功业而造石栽，原无不可。如诸姐妹还不能入川，我就北上燕辽，寻取杰女雄娘，再回川共图义举！"

武大江接言道："旁人我不敢说，我们义姐妹都是有心创建功业，情愿执鞭随镫的。众姐妹想来也不甘绮罗终老，脂粉媚人，此层可不必虑。只不知石柱有多少兵马？姐姐有若干亲信？"秦良玉道："石柱可用之兵不下五万，我家苗女、苗妇都是马细史挑选送来教训，已经有二万余众，全用家父创制的白杆双钩刺。这家伙用白蜡树作杆，其坚胜铁，其轻如棉，刚而韧，柔而弹，滑利灵活赛过银枪，易于取材，制造极便。杆头嵌上刺头，却和寻常用刺不相同，是百炼纯钢造成，一刃两钩，锋利无比，一钩向上，一钩向下，刃可当枪戈矛戟。上钩既可以挡敌兵器，又可以挂旗悬扬，及作撑托之用；下钩既可勾取缘搭敌人兵器，又可以挖土、勾马及搭勾城墙木藤，做爬附之用。杆下端各附连锁铜环，若遇越山渡涧之时，钩与环连，彼此相接，顷刻之间，可长万丈。由此可以成桥，可以悬渡，可以为壁，可以合围，奥妙无穷，用途奇广，实兼叉、镰、刺、戟、戈、矛、槊、枪，以及铛、耙、棒、棍等各项兵器之长，可称第一利器。家父亲自教训，已极纯熟。此外，家兄邦屏，舍弟邦翰，都有万夫不当之勇，迩方应调征辽，即可回籍。另有家父门生胡明臣，矫捷骁勇，精明强干，现充石柱守备，为人极有作为。女子中却只有大将军虎鲞的遗裔虎定，随家父习艺，本领不在我下。学成未及回去，已经家破人亡，无家可归，就在我家打住。沈妹曾见她本领的，足堪为我辈同道。只是仅此两人，虽有本领，即使马细史和我，并请沈妹和她令姐，都不见得能操必胜之券。所以要奉请同道相助，务须一鼓成擒，才不致闹出意外牵及关内。"

周虹道："我师兄甝甄子常说：'天下将大乱，蜀中受祸最惨，亦唯蜀中能够为天地存一丝正气。'又说：'五年之后迁居峨眉，图挽浩劫于万一。'足见蜀中是免不了有事的，如果秦姐志在报国，小女、小徒都可附骥听驱策。只恐不中用反而妨手碍脚。如不弃嫌，老汉就亲送她们入川。因为甝甄子曾说，我和玉溪老人有一段前缘。如今闻得玉溪老人，就是秦姐令尊道号，我更想修谒一次。倘若定议就可同行。"黑成德接言道："我是西南人，父女同去，就是回乡，是不用迟疑的。"文郁道："那么，就此定议具帖向秦巡按说明白，好请勘命带领女儿兵，运车驮驰驿入川。"众人都说："好！"便推人草说帖。推来推去，还是秦良玉、沈云英草稿，文申誊缮。立即调派桌椅，彼此商量草拟。黑成德闷坐无聊，便带众人去练

259

飞抓。直到傍晚，说帖写成。何奎亲自送到行辕，众人方散坐歇息。

次日五更才罢，众人先后起床收拾。一面遣人到按辕探听动静，恐有提早等事，众人都在空坪考究武艺。家人回报说："准待午时三刻。"秦良玉等便提早一时午餐。餐后，就到法场中来。

这时，民间已传遍，知道今天巡按行台剐斩匪寇，法场中早就挤满了许多人。秦良玉等到时，分作八方，每方四五个人不等，渐渐挤入中心，都作闲瞧热闹。各人相示以目全不开口，旁边百姓听不出声音，也不知他们不是本地人，都密密层层地围着。待不了多时，人是越来越众，渐渐地水泄不通。

一霎时，东西角上挤立的人头，忽然潮一般地涌动。众人都向那边瞧时，有几个宽衣大袖的僧人挤入观看。瞧过去全是大高大个，黑面苍颜，十分难看。武大江目视秦良玉，秦良玉正待通知众人，突见龙启挤过这边来，暗向秦良玉身边挤过，却是轻轻附耳说了一句："都是番僧，我认得的。有妖法，要留心！"武大江在那一旁，见她俩交头说话，心中已经明白是为那几个和尚的缘故，心中一动，便移步走向和尚身边来。

武大江暗察去，见那打头一个僧人腰中硬邦邦的，是带着家伙，心中一想："趁早闹穿吧，待到动手时就麻烦了！我们是巡按请来的，闹穿了，也没要紧。干吧！甭多虑多思反而误事！"便向那和尚道："大师！这是法场，就要剐人哪。你们出家人，慈悲为本，怎么来瞧这个咧？要是瞧着，一个不忍之心，惨然动念，岂不坏了道心？"旁边的人胡和道："和尚瞧杀人，真是奇闻呀！"和尚恼羞成怒，愤然说道："你呢？"武大江笑道："我老实告诉你，我是来瞧仇人受刑的！今日杀的是我的仇人！你呢？"秦良玉等却听得明明白白，一齐附和叫道："瞧呀！出家人瞧杀人呀！和尚动杀心呀！"那几个僧人委实受不住，只得向后缩向人丛中。

一霎时，画角呜呜，人声赫赫，风驰电掣一大队人，马前步后，刀光枪影，簇拥着成团作队，匝地卷来。瞧热闹的人顿时乍开，迎面让开一条大道，众兵卒顿时拥入场中。立刻见地下跪着一排男女人犯。监斩官乌纱、红袍、玉带、皂靴，内衬软甲，手捧大令，金鞍银辔，高头骏马。兵卒们到了场中，一声大喊，立时四面散围，绕成一个大圈子，面一齐向外，扬刀挺枪，如临大敌般狰视着。

时辰一到，报时官高报："午时三刻！"监斩官举令大喝："行刑！"场中炮声三响，刽子手袒臂提刀，昂然入场。刽子手正待动手，猛然听呜声怪吼，似有好几个人同声打号一般。便见人丛中涌乱起来。接着瞥见刀光霍霍，向人堆头上闪烁耀出。四面瞅着的人知道出了乱子，没命地狂叫起来，立刻满场大乱。监斩官连忙指挥弹压。兵卒忙中没作理会，乱人正在狂窜，刽子手呆在当场，四面怪吼声愈来愈高，霎时已全变换了情景。

就在这千钧一发之时，猛听得震天一声大喝，便见一个肥而且高的人，双手托起一个胖大和尚，猛向空中一抛，抛得飘起两丈来高，才啪地摔落地下，顿时把个和尚摔得笔直挺硬，躺在地下，七窍喷血。与此同时，又有两个女子一白一紫，共同揪着一个黄脸和尚硬按得他跪倒当地。那边一个黄衣金带的高大女子一脚踏住一个伏在地下的矮肥僧人，正使剑撂在乌龟般缩着的颈上。这边三个少女，一高两矮，都是高髻云裳，却各仗一剑，逼住一个横眉勒目的少年僧。

早有一个浑身黄衣的女子，率领八个紫衣扎袖、外面披着披风大氅，严厉看守着一干犯人。黄衣大叫道："启禀监斩官：劫法场的逆犯已经破获，请即发令行刑！"复回叫："众位不要惊慌。贼已就擒！"顿时四方将四个和尚解到。监斩官命兵士查抄得贼僧身上有刀剑镖弹，还有毒药、袖箭。在场擒贼的是武大江、白超、龙启、秦良玉、文斗、文申、文平，护犯的是沈云英率丁枚、丁枝、于垂、于乘、方瑛、方玦、史瑯、史环。监斩官一面命兵押解四僧入城，一面传命："火速行刑！"

众百姓方才回头站住时，刽子手已眼明手快，将王平仲额乳、四肢和颈上八刀剐了。接连着刀光连闪几闪，文知均等男女四口和甘继棠五人的脑袋全都掉落，在地上直滚。众闲人见人已斩了，早大声吆喝，纷纷四散。监斩官自去缴令销差。众人回到寓所里来，各自更衣歇息。

文斗等将护卫杀场的情形，向文郁等说了。文郁也告诉众人："秦巡按办公事很认真。说帖已经批复，据说题奏也拜发了。"秦良玉便问："怎样批复的？"文郁将复文取出，交给秦良玉等观看。却是一封书信，上款称"周吾总戎"，下款是"教弟秦尚明"，措辞异常客气。中间详叙："播寇之凶风远播，都中早有所闻。弟南行后，时闻该逆党羽，四处搅攘，即经由驿飞函川中李总督，请为留意，免致北窜。今接来帖，叙述贼情了如指掌，则付以重任必能操胜券而荡妖氛。除仍驿报李总督及川东朱兵备，力为推荐，俾展所长，庶士得为国用，义民得作民屏。并请随时相机援

261

助，予以方便。兹特送上勘令一件，沿途可向驿县征发夫，驮粮草，并点派指挥许葵率部兵为护送官，即着拨归川东标供职。庶利诸义士入川后，与督道之往返。所有义兵、民壮，如随带入蜀者皆可按数填入许部兵项内。来帖所陈文府女儿兵，督作随眷填明，庶关津不致留难。附送上朱提锦缎，聊佐行装，尚乞哂纳！"

秦良玉道："这信客气得很！这些做大官的，礼下于人，必有所求！一定是他和李总督有异样的交情。知道播寇非李氏所能平，所以十分迁就。我们反正是为护国救民，也不管他是谁，只要能使我们方便不加阻害，就算是好的了！这银子锦缎，却是不能收他的。咱们一收他的东西，就是为他所聘，说得不好听一点儿，就是被他所雇用，不免失却我们原来的心志。众位以为如何？"

文斗道："我们并不缺用度，不收他的财物为最好。"秦良玉道："文大姐您姐妹全去吗？家里不留人行吗？"文郁接言道："我们商量定了，不仅她们姐妹要去，连我们老哥儿俩还要去呢！我告诉您我要全家入川的道理：一来我家本是汉西蜀太守名宦文翁之后，西川本由我祖开辟，我们外居才十七世，如今入川，只算回原籍；二来我自遭此事有两个想头；一是觉得河南这地方浊不可居，欲图安静度日只有远适异乡，才能不和那伙禽兽同群。二是我为这趟事，深知中原一带，人心浇薄，奸诈百出，免不了要遭大劫。蜀中万山丛集，大可视作桃源。所以我决计举家西迁。我这次是祸魁戎首，不便居家，你们入川，我就随带二弟回家料理。大概卖产退佃，种种繁碎之事，有得半年三月，也足够了。那时我再来接眷。仲醒兄盘盘大才，这回川事，恐要全仗他和黑老丈两位。因为非熟知苗情的，不足以平苗。当仁不让，仲醒兄自以为率二女同行为是。倪家侄女的家仇有她令姑倪云单身前去报复。约定如若不能，三年才来，那时道侄才去。你们姐妹都走，潜仲醒兄也行，道侄和符中侄女也一定不肯独在开封的。不如都去各奔前程吧！你们女子要创业立名，只有到四川去。除却由宣抚宣慰两司出身，天下都没女子做官的路。这也是我想决定入川的一事。"众人都道："既是如此，不必多商量了。且先把银缎退了回去。"文斗便道："家将文禄取谢帖璧还银缎。"文禄领命去了。忽见文福接踵进来报道："按院行台差官汪爷特地打轿来接大爷、二爷到行辕，有要事急待面商。"

第三十二回

整顿旌旗戈矛西指
发扬雄武甲马东来

　　文郁、文都连忙换了冠服，随着按院行台差官汪唯仁乘轿直到行辕，住轿投帖。校尉高声传话："按台钧谕：请二位爷暖阁降舆！"文郁、文都就轿中拱手道谢说："不敢当！"方待叫轿夫落平，校尉早单臂高擎，扬着名帖，引导轿子，经过大堂，屏门大开，径至暖阁。方才住轿，已见按院派来的四个差官分站两旁，中间另有两个内当差模样的小厮持帖迎接。文郁在前瞧得明白，暗想："真蹊跷！干吗这样接待呢？要不，就是想把办不到的担子推在我俩身上！"正想着，只见秦尚明已亲自出来，便连忙跺轿板，叫轿夫："快快落平！"文郁跟着也下了轿。

　　秦尚明便和文郁、文都常礼相见，直让到内书房里。文郁、文都整冠下拜，秦尚明连忙两手分拦，道："咱们今天是私见，二位寅兄千万不要拘礼！"文郁连称"不敢"，心下却更加踌躇："……他为甚以'寅兄'相称呢？今日倒不可不格外留心！"秦尚明让二人坐下，当差的送上茶来，秦尚明亲自递茶，二人连忙起身拱谢，秦尚明又让二人同坐在窗前，促膝相对，说了许多安慰的言语。文郁、文都也诚恳道谢。叙了好一会儿，家人来说报："内厅筵席已经陈设齐备了。"秦尚明便起身让文郁、文都坐席。

　　文郁目视文都，心中大有"宴非好宴，会非好会"的想法。他一面谦逊着，一面不能不提步向内厅去。文都却是坦然径行，毫不迟疑。秦尚明走在前面说道："我来给二位寅兄带路。"文都心想："就让你使绝计，也不怕你。"文郁却是心中"十五只吊桶汲水，七上八下"。转眼间已到内厅。三个人就在那盛设的筵前，揖让进退，逊谢周旋了一会儿，各自落座，谈了好一会儿应酬言语。文郁忍耐不住，待酒过三巡，便坦然初问："按台有何见教？"秦尚明正是憋一肚子的言语，设计说出，得了这个机会，哪肯放松？便黄河决口似的滚滚滔滔，一齐倾吐出来。

原来现任四川总督的李化龙是秦尚明的儿女亲家。自从李化龙奉旨入川，朝廷老公和当权各大老都是秦尚明在京代为弥缝。现在秦尚明新中进士，放巡按到河南，李化龙的京中坐办，就没有了，犹如失去了一座靠山。这时四川播州土民反迹已露，一天紧似一天，风声鹤唳。全川惊惶。秦尚明恨不得赶快设法，使李化龙调离四川，无奈自己不住京中，没人能尽这大力。那么唯一解救的法子，就是代李化龙找帮手防备播州，讨平土叛。那么，不仅能够保得李化龙官位不险，而且可以不次擢升。总督上升一步，就可以拜相。但是自己哪里去找人呢？身是官身，位是高位，没法纡尊降贵地去办这事。这几天忽然听得有一班人平无常庄，破陷人坑，惊天动地，到处传扬，绿林不是对手，官府不敢过问。再一打听行为正大，举措光明，虽是报仇，并不伤民，便派人打听究竟是哪里来的这一班人。那去打听的亲信从人回来一报，更说得天花乱坠，说是这一班女子，赛过是天上来的，人间绝不会有那本领！河拦不住，墙阻不住，刀枪不入，暗器不防。秦尚明听了，已经是满心筹划怎样罗致这伙好汉。今日监斩官回来一报，更加说得如生龙活虎。而且说是女将军府中请来的。秦尚明一想："不好！这样一班人，我只送十五端彩缎、五百两银子，照他们人数三十多人计算，摊派下来每人不过半端彩缎不到，合十多两银子。这怎能支使得动？这岂是待士之道？这是我的大错了！"便连忙差人："快去！无论如何，必要把文家两位大爷请来。"

席间秦尚明再三问："入川路费缺多少？请甭客气，我马上替二位寅兄备好。"文郁力辞，说道："早已打点好了，任什么不缺。"文都说："这一众女侠，不愿无功受禄，银缎万不敢领。"秦尚明更觉过意不去，只说："马上亲自送过来，聊表虔敬，务求赐收！"文郁陡然会过意来，暗想："何不这般办，让他好放心呢？"便说："宪台盛意，定使人感激涕零，职镇无以为报，只好将来竭力报效李公，聊表葵悃，借舒焦念！至于宪台的厚赐，断不敢领。如果宪台以为必须示惠，职镇们此行万物具备，只缺旌旗行灶，此外就是马多鞍少，士卒征衣也有不适于长行的，还求宪台饬地方官限日补给，以利长行。只此已不胜感激之至了！"秦尚明听了，满心欢悦，喜逐颜开，连忙请问："数目多少？"

文都道："资费全都备好，只恐雇匠耽搁日子。但求宪台饬地方官选匠限期就足戴鸿施了！"秦尚明心想："只要你们要，反正这钱不要我花，不怕李化龙不在耗饷里报销了还我。我乐得慷他人之慨！"便道："银钱小事但请示数目和旗号款式就得啦！"文都便道："石柱本有东调援辽的勤王军奉旨放归。这里也可以说是宪台代川督募集的民壮。旗号只列姓名营哨就得了！至于鞍辔，将用的有限，卒用的王庄所得原已不少。所缺无多。只是步卒不耐长途，乐天庄壮丁一律改作马卒，尚少鞍辔千副。马也还略缺三百多匹。征衣只有王庄女儿兵的便衣还可敷用。其余都是旧好。"秦尚明当即一口答应："尽二日内办到，以免耽误诸公的程期。"

秦尚明这才放心陪着畅饮，尽力着实恭维了一番。文氏弟兄几次辞以酒力不胜，才离席散坐。一时茶罢，秦尚明便嘱幕僚行文开单责命地方照办。逾期抗延，即以贻误戎机题参！幕友遵命照办。接着首县来见。报说："勘得四僧中有一尼，三僧均系临时假扮。全是王庄逃犯。今日法场尚有二百余男女在逃。曾经讯得四十余姓名，容俟陆续缉拿到案究办。至所获伪僧人等胆敢通寇谋乱，图劫法场，实属罪大恶极！卑职仰体钧旨，拟定为'斩监候'！俟秋审后处决。"文郁听了，知道其中另有缘故，忍耐不住，便霹言道："贵令仁慈恩重，足使盗贼感激涕零，不过我皇明律例'斩监候'是用于报复私仇，或由私斗杀的百姓犯有斩刑时，留这监候，为秋审昭雪的地步。所以须刑部后勘，原为慎重良民性命。那谋反叛逆的逆犯，若和良民一般并论，恐怕不是圣人定法的意思吧！本朝深仁厚泽，素以除恶安良为旨。所以奸臣廷杖，盗匪必斩。国家所以要设地方官原是为奉行法令。除暴安良，慎言民命，固为地方官所宜服膺，而慎重寇命，却适足以长贼风，害良民，上辜圣意。至于以庇佑良民的律例，引来庇佑盗贼，断不致是误引，这就叫作舞弊弄法，辜恩养奸！法场劫犯，于律为逆，于法应立决，或凌迟。何必曲引律条，使猛虎长在柙中？一旦柙废虎出，伊谁之究？如果上司追究，贵令又将何辞以辩？"文都也怒说道："'疑狱必缓'原重在'疑'，秋后要决，可以沐恩赦，又可以获昭雪，就是半宥。罪必当死而人可恕者方用之。贵令以为劫法场的现获实犯，案情还有可疑，人还有可恕吗？贵令未免太仁慈到不记得大明天子了！如果贵令以为获盗可恕，那么擒盗之人自必有罪。兄弟即当令儿辈肉袒自缚投案

265

领罚！兄弟教训无方，更当诣衙请罪！贵令请回署治公，误陷良民的凶犯立即到案！"

知县早已吓得如受训打的小鸡，又像训一条小蛆，索索地抖，当着按台这般狂斥，却是从来没有的事。而竟敢如此想必至少是按台的父执前辈，这事可闹僵了！顿时心虚面赤，局促瑟缩，不知要怎样方好。秦尚明又是个初次出仕的书生，火气未退，不但不怪文氏兄弟狂躁，转觉理信十足，不由得激起一腔愤怒。喝念校尉："将这官儿冠带摘去，解交首府看管，听候参办！"知县骇得涕泪交流，立刻趴下磕头哀告。秦尚明怒斥道："本院把四个劫法场的逆犯交给你办，你只管办就是了。如果不受贿，你为什么要另外审讯，擅自拟罪呢？似你这般糊涂贪鄙的东西，怎也以滥膺民社？下去听参！"校尉早把那知县一把提起，拎小雀儿似的摔出去了。文郁、文都起身告罪，随即告辞。秦尚明坚留少坐。二人只得少待。秦尚明便叫请师爷过来代陪，自己告便，出厅去了。

文郁、文都和师爷谈了许久，不见秦尚明出来，又不便告辞，心中十分焦急。约莫过了两个时辰，好容易才见秦尚明进来。二人连忙和师爷一同起迎。秦尚明哈哈大笑道："两位寅兄真是明察秋毫，令人佩服极了！我当时还以为事情太快，想不致有纳贿的时候。哪知刚才另有派人一追究，确乎不错，竟是由本城劣绅黄堂代为纳贿五千两，保住不杀这四贼。照此推想，将来一定是劫牢越狱，种种狂逆都干得出来的。现在黄堂已逃，四僧已斩。只有这知县连同昨日发押的按察使史耀前待京文到时，再行发落。大概至少得请他们上沙门岛或是努儿干走走。"文郁、文都答道："这是宪台的明察！"当即请问："可还有什么吩咐？"秦尚明道："我！先是想把这一案办了，如果其中有我们力量不及的，还要奉请帮忙。如今主犯黄堂已逃，只好请两位寅兄转知世兄们随处留心，如能捉得，就可以完全了结这件株连长远的大案了。"文郁、文都齐声答应："遵命！"便告辞回寓。

文郁、文都等和一班女杰在寓中歇息了一日，各将衣物用件拾掇清楚。议定是文都率所有随来的家将、家丁回开封清理产业，候讯移家。所有文氏姐妹和符中、倪道都要入川助秦良玉平叛，一来是还报她远道来援之情，二来是自图功业，还带着给秦良玉送嫁道喜。准备了两日，县衙已照按台公文制备兵卒钢帽、短甲、藤牌、征袍等项，男三千件，女一千件；另有马匹五百匹，鞍辔二千份，女兵软甲一千副和旗帜帐篷等项。另外有金鞍玉辔叠金鞍、镏金镫等全副上等马装，并纯钢连环马甲七十副。当即由武大江照单点收，具帖申谢。

到黄昏时，所有乐天庄壮卒和女儿兵都已开到。周虬、黑成德会同潜仲醒亲自挑选一千五百名健卒，其余都交文都带返送至乐天庄，由周莱统率，暂时守护家乡。女儿兵中刷去笨莽的改充浣差、伙差，实有七百人。便将马匹、衣甲、旗帜等项分发给她们，多余的随带登程，备损坏时补用。余剩马匹改作驮运驾车之用。计尚有空马六百余匹；骡驴牲口概拨驮载帐篷、行灶等笨重物件。诸事分派已毕，文都先率家将带余卒护送方玉华往上林庵中，早一日便动身启行。

这一日，文郁专到按院行台辞行。回来即树旗行礼，一行人马顺大路直入湖广，穿贯楚境，长驱至蜀。分拨前后启行：当先开路一队是沈云英领队，率白超、黑烈、周兹、来猎、符中、倪道、文申、龙启、潜龙、伏虎十人；次路二队是武大江领队，率金仁、金代、金攸、金作、凌霈、凌霞、凌云、凌霨、凌霄、凌露十人；中营三队是秦良玉总管，文斗、文平辅佐，由丁枚、丁枝、于垂、于乘、方瑛、方玦、史瑯、史环八人，分任一切报讯调动号令金鼓等事；护后四队，是许葵率领，文哉辅佐，由文干、何奎管办粮草衣物等项杂事。周虬、黑成德、潜仲醒、文郁分在四队中轮流随行，指示各队一切事情。

当动身时，许葵部下兵卒才到。便派第一队带甲马兵五百人，女儿兵一百名，第二队轻甲马兵五百人，女儿兵一百名；第三队全甲兵五百人，女儿兵五百名；第四队卫辉所兵五百名，各给马一匹。所有金银鞍辔拣取四十一副，分发各领兵主将，换作一律。各队旗幡高树，放炮启行。行台抚院各大衙门都来犒赏。一般百姓只知是川兵平贼凯旋，万人空巷，四面围观。

启行之日，每五十骑马卒之后，便有顶盔贯甲、按辔挥刃的将袖一员，浩浩荡荡，肃静无哗。百姓们见女子领兵，都当是四川苗兵。各队都打着"奉旨归队石柱官军"的大旗号迎风招展，直出城外，到十里牌校场列队受犒，全军致谢，送还差官，才押驮监载迤逦起行。

沿途地方官早接得滚牌，照例办差，一路上平安长行。有暇时，黑成德分教飞抓，秦良玉叙说套索，众将大都加了不少的见识。尤其是伏虎，见众人英雄勇武，自己相形见绌，发狠心沿途勤奋练习。有不懂处，必去寻找周、潜、文、黑诸人务必研求透彻才罢。每日行在路上，她仍就马上舞剑抢枪，闹个不休不止。众人见她这般疯狂似的惊心动魄，也乐得尽情指点。伏虎这时如入宝山，收之不尽。行了五十余日，按站来到楚西施山，伏虎已经会打兽射鸟，三箭至少要中一箭，心中欢喜得了不得。

这一日，刚过施山，第一队正轮值龙启、伏虎开路。这楚西尽是山路，崎岖难走。窄狭处，只容一人一骑挨身而过，两人对面勉强能行。若是有一人骑马，那一人就非退避不可。而且窄窄山路，傍着悬崖峭壁，深壑邃涧，稍一不慎，歪跌滚下，就得连人带马都成粉酱。所以走到此处的，无不怀愁。人言"蜀道艰难"，这还是夔门之外第一道难关。

伏虎按辔先行。因为想寻些禽兽做箭靶，恐怕人多惊散，寻觅不着，便独自当先，四面觊找，沿途也射得些鸡、兔等小物，悬在鞍旁，十分得意。刚转过一座山头，忽见一只香獐子横路奔过。伏虎大喜，骤马斜赶，弯弓一箭，嗖地射去。那獐子扑哧跌爬了一下，又挣扎起来飞跑。伏虎不舍，带马离队追去。才转上小路，猛然迎面一骑马，劈面冷驰过来，不曾听得銮铃声响，两马已撞在一处。路狭山迥，马腰相擦而过。那人的马被擦得猛然一跳，几乎把那人摔下崖去。那人大怒，连忙使劲夹住坐骑，怒斥道："瞎驴！不瞧路你就走了吗？"伏虎大怒道："你指桑骂槐，当我能饶你吗？"手中马鞭一扬，"嗖嗖嗖"照着那人抽去。那人愤怒，就马上一扭身，扬手夺马鞭。

伏虎怒从心根起，左手一翻，欻的一声，拔出三尺青锋，便向对面砍去。那人的马已被堵住，剑已到面门，大叫一声："你这厮好不讲理！"急掣出一口青钢长剑，托底架住，便斗起来。龙启在后面听得，忙带马斜穿过来，大叫道："快不要动手，有话好说。"那边陡然也飞赶来一骑高头骏马，马上是个大汉，一般地高喝："快住手！"

两个相边，见那和伏虎相斗的人长眉圆脸，星目小口，白白的脸儿，壮壮的手儿，身材不高，气概却雄。浑身是农家少年长行打扮，紫花布衣裤，碧帕包贯，着一匹红马。那后面的大汉，却是包巾箭衣，军官打扮，精神奕奕，神采飞扬，似不只是个偏裨，很有大将微行的风度。伏虎早被龙启拉住。那少年也被大汉拦退。

两边正待答话，后面队伍已经来到。见面前挡塞住路口，不能过去，便齐齐站住。那大汉昂头瞧见认军旗，顿时一愕，回头向那少年道："您瞧，好得不曾蛮干！要依您的，瞧，可还成话吗？"那少年愕然不语。龙启的马正向前移，将要启口问话，那大汉先就马上哈腰抱拳道："请问列位可是从辽东回来的？"龙启心中有几分明白是一家人，但是自己委实不从辽东来，一时又没法说明来历，好生难解这纠结。急切间没言可对，涨得满脸通红。

伏虎心性伶俐，听来人问话，早知是一家人，便顺口接答道："我们是随同秦家贞素大姐回川的。"那少年听了，先现满面惊喜之色，抢答道："秦家大姑回来了吗？"龙启这才转了口气，接答说："回来了。"那大汉正要问时，只见对面一阵尘土冲空滚来，扩着銮铃乱响，十来骑已到当面，马上全是顶盔贯甲的少年，一个个擎着明晃晃的军器，正在惊疑，乍瞧明为头一个，猛然一喜脱口叫道："沈二姊！您也来了吗？"沈云英一惊，忙勒马定睛瞧时，才认出是秦民屏，便答道："原来是三弟来了！我道是谁哪！这一位是谁呀？"

秦民屏问道："我二姐呢？这就是马腾云二妹，是石柱马府特地烦来接二姐的。"沈云英才知道那少年就是石柱马千乘的堂妹，一时改扮了男装，竟不认识了。便问："就是您两位同来吗？"秦民屏道："不，还有个翻海蛟虎定。"沈云英便让大家同出施山口。前面已有人预备尖站，大家便歇息着，等待秦良玉到来，彼此相见。虎定也赶到了，大伙儿洗盥更衣，才谈说川中近来情形和三人出川来迎的缘由。

第三十三回

悍泼本家风夫从妇
刁顽谋爵位伪乱真

四川播州，本是苗人疆土，历周、秦、汉、晋、隋、唐、宋、元，以至大明，都是由土酋管辖。明太祖收复他们，设立土管，使他们世袭，镇抚族类。不料这伙土知府、土知州、土知县乃至土巡检，因为是世袭，就自视所辖土地为国土，自称为国王。那播州的土知州混世魔王杨应龙，自称播州国主。他家自从始祖杨端在唐朝乾符年间占得播州，制服土人，直传到明朝，受职为宣慰司。其间许多土官儿都是自相残杀，争奋斗战，易主换姓，视为故常。官家也没工夫理他们的闲账，只看哪个能使那地方安靖，不扰乱别处，就一角公文，给他请个官衔，由他弄去。

杨应龙的祖父杨相娶了个土司安姓的女儿，这安氏天生悍恶，臂力过人，平时对人却是和蔼，能拉拢人。但是一见丈夫就如眼钉肉刺，非骂即打，弄得杨相整日如对阎罗。后来生了个儿子，杨相也不敢问这孩子是打哪里来的，只好白瞪着大眼，算是自己的儿子。安氏后来又养活了一个小子。有了两个传后代的，就用不着杨相了。她便用兵力，将杨相逐出播州，终致客死水西。

杨相的儿子杨珍，娶了岑氏。生了一子，便把丈夫毒死，自己掌印。这儿子就是杨应龙。这杨家悍妇门风，到了杨应龙手里，却忽然一变，娶了张氏为妻，异常和顺。就是岑氏悍泼，也无法凌虐这儿媳妇。只是杨应龙天生贼骨头，得福不消，偏要去拈花惹草，偷嘴猫儿似的，四处去兜搭腥膻。

播州属下有个白泥司，出产瓷土，土人多烧窑为生。杨应龙无事闲逛，逛到了白泥司。正在山坳里按辔缓行，陡见前面有个女子十分妖娆，便赶过去兜搭。那女子认识杨应龙是本州州主，便毫不推拒，反而相就。杨应龙很觉中意，便问她姓名，才知是手下苗户田扑苞的女儿田雌凤，便收纳来做个小妾。

田雌凤自小学得一身武艺，射箭驰马，更是苗家人人都能的看家本领。一嫁杨应龙，便逞能显才，陪着杨应龙练兵。久而久之，杨应龙连箕斗册籍、印信符令，全交给田雌凤。田雌凤为所欲为，作威作福，召聚流亡，容纳盗寇。张氏瞧不入眼时，背地里也劝劝杨应龙。无奈这杨宣慰沉迷已深，说："她有治兵的大才，这是我国的洪福。"这话被一个小苗岑朵儿听得了，就向田雌凤献勤儿。

有一天，田雌凤的哥哥田福平，引进一个番僧来，自称是金沙大雄寺来的，名唤昆仑特勒，善于算命望气。因见紫薇星失光彩，帝星正照西川，特来寻访真主。杨应龙连忙接纳，田雌凤更加欣喜，将昆仑特勒迎入本地大宝庵里供养。田雌凤怂恿杨应龙，斋戒沐浴，再去求告，并说："俺见那圣僧头上有五尺来圆的金光。若再大二尺便成正果了。这样的神人求祷还祷不来，千万不要错过。"杨应龙承命唯谨，如法炮制。

次日，田雌凤领着她老公到大宝庵来拜见昆仑特勒。那和尚虬髯蟹眼，猫面狗耳，巍然端坐动也不动，只口念："善哉！善哉！"任凭礼拜，并不还礼。杨应龙生平未离乡土，平常总是人见他就惧，如今见这和尚大模大样，竟然不怯，心想："他能不怕我，一定是大有道行的。"愈加拜得起劲。

那和尚待他夫妻拜够了，才指着面前蒲团，叫他俩坐下。杨应龙只得和田雌凤盘膝贴地坐在草团上。和尚忽然闪睛望天，忽然低头望心，鼓捣了一阵，猛然叹一口气道："可惜了！可惜了！这也是孽缘，该有坎坷！喜得还有咱家善缘，解得这十百千万无量恒河沙劫！"

杨应龙大惊，冷汗直淋，连忙说道："弟子平生不敢结冤，不知有甚过失，该当'砍脱'？伏求老师慈悲！……"和尚不待他说完，便连晃个葫芦脑袋道："非也，非也！非非也！听咱家细细道来，为汝说法。"田雌凤早低头抖索，眼望杨应龙。杨应龙就更加魂不守舍，不听又心放不下，要听又怕更骇，六神无主地待在蒲团上，呆瞪着和尚发怔。

和尚张开血盆大口，说道："信士！汝本西方一龙，不幸尘心未退，逃去降龙尊者座下，私到瑶池和王母坐骑青凤赌博。被赤脚大仙查得，贬

271

下人间。锁龙童子也被罚降世。龙凤就是你夫妻俩，锁龙童子，降生中土，不日来会。只是你下凡时，不该把天门玉女撞跌落世。所以玉女专来和你作对。你道行有五千年，入世应做天子，却被玉女所阻，每遭坎坷。你二人前根不昧，名字犹存，若肯虔诚敬天，保你四十年太平天子。"

杨应龙整时满心大喜，畏怯之心早抛向九霄云外。正待要细问，和尚不待他开口，又说道："你们子女俱全之日，就是你们飞黄腾达之时。只是玉女在旁，子嗣不得，咱家为仰体天心，搭救众生，且指你一条明路。玉女现在你身旁，和你同衾共枕，你却不可丧良害她。"田雌凤连忙正色急称："不敢！……不敢！……弟子决不敢！"杨应龙却问："害她会怎样？"和尚道："她和你还有十年缘，你若害她，当迟五年登基。"杨应龙想了半晌，已得主意。和尚说："咱家要入定了，信士请回，缓日再当为汝说法。"杨应龙只得和田雌凤拜别回家，即迎昆仑特勒到家供养。

过了几日，忽然宣慰司满堂挂孝，说是张氏急疾身亡。按照土司规矩，唪经抬出火葬。接着便立田雌凤为正室。从此大练苗兵，招收亡命。这时田雌凤已有二子。昆仑特勒又传她秘法养得一女。杨应龙就要起兵，昆仑特勒说是"有冤鬼在阴司控告，且不能动"。杨应龙心中明白，吓得不敢多说。

明朝天启年间，阉人当权，杀戮异己，遍植私党。国家正项事情，尚且无人经管，屯卫土司，更加没人闻问。这时于少保忠肃公（谦）所练的团营，旧规全失，盗贼乘时蜂起。四川本是多乱之区，因为地域隘塞，形势险恶，易于据守，难于攻治。所以自古就有"天下未乱蜀先乱，世界易平川难平"的谚语，数代亡时，乱源最早就是四川。

播州杨应龙这时已练得人强马壮，粮足兵精。部下有军师孙时泰，大将张时照、杨珠，偏将何恩、宋世臣、吴尚华、杨兆龙等和苗峒总管穆昭、花苗阿熊、青苗阿狮、红苗阿虎、白苗阿猿、黑苗阿黑、绿苗何象、黄苗阿豹、蓝苗阿狼、九股花苗阿花狐，一班似人似怪的恶物；还有长子杨朝栋、女儿杨金花，都是其蛮无比好杀成性的魔王。

这伙人中，杨珠是杨应龙的叔辈，杨兆龙是杨应龙的兄弟，是他心腹；还有张时照是被谋死的张氏的亲叔；何恩、宋世臣是不忘张氏的旧恩，和张时照同心共志的老将；其余都是田雌凤的死党，连杨应龙都不敢过问。

这一天，杨应龙正在校场点兵，预备大举，忽听得孙时泰报说："石柱宣抚司马千乘，迎娶秦家大姑秦良玉，本地文武官都去道贺，都司王之翰已去两日。今日是正期，要攻石柱，正是好机会。"杨应龙便待发兵，田雌凤勃然大怒，愤骂道："无用的老奴老不死！你早到哪里去了？直到这时才鬼报神报地跑来混报！"孙时泰猛然经这一骂，骂得目瞪口呆，摸不着头脑。只因平日怕田雌凤怕惯了，一时也不敢分辩，更无从分辩，张着嘴，木着脸，直瞅着田雌凤发呆。

杨应龙也一般地发着呆，瞅着田雌凤道："娘娘，您这是怎样了？有了机会，不快发兵，反骂报讯的干甚？"田雌凤怒啐道："你知道什么？咱的驸马不是石柱的世子吗？早知道马千乘娶秦良玉就应该让他娶不成，送咱驸马回去接位才对呀！到如今秦良玉进了门，马千乘的家成了，位接了，再有那秦家妮子帮着他，好似大虫长翅膀，要动他就难了。孙老儿当着军师，难道早不知道马家喜事吗？干吗待到他们木头成了船才来鬼报神报的混报呢？"杨应龙这才明白这位娘娘勃然雷霆的缘由。

原来田雌凤娘家有个老哥哥，名唤田福竹，娶了个媳妇覃氏，没几月，田福竹就死了。覃氏被娘家接回，恰遇石柱宣抚使司宣抚使马徽丧偶选妾。覃家本石柱辖民，便把覃氏献去。马徽不知就里，收下一问，才得知覃氏有孕。但是土司规矩，入宅女子，不能遣出，便把覃氏另居，并没列入妾媵。过了两个月，生下一个儿子，取名田驷。马徽将他养到十来岁，因为他是播州籍，便给些银两送回本宗。这原是马徽行的一件功德。不料田驷天生不成才，冒充石柱宣抚司二舍人，在外招摇撞骗，和田雌凤的女儿杨金花时常裹在一处，由表兄妹成了真夫妻。田雌凤奸心陡起，心生一计，便招田驷做驸马，改名"马千驷"，便说是马徽的儿子，要承袭石柱宣抚司位，还要诬说马千乘是抱养的。这年杨金花和田驷结亲，杨应龙便差孙时泰前去向石柱司衙中报喜，并说："依照规矩，少帅成家老帅应该让位。少帅定准正月初一和公主一同回司拜见老帅，接应领军。"不料张时照和当地武将播州都司王之翰最要好，见田雌凤闹得太不成话了，便差部下首领何恩借办粮为名到州城，把这事详细告诉王之翰，并说："这异姓乱宗的事，石柱司不是懦弱的，怎能容忍？一定相斗起来。土司们一交兵，就各不相下，兵连祸结，不知哪一代才得休住。不打倒灭掉一个，是永不会了的。这事务必要拜恳都爷做主，事先防止才好。"王之翰得信，便把杨应龙请去，说："马千乘承袭石柱，已经奏明在册，只待他婚姻成就，便要承袭。总督大帅最器重马千乘的人品，说是这般才情，中原少见，何况蛮荒。你千万不可惹他！如果惊动大帅，可不是玩的！"杨应龙那时势力未足，不敢惹总督，便设法骗田雌凤说："马千乘已经避祸，出外求学，待他回来，把他杀了，石柱司里人就再无话说了。"不料如今马千乘突然娶亲袭位，也不知他是什么时候回来的。连他那聘妻秦良玉出外多年，也不知什么时候受了马家的聘，忽然回来就出嫁了。

这时田雌凤突然听得马千乘、秦良玉家成业就，蒂固根深，自己的女儿侄儿眼见得巴抓不着，这一把无名烈火如何按捺得住？便把孙时泰骂得狗血淋头，作声不得。直待田雌凤骂得意懒心畅了，他才耸着双肩，摇摆上前，垂着双袖，躬身下拜道："求娘娘息雷霆之怒，晚生有下情告禀：这次的事，事前失察，晚生委实该死！不过其中尚有他因，未可概论者，伏惟娘娘明鉴！马千乘之出外求学也，大王知之，娘娘亦知之；其归也，晚生不知之，我全屯咸不知之，自非晚生一人之过也，可资……"

田雌凤顿脚大喝道："不许之来之去，咱家不懂，爽快地说！"孙时泰吓得歪歪后退，诺诺连声道："是！是！……是！不敢！……再不敢了！那马千乘听说是由黔阳绕道到司。还有个姓沈的女子亲自去寻了秦良玉，说定婚期，分头奔回。还有个小女儿，名唤虎定，据说是西域回人虎大将军的族妹，本领极高，来去无踪。是她和秦家二舍人秦民屏同去，迎接秦大姑走小路回来，昨日才到。沿途随时有密报，所以一到就出嫁，毫没泄露。据探子探得，秦大姑这回邀了一大班镖客武师，男男女女，大大小小，共有六七百人，带着四五千官兵和援辽义勇，一同回来的。所以沿途官府办差文武迎护，不要说咱们，谁也不敢动她一动。如今他们虽然办了喜事，却是根基未定，人心未固。咱们若趁此兴问罪之师，依然可以操必胜之算。"田雌凤略点一点头，随即说道："咱们回去商量吧。"便收了队伍，一同回到海龙屯的飞龙宫里。

田雌凤和杨应龙、孙时泰到飞龙宫中成龙殿上列坐下，便叫内侍请二公主出来。不多时，内侍引着杨金花到了殿上，把那满堆珠宝的凸形寿星脑袋低了一低，又两只棒槌似铁鹰爪般的手摆了一摆："父王、母后万福金安！"田雌凤一见这女儿，就喜得豆豉眼没了缝儿，嘻着大血盆嘴儿，软着嗓子说："乖乖儿子呀，你坐着吧。"孙时泰赶忙踱过去，把黄瓜儿脑袋低到凹心窝里拜见公主。

杨金花问道："娘！您把我请出来有甚事呀？"田雌凤叹了一口长气，才说："唉！儿呀！你哪知道？娘整日儿还不是为你们忙着吗？你可知道你那大爷马千乘娶嫂子呢！……"杨金花噘着厚嘴，大烟囱似的两黑鼻窟窿里哼了一声，抢着说道："干我鸟事！什么鸟大爷！俺管甚鸟嫂子！"田雌凤道："傻孩子！俺急得什么似的，你瞧，你倒没事人儿似的！这是你的大事呀！你的田郎，不是马徽那老死鬼养活的吗？怎能叫马千乘那野种娶媳妇，做司官呢？"杨金花愣着对蟹眼，叫道："理他哪！司官，稀奇吗？咱家不是有吗？他老子死了三年了，干吗今天才说呢？真是找事忙！"

杨应龙见他这位女儿，实在傻得够味儿了，便说："金花儿不要瞎嚷！俺告诉你，你的田郎不是驸马吗？现在得找个地方封给驸马呀。那么石柱本是驸马的家业，马老头儿死了，马千乘不成家总算罢了，如今他娶了媳妇就正位了。那代管司务的叔叔要让给他，他拿过来，咱们就没望了。咱们要了来，不是咱就有了双份儿了吗？你平常吃一份，也就可以吃两份了。"杨金花听了这句话，陡然发奋，霍地站起来，厉声叫道："小田儿！去！俺和你同去讨家当去！"接着，一迭连声直嚷："小田儿！快滚出来！……"

杨应龙忙按她坐下，才说道："你不要急嚷！你女婿俺派他探事去了。如今石柱司根深蒂固，是马千乘把住了。咱们先得探听虚实，整备人马，才能去打。一打就得打赢才行，现在咱们自己的播州还没弄好，王之翰那厮日夜和咱作对，怎么好出兵打人家呢？至少先要了结了王之翰，咱出兵才没人捣后路呀！"忽然听得一阵梆声鼓声，震耳连响，把殿上的人都吓了一跳，连忙差内侍传话问："是什么事？"

第三十四回

平地狂波红旗倡乱
冲霄义愤白杆兴师

内侍回报说："驸马回来了，有紧急军情。"杨金花喝骂："有什么鸟事，值得这么大惊小怪？"田雌凤也喝道："叫他进来就得啦，闹的什么？"杨应龙却说："快出去吧，也许有急事。"便起身先走，田雌凤随着起行，杨金花却是因为来的是丈夫，嘴虽硬，脚儿早一歪一拍地抢先朝外去了。

才到红龙厅上，已见田驷坐在厅上，满头是汗，脸色呆白。杨金花先开口说："你有什么大不了的事？干吗敲梆擂鼓的！不知道俺在说话吗？"马驷不敢回嘴，只强皱面皮笑了一笑。杨应龙问："有甚急事？"田驷才说道："俺探得有人向播州都司王大爷那里去报密，说咱造反。王爷已经上报新任川东兵备王士琦王大爷那里，并且听说前任兵备朱爕元朱大爷交代王大爷说：'土司里最刁顽、最靠不住的是海龙屯的杨魔王。'所以王大爷密饬各土司，安心守地，不必过问他处事情。如今接了王都司这一报，已经下札调兵集粮，征夫派马，兵就要来了。"

杨应龙愤然说道："先下手为强，后下手遭殃！待他来了，咱们就成了'锅里鱼'了。马上就打到播州去，做播州皇帝！驸马，快传令：众将上殿，听候分派出兵！"

一阵鼓声，外面铃马飞驰乱响，将官听得，知是聚将，都来会齐。杨应龙、田雌凤并坐殿上，田驷、杨金花、孙时泰、杨珠分坐两厢。众将自张时照以次排班参见。杨应龙请中宫发令，田雌凤便传令道："大将黄元、伍安，偏将伍伯厚、吴尚华，为前部先行，统兵五千即刻出屯扎寨，明日早行；大将张时照，偏将何恩、宋世臣为左翼，领四千兵五鼓出屯；大将杨珠，偏将何汉良、田福平为右翼，领四千兵，五鼓出屯；大将杨兆龙，军师孙时泰，总管穆昭，教头呼延雄，统率九峒苗将，领一万兵为中军随大王辰刻出兵；驸马马千驷，公主杨金花，立刻开仓发粮；督率杨飞龙、杨云龙，领八千兵为合后；世子杨朝栋，率不出战各将卒留守，国师昆仑特勒保朝。"

令才毕，突然听得殿前有人高声大叫："阻令！"田雌凤正待说出："阻令者斩！"一瞅是次子杨朝梁，只得连忙将已出口的半个"阻"字咬住，问："为甚阻令？"杨朝梁愤愤之怒，大嚷道："今日出兵，全屯都有差委，只俺一人没有。俺受师父教导，能开三百斤大弓，耍八十斤大刀，马能翻山，人能跳涧，为甚不派俺先行？却派黄元、伍安，他俩有甚能耐？可敢和俺较上一较？"田雌凤忙笑道："孩子！甭着急，娘有事差你，只为不比寻常，所以不先说。如今派你做中军护卫大将兼大司马，掌管军令，行施刑法。有不奉令的斩！擒来的女将和年轻儿郎，由你先斩，不许父王保住，更不许他收留。你能代娘做到这个，就是娘的乖乖好儿子！"杨朝梁高声接应："得令！"杨应龙却翻白眼向田雌凤望了一望，咬紧牙龈，倒抽了一口冷气。

田雌凤睬也不睬，只向杨应龙说："大王先生，有不济时，咱们再带兵来。"杨应龙连忙应："是！是！是！"田雌凤便向内侍将大长脑袋一摆，内侍便高喊："退班！"众将齐打一躬，送驾回宫。田雌凤先起身转向屏风走去，田驷、杨金花左右扶护，杨应龙只得跟在后头溜着，一同进内去了。众将方才散班，各去拾掇。

海龙屯前部正印先锋官大将军水里蹦黄元、九头鸟伍安，率领副先锋官偏将军黑孩儿伍伯厚、一团火吴尚华，率领着五千兵，全军红旗红衣，连刀柄枪杆全漆成红色，大阵火兵一般，高扬着"后隋皇帝红龙大王播州国主"的赤字大纛，迤逦赶行，向播州直奔。沿途尽是苗疆，却都"关门闭户掩柴扉"，不敢出头惹祸。

探子报进城内，都司王之翰闻报，喜得正待去剿海龙屯，兵聚粮足，便立时传令；差守备任仲明、汪洋、汪忠、李定安，随自己分屯城外迎战，请知州韦耀泉、督同千总彭莱、何其持、把总李金标、闻人顺等，领兵一半守城接应。当即点起一半人马（二百名）和民壮六百名，督标援军五百，各道标援兵五百名，共一千八百名，分拨四员守备带领，扎营城外。

277

才得两日，诸事预备初毕，已接得连环报马飞报说："贼兵已到二堡。"随即报说："贼抢二堡，百姓都遵爷示早已迁空，贼人发怒，放火烧二堡。"王之翰得讯，便命汪洋、汪忠："各领本部四百五十名，驰往二堡，趁贼放火势散，天色黄昏，尽力突杀，挫其锐气。"汪洋、汪忠领命即行。王之翰又命李定安："领本部四百五十人，绕路由二堡交界处抄向二堡进攻，不得迟误！"李定安立即率部飞驰而去。

　　黄元、伍安，正在暗察兵丁挖地寻窖藏，间或有挖得钱银宝钞的，黄、伍二人就要提大成归己。那挖得的自然敢怒不敢言；那没挖着的瞧着，以为究竟可以落得小成，总比没得的强。大家便拼命地挖，一时间，刀、枪、剑、戟、戈都成了锄、锹、铲、耙、钩，人人心在发财，早忘记了是来干什么的了。

　　那火没人扑救，愈烧愈大，愈焚愈广，熊熊炎炎，噼噼啪啦，一片红光，耀眼争明。一片响声，震耳欲聋。忽然决堤倒山一般，震天噪起，猛见无数蓝衣兵卒，明晃晃的刀枪，只朝那高撅着的屁股劈扎。转眼之间，躺了满地的血人，连他自己也不明白怎样就躺下了。黄元、伍安、伍伯厚、吴尚华没弯腰掘地，闲立着，瞅得明白，知是官兵。急切里找不着马，只得步战。还有几百个掘累了，或是得了好处的坐地歇息，也瞧明白是官兵来了，他们却不上前抵敌，只转身拔腿飞跑。

　　伍安等四人，也只好夹在人丛中混跑。后面官兵喊声如雷，刀光如炮砍得人头如雹，尸积如山。海龙兵没命地奔，这时只羡慕那狗马，得天爷照应多两条腿，恨不得立刻变作狗马一般才称意遂心。官兵愈杀愈勇，海龙兵没法逃走。伍安大叫："快丢银钱！"他意思是：一来轻身好跑；二来逗引官兵拾银，可以止追。不料王之翰善于训兵。汪洋大喝："拾银者斩！"众兵遵命不顾，追得更凶，沿途被砍翻的苗兵不下二千。

　　正追逐间，海龙兵望见三堡，心中暗喜："这可以据地守抵了！"不料树林中猛然冲起一支流星，直上云端。接着一声齐喊，每棵树后都有人闪出来，单奔红衣劈扎。这一来，海龙兵前后无路，死死地夹在中间，不多时，五千人剩不满二千了。

　　黄元大叫："兄弟们呀！抵斗是死，突围也不过是死！咱突围吧！"叫着嚷着，便扬起大砍刀，向正南来路上猛突。何氏叔侄跟着齐上。但见对面李定安将丈八矛一摆，兵丁一字儿排挡。伍安、伍伯厚冲上去，有两员把总挡住。黄元随上时，李定安亲自拦截。黄元知道李定安是有名的武举，播州人无不赞他的臂力弓马超群绝伦。李定安也知道黄元是苗峒骁将，曾赤手扼死花豹。二人彼此留心，斗了三五十合，不分胜负。

这时，汪洋、汪忠领兵杀到。天色已将全黑。黄元见前后受敌，冲突无门，心中一急，手里大砍刀略慢一慢，被李定安左手单臂挥矛架撇开大砍刀，不待他有收刀回来的空儿，右手迅拔腰间佩剑，反手一剑，咔嚓一声，顿时把黄元顶上那个斗来大的首级，连盔带缨，一齐削了下来，咕咚落入草中。

伍安乘着黄元被杀众军呐喊声中，率领六百余名硬手苗兵和伍伯厚并刀突杀，冲出重围。吴尚华也就着纷乱时卸了盔甲，夹在苗兵中混出圈外。汪洋、汪忠挥兵连杀，又是一阵砍剁，直追到四堡，天色深黑，苗兵进入山丛，才屯兵四堡，布哨设防，飞骑报捷。

王之翰接得捷报，心中才稍安定。一面传令到四堡，饬令严防夜袭，即着李定安指挥出战，全军便宜行事，一面分派兵卒，阖城巡逻，厉行夜禁。布置停当，方到签押房里亲自修书禀报川东兵备王士琦，并咨行邻境偏桥卫指挥使陈天宠会师援应。

次日黎明，王之翰将守城事务付托知州韦耀泉、道标都司赵成，自己全身披挂，统率五百名马队出城，飞驰到四堡来。李定安得传递马报，连忙率本部兵卒列队相迎。王之翰一见便喝令："快收队！"跳下马来，挽着李定安，同入营中，悄声说道："顽寇当前，防守为重，怎能无故排队？如果贼人望见兵将出营，突然掩杀，岂不是手足失措！战场不比平常，以后请勿拘礼。"李定安诺诺连声应着，暗中抱愧怀惭。

王之翰问了些军情，便道："这里情形，我很熟悉，此去二十里就是紫筑寨，生苗地方。杨应龙心怀不轨，收得九族生苗，近更用银买惑十股花苗，仲家苗阿鹞膺和他兄弟阿坝鬼。这十股花苗全是野生山长，生来力猛如虎，势捷如猿。小时拉破脚心，磨粗手掌，全使生漆黏成铜皮钢骨。任怎样尖锐锋利的石磷木梢，穿刺不入，刀枪稍钝就砍不进。上岭援树，跑山氽水，如鸟飞兽走，无人能及。他们生下来，不论男女，同族知道的都送生铁做贺礼。孩子的父母，就造炉炼钢，把所有的铁炼到这孩子十四岁时，给打一柄刀，真能截铜斩铁，砍石不折。听说阿坝鬼有两口五尺长一尺宽的大刀，吹毛得过，杀人不渍血，一刀能斩断三围大树，或是连斩

279

十头牛，刀口不毛。是他家炼了十二代才炼成的。所以十股花苗推他为首，称为"生苗大王"。这伙苗人有专练手的，叫作"硬手苗"；专练脚的，叫作"铁脚苗"，男女一般到十多岁喝竿儿，杀人，才能跳月，歌舞野合。没有不成双的，也没有不生儿的。所以到了时候，就酿些事由起来争斗，大家乱杀一阵，要不人早多得没处去了。他们男女人人都是必苏（兵），十家有个大必苏，一地有个寨主。这紫筑寨寨主，名叫绿苗阿象，寨里人都用漆涂髹成绿色，最为厉害。自从唐朝到现在，生苗不曾平过。不过他们和熟苗只做交易，不通婚姻，不受管辖。不知杨应龙这厮，怎么设法，使他堂妹雌龙嫁给阿鹬膺。如今生苗都奉熟苗杨应龙做皇帝。咱们不进攻，寇不能平；若进攻，这伙生苗极难制服。且是不易对敌，你杀他不死，他砍你极易，山林之间更干不过他。这却如何是好呢？"

李定安答道："我也曾经听说过生苗厉害，又听得石柱宣抚使马徽最能威服生苗，他马家世代镇守石柱，生苗从不犯境。咱们何不求道宪去文调他呢？"

王之翰道："我知道马徽威望，不过他已不在了。石柱司是他儿子马千乘，没成家，马徽的兄弟马征代管，听说马征病重，马千乘正在娶亲成家才报袭位。新管司事，不见得有甚威望。若论硬打，石柱兵也不见得能制生苗。"

李定安说道："如果马千乘娶了亲，更是非调他来不可了。都爷不曾知道他的聘妻就是忠州著名的女侠秦良玉。秦家家传兵法，世代武师，到这一辈子尤为出色。秦邦屏、秦邦翰都是力敌万人的勇将，秦良玉更是深晓兵法，畅达戎机，没人不敬佩，武艺刀马更是超群绝伦，大江南北不曾逢敌。她家传秘法有一种白棒双股十全万用连环钩镰枪，简呼作'白杆儿'，所以秦家的'白杆兵'又叫'白棒兵'。都爷许也闻名过吧？那枪杆儿是白蜡杆儿，俗叫'白木棍'，第一就能当棍用，棍上有个蓼叶两刃钢枪头儿；第二就是当枪使，枪锷左上有一只向上的眉月钢钩儿；第三可以当铲耍；第四可以勾挂旌旗，枪锷右上还有一只向下的蛾眉铜钩儿，恰好一上一下两边成一对；第五这向下的钩儿可当钩镰，刖马蹄人足；第六可扫草拨障，开道觅地；第七可用作耙；第八还可用作勾墙勾城，作为勾吊，第九棍末装上尖刃，可同双头枪用，这末端还串着俩熟钢连环儿，遇到过渡翻山时，把这枪尖上的钩勾住那枪尾上的环，顿时可连成无量长的转折拦扶，可以勾上极高的城垣山岭，也可以作悬桥或是扶手。仗着越涧渡河；还可以当鹿角棘，丛设阻障，做栏栅。这不是十全十美、万用万灵的军器吗？所以这家伙的正名儿，叫作'白棒、纯钢、双股、连环、十全、万用、两刃、二头、蓼叶、钩镰枪'。只是这家伙是秦良玉的老子想出来的，使法也是他的心得，兼有双枪、长棍、钩镰、火尖各种使法，还带有画戟和三尖两刃刀的长处。他制这家伙就专为山战制生苗用的，秦家独有的秘法，生苗早已闻而丧胆。如果石柱马舍人娶了亲，这异样家伙一定陪嫁到了马家。而且马千乘，虽有'赛子龙''小马超'的绰号，论本领怕还不及他那新夫人一半呢！都爷要破贼，非得申文恳求道宪把这一支人马调来不可！"

王之翰听了，诧异道："我虽听说石柱马缉史文武全才，以为不过公子哥儿会诌几句歪诗，耍几手花拳，人就捧他上天了，不道竟是一员名将！秦良玉却也知道，不过人都说她是个极不安分的小姐儿，一成年就跑得不回家，也不知闹得够多糟呢！据你一说，倒是一位自古未有的女英雄了！如果真有此人，那么，自古来无数男儿皆当愧死了！只怕女子小有才，就容易博誉，或许纯盗虚声，那就反而害了她了。"

李定安道："都爷不必迟疑！只要马缉史娶的确是秦贞素就准错不了！如果有差错，卑职领罪！都爷只要打听河南无常庄是谁破的，就知道秦贞素的真本领了。这是虚假不来的近事。"王之翰道："无常庄不是文大都督的子孙破的吗？难道是秦贞素吗？"李定安道："文家被冤的事惊动远近，不只一天，为什么先不破无常庄，忽然几天就破了呢？还有文大都督府一家子兄弟姊妹，不在开封守世业，却由老的领到忠州来了，都爷可曾知道？这可见不是秦贞素助过文家，就是文家子女特来学艺。如果调得她来，也许文家那伙稚狮子、小老虎也跟着来的，开封文家的三尖刀天下闻名，曾经平过瓦剌，救过圣驾，还愁保不住播州吗？"

王之翰愈听愈喜，听完瞑目一想，恍然大悟，道："天佑大明，蛮荒生人杰！我真糊涂，这般不知世事，哪配当什么都司！邻有大贤竟不知道，真是白糟蹋皇家俸禄了。"李定安见他痛行自责，倒不过意，不好答语，只得借词："请都爷赶快回城中申文，这里有卑职把守，一时或许没事。都爷可不要耽搁，好调兵进攻。"王之翰答了一个"好！"字，就叫随弁"备马"，把五百兵卒留下，只带四名护勇，连镖进城，叫师爷立刻办

281

文申请。

王之翰刚吃过饭，便有密探来报："探得紫筑寨中没有一人，连寨主绿苗阿象和许多生苗都不知去向。李守备请都爷示：'应不应进兵收寨？'"王之翰心下沉吟："这事蹊跷！那伙生苗是身缠藤心，臂腿俱奎藤圈，硬手铁脚，前后都有藤甲，平时人不惹他，他还要找人拼斗，以杀得人众，家藏骷髅数多为最荣耀。似这般豺狼的野物，岂是怕事的？说他怯官兵逃走了，是一定不会有的事！这准是那酸瓜孙时泰施的鬼计，诱我军深入，生苗好从山石岩间枯草丛里窜出来砍杀，不能中他这计！"想定主意，便吩咐来探："报告李爷，谨守寨栅，多布鹿角，任他紫筑寨空到几时，我没令箭到，总不可进兵。"来探答应去了。

王之翰又派心腹来全——这人原是熟苗，却善说生苗言语，曾经做过生苗交易，认识的大必苏很多——到生苗山峒里探实回报，愈快愈好！来全领命，自去改装前往。

王之翰在签押房里踱来踱去，背着两手，低头视地，细细沉思。好半晌，忽然抬头自言自语道："救兵不到，这孤城委实难保！"踱到桌旁，顺手抽出一张地图，睁眼瞧着，约莫瞅了一盏茶时，脑袋微摇，叹道："唉！只这八寨，就够险的了！古人说：'金城汤池。'似这插翅难飞，仰头难望，巍峨崖巀，峻峭嶙峋，密如笋林，叠如蛇鳞，就有三头六臂，也没奈他何！"又细瞅了一会儿，忽然扑哧一笑，望天说道："听人说，生苗入八寨，驰骑如飞。这般说起来，我这川官，反不如川马有本领了！扪心自问，未免惭愧！"

撂下地图，又踱着想着，回思到李定安的言语，心中默念："据他说来，石柱小马两口子不仅是如今少有，而且是自古无双。我想这南蛮荒犷之区，会有这般奇人出现吗？习武算便当，习文在此地可说是比登天还难，哪儿去寻投名师呀！……再说，也不能天造地设，配得那般美满呀？似这般好到极处的姻缘，我除了在鼓儿词上或是传奇、弹词、杂剧、评话上有那么一回事，人间是不曾见过。这事终叫我疑心难信，恐难免有些言之过甚！……怎生能得见见这一对人才好？"

正凝想着，忽听得外面有人报道："启老爷，石柱司有人投文，要请老爷见面，有机密面陈！"

第三十五回

赤血白铁殉土全忠
金羽银枪为国诛叛

　　杨应龙和杨朝梁领着一万硬手铁脚苗兵，疾赶紧走，沿途并无阻拦，旗纛直指四堡。杨应龙踞在牲口上，挺胸叠肚，挠着黄须，向孙时泰笑道："军师，你真是如今的吴用，果然算得不差！这荡荡长途，就没个人影儿。敢是要依你的言语：'取播州如同砍掉一屑灰儿似的。'咱快走吧！还好到城中州衙吃饭呢！"孙时泰连忙就马上欠身高拱答道："主公的天威，世子的洪福，微臣不过翼运辅圣而已矣！"

　　杨应龙不懂他末了一句话是讲什么，正待要追问，忽见前面侍卫递报到马前说道："启大王！二堡正在开仗，请大王在四堡督驻龙驾。"孙时泰一听得前面在打仗，顿时吓得心头小鹿儿乱撞，暗想："不要一败下来，冲得自相践踏！鼓儿词里常说着这般事，我不要遇着才好！要不，我给垫马蹄还要嫌骨头多不平整呢！撺掇他快退吧！……"主意打定，便装模作样地喝道："先锋破敌，是紧急军情里最紧急的军情，干吗这时才报到！大王万万万金之躯，怎能只隔两堡？胡说！快传令回紫筑寨驻驾！那里是咱们地界，大王才住得惯呀！"杨应龙平日最信孙时泰的话，以为他的话再不会有错。这时孙时泰的一段话，说得更干脆漂亮，杨应龙哪有不听从之理？立即传旨："回驾去紫筑寨！"

　　杨应龙才到紫筑寨，寨主阿象急急地献野生禽兽，献干腌人脯，忙个不停之时，只听得连环报马，蹁跹接至。最后报说："黄元被杀，前锋全部沦陷！"杨应龙听了，大叫："苍天不佑！……"声未了，阿象早上前自告奋勇，愿去救应。孙时泰忙拦道："主公在此，保主要紧。料前锋如果真败，一定也要退到此地来的。谅那官兵胆小如鼠，一时绝不敢进攻山峒。那时咱们歇息畅了，翻身猛打出去，不怕播州不得。"杨应龙喜道："计策好极了！准定如此。"

他们商定时，伍安、伍伯厚、吴尚华等已经领着几百个残剩兵卒，狼狼狈狈，跟跟跄跄，奔进寨来。杨应龙早已听了孙时泰的指教，要借此立威。三人一到，不待他哭诉便喝道："这厮们才出兵就全军覆没，挫我锐气，可恶已极！绑去砍了！"两旁走出八个刀斧手，两个扶侍一个，夹攥着，还有两个扬着大鬼头刀，监押着，就朝外拖。孙时泰连忙和杨朝梁率领众将跪下求告，说些"千军易得，一将难求"的套话。杨应龙就答应恕赦伍安等三人。三人叩谢毕才闪在一旁，把打败仗的缘故，说了个仔细。

次日天明，杨金花、田驷押粮来到，报说："石柱司已祭旗出兵，要捣海龙屯。娘娘要父王赶快迎上去。"杨应龙和孙时泰一商量，再加上田驷竭力撺掇怂恿，便顾首不顾尾，也没仔细计较，立刻传令连同各寨生苗拔寨齐起，去迎截石柱白杆兵。因为伍安做先锋不利，改派杨珠、杨朝梁、田驷、杨金花做前部。伍安、伍伯厚押粮，吴尚华拨入右翼。分派已定，也不放炮，立刻悄悄地移到离紫筑寨东十五里的峡山口扎营。

刚在埋锅做饭，报马已经来了四拨。转眼间第五拨报马到来，说白杆兵先锋已到系马桩。苗人知道只隔五里了，这才想着万等不及吃饭，各自收拾。杨应龙虽是熟苗，苗性犹未全忘。拿吃当作天大的事，便叫众人赶快饱餐，却派了帐前都侍卫皮金坚、袁洪恩两个汉人统兵一千，出兵截堵。

袁、皮二人统兵行到离峻山口还差三里地方时，已见迎面有黑魆魆、乌压压、人汹汹、马萧萧，直扑奔过。皮金坚连忙将手中大钺向两旁一挥，指令兵卒雁翅般排开，自己和袁洪恩一同立马在门旗影里，压住阵脚堵挡来兵。

霎时间，两阵相近，彼此瞅得清楚，对阵自然知道这边是海龙兵，那边也就认清对面确是白杆兵，但见白杆兵呐喊一声，便刀切也似的，一斩齐站住。接着画角高吹，鼍鼓轰鸣。白杆兵又是齐声一喊，门旗招展，队伍乍开。转眼间，阵势已经变换，前一层是一色的青巾青佩衣、单刀、负白棒，手中拈弓搭箭的短小精悍汉子；后一层是灰巾灰衣、佩大叶连环刀、挽白棒钩镰枪的大汉；里一层是顶盔贯甲、鞍悬刀斧、腰佩鞭剑、手挺纯钢白棒枪的马上战卒。当中一对门旗，左边是蓝缎银字大书"石柱宣抚使扬威将军赐紫金鱼袋马";右边是紫缎金字大书"忠州团练原任指挥使援辽统将征倭统制秦"。

袁洪恩、皮金坚瞅这军威，心中已是又佩又悸。正在六分诧异、四分难怯之时，又见对面霍地门旗划开，右边冲出一将，银盔银甲，素袍白马，手挺一杆烂银迥雪白缨梨花枪，腰悬满囊纯钢凿齿金钺狼牙箭，生得冬瓜脸，狮子额，剑眉竖目，长大身躯，左边闪出一将，贴翠头盔，点翠铠甲，手挥丈六柳叶长枪，腰佩三尺双剑，生得纤眉圆脸，小口直鼻，跨着青鬃马，鞍悬宝塔鞭，细瞅双鬈压花，方知是个女子。

那边二将，齐出马阵前喝道："快下马投诚，恕你无罪！"袁洪恩胆大心雄，不暇细思，大叫："俺就是特来擒你的！"催马挥刀向那女子砍去。那女子闪身让过，喝问："报名领死！"袁洪恩怒道："俺乃大隋侍卫袁洪恩！妮子你姓甚？说出来，俺好收你！"那女子大怒道："小贼！敢放屁，叫你认得沈大姑！"

原来，这来的两位，一是马千乘的盟弟，现做石柱司上宾的武秀才贾万策；一个便是沈云英的姊姊沈云贞。闻得石柱征苗，特地帮同剿贼。袁洪恩和沈云贞战得没几合，袁洪恩招架不住，虎口发麻，手足失措。皮金坚见了，连忙冲上前去助战。贾万策一拍坐骑，斜刺里，闪电般一线白光，直掣到皮金坚马前，唰的一枪，皮金坚幸亏让得快，突的一声枪尖直入马胸，立将皮金坚摔翻在当地。

皮金坚只得就地翻个筋斗，竖起来想逃，却被银枪裹住，不得脱身，只得咬紧牙关，抢刀步战。贾万策视若无事，只将枪向他前后左右盘碰，弄得皮金坚如同一只耍把戏的猢狲一般，睖眼悬心，满地里乱转。

那边袁洪恩的刀法，已被逼得使不成章法，乱劈柴似的横剁竖扫。沈云贞暗自好笑。盘旋了几个圈子，云贞大喝道："脓包这般本领也配拿刀！你这解数是向谁学的？太丢人了！我送你回老家，重投胎，再练过吧！"说着，一枪扫开袁洪恩的刀，欻地掣回枪来，照定袁洪恩腰间一扎，接着向上一挑，早把袁洪恩挑离马鞍，挑壁虎一般把他摔向老远草地里去了。

皮金坚一心在斗，不曾有余力顾到这边，及至袁洪恩的死躯打皮金坚头上飞过时，他不知是什么东西，心中略顿一顿，手中也微缓了一缓。贾万策唰的金枪起处，把皮金坚迎面到背，扎了个对通窟窿。

主将一死，兵卒无主，四散乱逃。贾万策高叫："甭怕，不杀你们。

285

只要你们带信给你们大王，三天之内，不安分回屯纳书投诚时，就请看这两小贼的榜样！"苗兵哪敢回答，一味儿抱头乱窜。只有那袁、皮二人的亲兵赶到大营，报告杨应龙。杨应龙心想：方才出兵！就连折大将，两打败仗，难道俺播州就没一个将才足胜任大事吗？"

正在想着，忽报杨珠来见，杨应龙连忙接着问："阿叔有甚吩咐？"杨珠见左右无人，方附着杨应龙耳朵，叽叽咕咕，说了半晌，杨应龙凝神听着，时而密笑，时而摇头，好似愈听愈津津有味似的。直到杨珠说完，杨应龙已是满面喜悦，一面向杨珠拱手道："事成了，一定先孝敬阿叔。"杨珠笑道："俺不望你孝顺，只要有此胆略，不要埋怨，不要灰心，就是祖宗的福气了！"说着含笑起身出房去了。

次日清早，杨应龙亲自督同中军和前部，先到寨外，会石柱白杆兵。不料白杆兵竟压营扎营，封寨下寨，离紫筑寨不过里半之遥，刁斗相闻，旌旗相望。瞧那势派，将旗遍野，也不知有多少兵。杨应龙便照杨珠所说的，按步做法。

第一批先派杨珠领五千人，会同右翼全军，立时出寨，与敌鏖战。杨珠领命引着何汉良、田福平、吴尚华和中军的杨朝梁、穆昭，另选勇敢内侍十名，统兵二千，立刻起程。杨应龙一面分派诸将战事，一面吩咐："各负细软，兵卒一律步行，牲口腾出驮粮运食。限半个时辰内齐备，迟延违误、玩忽泄露者皆斩！"众人得令，无人不满腹狐疑，不知国主葫芦里卖的什么药，只八成儿料到是要逃走。要不然，不会这般忙。无奈他是国主，有言语是不许驳回的，只好闷着低头照干。

杨珠率领穆昭、杨朝梁、吴尚华、何汉良、田福平等，领寨出兵，向石柱白杆兵营前布阵。方才展开阵脚，那边贾万策已经飞马冲将过来。吴尚华见那一团银光白雪似的，直向自己右阵角飞滚，恐防有失，连忙骤马挡住，近前定睛一瞧，才认清不是马千乘，略为放心，便顿嗓大喝："来人通名受死！"

贾万策厉声答道："我乃石柱司幕宾忠州武士世航贾万策！你可是杨逆应龙？"吴尚华答道："俺是大播国王驾下征东将军吴尚华！"言未了，贾万策早唰的一枪猛扎过来，喝一声："贼渣子！快去叫杨逆来领死！"吴尚华横着一架，顿时虎口发麻，觉得沉重，连忙留心，正经地提防着。

杨珠见吴尚华不济，恐防有失，急急挥兵前进。沈云贞喝令："众军放箭！"那些骑卒一齐拔弓飞羽，霎时间弦响如连珠小炮，箭射似破空飞蝗，射得苗兵不敢再进。那边前面一行白杆，早一齐挫腰俯身矮步前蹿，仗着纯钢钩镰，径滚入苗兵阵里，大杀一阵。田福平忙挥兵朝后退让。只见沈云贞扬臂撒手，喝一声："着！"田福平哎哟唤处，歪身倒下鞍轿，胸前尽是鲜血。一支袖箭，端端正正，插在喉间，眼见不能再活了。

杨珠见风头不顺，料难取胜，连忙收回，退到山岩之上。贾万策要赶。沈云贞远望瞅见山岩间囤积着许多断木巨石，知道贼人有了防备，便喝令收军。退到流泉堡，就在空屋中屯扎兵马，等候大队人马到来。一面点派精骑分头彻夜四面哨探。

杨珠遣人报讯给杨应龙。杨应龙见两头都攻打不出，大有逼死中间之势，心中闷闷不乐，对烛发愁，想了半晌，正待去叫孙时泰来商量，恰巧孙时泰满面喜色兴冲冲，急急走进来道："恭喜大王大事成功了！"杨应龙愕问道："这话怎讲？"

孙时泰凑近杨应龙身旁低声说道："启大王得知，总教头呼延雄刚才和臣商量一计，此计准可取播州。那播州知州韦耀泉在这趟军务里不曾讨得便宜。心想：'事后的升赏全是武官得的，文官得附个保案，加次纪录，已经是很不容易了。如果失陷了地方，文官却和武官一般，地方官有守土之责，也得丢脑袋，要不趁这纷乱时候掏上几文，委实不合算。'他虽这般想，怎耐那王都司不作美。一不要他派使；二不请他派粮。他没处生发，急得要命。今天他好容易得了个发财机会，是道里行牌，说：'石柱义兵助平播乱，军行所过，着地方官妥为供应，准其作正开支。粮草锅灶事关军实，尤宜事前妥为屯备！'韦耀泉借此为题，派出许多人到各乡各庄派缴粮米，统限明日清晨到晌午，半天中如数缴到。呼延雄教头得了这讯，就想了一条妙计；咱们挑选力大胆壮善说汉话的孩子们将官们押着粮包，包里藏刀，各带暗号，只做缴粮的庄民和押运的地保混入城中，咱们约时扑进，叫孩子们在城里见火号就里应外合，夹着一打，播州还有个不能拿下的道理吗？"杨应龙喜得直跳起来，叫道："妙极哪！快办！快快快！快叫孩子们去干！快叫必苏们进帐！"孙时泰十分得意，嘻着鸟嘴，翘着黄须耸肩媚笑道："大王甭烦心，微臣去办就是了。"杨应龙道："只要快！你办事是错不了的！调朝梁回来跟着去，好有个头脑，免得动手时，没人管领！"孙时泰连忙躬身说："微臣遵旨！"倒退了几步，撅着屁股走了。

播州城里州衙堂上自天过黎明时起，纷纷攘攘，纭纭扰扰，川流不息的地保乡民绅董农夫，前来缴粮、纳米，直到巳牌，愈来愈多。韦耀泉怕有瞒蚀，亲自坐在大堂上，督看量收。眼见收来的粮，已超过派数，心中大喜，暗想："这是石柱的威名，做成了本州的财运。"

将近中午，员司正待督停吃饭，忽然来了一大阵驮车，吵吵嚷嚷，到了辕门，就把载卸下，堆在仪门内外。差役门连忙吆喝："太爷在堂上，不许喧哗！粮快扛进去，不要乱堆挡路！"这伙乡民马上就与差役争吵起来。差头大喝："地保是谁？快管束这伙野蛋！"

声未了，一声呐喊！但见两支火焰流星冲天直上，这伙差役被乡民两个扶侍一个，眨眼间全成了穿心国百姓，躺满一地。韦耀泉正在作威作福，拍案喝令吏役弹压。不料猛然冲下几个乡民，扑近公案，揪着韦耀泉，隔案一把提拖过去，乱刀纷下，斩成几段几块。

这一来，顿时满城大乱起来。督标、道标、营官得迅，只知是乡民通贼，连忙派队弹压，见乡民就杀，不知冤死多少。真正乡民莫名其妙，只得也跟假乡民胡跑，弄到声势愈加浩大。把总闻人顺才到营门，就被人拉下马来杀了。知州全家被杀得鸡犬不留。王之翰瞧见情形如此纷乱，心中已明白大半，忙命彭莱、何其特肃清城内乱贼，又派李金标会同督标、道标留守并兵守城。自己督兵巡逻，制禁商民乱跑。

何其特才到东城，已见东门大开，无数短衣握刀的人乱冲入城。何其特料是苗人改装，绕道来袭城的，连忙挥兵截杀，想奋勇抢城，不料来人人多势众，抵挡不住，拼命冲杀，终不得近城门。喊声起处，马被射倒，何其特被踏为肉泥。

王之翰闻得东门已破，连忙挥动大刀，朝东赶来。不料沿途尽是苗人。王之翰且战且走，身边从兵连杀带逃，已无一人。只剩得匹马单刀，向人丛里冲突。好容易杀到东街角，略不留心，左腿右膀各中一箭。王之翰仍不稍惊，咬牙耐疼，杀入街心。忽见苗人乱抢民家，砍杀百姓，便大叫道："逆番！勿伤吾民！这不干百姓事！你老爷有一口气，终要尽保民之责，有胆的，向我来！"说着，耍开大刀，连砍十几个苗人，带同一大堆难民，约有二三千人，直冲东门，大刀飞舞，杀开一条血路，护送众难民出城。回头一望，见城上已高竖红旗，心中猛然一振，大叫道："本都司奉令守土保民，如今土失民死，我何以对天地良心！众百姓，你们快逃走吧，我是守土有责的人，生死不能离此土了！"说罢，横转刀来，向颈下一勒，赤血四溅，忠躯翻下马来。众百姓见了，浑忘危难，全转身痛哭父母官王都爷，悲声动地。其中有几个力大心深、有胆有识的百姓忙奔过来，负起尸体，护围着赶上大伙，飞奔而去。

这时，城内已糟得不成样子。彭莱、李金标已死，李定安、任仲明、汪洋、汪忠等，抵敌不住，被杨应龙几万兵冲破，只得向石柱退走。杨应龙进了播州，一面差兵按户搜刮银粮，一面抓人来朝贺，便在州衙中做起皇帝来。降旨大封功臣，分发奖赏。差官到海龙屯报捷。街上死尸血迹，也由必苏们捉人打扫。

正在忙乱，忽报："石柱白杆兵到！"顿时把杨应龙做皇帝的一番高兴打掉一半，立刻挫了威风，连胸脯也缩凹了，头也不昂了，愀然不乐，瞅着孙时泰、杨珠等发愣。孙时泰勉强提起精神道："水来土掩，兵来将挡。要这许多将官何用？陛下毋用过忧，保重龙体为紧要！谅那石柱兵不是三头六臂，马千乘也不过是个公子哥儿，秦良玉更不算什么！鸣玉溪的一个毛丫头，能敌天兵吗？只看朱家的官兵不过如此，小小宣抚部卒算得什么，陛下只须降旨命将迎战，以如今开疆辟土大胜余威，管叫一战成功，收回石柱，还我驸马家业！"

杨应龙听了，顿时心雄胆壮，气概轩昂起来，便问道："谁去迎战白杆兵，兼打石柱司？"这时惊动了三个人，两个甭说，是田驷、杨金花，事情关己，哪得不向前？那一个却是次子杨朝梁。杨朝梁为什么也要向前呢？这里头有个道理：因为杨朝梁身为次子，袭位自然没分，却是还有一个土巡检一个缺，他们自称为"副王爷"，其实官名叫宣慰司巡检。这个缺应该是杨朝梁的。如果田驷没地可容，那么田雌凤疼顾女儿，早就把这缺给了田驷。如今，如果打开石柱，大一点儿可以做石柱司，中等也可以分些地方再立大寨，最下策也可以把田驷送往石柱，巡检缺马上可以到手。所以毫无犹豫，绝不迟疑，上前请令。

杨应龙见要去的三个人都是自己的骨肉，想到这一去是身当劲敌，老大地不高兴。却是既已说出，难以及悔，只得硬着头皮，说："你们能去，朕最放心。不过石柱白杆兵素有虚名，你们都得小心在意才好。朕再派飞龙、云龙皇兄御弟为你们掠阵，红苗阿虎、绿苗阿象、黄苗阿豹、蓝苗阿

289

狼、仲家苗阿溜鬼、黑皮苗阿花蛇，各率本部随教头呼延雄同去助战。你们本部人马不足时，可以任多少调朕的硬手御林军、藤甲銮仪卫同去，朕好放心。"三人一齐领旨谢恩。杨飞龙、杨云龙和六苗酋也都起兵扬臂行过苗礼，一同去了。

杨朝梁果然调了三千硬手御林军、六十员藤甲銮仪卫和杨金花、田驷、杨飞龙、杨云龙、呼延雄率六苗族众九千人，各人本部一万二千，放炮开城，飞驰往折柳涧边来。到了百家坪离城才得十里，闻得哨报："白杆兵先锋已过涧来了。"杨飞龙大惊，问："怎么这么快过涧的？"哨报说："没瞧明白。只望着他们走过时，好似有桥，没人走时，桥又不见了。"杨云龙便说："那厮们一定有妖法，咱得分外小心才好！"杨金花大叫道："不怕！不怕！俺今天正挂着红，足够厌那厮的。"杨朝梁便叫："火速布阵！若迟延展不开时，更吃亏了。"大伙苗兵一声喊："散开来！"他们只令布一字长蛇阵和鹰翼阵。这时人多，只好成了砌墙似的"堆人阵"，叠挤作很厚的一座"人城"。

轰隆通一声炮响，但见山谷中一条龙一般，走出一线人马来。一出谷口，到了平地，远望去，如穿花织锦似的，不知怎样，旌旗指动，立刻分成十六门，整整地显出一大座双环抱日阵来。虽然不知多少人马，却静荡荡不闻人马声，括猎猎只有风旌响。杨朝梁便拍马上前挥兵前行。

两阵相距约半里时，苗兵方才站定，对阵正中大多人忽地分两翼，向左右一卷，当中露出冲天的高牙大纛，橘黄纛幅正中，有个五尺见方的"秦"字，金光灿烂，映日生辉，回光直射过来。接着銮铃碎响处，只听得甲声窸窣，阵当阳处排列着十员战将，甲色不同，械马各异，却是各有认军旗，紧随马后，显然不是小将。杨飞龙等见了，都疑惑着："石柱虽是宣抚，位高属众，却是不见得把所属各宣慰一齐调来列阵，为什么会有许多大将随着夫人出阵呢？如果都来了，宣抚本人又哪有大将呢？……"

正猜想间，对阵已经起鼓。便见对阵两翼中间的两员大将，策马如飞，直驰过来。一马快些先到垓心，是一员仗着烂银纯钢丛刺狮锷曲刀长槊的少年将，九狮箭袋，钿金箭映日射光。稍后一将，赤马鳌戟，接踵跑到。呼延雄眼快，早认清对面是两员女将。方待叮嘱杨朝梁小心，杨朝梁已经出阵，绿苗阿象随着前奔。

四人相遇，两边通名。得知来将是石柱司领军白超、符中。当下杨朝梁接战白超，符中狠斗阿象，纠在两团匝地乱滚。战了多时，杨朝梁气力不济。正在挣扎处，忽见白超双眉紧皱，微吁一声，槊法顿时散乱。杨朝梁大喜，暗道："这厮有了毛病了，天赐俺擒她！"想着，精神陡振，手中刀更加紧猛。白超更加勉强支持了五六合，一时怪叫拨马回头就走。杨朝梁哪里肯舍，骤马狂呼随后紧追。两马前后相逐，不到十步，突然嗡地一响，一线金光摩空飞起，杨朝梁喊也没喊得一声，身躯仰后倒下马来。这时白超掣缰一转，比闪电还迅，同时振腕挺槊，哧地扎去，杨朝梁就此洞胸穿鹰，死在战场。白超俯身割取首级，飞马回阵。则来白超装病，引杨朝梁远离本阵，就在那一回马时，乘背着杨朝梁时掣得弓箭在手，逞夹弦绝技，放了一箭。杨朝梁既没见她抽弓，又见她槊没挂下，料不能握槊放箭，所以不曾防备，中了这一计。

这边看着杨朝梁倒下马来，早一齐飞马出救。无奈相距太远，奔到近时，已只剩得一具没头洞胸的残尸。杨金花伤心极了，狂催突阵。恰巧这时符中见大堆人马冲阵，便抛了阿象，回马获阵，杨飞龙马行稍后，不曾提防后面有敌将，正一心同前，被符中拔剑伸戟，使戟钩勾得杨飞龙身体猛向后仰。符中便挥剑向他仰倒的脖子上一勒，杀下个斗大的头来。苗阵中连丧两员大将，顿时如疯如狂，齐声怪叫起来。

第三十六回

猛将统雄兵收失土
庸臣误国事纵凶酋

当下一场混战，石柱兵是大胜之余，气焰万丈；播州苗是大仇在念，拼命驰逐。纠缠砍杀，四方混斗，约莫有一个时辰。东南角上，战鼓雷鸣，蹄声杂沓；旌旗展处，又簇拥着许多白杆兵，一声呐喊，便向战场狂扑过来。播州苗见那边又来了生力军，自己是久战疲劳，料想难再支持，纷纷后退。杨云龙、杨金花没法约束，只得且吞下一口气，勒马回头。

石柱兵见苗人逃退，顿时大纛高举，直指播州。众兵将便齐向逃走的乱兵丛中冲去。那伙苗兵幸亏天生快腿，练成铁脚，奔跑本是他的看家本领。这时加上要保性命更是舍死忘生，没命地飞逃。十多里路，转眼间，便已跑尽，乱哄哄闯入城中。还有那稍许脚慢些、力疲些、落在后头的，全被关在城外，只得回头跪下，向石柱兵哀告投降。

石柱前部先锋黑烈赶到城下，吩咐"不许杀降"，将跪地苗兵全数收了刀枪，押入队中。自己亲身到城壕边体察一番，便传令围城下寨，等待大队来时攻城。不多时，白超、符中、龙启都领兵赶到，便分向各方城门堵截。同时擂鼓呐喊，整备攻城器具。

秦良玉到了城边，观度形势。便命众将按部位团团围住。石柱司前领军秦民屏率黑烈、来猎攻打东门；石柱司后领军胡明臣率白超、符中攻打小东门；石柱司左领军覃宏化率周兹、伏虎攻打南门；石柱司右领军杨学礼率潜龙、龙启攻打西门；石柱司中领军秦永成率虎定、倪道攻打北门。自领武大江、沈云贞、马腾云、沈云英、史瑯、史环、方瑛、方珙、于垂、于乘往来接应。

播州本是孤城，而且城中贫乏，这时方经大掠，哪里屯得住许多军兵？杨应龙被围之后，便和妻子田雌凤商量要冲围回屯。田雌凤也觉得在这城里犹如瓮中之鳖，难得生路，勉强撑持了一夜一天。这天夜里，三更过后，开城冲出。用十峒花苗当先，硬手苗兵随后，大喊大跳冲出西城。恰遇杨学礼和潜龙、龙启亲自巡哨，率着五百捷手白杆刚到城边，正好遇着。潜龙是个初生犊儿，不知畏惧，只喜厮杀，见苗兵，拔剑就砍。她的蟠龙剑本是少有的利剑。生苗虽有藤条缠体，也受不了这剑一刹，并且白杆兵的钩镰专勾藤条，给勾住了，一拉一个扑，弄得苗兵无可奈何。龙启见了，引起一团高兴。见杨学礼已奔杨应龙，想着擒贼要擒王，便直取田雌凤，一阵大杀，杀得杨应龙夫妇和苗兵倒缩回城，双门紧闭，只苦了些走远了的，一时不及退缩，都被杀了个干净。

杨应龙憋在城里十二分地干急，苦苦地挨到四更，不曾合眼，却也不曾想得个解救之法。正待和孙时泰商量，忽见杨珠狂跑进来，一眼瞧见杨应龙还在那大堂改的正殿上没睡，陡然一愕，刹住脚，想要说话，却气喘不止，只得把一只手按住胸前，狠命地定心镇气。

杨应龙见杨珠这时候跑来，又带着这般尴尬情形，以为出了什么极不好的事，满心如滚油一般煎熬。猛然间，耳边又听见喊杀震天，好像是白杆兵已经杀进城来了，吓得来不及再问，更没工夫顾及他人，掉转身就想往后面逃跑。

杨珠大急，这才又急又逼，逼出一句话，也来不及顾体统，先赶上来一把拉拖着杨应龙，挣出一句话："甭跑！救兵到了！"杨应龙木然发愣，摩着脑袋道："谁呀？"杨珠咽着气安定神，才说道："蔺州奢崇明带兵来会师，正在城外解围交战。咱快杀出去，里应外合，可以把石柱兵杀完。"杨应龙问："真的吗？"杨珠道："俺素来何曾说过哄人的话来！"杨应龙回头一看，身边没人，便也来不及呼唤，直拉着杨珠朝里跑，一面大喊大叫："快起来！快起来！救兵到了！快帮打去！"

一阵高嚷，把所有的人都吵醒了，大家没头没脑，懵懵懂懂，愣愣怔怔，莫知就里。杨珠恐妨碍大事耽搁时间，便大叫道："蔺州奢大王带了人马来救咱了，咱快杀出去。"田雌凤头一个高兴，一面拉着裤子，一面就叫"备马"！拖着俩木屐，就朝外跑。

一霎时各处得讯，一齐整队。待杨应龙颁旨"开城杀出"时，一众生苗早当先冲开城门突出去了。杨应龙等一干人到西门时，见城外已战得一团糟，风沙滚滚，瘴雾蒙蒙，正是天初晓时候。但听得石柱兵将万众齐声，高叫："不要放走播逆杨酋呀！"杨应龙听了心里一惊，连忙叫内侍李华秋过来，急拉下龙袍冕带，硬逼李华秋穿上，自己却回身侧走。田雌凤、田驷、杨金花见了，都连忙依样画葫芦，只苦了那些平日恃势横行的奴才，硬被逼替死。

石柱兵见了这一伙龙袍蟒衣金冠玉带的人，一齐围上，任这伙人如何叫喊"俺不是！咱是奴才！他们朝后了！"终没人肯信，究竟还是被紧紧绑捆，押解去了。这时，杨应龙等一股亲贵，早从斜刺里混入奢崇明军中。奢崇明带着军师符围征，儿子奢寅，妹子奢秋辉，儿媳妇安情哗，大将樊龙、樊虎、张彤、陈其愚、沈霖、黑蓬头等，率五万苗兵，大战了一个更次，救得杨应龙一家，便急忙收回撤退，直到紫筑寨方才停住。

蔺州查点人马时，死去九千余人。奢崇明的叔父骁将军奢斗，死在武大江刀下，猛将军安乐死在周兹矛尖。其余偏裨、必苏、把都死二百余人。虽是大败了一阵，却还不虚此行。杨应龙感激万分，率妻奴拜谢。奢崇明道："咱是姻亲理当救应，只是来迟，累大王受惊了！"吩咐："扎营摆筵。"

石柱司左领军覃宏化和伏虎、周兹押解了一群龙衣蟒服的苗人到大帐来报捷。秦良玉统兵进了播州，在都司衙门中设了行营。一面出示安民，一面访求文武官眷和殉难的遗骸。覃宏化等将一行人解到，秦良玉远望着，就知不是杨应龙的家属，喝问："覃领军，你在哪里捉来这样一伙人？"覃宏化打参禀道："末将在朦胧晓色中，见这伙人，服色奇异，便截下了，其实不曾见另外有什么人。"秦良玉正色道："你是先帅的旧将，不比周、伏二位，一来没上过战场；二来身是客位，方才入军；三来不是主将，不担军责。你说'其实不曾见另外有甚人'这就是知罪掩饰！这样笨拙的金蝉脱壳计，久在沙场能征惯战的覃领军，竟会被蒙哄个十足吗？哼！"

覃宏化顿时吓得冷汗浃背，心想："人道这位夫人厉害，果然名不虚传！沙粒儿也吹不过去，不要再闹出没面子来！自己识趣吧！"便自己摘下头盔，扑通跪下，俯首说道："末将知罪，求司主重办！"秦良玉点头道："你不瞒我，自有你得益处。你试想：那厮们既用这金蝉脱壳计，这伙替死鬼不被旁人捉获，单单是你部下逮住了。这就不必详查细察，已经可以明白杨逆那厮一定是在你捉人时，乘乱逃走了。那厮们换衣之后，他人没见有穿龙衣的，只有你见着而且逮着，杨逆不是在你手下放走的，是谁放走的！讲！"覃宏化听毕大惊，连忙磕头道："末将该死！辜负老帅的提拔，辜负司主的恩德！有负差委，万死难辞，只求司主重办！"

周兹、伏虎站在一边，瞧见这情形，再看秦良玉那冷热铁面，凛凛冰霜，巍然上坐，英威逼人，不由得不心胆生寒。两人互觑一会儿，不约而同，一齐跪下求告道："是末将等荒唐，不干覃领军的事，求司主放过覃领军，末将愿领罚！"秦良玉道："你二人是副将，且是仓促出师，初次受任，规制未明，教训未及，不能责及！起来！"周、伏木然不能回答，只得讪讪地起来退立一旁。

秦良玉后复覃宏化道："只是你说'朦胧晓色中'，此间雾重，这一层确有可恕！要不然，你今日难逃军法！你如果以为本司执法过严，责问不确，你且起来，待我审出凭据来给你看！起去！"覃宏化俯首："谢过司主！"立起来，退站一旁，抹了一抹额汗，才戴上头盔。

秦良玉命："带进一干僭服贼徒！"早有中军旗牌来狩接应传令。捷手校尉早将李华秋等六人，鹰拿燕雀般提进帐，掷在案下阶前。秦良玉光问李华秋道："你是杨应龙吗？"李华秋连忙磕头供道："小的不是杨应龙，小的是亲随，求老爷开恩！"秦良玉问："那么杨应龙哪里去了？"李华秋供道："小的们被他硬逼着穿上这衣服，他们就趁小的们被捉时，混在大兵之中，混出去了。"秦良玉目视覃宏化，羞得覃宏化压耳通红，低头抱愧。

秦良玉笑向覃宏化道："这伙奴才是你捉来的，还是你去打发吧！推出斩了！"覃宏化转身朝上打恭称声："得令！"便率校尉将李华秋等男女六苗人，押出门外，枭了首级，进帐奉献回报。秦良玉吩咐："撤班！巳牌初刻到后堂聚议！"众将齐称"遵令"，都俯首打拱致送。秦良玉才起身退入帐后，帐前将校按级分班依次退散。

巳牌初刻，秦良玉召聚众将一齐到后堂，说道："奢崇明比杨应龙更加猖獗，而符围征深通妖法，能放金蚕虫和飞虫，又能造吕公车，放一种毒箭，不但中着的必死，连那拔箭的人，也得立刻身亡。如今这厮们犀进来，川东一带，兵连祸结，不知哪天是了期。本司兵将受国厚恩，理应效死，义不容辞，责无旁贷。只是众位弟兄姊妹既没有守土之责，又未沐国

295

家之恩，辛苦戎行，所为何来？如果专为我良玉一人的私谊交情，那是更不敢当！断不敢因我有报国重责，累及友朋戚旧！从今日起，请各位且回忠州安居，待我率领本部，平定播逆后再图欢聚！"

倪道首先站起说道："司主此言差矣！我辈既非未为私交而来，更非为虚荣而至。他人心事如何，我且不敢代说。既以我一人而论，深知女子无能，千万年为人做牛马。我想为千古无限被屈的女子吐一口恶气，使天下后世知道高凉、冼氏、木兰、红玉并不是世间异人，而是随时都有的。只不过被一般腐儒迂士凌欺强压，致不能抬头。威胁利诱致忍辱卖身罢了！难道女子除却以身易食，中馈育儿以外，就一无用处吗？但是，我一个人孤掌难鸣，空有雄心，难成壮志。难得司主与我具有同心。西来以后，更见马宣抚还不是龌龊男子，肮脏迂腐，能够助司主成志，并称'司主'。此地土司原许女将立功拜官，领兵报国。我窃幸微愿克酬，深庆下怀得遂。所以情愿粉身碎骨，始终其事。其他一切非我倪道所愿计及的！望司主鉴纳寸忱，就是我倪道的万分幸事！"

白超、来猎起身道："我们奉师父甗甄子之命佐启坤运，培振宗门。生生死死，只有永从司主，其他非所敢知。司主如果遣开我们，我们仍当遵师命永远随护。"

符中道："我和文氏诸昆仲姊妹不敢说报恩的俗话，却是真有附骥的葵忱！我知道司主意思，以为我们出身娇贵，恐妨不能谨守军令。我敢和文氏诸昆仲姊妹就今日同在司主台前立誓：后有违误，不劳恕赦，自当刎头上献！"

周兹道："俺是笨人，心中有道理，嘴里也说不出。我只知道我如今除了跟司主以外，我就无处可去。我觉得无地能容我。如果司主一定遣我回家，我也不敢违命。我只好把这颗脑袋刎下来留在这里。"

龙启、潜龙等方要开口，伏虎早扑地跪下，道："诸位都是清洁女儿，料司主无不愿留之理。其中只为着我。我命不逢辰，身成粪土。司主或虑我不能洗心革面，致败坏军规。我伏虎不能因此臭皮囊连累大众！求司主准我入尼庵坐关三载，再和众位相见！或是我自谋了当，免得司主不便铺排，伏虎就此告辞了！"

沈云英、云贞和方氏、于氏、史氏、丁氏及凌、金诸家姊妹先后站起来，待要说话。秦良玉早右手乱摇，左手一把拉起伏虎，大笑道："完了！

完了！这是我不好！这是我不好！伏虎妹子误会得更厉害！我实意只是方才说的那几句话，毫无他意。不料诸位各怀抱负，都比仿着往歪里一想，我这罪过，就太深了：一来像是我只图自己，不愿姊妹出头；二来像是忌才妒众；三来像是谢客吝资；四来像是寡情薄义；五来像是过路拆桥；六来……七来……哈哈……我不说了，我说不了许多，这大使我难乎为情了！望诸姊妹，快往正里想，不要依自己心比仿着。前言算我孟浪狂呓，从此我们大家知心知志，同为报国，无分你我，也不问谁助谁，都只是自助自，好不好？伏虎妹子！你再把那些事横梗在心里，你就不是英雄，不是我良玉的好妹子！'放了屠刀，立地成佛'，何况你不是自找屠刀的？一笔勾开，你我原是一样，你要另生他心，你就是不拿自己当人看待，而且不拿我和众朋友当人看待。须知是个人没有没过错的。孔夫子还不敢说没过呢，何况你不是自己创成的过呢？算了，算了，我说的几句话，原是格外体恤诸位的良心话，不料几乎闯下大祸，生出许多心来。咱们就此为止，不再谈了，且说正事吧。"

众人方欣然归坐，齐称秦司主情重义尽。秦良玉向来猎道："我有一句，先须向你说明白：本司旗牌来狩，原是缢史宣抚召来的臂助。因他能日行五百里，十天不停息，缢史很钦重他。前因本司无缺，屈在下僚。如今中军告老，我想把他提升中军，这原是他的应分，并不是因他和你是手足之亲，才提高他职位的，请你不要代辞，更请转嘱他不要误会，不要推辞。"来猎答应："这是司主的权衡，只有私衷感激而已。怎敢以私心揣测，钓誉沽名。"秦良玉道："感激两字千万不要提。咱们一存客气，将来许多事都不好办了。"

正说着，只见来狩进报道："宣抚爷有信到来。"说罢将书呈上。众人见是夫妇书信，以为总有私语，便一齐起身告退，秦良玉忙止住道："大概是播逆军情，正好和诸位同看。"众人只得重复坐下，一旁等待。

秦良玉拆开书信，没看得几行，便勃然变色，但见她愈看到后面，面色愈难看。全书看完时，直气得面如重枣，目若朗星，将书向案上顺手一拍，大声道："完了！完了！又须另自大起一番干戈，川东百姓无噍类矣！"众人见了，也有狐疑的，也有惊诧的，也有骇怪的，也有着急的，却都猜不透是怎样一回事。

秦良玉愤愤之怒，向众将道："请各位自瞧吧！我气得说不上来了。

而且这样的事，我真犯不着再用口去述它！"众人更加不明。颇有几位为马宣抚吊胆悬心的，便大家起身同到案边来瞧那封书信。这封书信，足足写了四纸八行字儿，并写得不大。开头略问战况。随后就说：杨应龙已经受抚，仍保原职。接着就叙杨逆受托的由来。众人看了，才知是庸臣误国，怨不得秦良玉生那么大气。

　　原来杨应龙这次播州战败，攻重庆的一路又被马千乘打了个落花流水，以致元气大伤，不能再举。幸而奢崇明来救，却是只能援他出险，万不能代他打天下。杨应龙既一时无力经营攻打，若火急进兵，自不难一鼓荡平，永除大患。却不道一班官吏对土司素来主抚，以图敷衍，以为一时平了，难得替人，如把土地并给旁的土司，则并地的更坐大难制，若改土归流，设立府县，又怕麻烦。更兼土司有的是珠宝奇物、金钱、钱钞，只要送上一份重重的厚礼，有了孔方兄说情，什么都好办了。这时，这位李化龙总督明知自己就要调任，乐得掏一把。正遇着奢崇明托人讲情，一来掩没杨应龙的叛逆，二来遮过奢崇明攻杀官兵接济杨逆的罪名，自有两份重礼。所以李化龙一封奏疏，提请准抚。把罪名推在死了的杨朝梁身上，模糊了事！檄行各处撤兵回泛。

第三十七回

裹糇万里行勤王事
挥军千骑发破奸谋

川东兵备朱燮元奉调离川，新任王士琦未到任，杨应龙乘机买通代印官，作为汉、苗误会，不该错扰府城罚白金万两修城，受抚回峒。那代印官儿另外私得了杨应龙五千银两，便通饬各屯卫土司说："播苗业已受抚，各自回防候择褒奖。"就此轻描淡写地把一只猪婆龙放归大海。从此杨氏夫妻父子，婿侄兄妹，拼命协力，使出大把银钱，召纳亡命，打造军器，制吕公车，配药箭，时时尽心竭力，图谋造反。不二年，又闹出惊天动地的事来。

王士琦接了川东兵备任，诸将报明前事，士琦十分气恼。只因没获得纳贿的凭据，不便追究。却是对杨应龙格外加紧防范，调兵遣将分扎播州四境，并将播州通到綦江、重庆、黔中、湖广的四条通路一齐截断，不许钢铁火药、箭竹弓弦得进播州。一面派人整饬各屯卫，安慰各土司，使不惊惶，免为播州所煽动。这一来，这个杨应龙逼得死死地困守屯中，施展不得，只恨得牙痒痒的。

真是天意要乱，任怎样也是防不来的。杨应龙虽然被困，却逼得他把九股花苗一班野兽的生番练成了陷阵冲锋的劲旅。又因境内产铁自己开炉，也断不了他的军器，反而使他得以安安闲闲地从容预备。

这时倭寇犯朝鲜，侵辽东，勾连努儿干都司治下的鞑靼龙虎将军手下鞑兵，通同作乱，辽东震动。朝廷派挂印总兵官大刀刘涎前去征讨，曾大败倭酋关白（酋之职名）平吉秀。这时因朝鲜地方多被倭陷，邦主遣陪臣向天朝哭泣，乞求多发援兵，一举平倭。各部会商请诏令各屯卫土司发兵勤王。

文到石柱司，马千乘便要亲自率兵北上。秦良玉也要行，便向兵备报明。王士琦一想："这石柱两主将是川东屏藩，他俩都援辽去了，川东便失却凭依了。土司最畏他夫妇，如果他伉俪同行，那伙乱帐土司没了怕惧，一定要吵事，尤其是杨应龙一听得马氏夫妻去了，马上就要去抢石柱，这川东一片地方就够糟的了。"便竭力慰留，劝他夫妇不要亲去。

秦良玉道："标下知道宪台的钧旨，以为标下们援辽去了，川东空虚。这似乎可以不烦钧虑；一来卫屯很多，土司也不仅敝司；二来宪台本标加兵很多，不比朱宪台时兵力单薄。标下们世受国恩，身为子民，如今听得蕞尔三岛的虾夷倭奴竟敢大胆犯边，是可忍孰不可忍？标下们以身许国，外面蛮夷造反，自比国里番民变动不同，世间没有不先打外面来的强盗，先追家里小贼的道理！如今钦限急迫，标下们委实不敢耽搁，求宪台恩准，发令通行。标下们自备糇粮，并不动支国币。如果宪台不谅愚衷，标下只好率属赴武昌待命！那时还恳宪台念在奉旨赴援，恩免谴究！"

王士琦正在沉吟，寻思诒话拦答，马千乘早接说道："禀宪台：标下闻得各屯卫颇有阙旷，一时不易挑满限额，如果数日不敷，这贻误戎机玩忽军务的考语，是非同小可的！标下不敏，敝司练兵因系自筹饷给，全司用民无论老少男女全是久练之兵。只求宪台一封文书，标下不准多调八千或一万人报国。免得届限时人数难齐。这是标下要禀明宪台的第一件事。还有就是现在倭寇来犯，听说倭酋诡计多端，并不专扰朝鲜，沿江傍海一带地方都有通倭奸民，助逆渔户，倭贪贿赂，暗为援应，想要阻我北援之师，劫我东土之民。东南本财富之区，国家币饷所恃，一旦有失，何堪设想！标下想求宪台赐给一封通行文书，使标下可以不由武昌、开封北上，径向江西、南京口，过江沿淮海、鲁海、径赴山海关。一路如遇有乱事，可以随时助平。见有隘口海口损坏时，敝司白杆兵人人善于土工炮药，都曾经按年月季期考过的，标下就可饬令克期修缮完，免有他虑，至惊扰内地，动摇后路，这是标下要禀明宪台的第二件事。标下不敢妄自狂夸，不过标下蒙列宪台教训，稍有自知之明，深知要报国先练兵屯粮。标下自幼从先宣抚整饬司治，仿照管夷吾遗法练兵集粮，历年叠聚，已保有胆壮身强能征惯战的男兵十万，女卒三万，老弱洗炊队一万，牲口五万匹。聚存有米粮三十万石，杂粮六十万石，盐一千石，油二千石。各色干粮军糇一千万斤，草秣兽食一百二十万石，铳炮弩矢、马牛骡驴车辆二千余，另驮载牲口三千，刀兵旗衣等项足够全军十年之用。标下所以屯集许多人马东西，并不是和杨应龙一般想暴乱造反。只不过想着国家一旦有事时，可以报效！如今岛夷入寇，那些夷民，本是我中原逐民的子孙，如今竟不认祖宗，狂乱叛逆，标下素昔所痛恨深防，苦心集练，所为的就是这些事。如今事到临头了，宪台如果因为旁的缘故，不许标下尽忠报国时，标下此志不遂，活着也没味，屯集的东西也毋庸再收着，可以拿出来报效了！就请宪台派人同往点收。标下自身的生死请宪台不必过问！因为标下到今日是万忍不住了，也甭白活着了！"

王士琦连听了这两段话，窘迫得满脸压耳通红，心头忐忑不宁，却是委实另有不敢放他们离泛的苦衷，无奈这一对夫妻理直气壮，义正词严，着实没法驳回，坐在上面，一筹莫展。而且愈急愈寻不着可说的话，愈寻不出话说，就愈加着急。这样内心循环着的自迫自，竟弄成恨不得马上把官丢去，还嫌迟了。马千乘、秦良玉却是全身公服，沉着等待，就如两座山静峙在两旁一般。可是王士琦被这两座山压得不得动弹，没的说了！

王士琦正在万分危急，没法解救时，忽听得巡捕官儿报道："总督部堂李大人有密封文书来人奉帅谕，必须当堂呈递。"马、秦二人便借此告辞。王士琦起身送到暖阁，经马千乘几度力辞，才回身进来，叫祇候旗牌，文武巡捕："伺候升堂收文！"顿时一阵乐起，屏门大开。

王士琦接见总督派来委员，行礼相见，委员将公文交递毕，便请王士琦屏退左右，才掏出一封密信交给王士琦。王士琦连忙恭恭敬敬地接来拆信一看，满心大喜。便道："兄弟马上遵办，烦老哥先行奉禀督师，兄弟随后具密禀详报。"委员便起身作辞。王士琦便送了程仪，说："老哥紧要公事在身，想不备宴耽搁，些些微物，聊表敬意，借代一筵。"委员接过来觉得有百来两分量，便谦了几句，收入袋中，施礼别过，自回去了。

王士琦回身便命差弁："快去请马宣抚、秦宜人立刻到辕！"差弁去了不多一会儿，便请了马千乘、秦良玉二人一同到辕。王士琦接见毕，便请他夫妇一直到签押房后一间小书房中。马千乘疑惑不定，秦良玉却坦然无事。王士琦说："有要事商量，务请坐下。"秦良玉便在书案下首坐下，马千乘便也坐在窗前。

王士琦道："方才督师特派委员递来一角紧要公文，另有一封密训，因为这事与两位有关，所以特请过来会商。还望仰体大帅钧旨，千勿泄露才好。"说罢便将方才接得的一封公文和密信一齐交给马千乘。

马千乘接过和秦良玉观看：公文是辽事紧急催调援兵着王士琦亲率屯卫土司迅选劲卒，克日赴援。如失期缺额，在事官员一律参处！密信却是说，据播州宣慰司左领军张时照密差部将何恩、宋世臣，飞文密告，杨应龙自采铁矿，练成生苗二十万人、邀请得番僧数人，及洞庭大盗二十余众率所聚盗党二千余人，船一千余艘，约期齐起。杨应龙亲自攻打重庆；田雌凤、田驷攻取石柱；洞庭盗魁镇湖龙龙天章攻抚湖广，先在播州建伪国，再到湖广武昌立伪都。声势浩大，附从甚多，请大帅预为防范，免致星火燎原，难于收拾。

马千乘、秦良玉看毕，沉吟不语。王士琦便道："能有机会报国，自然是人生快事！我能奉到这道钧旨，自然是喜之不胜。两位本治紧急，自属不得已之事。只是这次大帅来文并说：知道两位报国忠忱素来赤烈，每有征调，必首先逾数多解。辽事如此，必请亲行。唯川东屏障唯恃石柱，须念守土亦报国之要。将来尚须征倭平岛，不患效力无时。足见李大帅对两位格外垂青，还望两位仰体帅意，暂留本治，至于两位孤心，我一定据实代奏，决不辜负！"

马千乘道："大人吩咐，原不敢不遵，何况是大帅钧旨？不过标下妻子极能武事，标下赴援，内顾可以无忧。还望宪台恩察！"秦良玉忙接说道："宣抚身为一司之主，叛逆当前守土有责，怎好远离？还是我身为女子，不负重任。脱然径行，不致影响何方！"

王士琦忙拦道："两位素来相敬如宾，千万不要为国事开龃龉之端，大非家门之福！我有一调停妙法；此地如果剿逆事起，恐怕人才大缺，将不敷调还，要请两位分兵才行。想必两位练兵多年，标下必多英才。而且秦宜人威震中原，从者千计，料必有可代任勤王统兵东行的大将。贵司守土却是非贤夫妇不可，他人不足以当之。将来两位必须一则以守，一则以征，这时怎能外出？还望贵宣抚念祖宗基业，秦宜人念桑梓之乡，勉为屈留，就是我也就能够放心东去，感激不浅了！"

马、秦二人连忙一齐起身，答道："大人言重，'感激'两个字更不敢当！既是大帅、宪台如此厚爱，标下一定遵示办理。标下今天就回司，命本司前领军秦民屏统率本部五千，自备饷粮，克日东行，作为宪台前部，先行开道。"王士琦大喜道："贵司奉令派额只有五百名，如今竟自愿出兵十倍，还自备饷糇，这真是大明天子洪福齐天，有这样忠勇奋发的英雄豪杰，连我不才也沐余光，而有余荣了！"秦良玉答说："宪台过奖，标下何以克当！标下不过是想着各司多有幼主寡妇素日少征练，一时不易足额。如果耽延宪台荣行，一来累及辽军失援，贻误国事；二来累及宪台不好回复上峰。所以标下就多报效一点儿。一来增厚援辽力量，借此恭报涓埃；二来也略助同僚，稍尽微忱罢了。"

王士琦哈哈大笑道："秦宜人，你又会办事，又会说话，面面俱到，事事无遗，委实是天禀聪明，人间麟凤，我这庸才真是连称朋友都不配，只好说是拜服极了！只是叫天下须眉男子拿什么脸做人？请你不要客气了吧！我真惭愧极了。老实说，我想了三四天的计较，连你所说的一半都没想着，正愁着二千兵都不满，怎么好走呢？如今您贤伉俪这一来，真是替我解了一个大结，也就是给辽东消了一个大劫。这我只好奏明朝廷，来给贤伉俪道我是德薄能鲜，受惠过深，没可道谢的了！"说罢又哈哈大笑。

马千乘连称："不敢当！……宪台太过奖了！"秦良玉接说："既是事已定局，标下们马上就回司里调兵去了。大约克日可以行动，如期可以到辕听点，直开湖广。标下们既承宪台告指示，回司去还要整饬部众，分派将佐，分头防范播逆蠢动，以免宪台荣行时，播逆乘机扰乱，致误援辽戎机，上烦天子睿虑！不过标下们得分头埋伏震慑才可保无虑。因此标下们或者来不及诣辕恭送宪旌：还望宪台谅宥！"

王士琦满面欢容笑道："宜人想得如此周到，足令下官愧死！我得托庇平安成行，已经是重沐大德，岂敢再劳远送。不过我们从此一别不知何日得见，却是一桩恨事！所以我想这些官场俗例原无关紧要，何况我们统属关系已经算没有了，何必再为俗例所拘？未免太不豁达了！我们既是同心为国，志同道合，更不必拘于形迹，反致生疏。我们就此把一切官样文章扫去，我马齿叨长，绀史就屈您算我兄弟，更屈贞素弟妹叫我一声'大哥！'如果贤弟和弟妹不答应愚兄这句话，就是把愚兄当作不足与有为的俗吏，不把愚兄当人了。"

马千乘见他说得如此真切，便不再客气，当先拜倒，一面目视秦良玉，一面向王士琦道："小弟拜见哥哥，蒙哥哥不弃，小弟不敢不识抬举，就此大胆遵命了！"秦良玉也一同下拜道："承大哥不惜指教，妹子谨参见大哥！谢大哥的厚惠，求大哥的严训！"

王士琦连忙回拜，纵声大笑道："好兄弟，好妹子！哥哥今天再没得话说，只觉得比哥哥十年前金殿传胪时还要高兴十倍！今天太痛快了！哥哥做东，留您俩喝一盅。明早再送您俩回府。辽事不易了，哥哥和您俩在辽东终有相见日，那时再痛饮黄龙吧！"

马千乘、秦良玉连忙说："遵哥的吩咐，伺候哥乐半天。"王士琦便叫随从侍候开设筵席。一时备办齐整。王士琦邀他新得兄弟妹子到内斋共酌。席间商量川事辽事，秦良玉说了不少的随机应变的方法，马千乘也将沿海沿江形势设防痛说个仔细。王士琦方才知道：这一对夫妇不仅是忠勇过人，见识深远，还竟是文武兼资料量天下的大才。真是世间豪杰，名世英雄，不可多得！便竭诚联欢，直饮到更深，方才散坐。大家又商量好，随时两地通信，有事互相照应。真是本是毫无亲情的僚属，忽然成为亲逾手足的骨肉。不但是王士琦喜出望外，畅透心中，就是马绸史、秦贞素夫妻俩，也觉得王士琦是个够朋友、值得深交的。因此十分尽欢，十分坦白，因为彼此乃心关国事，虽是离筵，却无儿女姿态。

秦良玉和马千乘两个回到石柱司，即日点发人马，并叮咛秦民屏务必小心。一面通知忠州指挥使司指挥使秦邦翰帮同招聚人，协伙同运兵，向重庆进发。一面派遣贾万策充本司前领军携带军兵火速赴綦江埋伏，播州兵出，即刻邀拿；左领军覃宏化、右领军杨学礼，分向播州困龙山中埋伏，如播兵出动，立时攻入海龙屯捣其巢穴；后领军胡明臣督兵警护本司各路；又请武大江、文斗、沈云英、马腾云分率各女杰作四路暗护重庆官兵走动；沈云贞和周虬、黑成德、许葵、文干等各领精兵，预备应援各路；潜仲醒和文郁、文都、文哉等帮同守司。诸路限一日内整备完结，应出动的限两日内离司。

这时播州杨应龙正在秣马厉兵，派将调队，预备大杀一场，好占重庆做皇帝。这日正在殿上商量，大家议论出兵路程，分派领将，忽然驸马田驷奔来报道："启禀陛下，大事不好了！"杨应龙大惊道："你又报什么凶信？"田驷道："闻得咱们的密计，全给老王查明白了，竟比咱们自己还明白。"杨应龙诧异道："还有明白过咱们自己的吗？"

田驷道："怎么没有？咱们如今连洞庭湖里从哪里出兵，还不明白，人家却早已知道龙大章出兵先取武昌，这不是比咱们自己还明白吗？"杨应龙道："这就容易查了，这取武昌的事，只有我和娘娘、太子、珠大爷、金花几个人知道，要泄露也只有这几个人，旁人不会明白的。"这话未完，杨珠、杨金花大吵起来，道："咱是什么人？怎能把这事泄露？难道咱还会做奸细吗？"田雌凤连忙拦道："甭瞎吵，主公说过疑心是你们做奸细吗？他又没提到你们，你们干吗不问情由，不想理信，先乱嘈嘈地吵得一团糟呢？你们如果要懂得这件事的始末根由，全得给俺平心静气，下来待俺慢慢地说给你们听，自然你们会全明白了的。要不信俺的言语，尽这么瞎嘈吵，俺就让你们乱嘻去。料你们吵一辈了也吵不明白，吵到死，也只做个糊涂鬼。"杨珠、田驷等听得田雌凤这般一说，早收声敛气，各归原位，竖耳瞪睛地静听去了。

只有杨金花，她虽是田雌凤肚皮里生出来的，却偏不怕田雌凤。还没待田雌凤说完，就掺口叫道："妈！您哪里知道啊，这种话一说出来，真够叫咱气破肚皮的！这准是奸细故意造谣言来离间咱们父子母女的，如果我们中了他的计，那是他再快活也没有了。不中他计时，他还有法子在后头哪！如今咱们不管旁的，只要找出这个人来，瞧谁是奸细就得。要不然，哼！揍！小田儿！事是从你身上起，就得从你身上结！八成儿是你在搞鬼。如若查不出做离间奸细或是搞鬼害人的人时，咳！咳！小田儿！老娘要你脑袋瓜儿使唤，小田儿！小小子，你有胆敢到老娘跟前来耍花花儿，孩子，恶劣！你胆真不小！你瞧老娘马上叫你知道老娘的厉害！"田驷早吓得汗流浃背，冷水满头，只瞪着一双可怜求饶的眼珠儿瞅着杨应龙，似乎是求他保救。无如这杨应龙素来就怕这给自己做出来的公主。她发了真气，连大王也不敢乱动一动。要惹上一惹，母女一齐来，反正杨应龙吃不了兜着走。所以这时杨应龙对田驷是爱莫能助，只装呆，没瞧见，没听得。

好得马上有了个脱身机会。田雌凤这时已向杨应龙道："老头子，你过来，俺告诉你，你这笨货！你这蠢材！"杨应龙只是笑嘻嘻地道："娘娘有什么吩咐？不要嚷呀。"田雌凤先叫身旁伺候的苗妇附耳说了几句，然后再问杨应龙道："你这脓包真是脓包，还做皇帝哪！俺瞧你只好做做黄鼠狼的屁。算个'黄屁'吧。你方才不是说取武昌那句话只有这几个人知道吗？你想这几个人里面，除了你会得做奸细外，谁不是俺的人？谁肯对俺做奸细？只有你会时常在外面摸鸡屁、捣狗屁的，瞒着老娘做奸细做惯了吧咧！你想：那天说话时，不是还有个'麻纳答那'那小蹄子也在一旁

305

吗？……"

杨应龙不待田雌凤说毕，猛然跳将起来道："对！对！是了！是了！一定是了，快把麻纳答那那小蹄子抓来。"田雌凤大声叫道："不要脸，这时急起来了，早为什么不急？待你叫人抓时，那小蹄子早逃到天边地角了。这里给她送讯的人还少吗？怕她不得风声，还要叫人去报风吗？早就派人去抓了，你捣乱些什么？给俺坐下吧，俺瞧见你这笨劲儿就七孔冒火！"杨应龙顿时挫尽了威风，半声儿不敢响，纹丝儿不敢动；自退到座位上，低头坐下。

杨应龙才待问："谁去的"一个"谁"字刚进出口唇，早见那八个一般高身大脑、巨乳凸肚的苗妇鹰拿燕雀、狗围小兔一般，把一个如花似玉的麻纳答那劈头揪着，横拖到墀中，轰隆地一摔，麻纳答那早已满身是血躺在地下，脸如白蜡，闭目不语。那打头的苗妇当先上来向田雌凤道："娘娘！你瞧；这小妮子够多么辣！俺们得了娘娘的言语，到她屋子里说：'娘娘叫你去。'她睬也不睬。再和她说，她就哭了。俺们大伙儿拉她，她就打起来了。也不知她这小巧姐儿怎么那么灵活，八个倒被她打伤了七个。不是俺想着娘娘说过不问死的活的，总给拉来。俺才打了铁丸。又给了她一刀，才揍翻她，扛来了。"田雌凤一面听，一面密笑。杨应龙瞅着地下那女子弄得这般形象，早已心如刀割，却又不敢露出来，只强自抑捺着。那刁钻古怪的田雌凤却偏偏地要打着俏眉媚眼，向杨应龙直瞟，使杨应龙更加汗出不止，脸色转青。

原来这女子名字并不叫作什么"麻纳答那"，这名字是一句苗话，就是说"好玩儿"。她本姓杨，名叫柳。原是重庆人氏，和杨应龙的部将何恩是同乡，且有点儿瓜葛戚谊。早几年头里张时照的侄女儿死后，杨应龙续娶田雌凤养活了杨金花，说是要找几个汉人家的伶俐女孩子，给金花做伴。那时田雌凤羽毛未丰，并不作恶。杨柳正住在何恩家中，父母双亡，无可依靠。张时照见她可怜，便劝何恩，道："不如让她去司里，将来陪伴司主的千金一块儿长大，总有些情分，也可找个好落脚处。"何恩本来家计不好，勉强在播州存身。家里多一口人，自然多些用费。听张时照这般说，想着这话不错，便把杨柳送进司里。也没讨身价，自然就没写身契。杨应龙因他也姓杨，似乎犯了他的姓，便给杨柳换了个名儿，叫作"麻纳答那"。

近年来麻纳答那长大了，虽然被田雌凤打骂惯敲，她却偏得了人缘，除了田雌凤外，没人不和她要好。就是杨金花悍泼异常，待她也很和善。杨应龙见她长得一表人才，而且土司风气，男女都要习武，麻纳答那更是刀弓出众，马炮纯熟。杨应龙便起了个不良之心，想收她做个二房。才向田雌凤露了一点儿口风，田雌凤哪里容得下这个？就马上把麻纳答那关入冷房。

后来是杨金花见她可怜，才和田雌凤说明白。说是"麻纳答那并不喜欢司主，她情愿死也不愿做妾。她说她受了田宜人的恩，不能那么混账"。这几句话把田雌凤吹动了，便叫麻纳答那紧随自己身边，不许离开。麻纳答那却也乖觉，从此和田雌凤寸步不离，而且事事先意承旨，没一件不是做得田雌凤合心合意的。因此田雌凤反成了离不开她。平时留心观察，麻纳答那对杨应龙简直是铁面无私。就是杨应龙有时搭讪着说笑话，差她做事，她总是规规矩矩，冷然凛然的，从没随和笑过一趟。这一来，田雌凤大为放心，简直拿她当个心腹看待。却是杨应龙更加心里痛苦得厉害。在他想："麻纳答那何尝不想嫁咱，做姨太太不舒服，爱做奴婢吗？绝不是的。一定是她怕这雌老虎，又怕咱受气，为顾全咱，她才这样狠心做出的。这人太可怜！……"因此十二分地对麻纳答那轻怜严护。麻纳答那愈不理会，杨应龙愈以为她有深心。

久而久之，被雌老虎瞧出杨应龙的破绽来了，就故意拿话打动说："您年纪也大了，俺也不是少年。不能太费心了！把麻纳答那收了房吧！一来让她伺候您，好省俺许多事；二来俺也好叫她帮俺办些内里的银钱琐屑，到底自家的人放心些。"杨应龙听了这话，真是喜出望外，几乎连心都喜炸了。一时哪有工夫辨真假！只一味地称赞："娘娘真贤德！真能体贴丈夫！天下女子能够像娘娘这般宽宏大量的，委实没二个！娘娘究竟是娘娘，真有做娘娘的命，还得如咱娘娘有做娘娘的量才得。要不然，将来三宫六院七十二妃怎容得下呢？足见娘娘是真有皇娘的福气，所以不同凡人，异样能容……"田雌凤只微笑着。

到了次日，杨应龙刚到屯中校场去练庄苗。田雌凤知道老例要两个时辰才能回来。便叫随身苗婆把麻纳答那诱到后面荒地里打死回报。八个苗婆依言前去，只说："有一件衣裳被风刮到后面树上去了，俺们不能上高，求姑娘做做好事，给拿下来。"麻纳答那平时对这班人是有求必应，从不肯得罪的。当下见八人同求，便毫不迟疑，答道："这值什么？我当是什么大事呢！去！我给你们弄下来。"八个苗妇千恩万谢，把麻纳答那拥簇到后面荒地上来。

麻纳答那转眼向几棵大树上瞅了一巡，并没见哪一棵树上挂着衣服，便道："不好！来迟了，不是给风刮到旁处去了，就是给大鸟儿叼跑了！"那打头的苗妇，接声道："飞了啊！"声未了，就从麻纳答那后面，抄手向她腰间一抱，就地一滚，麻纳答那万不料有这一下，一时疏了防备，兼之七个苗婆又一齐拥上，立刻把麻纳答那按在地下，抢拳就打。十六条棒槌般胳膊，十六只蒺藜般手爪，把麻纳答那打得遍体鳞伤。

那为头的苗妇见打她不死，又见她也不讨饶，也不叫唤，便待拔出腰间尖刀，一刀结果麻纳答那，好去复命讨赏。正将刀拔出，忽听得一声大喝："好狗日的！还不快放手！"苗婆回头一看，却是连娘娘都怯三分不敢多得罪的公主，顿时吓了一跳，连忙垂手禀道："这是奉娘娘钧旨叫办的。"杨金花大怒，右手一伸，道："拿来！"苗妇愕然道："请问公主，要什么东西？奴婢去取去。"杨金花大骂道："放屁！你是这屋里人，难道半点儿规矩不懂吗！不问谁叫你办人，总应有一文火签呀！你说：'娘娘钧旨叫办的，'火签呢？拿不出签，俺可要先办你们一个'虚传钧旨'，要你们狗脑袋使唤！"

这一来，苗妇人愕，原来听话就走，万没料到，有这一招，会恰巧碰了这位恶煞。苗妇们明知这恶煞任谁都不对，只和麻纳答那还说得来。她来遇见了。这事已经不好办。如今再讨火签、这事更僵。如果她竟逼到公主府，不问皂白，就说假传钧旨砍了这八个苗婆脑袋，也没大事，料来她爹妈也不敢惹她，何况本无火签呢！

这伙苗妇有口难分。杨金花见麻纳答那伏在地上喘气，便逼着八个苗妇把她扛到公主府。一面给麻纳答那上药，一面叫人把八苗妇捆绑了，亲自押到飞龙宫来，见了田雌凤，便把苗妇假传钧旨谋害麻纳答那的话全说了。田雌凤陡然一惊愕，连忙把实情悄向女儿说了，并要女儿："把那小蹄子收拾了吧！"杨金花怒道："那不行！她没惹老头子，这不能怪她，这是老头子不好，您要办得办老头子，怎能竟办一个毫不知情的人呢？如今这样，老头子该怎么办，是您的丈夫，俺管不了，俺也不问。麻纳答那原是俺的人，原叫她上俺那里去，俺的人老头子自不好要得。并且料他也不敢要！"田雌凤道："你带着这么一个美人儿似的在身边，你不怕你那田郎馋嘴猫儿偷鱼腥吗？"杨金花双眉尾儿一扬道："哼！小田儿，谅他没这狗胆！俺不像您，俺的汉子背着俺根本不敢歪一歪。一个汉子也管不服帖，还算人吗？您太懦弱了。"田雌凤笑道："好，事就这样办，八个人给咱放回来。过天妈妈再和你谈谈管汉子的径路，瞧咱乖女儿有什么乖招儿，也帮帮老娘。娘不是外人呢，好孩子！"杨金花笑道："只要妈肯学就成，俺不也是学得二婶儿的吗？妈自不留心，所以吃亏多年了。"说着，一路笑出去了。

从此以后，麻纳答那就在杨金花那里住着，帮着料理些事。田驷离家时，陪着杨金花解闷玩儿，倒也安逸。杨金花有时过这宫里来，麻纳答那为免她疑心起见，每每同行，故意不在金花离家时独待着，所以田驷虽是望得流涎，却没处下手。

那一天，杨金花过宫里来议事，麻纳答那照例也跟了过来。杨应龙、田驷是最欢喜她的，田雌凤也并不恨她，杨金花更和她要好。而且大家都以为麻纳答那是在本宫长大的，就如一家人一般，她又无亲少眷，从没人来往，认识的都是宫里人，所以对她是什么都不忌避的。这样一个孤女孩子，年纪又轻，又没经过外事，什么都不懂，本来也就用不着忌避。所以一切商量的话和各处来的消息，全都没瞒她。杨金花有时还特地告诉她，请她帮着记着点儿，免得一时忘了想不起。

这一天，为着田驷来报迅息泄露，田雌凤忽然想到麻纳答那身上，悄悄地叫苗妇去捉她。麻纳答那上过苗妇的当，抵死不肯走。非等公主来，不出公主府。这一趟，苗妇可带了火签，所以公主府的人，不敢拦她，任她把个麻纳答那硬用刀撂翻，掠了过来。

杨金花一见麻纳答那这般模样，顿时勃然大怒，厉声喝骂苗妇："如今事还没问罪不能定，你们狗胆，把人弄成这样，一来如果她死了，她确没犯事，岂不是大冤？二来如果是她，现在弄得不能开口，看看待死，怎能问话呢？"田驷也帮着说道："这位姑娘平时不出宫门，连跳月都不去看的，也没人来瞧过她，这事恐怕她泄露不出去。"这时杨应龙巴不得有人说一声，先前那股臊气早销到东洋大海去了，便道："如今既罪不能定，人已受伤，怎么是好？依俺说，先给把伤医好了再说。"田雌凤见大家众口一词，回头一想："方才是太冒昧了。只为从前对她有点儿咽在肚里，硬想只有她做奸细。如今细想，她从不出门，这奸细怎么做？又没人和她来往，更没一个人是她使唤的，这信怎么出去呢？这个人被咱冤枉弄死了，那才糟呢！……不！她死了，也绝了老头子那一条歪心肠！……不对！她不死这条祸根还是没断，在这近处终日是个害！……只是如今又不能无故弄死她，和她要好的人比和咱要好的多，这事是不能冒昧的！第一，金花这孩子不好惹！她会拼命的？……啊！咱好呆！有了，有了……这计策最好，谁也欢喜的。"

想到这里，田雌凤便开言说道："如今麻纳答那伤势很重，问话是不能问。如果有个三长二短，咱们正要出兵，也不吉利。咱想她是有来历的，如今把她交给送她来的何恩，只说误伤了，给几两银子，给她疗伤。并且就交给何恩看管，待伤好了，还要问话。你们说好不好？"

杨应龙先说"好！"他是想："等这女子出去了，何恩家可以由俺摆布了。"所以说"好"。田驷也是这个想头，跟着说："好！"杨金花也以为田驷不安分，终不是美事，乐得做人情博孝名，便也顺水推舟，说了个"好！"这一来，这事就定了局。田雌凤发了十两银子，叫四个内侍把麻纳答那扛抬着送到宫门东门外何恩家去，交给何恩，照话吩咐。

这件事究竟是怎样一回事？杨柳究竟何如人？消息是谁泄的？掀天揭地风波如何起？待我歇一歇，再来叙说明白。

第三十八回

挥戈离旧主矢同心
连骑沐新恩挥热沮

　　张时照的屋子就在飞龙宫东墙以外。当下杨柳被送到何家，何恩原和张时照是前后进，一个门里住着。非走过张家的穿堂，就不能到何家去。张时照本来是北直沁水人氏，他叔父张铨任辽东巡按，这时正和挂印总兵大刀刘綎一同出关，剿贼征倭。张时照因为不愿依傍门户，自己出来闯世立业。到了四川，他投在播州指挥使衙中做幕客，妻儿妹子来依，指挥做媒，复和杨应龙结了亲，在宣慰司当个领军。平日待人极好，所以部下裨将何恩、宋世臣对他都是血心赤胆、亲如家人，凡是他们有不得过去时，张时照总是竭力设法相助。张时照的妻子章氏，曾经在张铨家中帮助乳养张铨的女儿张岐，闺名叫"凤仪"。自己只有一个大女儿，多年不育，因此一见年少儿女，就分外欣悦。何恩的儿子何采、女儿何如，整天在张家玩耍，不愿回去。

　　这天张章氏率领着何采、何如姊弟俩上屋西竹园走了一巡。何如年纪虽小，才十岁，却是心中明白，知道每日都是这时来穿竹林，是有一件事，只不过是不明白是什么事罢了。何采却是混沌，愣愣无知。章氏时常叫他留心地下，有笋时叫他掘笋，没笋时就要他小心地下有虫。这虫是何采最怕的，时常因此不敢进竹林去，只在外面呆望着，却又舍不得离开章氏，从来没有走开过。有时瞧见章氏拾些东西，问她是什么？章氏老是说："是好吃的东西，回头我弄给你吃。"少时果然有些吃的，或是蔬菜，或是果子，却终不像是拾来的，全都是买得着的东西。小孩子家，只要得吃，也就浑浑噩噩，不去追问了。章氏有时叮嘱他："不要告诉旁人。"他小心眼里当那拾东西是章氏做贼偷东西，一想这是说不得的，果真不敢

311

说，连对自己的爸妈都没露过一丝儿。

这时已是将近饭时，忽然外面叩门声急。章氏一听这响声急到这样，绝不是这屋子里人。便叫何采道："乖孩子，你去问明白找谁的再开门。"何采忙奔出来，一面大叫："找谁呀？"外面答了一句："何家！"便又连叩不止，大喊："快！快！……快开门！"何采听得是何家，便连忙拨闩开门。章氏也就站在房门帘后，眼望门口。

只见门开处，一拥而进，许多人扛着一张竹床，竹床上似乎躺着人，章氏当是张时照跌伤，或是与人相打受了伤，急得洒了一襟热泪。正待亲身出去，何如一把拉住，仰着头道："不是说到俺家的吗？"章氏一想果然不错，正摩着何如叫："乖乖！"这时，那伙人早已抬着竹床直往后进去了。何采因为是自家的事，也跟着进去，只见一个大汉向他妈说了几句话，交了一封书信般的一件东西，便把那躺在竹床上的人蒙头盖着的被头掀开一角，叫她妈瞧他便也过去一看，陡然吃了一惊，不觉脱口叫道："原来是她呀！"那大汉忙回头问道："你知她是谁呀？"何采心中只想着："这是那竹林中常看见在墙头上的那个女子啊！"又记着："张妈妈叫不要说的……"经大汉一问，立时没了主意，脸上通红。他妈忙着抢着答道："爷千万不要见气，孩子们瞎闹，他瞧错了，当是他前天去瞧过的那个生病的三姐呢！"何采心中忽然一机灵忙接问道："妈！这不是三姐吗？"他妈笑喝道："傻孩子！三姐病得那样，扛到干甚？这是你少时见过的姨姨啊！"那大汉也不言语；便告辞带领从人一同走出。何采忙送到门口，掩上门回身进来。见章氏拉着何如慌慌张张三步并两脚，一路踉踉跄跄，奔到后面去了，便也急忙奔回家来。

何采正在莫名其妙时，忽见他妈和章氏都哭得泪流满面，却又哭得不敢出声，只是啜泣哽咽，更加莫名其妙。何成氏一见儿子进来，顿时忍住泪，咬牙跺脚地骂道："小猪狗！你不会闭了你那上屎窟？要你嚷神嚷鬼，嚷些什么？嚷掉你那狗脑袋，你才不嚷哪！"何采愈加愣愣怔怔的。章氏急道："你真是疯了！有得教训儿子的，早到哪里去了！这是什么时候，正事不干，倒教训起小孩来了！天哪！到底怎样弄的，快商量呀！"

何成氏才待说："她现在不能说话怎会知道咧？……"刚说得一半，杨柳突然将被头一掀，一骨碌翻身坐起，倒把屋子里大小四人一齐吓了一大跳。杨柳说道："咱家伤不十分重，不会要命，只骨头拉坏了。咱家早知道必有这一天，早就预备好了！咱家这后腰里有个小包裹，里面有一把小刀，一包药面儿。大嫂你给咱家掏出来。咱家手不能动弹呢！再请你弄一盏开水，咱家喝了药再给你说。祸事大着呢！最好是叫孩子快去找了大哥和张四哥，马上回来，千万不要多话才好！"章氏忙说："我方才想着要喝开茶，正热了一壶开水，忙着忙着，还没离火呢！我去提了来。"说着，便飞也似去了。成氏便叫何采："快到营里去。要不就在茶棚里找你爸爸和张伯伯马上回来；在那里可不许多张嘴！再要乱嚷，我先打死你，免得给人家打死！"何采咕嘟着嘴去了。

成氏见杨柳已经挣扎着，翻了身，便伸手向她后腰去摸，却尽摸不着什么。杨柳连说："上点儿……再下点儿……再朝前点儿。"成氏爽性抄向前面一摸，才知道是藏在那所在。成氏暗自好笑："……大家都是没亵子的，你早直说，我不是早打前面下手，摸着了吗？偏要二小子吃拉面一绕那么大弯子，闹什么'后腰'？到底小姑娘儿孩子气！"

成氏解开小包，里面一个叠着的油纸小包儿，一个小圆卷儿还没指头儿般大，一般也用油纸裹着。正待要解那小圆卷儿，杨柳忙欸她回头道："嘘！嘘！"成氏忙回头，杨柳瞪眼朝她道："那是毒药刀，破皮就得死的。"成氏吓了一跳，连忙递给杨柳，再拾起小包儿，解开来瞧，里面是小小的十粒白丸药，滴溜溜的煞是好看。

恰见章氏提了一壶开水来，杨柳更挣扎着半坐起来，要成氏撮了一粒药撂在她口里，章氏忙取盏儿，注了一盏开水递给杨柳喝了下去，杨柳把头摇一摇，身子向后躺下，哼了两声，停了约莫半盏茶时，就竹床上连滚两滚，便霍地跳起来，站在当地，向章氏、成氏道："好了！咱家好了！"成氏谅道："什么药这么灵？"杨柳道："这就是那杨贼差人冒石柱司的名，到云南屈家办来的白药。这白药就是硬了脑袋，只要没冷透，总可以合好。咱家觑便弄了一点和成十粒丸药，连那把刀也是见血封喉三喘亡身的宝刀，是咱家哄杨金花那臭蹄子哄来的。预备着一个不对，好自找出路，免得受零碎罪。这两件东西，咱家藏了有两年了，一刻没离过身！"成氏、章氏听了都摇头赞叹："这真亏您！除了您，谁也办不到！"

正说着，忽听得何采在外面喊："妈！张伯伯来了！宋伯伯定要同来。咱爸爸没找着。"成氏待着答言，杨柳早叫："全请进来吧！"何采跟着张时照、宋世臣一同进来，杨柳起身相见，何采心中异常纳闷："为什么宋伯伯是不曾请他的，为什么也一般地招接进来呢？却说我不该嚷。她们这不是连宋伯伯也不瞒吗？"

杨柳先向张时照道："这时不知何大哥到哪里去了。事情急得很！最好是大家马上会齐才好。"宋世臣抢答道："听说本州都司陈天宠调升偏桥卫指挥，今日动身，何大哥去道喜送行去了。这时也许就回来的。"张时照问道："大妹，你怎么能这般好好轻轻地脱了身呢？"杨柳微笑了一笑，将当胸衣服一撩，道："你瞧：'好好轻轻'的吗？只怕是'恶恶重重'的吧。"张时照陡然见她胸前乳旁黄黄的皮肤上红一块，青一块，紫一块，大惊道："您怎么受许多伤，还似没事儿一样呢？憋了伤要吐血伤身不是玩儿的。您躺下，我代您弄一弄。"杨柳道："咱家喝过白药了，你甭忙了。事情急，咱们谈正经的吧！"张时照、宋世臣知道事情不小，忙把住心神凝神静听。连成氏、章氏、何采、何如都各怀各的心事，一齐谛听。

杨柳叹了一口气道："唉！事不三思，终须后悔。咱家真是聪明半世，懵懂一时。今日那几个苗婆，就是咱家前回信上对您说的那几个蛮妇，又汹汹地来了。咱家不合心慌，一想，以为一定有人瞧见咱家丢信过这边了。想着事败了，反正一死，倒也不怕。便想把苗婆打死两个出气再自己图个了当，免得受辱丢人。刚一起手，哪知苗婆这一趟来，是已经知道咱家的本领的。早带了套索挠钩，四个人埋伏在外头。咱家哪知道屋门外会埋伏着索钩呢！一动手苗婆就逃，咱家追出去。一脚踏出门，就给索子套住，挠钩拉倒。这伙狗男女，哪里拿咱家当人打？咱家不言语，那些狗男女怕咱家死，才扛了去见那女贼。咱家先还当是泄露了，所以老给他个不开口。不料只是那女贼一点儿疑心。因为小田儿探信探得说是这儿的事。官兵知道的比小田儿还详细，疑心有奸细。金花儿发怒说是冤了他，女贼才拉出咱家来的。猜那女贼的意思，是那厮瞎了眼，当咱家会跟那杨贼做妾呢，那厮真不识人！不知咱家能宰贼不能嫁贼！后来金花儿给女贼一抬杠，咱家知道是没泄露，就放心了。果然杨贼和金花儿俩一闹，女贼怕咱家再在里头那厮不放心，所以把咱家送来了。这事不能说已经完事了，那女贼很伶俐，一想回头来，可就不好！

"还有一桩，有点儿讨厌，方才送咱家来的，是女贼的内侍，兔儿爷李仲威。本是杨贼的男妾，又是田驷的男妾，他的女儿是本州客娟，听说他家五代当龟，自这李仲威的老子和他的儿子，连他三代都做男婊子。你

说这种人还算是好畜生吗？他方才进来，何大嫂的令郎——采儿，不应该瞧见咱家的惊喊了一句'原来是她呀！'这么一来，那厮留意了，回去要一说，这里小孩也认识咱家，那不是糟吗？咱家自进那牢已经十二年，也有八年没回家了。采儿今年十二岁，就说他认咱家也可以的。偏偏何大嫂慌说一个什么'三姊'，那厮一定更疑心，也许祸事就从这里起。如今你们几位，动定如何？如果有险咱们能不能硬出去？还须早为商量方好！"

张时照答道："既是事到这一步，说不得了。硬出也可以，软出也可以。我早就预备好了。只看是怎样走得好？"成氏羼问道："什么叫作硬出软出？"宋世臣笑道："嫂子真老实！软出是悄悄地走，硬出是大闹一场，明地打走。"章氏便道："咱们这些年也实在憋得够了，闹他一场也好。只怕敌他们不过。"杨柳道："闹一场倒不是为出气。因为硬出去到官府那里说得嘴响些。软出去，说不定要给人瞧不起的。"张时照道："那么，一定要硬出去吧。我们这些部下，都能共生死同患难的。"杨柳道："咱家问的就是这一句。只要部下能有把握，凭咱家一个也把女贼娘儿俩敌下来，况且咱们只要走，又不要占他的狗屯。"宋世臣道："硬出的好，这些家口，要是软出，一个失招，反为不美。"

当下计议已定，事不宜迟，当夜就行动。张、宋二人便各自去整备。杨柳问成氏、章氏："马上怎么样？孩子能骑马吗？"章氏答道："我们来了这许多年，也差不多变成苗人了，马上马下倒不在乎。要说这俩孩子，采儿虽知道些拳棒，还不如他妹子呢。我瞧他老子教他俩，如儿倒不大费事，采儿还常给妹子打翻呢！"杨柳道："既是这般，就请快收拾细软。嫂子，这是逃命，愈轻愈好，千万不要舍不下，带多了，可连累自己性命。"成、章二人便自去拾掇。

约莫过了两个时辰，天已黄昏，成氏胡乱弄些饭吃了。宋世臣已到，说："事已经商量定了，弟兄们都恨极了！说是：'当苗兵一月还捞不上五钱银子，拼命却年年有份。'大家都愿走。只是咱们如今上哪里去呢？"杨柳道："你们平常和谁接头的？怎么这时忽然问起这话来？"宋世臣道："咱们平常是和本地都司陈天宠接头的。如今他升了偏桥卫指挥，何大哥不是去送行的吗？我问这话，是有个道理的。因为石柱司是这里的对头，若去投奔，一定收的。若到偏桥卫，路是远些，而且陈天宠的兵力很单。石柱司是杨贼最怕的，所以咱们不妨商量个去处。"杨柳说："这话不错，咱们在那狗屯也时时听得说起石柱厉害。还说有个新娶的女将，随身有三十几员女侠，几千女儿兵，咱们投去倒也不错。"

正说着猛然有人叩门，章氏一问，知是何恩。忙开门时，张时照也一同回来了。何恩一进门，便说："事情我全知道了，咱们就动手，快到偏桥卫去吧。"宋世臣将石柱司的话说出去。何恩道："就是到了偏桥卫，如须再到石柱司，要陈爷给咱写个荐信，不是好得多吗？如今冒冒失失跑去，听说马千乘也很精明的，他那妻室更加厉害，弄出事来，反为不美。陈天宠升指挥，就是仗着我们送信的功劳，上司才提拔他的。咱们对他有功劳，相待总不同一点儿。况且咱为送信失事的，要他荐咱到石柱，他也不能不答应，终比自己奔去投靠好些。"大家都说"好"，便各自拾掇起来。一会儿，宋世臣的妻室也领了儿子来。何恩便领了一干人趁天黑动身到营里去。

这时，营里来了几个兵丁，把要紧东西驮上，领一众人就漆黑的路上，迤逦西行。行了约莫半个时辰，才到了营中，大家紧扎系好各取了刀枪弓箭趁手的家伙，备好马匹，准备更深时动手。不料才打过二更二点，忽然外面有个兵来报道："东角上火起，咱去救不去？"杨柳听了，心中一动，叫张四哥，快分班派人去打听去！张时照心中明白，连忙叫分四班去，限二刻回信。当值兵丁连忙奔去，还没到二刻，早有人回来报说："是屯里人在烧爷们的屋子。"杨柳大叫："不好！快预备，马上就来到了。"张时照也说："谢天谢地！那厮们太不行！两路人不同时派。弟兄们列队，快抢东屯门！"

这东屯门便在这营侧面，一出队便把这门从八个苗兵手中夺了下来。杨柳首先上马，拾起一柄三尖两刃刀，跃马当先，冲出营门直到城门口，大叫："弟兄们快走！让咱家断后！"宋世臣便统着兵丁拥着家眷、粮草、驮口等项，一拥出城。何恩随后督队，策马催喝："快走！"张时照陪着杨柳把住屯门。直待兵丁们走完了，杨柳才向张时照微微一笑，说声："连累四哥了！"将刀一横，银光摩空一闪，这条久困雌龙，从此归了大海。

张时照见她那般英武，心中暗自欣羡。一面抱枪回拱，说："是愚兄带累贤妹了！"一面心中却想："怨不得杨贼不肯放过她，孩子真爱人。再经几年历练，怕不又是一个石柱秦夫人呢！"一面转勒马头随后出城，紧跟着杨柳后面，一勒丝缰撒开四只马蹄。泼啦啦，一同赶上大队。沿途见那杨柳精神抖擞，气宇轩昂，一搦腰儿，在马上直如笔管，更是赞羡不已。心想："究竟没脱北方女儿种性。我是老了没用了！这孩子前程未可限量！这地方素有女官，将来怕不手抿众兵呢！"从此张时照竟拿杨柳当个有作为的英雄看待。

行了一程，远远听得后面声响杂乱。张时照督着后队，入耳最清，心中有些惶急起来，便骤马上前跑上杨柳道："大妹，您是最有急计的人，我瞧今夜不容易脱却这虎口，可有什么计策对付一下吗？咱这几个人要是对付田驷还不打紧。如果后面来的是女贼母女两个，却是有点儿扎手！"杨柳略一沉吟道："咱朝前走，那厮们随后猛追，就是过了今夜，到天明后大家疲倦了，更不是对手。"张时照道："着呀！就为的这个呀！"杨柳道："如今有个救急的计较，瞧前面可有什么山坳树林，咱把前队撤到里面埋伏着，后队仍照原路朝前走。那厮们一定不疑心，待他追逼近林坳时，咱前面走的回头，后面埋伏的冲出，给他个前后夹攻，打他个四面不透。"张时照大喜道："妙极了！不给他个辣辣的下马威，那厮们终不肯回去的。"

说毕话，张时照一马已冲进前队，将杨柳的计策向何恩、宋世臣说了。何、宋二人一齐大喜道："我们正愁着没法打发追兵，这计策好极了。趁兵丁们精神还好，管保得一全胜！"张时照只嘱咐"小心着"，便策马仍回后队。

又行了约莫六七里，见前面黑压压一座乌森森的参天大树林子。何恩向宋世臣低声说了两句。宋世臣便立即下令向右首拐弯，转入林中。何恩立马路旁见本队都已进林，便喝令后队仍朝前进。这时张时照已赶到后队队头，亲自率队，仍向前行，步伍次序一丝不乱。

这时，后面的火把灯球已经望见，如星辰闪烁。张时照一意率队急行。约莫离大林有一里来路，随时向后张望，见那星星火把一时不见了，没多会儿工夫，又见闪闪地随在后面。张时照便勒马向队尾跑来，想要和杨柳商量。

才跑到队腰，劈面闯见杨柳飞骑突到，叫道："四哥！还不回队吗？林里要失救应了！"张时照答道："我正来关照您呢！"说着便喝令带兵的必苏们，各率本部反奔突杀过去。顿时一声喊起，一齐回头，照着来时熟路，掉转身来，飞步快跑。约莫跑到半里，乍听得暴雷似的一阵吆喝。知道林中伏兵已经动手，士气大振，呐一声喊，只朝火星多处突杀过去。

这时陡然瞧见那大团火星忽然散得粉碎。杨柳知道伏兵已突入敌阵，忙紧一紧手中三尖两刃四窍八环刀，骤动坐下青鬃乌骓马，狂吼一声，抢刀伏身突入敌阵。但见她刀锋荡处，喊声乱起，耍开刀来四面一扫，但见灯落头滚，纷纷倒地。张时照随后冲进，见杨柳这般勇猛，简直不像个初上大阵的女子，差不多久战沙场的大将，也没那般威勇。转眼间瞥见对面杨云龙挺枪督队，弹压兵卒，不许乱窜。自己拍马横穿，直杀过来。张时照知道杨云龙是杨氏兄弟中最厉害的一个，便催马亲去迎敌。

不料，杨柳见杨云龙从她身旁斜冲过，便掉转身躯，反抢两刀，向背后一绕，横劈过去。杨云龙刚冲过来，后面火把灯球照耀着，对面看不甚清，杨柳却是暗处瞅明处，瞅得逼真。所以刀锋到杨云龙肩头时，他才觉着，大叫一声"不好！"想要横枪招架时，已来不及了。一合也没斗得，就被杨柳反背一刀连肩到腰斜劈两段。

张时照在旁瞧见大叫"好刀！"接着便喊："贼首已除，快扫余众！"何恩、宋世臣在人丛中听得，精神陡振，顿时并力合杀，播州苗兵都带着灯火，映着眼先吃亏。被张时照部下一阵大杀，三停折了两停。余众都四散逃奔。一千人马来追，霎时间被扫了个干净。

张时照等大家会合，查点部下，除死了四十余人，轻伤百余人外，都还是精神奋发的劲卒，便勉励了一番，裹好创伤的人，派没伤的人扶持着，又到林子中把安顿的家眷接出林外，才安稳登程。一口气奔出播州境。择险地扎营，更替歇息，造饭饱餐，精力恢复才径奔偏桥卫来。

陈天宠早接着张时照遣来先行报讯的文书。心想："这许多人来，如何容纳？"却因为自己得升指挥，是受了张时照告密的功劳，一时不便变脸。只得差一员千总吩咐了言语，命他带些酒肉，迎出十里，算是犒军。张时照领军来到。那员千总迎上前说道："敝卫贫瘠，不克厚犒义师！敝指挥薄具酒浆，聊以表意。"说罢，送上五坛酒，五口猪。张时照愣了一愣，回头一想，只得收下，回帖道谢。杨柳目视张时照道："四哥！咱就烦这位将爷回禀陈爷容咱借屯两天，咱再向石柱司开拔吧！"那员千总只当没听见，又向张时照说道："敝指挥命末将上复张爷，敝卫已经预备公馆安顿各府宝眷。只是贵部来自土司，仓促开进敝卫，恐居民错疑，惊惶起来，反为盛名之累。想请张爷就在屯外扎营，不知张爷能见谅敝指挥苦衷吗?"杨柳向张时照急使眼色。张时照愤然说道:"敝部素来蠢野,不懂交情!自然不敢惊扰贵卫。我现在就此扎营。不过,请你上复贵上:张时照并不是穷蹙来投。只请念从前交谊,发些粮草,我马上要去石柱司了。"那千总见言语厉害,不敢再说,诺诺连声,告辞去了。

一会儿,陈天宠亲自前来,千赔不是,万赔不是,说了无数求谅求情话,硬要拉张时照入卫去赴筵。张时照竭力推辞。陈天宠万分无奈,只得说敝衙很宽阔,老哥去石柱,程途遥远,宝眷随军不便,不如且留敝衙,小弟谨当竭诚供应。俟老哥在石柱得意时,小弟亲自护送宝眷前来团聚。张时照和何恩、宋世臣商量,二人正因家小累赘,军中不便,想着:"陈天宠听得我们要去石柱,就吓得这样。我们如今真往石柱去,谅他不敢薄待。"便答应了。成氏、章氏也因受不惯这军中辛苦,两日一夜已经是万苦千辛了,便都答应。杨柳也想:"没有家眷可以快走,两天就到石柱了。回头来接也还不迟。"便听凭张时照,允许了陈天宠同送家眷入卫屯住。陈天宠听得张时照要往石柱,想着:"他们播州石柱都是土司,一定有瓜葛。将来他在石柱得意起来,可不是玩的。得罪石柱,我这小小官儿只好缴销。"所以倒转来十分巴结。房屋、用具拾掇得十分齐整。并送来三个月的食用。又叫地方,推说是援辽士兵过境,征发了二百石粮,三百石草,送给张时照。张时照一般申谢告辞。驻军一日才开拔往石柱司去。

张时照因为受了陈天宠一次挡驾,心中想着:"陈天宠受过我的好处尚且如此,石柱司和我一无交情,我不过是他的对头家里反出来的一支兵,我们孤军奔去,他来一个不理,也是意中事。那时兵是到了,听得说不收,是知道没路可走了,不要闹成兵变吗?不但自己性命不保,那还是小事,若变兵骚扰石柱,一来害了无仇无怨的石柱人民;二来死了我们还要留一个变兵害人的声名。那真是遗臭万年虽够不上,遗臭千里是不差的了。"便把这意思向杨柳说了。

杨柳说:"依咱家想,秦良玉是名闻几省、风动天下的女英雄,断乎不是陈天宠能够相比的。而且有两事可以放心:一件是她出嫁以前,千辛万苦,单身远行,我们志同道合的女豪杰,居然能招致三十余人同回,这些人不见得个个能和她一般吧?这就可见她不是不容人的。再说她夫妻是以川楚间独一的英雄,有兵有财,倭事正急,圣旨责土司援辽征倭,他们夫妇偏不去干功,情愿被旁人疑他畏难怕远,是为什么呢?自然是怕杨应龙乘机夺他根本，不能不自己留守。他既这样防杨贼，咱从杨贼那里反出来的，正是他的好朋友、好助手，哪有不收之理？所以咱要径奔石柱，就是这缘故。"

张时照道："虽如此说，我究竟不敢十分脱力，因为这进退间所关太大！"

杨柳道："这最容易了！咱现在不必差人报讯，就是咱家和四哥俩，先亲自去一趟，不就可以先明白情形，早作调度吗。"张时照大喜道："这话半点儿不错！咱就走。"当下把商量的细情，向何恩、宋世臣一一说了。便突马向前，先奔石柱司去。

轻身快马，两人并行，为着赶路，携带干粮，飞也似马不停蹄地急急赶去。沿途住了两夜，已经将近到石柱司界，二人便打马疾行。才到翠微峰上，猛然见对面五骑马，马上一色的蓝巾蓝衣，挂刀佩剑的四个少年，并辔连镖，如飞地跑来。两面看看相近，那来马异常之快，几乎要相碰着，但见那马上的人，一齐款狼腰，将缰一抖，霍嘟嘟剑环响处，四骑马一齐嘘气摆头霍地分开，闪到两旁对立着，另一马却迎面站住，梅花似的，刀截般齐齐立着。杨柳见了，暗服："这般骑马才算是惯家！"

正沉吟间，那迎面立马的一人在马上欠身拱手道："请问二位，可是由播州来的？"张时照一时摸不着头脑，嗫嚅着答不出话来。杨柳早高声答道："咱是夜闹播州，反邪归正，特来贵境奉候请教的！请问各位，可是石柱贵司的领军大将？"那迎面立马的人听了，立即翻身离了雕鞍，低头长揖道："冒犯虎威，万乞海涵！末将是石柱宣抚司后帐军将来猎，率帐前校尉刁戎、巴伐、田戍、土成奉敝司两司主钧令，前来奉迎。"四校尉也随着下马。杨柳连忙据鞍待要下坐骑，来猎早命四校尉揽住，说道："敝司主盼望已久，就请同行。因为恐防境内巡查不曾知道，得罪大驾，所以先差末将来迎，还请不要多延搁。"张时照这时喜出望外，满心只佩服杨柳卓见，秦良玉伟奇！杨柳略和来猎通了姓名，谦逊几句，便请她上马，一同前行。

走了不多远，忽见许多人，押着许多驮担停在路旁休息。一见来猎，便有一个凸额突睛顶盔贯甲的人立起身来。来猎不知向她说了几句什么。那人应了一声，向张、杨二人供手招呼过，便催动驮担起身赶行。张时照想："这许就是她说的巡查。要不是有来接的，可有得麻烦了。"正想着，忽听得来猎告诉杨柳:"这是敝司出差的后帐领军武大江,是内司最要好的姊妹。"张时照听了,好后悔:"我也不过一个领军,还受人家道旁拱手的重礼!真愧死人了!以后要小心才好!"

行了一程,又来了四骑马。走到相近,来猎先招呼,两面停骑,四人齐向张时照、杨柳施礼。张时照再不敢托大,连忙一般打拱。来猎给引见才知是内帐护军大将龙启、虎定、倪道、符中,彼此相见过。龙启向来猎道:"内帐传话叫你先回报讯。"来猎便告辞,带着校尉,先上马去了。这里符中等便招接着杨柳、张时照随后启行。

将到驿亭,忽见驿中走出一行人,为头三个,各持军器:一个全红衣服,一个银白装裹,一个淡墨全身,都生得长眉圆脸,修体方颅,一般形象。后面随着几百个兵丁,扬着石柱大旗。符中等一见,便互道辛苦。那穿红的问道:"就回来了?快呀?"符中笑答道:"快回去吧!这还少得了你吗?"那红衣的嘴一撇道:"你得乐儿,咱给你站班呢!这不该你抖吗!咱偏不回去,不高兴接你。"倪道笑着譍言道:"咱不稀罕,不怕你强上天去!"说着一齐大笑着,分头走了。龙启告诉杨柳:"这是巡查队。她们姊妹三个,都是开封的,红衣的叫一捻红文申,银白衣的叫一颗珠文平,淡墨衣的叫一朵云文斗,都是护军,小的最调皮,谁也闹不过她。内司主还护着她闹,她整天儿尖嘴薄舌的,您见着她得小心呢!"杨柳笑应着,心想:"闻得秦良玉收得开封女侠,多么厉害,难道都是这般粉嫩的女孩子吗?要都像那个武大江,才吓人呢!可见她部下是无奇不有。这一去,不留心是不容易出色。只瞧她这番布置和对咱的排场,只怕这位内司主就是个极不易伺候的呢。"张时照这时已是心无他虑,痛快异常,只一心催马前行,恨不得一时就到,安置了部下好放心。

符中、虎定邀杨柳、张时照到驿亭里歇着。早有管驿上来参见过,请示备饭。没多时就送来了,虽然不是大席,也有十多样菜,都很精致。张时照等是饿了,而且本来是来投,也就甭客气了,放怀吃了个饱。问虎定道:"还有多远?"虎定道:"走这边近得很,再走十里就望见司治了。若打忠州来,得走一整天呢!后帐沈领军奉派到忠州接您。后来忠州指挥——内司主的哥哥,得讯说你们到了偏桥卫,所以才差我们上这路接的。外司主说:'这批人马到偏桥卫,那里地小,民穷,指挥又是个胆小量窄的,准不能站住,一定要转上这儿来的。'听以差我们来了。"

众人饭后盥漱毕，便整肃衣裳，立即上马。出驿就遇着凌云、凌雪、凌霭、凌霞、凌霄、凌霡姊妹六人来接。张时照是二十分感激。一行人急急到了石柱司治时，遥望见旌幡纷飘，蠹旄罗列，却没有一个带兵器的，只有近卫人等带剑随扈。张时照一眼瞧见马千乘和秦良玉并马立于门旗之下，后面全是将佐，只有持旗兵，并无丝毫防备，便感激得肝胆沥沥，虽立时膏血涂地，也甘心情愿。立刻翻身落马，低首前趋，急急到相离十数步处，便匍匐跪拜道："叛番逆部已革播州宣慰司领军、罪人张时照叩谒司主、内司主！"说着，一连叩了三个头，早有校尉奉命上前挽扶起来。

　　杨柳见了这情形，回首一想在海龙屯中杨氏相待情形，再一瞅当前情景，觉得："这般拿咱家当人，还能不算咱家生平第一知己吗？人不为知己死，便是猪狗！咱杨柳今日得着死所了！……"想着，不由自主便落鞍下马，抢在张时照前面，扑翻身拜倒在地，想要说几句剖心滴血的言语，不知怎样，平常伶牙俐齿，这时竟热泪盈眶，心中酸楚，一字也不能说出，卒致伏地大哭，不能起身。

第三十九回

血洒杜鹃红全家灭
声同孤鹤唳巨魁歼

秦良玉亲自下骑挽起杨柳，携手步行，一同进衙。许多将卒都一齐下骑，同入司治。到了客座分宾主坐下。张时照便起身禀道："启司主！末将部下还屯扎在司治境外，如今蒙司主不弃，俯赐收录，有杨家义妹在此奉报一切，比末将详细。末将想暂时告辞，回头去通知敝部，开拔入境，恭候司主发落。"马千乘答道："张将军放心，我早派了后帐领军武大江率护军金仁、金代、金攸、金作，押解犒军酒肉、银两和衣服、旌旗迎到界外犒师导路，去了已大半天了。"张时照心中一惊，暗想："他们做事好爽快呀！怪不得那个武大江押着许多驮担，在路上待着，原来是等讯，不是歇息。所以一见我来了，就如飞地去了！……他们做事这般迅速，正合着'兵贵神速'的道理，怪不得全川无敌，名动九重了！"

一会儿，大堂设宴入座。马千乘问张时照："家眷可曾偕来？有多少人口？请大略见告，好叫人拾掇屋子。"杨柳不待张时照回答，便将三家家眷寄屯在偏桥卫，还待差人去接的话说了。秦良玉听了愕然，转一念："不要惊了他们……"便说："偏桥卫新任指挥陈天宠为人极其鄙吝，宝眷寄在他那里一定不得安宁，我马上派人接去。"马千乘心中明白，知道秦良玉不是为她们住不安宁，是为着偏桥卫离海龙屯太近了，这般深恨方新之时，又斩了个杨云龙，海龙屯岂有不报仇之理？张时照不南走忠州，杨家难道不知是到偏桥卫去？杨应龙羽毛已丰，即此攻偏桥卫起事也未可知。这几众家口是很险的。贞素不说穿，是怕他们着急，我就成全了这事吧。想罢便向胡明臣道："胡领军，事不宜迟，你快统二百名白杆兵，快马连夜到偏桥卫，拿我名帖，把三位府上人众全数接来。"

323

张时照连忙站起道："不敢惊动胡将军，末将一人去走一趟就行了。"杨柳也道："稍许耽搁一两天，还没要紧。"秦良玉瞅着杨柳笑道："大妹子，您是著名的智囊，这时候，怎还说这话呀？"杨柳一听这话，深如顶门霹雳，猛然醒悟，连忙闪身向秦良玉下拜道："夫人是天神，咱真是草莽微末，身受泰山般大恩，毫不知重！今后唯有死心塌地，永随马后，或许得蒙教训，稍启愚蒙！"秦良玉笑着还礼，连说："言重言重！您总算极聪明的！"

张时照这时直着眼愕望着杨柳，莫名其妙。杨柳回头向他说道："张四哥！咱该死，失算了！如今不必客气，且不是客气的时候了！你去已经无济于事了！还是劳胡将军吧！不过这时恐怕已是不及平安接来了，还是咱家同去一趟吧，免得胡将军乱杂中认不出人来。"张时照惊道："难道陈天宠那厮能巴结杨贼，把咱家口送进屯去吗？那可糟透了！"杨柳跺脚道："唉！四哥！您怎么那么老实？两位司主早费一片苦心了，您还半点儿没明白。您只想偏桥卫离海龙屯有多远，咱们出屯是朝哪方走的？您就会明白的！糟了！糟了！该死！该死！咱家就一点儿没想到！真是蠢材！"

张时照猛然想过来，顿时满背冷汗，神志一昏，也顾不得许多，离座位扑通跪倒，流泪道："末将该死！求司主……"马千乘起身出位一把拉住说："不必过急！时还不晚！胡领军快走！"胡明臣答一声："得令！"立刻打拱告辞，出外去了。杨柳起身向秦良玉禀说要同去。秦良玉想了一想，道："我派一个人陪您去！三妹，你辛苦一趟，陪这位大妹去吧！"马腾云接应一声，闪身便进内去了。秦良玉忙对杨柳："请同舍三妹一同去改装。"又叫巴伐："传令外厢队伍，待令再走。"巴伐应声转身去了。

一时，马腾云同杨柳一同出来，马腾云是金盔金甲，黄袍黄兜，长剑雕弓，手拎五指双钩金抓。杨柳换了一身点翠衣甲，绿罗袍，碧玉剑、翡翠弓，手提闪光三尖两刃刀。马腾云在前笑道："这位大妹手劲倒不错！能穿我的衣，却用不惯我的家伙。专爱上大嫂子这口刀，说使惯了这个啦！"秦良玉笑道："我一共有四口，一口送了文家小妹妹了，这一口就送大妹吧！"杨柳连忙道谢。马腾云道："不要耽搁了，外面等着呢！咱就动身吧。"说着便向众人告辞。马千乘、秦良玉等一齐送去。

从人牵过两匹马来，杨柳一瞧，已不是自己的牲口了，待要问，马千乘先说："您两位的两牲口乏了，这是我弄着没用的，蹄口很好，大妹将就用着吧！"杨柳道："受惠太多，不敢口头泛谢，回来再给司主磕头！"说着，打了一拱，又和张时照说了几句话，跃身上马，抖辔就行。秦良玉瞅着她那蛇一般的腰，镜一般的胸，回头向马千乘低声说道："老鸦巢里出凤凰，海龙屯里会走出一个这般的人来！"马千乘也低笑道："就为着老鸦巢里载不住，才飞到你这凤凰巢里来的！"一路说笑着，回到厅上才大家各散。

次日，午牌时分，何恩、宋世臣率队来到。张时照帮同料理。见本部军兵一律换了石柱司新军旗号衣服，杨学礼正在点名，发给白杆镖枪。张时照问何恩，才知除旗衣军器外，每名一斤酒，二斤肉，一两银子，按名发放过，换清了旗装，才开入境。还幸得武大江，带队先答，行过许多号令，要不然，早给巡查队打出境了。张时照这才知道石柱司另有规模，非播州司可比。且深为侥幸，要是昨日冒昧入境，还不知要闹出什么事来。

次日黄昏时候，马千乘方在校场回来，张时照、贾万策随后同行，回到书房更衣。马千乘说："胡明臣这时还没回来。大概是没出事，所以行得缓些。"张时照道："家口最累人，要不是为着带家口走得慢，怎会寄屯在偏桥卫呢？"贾万策道："偏桥卫到此，路也不近，或许有些耽搁，就再到得迟了，照说今日总应该回来的。"

正说着，校卫刁戎来报说："胡将军、三姑姑同这位杨柳姑娘全回来了。"马千乘问："还有什么人回来？"刁戎道："另外还有两位奶奶、小孩，此外，就是去的弟兄们，有二三十个受了伤的。"此时，马千乘也不再问，便和贾万策出外堂来。张时照也随着出来。

只见胡明臣、马腾云都是战袍溅血，盔缨散乱，走上堂来。杨柳随在后面，甲上尽是红斑，战袍挽在肘间，一同进来。马千乘连忙迎着道："辛苦。"三人一同行过礼，又和贾万策、张时照相见毕，大家坐下。马千乘才动问："去偏桥卫的情形怎样了？"

马腾云道："让我来说吧，我都在场，比你们清楚些。我们这一去，杨大妹在路上便料着，一定不得善开交。果然不出她所料。我们兵离偏桥卫十二里，到了会仙桥，就遇着那位陈指挥老爷。原来，他的泛地已被海龙兵占了。他见了杨大妹满面羞惭，连忙赔罪。胡将军大怒，喝骂了一顿，给了他两鞭子，叫他不要阻拦。他比儿子还乖，连忙把他的残兵败卒收拾在一旁，让我们过去。

"我们知道是非厮杀不可了。便叫军士们都拾掇好,加快前冲,并差人打前头哨探。没多时,将到偏桥卫,哨探说卫内乱喊乱闹,像是在抢。我想,他们一定不会料到我们这支兵来的。他们散了队来抢,正好我们去杀个痛快。便分抄偏桥卫两头,一齐攻进去。我和杨大妹一同走东头进去。海龙兵进卫并没关卫门,被我们猛不防夺了门,就从这杀起。杀到指挥衙,忽然有个小孩子叫唤。杨柳大妹一寻,原来门外草堆上露着个孩子脑袋,忙把她弄出来,却是何大哥的孩子。这孩子真伶俐!她能知道她妈在那屋里面,求我们去救她妈。

　　"我们一冲进去,那狗贼田驷,正高坐堂皇的,把宋护军的妻室捉住,剥了衣裤,弄条长蛇塞进肚里去,再使火烧那蛇尾。杨大妹气极了,跑过去,一刀直劈!可惜呀!歪那么一点儿,只劈了这贼一条臂肉和袍甲划下来。那贼没了命地滚倒爬逃。杨大妹把两旁十来个人扫光了。我也砍了那捉长蛇拿火的几个。一查点,宋家一家人——老奶奶、他妹子和他妻室儿女全死了!听说还给掳了一个姑奶奶和一个丫鬟去。何家嫂、张家嫂都绑在一旁,何采被杀了,只在草里救得何如。张家嫂嫂受了伤,她妹子撞阶死了。

　　"我们把杨大妹拉出来,正遇着胡领军,他斩了田家两个,据认得的说是田雌凤的兄弟和侄子。杨大妹这时气透了脑门,专寻人砍。咱的兄弟们也不肯留情,杀了一个痛快!才护着活的,收拾了死的,见都有了下落,那厮们除死全逃了,便回头来。

　　"天明时走到会仙桥,陈天宠本扎在那里的,这时却不见了,连伤兵也不见一个。我一问当地百姓,说:'四更头里杨应龙亲到这里,把陈指挥捉住了。向洪头高坪一带进兵了。'我想去追,杨大妹说:'他活该!如果留下咱这支人马,哪会全军覆灭,身为俘虏!他自作自受,不要理他!'咱们带着人半追了一程,没追着,便转弯回来了。"

　　马千乘道:"陈天宠虽不是东西,究竟是朝廷命官,咱们对公事上,可以救他,总要救他。因为不是为救他,是为给朝廷留脸面。既赶过一程,没赶上,也就罢了。那何家小孩呢?在哪里呀?这孩子临难不忘母,又智得全身,将来一定是个了不起的人物!"马腾云笑道:"没甚了不起,也和我一样,不过吃饭穿衣而已,也是个女孩子呢!"马千乘笑道:"是女孩子更了不起,你不瞧你们后帐这几十位,我就没一位敢惹的。谁不是目无天下、心无男子的女豪杰？这孩子将来一定是你们的一个好接脚的。"马腾云也笑道："大哥！亏你是个司主，自己说得那么可怜！真把我们冤透了！你说从嫂子和我，往疏里数，直到潜龙、伏虎谁不对你恭恭敬敬的！你就说得我们后帐那样惹不得。"马千乘哈哈笑道："我不说你们凶蛮无礼，是说你们的本领难惹啊！不要瞎说呢！瞧那孩子去。"马腾云道："孩子在大嫂那里。大嫂听说杨应龙又闹起来了，正要请你去商量出兵呢！贾大哥咱一道去。"马千乘便劝张时照："令妹节烈已足千古，不必悲伤！快去拾掇。我来请朱兵备给这几位殉身的请旌立坊。"张时照千恩万谢，含泪作辞自去。

马千乘到了后堂，见许多人正和秦良玉一同在劝张章氏、何成氏，马千乘忽然想起，便叫人向胡、贾、杨、覃四领军说，托他四个劝解宋世臣、何恩、张时照，并助理葬事，不必计较省费。吩咐毕，才进后堂来，向秦良玉说出兵之事。

秦良玉笑道："待爷想着，已经半天了。我早就着来狩带了四校尉，并撤一百女兵帮着料理，还发了一千两银子去了。"马千乘拍手道："好！我说我没你想得周到！有你管着，我也就不必绍想了。"秦良玉点头笑道："全交给我，你只吃饭享福，做幌子好不好？"马千乘道："马细史还不致如此。何、张两位夫人哪里去了？还有一位小姑娘呢？"秦良玉道："我们正在说得热闹，你一跑来，她们全躲了。"马千乘道："我素不拘俗礼，请出来相见，大家都是弟兄交情，不必太生疏了。"秦良玉便叫女兵去请。

一时何成氏、张章氏二人领着个小女孩出来。那孩子不待她妈指唤，就趋到马千乘跟前，安详跪下，端然拜了四拜，口称："何如叩见！"半点儿不慌忙，喜得马千乘将她一把抱起来。这时成氏、章氏正要磕头道谢，秦良玉早知道，两手一拦，二人再别想跪下去，只得拜了两拜。

马千乘抱着孩子，拱了拱手答礼，便大家落座，先问何如："听说你躲在草堆里呀？你怎么出来的？说给我听了。"何如道："他们进来抓人，我睡在床上，知道不好，就朝床后滚下去，躲在马桶后头。那些兵也掀帘子瞅过，见了马桶吐唾沫，走了。"说得众人大笑起来。

马千乘又问道："你怎么到草堆里去的呢？"何如道："我待那些兵没有了，他们打开墙头抄东西，没找得，却打穿了洞，我乘没人就爬出来。瞧瞧没地躲，想着哥哥妈妈，也要逃出来的，就躲在门口草堆里等着。有许多时候，我不敢响。后来听到外头乱喊，我打草缝里一张，瞧见前天同走的那个姑姑来了，我才喊的。"秦良玉问道："你怎么喊的呢？"何如道："我不知要怎样喊，琢磨着叫'大姑姑救我妈呀！'"众人听了齐赞："好伶俐的孩子！"

马千乘将孩子递给秦良玉道："这孩子要交给你教，将来准是你的一个好门生。"马腾云笑道："大哥这么喜欢这孩子，就收了她做个女儿吧！"马千乘摇头道："人家孩子恁聪明，怎好抢人家的。"成氏忙道："只是不敢当！她老子还是爷的子侄呢，只好给爷做孙孙了！"秦良玉道："大嫂，您不要这么说，咱司里丢了公事，全是兄弟姊妹，不似海龙屯胡闹，什么君呀臣的。"

马腾云道："得哪！做义女，又不是抢了不还她家，怕什么？我也好早得了侄女儿。要不再快也得明年，大嫂才能给我养活侄儿呢！"秦良玉笑道："好个大姑娘，什么全知道，什么全会嚷出来！"马腾云笑道："我是粗人，不和你斗口，待我来硬做证人，让你明年照样养活这么一个给我瞧。"说着，便把何如抱过来，给马千乘夫妇磕头。那孩子也真乖，不待人招呼，就插烛也似的拜了八拜，还叫了两声："爸！妈！"惹得众人哄堂大笑。

秦良玉向马千乘道："杨逆这厮又干起来了！这事咱们不能不管呀！"马千乘道："你还不知道呢？不必我们去，他自会送上门来领死！据报这趟他们动手是兵分两路，一路杨应龙自己领生苗兵十几万，从洪头高坪，侵入湖广，大掠贵州。这一路李总督已经布了强兵，但只恐怕不是生苗的对手。不过，如今我们也不能去援应。因为杨贼另一支兵，就是单对我们来的。田雌凤亲自送田驷、杨金花来夺咱石柱。外面说是田驷是马千驷，要来袭位，实在是阻我们出兵援李总督。我想把兵调出境外，如今应了王士琦大哥那句话了，我和你要分将才行。我引一支兵，断塞川东大道，不许他危及成都根本之地，你出一支兵，出境布阵，遇有海龙兵就打。如他不来，就保境，但是那厮没有不来的道理。你瞧这策划如何？"

秦良玉道："这倒是一个算无遗策的办法。我想还有两项要商量定的：一是李总督那里得去文申报，说明白我们的办法，免得苗兵占重庆出湖广时，说我们坐视不救；二是咱俩虽是各统一支，出兵分行。但是打败了，不必说回司死守，身殉地方。如果打胜了，难免不追奔逐北。我们两支人马不能不照应，必得商量几个会师的地方才能不断信息，也可以有个回头的地方，大家好并力赴之，互有救应。这地方依我看，西是成都根本之地，南是播州贼巢，北是重庆，贼人必占之地。我们无论对哪一路行，总免不了要向这三个地方进兵。"

马千乘道："这话极对！事不宜迟，大概贼人也快来了。咱们就此派兵吧。我想我去这条路上，用不着多兵，即使有不敷用时，还可以向司里来调。如今就把这外面巡营和新营本司士兵，分作八队，我带着贾、胡、覃、杨四位做本军，再派张时照、秦永成、何恩、宋世臣做领军，由张兄兼先锋。这不是有了八位领军，三十二位护军，三万二千兵卒，尽可够用了。这里再留下来狩暂代中军，外面事托周、黑、潜、文四位帮着点儿，就不着急了。"潜仲醒道："俺陪您去走一趟。"马千乘道："如果我调救兵时再烦老叔和黑大叔文二叔来救应。因为您三位前辈，都是曾统大军，久经戎伍的。我做小辈的，吃了败仗，再烦请扳本。如今晚辈走了，全请姊姊妹妹，留在司里，没几位长辈镇着也不行。而且还有公事，还要拜托代理，不能不多请屈住。"秦良玉笑道："你走你的吧！不要瞧不起姊姊妹妹。待你不济时，叫姊姊妹妹来帮忙，那才打嘴呢！"

文都道："既然体谅我们这些不中用的老朽，让我吃安静饭，我们也就乐得倚老卖老，得过且过……"大家哄然大笑起来。文都忙双手齐拍道："不要闹，不要吵！我话没完呢！……我们虽然没用，几个孩子和周老师手下那位总管成城，都还能跑几趟牲口，耍几路子杆儿，何必也憋在屋子里，使这么贵的粮食白养活着，整天伸大腿，呼吹鼾，不是糟了米粮吗？缁史您何妨把他们带去，让他们走动走动，也好消消食，免得滞了，要生病的！"众人又哄然大笑起来。文都仍然急摇双手道："怎么这样爱笑，我话还多着呢！缁史，您不是商量出兵吗？"马千乘点头道："是的。"文都道："据您说，一个领军每人领着四个护军、四千子弟，一声开差，各自带队走了。我的缁史先生，您就剩下一个单人独马的大元帅，孤零零地跟在后头溜而达之，算个什么呢？"众人听了，一想那"孤零零的大元帅"的情景，又是一阵狂笑。文都急道："今天好得不是上厅议事，要不然给你们这一笑，真是要笑得连大帐都要塌下来了。缁史，咱们议正经，您还是另选五百白杆儿，叫咱家两孩子和许葵、成城跟您做护卫去。到了大阵仗，也好遣本帐战将出马厮杀。要不然，除了各军就剩个光杆元帅撂

329

在大帐里，空落落，冷清清，不成了个'山西太子进圣庙——好空好冷呀'！"学着山西话一说，又把众人引了一个满堂彩的哄笑。

马千乘笑着说道："我算给文大叔挖苦得够受了。我原来本想要带二百名亲随交秦永祥、秦永敬哥儿俩，带着做本标中军。如今就烦文大哥、许三哥做本标正副中军，文二哥和成总管、秦氏弟兄一同统带。再多拨三千人充本标。这可就不再是孤零零了。"秦良玉道："四校尉你也带去吧！这里使不着他们。"马千乘应承了。

当下商量已定，便清查粮口册，总计下来，比上半年已加了五万熟练劲卒、八万石谷米，且已全数奢碓完毕，心中暗自佩服沈家姊妹和马腾云真能办事，便将人马按数调派。沈云贞和马腾云二人拿着箕斗册子，带领承值人等到校场集队点拨。因为马千乘出兵走的是大路，沿途都是流地，须多带汉兵，免得途中和百姓难和洽。便将由忠州随来的甲兵和三千甲马，都拨在中军，并调周庄劲勇充亲军。拨无常庄赃银和赃物变价的一半六十四万两，用作战阵保司和集军备粮、买马制服、修城挖壕、造甲制械一切用项，用余存备后用。凡有该用之处，尽量拨发，并分头发文给兵备和总督部院各处。

铺排已毕，回报内外二司主。马千乘请秦良玉批发银马，秦良玉笑道："您是领命宣抚司，您不批倒叫我来批？"马千乘道："这不是司款，更不是库帑，只许算是您的私财，我怎好批发呢？"秦良玉道："您错了！这是赃款，本应发还被害人的。我平常不为私事动用，是为着这银子只能用在百姓身上，才算是对的，并不是我的钱不肯批发。如今平叛逆正是保民卫国的事，正该用这银子的时候。我既已交库，万事有主，我怎能不懂道理，乱夺您的权呢？这例一开，岂不成了无主的野番？依我说，现在就把预备援辽征倭的一切衣甲马匹、粮草饷银和军器旗幡，扫数发出。再把这银子填补上，赶急整备，这才是移缓急两无损伤的办法，也就和使这银子平叛是一样的。这么转一转，您说好不好？"马千乘道："好极了！这么说，我只好就批发了！"便写了两张帖子，一张开发所有仓库储积济军，一张提存银两照数制备，填还仓库，交给沈云贞照办。

收拾才毕，探报连连赶到，报说："杨应龙亲统七军，洗劫洪头高坪，窜入湖广，尽掳那里财粮女子，连劫四十八屯。分兵掠取重庆，并且直入贵州，连长沙、岳州、武昌、荆襄都动摇起来。"接着又报说："洞庭湖匪

330

镇湖龙龙大章，结合扬子江水盗水獭李七、绿毛龟苗九思，纠集荆襄水灾渔户饥荒难民十余万，一支已攻入襄阳，一支已经占领岳阳，直取湘阴。"又报说："朝廷得播逆变讯，大为震怒，已调挂印总兵大刀刘綖来川督剿。"秦良玉叹道："刘大刀来，播逆不难平定，只是'杀鸡焉用牛刀'？小小播寇，何必调保疆大帅万里赴援？一旦倭急还向川中征调，怎又调征倭元帅来川呢？奸佞当朝，唯图快私意，想使刘元帅得罪，便把天下一切重担都交给他，哪有不坏事中奸计之理？"想着便立刻起身，写了一封密信，给马千乘看过。马千乘赞不绝口，连忙一同署上姓名，画押盖上图章。立刻叫来狩："火速赴辽阳，一封送秦舅爷亲拆；一封送呈王士琦王大人密启，并即要讨回书，克期回信。照你的快步，二十六天等你回音。"来狩应声接了书信，取了盘费，带着他刻不离身的火铳立时动身去了。

马千乘正在换衣甲，门外兵卒已经列队掌号，竖旗摇鼓，只待出军。忽见中军统左统带秦永敬手持一封插着鹅毛的文书飞步进来。马千乘一眼瞧见，是羽书到来，吃了一惊。暗想："刘大刀万里西行还没到，要是羽书调我东行，那就两军半途对碰，两处防地同虚。那才是东西难顾，两败俱伤呢！"只见秦永敬三步并作两步，疾走过来，将羽书双手捧递道："启司主：有总督四川等处总督部院李为军务事公文一件，请司主过目发付。"

马千乘拆开一看，是一件文书、一块火牌，牌面上写着：

> 为军务事：仰石柱司随同参将周国柱、监军重庆府推官高折枝等，由南川一路进兵，协剿播贼杨应龙。火速无得违误！须至牌者。

那公文上写着：

> 四川总督部院李，为军务事：据石柱宣抚司马千乘申称："奉调士兵三千赴重庆城西扎营。乞念本司兵力，不足当一面之寄，再请调二三千，随分一路前驱捣巢。"由详批：据申不但忠勇过人，亦且机宜谙练！土司中得一马千乘，足可当胜兵数万！本部院深为嘉许！仰将该司健兵再整三千，听令调发！此缴！

马千乘向秦良玉笑道："他还不知咱俩调动七万人马呢！要是实报了，他准要吓一跳。幸而是李总督，还不过是不信有那么多而已；若遇着个混账的总督，他还要说咱们几万的练兵，是想学杨应龙呢！他们也不想想杨应龙出兵二十万，区区两个三千兵，怎能剿伐？遂去信申详，不过是兵太多，这么来一下，好掩饰一点儿，他竟大力嘉奖，足见旁人多是怕杨贼。咱们尽管支展了！"秦良玉道："而今这伙土司养尊处优，享惯了福，谁愿打仗？咱们等打还要加兵，他不喜得乱捧，还该怎样？反正咱们不要他粮草。我不是前天已经用'护印'字发文辞粮了吗？您瞅他还要喜欢得没口子捧咱呢！"

正说着，外面秦永祥又进来报说："四川总督部堂又有来文了。"秦良玉笑向马千乘道："您瞅，一定是我前天和您商量'护印'字样发的申详的回文来了。"马千乘也笑着点头。一会儿文书送到，拆开，夫妇同阅时，果然是——

    四川总督部院李，为缴赏辞粮等事。据石柱宣抚司申称：本司护印正妻秦氏将兵备赏银二千两缴道，并请前后已调未调各士兵所有支给粮饷一概报效外，报效将弁五十员。不烦给俸，由详批，仰川东道先动帑银六两，打造银牌一面，上镌"女中丈夫"四字，给发石柱司正妻秦氏具领，以示旌异。待有功之日将其夫妻并荐于朝，另有恩异。缴。

随即送进一方银牌。马千乘收下，交给秦良玉道："事情已急，我再不走，人家要疑我和各司一样了。这复文申谢，以及司内一切事都请您费神照料。'护印'二字已经见明文，自然请您代印，便宜行事。我原本不放心交旁人，本就非您不可！一切事，我也说不了许多，反正您心比我细，记性比我强。瞧着办就得，不必我赘说了。"说毕，紧一紧甲带，便朝外走。秦良玉亲送到仪门，见马千乘入了队伍，将卒打参，放炮启行，夫妇二人才同时扬手，齐叫一声："得胜！"几万大兵就在秦良玉眼中肃静无哗地开出司去。

秦良玉回司来，马上就传鼓，聚集后帐诸将。诸人听得是聚将，都明白是要出兵了，都披袍束甲，顶盔佩剑，上后帐听令。秦良玉浑身戎装，案列符令印剑，巍然堂皇高坐。沈云贞、沈云英、武大江、马腾云为首，率同诸将，打参分列，肃静谛听。

鼓号宣毕，秦良玉道："女儿兵，连新招已得三千五百名，今调原营旧卒七百为中军亲兵。另拨三百名劲壮，派交诸将充亲随近卫。余二千五百名分拨前、后、左、右、中五军，由主将亲自统率。此外调白杆兵二万五千，中军留五千，余分四军。另有未调军卒八千，新练本司女儿兵二千，着令护庄听调。军政司照办！"二沈、马、武四人齐声答应。

秦良玉又道："马腾云充先锋，领前军，白超、黑烈、周兹、倪道为前军领军，各统女儿兵一百，白杆兵一千；沈云贞充左翼，领左军，符中、文斗、文申、文平为左领军，各统女儿兵一百，白杆兵一千；沈云英为右翼，领右军，凌霜、凌云、金仁、金攸为领军，各统女儿兵一百，白杆兵一千；武大江为后卫，领后军，方瑛、方玦、史瑯、史环为领军，各领女儿兵一百，白杆兵一千；来猎为中军官，领中军，龙启、潜龙、虎定、伏虎为领军，各领女儿兵一百，白杆兵一千；凌霞、凌霄、凌露、凌需为督粮使，押运粮草，护粮兵由守卒中轮调一千；丁枚、丁枝、于垂、于乘为亲军护卫；金代、金作留守练女兵；杨柳为副中军官，随中军行走；其余未调人员，都随周、黑、文、潜诸前辈守司！"诸将得令，各自去整备。

次日清晨，秦良玉统兵出司，到边境驻扎。司内日常事由文都会同留守诸人处理。紧要公文送行营阅发。大兵出动，探马早四散走动。军营方才定，已到了几拨报说播兵已出和沿途劫杀奸掳情形的探马。

黄昏时，副中军官杨柳上帐禀道："张领军有密禀。来人开说：'已经禀过司主。因司主须赶到重庆界，在马上不便耽搁，嘱令张领军具禀。'所以送来。又因为来人是随来的海龙降卒，新归伍不久，不识中军厅，所以来寻末将代呈。"说着，便将书呈上。秦良玉一面拆书，一面想着杨柳说话，真爽脆周到。随即阅过来书，便顺手递给杨柳道："您瞧瞧！从前总是沈二姐和我大家计较，但是她的决断虽好，却嫌迟些。瞧您处事异常干脆，就请您断一断这件事吧。"杨柳连称："司主过奖，末将怎好比沈领军？"一面瞧那信时，却是有个海龙小必苏，现充宫门侍卫的，曾经受过张时照和张夫人的好处。如今探得一桩秘事，又加上得罪了杨应龙，所以乘随军出战时，逃来投降。据报说："杨应龙已得四十八屯，十五州府。

只要打败石柱，就要登基为帝，大封功臣。田雌凤恐她女婿田驷得不着好地方，所以要先打石柱。如今已差田驷冒用'马千驷'假姓名，和杨金花一同进兵打石柱。田雌凤自己督队。孙时泰、杨化龙、呼延雄、伍安、伍伯厚和田雌凤族侄女田稽、田罗、田骓三人，并十八个苗酋，起八万男兵，二万女卒，打着石柱旗号，仿造石柱衣甲，一般用白杆，沿途混充石柱兵，乘人不备，就洗劫掳奸。"因为事关本司，所以飞报。杨柳瞧过，见秦良玉瞅定自己，似乎立等回答，便径自说道："末将愚昧，别无良策，照这事看起来，目前只有三个办法最要紧：一是本军自己约定一个月的口号，通知司主，本军相遇，口号对不准的就当贼打，而且口号只许将领和大旗知道，以免泄露；二是飞文上报，并四面通知，免得本军遭无谓之诬谤，且免官兵百姓误认吃苦；三是乘他才出，咱先抄袭奇兵，待他一出巢穴，就前挡后抄，两旁突截，打他个死包围，瓮中捉鳖。兵法常说'围必留途，穷寇勿追'，那是对久出的战兵说的。如今那厮是来袭攻，咱以袭对袭，反袭攻他，自然应该围得愈紧密，愈不透漏愈妙。兵法不能死读，才能歼敌全军。末将低见如上，不知主帅以为有一两句对的吗？"

秦良玉大喜道："和我的意思如出一辙，半点儿不讹！您真是敏捷练达，绝顶聪明！这一战功，我就要奉请您做参谋了。"杨柳笑道："小智何足以当大雅一哂！司主不要折杀末将了。"秦良玉道："本司前帐是恭请周老师暂做参谋，却未便正名。我却不喜欢这不实在的办法，所以虚位已久。如果此战成功，即以相烦。我志已决，不必客气。这都是为公，也不必私谢。"杨柳只得说："末将遵命效力！"

当下便传命："前军绕石桥西、羽金卫，向播州境截杀播州出境兵，不许放一卒回头；左翼埋伏东桥，右翼由忠州界进，待播州兵出的讯报到，便一齐来攻；中军、后军兼程前进。"

走了两日，到了播州境，相离五十里的走龙坝，探马二次报过，播州兵还未出。第三次报到，播州兵已出。秦良玉忙命后军散开，前军闪出。并由亲军派人出小队向前面搜查，遇有人时，不问敌探良民，概不许放走。如漏一人即斩统兵将弁。

不多时，果然闻得播州兵出境，一色石柱杆装，只是白杆是扛着的。秦良玉便将约定临时换用的口号"报国"二字传下去，立即整队向前。才行得五里，已见迎面旌旗。秦良玉自顾杨柳道："相烦实践前言，领来猎一军前去，我随后即到。"

　　来猎、杨柳同声接应："得令！"便率本部风驰前进。秦良玉统亲军紧随前进。没行多远，就听得前面飞骑回报。高声叫道："启主帅，杨金花授首，首级解到！"

第四十回

奋三军会二帅破贼
荡七寨斩十苗成功

　　杨柳率领着中军，和来猎并马前驱。伏虎、龙启押住左翼；潜龙、虎定督率右翼，直向走龙坝冲进。行了不到几里，斜望那西角上旌旗招展，从树影中络绎闪过。来猎向杨柳道："那厮朝前去了，咱恰好截着。"杨柳道："咱绕过这林子，抄到他中腰，给他个冷不防，冲他个粉碎！"来猎便催军快步疾进。霎时间绕过一座绿树林，已看见前面"石柱司"旗纛翩翻。来猎心中又恼又恨，想着要不是早得着讯，不吃这厮诳了吗？心中一怒，两腿向马腰用力一磕，那马脑袋一低，泼啦啦风一般蹿去。杨柳恐来猎孤身受险，忙挥大军跟踪赶上。

　　这六骑兵也不顾步卒赶不上，大喊一声，直冲入敌阵。这时假石柱军方才出队不久，心志正高，绝没防到这一招。来猎等从后面杀入，更出其不意。他们知道掉转头来时，背上早已不是扎了窟窿，就是着了一刀。转眼间，被这六骑将连斩二百多人，冲进半里来路，直入队心。一伙苗兵早倒得盖满两旁地面。杨柳、来猎并马直冲，杀进大队，才劈面撞着播州猛将，虎字营领军张彤和杨应龙的堂侄杨朝柱，二马齐到。杨朝柱一见杨柳，大喜道："原来是你回来了，快跟俺回去！"杨柳大怒，骂道："咱家先送你回去！"语声中，三尖刀霍地闪起，欵地盖下，早把杨朝柱脑袋砍瓜似的削去一半。张彤大叫："好反贼！竟敢杀主！"杨柳喝道："你才卖身投主，咱家只识天是主家！"掉转刀来要劈时，忽听右侧嗖的一声，弓弦响处，一支白羽白钢箭正射入张彤左眼。张彤究是猛将，洒了满脸的血，反强支住，大叫"好箭！"但是，究竟把不住，勒转马头伏鞍飞驰，落荒而走。

杨柳闪眼看时，却是前军已经从中间硬杀到左翼，放箭的是白超，因远见张彤掏暗器，恐杨柳中计，来不及赶到，便放了一箭。后来张彤助奢崇明造反，终因瞎了一只眼，才被擒获。这时，中军诸军见前军已到，知道不会失救应，便散队踹营，分头向敌军中冲杀。杨柳正在猛对中间突攻，想寻田驷报仇，不意当面遇着杨金花。杨金花一眼瞅见杨柳，便叫道："好！你得了好处了，可还记得俺吗？"杨柳心中一惨，手中迟了一迟，心中正在为难。"回马有纵寇之罪，擒她未免难为情。"方在尴尬间，突然左右两方，两马齐到，大喝一声，杨金花正在注望杨柳，不曾留心，一个勇迈千军的伪公主，顿时被剁刺在地，洒血溅草，露肝涂地。从兵喊一声，四散逃走。杨柳忙冲一步，才瞧见是前军的黑烈，左军的文斗，三刀戈和盘云镶一齐挥到，一个剁了杨金花的脑袋，一个刺穿了杨金花的肚皮。这个曾经助父大劫千里杀人十万的苗女，就此收场结局。当下黑烈的随护女儿兵抢得了首级，黑烈叫送给文总管，文斗大笑道："剁了就得，谁指望靠这滥货狗头得功！送给司主去吧，也知这女贼没了，好攻播州去。"杨柳也说："咱都不想做官，谁送去都是一般，只要主帅知道就是了。黑总管，就烦您吧！"黑烈应声杀出阵外，差人报捷。说是："杨柳截住杨金花，文总管和黑总管同斩的。"这就是上回书中秦良玉接着捷报的由来。

　　秦良玉当下接得捷报，便统兵径行，迎头攻击。这边田驷不知妻子已死，还在分兵四面抵敌。大杀之下混战到下午。播州兵见石柱兵遇着，口里叫一声，便大家不动手。播州兵虽衣裳号器与石柱兵一般，却不会叫这一声，而且一交兵，白杆儿耍得不对，便被石柱兵杀砍，因此死的不少。有许多精明的，便效着石柱兵的口音也学着叫那么一声，倒有逃得性命的。那军师孙时泰，也学了这法子，看看要全军尽灭了，急忙弄了一身兵卒衣，便那么一路叫一声，果然有灵，穿过了好几场战场，一喝一答，便放他过去了。他心中分外得意，以为不愧是军师，究竟比旁人聪明。将近逃出重围，他原是熟路，想着走龙坝一定有兵堵住了，便绕向右边，想进树林歇息一会儿。刚一转弯，迎面遇着一骑马，马上一员黄衣金甲，手持七曲枭蟒矛，浑身浑甲都镂着凸花金蟒纹。孙时泰仍装着得胜模样，手挺白杆，挺胸前行，见那将身后黄罗盔军旗上有个大"周"字，心中记着，仍径直行去。那来将就是石柱后帐前军总管周兹。见孙时泰军卒衣服，却

337

雄赳赳一人独行，心想："这是哪一军的士卒？竟能单身从阵里出来，胆量不小，待俺问明白，好提拔提拔他……"便横矛一拦，先喝了口号。孙时泰如法炮制，周兹素来豪爽，大致不错，便也信了。却因要问他营号，不肯放过，正待开言，孙时泰先打参道："标下给周领军请安，标下要归队去求领军放行！"周兹一想："不对！本军士卒怎么能称俺'领军'？难道连后帐没领军，只有'军将''总管'都不知道吗？事有可疑！"便喝问道："你是哪一部？什么字号？要归哪一旗去？"孙时泰大慌，乱答道："标下是王领军帐前亲卒，要回队去。"周兹知道不对，便回头要叫女儿兵拿人，孙时泰也觉着不好，转身就向林子里跑。周兹大怒，便不再叫部下，亲自纵马急追。

孙时泰才跑近林边，突然林子里冲出一骑马来，一员大将，将三尖两刃刀一横，跃马突来哈哈笑道："冤家路窄，你今日也自己送到咱家手里来了！"孙时泰猛一抬头，大吃一惊！原来来将正是杨柳。待要回头，周兹已到。杨柳挥刀一削，一面向周兹道："周总管，快叫捆人！这是贼军师孙时泰。"周兹一瞧，孙时泰的膀子已砍开，倒在地下白躺着。又见杨柳是单身，才明白她叫"捆人"，是见自己带了随护。便喝命赶来女儿兵将孙时泰缚了，才向杨柳道："这厮活解吧。"杨柳道："多承赶这厮过来，咱家自当过禀明司主，还请派几个贵部代咱家扛去才好。"周兹便拨五十女儿兵，扛了孙时泰随杨柳动身。

到走龙坝见着秦良玉，将事禀明，并说："是周总管察破的。"秦良玉笑道："这厮也装得像，周兹能察破，总算比以前精明多了。"又问："情形如何？能剿净吗？"杨柳道："后军已经整备，向海龙屯进攻了。"秦良玉道："这去有九花苗酋连扎九寨，颇不易破，后军独进恐怕吃亏，咱快去吧！"便和杨柳督率亲兵，亲自向播州路上进兵。

路上遇着中军来猎正在林边整队，便招呼同走，一径向跃龙潭冲进，刚上大路，忽见前面有一军打着石柱旗号，风驰电掣而来。杨柳道："许是海龙屯的救兵到了。"秦良玉道："不是！您瞧这支兵由西而来的，若从海龙屯来，应从西向东呀！只是旗号确像本司，这支兵是哪里来的呢？难道是留守兵怕我们力薄，派了援兵来了吗？"便派白超、倪道亲自查访。

不多时，倪道飞马来道："司主！马主帅到了！"秦良玉诧异道："他这时来干什么？"白超随后赶来道："主帅奉总督钧旨，来追截播逆的。"

338

秦良玉便催军转道会师。没多远便相遇着马千乘,大声笑道:"恭喜!得胜了!"秦良玉笑答道:"这是石柱的威风。"马千乘道:"我奉钧旨轻骑来袭海龙屯,如今既已会师,有请助我一臂。"秦良玉笑道:"标下敬听指挥!"马千乘愕然道:"你怎么这么说?"秦良玉即接说道:"你怎么这么说?"马千乘回头一想,哈哈大笑。

当下秦良玉将印取出交给马千乘。马千乘道:"何必如此急?"秦良玉道:"凡事不能越理。你来了,没有我再掌印的道理。"马千乘便接过印来,暂收在怀中。命四校尉分头传令:"各军直赴跃龙,限申牌都到!"自己便和秦良玉催军前行。

到了跃龙寨,见前面营帐顶上高竖一方大旗,上有"征东大将军播州侯吴"字样,马千乘便道:"这厮狂极了!"秦良玉道:"是吴尚华吗?待我去擒他!"马千乘摇头道:"你和他交手不值得,那厮是武昌泼皮,嘴里不干不净的,你何必去听那些混话?不过那厮也是杨逆身旁猛将之一,扰重庆就是他干的。虽智不及张彤,却勇过杨珠,不易对付,还是我去吧。"秦良玉点头道:"你我不是一样吗?难道我还和你抢杀贼不成!"马千乘道:"那么,我就端营去,不让那厮布阵,好快一点儿了消。"

说着,便带着亲军飞马而去。秦良玉随后跟进,并派丁枚、丁枝向前相机截贼。马千乘跃马过去,挥动手中钢矛,挑杀两名守路苗兵,帐中方才惊觉。

原来这时吴尚华正在接着掳来的民女,狂饮纵欲。外面一声高报:"马千乘端营!"吴尚华才一挺身,离了众女子,来不及取衣甲,只着了一条裤子,便提刀奔出。抓着一马,也不问是不是自己坐骑,翻身跳上马背,拉缰就走。

刚冲出营,劈面遇着马千乘,待要举刀,长矛已到顶上。吴尚华连忙低头避过,回矛又从肋下扎来。吴尚华大叫:"好矛儿!"两腿一夹,那马负痛,霍地一跳,蹿出外面空处。马千乘暗自赞他这腿力。急一闪身回旋将来,向着吴尚华猛然一矛,吴尚华横刀一摆,铿唧一声火星乱冒。后面校尉呐一声喊,待要上前,马千乘目视止住。吴尚华乘此罅隙,抡刀横劈,恨不得把马千乘一刀剁为两段。不料刀才抡出,马千乘一个镫里藏身,闪过刀锋,就着这一俯身的势子,左手单臂挺矛,猛向吴尚华腹脐扎去。吴尚华上身赤膊,哪受得了这铁矛代那民女回敬!一个不留心,哧的一声，肚中热血往外直冒。吴尚华兀自挣扎着，双手抡刀，泰山劈顶似的，欻地朝马千乘额门直砍下来。马千乘万不料他矛已进腹，能来这一手，几乎遭他毒手，同归于尽。当下刀起处，马千乘知道不好，急将两腿将坐马猛夹，那马负痛一横，移到一边，那刀才落了空。同时因为马一移，带动马千乘手中矛，那矛还没拔出，经这一带，猛然一搅，突地从吴尚华肚中脱出，矛尖把肠肚也给拉了出来。吴尚华才闷雷也似的狂吼一声，倒下马身，扑地身死。马千乘收转钢矛，招降苗众。苗兵见这素称万夫不挡的主将，到人家手里，没两合便扎了个肝胆涂地，自然不敢别扭，二千兵一齐跪下，发誓投诚。马千乘命校尉带向后面，收了军器，交运粮总管押回司去。

秦良玉赶到，吴尚华躺在地下，赤膊全红，便道："恭喜得胜了!"马千乘笑道："您真厉害! 一句话也不肯受。"秦良玉笑道："我有什么厉害，赶了许多路，一个小兵也不曾宰得，哪似做主帅的人? 出马就把个素称'赛张飞'给弄成了红人呢!"

校尉报道："前面本司后帐后军军将武大江差人报说：'前面是山峒界，有播逆的山峒总管穆昭，率绿苗阿象、蓝苗阿狼扼守。'请令是否连夜进攻，请令定夺。"马千乘道："扎一扎营吧，士卒饿了!"陡然想着，忙又说道："乘夜快攻! 打他个措手不及。士卒们可以分班饱吃糇粮，预备夜战。"秦良玉又传令："军行时如用灯火，遇着敌兵也用灯火时，即须作速将自己灯火扑灭了。"杨柳在旁听得，初时不懂为什么遇了敌兵，不加明灯火，反而作速扑灭，难道黑暗了，好藏躲吗? ……不对! 敌兵如有灯火，躲到哪去呢? 仔细一想，豁然大悟，不觉冲口赞道："内司主真是天人! 真想得到!"秦良玉笑道："我也猜你一定能明白的。"马千乘笑道："不要瞧不起人，我早知道了。不过是为着借光向明处杀，免得迷眼罢了。你还不知道就是敌兵不用灯火，自己也不能用灯火呢! 灯火这件东西最有用，它能给人长半天日子。却是一到战场阵上，就只百害无一利。有了它对面的箭炮都有了靶子，不用探报也知方向，要想用奇兵是万办不到的。"杨柳这才全明白了。

当下收拾了跃龙寨，全军向前，直捣三峒。兵列时，武大江正率领方枚大战两苗。马千乘、秦良玉便并马向前。史环大叫："待末将助擒吧!"声还未了，秦良玉驰入战场，对准绿苗阿象手起刀落，阿象忙单臂扬藤牌架刀，不料这刀又锐又沉，秦良玉又是神力，霍地压滑下来，将阿象顿时剁为两个。

穆昭见了狂吼怪叫，拎起一柄大斧，直奔秦良玉。恰巧马千乘驰到，钢矛斜出，穆昭一让，矛入马腰，马负伤一跳，穆昭不曾防着，身子一闪，史环自后赶到，大钺一挥，将穆昭劈死。蓝苗阿狼见了，便抛了武大江，撮嘴狂啸。顿时山谷跳出无数浑身缠藤的生苗，见人就砍，遇马就剁。差不多平常刀枪，不要想伤他分毫。连方氏姊妹、史家姊妹，也只有招架，没处还手。霎时间，石柱兵卒躺了一地。马千乘便大叫："快放火箭！后面的火铳女兵快上前呀！"声未绝，万点火星齐发，天色已是黄昏，映着愈加好看。霎时间，生苗身上油藤多已着火，蓬蓬勃勃，一团团烧将起来，只见满地火球乱滚，惨叫悲号，比猿啼鹤唳还要难听，吓得山上后来的生苗都不敢向前。马千乘忙抓摔了身上的战袍，驰马冲过隘口，阿狼正在发狂。不料马千乘人快马快，突近跟前，手起一矛，阿狼还不曾知道，已经没了性命。

当下收拾了残苗，便入寨搜查一番。仍着武大江先进攻，打金筑寨。那守将阿照是花苗首将，十分凶猛。秦良玉叮嘱武大江："只许相机破他，不可硬以力取。"武大江得令自去。

秦良玉等因平三峒，稍延了一会儿，后面前、左、右三军俱已赶列。秦良玉便和马千乘商量道："此处多是生苗，杨应龙所恃以为金汤之固者在此。如果把兵卒当先，甲薄衣单，徒多伤损。不如我们紧结诸将，亲自当先，见一个砍一个，到一处冲一处。连你带来的亲军，足能集五十人，这不比多军拥进迅捷许多吗？"马千乘点头道："好！就是如此办。今夜能到海龙城下，明日就可攻城了。"

当下立即传令，马、秦夫妇首先开道。真是元帅做先锋，连死也不怕。众将各个振奋，一个个在马上拂刀拭剑，摩拳擦掌，恨不能立时打入海龙屯，杀一个痛快！众兵卒也不肯后人，一个个尽力追随，不甘落后，拼命向前。

不多时，已望见金筑寨高峙在山顶尖。山中牛角呼呼呜呜地乱叫。马千乘忙叫众将小心。这时，伏虎乘马在前，因路途崎岖，已经不易驾驭。猛然间，不知怎样，马失前蹄，将她掀下马来。接着山路旁伸出两柄挠钩，着地就勾。白超见了大喝一声，拔剑斩去，两钩齐断。伏虎满面羞惭，正待爬起，不防山谷中跳出四个人来，直扑过来，将要捆缚。幸得龙启在旁，大喝一声，龙钻起处，打倒一个。白超赶绕上前，挡住那三个就砍。文家姊妹忙将伏虎拉起，拍了拍身上泥土，仍上马赶行。那三人被白、龙二人各斩了一个，符中活捉一个。打着一问，才知前面还有不少的陷马坑。马千乘便要秦良玉且停前进。

马千乘便命巴伐向后面马军中调三百匹空马，要立时带到。不多时，空马来了。马千乘便叫将空马尾上各缚树枝一条。霎时间，都缚停当了。马千乘便叫把马分作六起，每一起五十匹。分好了，先前第一起五十匹排在空处，一字儿列着。马千乘便和众人每人跟定一匹。"只听号令一声，便着力打马，放它跑去。"众人依言排好，没鞭子的都拔剑取弓代鞭子。马千乘亲喝一声："放马！"但见五十条胳膊齐扬。"唰！唰！"连声之下，二百条马腿如飞而去。接着又放一起。不到一盏茶时，六起空马全放走了。每一匹马有一条树枝，走着打着，死也不停，愈走愈快，愈快愈打，愈打愈走，没命地朝前狂奔。

转过了山口，众人打马后随，果然一路无阻，直到了金筑寨前。那金筑寨守将花苗阿熊、青苗阿狮，先见大批奔马，来不及拦截，都冲寨而过。随后见马千乘等一干人接踵而来，便连忙横在寨前挡住。恰好红苗阿虎、白苗阿猿奉命来救，四人便同挡来人。不料，马千乘率众齐上，十八般兵器，两旁乱挥。四个苗酋怎敌得几十员虎一般的猛将？前面七百快手苗兵被砍得朝后一冲，反把后面冲得七零八落。

秦良玉挥三尖刀，当前突进。阿狮提斧上前，秦良玉的大刀已经劈下，连斧柄带脑袋，一齐劈开。阿猿赶来相救，被秦良玉反手掣刀，削于马下。苗兵大乱。马腾云由阿熊后面突进，一挝敲了个脑浆迸裂。剩得阿虎单人正待逃走，武大江横截过去，大刀盘旋，削作两段。

肃清了金筑寨，再朝前行。青洲嘴、虎跳关因为没了守将，不费吹灰之力，便夺了下来。四更时分，来到明月关下，见关门紧闭。方珙、方瑛和史瑯、史环一商量，各掏抛索套绳，甩上关头，揪住绳头，就马上飞身上耸，临空缘绳而上。关上觉察时，四人已近垛口。绳没斩断，已经腾身而上，斩了守卒，大呼登关。黑苗阿黑拼命来扑救。史瑯接战，方珙恐耽搁事体，手起一镖，把他打下关去。方瑛、史环早抢到关下，斩关迎众。

过了明月关，众将马不停蹄，仍向赤崖寨进攻。

还没到寨前，半路上就遇着九股苗阿花狐、仲家苗阿青蛇迎头冲来。这伙蛇皮苗人，刀斧不入，确是厉害。马千乘便要奏良玉约众后退。秦良玉心想，一路势如破竹，到这里后退，心有不甘。马千乘忙使眼色，秦良玉方不言语，首先勒马回头。阿青蛇当先追赶。马千乘待他追近，瞅准他那赤膊脐眼，哧地一戟扎进，阿青蛇眉头一皱，倒地不动。苗人是跟头脑的，阿青蛇一死，哄一声回头就跑。阿花狐邀截不住，白超、文斗两马齐到，把阿花狐打倒乱剁在地下。

　　五更时分已经过了赤崖，直抵清水坪。杨应龙、田雌凤领大部人马在坪前列阵。秦良玉已当先冲到。田雌凤大叫道："贤侄媳，你为什么不念亲情？竟做反叛！"秦良玉怒喝道："贼妇！你才是反叛！谁是你侄媳？谁和贼有亲情？"田雌凤笑道："俺家贤婿是你小叔子，咱不是亲戚吗？"秦良玉喊道："贼妇！油嘴无耻！""唰"地一刀挥去，田雌凤连忙接着大杀起来。

　　马千乘知道田雌凤是有名的猛将，杨应龙造反一半仗她的勇力，恐秦良玉不能取胜，亲自拍马上前。杨应龙知马千乘之勇，各震苗疆，连忙亲自出马抵敌。这两对夫妇便走马灯一般在清水坪中转来转去，杀得真是难解难分。

　　沈云英向沈云贞道："姊姊，咱白待着干吗？"云贞点头道："一夜工夫奔到这里了，还能放过他吗？……"话未毕，只听得一片声高呼"冲阵！"武大江、马腾云、白超、杨柳四骑马当先冲过去，大呼大叫，分头突入敌阵。播州兵拼命抵敌，却终搁不住大砍大杀，一个也不曾堵住，全被踹入阵心。

　　秦良玉和田雌凤正战到酣处，播州阵角已乱。田雌凤心知是石柱军冲阵踹营，却是究竟有勇能沉着，毫不惊慌，手中解数丝毫不乱。秦良玉心中诧异，想这贼妇果然名不虚传，便将手中刀法，变了一变，使出一路连环九巧刀来，上三下三，缠腰反三，一路刀使得田雌凤手忙脚乱，来不及招架。秦良玉乘她手腕略迟时，单臂抢刀，使个险招，故意向田雌凤颈间砍去。田雌凤大喜，以为这单臂横刀是个大破绽，便低头赶进一步，想使个猛虎抓心，把秦良玉甲带揪住，活拉过来。不料，头才伸过，秦良玉迅如闪电，腾出的左手，欻地反拔佩剑，照定田雌凤后项一按，霍地光闪处，一个金丝凤盔的大脑袋正落在秦良玉怀中。秦良玉忙使肘压住那首级，挂上刀，才抓去那金盔，揪住乱发，扬臂高擎，大叫道："贼妇已斩！"

田驷见了，恨得牙痒痒的，抛了武大江，尽速驰马向秦良玉身后突攻，想要乘秦良玉不防备，从她身后扎她个透通，给田氏报仇。秦良玉方斩贼首，一时大意，看着田驷的戟已将刺到，忽然震天一声喊，接着一声巨响，突有一员铁甲将大叫道："反贼已斩，主母放心！"秦良玉正稍微觉着后面有风，急回头时，只见来狩手握铁铳，立马身后，田驷躺在地下淌血，喜说道："你什么时候来的了"来狩道："小将到司，得讯赶来，刚见这贼暗算主母，小将急了，放了一铳，结果了他。"秦良玉道："好！你就跟我当中军吧！杨柳要派作参谋了！"来狩便紧随着秦良玉收拾散兵。

杨应龙见田雌凤已死，心中大痛，无心应战，率兵飞逃。马千乘等跟踪进追，直到海龙屯下。待大军赶到，便团团围住，加紧攻打。从天色大明时攻起，却是一夜进破七寨，斩十苗，直抵播州。这是马、秦夫妇第一首功。攻打到午刻，海龙屯内耆老登城报说："请将军停攻，杨应龙合家自缢自焚了！"

图书在版编目（CIP）数据

女杰秦良玉演义 / 文公直著. — 北京：中国文史
出版社，2020.3

（民国武侠小说典藏文库·文公直卷）

ISBN 978 – 7 – 5205 – 1405 – 7

Ⅰ. ①女… Ⅱ. ①文… Ⅲ. ①侠义小说 – 中国 – 现代

Ⅳ. ①I246.5

中国版本图书馆 CIP 数据核字（2019）第 245024 号

责任编辑：卢祥秋

出版发行：**中国文史出版社**

社　　址：北京市海淀区西八里庄 69 号院　　邮编：100142

电　　话：010 – 81136606　81136602　81136603（发行部）

传　　真：010 – 81136655

印　　装：北京东君印刷有限公司

经　　销：全国新华书店

开　　本：720 × 1020　1/16

印　　张：22.5　　　字数：346 千字

版　　次：2020 年 3 月第 1 版

印　　次：2020 年 3 月第 1 次印刷

定　　价：69.00 元